U0102216

权威机构　品牌图书　每年新版

BLUE BOOK

权威 · 前沿 · 原创

东北蓝皮书

BLUE BOOK OF NORTHEAST CHINA

编委会主任／艾书琴　曲　伟

中国东北地区发展报告
（2008）

ANNUAL REPORT
ON NORTHEAST CHINA
（2008）

主　编／张新颖
副主编／曹晓锋　付百臣　乐　奇

社会科学文献出版社
SOCIAL SCIENCES ACADEMIC PRESS (CHINA)

图书在版编目（CIP）数据

中国东北地区发展报告（2008）/ 张新颖主编. —北京：
社会科学文献出版社，2009.1
（东北蓝皮书）
ISBN 978 - 7 - 5097 - 0575 - 9

Ⅰ. 中…　Ⅱ. 张…　Ⅲ. 地区经济 - 经济发展 - 研究
报告 - 东北地区 - 2008　Ⅳ. F127.3

中国版本图书馆 CIP 数据核字（2008）第 208818 号

法 律 声 明

东北蓝皮书编委会

内容摘要

1. 2007 年，是实施"十一五"规划承上启下的关键一年，也是东北老工业基地的三省一区（辽宁省、吉林省、黑龙江省、内蒙古自治区）围绕振兴老工业基地和构建和谐社会，深入贯彻落实科学发展观，转变经济增长方式的关键一年。

2. 2008 年，东北地区深入发展，不断优化经济发展环境，大力发展优势特色产业，增强发展的协调性和可持续性，不仅实现了经济速度、结构、质量和效益的同步增长，而且在经济稳步发展的基础上，社会事业全面进步，人民群众得到更多实惠。东北地区正朝着经济、政治、文化和社会协调发展的方向扎实迈进。

3. 宏观经济和一些具体经济现象表明，东北地区经济出现了稳定增长和繁荣的景象。东北地区的又好又快发展是以科学发展观为指导、以经济建设为核心、以优化发展环境为前提、以提高城乡居民收入为目标、以维护城乡居民基本权益为宗旨的。

4. 东北地区出现了严重的资源危机，可持续发展问题日渐突出。尽管面临着资源产出困境，但东北地区仍然发挥了支撑国民经济的重要作用，为国家提供了重要的原材料支持。

5. 东北地区的农业和社会主义建设在全国处于较好的态势，为保障国家粮食安全作出了突出贡献。未来在国家政策的引导下，东北地区将一如既往，在粮食生产上向着更高目标发展。

6. 东北地区在经济社会发展进程中，与发达省份比较有很大的差距，遇到了各种矛盾和问题，呈现出经济发展波动、就业艰难、物价上涨、社会不稳定因素增多和民生切实需要改善的诸多问题。

7. 东北地区与全国特别是发达地区相比还有较大差距，经济结构调整任务仍十分艰巨，国有企业改革和战略重组困难重重，装备制造业持续发展面临考验，资源型城市发展接续产业缺少政策保障，就业和社会保障压力较大，实现东

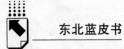

北地区全面振兴的任务仍很艰巨。

8. 东北地区的对外开放取得了显著成效,与俄罗斯等周边国家的经济贸易合作取得了前所未有的进展。未来这一地区将会有更大发展。

9. 在国际国内经济发展不确定因素增多的背景条件下,东北地区仍将巩固和保持经济社会又好又快发展的态势。而东北地区要想实现未来经济发展目标,关键要在加快转变经济发展方式、完善社会主义市场经济体制等方面取得重大进展。

10. 2008年,加快发展、科学发展、和谐发展仍将是东北地区发展的主线。东北地区一直是国家重要的石油化工基地、粮食畜牧基地、森林生态基地和装备制造业基地,东北地区的经济社会已经发展到一个新的历史起点上,未来的发展潜力将会更大。

11. 东北地区与全国经济社会发展态势一样,将进一步提高自主创新能力,推动产业结构优化升级;促进统筹城乡发展,推进社会主义新农村建设;加强能源资源节约和生态环境保护,增强可持续发展能力;推进东北三省与蒙东经济一体化发展,促进区域协调发展;深化财税、金融等体制改革,完善宏观调控体系;建立健全资源型城市可持续发展的长效机制;拓展对外开放广度和深度,提高开放型经济水平。

序言　春风又绿东北

实施东北地区等老工业基地振兴战略以来，东北地区经济社会发展加快，经济实力不断提高。可以感受到，东北地区正与全国其他地区一道，经济社会向着又好又快的方向发展。在这样的背景下，由黑龙江省社科院主持，按党的"十七大"精神，以"落实科学发展观，转变经济发展方式"为主题的《中国东北地区发展报告（2008）》，是对东北地区老工业基地振兴的一个系统的总结。

笔者由于多年学习、工作、生活在东北，故土亲情，印象较深。每当踏上这片神奇的土地，都会被那山环水绕，资源丰富，平原沃野，生态原始的神韵深深地吸引；辽、吉、黑和蒙东地区为祖国建设所作的贡献也会——在脑海中闪现。

法国史学家卡尔·雅斯贝斯在他的《历史的起源与目标》中指出："历史记录曾经存在的事实，事实是抹不掉的'存在'，历史事务虽已一去不复返，却在时间中永存。"新中国成立以后，百业待兴，由于发展经济资源匮乏，发展模式处于探索阶段，在国家总体格局中，东北地区以其资源丰富、依托苏联较近的区位优势，首先成为计划经济体制和格局的主要实践和布局地区，因此，才有进入计划经济最早之说。在高度计划时期，国家156项重点工程有57项落户在东北地区。南厂北迁，"大三线、小三线"建设迅速，不到十年时间，各自立省项目确立，工业化的格局形成，闯关东的热潮涌动，人口的迅速聚集，重化工基地的崛起，北大荒变成了北大仓，展现了工业经济的繁荣景象，并逐步成为国家重要的商品粮和原油、机械、木材、煤炭生产基地，获得了我国其他省份无与伦比的老工业基地的美誉，并且延续至今。

共和国不会忘记老工业基地存在的这个历史，老工业基地也承载着中华人民共和国所赋予的使命。在新中国成立初期和改革开放之中，经历了荣耀、焦虑、奋争、探索、前行的整个过程，我们欣喜地看到东北地区在发展、在振兴，在继续承担着共和国脊梁的使命。

有一本书《世界是平的》，此书的论点就是世界经济社会的全球化问题。"世界是平的"，就意味着在信息技术紧密、方便的互联世界中，全球市场、劳

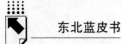
动力和产品，都可以被整个世界共享，一切都有可能以最具效率和最低成本的方式实现。这对于发展中国家来说，开启了一个广阔的平台。但是，在变平的世界里，经济风险和危机同样也要共担。目前，全球经济遇到资源短缺、总量过剩、美国的次贷危机深度传导、全球股市下挫的困境。我国经历了多年的高速增长后，发展中的矛盾也日渐突出。可以说，中国也将面临国际经济发展的负面波及，同时还要应对本国出现的新问题。而东北老工业基地，不仅要面临其他发达地区在改革开放中先行快速发展的挑战，也要面临新的全球性发展难题和全国宏观调控的起伏矛盾。对于国家利益来说，作为重化工业、机械制造业、资源输出和商品粮主产区，也再一次面临"我拿什么奉献给你，我的祖国"的拷问。

国家财富的持续增长，不仅是经济学者们努力研究的方向，也是国家领导们所致力解决的首要任务。无论是著名的亚当·斯密的《国富论》，还是现代众多经济学流派的研究，在发展模式、方式、手段和实证分析等方面，都从不同的角度对财富增长进行了论证；发达国家也一直在想方设法，甚至不惜发动战争来获取超额的财富积累。

作为中国共产党，在总结自己和其他国家发展的经验教训的同时，提出了以科学发展观为统领，又好又快的发展目标。这不仅是促进生产力发展的最好理念，也是推动社会财富积累方式转变的最好诠释。科学发展，又好又快的发展，是我们经历了一切之后理性的选择，人类的共识。在这个意义上说，东北地区发展和振兴，并非是东北之责，也是全国乃至世界经济格局中一个重要篇章！如何做好这篇文章，非一日之功，几年之力，而是一项长期的、艰苦的现实任务，也是一个功在千秋、意义深远的历史过程。没有结束之时，只有再创辉煌不断前进的召唤，那是祖国的召唤，人民的冀望，更是共和国未来发展的希望！

第十一届全国人大常委会副委员长　民革中央主席

周铁农

2008 年 9 月 9 日于北京

目　录

经 济 篇

社 会 篇

文 化 篇

专 题 篇

国际合作篇

附 录

CONTENTS

Synthesis Chapter

Regional Chapter

Economical Chapter

Social Chapter

Cultural Chapter

Special Chapter

International Cooperation Chapter

Appendix

贯彻落实科学发展观
促进东北经济社会又好又快发展

——2007~2008年东北地区经济社会总报告

张新颖　吕萍　赵砚*

2007~2008年，东北地区老工业基地的三省一区，按照党的"十七大"精神，深入贯彻落实科学发展观，积极推进和深化各项改革，不断优化发展环境，大力发展优势特色产业，增强发展的协调性和可持续性，认真落实节能减排各项目标责任制并发挥资源优势，国民经济呈现增长较快、结构优化、效益提高、民生改善的良好态势，社会各项事业全面进步，经济社会已经发展到一个新的历史起点上，未来的发展潜力将会更大。

一　在落实科学发展观中，东北地区经济
保持了高速发展势头

（一）深入贯彻党的"十七大"精神，因地制宜加快谋划发展战略

1. 依托港口和地区比较优势，辽宁省实施新的沿海开放发展大战略

国家实施东北老工业基地振兴战略，以及在扩大对外开放、完善社会保障体系、解决历史遗留问题、重点企业技术改造、重大基础设施建设和改善生态环境等方面给予东北的大力支持，必将有力地促进辽宁省的发展与振兴。辽宁省是东北地区唯一的沿海省份，拥有丰富的海岸线资源和港口资源，对于承接国际产业转移、参与国际竞争、利用国内外两种资源及两个市场加快发展具有得天独厚的

* 张新颖，黑龙江省社会科学院副院长、研究员；吕萍，黑龙江省社会科学院经济所助理研究员；赵砚，黑龙江省社会科学院经济所助理研究员。

条件。为充分利用区位优势，依托港口和土地资源，辽宁省正在推进"五点一线"沿海经济带的快速发展。而"五点一线"是依托东北广大腹地，服务环渤海、辐射东北、面向东北亚的国际产业转移的最佳承接区与扩大对外开放的重要平台，也是形成新型现代产业基地和经济增长的先导区域，更是东北地区走向世界的重要出海口岸、交通枢纽和现代物流中心。

2. 推进生态规划发展战略，吉林省树立绿色产业大省形象

在生态经济产业发展中发挥先导和示范作用已成为吉林省经济更快更好发展的重要引擎。在大力发展生态经济的基础上，吉林省依据自身特点，既注重优化产业结构、转变经济增长方式、提高经济发展质量，又积极发展生态服务业，全面提升和优化生态经济结构，发挥生态经济产业的整体功能，为振兴吉林省老工业基地提供了有力支持。这主要表现在以下几方面：一是大力发展生态环保型效益经济和循环经济，巩固壮大绿色汽车、化工等支柱产业；二是加快发展生态农业、健康产业、高新技术等优势产业；三是培育发展清洁能源、环保等特色产业，建设好各类生态经济产业基地，实现资源的优化配置和生产力的合理布局；四是充分发挥长白山生态经济圈的自然资源和区位优势，建设具有区域特色和较强竞争力的生态产业集群，并突出和打造长白山品牌和民族特色品牌，形成了具有强大主导作用的经济核心。

3. 促进区域协调发展，黑龙江省实施四大经济板块发展战略

黑龙江省在新一届领导班子的带领下，认真分析黑龙江省优势、特色、潜力，根据黑龙江省地处边疆、资源富集、生态良好等资源性特征，依据优势互补、各展所长、资源环境共享、互利互惠的原则，全力打造带动全省加快发展的哈大齐工业走廊、东部煤电化基地、大小兴安岭生态经济功能区、沿边开放带等重要经济增长板块，从而形成了廊带辐射互补、板块耦合互动的区域经济新格局。其中，哈大齐工业走廊是黑龙江省经济实力最强、工业化水平最高、经济辐射力最大、可供开发利用的土地资源丰富的综合经济功能区，也是黑龙江省最大的经济和人口密集区，对带动中西部乃至全省经济社会的发展具有重要作用；东部煤电化基地被国家列为全国七大煤化工产业基地之一，是黑龙江省的重要经济增长板块；大小兴安岭生态经济功能区是黑龙江省重要的林业产业带和生态区；沿边对外开放区是黑龙江省重要的进出口商品集散地。可以说，黑龙江省在大发展、快发展、更好发展上正积蓄力量。

（二）经济持续高速发展，为全面建设小康社会提供了物质保障

1. 经济持续快速发展，经济实力稳步增强

在国家实施振兴东北老工业基地战略以来，东北地区保持了较快增长态势，2003～2007 年是东北地区发展步伐快于全国的黄金时期，东北地区生产总值年均增长速度均在 10% 以上，并且均高于全国平均水平。其中，2007 年辽宁省 GDP 达到 11021.7 亿元，同比增长 15.4%；吉林省 GDP 达到 5226.1 亿元，同比增长 16.1%；黑龙江省 GDP 达到 7077.2 亿元，同比增长 12.1%；蒙东地区 GDP 达到 2072.85 亿元，同比增长 31.35%。进入 21 世纪以来，东北地区生产总值占全国的份额除 2005～2006 年呈下降趋势外（分别达到 8.7% 和 8.6%），其余年份均保持在同一水平线上（见表 1）。

表1　2000～2007 年东北三省生产总值变动情况

单位：亿元，%

年份	辽　宁		吉　林		黑龙江		全　国		东三省占全国比重
	数值	增速	数值	增速	数值	增速	数值	增速	
2000	4669.1	8.9	1951.5	9.2	3151.4	8.2	99214.6	8.4	9.8
2001	5033.1	9.0	2120.4	9.3	3390.1	9.3	109655	8.3	9.6
2002	5458.2	10.2	2348.5	9.5	3637.2	10.2	120333	9.1	9.5
2003	6002.5	11.5	2662.1	10.2	4057.4	10.2	135823	10.0	9.6
2004	6672.0	12.8	3122.0	12.2	4750.6	11.7	159878	10.1	9.3
2005	8009.0	12.3	3620.3	12.1	5511.5	11.6	183868	10.4	8.7
2006	9257.1	13.8	4249.2	15.0	6216.8	12.0	210871	10.7	8.6
2007	11021.7	15.4	5226.1	16.1	7077.2	12.1	246619	11.4	9.5

资料来源：《中国统计年鉴》与 2007 年全国及各省统计公报整理并计算。

2. 产业结构调整加速，经济发展更趋合理

2003～2007 年，东北地区产业结构变化的趋势为：辽宁省的第二产业在生产总值中的比重不断增加，由 2003 年的 48.3% 上升到 52.89%，吉林省与黑龙江省的第三产业发展较快，分别提高了 3.3 和 2.5 个百分点（见表 2）。2007 年，东北地区三次产业构成与全国平均水平较接近。其中，蒙东地区的第一产业相对较发达，达到 20.96%，比全国平均水平高 9.2 个百分点；辽宁省与黑龙江省的第二产业相对发达，分别比全国平均水平高 3.7 和 4.2 个百分点；吉林省第三产

业相对发达，但仍低于全国平均水平 0.4 个百分点（见图 1）。2007 年，吉林省服务业发展进入迅速提升时期，服务业结构出现重大调整，对促进经济结构调整和社会经济协调发展起到了积极的作用。旅游、会展业成为服务业增长的新亮点。2007 年开工建设旅游项目 181 个，开辟了消夏避暑休闲之旅、史迹文化民俗之旅、边境异域风情之旅三大类精品旅游线路。

表 2　2000～2007 年东北三省三次产业结构变动情况

单位：%

年份	辽　宁			吉　林			黑龙江		
	第一产业	第二产业	第三产业	第一产业	第二产业	第三产业	第一产业	第二产业	第三产业
2000	10.78	50.21	39.01	21.38	42.91	35.7	10.97	57.44	31.59
2001	10.8	48.49	40.69	20.13	43.34	36.53	11.49	56.13	32.38
2002	10.8	47.8	41.4	19.9	43.5	36.6	11.5	55.9	32.6
2003	10.3	48.3	41.4	19.4	45.2	35.4	11.3	57.2	31.5
2004	11.2	47.7	41.1	19.0	46.6	34.4	11.1	59.5	29.4
2005	11.0	49.4	39.6	17.3	43.6	39.1	12.4	53.9	33.7
2006	10.5	51.0	38.5	16.1	44.4	39.5	11.8	54.7	33.5
2007	10.69	52.89	36.42	15.57	45.73	38.7	12.61	53.4	33.99

资料来源：《中国统计年鉴》与 2007 年各省统计公报整理。

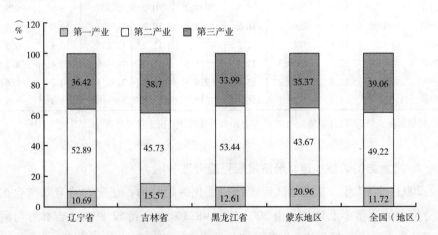

图 1　2007 年东北地区三次产业构成与全国比较

3. 固定资产投资保持较快增长态势，位居全国的相对名次前移

2003～2007 年，东北地区的固定资产投资继续保持了较快增长态势（见

表3）。一是投资总量从2003年的4211亿元增加到2007年的14302亿元，占全国的比重由7.6%上升到10.4%，其中，辽宁省始终最高，2007年达到7435亿元，蒙东地区最低，达到1414.10亿元；二是投资增速从2003年的20.9%上升到2007年的36.0%，增长约15个百分点，其中，2005年增速达到最高峰，为37.6%。2007年，吉林省投资增速最快，达到42.8%，黑龙江省最低，为28.1%，低于东北三省约8个百分点。总体来说，投资的快速增长促进了东北老工业基地的改造和经济的快速发展。这一方面表明国家加大了对东北老工业基地的投资比重，例如，继续加大推进东北老工业基地振兴步伐，加快资源型城市发展接续替代产业促进经济转型等优惠政策与投资。另一方面也体现了东北地区充分利用自身的特点加大了吸引国内外投资力度，尤其是利用处于东北亚中心的地理区位优势，加大了与俄罗斯、日本、韩国、蒙古以及朝鲜等国家的经贸往来。投资总额在全国的相对位次有所提高，其中辽宁省由第10位提高为第5位，吉林省由第24位提高为第16位，但黑龙江省却由第18位下降为第20位。投资总额占GDP的比重也不断提高，东北三省固定资产投资总额占GDP的比重由32.5%提高到61.3%，提高了28.8个百分点；东北三省的投资占GDP比重由低于全国平均水平14.9个百分点变为高5.7个百分点，表明东北经济还是以"投资驱动型"经济为主。

表3　东北三省固定资产投资增长情况

单位：亿元，%

年份	辽　宁		吉　林		黑龙江		东北三省		全　国		东北三省占全国比重
	数值	增速	数值	增速	数值	增速	数值	增速	数值	增速	
2003	2076	29.7	969	19.5	1166	12.0	4211	20.9	55567	27.7	7.6
2004	2980	43.1	1169	20.9	1431	22.1	5580	32.5	70477	26.6	7.9
2005	4200	40.1	1741	53.8	1737	18.4	7678	37.6	88774	26.0	8.6
2006	5689	34.8	2595	55.6	2236	29.1	10520	37.0	109998	24.0	9.6
2007	7435	30.7	4003	42.8	2864	28.1	14302	36.0	137239	24.8	10.4

资料来源：《中国统计年鉴》与2007年全国及各省统计公报整理并计算。

4. 绿色食品产业快速发展，为"百年奥运"提供了放心食品

东北地区作为我国重要的农业基地，绿色食品产业欲融入奥运经济。2007年，吉林省有效使用绿色食品标志产品565个，有机食品206个，无公害农产品1465个，无公害农产品产地认定713个，环境监测面积达到3100万亩。"三品"

（绿色食品标志产品、有机食品、无公害农产品）产量达到 2360 万吨，实现产值 362 亿元，带动农民增收 32 亿元，带动农户 170 万户，带动从事"三品"生产的农户户均增收 1880 元。同时，黑龙江省绿色食品产业发展势头强劲，绿色食品认证个数达到 1200 个，比上年增加 146 个，增长 13.9%；绿色食品种植面积 4680 万亩，增长 12.8%，继续居于全国第一位。哈尔滨市的黑龙江珍珠山绿色食品有限公司等六家绿色食品企业成为第 29 届奥运会指定产品供应商，这六家企业生产的 30 多个产品被本届奥运会选为指定食品。另外，蒙东地区是我国少有的纯天然、无污染绿色农牧林产品产地，是一个有待开发的绿色宝库，是发展绿色食品和有机食品的理想之地。呼伦贝尔草原是世界上原生植被保存最好的天然草原之一；西辽河平原和嫩江平原是国家重要的粮食生产基地之一，"蒙牛乳业"和其他一些富有特色的食品，已源源不断地送往北京，为"奥运"赞助加油。

（三）转变经济发展方式，促进东北地区又好又快发展

1. 提高研究与发展经费，科技创新能力增强

研究与发展（R&D）经费是衡量科技创新能力的主要指标之一。2007 年，辽宁省科学研究与试验发展（R&D）经费内部支出 159.4 亿元，比上年增长 17.4%，认定国家级企业（集团）技术中心 27 家。全年共取得科技成果 896 项（不含高校论文成果及专利成果），其中，基础理论成果 31 项；应用技术成果 786 项；软科学成果 79 项。受理专利申请 19754 件，比上年增长 15.8%；授权专利 9615 件，比上年增长 30.0%。签订技术合同 15107 项，比上年增长 20.4%；技术合同成交金额 94 亿元，比上年增长 16.6%。吉林省研究与发展活动经费支出 40.9 亿元，占全省生产总值的 0.96%，技术公共服务、技术成果交易、创新创业融资和社会化人才服务得到加强。知识产权工作取得明显进展，2007 年，全省向国家递交专利申请 5251 件，比上年增长 15%，其中发明专利 1635 件，增长 23%；获得国家授权的专利 2855 件，同比增长 23%。黑龙江省科技经费支出 93 亿元，比上年增长 12%，其中 R&D 经费支出 60.5 亿元，增长 25%，R&D 支出相当于地区生产总值的 0.85%。全年共取得重大科技成果 1055 项，其中基础理论成果 134 项；应用技术成果 827 项；软科学成果 94 项。受理专利申请 7242 件，比上年增长 10.8%；授权专利 4303 件，增长 18.8%。全年共签订技术合同 1607 份，成交金额 35 亿元，比上年增长 1.2 倍。

2. 实施重大项目带动，区域经济全面协调发展

实施振兴东北老工业基地战略以来，东北地区加大了重大项目的投资力度。辽宁省"五点一线"累计批准入区注册项目 437 个，项目投资总额 1265.0 亿元。其中，外商投资项目 117 个，合同外资额 13.6 亿美元；韩国 STX 集团投资 9.1 亿美元的造船项目、新加坡万邦航运集团投资 7 亿美元的船舶修造项目落户长兴岛；中国五矿集团投资 60 亿元的营口沿海产业基地项目开工建设；总投资 10 亿美元的富士康（营口）科技园等一批项目开工建设；大连东北亚国际航运中心建设发展规划获得国家发展改革委批复。黑龙江省哈大齐工业走廊项目区经济发展迅速，2007 年完成工业总产值 215.4 亿元，比上年增长 84.1%；创造利税 24.2 亿元，增长 25.4%。年末开工项目达 480 个，比上年增长 36.4%；入区企业达到 570 户，增长 48.1%；投产企业 307 户，增长 96.8%。东部煤电化基地被国家列为全国七个煤化工产业基地之一。沿边开放带对俄进出口产品加工园区、中俄边民互市贸易区建设进展顺利。大小兴安岭生态功能区的生态恢复和经济转型步伐加快。

3. 培育资源型城市发展接续替代产业，加快城市转型

资源型城市经济转型是实施东北老工业基地振兴战略的重要内容，这个问题不仅成为国内外众多专家学者研究的热点问题，而且得到了党和国家的高度关注。党的"十六大"报告明确指出："支持东北地区等老工业基地加快调整和改造，支持以资源开采为主的城市和地区发展接续产业。"2008 年初，《国务院关于促进资源型城市可持续发展的若干意见》出台，其中明确提出"资源型城市要培育壮大接续替代产业，即以市场为导向，以企业为主体，大力培育发展接续替代产业，有关部门和省级人民政府要因地制宜，加强指导，协助资源型城市寻求切合实际、各具特色的发展模式"。为此，资源型城市应立足于自己的优势发展接续替代产业，推动产业结构升级，这是资源型城市经济转型的核心任务。煤炭城市阜新积极推进和建设全国重要农产品及食品生产加工供应、新型能源生产、煤化工等"三大产业基地"；着力培育北派服饰、精细化工、玛瑙制品、装备制造配套与新型建材等"六大特色优势产业"；积极采取融入辽宁省"五点一线"沿海发展战略、融入辽宁省中部城市群发展和参与蒙东地区开发的"三融入战略"，为阜新市发展接替产业、实现城市可持续发展创造了良好条件。

4. 环境保护和节能减排效果明显，促进人与自然的和谐发展

东北地区在建设资源节约型、环境友好型社会中，经济发展与人口资源环境相协调，使人民在良好生态环境中生产生活，经济社会实现了永续发展。东北地区通过积极推进环保、节能、循环经济等项目建设，依法关闭和淘汰了不符合国家产业政策的高耗能企业。2007年，辽宁省万元GDP能耗实现1.695吨标准煤，同比下降4.51%，规模以上万元工业增加值能耗实现2.71吨标准煤，同比下降7.19%。工业固体废物综合利用率实现40.8%。吉林省进一步完善和落实节能目标责任制，确定全省百户重点耗能企业和以余热余压利用、能量系统优化、建筑节能、燃煤工业锅炉改造、节约和替代石油等为重点的五项工程，已有18家企业的节能项目列入国债资金补助计划，可争取无偿国债补助资金1.06亿元。黑龙江省在扎实推进生态省建设中，全年累计完成造林面积8.8万公顷。其中，退耕还林面积6万公顷，完成幼林抚育面积59.4万公顷；森林覆盖率提高到43.6%；野生动植物保护区、湿地保护区和森林资源保护区面积得以恢复和扩大。治理水土流失和草原"三化"的力度加大，松花江流域水污染防治规划实施进展顺利。2007年实现了全省万元GDP能耗不断下降，其中规模以上万元工业增加值能耗比上年下降5.9%。

二 东北地区社会稳定，人民分享到更多的改革成果

社会建设与人民幸福安康息息相关，东北地区在经济稳定发展的基础上，更加注重社会建设，着力保障和改善民生，推进社会体制改革，扩大公共服务，完善社会管理，促进社会公平正义，努力使全体人民学有所教、劳有所得、病有所医、老有所养、住有所居，并使人民分享到更多的改革成果。

（一）采取有效措施，人民生活水平不断提高

1. 建立了稳定城乡居民收入增加的平台

2003~2007年，东北地区城镇居民家庭可支配收入与农民人均纯收入均呈现逐年增加态势。一是从城镇居民家庭可支配收入来看，2007年，辽宁、吉林、黑龙江与蒙东地区城镇居民人均可支配收入和增速分别为12300.4元、11285.5元、10245元、9851.4元和18.6%、15.5%、11.6%、17.2%（见表4）。其中，辽宁省增速高于全国平均增速1.4个百分点，蒙东地区与全国平均水平持平。二是从农民人均纯收入来看，2007年，辽宁、吉林、黑龙江与蒙东地区农村居民人均纯收入和增速分别为4773元、4189.9元、4132元、3763.8元和16.7%、

15.1%、16.3%、14.9%。其中，辽宁省和黑龙江省增速分别高于全国平均增速1.3和0.4个百分点（见表5）。粮食价格上涨、政策性补贴依然是农民收入稳步增长的有力保障。三是从综合城乡收入增速看，辽宁省、吉林省和蒙东地区城镇居民的可支配收入的增速均高于农村居民收入增速（除黑龙江省农村居民收入增速16.3%高于城镇居民的可支配收入增速11.6%的4.7个百分点外）。由于居民收入的稳步增长为消费水平的提高提供了基础，城市消费品市场继续扩大，辽宁省、吉林省与黑龙江省消费品零售额分别达到4030.1亿元、1999.20亿元和1568.5亿元。

表4　东北三省城镇居民家庭可支配收入增长与全国比较情况

单位：元，%

年份	全　国		辽　宁		吉　林		黑龙江	
	数值	增速	数值	增速	数值	增速	数值	增速
2003	8472.2	9.0	7240.6	9.7	7005.1	10.7	6679.0	8.6
2004	9421.6	7.7	8007.6	7.6	7840.6	8.0	7470.7	8.0
2005	10493.0	9.6	9108.0	12.9	8691.0	9.3	8273.0	9.8
2006	11759.5	10.4	10369.6	12.6	9775.1	11.2	9182.3	9.1
2007	13786.0	17.2	12300.4	18.6	11285.5	15.5	10245.0	11.6

资料来源：《中国统计年鉴》与2007年全国及各省统计公报整理并计算。

表5　东北三省农村居民人均纯收入与全国比较情况

单位：元

年　份	全　国	辽　宁	吉　林	黑龙江
2000	2253.4	2355.6	2022.5	2148.2
2001	2366.4	2557.9	2182.2	2280.3
2002	2475.6	2751.3	2301.0	2405.2
2003	2622.2	2934.2	2530.4	2508.9
2004	2936.4	3307.1	2999.6	3005.2
2005	3254.9	3690.2	3264.0	3221.3
2006	3587.0	4090.3	3641.1	3552.4
2007	4140.0	4773.0	4189.9	4132.0

2. 实施以创业带动就业的发展战略

东北地区继续完善就业扶持政策，全面开展创业促就业活动，积极推动农村劳动力转移就业，强化劳动保障能力建设，动态解决"零就业家庭就业问题"。

2007 年，吉林省城镇新增就业 48 万人，在城镇新增就业人员中，下岗失业人员再就业 38 万人，大龄就业困难对象再就业 8.5 万人，城镇登记失业率为 3.92%；黑龙江省城镇新增就业 74.4 万人，下岗失业人员实现再就业 60.5 万人，城镇登记失业率为 4.26%，比上年降低 0.09 个百分点，比控制目标值低 0.34 个百分点。各省继续实施税费减免、小额担保贷款、社会保险补贴、就业援助、就业服务、职业培训等积极就业再就业政策，为促进就业创造了良好环境。

3. 建立覆盖城乡居民的社会保障体系

社会保障是社会安定的重要保证。吉林省以建立健全同全省经济发展水平相适应的社会保障体系为工作重点，不断强化政府的社会保障责任，积极推进社会保险制度建设，继续加大扩面征缴工作力度，进一步规范社会保险基金监管，着力加强基础管理和服务，各项社会保险工作取得新的进展。截至 2007 年末，全省养老、医疗、失业、工伤、生育各项社会保险累计覆盖 1717 万人次，同比增长 39%；五项社会保险基金总收入达到 200 亿元，基金累计结余 272 亿元，其中，养老保险基金累计结余 215 亿元，基金支撑能力显著增强。黑龙江省参加基本养老保险 830.2 万人，比上年增长 3.7%；参加失业保险 464.1 万人，增长 1.2%；参加基本医疗保险 763.9 万人，增长 7.9%；城镇居民有 145.9 万人得到政府最低生活保障；城镇职工基本养老保险、基本医疗保险和城市居民最低生活保障等覆盖面不断扩大，保障标准持续提高；在全国率先建立了农村低保制度；城市社区医疗卫生机构发展到 752 个，覆盖率提高到 72%；农村新型合作医疗全面推开，农民参合率达到 92.1%。

（二）大力发展社会文化教育事业，全民族文明素质不断提高

1. 完善社会管理，维护社会安定团结

社会稳定是改革发展的重要前提。坚持安全发展，强化安全生产管理和监督，可以有效遏制重特大安全事故的发生。2007 年，东北地区继续加大对生产、交通和消防火灾安全的管理力度，各类事故明显下降。其中，辽宁省、吉林省、黑龙江省的生产安全事故死亡人数分别为 3487 人、2318 人和 2484 人，下降率分别为 5.3%、14.4% 和 15.8%。辽宁省、吉林省和黑龙江省的道路交通万车死亡率下降率为 19.5%、22.7% 和 25.27%。黑龙江省煤矿百万吨死亡率为 1.69%，下降 37.53%。同时，社会福利事业继续发展，2007 年，辽宁省各类收养性社会福利单位床位 6.5 万张，收养各类人员 4.7 万人；城镇建立各种社区服务设施

5873 个，其中，综合性社区服务中心 602 个；全年销售社会福利彩票 49.3 亿元，筹集社会福利资金 16.5 亿元，直接接受社会捐赠 1.2 亿元，其他物资折款 139.8 万元。与此同时，东北地区治安状况良好，群众安全感普遍增强；信访工作得到加强，信访总量大幅下降；公共卫生体系建设取得重大进展，建成了省、市、县三级功能完善、结构合理的疾病预防控制体系和突发公共卫生事件应急指挥体系。

2. 加强发展文化产业建设，公共文化服务体系建设步伐加快

2007 年，东北地区文化、新闻、出版和广播影视事业进一步发展，文化产业占国民经济比重明显提高，国际竞争力显著增强，适应人民需要的文化产品更加丰富。其中，辽宁省、吉林省与黑龙江省相继建成省图书馆、省广电大厦、省科技馆、会展中心等一批具有较高水准的基础设施；三省艺术表演团体分别达到 60 个、66 个和 84 个；三省公共图书馆分别为 64 个、126 个和 96 个；广播和电视人口覆盖率显著提升，基本实现了全覆盖（广播综合人口覆盖率均高于 98%以上）。新闻出版事业进一步繁荣，辽宁省出版报纸 18.2 亿份，出版期刊 0.8 亿册，出版图书 1.0 亿册；吉林省出版报纸 18.2 亿份，出版期刊 0.8 亿册，出版图书 1.0 亿册，黑龙江省出版报纸 89964 万份，出版杂志 4261 万册，出版图书 16631 万册。

3. 夯实教育基础，建成东北人力资源强区

教育是民族振兴的基石，教育公平是社会公平的重要基础。2007 年，东北地区教育条件全面改善，"两基"（基本普及九年义务教育、基本扫除青壮年文盲）目标已经实现，义务教育普及程度有所提高，中等职业技术教育迅速发展。其中，辽宁省中等职业教育招生 16.52 万人，在校生 44.94 万人，毕业生 13.05 万人。吉林省共有成人高校 17 所，成人本专科在校生 16.8 万人；成人中等学校 86 所，在校生 1 万人；职业技术培训机构 3204 所，累计结业人数达 81.6 万人次。黑龙江省教育经费投入增加到 223 亿元，中等职业教育学校 390 所，招生 12.2 万人；在校生 29.5 万人，毕业生 7.7 万人，成人技术学校培训学员 119 万人次。而研究生和普通高等教育招生规模得到适度控制，2007 年，辽宁省招收普通本科、专科（高职）学生 14.7 万人，比上年增加 1.4 万人。

三 东北地区在转变发展方式中存在的问题

几年来，虽然东北地区在经济社会发展方面取得了较好的成绩，但是由于计划经济体制影响束缚时间长、国有企业比重仍然较高，在发展观和发展方式上还没有完全转变。具体表现在以下几方面。

（一）经济发展速度缓慢而质量不高

1. 经济发展总体水平居于全国中下游水平，且各省（区）发展不平衡

2007 年，东北地区经济继续保持较快发展，但与其他省份相比仍然存在较大差距。从表 6 可以看出，东北地区的 GDP、人均 GDP 与农村居民人均收入处于全国中游，城镇居民人均可支配收入处于全国下游。同时，东北三省内部发展也不平衡，其中，差距较大的为 GDP 增幅，辽宁与吉林省的排名处于前 5 名，仅有黑龙江省处于倒数第 6 名，即第 26 名；辽宁城镇居民人均可支配收入处于第 11 位，吉林和黑龙江省均处于 20 名之后。总体来说，辽宁省各主要指标排名较好，吉林省次之，黑龙江省处于较差地位。因此，对于吉林与黑龙江省来说，采取若干重大举措加快发展振兴步伐，缩小同辽宁省等发达省份的发展差距，既是全面实施东北振兴战略的客观需要，也是为国家作出更大贡献的现实选择。

表 6　2007 年东北地区主要指标在全国的排名

地　　区	GDP	GDP 增幅	人均 GDP	城镇居民人均可支配收入	农村居民人均收入	固定资产投　　资
辽 宁 省	8	5	8	11	9	5
吉 林 省	21	2	12	20	11	16
黑龙江省	15	26	13	27	12	20

资料来源：《中国统计年鉴》与 2007 年全国及各省统计公报整理并计算。

2. 固定资产投资增长对就业拉动作用不明显，物价居高不下

投资增长一般会形成新的生产能力，并促进就业增长。但东北地区的固定资产投资中可以吸纳劳动力的用于设备、工器具购置的比重只占约 1/4，能大量吸纳劳动力的个体和民营经济投资比重很小，投资于劳动密集型的加工业、服务业的比重也很小，投资于资金密集型的重化工业和基础设施的比重则很高。如辽宁省 2007 年城镇固定资产投资增长 32.1%，但年末城镇从业人员比上年末减少17657 人，在岗职工减少 24483 人。黑龙江省 2007 年城镇固定资产投资增长28.5%，城镇从业人员仅增长 2.88%，在岗职工减少 1.4 万人。近几年，黑龙江省加大了对加工业的投资力度，2007 年新增城镇固定资产 1904 亿元，新增城市

就业人员 19.9 万人，每增 1 亿元资产新增就业 105 人，仍比全国 2005 年的水平低 44.5%。同时，投资的快速增长引起相关产品的需求快速增加，进而拉动物价上涨。物价上涨使企业盈利增加，扩大再生产的冲动强化，又会进一步推动投资规模的扩大，反过来刺激物价进一步上涨。从表 7 可以看出，2003 年，东北三省投资开始提速（如辽宁省），但黑龙江省与吉林省仍然低速。同全国一样，东北三省物价涨幅较低，其中，投资增速最低的黑龙江省物价水平最低，投资增速最高的辽宁省物价水平最高。经过连续几年投资高速增长的推动，2007 年，东北三省投资增速超过全国，物价涨幅也超过或与全国持平，均出现了通货膨胀的趋势。

表 7　东北三省与全国的投资增长速度和 CPI 变化情况（2003 年、2007 年）

单位：%

类　别	辽　宁		吉　林		黑龙江		全　国	
	2003 年	2007 年	2003 年	2007 年	2003 年	2007 年	2003 年	2007 年
投资增长速度	29.3	32.1	16.2	41.5	11.5	28.5	27.7	25.8
居民消费价格指数（CPI）	101.7	105.1	101.2	104.8	100.9	105.4	101.2	104.8

资料来源：《中国统计年鉴》与 2007 年全国及各省统计公报整理并计算。

3. 对外开放程度低，外向型经济发展滞后

近年来，随着经济全球化的迅速推进，外商投资和扩大出口已经成为推动中国沿海地区经济增长的重要力量。相比较而言，东北地区对外开放的程度较低，外商直接投资和外贸出口对地区经济增长的推动作用较小。首先，从实际利用外商直接投资额看，2007 年，东北地区实际利用外商直接投资总额为 135.41 亿美元，占全国的 18.1%，其中，辽宁省占 12.2%，而吉林和黑龙江省分别仅占 3.0% 和 2.9%。这一现象表明，外商在东北地区的投资进一步向区位和发展条件较好的辽宁省，尤其是大连和沈阳集中。其次，从外向型经济发展程度看，2007 年东北地区的出口依存度为 16.1%，低于全国平均水平（36.1%）20 个百分点，其中，辽宁、吉林与黑龙江省的出口依存度分别为 23.4%、5.4% 和 12.7%。对于东北地区来说（本文主要指吉林和黑龙江两省，辽宁省相对较好），外贸出口依存度低，说明其产品以内销为主，国际市场竞争力不强，扩大出口对区域经济的拉动作用不明显，区域经济增长主要依靠投资和内销来带动。

4. 蒙东地区和东北三省实行区域一体化需要一定的磨合期

2007 年 8 月，国家正式把内蒙古自治区东部五盟市纳入"振兴东北"范围。

蒙东地区盟市毗邻东北三省，地缘相接，与东北三省在资源、交通、市场、经济等方面有着紧密的联系和很强的互补性，在民族文化传统方面也有着源远流长的关系。振兴东北等老工业基地，三省一区在社会经济文化方面有着天然的合作基础。蒙东地区便利的地理位置，将大量节省东北三省的煤炭和矿产资源运输成本和价格成本，这些对东北三省的可持续发展将起重要作用。同时东北三省的经济对蒙东地区也有直接的辐射力。但是，蒙东地区和东北三省在行政区划上分属不同的省区，行政体制产生的政绩和利益要求及与之伴生的行政区经济现状是当前最大的障碍。所以要推进蒙东地区与东北三省区域经济一体化，并在区域发展规划上有机衔接起来需要一定的时间，必须突破行政体制障碍，打破地区间政策法规的脱节和地方保护主义的政策法规差异。

5. 经济发展方式尚未完全转变，计划经济的工作方式仍影响着地区又好又快发展

由于东北三省是在计划经济体制上完整发展起来的，国有大企业、重化工企业居多，民营经济仍然处于缓慢发展趋势，经济结构也存在不合理的现象，特别是发展理念和发展方式还没有完全转变，思想解放不够，创新观念不强。因此，在经济发展上还存在等、靠、看的思想，在发展目标上还有一定的保守意识，各省发展也不同程度地出现差异，今后这种差异将成为与发达省份之间的一种更大的差距。

（二）社会稳定与生态环境面临一些隐忧

1. 城镇居民人均收入低于全国平均水平，城乡差距呈现逐年加大趋势

2004～2007 年，东北地区城镇与全国平均水平的差距呈加大趋势。2003 年，辽宁、吉林和黑龙江省与全国平均水平的差距分别为 1414.05 元、1581 元和 1950.9 元；2007 年，差距分别增加到 1485.6 元、2500.48 元和 3541 元。另外，从东北三省自身城乡收入之比看，2004 年，辽宁、吉林和黑龙江省城乡收入倍数分别为 2.42、2.61 和 2.49；2007 年三省城乡收入之比分别为 2.58∶1、2.69∶1 和 2.48∶1，其中，仅有黑龙江省城乡收入之比缩小了 0.01 倍。总体而言，黑龙江省城镇居民人均可支配收入处于东北三省末位，在全国 31 个省市自治区中仅略高于新疆 125 元、西藏 245 元、四川 187 元、青海 205 元和甘肃 339 元，排在第 27 位。这不仅与黑龙江省 GDP 排在全国第 15 位、人均 GDP 排在全国第 13 位极不相称，也成为制约黑龙江省消费水平增长的原因之一。

2. 下岗失业人数增多，就业形势仍然严峻

就业不足问题的加剧既影响居民生活水平的提高，又会增加社会不稳定因素。东北地区由于国有企业机制不活，技术和设备老化，企业办社会的负担和债务沉重，导致企业缺乏活力，生产效率低下，市场竞争力不足，就业压力较大。在一些资源型城市，这种情况更为严重。东北地区虽然出台了一系列的就业再就业优惠政策，增加了就业岗位，促进了下岗失业人员的再就业，取得了可喜的成绩。但在政策的落实上还有一些不尽如人意的地方，如对待集体企业下岗失业人员发放优惠证方面还有所欠缺，比如 2007 年黑龙江省只为 11.6 万名集体企业下岗失业人员发放了再就业优惠证，其中厂办大集体下岗失业人员 6.6 万人，占应领证人员的比例过小等问题还普遍存在。

3. 资源消耗高，可持续发展任务艰巨

在东北地区，尤其是资源型和原材料工业城市，由于重化工业所占比重大，资源和能源消耗较高，环境污染较为严重。2007 年，东北三省工业废水排放量为 17.36 亿吨，其中，化学需氧量排放量为 56.61 万吨，氮氧化物排放量为 2.42 万吨；工业废气中二氧化硫排放量为 191.9 万吨，烟尘排放量为 139.08 万吨；工业固体废物产生量为 21582.35 万吨，综合利用量为 10686.46 万吨，综合利用率为 49.51%。其中，黑龙江省全社会能源消耗总量 9380 万吨标准煤，比上年增长 7.48%；单位 GDP 综合能耗为 1.3542 吨标准煤/万元，比上年下降 4.093%，降幅比上年提高 1.053 个百分点。单位 GDP 综合电耗为 908 千瓦时/万元，比上年下降 5.99%，降幅比上年提高 1.77 个百分点。

四　2008 年东北地区发展环境和前景展望

2008 年，东北地区应继续着眼于国内国际两个大局，既要总揽全局、统筹规划，又要抓住牵动全局的主要工作、事关群众利益的突出问题，着力推进、重点突破。从总体因素分析，国内外大环境总体上仍有利于东北地区经济社会继续保持平稳较快发展。

（一）经济社会发展的宏观环境因素分析

1. 国际宏观环境因素分析

目前，经济全球化趋势深入发展，科技进步日新月异，国际产业转移加快。

东北地区应充分利用处于东北亚的中心地带的区位优势，更大范围地利用国际市场和国际资本、资源、技术，优化调整产业结构，推动东北老工业基地振兴步伐。2007 年 6 月下旬以来，国际石油价格的较快上涨，不仅直接影响国内石油和成品油的价格，还通过成本传导对国内生产资料和工业品价格产生影响，不仅提高了企业生产成本，而且加大了总体价格水平上涨的压力。作为中国主要石油基地、商品粮基地、森林生态基地和国家重要的装备制造业基地，东北经济发展的不利因素日益突出，但东北地区也具备加快发展的巨大潜力。东北地区采取若干重大举措加快发展步伐，缩小同沿海发达地区的发展差距，既是全面实施东北振兴战略的客观需要，也是为国家作出更大贡献的现实选择。

2. 国内宏观环境因素分析

2008 年对于中国来说是悲喜交加的一年。年初的南方雪灾，以及"五·一二"汶川地震给人民生命财产造成了巨大损失，也增加了财政支出的压力。但同时 2008 年也是各地落实党的"十七大"精神的第一年，加之国人期待的奥运会在北京胜利召开，"绿色奥运"观念深入人心，各地发展经济的积极性继续高涨。虽然东北地区不是主赛场（除辽宁省是足球赛场外），但是仍受到奥运经济的拉动，尤其是东北地区的绿色食品生产企业整体竞争能力得到了全面提升。同时，伴随东北老工业基地振兴战略的深入实施，国家在完善社会保障体系、解决历史遗留问题、改造重点企业技术、建设重大基础设施和发展现代农业等方面给予了大力支持，这些都是东北地区难得的历史性发展机遇。

（二）东北地区经济社会发展主要指标分析

1. 拉动经济增长的投资与出口增速将有所放缓，继续起到"加速器"作用

目前，东北地区的固定资产投资在建规模较大，新开工项目增加，投资总量继续保持较快增长态势。但由于受到土地、资金、人才等生产要素供给和需求两方面因素的制约，预计全社会固定资产投资增速将稳中略降，进出口增势仍然较强。同时，东北地区具有处于东北亚中心的区位优势，应考虑继续实行大通道战略，即在进一步巩固现有哈尔滨—长春—沈阳—大连港通道的基础上，逐步打通和完善哈尔滨—绥芬河—海参崴港、长春—吉林—珲春—扎鲁比诺港通道以及建设东北东部铁路，构筑东北地区出海的四大通道体系，形成"井"字形的空间布局结构，以构筑更便利的外商直接投资条件。预计全年进出口增速将稳中有升。

2. 消费需求稳步扩大，继续起到"稳定器"作用

消费是收入的函数，城乡居民收入的增加可以对扩大消费起到推波助澜的作用。2008 年，东北地区消费品市场继续保持较高增速，其特点是城市和农村消费品市场均保持了较高增速，且两者之间差距在缩小。2007 年，东北地区城镇居民人均可支配收入与农村居民人均现金收入增长较快，社会保障和就业再就业工作力度明显加大，这些都有利于消费需求的继续扩大。但同时也要注意制约东北地区消费加快增长的农民增收难、社会保障体系不健全以及教育、医疗改革不完善等问题的存在。

3. 工业生产继续较快增长，加快新型工业化进程

2007 年，为加快东北地区新型工业化进程，近几年形成的新增能力将陆续投产，煤电油运对工业生产的支撑条件进一步改善，需求较快增长，预计 2008 年工业生产总体上将保持较快增长态势。

4. 市场价格继续上涨，但涨势趋弱

2007 年，居民消费价格指数（CPI）持续高涨，辽宁省和黑龙江省分别高于全国平均水平 0.3 和 0.6 个百分点，吉林省与全国持平。CPI 上涨的主要原因是生活资料价格涨幅较大，粮油价格持续上涨，居住和服务价格将继续上调，对价格总水平上涨有较强的推动作用。由于绝大部分工业消费品生产保持稳定增长，因而工业消费品价格比较平稳；加上 2007 年大半年价格上涨对 2008 年影响较大。

五　以科学发展观为指导促进东北地区经济又好又快发展

东北地区要想实现未来经济发展目标，关键要在加快转变经济发展方式、完善社会主义市场经济体制方面取得重大进展。要大力推进经济结构战略性调整，更加注重提高自主创新能力、提高节能环保水平、提高经济整体素质和国际竞争力。

（一）提高自主创新能力，推动产业结构优化升级

自主创新是提升科技水平和经济竞争力的关键，也是调整产业结构、转变经济发展方式的中心环节。因此，一是要深入实施科教兴省和人才强省战略，整合

科技教育资源，建立以企业为主体的技术创新体系，进一步增强和提高原始创新能力、集成创新能力和引进消化吸收再创新能力，为经济社会的快速健康发展提供强大的技术支持。二是要加快产业结构调整，尤其是占全国资源型城市约1/4的资源型城市接续产业和替代产业的发展，要由主要依靠第二产业带动向依靠第一、第二、第三产业协同带动转变，通过做大做强优势产业，促进区域经济协调发展。三是要提高企业自主创新能力，培育一批大公司和企业集团，不断增强工业发展后劲。从发展和基础看，东北地区的产业发展应重点构筑原材料及后续加工产业、装备制造业、农产品精深加工、高新技术产业四大优势产业集群。同时要加快建设辽宁的"五点一线"、黑龙江的"哈大齐"工业走廊和东部煤电化基地，不断提高优势产业的集聚和配套能力。

（二）统筹城乡发展，推进社会主义新农村建设

解决好农业、农村、农民问题，事关全面建设小康社会大局，必须将之作为全党工作的重中之重。一是加强农业基础地位，走中国特色农业现代化道路，建立以工促农、以城带乡的长效机制，形成城乡经济社会发展一体化新格局。二是坚持把发展现代农业、繁荣农村经济作为首要任务，加强农村基础设施建设，健全农村市场和农业服务体系。三是加大支农惠农政策力度，严格保护耕地，增加农业投入，促进农业科技进步，增强农业综合生产能力，确保国家粮食安全。四是深化农村综合改革，推进农村金融体制改革和创新，改革集体林权制度。五是坚持农村基本经营制度，稳定和完善土地承包关系，按照依法自愿有偿原则，健全土地承包经营权流转市场，有条件的地方可以发展多种形式的适度规模经营。六是积极探索集体经济有效实现形式，发展农民专业合作组织，支持农业产业化经营和龙头企业发展。

（三）加强能源资源节约和生态环境保护，增强可持续发展能力

一直以来，东北地区资源浪费、环境污染问题较为严重。因此，在经济发展过程中，节约使用能源，努力提高能源利用效率，加快建设节约型社会是保证东北地区经济持续、健康发展的迫切要求。一是完善有利于节约能源资源和保护生态环境的法律和政策，加快形成可持续发展体制机制。二是开发和推广节约、替代、循环利用和治理污染的先进适用技术，发展清洁能源和可再生能源，保护土地和水资源，建设科学合理的能源资源利用体系，提高能源资源利用效率。三是

加大节能环保投入，重点加强水、大气、土壤等污染防治，改善城乡人居环境。四是加强水利、林业、草原建设，促进生态修复。

（四）推进东北三省与蒙东地区经济一体化发展，促进区域协调发展

构建区域协调发展新格局是一项长期复杂的系统工程，必须建立健全市场机制、合作机制、互助机制和扶持机制，形成区域间相互促进、优势互补的局面。各经济区既要加快自身的经济一体化进程，又要主动加强同相邻地区的经济合作与融合。现在，东北三省和蒙东五盟市依据国家东北振兴规划原则分别制定了各自的发展规划，但由于各地长期受行政区划体制和计划经济思维的影响，制定的发展规划多倾向于加快自身发展，偏重于自身利益，而缺乏地区之间协调的统一性，也难以形成区域经济一体化协调的发展规划和运行机制。因此，建议成立由三省一区省级高层牵头，组织各有关部门参加的区域经济规划委员会，按照"平等互利、发挥优势、合理分工、共同发展"的原则，共同编制东北区域经济协调发展的综合性总体规划。同时设立处理区域协调事务的常设协调机构，作为推动区域经济一体化规划落实的实施主体，并协调、监督各地遵循区域发展总体规划实施分区规划。

（五）深化财税、金融等体制改革，完善宏观调控体系

东北地区应围绕推进基本公共服务均等化和主体功能区建设，完善公共财政体系。一是深化预算制度改革，强化预算管理和监督，健全中央和地方财力与事权相匹配的体制，加快形成统一、规范、透明的财政转移支付制度，提高一般性转移支付规模和比例，加大公共服务领域投入。二是完善省级以下财政体制，增强基层政府提供公共服务的能力。三是推进金融体制改革，发展各类金融市场，形成多种所有制和多种经营形式、结构合理、功能完善、高效安全的现代金融体系。四是提高银行业、证券业、保险业的竞争力。五是优化资本市场结构，多渠道提高直接融资比重。六是加强和改进金融监管，防范和化解金融风险。七是发挥国家发展规划、计划、产业政策在宏观调控中的导向作用，综合运用财政、货币政策，提高宏观调控水平。

（六）建立健全资源型城市可持续发展的长效机制

东北地区是资源型城市较为集中的区域，促进资源型城市可持续发展应是东

北地区振兴的一项重要任务。一是建立资源开发补偿机制。对资源已经或濒临枯竭的城市和原中央所属矿业、森工企业，国家要给予必要的资金和政策支持，以帮助解决历史遗留问题，补偿社会保障、生态、人居环境和基础设施建设等方面的欠账。二是建立衰退产业援助机制。资源型城市要统筹规划，加快产业结构调整和优化升级，大力发展接续替代产业，积极转移剩余生产能力，完善社会保障体系，加强各种职业培训，促进下岗失业人员实现再就业，保障资源枯竭企业平稳退出和社会安定。三是完善资源性产品价格形成机制。科学制定资源性产品成本的财务核算办法，把矿业权取得、资源开采、环境治理、生态修复、安全设施投入、基础设施建设、企业退出和转产等费用列入资源性产品的成本构成，完善森林生态效益补偿制度，防止企业内部成本外部化、私人成本社会化。

（七）拓展对外开放广度和深度，提高开放型经济水平

借助中国政府正在实施东北老工业基地振兴战略、沿边大开放战略的强劲东风，东北地区应充分利用地处东北亚中心的区位优势，扩大开放领域，优化开放结构，提高开放质量，完善内外联动、互利共赢、安全高效的开放型经济体系，形成参与国际经济合作和竞争新优势。目前，东北地区应重点实施与俄罗斯、日本、韩国、蒙古、朝鲜等国家的经贸合作，进一步深化"走出去"、"引进来"的对外开放政策。

中俄最高领导层高度重视中国东北老工业基地振兴与俄远东和后贝加尔地区开发的对接。我国制定了东北地区与俄远东地区合作规划，俄罗斯制定了远东和后贝加尔地区2007～2013年开发规划，今后5年要在该地区投资5000亿卢布，是前5年的30倍。这个地区是当今世界唯一的没有大规模开发的能源、资源宝地。俄方急需扩大国际合作，进行资源开发和加工，目前日本、韩国等国家已抢占先机。东北地区发展与俄远东地区的合作有得天独厚的地缘、人缘优势和合作基础，既缓解地区和全国性能源、资源短缺的紧迫需求，又面临国内控制投资和鼓励走出去投资的政策环境，以及人民币升值对外投资极为经济的好机遇。所以，应采取超常规措施，谋划一批中俄合作开采俄罗斯石油、天然气、矿产、森林等资源并进行加工的大项目，组织地区内大企业走出去，采取股份制形式组建项目公司，逐步在俄远东地区建立起我国的能源、原材料基地。这对增强我国经济实力、实现国民经济又好又快发展具有现实意义。

综合篇

东北地区在全国经济格局的发展态势研究

李坤英[*]

摘　要： 在全国经济平稳增长的状态下，东北经济区固定资产投资增长速度较前几年有所减缓，但仍然是拉动经济增长的主要力量，而消费需求对经济增长的拉动力低于投资需求和出口。与长三角经济区和珠三角经济区相比，东北经济区的 GDP 增长速度慢于珠三角经济区和长三角经济区。注重改善分配结构和消费环境、引导传统产业创新、支持中小企业发展、优化东北地区金融生态环境、促进东北区域经济一体化是东北经济区发展的重点。

关键词： 东北经济区　经济格局　经济增长　消费需求

一　2007 年中国经济发展的基本态势

2007 年，我国经济运行进入高位平稳增长状态，GDP 继续快速增长，全年实现国内生产总值 246619 亿元，比上年增长 11.4%（见图 1）。其中，第一产业增加值 28910 亿元，比上年增长 3.7%；第二产业增加值 121381 亿元，比上年增长 13.4%；第三产业增加值 96328 亿元，比上年增长 11.4%。第一产业增加值占国内生产总值的比重为 11.7%，与上年持平；第二产业增加值比重为 49.2%，

* 李坤英，辽宁社会科学院经济研究所助理研究员，主要研究农业经济问题。

上升 0.3 个百分点；第三产业增加值比重为 39.1%，下降 0.3 个百分点。2007 年中国经济运行主要呈现以下特征。

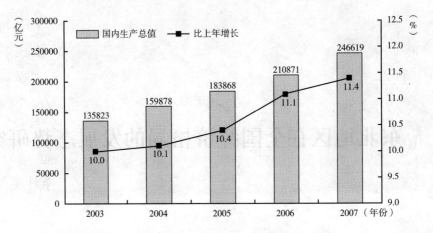

图1 2003～2007 年国内生产总值及其增长速度

资料来源：国家统计局网。

（一）价格涨幅不断加大

2007 年，居民消费价格比上年上涨 4.8%（见图2），其中，食品价格上涨 12.3%，商品零售价格上涨 3.8%；固定资产投资价格上涨 3.9%，工业品出厂

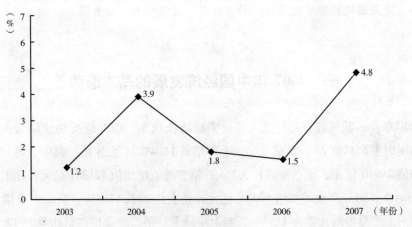

图2 2003～2007 年居民消费价格涨跌幅度

资料来源：国家统计局网。

价格上涨 3.1%，生产资料价格上涨 3.2%，生活资料价格上涨 2.8%，原材料、燃料、动力购进价格上涨 4.4%；农产品生产价格上涨 18.5%；70 个大中城市房屋销售价格上涨 7.6%，新建商品住宅价格上涨 8.2%，二手住宅价格上涨 7.4%，房屋租赁价格上涨 2.6%。从价格走势上看，供求关系显示出两个特点：一是食品价格与农产品价格是拉动价格总水平上升的主要因素；二是下游产品价格涨幅高于上游产品。

（二）消费需求对经济增长的约束较强

2007 年，社会消费品零售总额 89210.0 亿元，比上年同期增长 16.8%。城市增长幅度高于县及县以下，城市消费品零售额 60410.7 亿元，同比增长 17.2%；县及县以下消费品零售额 28799.3 亿元，同比增长 15.8%。分行业看，批发零售业零售额 75040.3 亿元，同比增长 16.7%；住宿和餐饮业零售额 12352.0 亿元，同比增长 19.4%；其他行业零售额 1817.7 亿元，同比增长 4.5%。社会消费品零售总额增长率与同期固定资产投资增长率（24.8%）和出口增长率（23.5%）相比仍然有很大差距，消费需求对经济增长的拉动力低于投资需求和出口。

（三）固定资产投资是拉动经济增长的主要力量

2007 年，全社会固定资产投资 137239 亿元，比上年增长 24.8%（见图 3）。在城镇投资中，第一产业投资 1466 亿元，比上年增长 31.1%；第二产业投资 51020 亿元，增长 29.0%；第三产业投资 64928 亿元，增长 23.2%。分城乡看，城镇投资 117414 亿元，比上年增长 25.8%；农村投资 19825 亿元，增长 19.2%。分地区看，东部地区投资 72314 亿元，比上年增长 19.9%；中部地区 34283 亿元，增长 33.3%；西部地区 28194 亿元，增长 28.2%。全年房地产开发投资 25280 亿元，比上年增长 30.2%，其中商品住宅投资 18010 亿元，增长 32.1%。商品房竣工面积 58236 万平方米，比上年增长 4.3%。商品房销售面积 76193 万平方米，比上年增长 23.2%，其中商品住宅面积 69104 万平方米，增长 24.7%。在全部固定资产投资中，涨幅位于前几位的是专用设备制造业、非金属矿物制品业、通用设备制造业和建筑业。专用设备制造业投资 1696 亿元，比上年增长 55.7%；非金属矿物制品业投资 2799 亿元，比上年增长 50.8%；通用设备制造业投资 2341 亿元，比上年增长 49.4%；建筑业投资 1182 亿元，比上年增长

48.5%。2007 年固定资产投资增长速度较前几年有所减缓，但仍然是拉动经济增长的主要力量。

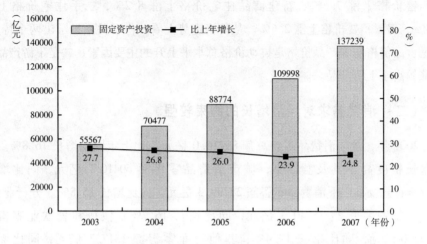

图 3　2003～2007 年固定资产投资及其增长速度

资料来源：国家统计局网。

（四）外贸进出口增速差距拉大，顺差快速增长

2007 年，全年货物进出口总额 21738 亿美元，比上年增长 23.5%。其中，货物出口额 12180 亿美元，增长 25.7%；货物进口额 9558 亿美元，增长 20.8%。出口大于进口 2622 亿美元，比上年增加 847 亿美元。外贸依存度由 2001 年的 38.47% 上升到 2005 年的 63.86%，2007 年已经达到了 70% 左右，外需对经济增长的贡献率超过 33%，经济对外部市场的依赖度增加，国外市场的需求已经成为我国国内经济增长的一个重要动力。

（五）轻重工业同步增长

2007 年，全部工业增加值 107367 亿元，比上年增长 13.5%。在不同所有制类型的工业企业中，私营企业利润增长率最高，比上年同期增长 26.7%；其次是股份制企业，增长 20.6%。规模以上工业企业（全部国有企业和年产品销售收入 500 万元以上的非国有企业）增加值增长 18.5%，其中国有及国有控股企业增长 13.8%；集体企业增长 11.5%；外商及港澳台投资企业增长 17.5%。分轻重工业看，轻工业增长 16.3%；重工业增长 19.6%，基本实现轻重工业同步增长。

2007年，全年规模以上工业中，煤炭开采和洗选业增加值比上年增长18.1%，石油和天然气开采业增长3.9%，纺织业增长16.2%，农副食品加工业增长16.9%，通用设备制造业增长24.2%，交通运输设备制造业增长26.2%，通信设备、计算机及其他电子设备制造业增长18.0%，电气机械及器材制造业增长21.5%。六大高耗能行业比上年增长18.9%，其中，非金属矿物制品业增长24.7%，黑色金属冶炼及压延加工业增长21.4%，化学原料及化学制品制造业增长21.0%，有色金属冶炼及压延加工业增长17.8%，电力热力的生产和供应业增长13.8%，石油加工炼焦及核燃料加工业增长13.4%，高技术产业增加值比上年增长17.8%。1～11月，全国规模以上工业企业累计实现利润22951亿元，比上年同期增长36.7%。

（六）城镇居民收入快于农民收入

2007年，全年农村居民人均纯收入4140元，扣除价格上涨因素，比上年实际增长9.5%；城镇居民人均可支配收入13786元，实际增长12.2%。农村居民家庭恩格尔系数（居民家庭食品消费支出占家庭消费总支出的比重）为43.1%，城镇居民家庭恩格尔系数为36.3%。按农村绝对贫困人口标准低于785元测算，2007年末农村贫困人口为1479万人，比上年末减少669万人；按低收入人口标准为786～1067元测算，年末农村低收入人口为2841万人，减少709万人。

二 东北区域经济格局发展态势

（一）东北地区经济格局的特点

2006年，东北三省土地面积为78.8万平方公里，占全国比重的8.2%，人口10817万人。国内（地区）生产总值为19715.2亿元，占全国比重的8.5%。与2004年相比，虽然国内生产总值增加了4581.2亿元，但是比重却下降了3.1%。从人均生产总值来看，东北经济区2004年人均生产总值为14092元，2006年为18277元，增长29.7%；珠三角经济区2004年人均生产总值为46304元，2006年为49153元，增长6.2%；长三角经济区2004年人均生产总值为

35040 元,2006 年为 41522 元,增长 18.50%。东北经济区人均生产总值的增长
虽然高于长三角经济区和珠三角经济区,但是总量仍低于这两个经济区(见表
1)。从经济密度来看,珠三角经济区和长三角经济区远远高于东北经济区,珠
三角经济区最高为 5138 万元/平方公里,长三角经济区为 3957 万元/平方公里。
而东北经济区仅为 250 万元/平方公里,也低于东部十省和中部六省,略高于全
国平均水平。

表 1　2006 年东北三省经济区与其他经济区 GDP 等比较

地　　区	地区生产总　值（亿元）	占全国比重（%）	人口（万人）	人均生产总值（元）		土地面积（万平方公里）	占全国比重（%）	经济密度（万元/平方公里）
				2004 年	2006 年			
东　　北	19715.2	8.5	10817.0	14092	18277	78.8	8.2	250
珠 三 角	21424.3	10.2	2498.9	46304	49153	4.1698	0.4	5138
长 三 角	39612.5	18.8	8321.6	35040	41522	10.0105	1.0	3957
东部十省	128593.1	55.7	46906.0	—	27567	91.6	9.5	1403
中部六省	43218.0	18.7	35251.1	—	12269	102.8	10.7	420
全　　国	210871.0	100	131448	12336	16084	960	100	219

资料来源:《中国区域经济统计年鉴 2007》。

(二) 东北三省在全国生产总值的位次

2002 年,上海市生产总值超过辽宁省,使辽宁省在全国的位次降到第 8 位,
2007 年,辽宁省仍排在第 8 位,黑龙江省排在第 14 位,吉林省排在第 22 位。相
对于东部地区,辽宁省经济增长速度仍比较低,2000 年生产总值占全国的份额
为 4.8%,2003 年为 4.4%,2004 年进一步下降为 4.2%,2007 年又上升为
4.5%。在东北三省中,辽宁省经济增长速度居东北三省首位,2006 年辽宁省生
产总值占东北三省的比重为 47.3%,有上升态势,虽然较 2000 年的 47.9%下降
了 0.6 个百分点,但是与 2004 年的 45.4%相比,上升了 1.9 个百分点。

(三) 东北地区在全国产业格局中的地位

2006 年,东北经济区三次产业结构的比率是 12.1∶50.8∶37.1,珠三角经济
区三次产业结构的比率是 2.4∶51.7∶45.9,长三角经济区三次产业结构的比率是

3.7∶54.9∶41.3，东部十省三次产业结构的比率是7.3∶51.9∶40.8，中部六省三次产业结构的比率是15.3∶48.5∶36.2。从产业结构来看，东北经济区第一产业增加值占地区生产总值的比重高于珠三角经济区和长三角经济区，而第三产业增加值占地区生产总值的比重低于珠三角经济区和长三角经济区。2007年，全国全年全部工业增加值为107367亿元，比上年增长13.5%，规模以上工业增加值增长18.5%。辽宁省规模以上工业企业完成增加值5047.00亿元，按可比价格计算，比上年增长21.0%。吉林省全年规模以上工业企业完成增加值1873.85亿元，按可比价格计算，比上年增长23.6%。黑龙江省全年规模以上工业企业（主营业务收入500万元以上）实现增加值2871.9亿元，比上年增长15.8%，连续四年保持15%以上的增速。

（四）与经济发达地区的差距

东北经济区GDP总量在全国的位次不断后移。1980年东北三省GDP占全国的14%，1995年下降到10.06%，到2005年则降至8.9%，2006年再降至8.5%。东北经济区的GDP增长速度低于珠三角经济区和长三角经济区，2004年东北经济区GDP相当于珠三角经济区的113.0%，相当于长三角经济区的52.6%。2006年东北经济区GDP相当于珠三角经济区的92.0%，相当于长三角经济区的49.8%。居民收入和消费水平的地区差距有所缩小，东部地区仍居于领先地位，中西部和东北地区增长较快。中西部和东北地区投资增长继续快于东部地区。东北经济区城镇居民收入与全国平均水平的差距缩小。2004年，东北经济区城镇居民收入7775元，比全国平均水平低1647元，相当于全国城镇居民可支配收入的82.5%。2006年，东北经济区城镇居民收入9830元，比全国平均水平低1929.5元，相当于全国城镇居民可支配收入的83.6%。

三 区域发展中存在的主要问题

（一）消费需求增长与投资需求增长不协调

2006年，珠三角经济区社会消费品总额比2004年增长48.5%，固定资产投资增长31.2%，两者增长率相差17.3%；长三角经济区社会消费品总额比2004年增长49.6%，固定资产投资增长35.7%，两者增长率相差13.9%；东北经济区社会消费品总额比 2004 年增长 30.4% ，固定资产投资增长 88.5% ，两者增长率相差 58.1% 。与珠三角经济区和长三角经济区相比，东北经济区消费对经济增长的拉动作用明显低于固定资产投资（见表 2）。

表 2　2006 年固定资产投资、社会消费品零售总额和城镇居民收入比较

地　区 ＼ 年份 类别	固定资产投资（占全国比重，%）		社会消费品零售总额（亿元）	
	2004	2006	2004	2006
东　北	5579.5(8.1)	10520.0(9.7)	5450.9	7108.2
珠 三 角	4487.0(6.4)	5889.1(5.4)	4498.5	6681.9
长 三 角	13650.7(19.4)	18517.5(16.8)	8258.9	12351.8
全　国	70477.4	109998.2	53950.1	76410.0

资料来源：《中国区域经济统计年鉴 2007》。

（二）区域间发展不平衡，区内一体化水平有待提高

由于各种因素所致，全国各地区发展极不平衡。一般来说，沿海地区要好于中部地区，而东北地区又好于西北地区，例如：珠三角地区和长三角地区，在产业结构、经济发展要素转移和现有的资源及基础条件结合的基础上，使其人口转移、政策支持、发展比较优势产业或者新兴产业、加大基础设施建设等方面迈上一个新的台阶。而东北地区的传统工业过度依赖能源和资源，而能源和资源的不平衡分布又造成区域差异，从而使东北地区的一体化进程滞后于工业化进程。尽管目前东北地区工业化的进程正在加快，但区域内部经济关联较弱，自我创新能力和一体化发展程度较低，无形中削弱了东北经济的整体竞争力。主要表现为：省际行政体制和旧的经济体制阻隔了经济一体化的深入发展；东北三省地方政府的组织管理行为存在地方利益导向，各地政府重复投资导致产业结构趋同；现有的行政管辖体制助长了地方保护主义和企业的重复建设，也影响了能源、水利、交通、生态环境等重大基础设施的统筹规划和布局。

（三）人民币升值、生产成本上升等因素影响出口和企业利润

从 2005 年"汇改"至 2008 年 4 月，人民币对美元累计升值达到 18% ，人民币对美元汇率升值加速，但对欧元和日元却相对贬值。在人民币快速升值和外部环境恶化的背景下，我国出口企业面临着巨大的挑战。我国出口产品仍然存在着

技术含量低、产品附加值小等问题，大部分出口企业属于简单加工贸易类型，只能获取微薄的利润。原材料成本处于上升态势，八成出口企业成本增长率处于5%以上，主要体现在原材料成本和劳动力成本上面。由于我国出口企业大部分是中小型出口企业，存在着总体数量大但单个规模小的特征，相互之间没有建立良好的价格协调机制。因此，出口议价能力并未随总量不断增大而提高，成本的上升很难通过价格的提高来进行转嫁。随着国内劳动力成本的上升以及印度、印度尼西亚和越南等国鼓励本国的加工贸易，国内出口企业的市场份额受到挤压。加工贸易产品本身技术含量低的特征只能迫使出口企业采用"以价取胜"的策略，从而造成各出口企业竞相低价抢占份额。受美国次级债危机的影响，我国对美出口出现下降的趋势，另外，欧元区经济也开始出现放缓的迹象。国际贸易保护主义抬头，发达国家不断利用技术、关税等壁垒大大增加了我国出口成本。

四 东北区域经济发展的政策建议

（一）改善分配结构和消费环境

要提高消费需求拉动经济增长的贡献率，必须增加就业或实现充分就业，提高劳动报酬在分配中的比重，并建立健全同经济发展水平相适应的社会保障体系。一是完善城镇职工基本养老保险制度和基本医疗保险制度。社会保障体系是调节收入差距的重要手段。当前，应健全失业保险制度和城市居民最低生活保障制度，确保国有企业下岗职工基本生活费和离退休人员基本养老金按时足额发放，使所有符合条件的城市居民都能得到最低生活保障。有条件的地方，可以探索建立农村养老、医疗保险和最低生活保障制度。二是深化分配制度改革。要确立劳动、资本、技术和管理等生产要素按贡献参与分配的原则，完善按劳分配为主体、多种分配方式并存的分配制度。同时应加强政府对收入分配的调节职能，合理调节少数垄断性行业的过高收入，取缔非法收入，并以共同富裕为目标，扩大中等收入者比重，提高低收入者收入水平，使地区之间、行业之间、社会群体之间收入差距趋向合理。三是进一步完善消费政策，改善消费环境。加大财政对教育、卫生的投入，减轻居民教育和医疗支出负担，是改善居民支出预期的重要措施。规范城市低保工作，逐步提高保障标准，适应就业形式的发展变化，不断扩大养老、医疗、失业等社会保险覆盖面，加快提高统筹层次，解决关闭破产国有企业退休人员参加医疗保险资金的来源问题，积极探索建立和完善农村社会保障体系等，是消除居民扩大即期消费后顾之忧的治本之策。四是稳步发展热点消费。培育和扩大住房、汽车、通信、旅游等消费，是促进居民消费结构升级和扩大消费的重要方面。而努力改善城乡消费环境，是引导和促进居民消费的一项迫切任务。为此，必须大力整顿消费品市场秩序，加强消费者权益保护，加强个人信用体系建设，规范发展消费信贷，增加消费信贷品种，增强居民消费能力。

（二）加强合作，促进东北区域经济一体化的发展

一是东北区域经济一体化的产业整合方向，应该根据各省工业化水平和产业优势，形成垂直和水平一体化。东北区域经济有着不同梯次的产业结构，各省应本着以区内优势产业为主体，通过垂直分工来加强产业联系。东北各省都有相当规模的要素市场，但在区域经济一体化的层面上，这些要素市场都是封闭的。因此，东北地区要在市场规则上尽快与国际接轨，尽快运用信息技术构筑区域经济一体化的要素综合市场，并以此作为突破口，努力营造开放、规范的市场环境，消除各种形式的地方壁垒，为完善市场体系创造基础条件。二是进一步优化和完善东北区域的交通网络。主要是推进东北三省大城市间的快速干道建设，实现交通网络一体化。振兴东北地区经济的关键是激活东北地区经济的主体——国有大中型企业的活力，并以构筑东北统一大市场和提高区域经济整体效益为目标，实现区域经济一体化发展。20世纪以来，东北地区工业发展消耗了大量自然资源，对环境的破坏比较严重，现在正处于生态治理的"拐点"期，为了避免生态环境恶化的不可逆情形的出现，必须抓住这个关键时期，协调东北三省一区的行动，促进东北生态环境的恢复。

（三）引导传统产业创新，支持中小企业发展

一是强调开放式的自主创新。东北地区具有良好的生产性资源和创新性资源，有素质较高的人力资本，有水平较高的生产设备，有相对充裕的资本，有相对完善的政策环境。但是，这些资源要素要转变为竞争性资源，转变为有竞争力的现实生产力，转变为区域经济增长的不竭源泉，还需要适当的生产作业、分工协作等经济组织层面上的变革与创新。结合现代科技发展特点和产业分工深化趋势，依托东北七个国家级高新技术产业开发区，围绕装备、石化、钢铁、农产品深加工、医药等优势产业，数控系统、电子信息、生物和医药、新材料等高新技

术产业领域，形成科技创新与经济发展协调与互动的机制。同时，通过自主创新激励机制的构建，激活创新资源存量，优化科技资源增量，使东北区域的科技资源优势转变为竞争优势。二是支持中小企业发展。据统计，那些有较多小企业数量的国家具有更高的经济增长率和更低的失业率，而有较少小企业数量的国家则有较低的增长率和较高的失业率。东北老工业基地的经济结构特点是：辽宁、吉林、黑龙江三省的国有及控股工业企业的资产总量，大大高于全国平均水平，而东部地区的浙江、福建、广东、江苏等省份民营经济比重高、中小企业多、轻工业比重大的创业型经济结构，与东北地区形成鲜明对比。改革开放以来的实践证明，后者能够更好地适应市场经济体制。改变经济结构现状是必然的要求，而真正能够做到这一点的就是促进创新与创业活动。中小企业在发展的过程中所遇到的最大障碍是融资困难，由于我国金融体制改革滞后，中小企业普遍缺乏金融支持。很多有潜力的企业由于资金短缺，往往不敢轻易扩张，有的坐失发展良机，还有的因此失去竞争活力。国有商业银行应增设面向中小企业的金融品种，提高银行自身的服务质量，解决中小企业发展中的困难。

（四）优化地区金融生态环境

经济发展对银行信贷的依赖程度较高。由于相当一部分金融机构不良贷款比例较高，加之商业银行经营机制调整、信贷授权授信上收，削弱了银行的放贷能力，不利于对经济的信贷投入，加剧了企业特别是中小企业资金供求矛盾。目前，一些部门金融服务水平较高，但当地的担保、服务水平不能很好满足经济发展的需要，因此迫切需要建立多元的、竞争性的银行金融服务体系以更好地满足区域经济发展的需要。一是地方政府要关心金融业的发展，要为金融业的发展创造良好的生态环境，保证金融机构依法自主经营权和金融业发展的法制环境以及社会信用环境，还要解决金融机构不良资产的化解和处置等问题。二是地方政府要采取措施，在营造良好的法律制度环境方面应采取更多的具体措施和办法，尤其是对金融机构要加强监管和自律，以确保金融业稳定运行。三是商业银行应认真执行央行确定的货币政策，使货币政策在振兴区域经济的过程中得以贯彻、落实，不断提高金融服务水平。要进一步加强部门之间、省份之间的联动，加快构建社会信用体系。东北地区的社会信用体系建设处于起步阶段，改善东北地区金融环境，是一项复杂的系统工程，政府有关部门、金融系统与企业应加强沟通与合作，以促进东北地区金融生态环境的整体优化。

东北地区发展功能定位研究

朱 宇 刘忠俊*

摘 要：东北地区经济的发展拥有一定的产业基础优势，工业具有一定的规模，在我国的工业体系中至今仍然处于举足轻重地位。东北地区要保持国家重要工业基地的地位，就必须顺应全球化背景下产业发展的客观规律，努力推动和强化产业集群，以产业集群形成区域经济核心竞争力；振兴东北地区的关键是制度创新。进行实质性的政治体制改革，已成为当前中国改革必须通过的瓶颈，也是中国社会经济全面发展，各个区域振兴的必由之路。

关键词：东北振兴 功能定位 产业集群 制度创新

按行政区域的划分，我国东北地区包括辽宁省、吉林省和黑龙江省，而从地理位置上划分，应是以上三省加上内蒙古自治区的东部。东北地区既有经济发展所需的农、林、矿产等丰富的自然资源，又有很好的产业基础和交通优势，加之紧邻俄罗斯、朝鲜、日本、蒙古等国，新欧亚大陆桥（东起吉林省图们江，西连蒙古、俄罗斯）贯穿其中，其发展条件可谓得天独厚。东北三省是我国最早建立起来的工业基地，也是我国重要的商品粮基地，曾为我国形成独立的、完整的工业体系和国民经济体系作出过重大贡献。然而，由于多方面的原因，改革开放以来，东北地区的社会经济发展一直面临着重重困难，东北地区的经济地位在不断下降，企业经济效益不佳，失业问题日益严重，不仅影响了本地区的经济发展，而且制约了全国经济的发展。因此，东北振兴对全国的经济社会发展有着非常重要的意义。针对东北地区的问题，本章从经济、政治和社会三个角度加以探讨。

---

* 朱宇，黑龙江省社会科学院副院长、研究员；刘忠俊，美国中大陆证券公司（北京）副总裁、高级工程师、经济学博士。

一 经济发展及其功能定位——东北地区的产业集群化发展

（一）东北地区的区域经济及产业现状分析

农业在东北地区整个经济总量中占有较大比重，但资源优势没能得到充分发挥。东北地区是我国重要的商品粮基地，仅吉林省粮食商品量就占全国的10%，第一产业在产业结构中一直占有较大比重。而农村工业发展严重滞后，加工转化能力低，每年只有30%左右的粮食过腹转化或过机转化，70%以上仍以原材料形式存储，财政负担沉重，粮食的转化效益低，农民收入少。农业的生产技术没有大的改进，传统农业依然占有较大比重，农业生产结构不适应现代农业发展和农业生产率提高的要求。

东北地区经济的发展拥有一定的产业基础优势，但产业结构层次低，整体素质差。东北地区的工业具有一定的规模，在我国的工业体系中至今仍然处于举足轻重地位。目前，东北地区原油产量占全国总产量的40%，木材产量占全国的50%，汽车产量占全国的25%，船舶产量占全国的33%。在东北地区形成了门类齐全、实力雄厚的重化工业，特别是航空、汽车、船舶、发电设备、电线电缆、重矿设备和通用机械、电子机械设备等制造工业具有相当的实力，也造就了大批的产业工人。因此，在东北老工业基地的经济结构中，第二产业特别是工业所占比重较高。但是，经过二十多年的改造调整，以传统产业为主的产业结构并未得到较大改变，传统产业比重居高不下，具有广阔市场前景和增长潜力的高新技术产业规模小、比重低，缺乏对地区经济发展的整体带动作用。区域高新技术产业规模小，导致东北老工业基地经济增长缺乏后劲，也难以充分发挥对传统产业的改造、提升作用。

东北老工业基地由于对国有企业依赖性较大，导致政企不分、市场经济发展迟缓、民营经济发展不足。东北老工业基地中占有高比例的重、化工业大都具有资金密集的特征，进入壁垒很高，新的所有制成分很难从产业内部独立地成长起来。单一体制与倚重产业的结合，更加限制了具有活力的市场经济成分的成长和发展壮大。这就直接导致整体经济缺乏吸纳就业与推动经济增长的重要能力。限制了国企大量富余人员在经济结构调整中的分流空间，阻碍着传统产业劳动生产率的提高。

重工业在东北区域经济中占有重要的地位。由于东北地区大多数重工业企业兴建时间早，近年来虽然经过多次技术改造，但仍然存在着技术落后、管理落后的问题，这些都妨碍着东北地区经济的振兴。

东北地区的固定资产投资过多集中于国有及国有控股企业。由于东北地区的投资过多地集中在国有及国有控股企业，而外商投资和民间投资又不足，则国有及国有控股企业的不景气就容易导致整个东北地区经济的衰弱。

随着我国的经济体制由计划经济向市场经济转轨，东北地区制度性矛盾、结构性矛盾日趋严重，东北老工业基地企业设备和技术老化，主导产业衰退，竞争力下降，就业矛盾恶化，地区 GDP 占全国的比重下降，与沿海发达地区的差距不断拉大。东北经济发展缓慢是与其经济结构中公有制经济占有过大的比重密切相关的。改革开放以来，特别是从 20 世纪 90 年代初以来，国有企业纷纷出现了各种问题，由于未能理清产权关系，缓和了旧矛盾又出现新问题，然后又不得不一次又一次地进行资产重组，结果使原本经营不错的企业出现了危机。

——现有的国有资产经营代理人的选择缺乏竞争机制的创新，是一种低效率的配置。在市场经济条件下，企业经营者应由市场配置和选择。但由于旧体制因素的影响和束缚，东北老工业基地仍然存留着由执政党组织部门和行政部门选择国有企业经营者的制度，即由执政党组织部门和政府有关部门从党政官员中"选择"、任命。在政府部门和国有企业之间可以按相同的行政级别调整和安排国有企业经营者，即具有企业家和政府官员双重身份，执政党的组织部门也可以根据某种需要，在国有企业之间调转经营者。国有企业经营者特别是较大型国有企业的经营者，有行政级别，并完全遵循党管干部的原则，由党的组织部门任命、管理和调整。即使国企经营者业绩很差也可换个单位或地点，继续担任其他国有企业或单位的领导干部。国有企业经营者由党政部门配置、不可交易、不能流动的结果是：降低国有企业的效率，导致"59 岁现象"频频发生。

——国有企业自主经营与非公有制经济的发展空间极为有限，招商引资政策匮乏，也没有事后运作的保障。经济发展要求在投资、经济运作等各方面都应具备激励兼容的机制。在经济转轨过程中，东北地区并未健全激励私人投资的机制、激励企业家成长的机制、激励创造发明的机制等。东北地区金融行业市场化进程远远滞后于其他行业，直接融资渠道不规范，难以满足产业结构调整的需要，国有商业银行利润动机不强、惜贷现象严重，限制着资本的形成，阻碍了企业的技术升级。在国有资产投资方面，东北地区对第三产业中的许多行业都投资不足，影响了产业结构的调整。结果是国有企业缺乏活力，非公有制经济也难有生机。

——在工业增长的同时，第三产业相对滞后。尤其是在金融、保险、通信、教育等行业，计划安排和政府干预仍占有较大比重，非国有经济比重较低，所以造成这些产业竞争不足，市场机制难以有效发挥作用。国有资产管理体制改革不到位，造成大批国有企业的亏损、负债以及国有资产流失。高负债和经营管理不善导致的大规模沉没成本，制约着企业的技术改造、转产等生产经营性活动，妨碍着企业间的并购、联合、破产等资本经营性活动，也影响了企业改制和国有经济战略性调整，造成劣势企业不能退出、优势企业不能快速发展的局面。户籍和劳动管理制度使农村居民在城市就业缺乏必要的保障机制，人为地阻碍了产业间劳动力的转移。在城市，由于劳动分工较精细，没有经过人力资源再开发的劳动力很难从衰退产业转移到其他行业。

——制度环境严重约束着东北老工业基地的企业技术创新。东北地区的国有大中型企业是大规模技术创新的主体，由于许多国企的产权和运营机制没有理顺，缺乏作为市场单纯经济主体的创新活力、压力和动机。而具有经济活力的私营经济规模小、技术力量薄弱、组织制度不健全，且缺乏国家在原材料、能源、证券市场投融资、科研开发、政府采购、信贷等方面的制度保障，使私营经济处于不平等的竞争环境之中。城乡分割的行政管理体制导致技术扩散步伐缓慢，三大产业间生产率差距的持续扩大。科研与生产相脱节，创业风险机制不成熟，科研商品化程度低，高科技的产业化比重低。高科技领域的投融资制度不健全，造成对高科技的资金投入严重不足。

改革开放三十年以来，国家、各级政府和企业为振兴东北老工业基地都曾作出过许多努力和尝试，曾以承包经营、股份制改造和建立现代企业制度等模式实施国有企业改革。但这些改革举措并未根本改变企业的产权结构，也未能触及国家及各级政府管理体制的深层次问题，致使国有企业改革的路越走越艰难，失业问题越来越严重。

综上所述，制度问题是制约东北社会经济发展的根本问题。东北地区经济发展中有许多优势，虽然造成其目前落后局面的原因与经济结构方面的关系很大，但本质上是制度问题，而且经济结构的现状也主要是由制度因素造成的。因此，推动东北地区社会经济发展的关键因素是制度创新及政治体制改革。

（二）东北地区主要产业经济的功能定位

1. 巩固中国商品粮和绿色食品产业基地地位

为储存粮食，东北地区大量资金被占压，连续数年的农业丰收，更加使仓储粮食的压力增大，资金周转不灵，财政负担过重。加快农业生产结构的调整，既要着力优化品种结构，调整种植业结构，更要大力发展农业产业化经营，提高农产品的附加值，拓展农业的生存和发展空间，发展劳动密集型产业和名特优新绿农产品生产，走农业产业化和乡镇企业相结合的模式，缩小二元经济结构的差距，促进农业经济结构的优化，使东北地区成为中国的商品粮和绿色食品产业基地。针对东北地区的"三农"问题，应积极推进农民的非农化和农村的城镇化，推进农业人口向非农产业转移，使农民更快地富裕起来；应注重农业产业化，大力发展农产品的精深加工业。东北老工业基地的振兴要靠工业拉动，而大上工业项目就必然占用大量耕地，造成大量农民失地。要使这些失地农民生计无忧，就要大力推进城镇化进程，变失地农民为城镇市民。东北地区幅员辽阔，在近期内不可能把农民都从农村转移出去，目前农民收入的增加和生活的改善，还应主要靠农业产业水平的提高和新农村的建设。而东北地区乃至全国农业发展的中远期目标，则是在乡村消除旧的农民称谓，形成新型的农场主和农业工人群体。

2. 重振东北装备制造业基地优势，提升行业竞争力

东北老工业基地是在20世纪50～60年代重点发展起来的。国家重点投资所建企业多为装备制造行业骨干企业，如第一汽车制造厂、第一重型机器厂、哈尔滨三大动力设备厂、大连造船厂、沈阳输变电设备厂等都是行业中的巨人。而我国目前却严重地依赖于发达国家装备制造业产品的进口，装备制造业的国产化设备技术含量低，性能也常常达不到要求。要实现中国的工业化，就必须重点支持国产装备制造业的发展，彻底改变装备工业品依赖进口的局面。随着经济全球化的推进，工业布局在世界范围内的转移，发达国家将把一部分装备制造业向中国这样的发展中国家实行梯度转移。由于在劳动力价格、人才资源以及重工业基础等方面拥有优势，作为中国重工业基地的东北地区面临着发展机遇，极有可能成为承接发达国家装备制造业向外转移的主要地区。东北地区应抓住这一转移时机，使装备制造业成为带动东北老工业基地振兴和传统产业的龙头，并形成具有国际竞争力和广泛带动作用的生产体系。应在保持现有优势的基础上，加强东北三省的联合，形成规模和品种的优势，强化竞争力。以重点项目工程建设为依

托，以积极消化、吸收和引进技术为主要途径，努力提高装备工业产品尤其是关键零部件及数控生产流程的技术开发和创新能力。争取承担在能源、交通运输设备、通信设备、机械等行业大型国产化项目在装备制造方面的任务，从而加大技术改造的力度以推进产业升级。在形成各地专业化分工和协作的同时，促成国内与装备制造业相配套的产业群，使外部规模经济效应逐渐凸显出来，最终提升装备制造业的国际竞争力，成为中国及世界重大装备制造业基地。

3. 发挥技术优势，大力发展高新技术产业，提升国际竞争力

21世纪是以信息技术为特征的高科技时代，发展高新技术及其产业，用高新技术改造传统产业，发挥高科技产业对传统产业的渗透、辐射和带动作用，带动传统产业升级，把高新技术作为产业结构调整的战略取向，应成为21世纪东北老工业基地实现跨越式发展的一项重要战略选择。东北老工业基地目前初步形成的以电子信息、自动化、生物技术、新材料、节能与环保为主导的高新技术产业群体，完全有条件在自我创新和参与传统产业的改造中求发展。发展高新技术产业有助于提升传统产业的竞争力，应鼓励高新技术产业主动为传统产业输送高新技术及现代管理方法，移植高新技术产品。由此开辟推进这类产业实现跨越式发展的广阔空间，使之走上新型工业化道路。运作模式应是在对传统产业进行调整和改造的同时，大力发展以信息技术为主的高新技术产业，并注重传统产业为高新技术产业的发展提供必要的资源、人才、基础设施、辅助工业系统等外部环境，以共同推进产业结构的调整和改造。要创造条件，加大体制创新和技术创新的力度，促进高新技术产业加快发展，形成新的经济增长点，提升国际竞争力。

（三）东北地区现代产业集群化发展战略思考

在过去的二十多年里，世界上最重要的经济现象就是产业集群的发展，并已成为越来越强劲的全球性产业发展潮流。随着产业集群的发展和产业集群的大量涌现，经济竞争格局发生变迁，经济竞争力重新组合。改革开放以来，在市场机制的作用下，中国的产业集群在广东、浙江等经济发达地区迅速发展，成为导致我国经济区域性差距不断拉大的重要的因素之一。产业集群的发展将在很大程度上决定着今后中国经济格局的演变。

对于东北地区的技术创新而言，产业集群有着重大意义。在全球竞争的挑战下，技术创新在经济发展和竞争过程中起着越来越重要的作用。在全球竞争中处于优势地位的那些企业，往往总是处于一个能为其营造本地化特色的支持创新环境的区域之中。产业集群在高度专业化分工的基础上形成配套体系，企业之间的分工可以细密到部件生产及其各个环节。这种配套体系可以使单个企业能够专精于一种产品（甚至于一个部件）的开发和生产。这类专精于一种产品开发和生产的企业之间既近距离相互竞争，又近距离相互协作，可使交易成本降得很低。而产业网络拥有的技术创新便利和强劲动力，既可使产品的生产成本降得很低，也可把产品的质量不断提高。这种在地域上相对集中和专业分工高度细密的产业集群所具有的产业竞争力，远远胜过"大而全"、"小而全"的生产方式和在地域上相对分散的生产方式。

东北地区要保持国家重要工业基地的地位，就必须顺应全球化背景下产业发展的客观规律，努力推动和强化产业集群，以产业集群形成区域经济核心竞争力。

二 政治进步及其功能定位——东北协作体的塑造与政治体制改革

政治体制和经济体制是相互联系、相互依赖和相互制约的。经济体制改革必须有政治体制改革的配套呼应。如果只在经济领域里兜圈子，而不涉及其与政治体制的关系，那么由于原有政治体制的阻碍，经济体制改革也难以深化和扩展。进行实质性的政治体制改革，已成为当前中国改革必须通过的瓶颈，也是中国社会经济全面发展、各个区域振兴的必由之路。

（一）政治民主与市场经济

民主是市场经济的必然要求。在市场经济中各个市场主体必须拥有独立自主的权力，国家的法律、政策、决策和市场信息应该体现公开、公正和公平的原则。而体现宪政民主精神的政治体制则是实现这些原则的最可靠保障。

宪政民主也称为自由民主，是以在普遍意义上尊重公民的基本权利为前提的民主政体。它强调以权利制约权力，其主要含义是：以权力来自于人民且服务于人民的理念为基础，明确权利与权力的关系，合理配置权利，以便它能够对权力之滥用起到制约的作用。在市场经济条件下，市场主体拥有经济上的独立而免受国家权力的绝对支配；而只有在宪政民主的政治体制中，公民才能自由地从事社会经济活动。市场经济与宪政民主的结合使社会的公共利益与公民的私人利益相统一，而不必再像计划经济时期那样必须以个人利益的放弃或减少才能使公共利益增加。公共利益是在特定的制度架构内追求个人利益的产物。在市场经济中，公民个体在追求自身利益过程中也在增加着公共利益，个人私利之和结为公共利益。国家是公民的集合，国家所代表的公共利益只是公民个人利益的融合，除此之外，国家不应拥有其自身的特殊利益。而宪政民主的形成也正是规范和限制国家权力的结果。

宪政民主及其所遵循的法治原则能使政治权力以理性、竞争、非暴力，以及追求效率的模式来组织、更迭和运作。这对于完善和维护市场秩序，解放和保护个人及社会创造财富的能力，营造最适合经济发展和财富增值的政治制度环境是必不可少的。

（二）欧盟发展经验的启示与借鉴

欧洲联盟，简称欧盟，由欧洲共同体逐渐发展而成立。1951年4月18日，法国、联邦德国、比利时、荷兰、卢森堡、意大利六国政府签订了具有历史意义的《欧洲煤钢共同体条约》，决定把各自的煤钢工业置于共同管理之下，从而在欧洲一体化进程中迈出了坚实的一步。1958年，六国又组成了欧洲经济共同体和欧洲原子能共同体。1967年，三个机构正式合并为欧洲共同体。欧洲共同体的成立使成员国之间逐步实现了商品、人员、劳务和资本的自由交流，促进了经济的发展。1973年，丹麦、爱尔兰、英国三国加入欧共体；1981年，希腊加入；1986年，西班牙、葡萄牙加入，使欧洲共体成员国增至十二个国家。1993年11月1日，欧洲共同体十二国结成欧洲经济政治联盟。至1994年底，随着奥地利、芬兰、瑞典的加入，欧盟成员国增至十五国。欧洲联盟继承了欧洲共同体在经济上取得的一系列成果，如关税同盟，实现了资源自由流动的欧洲统一大市场、共同的农业政策、实现欧洲统一货币和成立欧洲中央银行等。1999年1月1日，欧洲联盟正式启动欧元，欧洲经济与货币联盟正式建成。目前，德国、法国、比利时、荷兰、卢森堡、意大利、奥地利、爱尔兰、西班牙、葡萄牙、希腊等十二个国家已经加入了欧洲货币联盟。2002年1月1日，欧元正式投入流通。2004年5月1日，爱沙尼亚、捷克、立陶宛、拉脱维亚、马耳他、波兰、塞浦路斯、斯洛伐克、斯洛文尼亚、匈牙利等十国正式加入欧洲联盟。至此，欧洲联盟已拥有二十五个成员国。

欧洲联盟的历程对东北地区的发展具有启示和借鉴意义。东北地区应在中国的基本法律框架内，参考欧洲共同体的运作模式和发展经验，塑造东北协作体。这一协作体应包括经济、政治以及社会等方面的内容，从而比一般意义上的区域经济一体化结合形式更为紧密，组织形式更为高级。

在社会经济发展的协商决策方面，可参照欧洲议会的建设和运作模式，以目前东北三省一区的人大常委会为基础，组成东北协作体人大常委会联席议会。对涉及东北地区社会经济发展的全部区域性法律法规，统一进行审议，以多数通过为原则，重新修正、确认和废黜，形成有利于东北地区发展的统一的战略性法律法规，如制定"东北协作体法"、"东北协作体社会经济发展协调法"等。

在行政运作方面，应借鉴欧洲委员会的建设和运作模式，由东北协作体人大常委会联席议会授权建立东北协作体社会经济发展协调委员会。该委员会依据东北地区社会经济发展的总战略，负责东北三省一区社会经济发展的运作协调。

在仲裁及调解方面，可借鉴欧洲法院的建设和运作模式，由东北协作体人大常委会联席议会授权建立东北协作体仲裁委员会，负责仲裁和审理涉及东北地区社会经济发展中跨省区协调不当而发生的各种争执。

在审计体系方面，可参照欧洲审计院的建设和运作模式，由东北协作体人大常委会联席议会授权，由东北三省一区审计部门协作组建东北协作体联合审计委员会，负责审计东北协作体及其各机构的账目，审查东北协作体收支状况，并确保对东北协作体财政进行正常管理。

在金融体系方面，可参照区域开发银行的模式，组建东北协作体开发银行，对东北协作体的开发项目实行融资。在此基础上，应建立东北协作体发展基金，使东北协作体具有相当的经济调控能力和投资管理能力，以提高资金使用效率。

（三）政治制度创新——东北区域政治体制改革

振兴东北地区的关键是制度创新，这涉及政府、企业和个人及其社会生活的各个方面，但是重点还是在政治体制创新。要借助东北共同体的协商和立法运作，合理界定东北各级政府的职能权限，使各级政府转换职能，摆正位置，取消一切不应管理和不应审批的事务，不许超出其权限干涉企业的内部事务。政府应将主要精力放在建设优化的投资环境，维护市场正常秩序，积极降低交易成本或制度成本，从而建立有利于市场经济发展的良好制度，吸引国内外资本和人才的流入，使社会经济发展进入正常的良性循环轨道。

要通过东北协作体彻底破除地区间的政府行政规制壁垒，形成高效的区域经济联合。通过立法界定，东北协作体必须是强有力的经济协调组织，降低具有经济协同效应企业之间的组织成本，协调地方利益关系，鼓励企业为取得规模经济和范围经济优势进行的兼并重组，使汽车、机电、石化、医药、生态农业和绿色食品加工等产业链在地区内优化整合，积极培育能够广泛参与国际竞争的一流的大企业集团。

要通过东北协作体加快实现投资主体多元化。首先，要通过东北协作体人大常委会联席议会清理和修订限制非公有制经济发展的法律法规及政策，消除制度性障碍；允许非公有资本进入一切竞争性行业、法律法规未禁入的基础设施、公用事业及其他行业和领域。其次，要通过东北协作体的协调和运作，使股份制成为公有制的主要实现形式。另外，要通过立法规定，不同所有制的企业在投融资、税收、土地使用和对外贸易等方面应享受平等待遇，从而消除对非公有制经济的歧视性规制，积极地引进外资和民营经济改造国有大中型企业，同时鼓励发展中小企业。在东北协作体内，尽快形成一个能实现有效竞争的市场结构，推进东北地区社会经济的高效发展。

要拓宽公民政治参与的渠道和领域，建立和完善公民参政议政机制。东北地区地域广阔，人口众多，实现宪政民主所要求的广泛的公民政治参与，既要把握全局的共同性，又要考虑具体的特殊性。比较可行的路径选择是：加快城乡基层政权的民主化步伐，进一步扩展城镇基层社区和村庄的公民自治选举，使其制度化、规范化；改革乡镇政权的选举制度，推行乡镇政治机构及乡镇长的直接选举，进而逐步发展市级、省级政治机构的直接选举。在各级政治权力机构的选举、立法、监督、听证等环节上，以强化普通公民政治参与和行使公民民主权利为前提来制定具有可操作性的制度。同时，要加大思想上的解放，加速对外开放和交流，更多地借鉴发达国家在这些方面的成功经验。例如，建立公民在政治选举过程中参与监督投票、计票、候选人资格认证等；建立立法机构例会中和法庭审判中不涉及国家机密部分的开放公民旁听及公共媒体现场直播的制度；建立立法机构和行政机构定期举行公众听证会制度等。

三 社会发展及其功能定位——东北地区
公民社会的构建

（一）公民社会内涵

在西方，公民社会（也称市民社会或民间社会）是伴随着自给自足的自然经济的衰落、"自治城市"的兴起、社会角色的日益多元化和生活方式的日趋多样化而逐步孕育生成的。现代的公民社会也称为民间社会，是指一个民族国家或政治共同体内的一种介于国家和个人之间的广阔领域，它由相对独立而存在的各种各样的制度化了的组织和团体组成，这些民间组织和社团包括民营企业、私立学校、工会、教会及宗教团体、独立媒体、商会、社区和村社组织、各种娱乐组织和俱乐部、各种联合会和协会等。公民社会是家庭之上的一种集体生活制度，但不应该将它与国家相混淆。公民社会涵盖整个公共事业，是为个人的需要而服务的。而国家则处于另一层面之上，以一致的方式指导个人的行为动机，协调各种经济利益，履行行政服务。在一定意义上，公民社会与国家是辩证的、对立统一的。一个发达的公民社会具有多元化、独立性、自治性和制度化等特征，因而，它是现代社会社会化的基本途径，它的发育程度是衡量一个社会组织化、制度化的基本标志。

公民社会的一个重要特征是利益分化，市场经济的发展促进了这一分化，逐渐形成诸多利益单元。当诸多分化的利益在公民社会内部难以实现时，便会寻求政治上的表达。表达的方式则花样繁多，如信访、游说、对话、谈判、舆论、走后门、游行、请愿、暴动等；表达的渠道也多种多样，如传播媒介、关系网、行会、社团、政党、武装团体等。一个健康并成熟的公民社会总是会培育出非暴力的有序的方式和途径来表达各种利益要求，使各种利益要求及时而有序地反馈到政治系统。公民社会的多元化对于民主的平稳发展是至关重要的。民主的健康发展过程，也就是在不同的社会力量和利益阶层之间不断博弈的过程。多元的市民社会作为多重社会利益和社会力量的组织形式，通过自动而有组织的分化与整合，可以为民主的健康发展提供自动调节的机制。

（二）东北社会现状分析

经过30年的改革，东北地区的经济构成发生了重大变化，社会构成也发生着明显的分化和重组，传统型社会已开始并且正在缓慢地向现代型社会演变，演变的基本特征是从以社会身份型指标来区分和识别社会地位转向以非身份型指标来区分和识别社会地位，社会结构由刚性向弹性转变。户籍身份和档案身份的限制逐渐被突破，官本位制有所动摇，单位级别和干部级别的身份体制发生了变迁，原有的干部、工人、农民"三级格局"被打破，社会成员的职业分化和收入差距扩大，新的中产阶级、新富阶层及暴富阶层已经出现。由此导致高度统一的单位化社会运行机制，正被带有地域性特征的多元化开放社会运行机制所替代。

但是，在向市场经济体制转轨过程中，东北地区并未重视公民社会的塑造。由于契约观念缺乏和法制意识不强，不少企业和个人在经济活动中不守诺言、不履行合同、偷税漏税、坑蒙拐骗、价格欺诈、牟取暴利等经济犯罪率上升，由此产生的纠纷增多。在社会惯性的作用下，旧的社会体制，主要是官本位体制和单位体制仍在经济生活中有重大影响，政府还远没有从社会领域和经济领域中退出，导致企业自主经营、自负盈亏、独立核算、产权独立和契约精神缺失；社会政策缺位和不到位，社会组织多受政府影响和控制，不能起到对社会的自动调节作用。目前东北地区的经济政治体制在很大程度上已不能自然地调节社会状况，相对固化的社会结构又强烈制约着社会和经济的发展。在经济转轨过程中，经济活动日益增多，由于政企尚未及时分开，公民权利义务感不强，社会组织发育不成熟，无法形成对政府的有效监督。在缺乏有效的制度监督和有影响力的道德约束的情况下，一些党政官员以权谋私与不法商人相互勾结、行贿受贿、大搞权钱交易、黑幕交易，侵吞国有资产，侵害国家和公众的利益。这些腐败分子挥霍浪费，生活堕落，致使社会上拜金主义、享乐主义泛滥。东北地区的腐败现象迅速蔓延，日益严重，已成为一种人们深恶痛绝而又不得不面对的现实写照。

东北地区的国有企业虽然受到原有计划经济体制余威的严重束缚，却又仍然对旧体制存有深深的依赖；职工为改善生活迫切向往改革，又因缺乏可靠的社会保障制度而对旧体制仍存留幻想；特别是根深蒂固的依赖心理使不少社会公众在体制转轨之后陷入迷惘、徘徊和无所适从的境地，无法独立自主地参与市场经济活动。一些政府官员甚至采取过去的命令经济的管理办法管理要素市场。市场经济观念和市场形态的严重扭曲，使得处在社会外层的社会边缘群体的那些具有活力的市场经济成分的发展，既缺失平等的制度环境又缺乏牢靠的社会基础。传统社会结构的持续分化在客观上要求创立的一种容纳社会变迁过程中产生新兴力量的新的制度机制难以形成。

东北地区目前面临的重大难题是结构调整面临巨大退出障碍。东北地区经济转型由于缺乏相应的体制条件和社会基础，使结构调整无法有效进行。目前最主要的障碍来自社会保障体制落后，尤其是社会保障资金严重短缺。迄今为止，在东北地区绝大多数的社会保障和福利项目的改革中，下岗职工的实际受益面和受益程度都很有限，由此引发下岗职工长期不愿与企业脱离关系，下岗和失业难以

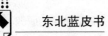
并轨，使劳动力结构调整成为东北地区结构演进中最滞后的因素。由于不能有效解决重组或退出企业的历史债务、职工安置和社会保障等一系列实际问题，使国内外民间资本对大型企业国有资本的退出承接的意愿不强，国有经济战略性调整处于徘徊状态。国有经济不能在非国有经济已大力发展的竞争性领域快速退出，依靠政府扶持继续占用大量资源，与非国有企业展开低水平的竞争。社会转型滞后引起的经济社会发展失衡成为制约东北地区振兴和发展的障碍。因此，塑造公民社会是经济体制转轨顺利进行的社会前提。

（三）构建东北地区公民社会的思考

通过国家和东北区域立法，重新在国家及各级政府与社会之间进行权力配置。这就要求政府职能的转变，从社会的角度主要是指政府社会管理职能的转变，包括政府管理权限、管理方式的转变以及政府能力的转换和提高。从国家及政府与社会关系的角度看，政府职能的转变是国家把本属于社会的部分职能还给社会。政府职能的转变不能仅仅理解为政府内部的权力转移，而是要政府归还给社会本应属于社会的充分的自主权，调整、取消不适应社会健康发展和市场经济需要的政府职能，变指令型政府为服务型政府，其根本保证是实现对国家机构和政府官员的规范管理，防止国家及政府权力对社会的无限延伸与渗透，有效地制止机构臃肿和腐败现象的滋生。国家及政府职能转变的目标是建立一个功能科学、权力平衡、设置合理的国家及政府机构，为社会经济和公民个人活动的独立、自主创造条件。

在推进东北地区国有经济战略性调整，建立有效率的经济体制的同时，应正确处理坚持社会公平和市场经济原则、培养社会性的竞争精神与增进平等、降低社会转型成本的关系，扎实推进社会转型工作，加速建立具有充足的动力、合理的现代社会阶层结构，实现社会结构转型与经济体制转轨同时并进、相互推动。积极制定区域性社会政策，引导和推动东北地区社会要素在更深、更高、更广的领域与经济发展建立相互配合的合理关系。扩大社会服务的范围和质量，满足东北地区城乡居民的需要。

要充分发挥政府营造创业环境的主体作用，采取有效的手段，为百姓创业搭建起简便快捷的服务平台。建立明确而自觉的社会发展政策，用以协调政府、企业和社会各阶层的关系；制定区域经济发展政策，放手让一切劳动、知识、技术、管理和资本的活力竞相迸发，让各种经济体积聚的能量竞相释放。

应根据市场经济的需要，完善法律对各类社会组织权利的规定，建立有效机制充分培育和发展各类社会组织，向社会组织提供自由的活动空间，使社会组织成为社会权力的真正源泉，让它们通过特定的方式影响国家的政策决策和政治经济生活，并对公民个人权益起一定的保护作用，使之成为国家与社会、个人之间正常运转磨合的保护性润滑剂。要建立和健全社会组织的民意表达和利益表达的途径和设施，切实保障社会组织的权利，发挥其主动性、积极性和创造性，对国家及政府形成有效的监督，避免权力集中和权力滥用，使社会组织相对于国家及政府能够独立自由地运行和发展，这样既能保护公民的权益，又能实现国家与公民社会之间的权力平衡，对国家及政府产生一定的权力制衡，保护市场经济的运行和社会生活的运转不受任何政治权威的肆意干预。

要大力培植发展社区、社团等能开展社会服务、承担社会责任的公民社会组织，弥补市场不足和市场带来的各种负面影响。要帮助农民组织农会，调整工会组织的职能，增强农民、工人群体利益表达和维护合法权利的能力。

行业协会是由同业经济组织以及相关单位自愿组成的、非营利性的、以经济类为主的社团法人。在东北地区乃至全国其他地区，各个行业协会多被设置为政府部门分流人员的"过渡组成"，其作用取决于与政府的关系。东北地区的不少行业协会还没有在市场中找到应有的坐标，缺乏被行业内部企业广泛承认的基础。在职能定位上，大多数的行业协会多偏重于为政府服务，党政机关工作人员介入行业协会管理，其职能被设置为政府部门的延伸，并不能真正反映行业的问题和要求。作为监管对象的企业则只能接受协会的各种要求。作为政府与企业以外的中间地域，行业协会既是沟通政府、企业和市场的桥梁与纽带，又是社会多元利益的协调机构。要让行业协会彻底摆脱政府附庸的角色，符合市场经济条件下应具备的民间性、自律性的要求，真正成为服务企业、自负盈亏的市场主体。

东北地区区域协调发展现状分析

许林海[*]

摘　要： 本文从东北地区的区域差距现状出发，分析了东北地区目前的区域差距存在的特征和成因，并在此基础上提出，在推进主体功能区形成的基础上缩小东北地区的区域差距，促进区域协调发展的政策建议。

关键词： 区域差距　区域协调发展　主体功能区

促进区域协调发展，是改革开放和社会主义现代化建设的战略任务，也是全面建设小康社会、构建社会主义和谐社会的必然要求。近年来，在大力推动总体区域协调发展战略实施的背景下，各个区域之间和区域内部的协调发展取得了明显进展。但相对于发达地区，东北地区区域内的合作与协调发展尚有差距，因此，具体分析东北地区区域协调发展的特点和问题，提出促进东北地区协调发展的相关对策和建议，对促进东北地区经济社会的快速健康发展，提高区域的整体实力，进而实现全国的总体区域协调发展战略，具有重要的现实意义。

一　东北地区区域经济空间结构特点及经济发展水平差异

（一）东北地区几大经济板块及空间结构特点

从地域上看，东北地区包括辽宁省、吉林省、黑龙江省和内蒙古自治区东部的五个盟市，土地面积大约 145 万平方公里，总人口 1.2 亿人，自然资源丰富，是一个相对完整的地理单元，因而历来东北地区都被作为一个重要的经济单元。

---

[*] 许林海，辽宁社会科学院经济研究所理论经济研究室助理研究员，主要研究计量经济技术应用、地区经济增长等问题。

新中国成立初期，作为新中国工业体系重要的一部分，东北地区成为优先发展的区域，整个地区的工业化、城市化和经济发展水平明显高于全国水平。改革开放之后，由于体制性矛盾和结构性调整障碍的共同作用，作为老工业基地的东北地区逐渐呈现衰退态势。经过多年的改革和调整之后，随着国家振兴东北老工业基地战略的制定和实施，东北地区开始进入全面振兴时期。作为国家重大装备制造业基地、原材料基地以及商品粮食基地，现在已经形成了较好的产业基础。主要包括交通运输制造业、重大装备制造业、原材料工业、能源工业、农产品加工、高新技术产业、农业特别是粮食生产以及现代服务业等。

东北地区具有丰富的自然资源，自然生态格局特色鲜明：东部是长白山地区，北部是大小兴安岭，中部是松嫩平原，东北部是三江平原，南部是海岸线地区。对应这样的地理格局，整个地区的产业布局具有依托自然生态格局和依托城市群及交通线展开的特征，布局相对集中，逐步形成了几个依托大连、沈阳、长春、哈尔滨这四个中心城市的经济板块：沈阳中部城市群、辽宁"五点一线"沿海经济带，这两个板块是依托沈阳和大连两个中心城市，包含沿线的其他主要城市形成的综合经济实力雄厚的经济带，其区域性的辐射功能作用不断增强，对周边地区产业发展的带动力日益增强；"长吉经济带"是吉林省的主要产业带，该地区包括长春市至吉林市沿线的主要城市，该区域产业特征十分明显，汽车工业、石化工业、医药等产业在全国占据显赫地位，是吉林省经济发展的支柱；哈大齐工业走廊，是以哈尔滨为龙头，以大庆和齐齐哈尔为区域骨干，包括沿线各市在内的经济区域，是黑龙江省经济实力最强、工业化水平最高的地区。

（二）东北地区区域经济发展水平差异

东北地区区域之间的经济发展水平存在相当大的差异。表1和表2分别列出了2001年以来东北三省的GDP的总量及增长速度、人均GDP的绝对值和增长速度，这些数据的对比显示出了东北三省经济发展水平的差异。

东北三省GDP的总量差距相当大：2001年，辽宁省的GDP总量比黑龙江省多了近一半，比吉林省多出137%，黑龙江省的GDP总量比吉林省多出近60%；2007年，辽宁省的GDP总量比黑龙江省多了55%，比吉林省多出110%，黑龙江省的GDP总量比吉林省多出35%。从GDP的增长速度来看，2001年以来，大多数年份里辽宁省的GDP增长率高于吉林省和黑龙江省，但2006年和2007年吉林省的GDP增长率超过了辽宁省；吉林省的GDP增长在2001年以来尽管多数

表1 东北地区 GDP 总量及增速比较

单位：亿元，%

年份	辽宁		吉林		黑龙江	
省份类别	总量	增长速度	总量	增长速度	总量	增长速度
2001	5033.1	9	2120.4	9.3	3390.1	9.3
2002	5458.2	10.2	2348.54	9.5	3637.2	10.2
2003	6002.5	11.5	2662.08	10.2	4057.4	10.2
2004	6672	12.8	3122.01	12.2	4750.6	11.7
2005	8009	12.3	3620.27	12.1	5511.5	11.6
2006	9251.2	13.8	4275.12	15.0	6188.9	12.1
2007	11021.7	14.5	5226.1	16.1	7077.2	12.1

资料来源：《中国统计摘要2008》，GDP 总量是当年价格，增长速度按可比价格计算。

表2 东北地区人均生产总值及年度增长率

单位：元，%

年份	人均生产总值			人均生产总值指增长率		
类别省份	辽宁	吉林	黑龙江	辽宁	吉林	黑龙江
2001	12015	7893	8900	8.7	8	9
2002	13000	8714	9541	10	9.1	10.2
2003	14270	9854	10638	11.3	9.9	10.1
2004	15835	11537	12449	12.6	12	11.6
2005	18983	13348	14434	12.2	11.8	11.5
2006	21788	15720	16195	13.1	14.7	12.1
2007	25725	19168	18510	13.8	15.8	12

资料来源：《中国统计摘要2008》，人均生产总值是当年价格，增长速度按可比价格计算。

年份在辽宁省之下，但是几乎每年都高于黑龙江省的 GDP 增长速度，而且最近两年的增长速度高出的幅度较大。因此，从东北三省的 GDP 的相对差距来看，辽宁省与黑龙江省的差距并无减小的趋势，而吉林省作为 GDP 总量最小的省份，与另外两个省份的差距正在缩小。

东北三省的人均 GDP 的情况和总量的情况类似，也是差异甚大。不过，根据各个年度的三个省的人均生产总值当年价的对比，吉林省和黑龙江省之间的差距正在迅速缩小。2001 年吉林省的人均生产总值是黑龙江省的 88% 多一点，2006 年两个省的人均生产总值已经非常接近，吉林省的人均生产总值是黑龙江省的 97%，2007 年则超过了黑龙江省。但是，这两个省的人均 GDP 与辽宁省的差距依然不小，黑龙江省的人均生产总值的增长率尚没有超过辽宁省的趋势，而吉林省在2006年和2007年两个年度的增长率均超过了辽宁省。

（三）区域发展不协调的主要矛盾

东北地区的区域发展不协调的主要矛盾表现在以下几个方面。

第一，总体上，整个区域之间的发展差距继续加大，这种差距扩大的趋势尚没有停止的迹象。从近些年来东北三省的GDP比较和人均GDP比较上看，三省的绝对差距继续加大，但是相对差距有减小的趋势，不过这种减小的趋势才刚刚开始。由于吉林省近几年的经济发展迅速，与辽宁省和黑龙江省之间的发展差距开始减小，但是黑龙江省与辽宁省的差距并没有减小的趋势。

第二，东北地区城乡间发展的差距持续加大。东北地区城乡间发展差距日益加大，四大中心城市目前还是以集聚为主，对周围区域的带动作用还没有发挥出来。因此，发达的城市与落后的村镇形成鲜明的对比，城乡二元结构明显。

第三，区域产业结构趋同与盲目竞争的存在。产业结构趋同是指各地区产业结构发展过程中表现出来的某种共同的相似倾向。比如，整个东北地区表现出较明显的产业结构趋同的现象，产业结构重叠性很强，都是以第二产业为其主要支柱，而第二产业中最重要的是重化工业，地区之间的无序竞争不可避免。

（四）发展不平衡仍是今后一个时期区域经济格局的主要特征

东北地区的发展不平衡的趋势还会继续存在，发展不平衡仍是今后一个时期区域经济格局的主要特征。

第一，目前区域内经济发展的悬殊性差别不会很快得到改变。从GDP增长和人均GDP的增长情况来看，即便是发展相对落后的吉林省的增长保持着优势，但巨大的绝对差异也需要一定的时间才能改变。另外，城乡之间、地区之间收入差距的扩大趋势还将继续。

第二，东北地区区域协调发展面临的一些难题，通常是地区发展过程中长期积累所致，因此不可能很快得以解决。例如：依托主要交通线发展的经济布局不会在短时期内得到改变；工业化、城镇化二元发展形成的"剪刀差"也将长期存在。

第三，区域协调发展的相关战略和措施的实施将是一个长期的过程，其效果的显现也同样是一个长期的过程。首先随着经济发展增长速度差距的缩小，不同地区的经济发展水平的差距扩大的程度会逐步降低；然后是不同地区同速增长阶段，该阶段地区的经济发展水平的差距会保持不变，不会继续扩大；最后是落后地区发展速度超过领先地区的经济发展速度，该阶段才是真正的地区经济发展水平差距逐步缩小的过程。

二　东北地区区域发展不平衡的成因分析

（一）资源条件的约束

由于资源条件的不同造成的区域发展不平衡是很自然的。由于东北地区从"一五"时期即以发展重化工业为主，必然在空间上优先考虑靠近资源地区和主要交通线，其产业布局就具有依托自然生态格局和依托城市群及交通线展开的特征，布局相对集中，造成了具有区位优势区域的发展和其他区域发展的巨大反差。

（二）工业化阶段的影响

工业发展是一个国家和地区经济发展的助推器，大规模的工业开发和建设必然会形成人流、物流、资金流、信息流的大量聚集，必然会形成工业城市，从而为商业、服务业的发展提供基础和空间。但是，目前工业化进程中突出的问题正是区域发展不平衡问题，工业化进程的核心问题是解决效率问题，与此同时不可避免地会在发展中产生不平衡问题，不平衡的扩大也必将阻碍工业化的全面推进。目前的东北地区由于资源、基础、投入、市场等方面因素的影响差异，不同地区的工业化进程差距明显，直接决定了该区域经济发展的不平衡。

（三）城市化进程的影响

东北地区城市化发展过程具有一定的特殊性，即城市化进程与农业的关系不大。较高的城市化水平是建立在政府强大的工业、交通设施布局和大规模的投资倾斜等外力的基础上，而不是内生发展的结果。虽然东北地区的城市化水平基点较高，但城市化发展速度不快，且质量不高，城市化水平总体上落后于工业化水平。由于城市化水平不高，就导致了城乡二元结构、服务业落后、城市基础设施和文化体育设施不足、城市结构体系不够完善、城市之间没有形成有机的区域联系、城市居民的收入水平和生活质量不高等问题。现有发展基础较好的大连、沈阳、长春、哈尔滨对其他地区的辐射带动作用均没有达到中心城市的地位。

（四）政策性因素的影响

政策性因素是东北地区区域发展不平衡的重要原因之一。一方面，由于历史上东北地区是国家优先发展的重工业基地，造成了产业结构的严重失衡，由此带来的产业结构趋同和地区之间的盲目竞争，加上发展与资源环境的矛盾日益突出，使得东北地区发展不平衡的问题变得日益严重。

另一方面，由于计划经济时期的理念和思维的根深蒂固，思想层面的阻力重重，从计划经济开始的条块分割状态和地方政府的"局部利益至上"观念影响深远。不合理的地方政策法规导致的不平衡也不容小视，加上仍然实行的具有计划经济色彩的方针和政策，如户籍、土地和宏观调控二元制度等都对区域协调发展产生了巨大的负面影响。

三 推进主体功能区形成对东北地区未来空间布局的影响

（一）推进主体功能区形成是影响未来空间布局、开发秩序和开发结构的根本性政策

主体功能区，是指根据不同区域的发展潜力和资源环境承载能力，按区域分工和协调发展的原则划定的具有某种主体功能的规划区域。划分主体功能区是国家实施可持续发展战略、实现空间均衡的重大战略部署。"十一五"时期，国家将对优化开发区、重点开发区、限制开发区和禁止开发区实施区别化的区域政策，同时利用评价指标来引导这四类主体功能区建设。

推进主体功能区形成，是东北地区"十一五"时期国民经济和社会发展的一项重要战略举措。搞好主体功能区规划，推进主体功能区形成，是促进区域经济协调发展的有效途径，是影响东北地区未来空间布局、开发秩序和开发结构的根本性政策。由于区域的资源环境承载能力是划分主体功能区的主要依据，为了避免资源环境的过度开发，不同的主体功能区只能从事与其自身的资源环境承载能力相适应的经济活动，有利于促进区域的可持续发展。这样，不同的主体功能区确定的同时也确定了未来的空间布局。主体功能区规划确定了不同主体功能区经济活动的主要内容和产业选择的基本方向，首先是有利于促进产业政策与区域

政策相结合，实现产业政策区域化和区域政策产业化；其次是可以引导人口等生产要素有序流动，引导产业有序转移，做到在资源整合基础上的区域内产业结构的优化升级。另外，构建主体功能区为基础的区域开发格局，不再是仅仅为了缩小区域间的经济总量差距，而要在考虑资源环境承载力的基础上，致力于逐步缩小区域间人均 GDP、人均收入、人均公共服务和生活水平的差异，使城乡和不同区域人民都获得大体均等的就业、住房和教育机会，享有大体相当的公共服务、生活环境和生活水平。因此，推进主体功能区形成，将对东北区域内的开发秩序和开发结构产生根本性影响，有利于缩小区域发展差距，促进东北地区的全面发展。

（二）推进主体功能区形成对未来区域政策的影响（财政政策、产业政策、投资政策）

推进主体功能区形成，是促进区域协调发展、改善宏观要素配置效率、促进国民经济持续平稳增长和转变经济增长方式的重要措施，而推进形成主体功能区的关键是要调整、完善相关政策，这是推动主体功能区形成的重要保障。因此，推进主体功能区形成对未来东北地区的各类区域政策势必产生巨大的影响。

对区域财政政策的影响。制定的区域的财政政策将主要是为了支持特定地区改善发展所需要的基础设施，支持特定地区增强提供公共产品的能力，向特定地区的居民提供特定的公共产品，在特定地区进行生态环境基础设施建设，鼓励资本和劳动要素进入或移出特定地区，鼓励或限制某些产业的发展以及引导市场参与者节约资源、保护环境等。

对区域投资政策的影响。区域的投资政策将按照政府投资的方向和重点，明确按区域主体功能定位引导社会投资，主要包括在特定地区进行交通、通信、生态环境保护等基础设施建设，鼓励或抑制特定地区固定资产投资的增长，在特定地区创造增长极等。

对区域产业政策的影响。区域的产业政策将明确不同主体功能区支持、限制和引导等分类指导的产业目录及措施，引导资源和要素在空间上的配置，合理化产业的空间布局，鼓励和限制特定产业的发展，优化特定地区的产业结构，鼓励或限制特定地区的开发活动，促进资源开发与生态环境保护的协调等。

（三）推进主体功能区形成对东北地区未来空间布局的影响

在合理划定四类主体功能区边界和区内具体的功能定位的基础上推进主体功

能区的形成，实施与主体功能区相配套的财政、投资、产业等政策，将使未来东北地区的空间布局按照《东北地区振兴规划》提出的方向发展下去，即深入挖掘哈大和沿海经济带一级轴线的发展优势，促进二级轴线集聚发展，形成"三纵五横"的空间发展格局。

哈大经济带得到优先发展。以大连经济区、辽中经济区、长吉经济区和哈大齐工业走廊为核心区域的哈大经济带，在优化产业布局、促进集群发展的基础上，建设成为具有国际竞争力的制造业产业带。

努力打造沿海经济带。以大连为龙头，以长兴岛、营口沿海、锦州湾、丹东和花园口"五点一线"为重点，优化港口布局，大力发展临港产业、高技术产业、现代服务业，逐步建设成为国内一流、特色突出、竞争力强的产业集聚带。

促进二级轴线健康发展。重点发展东部通道沿线、齐齐哈尔—赤峰、绥芬河—满洲里、珲春—阿尔山、丹东—霍林河、锦州—锡林浩特二级轴线，推进城市经济区（带）建设和边境口岸城镇发展，支持有条件的地区规划设立边境贸易区。

四 东北地区区域经济协调发展的途径与对策

（一）遵循区域经济发展规律

经济增长的过程必然伴随着工业化和产业结构的调整。促使区域经济协调发展并不是用强制外力改变在规模收益递增规律下形成的工业集聚，而是通过改善落后区域的经济发展环境，推动落后地区的工业化进程。按照区域经济学的原理，发达地区通过向其他地区转移产业、技术和产品进行产业升级，这种扩散效应正好为落后地区的发展提供了机会。

（二）统筹城乡区域发展

东北地区经济发展总体水平较高，城市化水平也高于全国平均水平，但城乡之间发展差距较大，城乡二元结构明显，这也是制约区域协调发展的一个巨大障碍。

按照工业反哺农业、城市支持农村和"多予、少取、放活"的方针，加快城镇化进程，统筹城乡协调发展。可以利用城乡经济地域空间的调整，加快区域产业结构的调整，统筹城乡产业发展；可以实施多元化的城乡发展战略，协调城乡空间关系。

通过发展县域经济，架起城市与乡村相互作用的桥梁。发展县域经济要立足优势，因地制宜，发展特色经济和优势产业。支持粮食、肉、蛋、奶等农副产品加工业龙头企业发展，巩固县城和重点城镇的支柱产业。面向城市市场需求，建设蔬菜、花卉、食用菌、乳品、肉类等农产品加工基地。在空间布局上，充分利用和依托原有城镇或有利区位，有机组合，集中布局，发挥集聚效应和规模效应。

在推进农村城镇化建设中，要加快农垦、林区和矿区城镇的行政管理体制改革，创新农村城镇化模式和机制，继续推进农村和小城镇户籍、土地、投融资等管理制度改革。

（三）健全区域协调互动机制

健全区域协调互动机制。形成区域间相互促进、优势互补的互动机制，是实现区域协调发展的重要途径。健全市场机制，打破行政区划的局限，促进生产要素在区域间自由流动，引导产业转移。健全合作机制，鼓励和支持各地区开展多种形式的区域经济协作和技术、人才合作，形成东北地区的整体发展的格局。构建跨行政区的公共平台和协作网络以及东北三省一区高层协调会议制度，协商解决制约区域发展的重大问题。在东北地区高层协调会议制度的大框架下，设立不同领域和层次的协调机构，推进区域合作和协作。

按照平等互利、加强合作、资源优化、共同发展的原则，加强东北与东中西部地区的联系和协作，形成区域合作、互动、多赢的协调机制。鼓励发达地区参与东北老工业基地振兴，加强东北地区与京津冀、山东半岛、长三角、珠三角等区域的经济联系，支持东北企业积极参与西部大开发和中部崛起。

（四）政府对不发达地区的支持和公共服务均等化

政府要加强完善政策调控，促进欠发达地区的经济发展。健全互助机制，鼓励发达地区采取对口支援、社会捐助等方式帮扶欠发达地区。健全扶持机制，按照公共服务均等化原则，加大对欠发达地区的支持力度，加快贫困地区经济社会发展。

基本公共服务均等化对于缓解地区之间、城乡之间的发展不平衡有重要作用，在这方面还有很大的政策空间。省级政府要以提供均等的公共服务为目标，加大对这些欠发达地区财政转移支付力度，并进一步探索和研究地区间横向转移支付实施机制以及生态环境建设补偿机制。不过，公共服务的范围和水平不仅和体制、政策选择密切相关，而且最终取决于社会生产力水平。政府应该提供社会保障，创造发展环境，但不可能"提供"广大落后地区和农村全面小康的生活水平，归根到底还要靠各地本身的经济发展。

（五）分类管理的区域政策

各级政府应当根据各个区域特点，结合区域的实际情况，实行差别化的区域政策。鼓励发达地区加快发展，对欠发达地区实行地区倾斜和政策倾斜。建立欠发达地区开发基金，对重点产业和重点项目进行开发培植。加强发达地区与欠发达地区的对口协作，促进共同发展，缩小地区间的差距。

东北地区资源型经济研究报告

胡祥鼎　张天勖*

摘　要：资源稀缺、价格猛涨、利润大增的同时，东北地区出现了严重的资源危机，可持续发展的问题日渐突出。东北地区资源型经济要实现又好又快发展，必须转变高资源消耗、高资金投入、高污染排放、低附加值、低就业、低人力资源利用的增长方式，转向高资源利用率、高人力资本投入、高就业、高附加值、低资源消耗、低污染排放的增长方式。要更好地解决资源瓶颈，就要走减量化、再利用、资源化，即资源节约、循环利用的循环经济之路，变"资源—初级商品—废市场"的模式为"资源—延伸加工产品—再生资源"和"生产—消费—再循环"的模式。

关键词：资源经济　可持续发展

资源型经济是指对矿产、森林等自然资源进行开采和加工的经济类型。东北地区是全国资源富集和资源型经济比重较大的区域，东北地区资源型经济的持续健康发展，对于保障国家的能源和生态安全具有重大意义，对于促进东北地区的经济发展、社会稳定和环境保护也具有关键性作用。

一　东北地区资源型经济发展状况

（一）东北地区是国家的资源宝库

东北三省人口占全国的8.4%，土地面积占全国的8.2%，地区生产总值占

---

* 胡祥鼎，原黑龙江省政府省长助理，国有资产管理委员会主任；张天勖，吉林大学经济学院博士研究生，从事法经济学理论研究。

全国的 10.7%（2006 年数值），但重要资源的储量大都超过上述比重（见表 1），其中石油储量占全国的 34.7%，林木储量占全国的 18.7%，铁矿储量占全国的 32.6%（见表 1）。

表 1　东北地区资源储量

类别 地区	煤炭储量 （亿吨）	石油储量 （亿吨）	天然气储量 （亿立方米）	林木蓄积量 （万立方米）	铁矿储量 （亿吨）
东北三省	144.5	95737	1306.58	254058	72.03
东北三省占全国比重（%）	4.3	34.7	4.4	18.7	32.6
辽　宁	49.75	17010	202.91	18546	70.16
吉　林	17.11	16530	167.84	85359	1.33
黑龙江	77.67	62197	935.83	150153	0.54
全　国	3334.8	275857	30009.24	1361810	220.92

（二）东北地区资源型经济在全国举足轻重

从主要资源型和资源加工型产品的产量来看，东北三省原油产量占全国的 32.3%，乙烯产量占全国的 18.7%，初级形态塑料产量占全国的 12.2%，大庆、辽河、吉林三大油田产量分别居全国第 1、第 3 和第 7 位。2007 年，东北三省原油加工量达 8110 万吨，约占全国的 1/4，各省均已形成千万吨级以上炼油能力，正在形成百万吨级乙烯的加工能力。2007 年，东北三省煤炭产量 1.75 亿吨，加上大小煤矿产量超 2 亿吨。同时，东北三省还拥有丰富的铁矿资源和良好的工业基础，钢铁工业在全国占有重要地位，钢产量占全国的 9.5%（见表 2）。从资源型产业的增加值来看，2006 年，东北三省采掘业增加值占全国采掘业增加值的 1/5 强，再加上石化、电力（水、燃气）两个资源加工业，东北三省主要的资源型和资源加工型产业的增加值占全国的 15.1%，远高于 GDP 和工业增加值在全国的比重（见表 3）。

从发展前景来看，国家制定的《东北地区振兴规划》明确要把东北地区建成国家新型原材料和能源保障基地。①国家把东北地区列入国家 13 个大型煤炭基地之一，近期将有序开发建设呼伦贝尔、霍平白、胜利等大型煤电化基地，黑龙江地区东部煤炭基地等。规划到 2010 年煤炭生产规模 3 亿吨左右、电力装机容量 6000 万千瓦、年发电量 3000 亿千瓦时。②东北地区是全国最大的石油天然气基地，到 2010 年原油生产规模将保持在 5700 万吨左右，天然气产量将达到 70 亿立方米。

表2　2007年东北地区主要资源型产品和资源加工型产品产量

类别 地区	原煤 （万吨）	原油 （万吨）	发电量 （亿度）	乙烯* （万吨）	初级形态* 塑料（万吨）	水泥* （万吨）	钢材 （万吨）	木材** （万立方米）
东北三省	17475	6032	2288	176.2	317.5	6576	5383	1215.9
东北三省占 全国比重（%）	6.9	32.3	7.0	18.7	12.2	5.3	9.5	25.6
辽　　宁	6320	1238	1113	49.3	121.6	3294	4339	130.1
吉　　林	3158	624	493	75.2	73.2	1799	639	376.5
黑 龙 江	7997	4170	682	51.7	122.7	1483	405	709.3
全　　国	253600	18700	32777	940.5	2602.6	123677	56894	4759

* 为2006年数，** 为2003年数。

资料来源：三省统计资料。

表3　2003年、2006年东北地区主要资源型产业增加值

单位：亿元，%

类别 地区 年份	采掘工业 增加值		石化工业 增加值		电力、燃气及 水增加值		三项增加 值之和		规模以上 工业增加值		主要资源型产业 增加值占工业比重	
	2003	2006	2003	2006	2003	2006	2003	2006	2003	2006	2003	2006
东北三省	1125	2393.4	497.0	981	393	598	2015	3972	3894	8219	51.7	48.3
占全国比重	27.9	21.3	9.6	12.7	10.2	8.1	15.4	15.1	9.3	9.0	—	—
辽　　宁	245.6	454.3	278.7	672.9	184.9	291.4	709	1418	1716	4141	41.3	34.2
吉　　林	84.1	293.3	96.6	132.6	51.6	101.5	232	528	815	1514	28.5	34.9
黑 龙 江	795.2	1645.8	121.7	175.4	156.9	204.8	1074	2026	1363	2564	78.8	80.2
全　　国	4029	11219.5	5181	7713	3872	7419	13082	26352	41990	91076	24.7	28.9

③国家确定在东北地区建设新型石化产业基地，重点建设抚顺石化、大连石化、大连西太平洋炼油等千万吨级原油加工基地，到2010年炼油能力可达1亿吨以上；加快实施大庆、吉林、抚顺等百万吨乙烯工程，形成世界级乙烯生产基地，到2010年乙烯产量可达500万吨左右。④国家把东北地区确定为全国七个煤化工基地之一，近期将建设锡林浩特、霍林河、呼伦贝尔、黑龙江东部和辽宁西部等煤化工基地。⑤国家确定建设北方精品钢材基地，将依托东北特钢建设特殊钢和装备制造业用钢生产基地；在沿海建设鲅鱼圈钢铁基地等。

（三）东北地区资源型经济在地区经济中居支柱地位

从表3可以看出，2006年，东北三省采掘工业增加值占三省规模以上工业

增加值的29.1%，而全国为12.3%，如加上石油化工和电力、燃气、水加工业两个主要的资源型加工业，东北三省主要资源型产业增加值占规模以上工业增加值的比重达48.3%，比全国高近20个百分点。石油、天然气开采和石油化工都是各省的支柱产业。煤电化产业在东北地区占有重要地位，尤其是蒙东地区和黑龙江省，煤电化产业是经济发展的支柱型产业。

东北三省资源型产业创造的利税和财政收入在三省中占有很高比重。以黑龙江省为例，2007年，三大主要资源型产业的工业总产值占全省规模以上工业产值的61.0%，主营业务收入占63.2%、利税总额占86.8%、利润总额占90.3%（见表4），约占本级财政收入的60%。

表4　2007年黑龙江省主要资源型产业情况

单位：亿元，%

类　别	工业总产值		主营业务收入		利税总额		利润总额	
	数额	占比	数额	占比	数额	占比	数额	占比
全省工业规模以上	6143	100	6518	100	1776	100	1277	100
采掘工业	1947	31.7	2292	35.2	1448	81.5	1152	90.2
石化工业	1109	18.1	1109	17.0	22	1.2	-22	-1.7
电力、热力、水业	689	11.2	720	11.0	72	4.1	24	1.8
三大主要资源型产业	3745	61.0	4121	63.2	1541	86.8	1154	90.3

（四）东北地区资源型经济进入高投资支撑阶段

东北地区振兴战略的实施，恰逢世界和我国经济进入新一轮上升通道，我国重化工业加速发展，能源、原材料需求旺盛，价格快速攀升，企业盈利水平迅速提高，从而刺激了资源型产业投资的快速增长和生产的发展。从表5、表6的数据看，2003~2006年，东北地区采矿业投资增长3.6倍（全国增长1.6倍）；电力、燃气和水的生产供应业投资增长2.65倍（全国1.17倍），东北地区资源型产业投资增长速度大大超过全国水平（见表5、表6）。

从表3、表7的数据看，近几年东北三省主要矿产品产量受资源不足制约，没有大的增长，甚至有所下降，但由于价格上涨较快，按现价计算的采掘工业增加值仍然实现了三年翻番；资源加工业也有了相应的发展，发电量年均增长8.2%、乙烯产量年均增长7.6%、初级形态塑料年均增长7.9%、水泥年均增长

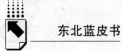

表5　东北地区采矿业固定资产投资增长情况

单位：亿元

地区＼年份	2003	2004	2005	2006
东北三省	154	361	512	709
辽　宁	37.9	147.4	205.5	256.1
吉　林	24.1	63.1	89.2	184.0
黑龙江	91.8	150.9	216.9	268.4
全　国	1775	2396	3578	4678

表6　东北地区电力、燃气及水的生产供应业固定资产投资增长情况

单位：亿元

地区＼年份	2003	2004	2005	2006
东北三省	139.8	269.0	356.5	509.7
辽　宁	55.6	112.3	140.2	215.5
吉　林	38.1	58.5	88.7	128.7
黑龙江	46.1	98.2	127.6	165.5
全　国	3962	5795	7554	8586

表7　东北地区主要资源型产品产量增长情况

地区＼类别年份	原煤(亿吨)		原油(万吨)		发电量(亿度)		乙烯(万吨)	
	2003	2007	2003	2007	2003	2007	2004	2006
东北三省	1.46	1.75	6649	6032	1670	2288	152	176.2
辽　宁	0.59	0.63	1332	1238	837	1113	48	49.3
吉　林	.0.20	0.32	476	624	339	493	58	75.2
黑龙江	0.67	0.80	4840	4170	494	682	46	51.7
全　国	16.67	25.36	16960	18700	19106	32777	627	940.5

地区＼类别年份	初级形态塑料(万吨)		水泥(万吨)		钢材(万吨)	
	2003	2006	2003	2006	2003	2007
东北三省	253	318	4673	6576	2870	5383
辽　宁	119	122	2440	3294	2359	4339
吉　林	51	73	1119	1799	369	639
黑龙江	83	123	1114	1483	142	405
全　国	1652	2603	86208	123677	24108	56894

12.1%、钢材年均增长17.1%；2006年与2003年相比，按现价计算的石化工业增加值增长了97.4%，接近翻番，电力、燃气和水业的增加值增长了52.1%。总的来看，受资源条件制约和价格上涨拉动，东北地区资源型经济按价值形态计算的产出增长较快，而实物形态的产品产量增长并不快，甚至有所下降。应该加速发展的资源加工业总体来看也表现正常。

二　东北地区资源型经济发展中存在的突出矛盾和问题

（一）资源型产业：价格攀升的财富效应与储量衰减的危机并存

近年来煤炭、石油出厂价不断攀升，2006年与2003年相比，煤炭价格上涨了51.1%，石油价格上涨了89.5%。另外，由于价格提高和产量增加，同期全国煤炭利润总额增加了3.9倍，黑龙江则增加了4.2倍。在产量略有增加的情况下，全国原油利润总额增加了2倍；黑龙江则在产量减少10%的情况下，利润总额增加了1.2倍。

在资源稀缺、价格猛涨、利润大增的同时，东北地区出现了严重的资源危机，可持续发展的问题日渐突出。木材产量曾占全国1/3以上的东北国有林区，从20世纪90年代开始进入资源危机状态，到2003年，东北三省木材产量下降为只占全国1/4。至今仍为全国木材产量第一的黑龙江省，40个林业局已有2/3资源枯竭；占全国木材产量的比重由1980年的30.6%降为1990年的26.9%、2000年的14.6%、2002年的13.8%；木材产量由最高的1988年的1878万立方米减为2002年的613万立方米，减少2/3，2007年为758万立方米，其中大量采伐的是未成熟林木（见表8）。伊春林区成过熟林蓄积比开发初期减少98%，排除公益林中的成过熟林蓄积，基本无林可采。

表8　黑龙江省木材产量在全国比重

单位：万立方米，%

类别 \ 年份	1980	1988	1990	2000	2002	2007
黑龙江省	1642	1878	1499	692	613	758
占全国比重	30.6	30.2	26.9	14.6	13.8	
全　国	5359	6218	5571	4724	4436	—

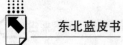

东北地区国有煤矿平均役龄超过 70 年。辽宁阜新、吉林辽源、黑龙江鸡西、七台河等一大批煤矿资源衰竭。黑龙江省 39 个国有煤矿中，有 13 个因资源枯竭而破产。东北三省煤炭产量在全国的比重也由 1980 年的 15.8% 下降为 1990 年的 14.8%，2000 年下降到 11.1%，2007 年则下降到 6.9%（见表 9）。

表 9　东北地区煤炭产量在全国的比重

单位：万吨，%

类别＼年份	1980	1990	2000	2007
东北三省	9785	15974	11100	17500
占全国比重	15.8	14.8	11.1	6.9
辽 宁 省	3733	5101	4500	6300
吉 林 省	1807	2610	1600	3200
黑龙江省	4245	8263	5000	8000
全 国	62015	107988	99800	253600

资料来源：《中国统计年鉴》、东北三省统计年鉴、统计公报。

20 世纪 90 年代以来，东北地区石油资源急剧衰减，产量由 1990 年的 7288 万吨逐年下降为 2007 年的 6032 万吨，占全国的比重由 1980 年的 55.3% 下降为 1990 年的 52.7%、2000 年的 44.0%、2007 年 32.2%（见表 10）。产量至今仍居全国第一的大庆油田，石油产量 1976～2002 年连续 27 年保持了 5000 万吨以上的年产量，目前可采储量已采出 75% 以上，剩余可采储量不足 5 亿吨，产量由最高的 1990 年的 5562 万吨逐年下降到 2007 年的 4170 万吨，下降了 25%，占全国的比重由 1/2 下降到不足 1/4。今后将继续以每年 150 万～200 万吨的速度递减。

表 10　东北地区石油产量在全国比重

单位：万吨，%

地区＼年份	1980	1990	2000	2007
东北三省	5859	7288	7076	6032
占全国比重	55.3	52.7	44.0	32.2
辽 宁 省	533	1369	1401	1238
吉 林 省	176	357	375	624
黑龙江省	5150	5562	5300	4170
全 国	10595	13831	16086	18700

（二）资源型企业：国有垄断下的短期高收益与制度缺陷下的应变能力差并存

2004 年，全国能源工业中国有及国有控股企业占资产总额的 87.2%，占利润总额的 83.5%。东北地区的这一比重大大高于全国，以黑龙江省为例，2006 年能源工业中国有及国有控股企业占资产总额的 92.6%、利润总额的 99.3%（见表 11）。

表 11　2006 年黑龙江能源工业中国有及国有控股企业比重

单位：万元，%

类　　别	资产合计			利润总额		
	全部能源工业企业	国有及国有控股	占比	全部能源工业企业	国有及国有控股	占比
能源工业合计	29835334	27626770	92.6	11910704	11824558	99.3
煤炭采选	4216576	3617641	85.8	94125	56987	60.5
石油天然气开采	11882512	11653789	98.1	12012768	11995975	99.9
石油加工炼焦及核燃料加工	4011783	3413992	85.1	-374761	-406983	
电力、热力供应	9247382	8620072	93.2	181678	183075	100.8
燃气生产供应	477081	321276	67.3	-3106	-4496	

国有企业基本垄断了稀缺资源、市场和价格，而且又享有政府的很多优惠政策，如土地的划拨和无偿占用。这样，在市场紧缺、资源丰裕和价格高涨时期，一些企业获得了较高收益，如 2006 年大庆油田利润总额高达 1200 亿元，占全省规模以上工业总产值的 94.6%。由于国有企业是按行政等级制度来管理的，经营者听命于行政主管的指令而很难对企业的长远发展负责，很难根据变化着的资源、市场情况进行自主决策和调整，而且基本上是单一经营，一旦资源衰减或市场变化就将陷入困境。比如黑龙江省伊春林区，在资源和市场条件好的 20 世纪七八十年代，职工收入是各行业中较高的，然而到了 2001 年，因无林可采，企业亏损 1.3 亿元，职工年平均工资 3372 元。黑龙江全省森工系统拖欠工资 7.5 亿元，欠养老金 9.3 亿元，未兑现工资 63 亿元。黑龙江省鸡西、鹤岗、双鸭山、七台河四大国有煤矿，在 20 世纪末经济紧缩时期，煤炭销售困难，价格低迷，严重亏损，资不抵债，拖欠职工工资 10.2 亿元。近年来煤炭供不应求，价格大幅上升，企业有条件改制、重组、上市、搞延伸加工，但由于制度缺陷，改制没有进展，煤炭延伸加工没有搞起来，30 多万在岗职工分流不出去，工资福利又不断提高，每吨煤成本比非国有矿高出一倍以上，到 2006 年企业销售收入的 96% 仍来自

煤炭采掘。随着资源衰减，资源税费提升，资源补偿和环境成本增大，如再遇市场变化，企业有重陷困境的可能。即使是巨额赢利的大庆油田，在很大程度上也是靠涨价垄断和政策优惠支撑，即使这样，人均赢利水平也不到国际大公司的1/2。

（三）资源型城市：经济发展与社会发展、环境保护的矛盾尖锐

据国家发改委等有关机构研究，截至 2002 年底，我国有县级市以上的资源型城市 118 座，其中东北三省就有 31 座，占全国的 1/4 强，其中地级资源型城市 15 座，占全国近 1/3。从东北三省 15 个地级资源型城市（地区）分析（见表 12），

表 12　2007 年东三省 15 个地级资源型城市工业增加值增长情况

单位：亿元，%

	类　　别	2007 年	比上年增长
辽　宁	全部工业	5047	21.0
	资源型城市合计	1021	14.4
	抚顺	238.4	18.2
	本溪	240.2	16.0
	阜新	45.0	22.2
	盘锦	346.0	7.9
	葫芦岛	151.3	20.1
吉　林	全部工业	1874	23.6
	资源型城市合计	456.9	23.4
	辽源	70.1	29.3
	白山	91.0	25.6
	松原	295.8	21.5
黑龙江	全部工业	2872	15.8
	资源型城市合计	1642.3	11.2
	鸡西	42.4	16.2
	鹤岗	44.5	19.0
	双鸭山	47.6	35.1
	七台河	53.5	20.1
	大庆	1425.0	9.8
	伊春	26.4	13.2
	大兴安岭	2.9	21.3
东北三省	全部工业	9793	19.9
	资源型城市合计	3120	13.9

资料来源：《东北三省统计年鉴》。

2007 年，15 个城市总计规模以上工业增加值 3120 亿元，占三省工业增加值的 32%；15 个城市工业增加值总计比上年增加 13.9%，应该说是比较快也是比较好的（因为利税增加幅度更大）。但是，三省资源型城市合计增长幅度都低于各省总的增长幅度，尤其是大庆、盘锦两个石油城市因石油减产，增幅更低。

1. 从经济发展看，资源型城市接续替代产业发展乏力，经济结构失衡严重，可持续发展的压力较大

东北三省资源型城市的共同特点有以下几点。一是采掘业一柱擎天。2007 年，黑龙江省 7 个资源型城市油、煤、木采掘占七市 GDP 的比重近 60%。二是国有独大。黑龙江省 7 个资源型城市 12 个国有大型企业的增加值占七市工业总量的 75% 左右。三是资源衰减，延伸加工和替代产业发展滞后。2006 年，大庆市规模以上工业增加值 1734 亿元，石油采掘增加值 1527 亿元，占 88.1%；石化产业增加值只有 90 亿元，只占 5.2%；非油工业增加值只有 117 亿元，只占 6.7%。接续和替代产业在工业中的比重仅占不到 12%。

2. 从社会发展看，资源型城市失业和贫困人口较多，维护社会稳定的压力较大

资源型城市就业问题突出。一是资源型国有企业不但不能吸纳就业，而且还大量输出劳动力。黑龙江省 7 个资源型城市约 140 万名职工，80% 以上在资源型国有企业就业。到 2002 年底，7 个资源型城市（地）人口只占全省的 1/3，下岗失业人员达 47.8 万人，占就业职工总数的 34.5%，4 个煤城占 44.1%。近几年，党和政府采取大量措施促进再就业，其中有一部分职工个人灵活就业，但到 2005 年底，7 市仍有下岗职工 32.9 万人，拖欠职工工资 26.8 亿元。二是资源型城市产业结构单一，就业渠道狭窄，新增劳动力就业困难。由于城镇登记失业率失真，我们可以用就业率来比较。从表 13 可见，包括非正规的灵活就业人员在内，2006 年，黑龙江省 7 个资源型城市就业率为 41.4%，而 6 个非资源型城市就业率为 48.3%。资源型城市就业率比非资源型城市就业率低 7 个百分点。从表 14 可见，辽宁省的抚顺、本溪、阜新 3 个煤城，2007 年末从业人员和在岗职工人数均比上年同期减少，三市从业人员减少 12009 人，在岗职工共减少 13354 人。就业困难必然导致贫困人口增加，资源型城市社会稳定问题突出。

表13 2006年黑龙江省7个资源型城市就业情况

单位：万人，%

类　　别	城镇总人口	城镇就业人员	就业率（就业人口/总人口）
黑龙江省7个资源型城市	637.8	264.0	41.4
黑龙江省6个非资源型城市	1192.6	575.7	48.3

表14 2007年末辽宁省3个煤炭城市从业人员情况

单位：人

类　　别	抚顺市	本溪市	阜新市	合　计
年末就业人员比上年末增减	－6246	－2260	－3501	－12007
年末在岗职工人数比上年末增减	－7127	－2701	－3526	－13354

资料来源：辽宁省统计月报。

3. 从生态环境看，主要是污染严重，环境保护和修复的压力大

以黑龙江省为例，大庆油田地区草原退化、盐碱化和沙化的比重已占草原总面积的84%；地下水年超采量近1亿立方米，已形成5560多平方公里的地下水漏斗；工业固体废料的处理率只有50.2%，生活污水处理率只有21.3%，城市地表水污染严重。大小兴安岭过量采伐，森林蓄水固土抗风沙能力大大减弱，给东北、华北广大区域生态环境带来不利影响。4个煤城每年新增煤矿石700万吨左右，总堆集量已超过2亿吨，不仅占用土地、堵塞河道，每年还排放甲烷2.96亿立方米。

三　东北地区资源型经济又好又快发展的思路和对策

东北地区资源型经济要实现又好又快发展，必须转变高资源消耗、高资金投入、高污染排放、低附加值、低就业、低人力资源利用的增长方式，转向高资源利用率、高人力资本投入、高就业、高附加值、低资源消耗、低污染排放的增长方式。为此，就要走减量化、再利用、资源化，即资源节约、循环利用的循环经济之路，变"资源—初级商品—废市场"的模式为"资源—延伸加工产品—再生资源"和"生产—消费—再循环"的模式。按照这个思路，东北地区资源型经济的发展方向包括以下几方面。

（一）稳定采掘业，延长稳产年限

石油天然气开采既要加大勘探力度，增加可采资源储量，也要采用高新技术，提高采收率，增加天然气产量；油气要保障稳产，要建设"百年油田"；蒙东地区和黑龙江省东部煤炭资源还可开采两年；森林采伐要进一步控制规模。

（二）大力发展资源加工业，实现资源节约和多层次加工增值循环利用

据预测，到2020年我国乙烯及延伸加工产品将长期短缺，缺口将保持在40%左右。目前，东北地区存在的主要问题是产业链短、加工层次低，并大多以塑料原料形式销往沿海市场，没有形成化工产业的集聚和资源的循环利用。今后，东北三省要依托各自的百万吨乙烯工程，在塑料加工、工程橡胶、化纤纺织、精细化工等方面形成一体化产业。

据预测，2020年我国原油自给率仅为40%左右，石油资源严重缺乏。而目前国际市场原油价格不断攀升，1998～2008年的十年间，每桶原油价格由12美元左右上涨到140美元，今后原油价格也将在高位徘徊。

我国的煤炭资源比较丰富，煤炭成本相对较低，发展煤制甲醇、二甲醚、烯烃等石油替代产品是必然选择。东北地区的蒙东地区、黑龙江省东部、辽宁省西部煤炭资源丰富，应实施石油替代战略，大力发展煤化工产业，尤其是东北地区具有内蒙西部、山西、陕西等煤炭资源富集地区所不具备的便捷、水资源丰富、化工基础和人才条件好的优势，又是大重型煤化工装备产地，生产要素比较匹配，应该发挥固有优势。目前，东北地区启动了一批120万吨甲醇、60万吨烯烃项目，煤制二甲醚、煤制油的前期工作也在抓紧进行，关键在于推进和落实。同时，从规划开始就要考虑资源节约、循环利用、产业集聚、环境保护，实行规模化、大型化、一体化、基地化发展。与此同时，蒙东地区和黑龙江省东部要建设一批煤电一体化项目，与煤矿建设和坑口、电站、电网建设一体实施，变运煤为输电，以缓解东北地区铁路运输紧张状况。

（三）利用可再生资源和废弃资源，大力推进资源和能源的节约、替代和环境保护

落实循环经济的发展思路，实现又好又快发展，要采取以下对策。

1. 从试点入手，探索建立市场配置资源和资源型经济又好又快发展的长效机制

①建立资源价格市场化形成机制。要加快资源价格改革步伐，逐步形成能够反映资源稀缺程度、市场供求关系、环境治理与生态修复成本的资源型产品价格形成机制，以促进资源高效利用、节约替代和环境保护。②进行资源税费改革。资源税改从量计征为从价计征，提高税率，并依据资源禀赋实行差别税率，增加资源开采地的财政收入；提高矿产资源补偿费收费标准，提高矿业权使用费和矿业权。③建立资源开发的补偿机制和衰退产业的援助机制。实行谁开发，谁保护；谁受益，谁补偿；谁污染，谁治理；谁破坏，谁修复的原则，明确企业责任，把环境治理、生态修复、安全投入及企业退出转产等费用列入成本构成。各级政府要帮助解决资源枯竭的矿山、矿城的特殊困难，落实国家对资源枯竭城市的财政性转移支付政策。要建立矿山环境治理恢复保证金制度和可持续发展准备金制度，也应建立扶持资源型城市可持续发展的贷款政策，尤其应建立东北区域性中小企业信用担保的再担保机构。

2. 深化国有资源型企业改革，发展多种所有制资源型经济

国有垄断型企业要完善产权多元化的股份制改革，完善内部治理制度；要鼓励中央企业与地方企业互相投资参股，在境内外上一批新项目；要放宽市场准入，促使各种所有制经济机会平等、权利平等地参与资源开发和延伸加工；探矿权、采矿权的取得要平等参与、公开竞价；要逐步打破资源型经济中的垄断局面，通过市场化竞争来提高效率、降低成本、增进社会福利。

3. 开发高新技术，发展环境节约型采矿业和加工业、装备制造业

油田要提高三次采油水平，煤矿要采用高效安全、大型采掘技术和设备；要引进和突破甲醇制烯烃技术、工艺，实现工业化，采用最新技术发展煤制油、二甲醚；要发展新型精细化工材料、特种功能材料和复合材料；在大庆、盘锦等地加速发展石油装备制造业；依托齐齐哈尔发展大重型化工设备；在佳木斯、鸡西等地重点发展采矿装备制造业。

4. 转移富余生产建设能力，开发蒙东和俄远东地区资源

蒙东地区具有建设大型煤电化基地的资源条件，但工业基础比较差，投融资能力和技术实力不足。东北三省的大型资源型企业实力雄厚，技术力量充足，原开发地资源衰减，应迅速将富余的生产建设能力转移到蒙东地区，开发呼伦贝尔、霍平白、胜利等大型煤电化基地。俄远东地区石油、天然气、各种矿石和森林资源是全世界最为富集的地区。目前，我国已制定中国东北同俄远东地区合作规则，并力推东北振兴战略同俄远东开发战略对接。在此背景下，东北地区的大型资源型企业应该走出去，以战略眼光建立境外能源、资源供应基地，在远东地区开发和建设一批天然气开采及石油化工、采矿及冶炼、电力、森林采伐及木材深加工等大型项目。

5. 解决就业等社会问题和环境保护问题

资源型城市要大力发展资源的多层次延伸加工和循环利用，大力发展替代产业和第三产业，努力增加就业岗位；完善社会保障体系和社会救助机制；加大对石油开采造成的沉降漏斗、土地盐碱化的治理力度；大规模发展煤矿石发电、生产建材等产业；进一步调减木材产量，实施天然林保护。

东北地区新农村建设进展情况报告

张 磊[*]

摘 要：《中共中央国务院关于推进社会主义新农村建设的若干意见》颁布后，东北地区新农村建设扎实起步，全面推进，取得了丰硕的成果。但同时也出现了许多新情况、新问题，有待于在今后的新农村建设过程中不断解决。

关键词： 新农村建设 新进展 新情况

建设社会主义新农村是贯彻落实科学发展观的重大战略举措，是一项长期的历史任务，需要进行不断的探索、实践和总结。东北地区新农村建设正在如火如荼地进行，及时总结新农村建设经验，展望新农村建设的未来，针对新农村建设过程出现的新情况、新问题，提出具有可操作性的政策建议，对促进东北地区新农村建设又好又快发展十分必要。

一 东北地区新农村建设进展情况

按照 2006 年中央"一号文件"精神，东北地区新农村建设广泛深入地开展起来。三年来，在国家兴农、惠农政策指导下，在东北各省共同努力下，东北地区新农村建设从起步、试点，到全面推进，取得了很好的成绩。

（一）新农村建设目标开始实现

2007 年，国家和地方各省的惠农政策极大刺激和支持了东北地区农村经

---

* 张磊，吉林省社会科学院农村发展研究所副所长、研究员，主要研究农业发展、农业经济和农村经济等问题。

济的发展，使得东北地区新农村建设在 2006 年扎实起步的基础上，全面推进。通过两年多的建设，发展现代农业的支撑体系初步形成，支持新农村建设的优势产业日益显现。"生产发展、生活宽裕、乡风文明、村容整洁、管理民主"作为社会主义新农村的建设目标已经开始实现，并取得了令人瞩目的成绩。

1. 生产稳步发展

2007 年，东北地区农业生产稳步发展，其中第一产业增加值实现 2884.39 亿元，比上年增长 4.7%；粮食产量达到 8254 万吨，是历史上第二个丰收年；肉类产量达到 1078.06 万吨，比上年增长 7.1%；农机总动力达到 6297.65 万千瓦，比上年增长 4.9%（见表 1）。

表 1 2007 年东北地区生产发展情况

地　区	各项指标	总　量	比上年增长（%）
辽宁省	第一产业增加值（亿元）	1178.41	5.5
吉林省	第一产业增加值（亿元）	813.48	4.1
黑龙江省	第一产业增加值（亿元）	892.50	4.2
东北地区	第一产业增加值（亿元）	2884.39	4.7
辽宁省	粮食产量（万吨）	1834.70	6.4
吉林省	粮食产量（万吨）	2454.00	−9.8
黑龙江省	粮食产量（万吨）	3965.30	−0.6
东北地区	粮食产量（万吨）	8254.00	−1.8
辽宁省	肉类产量（万吨）	395.00	6.1
吉林省	肉类产量（万吨）	347.76	10.4
黑龙江省	肉类产量（万吨）	335.30	4.9
东北地区	肉类产量（万吨）	1078.06	7.1
辽宁省	农机总动力（万千瓦）	1941.68	4.2
吉林省	农机总动力（万千瓦）	1570.67	0.0
黑龙江省	农机总动力（万千瓦）	2785.30	8.4
东北地区	农机总动力（万千瓦）	6297.65	4.9

资料来源：黑、吉、辽三省 2006 年、2007 年统计公报，东北地区数据为作者计算而得。

2. 生活水平不断提高

2007 年，东北地区农民生活更加宽裕，农民人均收入 4365 元，比上年增长

16.1%；农民恩格尔系数首次降到 40% 以下，达到 39%，比上年降低 1.7 个百分点；农村劳动力实现转移 1119 万人，比上年增长 5.8%；农村消费品零售额达到 978.78 亿元，比上年增长 16.4%。各省农民生活状况见表 2。

表 2　2007 年东北地区生活宽裕情况

地　　区	各项指标	总　　量	比上年增长(%)
辽宁省	农民人均收入(元)	4773	16.7
吉林省	农民人均收入(元)	4190	15.1
黑龙江省	农民人均收入(元)	4132	16.3
东北地区	农民人均收入(元)	4365	16.1
辽宁省	农民恩格尔系数(%)	40.2	−1.4
吉林省	农民恩格尔系数(%)	40.0	−1.3
黑龙江省	农民恩格尔系数(%)	34.6	−2.0
东北地区	农民恩格尔系数(%)	39.0	−1.7
辽宁省	农村劳动力转移数量(万人)	286*	3.5
吉林省	农村劳动力转移数量(万人)	350	6.1
黑龙江省	农村劳动力转移数量(万人)	483	7.1
东北地区	农村劳动力转移数量(万人)	1119	5.8
辽宁省	农村消费品零售额(亿元)	438.73	17.6
吉林省	农村消费品零售额(亿元)	281.85	15.4
黑龙江省	农村消费品零售额(亿元)	258.20	15.3
东北地区	农村消费品零售额(亿元)	978.78	16.4

＊辽宁省农业厅调查资料。

资料来源：黑、吉、辽三省 2006 年、2007 年统计年公报，东北地区数据为作者计算而得。

3. 乡风文明程度逐渐提高

2007 年，东北地区乡风文明建设取得很大进展，各省不断加强农村文化娱乐设施建设，农民业余文化娱乐生活有所改善，农民洗澡问题也不同程度得到解决，殡葬习俗更加文明，乡风文明程度不断提高。其中，适龄儿童入学率达到 100%；有线电视入户率达到 45%，比上年增加 5 个百分点；村级卫生所覆盖率达到 98%，比上年增加 1 个百分点；农民参加合作医疗比例达到 84%，比上年增加 9 个百分点。各省乡风文明程度的有关指标见表 3。

表3　2007年东北地区乡风文明程度情况

单位：%

地　区	各项指标	比　例	比上年增长
辽宁省	适龄儿童入学率	100	0
吉林省	适龄儿童入学率	100	0
黑龙江省	适龄儿童入学率	100	0
东北地区	适龄儿童入学率	100	0
辽宁省	农村有线电视入户率	49	6
吉林省	农村有线电视入户率	45	5
黑龙江省	农村有线电视入户率	40	5
东北地区	农村有线电视入户率	45	5
辽宁省	村级卫生所覆盖率	100	0
吉林省	村级卫生所覆盖率	96	1
黑龙江省	村级卫生所覆盖率	97	1
东北地区	村级卫生所覆盖率	98	1
辽宁省	农民参加合作医疗率	85	8
吉林省	农民参加合作医疗率	82	10
黑龙江省	农民参加合作医疗率	85	9
东北地区	农民参加合作医疗率	84	9

资料来源：黑、吉、辽三省2006年、2007年统计公报、作者调研，东北地区数据为作者计算而得。

4. 村容村貌明显改善

2007年是改革开放以来东北地区村容村貌改善最明显的一年。从道路修建、村屯绿化，到边沟治理、厕所改建、垃圾处理；从人畜混居、烧柴满院，到人畜居所分离，到生物能源、环保能源入户，东北各省农村村容村貌发生了明显变化。其中，道路村村通硬化率达到72%，比上年增加20个百分点；农户卫生厕所比例达到32%，比上年增加11个百分点；新增沼气池16.6万个，比上年增长55%；自来水普及率达到50%，比上年提高7.2个百分点。此外，村屯巷道硬化率也大幅提高，初步调查达到35%。各省村容村貌改善状况见表4。

5. 管理更加民主

2007年，东北地区广大农村管理民主程度不断提高。村级两委班子威信显著提高，村务信息更加公开透明，村民代表大会制度更加完善。全区一村一名大学生率为73%，比上年提高14个百分点；一事一议制度普及率达到90%，比上年提高5百分点；村级发展规划制定率达到11%，比上年提高90百分点。各省农村民主管理状况见表5。

表4　2007年东北地区村容村貌状况

单位：万个，%

地　区	各项指标	数　值	比上年增长
辽宁省	道路村村通硬化率	78	20
吉林省	道路村村通硬化率	95	30
黑龙江省	道路村村通硬化率	43	10
东北地区	道路村村通硬化率	72	20
辽宁省	农户卫生厕所比例	30	10
吉林省	农户卫生厕所比例	30	15
黑龙江省	农户卫生厕所比例	35	9
东北地区	农户卫生厕所比例	32	11
辽宁省	沼气池数量	5.0	50
吉林省	沼气池数量	4.5	60
黑龙江省	沼气池数量	7.1	55
东北地区	沼气池数量	16.6	55
辽宁省	农村自来水普及率	50	7.0
吉林省	农村自来水普及率	55	7.8
黑龙江省	农村自来水普及率	45	8.0
东北地区	农村自来水普及率	50	7.2

　　资料来源：黑、吉、辽三省2006年、2007年统计公报、作者调研，东北地区数据为作者计算而得。

表5　2007年东北地区农村管理民主情况

单位：%

地　区	各项指标	比　例	比上年增长
辽宁省	一村一名大学生率	88	10
吉林省	一村一名大学生率	70	10
黑龙江省	一村一名大学生率	60	20
东北地区	一村一名大学生率	73	14
辽宁省	一事一议制度普及率	90	5
吉林省	一事一议制度普及率	90	5
黑龙江省	一事一议制度普及率	90	5
东北地区	一事一议制度普及率	90	5
辽宁省	村级发展规划制定率	8	80
吉林省	村级发展规划制定率	12	100
黑龙江省	村级发展规划制定率	13	90
东北地区	村级发展规划制定率	11	90

　　资料来源：黑、吉、辽三省2006年、2007年统计公报、作者调研，东北地区数据为作者计算而得。

（二）新农村建设良好态势开始形成

东北地区农业、农村经过几十年的发展、建设，特别是在近些年中央惠农政策支持和各省共同努力下，初步形成了农业生产支撑体系和支持农村经济发展的优势产业，取得了良好的发展基础。也正是这些基础支撑的存在，使得整个东北地区新农村建设进展顺利，发展态势良好。

1. 生产发展的基础支撑体系初步形成

东北地区经过几十年的建设，初步形成了包括农业基础设施和农业物质装备、农业科技体系，以及农业社会化服务体系在内的发展农业生产的支撑体系，为新农村建设奠定了基础。

（1）农业基础设施建设起步较早，近些年建设水平不断提高。改革开放以前，东北地区作为老工业基地和国家商品粮生产基地，无论是工业还是农业都得到了国家的大力支持。农业基本设施建设包括农村水电、水利设施建设，以及除涝、治碱、水土流失治理等起步较早，对保障东北地区农业生产发展特别是粮食产量的稳步增长起到了举足轻重的作用。改革开放以来，东北地区农业基础设施建设更是长足发展。2006年，东北三省乡村办水电站发电能力45.3万千瓦，比2001年增长74.9%；水库总库容751.5亿立方米，比2001年增长8.0%；除涝面积528.4万公顷，比2001年增长2.6%；治碱面积64.0万公顷，比2001年增长21.6%；水土流失治理面积1320.1万公顷，比2001年增长13.8%。

（2）农业生产条件不断改善，农业机械化水平逐年提高。农业基础设施和农业物质装备不断加强，保障了农业综合生产能力的提高。近年来，整个东北地区的农业生产条件得到了改善。据统计，2001年以来，东北地区农机总动力平均年增长312.32万千瓦；有效灌溉面积平均年增长17.69万公顷，占耕地总量的0.7%；农村用电量平均年增长21.5亿千瓦时。农业基础设施和农业物质装备不断加强，减轻了农民的劳动强度，充分发挥了农机在农田基本建设、模式化栽培、标准化生产、产业化经营以及抗灾救灾等方面的重要作用。

（3）农业科技日益发展，科技贡献率不断提高。随着近年来东北地区在农业产前、产中和产后各环节的科学研究，技术（主要是良种繁育、测土施肥、病虫害防治、栽培技术等）推广体系日趋完善，农业科技创新能力得到显著提高，科技进步对农业和农村经济发展的贡献率从20世纪50年代的20%提高到目前的45%。

（4）农业社会化服务体系不断完善。经过近些年的改革和发展，东北地区的农业社会化服务体系得到不断发展和完善，日益适应市场经济发展的需要，良好的服务带动和促进了经济的发展。一是涉农部门服务体系不断完善。迄今为止，东部地区种植业、畜牧兽医、水产、农机化、经营管理五个系统，市、县、乡共有推广机构超过 19340 个，市、县、乡推广机构共有农技推广人员 82000人。二是高效、权威的农业信息收集、整理和发布系统的建立，形成以政府部门信息网络发布信息为主，多渠道提供信息的局面。三是吉林省农村金融服务体系建设大胆创新。吉林东丰诚信村镇银行、吉林磐石融丰村镇银行正式开业，不仅缓解了现代农业建设的融资问题，也缓解了农村金融机构一直存在的覆盖面太窄、供给不足、效率不高等问题。四是为农民自己服务的专业合作经济组织不断发展壮大，而且形式不断创新，范围不断扩大，功能不断加强。据不完全统计，农民专业合作经济组织基本涵盖了种植业、畜牧业、渔业、加工业等农村各个产业，迄今为止，东北三省有各类农民专业合作组织 11000 余个，会员近 100 万人，带动农户近 300 万户。

2. 支持农村经济发展的优势产业日益显现

迄今为止，东北地区发展农村经济的优势产业基本形成。粮食、畜牧业、绿色特色农业、农产品加工业已经成为这一区域发展农村经济的基础和支撑。

（1）区域化、规模化粮食生产格局已经形成。东北地区作为"天下粮仓"，是全国重要的粮食生产基地，每年粮食产量占全国粮食总产量的 15%、粮食商品量占全国的 1/3，对全国粮食安全具有举足轻重的作用。松嫩平原和三江平原耕地面积占全区耕地的 80% 以上，耕地连片，适宜机械化作业和其他农田建设措施。各省始终坚持粮食生产不动摇，玉米产量和出口量分别占全国的 1/3 和1/2。

（2）畜牧养殖业已成为主导产业。2006 年东北地区畜牧业产值 1620 亿元，占全部农业总产值 4290 亿元的 1/3。肉、蛋、奶人均占有量居全国前列，人均畜牧业收入占农民人均总收入的比重近 30%。畜牧业还成为转化粮食、转移农村富余劳动力的主要渠道。另外，一些特色养殖业，如紫貂养殖、蓝狐养殖、獭兔养殖等正在兴起。

（3）绿色特色农业产业成为新的增长点。绿色食品产业作为从传统农业向现代农业转变的一个新兴产业、朝阳产业、支柱产业，在东北各省的高度重视下，经过不懈努力，已成为东北农业和农村经济发展的主要增长点和促进农民增收的主导产业，取得了显著效果。据不完全统计，东北地区目前绿色食品种植面积 8000 万亩，约占全部农作物播种面积的 40%，绿色食品认证 2500 个。与此同时，有机食品和无公害农产品也得到大幅发展。

（4）农产品加工业已具规模。东北各省坚持把加快龙头企业发展、推进农业产业化经营作为农业和农村经济结构战略性调整的重要措施，使东北地区农业产业化经营呈现快速、健康发展的良好势头。一是龙头企业持续快速发展。在振兴东北老工业基地、建立农业产业化发展专项资金、改善发展软环境等政策的推动下，东北地区农业产业化和农产品加工业如鱼得水，快速发展。到 2007 年底，全区较大规模的农业产业化经营组织达到 3280 个，同比增长 15.3%，完成固定资产投资 218 亿元，粮食加工量达 1350 万吨，畜禽屠宰加工量达 2.93 亿头（只），同比增长 22.0%。全区实现园艺特产业产值 324 亿元，比 2006 年增长 14.4%。二是龙头企业规模不断扩大。黑龙江省有 17 户企业进入国家重点龙头企业行列，入选数量位居全国第二位。2007 年，吉林省农产品加工业年产值达 1560 亿元，成为与汽车、石化等并驾齐驱的支柱产业。辽宁省农产品加工业增长迅速，2007 年农产品加工业增加值 890.52 亿元，比上年增长 24.3%，占规模以上工业增加值的 17.6%。三是品牌战略步伐加快。黑龙江省农产品获全国驰名商标和中国名牌产品商标已达 4 个。吉林省的德大鸡肉、皓月牛肉、华正猪肉等品牌在市场上极为畅销。通过品牌整合，不仅提高了产业集中度和品牌的知名度，而且增强了企业开拓国内外市场的能力。

二　东北地区新农村建设过程中出现的新情况、新问题

纵观东北地区新农村建设实践过程，尽管新农村建设起步扎实，推进顺利，硕果颇丰，但是，伴随着新农村建设的深入开展，一些新情况、新问题不断出现。

（一）农民没有成为新农村建设的主体

一是农民不认为自己是新农村建设的主体。在调查中发现，农民对新农村建设主体的认识普遍存在偏差，他们认为，新农村建设的主体应该是政府，最起码应该是政府出钱，而他们自己出力。二是农村中的青壮年劳动力大部分都从土地上转移到别处，至少是"打季节工"，每年外出打工时间在半年以上，平时很少

回来，新农村建设存在着"缺少必要主体"的情况。三是很多政策和规定不透明，不利于农民参与新农村建设。目前，很多农民对新农村政策普遍不了解，很多省市县等部门的具体配套规定没有落实，许多与建设新农村配套的措施没有向农民通报。村干部告诉农民怎么做，农民就怎么做。这种政策和规定的不透明，不利于农民参与新农村建设，也会导致干群关系紧张和农民对新农村政策的误解。

（二）财政支农资金的投放和使用分散

在目前经济发展的大环境下，尽管财政支农资金决定数量不断增加，但东北三省财政支农资金自1990年以来始终徘徊在8%以下。同时由于顾及资金使用的面，"撒芝麻盐"，资金使用分散，导致具有全局性的大问题没有很好的解决，诸如大型农田基本建设、中低产田改造工程、大型水利工程、乡村发展规划制定、村屯道路硬化，等等。财政支农的投放和使用，没有很好的规划设计，没有考虑新农村建设的长期性、农业生产的可持续性。

（三）农民真正从新农村建设中得到的实惠并不多

农民普遍反映，国家的许多惠民政策很振奋人心，但实际上，农民得到的实惠并不多，而且由于推进新农村建设，农民负担还有所增加。例如："村村通"修路要农民先掏腰包使村里路基路面达标，然后有关部门才给修柏油路；农村教育实行"撤村并乡"后，集中办学有利于提高教育质量，但也增加了学生的住宿费、坐校车的交通费、吃饭费用，以及由于集中办学产生的其他杂费（如电脑费等），使每个农民家庭教育费用每年新增近千元；农村合作医疗中很多规定没有考虑农民居住情况，看病到指定医院就医，对居住在农村的农民很不方便，农民遇到紧急情况不得不自己掏钱看病。

（四）新农村建设中还存在一些隐患问题

一是新农村建设使乡村债务出现有增无减的趋势，困扰着新农村建设向深度发展。新农村建设开展以来，许多新农村建设项目要求地方政府配套出钱，乡村两级没有财政拨款，只能向农民募集，由于募集困难形成一些新的债务。农民反映，乡村原有债务利滚利后，农村包袱沉重，想发展很困难。

二是在基层村民自治组织选举过程中存在许多问题，有能力有品行的人很难入选村干部。由于村干部收入较稳定，每年工资收入 4000～6000 元，参选候选人较为积极，使村委会选举过程中出现了一些新问题，如候选人依靠家族势力，拉票当选村委会干部，一些家族势力强、甚至个别横行乡里的人因此能够当选，而有能力、品行好的人很难脱颖而出。

三是其他隐患问题。如谁负责已建好的"村村通"公路的管理和保养问题、接送孩子上下学的安全问题、农村合作医疗的许多规定忽视了农民生活的特殊性问题、"村财乡代管"的代理费问题等，这些问题将严重影响新农村建设进程。而过去一些没有得到解决的问题仍将制约新农村建设的发展。比如，农村教育仍然落后，严重影响农村经济的全面快速发展；农民经济合作组织不完善，使农民缺乏参与市场的竞争力；农民增收的长效机制没有建立起来，粮食涨价和产量提高仍然是农民增收的主要途径；农村社会保障体系不健全，农民没有最低生活保障，等等。这些问题若不能很好地解决，必将影响新农村建设又好又快发展。

三　东北地区新农村建设的政策建议

在全面总结东北地区新农村建设取得的成果，分析新农村建设过程中出现的新情况、新问题的基础上，制定如下有针对性的政策建议，以确保东北地区新农村建设又好又快发展。

（一）　让农民成为新农村建设的主体

要加强宣传教育，使广大农民加深对新农村建设的理解，切实转变"等靠要"思想，树立自强自立精神，激发创造新生活的热情，增强自主建设发展和谐农村建设主体意识。要加强培训，提高农民文化素质和创业技能，特别是适应市场经济、抵御市场风险的能力，着力培育造就"有文化、懂技术、会经营"的新型农民，发挥其在新农村建设中的主体作用。

（二）　加大财政资金投入力度，集中力量解决具有全局性的大问题

一是加大财政资金投入力度。目前，各级财政对农业、农村的投入总量远远不够，不能满足农业生产、农村经济发展的需要。财政资金的投入比例到"十一五"末，应当先突破10%，"十二五"期间再突破第一产业对GDP的贡献率，达到15%左右。这样，农业生产、农村经济发展中的一些具有全局性的问题就

可以逐步地加以解决。即使在目前的情况下，有限的财政资金也应该有计划、有步骤地解决具有全局性的问题。

二是要利用振兴东北老工业基地的大好时机，不失时机地化解乡村债务危机。笔者在调查中发现，乡村债务问题是目前制约新农村建设向纵深发展的头号问题。东北地区多数乡村欠外债，一般村级欠外债 50 万～100 万元，乡镇欠外债上千万元。这些外债压得乡村经济喘不过气来。建议东北地区利用振兴东北老工业基地的大好时机，三省联合请示中央，让国家再出台有关振兴东北老工业基地的优惠政策，通过挂账、注销，增加转移支付等措施，化解东北地区乡村的陈年旧账，从而使东北地区轻装上阵，又好又快发展。

三是将一些大型公益事业投资纳入政府计划或吸纳各方资本，不能给农民增加新负担。一方面，建设新农村，应当采取像建设城市一样的方式方法，将大型公益事业建设纳入政府经济社会发展规划，将投资纳入政府财政预算，比如，道路建设，乡村绿化，医院、学校、文化娱乐设施建设，给排水设施的修建，等等，均采取上述方法进行建设，而同时不增加农民新的负担。另一方面，考虑到各级政府的财政能力，笔者认为，要用工业化的思维谋划新农村建设，要用经营城市的理念经营新农村。在大型公益事业建设上采用经营城市的理念，制定优惠政策，吸纳各方资本，投入大型公益事业建设。通过进一步加大招商引资力度，借助外力加快新农村建设事业的发展。

（三）继续推进现代农业建设，稳定粮食产业发展

一是增加财政支农力度。进一步扩大良种补贴的范围和规模，对水稻、大豆、玉米的良种补贴要全面实施；实施购置农机具补贴政策，对粮食主产区的种粮大户及农技服务组织购置大中型农机具给予财政补贴，推进机耕、机播、机收；增加对种粮大户的小额信贷，放宽担保条件和贷款期限；建立和试行农业灾害保险制度等。重视保护和调动主产区政府与农民两方面的积极性，特别是要保护种粮农民的积极性。

二是重视对东北商品粮基地的基础建设投入。加强农田基础设施的建设，尤其是农田水利设施的建设。国家大型商品粮基地建设资金应加大对东北生产基地建设的投资力度；财政专项资金应进一步加大对东北地区粮食生产重大成套技术推广的支持力度，金融部门应进一步加大对粮食相关产业化龙头企业的扶持力度。

三是保护耕地数量、提高耕地质量。要逐步建立健全基本农田保护制度，将粮食种植面积控制在一定的数量之上。严格执行建设用地审批制度，严禁耕地的非农化。同时，通过调整农业及化肥的品种结构，建立地力补偿制度来提高耕地质量。

四是强化超高产优质新品种及其配套技术的攻关，增加粮食生产发展的科技支撑，为我国粮食安全提供科技储备。

（四）建立促进新农村建设的长效机制

一是要从制度上保障新农村建设。要在现有的新农村建设的政策、措施、办法的基础上，逐步完善加快新农村建设的政策体系，尤其是要逐步完善新农村建设的组织机制、工作机制、投入机制、民主建设机制、社会参与机制。同时要制定政策，引进市场机制，健全农村金融体系；要建立农村养老保障体系，变家庭养老为土地养老、政府养老、养老基金养老，借鉴历史，创新思维，用市场化手段解决农民养老保险问题；要制定（农村）劳动力转移法，统筹解决农民工问题，加快农村劳动力有序转移步伐，从根本上解决"三农"问题。

二是加大对村民自治组织选举过程的监督，不断完善村民自治组织选举制度。村民自治组织选举作为我国走向民主管理的标志，在世界上赢得广泛赞誉。但是村民自治组织选举过程中存在诸多问题，有些问题带有普遍性，有些问题将会或正在影响新农村建设进程。因此建议有关监督和司法监督部门一定要做好村民自治组织选举的监督工作，并对村民自治组织选举过程存在的问题进行调查，对有关村民委员会组织法律法规进行修正。

三是成立永久性新农村建设管理单位。目前，由于从中央到地方新农村建设管理机构大多数是临时性的，增加了这项工作的临时性色彩，不利于新农村建设事业的进行。建议中央和各省，在农业部和各省农业厅（农委）设立长久性新农村建设管理机构，并由国家垂直管理，全面负责新农村建设管理工作。

四是重视农村基层组织建设和干部队伍培养。在我国，村级组织是领导和组织广大农民进行新农村建设的最基层组织，村级组织干部队伍素质的好坏，直接影响新农村建设的进程。东北地区目前村级组织建设和干部队伍建设还不能满足新农村建设的需要。必须通过加强对村党支部的领导、加强对村委会的监督来加强村级组织建设。通过职业教育、短期培训班以及一村一名大学生等多种形式，不断提高村干部的文化素质和理论修养，以适应新农村建设对村级干部素质的需要。

地区篇

2007～2008年黑龙江省经济社会发展报告

曲伟　熊星火[*]

摘　要：2007年，黑龙江省经济社会发展取得了显著成就，国民经济实现了速度、质量、效益同步提高，经济结构调整和体制改革取得突破性进展，民生工程的制度创新有效推进，文化建设繁荣活跃，正朝着实现经济、政治、文化和社会协调发展的方向扎实迈进。2008年，黑龙江省在国际国内经济发展不确定因素增多的背景条件下，仍将努力巩固和保持经济社会又好又快发展的态势，促进老工业基地向着又好又快的方向发展。

关键词：国民经济　持续发展　创新

黑龙江省是国家重要的石油化工基地、粮食畜牧基地、森林生态基地和装备制造业基地之一，历史上曾为国家作出巨大贡献，未来也将是极具发展潜力的重要省份之一。实施东北振兴战略五年来，整个东北振兴步伐明显加快，出现了前所未有的良好态势，但是黑龙江省与吉林、辽宁、内蒙古等省区的（以下简称"两省一区"）发展出现了较大差距。

---

* 曲伟，黑龙江省社会科学院院长、研究员；熊星火，黑龙江省社会科学院农村发展研究所所长、研究员。

一 2007 年经济社会发展总体概况

2007 年，黑龙江省经济社会发展进入改革开放以来的最好时期，呈现出持续、稳定、快速的发展态势。

（一）经济持续稳定快速增长，经济发展登上新台阶

2007 年，黑龙江省国民经济持续在高平台上运行。全年实现地区生产总值 7077.2 亿元，按可比价格计算，比上年增长 12.1%，连续六年保持两位数增长。其中，第一产业增加值 892.5 亿元，增长 4.2%；第二产业增加值 3779.5 亿元，增长 14.3%；第三产业增加值 2405.2 亿元，增长 11.2%。第一、第二、第三产业构成为 12.6：53.4：34.0，它们对 GDP 增长的贡献率分别为 4.2%、64.5% 和 31.3%。人均地区生产总值 18510 元，增长 12.0%。是改革开放以来发展最快的时期。

1. 工业整体素质和竞争力明显增强

全年规模以上工业企业（主营业务收入 500 万元以上）实现增加值 2871.9 亿元，比上年增长 15.8%，连续四年保持 15% 以上的增速。其中，国有及国有控股企业增加值 2365.4 亿元，增长 15.6%；集体企业增加值 39.6 亿元，增长 15.8%；股份制企业增加值 2352 亿元，增长 15.7%。从轻重工业看，轻工业增加值 351.5 亿元，增长 16.5%；重工业增加值 2520.4 亿元，增长 15.7%。从企业规模看，大中型企业增加值 2535.1 亿元，增长 15.7%；小型企业增加值 336.8 亿元，增长 16.6%。地方工业效益大幅增长，全年规模以上地方工业实现利税 260.2 亿元，比上年增长 31.4%，其中利润 131.7 亿元，增长 39.9%。地方工业经济效益综合指数 142，提高 14.3 点。规模以上工业企业实现利税 1774.3 亿元，增长 2.4%，其中利润 1277.6 亿元，与上年持平。四大主导产业：装备、石化、能源和食品，实现工业总产值 5390 亿元，占规模以上工业总产值的 89.2%，实现利税、利润 1694.4 亿元、1235.1 亿元，分别占利税和利润总额的 95.5% 和 96.7%。在规模以上工业企业 246 种工业产品中，全年产量比上年增长的有 168 种，占 68.3%，其中有 85 种产品产量增幅超过 20%。同时，按照走新型工业化道路的要求，黑龙江省实施了一批重大调整改造项目，促进了产业优化升级。装备工业自主创新能力和制造能力明显提升，实现了百万千瓦级超临界火

电机组、三峡水电机组、重型燃气轮机、中宽带钢冷热连轧机、重型数控机床等高端产品的国产化，部分核电设备产品达到国际水平。能源工业继续壮大，天然气勘探取得重要突破，电力装机容量突破 1500 万千瓦。大庆 120 万吨乙烯并线改造工程开工，将成为国内最大的乙烯加工装置，煤化产业发展步伐加快。食品、医药、森工、冶金、建材等产业的调整改造取得积极成效。全省工业呈现出速度与效益同步增长、质量与结构稳步改善的良好态势。

2. 现代农业和新农村建设成效显著

2007 年，黑龙江省粮食总产达到 396.5 亿公斤，创历史新高。畜牧业呈现恢复性增长。全年肉、蛋、奶产量分别为 335.3 万吨、108.3 万吨和 511.7 万吨，比上年增长 4.9%、0.6% 和 10.2%。水产品产量 48.8 万吨，增长 3.5%。畜牧业规模、水平、效益及市场占有率提高，占农业产值比重超过 40%，跻身于全国畜牧业大省行列。绿色食品产业发展势头强劲，年末全省绿色食品认证个数达到 1200 个，比上年增加 146 个，增长 13.9%；绿色食品种植面积 4680 万亩，增长 12.8%，继续居全国第一位。

农业科技创新体系建设不断加强，农业科技进步贡献率达到 52%。年末全省拥有农业机械总动力 2785.3 万千瓦，比上年增长 8.4%。拥有农用拖拉机 113.9 万台，增长 5.7%；农用运输车 19.1 万辆，增长 1.6%。全年农村用电量 41 亿千瓦小时，增长 7.9%。农田有效灌溉面积 295 万公顷，增长 11.4%；节水灌溉面积 183.4 万公顷，增长 15.6%。

新农村建设全面推进，建成通乡、通村公路 4 万多公里，公路硬化率分别达到 82% 和 43%；建成农村饮水安全工程 1800 处，解决了 2170 个村 115 万人的饮水安全问题，农村自来水普及率达 45%；新建户用沼气池 7.1 万个、沼气工程 50 处，新建农村住宅 890 万平方米，住宅砖瓦化率提高到 66.6%，155 万农村贫困人口实现了脱贫。

产业化经营规模不断扩大，农民增收渠道进一步拓宽。全年转移农村劳动力 483 万人，实现劳务收入 217 亿元，分别比上年增长 7.1% 和 32.3%。农村教育、卫生、文化事业快速发展，农业和农村面貌出现可喜变化。

3. 现代服务业加快发展

积极培育壮大旅游支柱产业，冬季冰雪游和夏季避暑游已成为靓丽的旅游品牌。2007 年，全省旅游总收入 425 亿元，全年共接待国内外旅游者 6656.2 万人次，比上年增长 25.6%；其中，接待国内旅游人数 6514.8 万人次，增长

25.4%，实现国内旅游收入380.5亿元，增长22.1%；接待国际旅游人数141.4万人次，增长33.0%，创造国际旅游外汇收入6.4亿美元，增长30.5%。

金融运行形势正常，年末金融机构各项存款余额7559.7亿元（人民币，下同），比年初增加629.6亿元。其中，企业存款余额1947.4亿元，增加285.4亿元；储蓄存款余额4478.2亿元，增加105.2亿元。金融机构各项贷款余额4256.3亿元，比年初增加284.5亿元。其中，短期贷款余额2258.5亿元，增加119.3亿元；中长期贷款余额1752.7亿元，增加202.8亿元。全年累计货币净投放35.7亿元。证券市场继续平稳发展，年末共有境内外上市公司38家、上市股票39只。2007年有2家企业在境外上市，实现首发融资5亿元。农村信用社管理体制改革基本完成，支农金融服务体系初步建立。

保险事业平稳发展。全年保费收入155.5亿元，比上年下降1.1%，其中，财产险收入34.2亿元，增长23.8%；寿险收入110.8亿元，下降7.1%；健康险和意外伤害险收入10.5亿元，增长2.8%。全年赔付额82.2亿元，比上年增长1.4倍，其中，财产险赔付金额15.5亿元，增长9.0%；寿险赔付金额63.3亿元，增长2.8倍；健康险和意外伤害险赔付金额3.4亿元，下降1.2%。

会展经济迅速发展，"哈洽会"已成为国际性的经贸盛会。新兴流通形式和经营业态不断扩展，有力地拉动了消费增长。2007年，全省社会消费品零售总额实现2331.1亿元，比上年增长16.7%。

新兴服务外包产业发展迅猛，服务外包基地初具规模。

4. 财政收入稳定增长

全年实现地方财政收入579.3亿元，比上年增长21.9%，其中一般预算收入440.2亿元，增长13.9%。主体税种中，国内增值税105.9亿元，增长2.7%；营业税85.8亿元，增长17.2%；企业所得税30.6亿元，增长30.2%；个人所得税20.3亿元，增长27.0%。地方财政支出1325.6亿元，增长25.0%，其中一般预算支出1187.3亿元，增长22.6%，医疗卫生、教育、科学技术、农林水事务等重点支出分别增长49.7%、25.9%、39.3%和31.4%，是财政形势最好的时期。

（二）体制机制发生重大转变，现代市场体系基本形成

坚持和完善公有制为主体、多种所有制经济共同发展的基本经济制度，巩固和发展公有制经济，鼓励、支持和引导非公有制经济发展，形成了各种所有制经济平等竞争、相互促进的新格局。

1. 国有企业改革目标如期实现

地方国有企业产权制度改革基本完成，盘活国有资产近 200 亿元，化解不良债务 1000 多亿元，183 万名职工实现"并轨"，发放经济补偿金 134.3 亿元。改制后的股份制企业普遍建立了现代企业制度。国有企业改革使黑龙江省所有制结构和国有经济布局进一步优化，增强了国有经济的活力、影响力、带动力和竞争力。

2. 非公有制经济发展态势良好

2007 年，黑龙江省非公有制经济实现增加值 2808 亿元，年均增长 21.6%，高于同期全省地区生产总值增速 10.1 个百分点；缴纳税金 240 亿元。非公有制经济占全省经济总量的比重提升到 39.6%；固定资产投资占全省固定资产投资的比重达到 62.3%；对外贸易额占全省外贸总额的 76%。

3. 对外开放实现新突破

全方位实施开放战略、大经贸战略和对俄经贸科技合作战略升级。全年实现进出口总值 173 亿美元，比上年增长 34.5%。其中，出口 122.7 亿美元，增长 45.4%；进口 50.3 亿美元，增长 13.8%。从贸易方式看，一般贸易进出口 99.1 亿美元，增长 51.1%；边境小额贸易进出口 54.1 亿美元，增长 16.2%；加工贸易进出口 5.3 亿美元，增长 8.4%。从企业性质看，私营企业进出口 126.6 亿美元，增长 49.1%；国有企业进出口 34 亿美元，增长 8.1%；三资企业进出口 11.5 亿美元，增长 10.2%。从国（地区）别看，黑龙江省对五大贸易伙伴进出口总值分别是：对俄罗斯进出口 107.3 亿美元，增长 60.4%；对美国进出口 7.8 亿美元，下降 9.6%；对沙特进出口 6.1 亿美元，增长 26.0%；对日本进出口 5.9 亿美元，下降 5.9%；对韩国进出口 4.2 亿美元，下降 11.9%。从商品类别看，出口产品结构继续优化，机电产品出口 22.2 亿美元，增长 28.1%；高新技术产品出口 3.4 亿美元，增长 8.8%。利用外资增长较快，全年实际利用外资 21.7 亿美元，比上年增长 24.0%。其中，外商直接投资 20.9 亿美元，增长 22.1%。对外经济技术合作保持较快增长，全年对外承包工程和劳务合作完成营业额 68564 万美元，比上年增长 19.6%。年末在外劳务人员 9677 人，增长 15.8%。成为全国第十一个、中西部地区第一个进出口总额超百亿美元的省份。其中对俄进出口总额达 107.3 亿美元，占全省进出口总额的 62%，占全国对俄进出口总额的 22.3%。已有 77 个国家和地区的客商在黑龙江省投资，累计批准外资项目 1250 多项，实际利用外资 75.1 亿美元。

（三）经济发展方式不断转变，经济发展的协调性进一步增强

经济发展方式不断转变，科技创新能力有所增强，经济发展布局进一步优化，环境保护和节能减排取得明显进展。

1. 科技创新能力增强

2007 年末，全省有科学研究开发机构 701 个，从事科技活动人员 10.9 万人，其中科学家和工程师 7.5 万人。全年科技经费支出 93 亿元，比上年增长 12%，其中研究与发展（R&D）经费支出 60.5 亿元，增长 25%，R&D 支出相当于地区生产总值的 0.85%。全年共取得重大科技成果 1055 项，其中基础理论成果 134 项；应用技术成果 827 项；软科学成果 94 项。受理专利申请 7242 件，增长 10.8%；授权专利 4303 件，增长 18.8%。全年共签订技术合同 1607 份，成交金额 35 亿元，增长 1.2 倍。全年高新技术产业实现产值 2000 亿元。五年累计获国家科技奖 89 项，其中一等奖 7 项。一批科技成果在"神舟六号"飞船、三峡工程、青藏铁路、"嫦娥一号"卫星等国家重点工程中应用。航空航天、电子信息、生物技术、新材料等高新技术产业及国防工业快速发展。

2. 固定资产投资合理较快增长

全年完成全社会固定资产投资 2864.2 亿元，比上年增长 28.1%，是近十年的最高增幅。其中，城镇投资 2621.8 亿元，增长 28.5%；农村投资 242.4 亿元，增长 23.9%。在城镇投资中，民间投资 965.4 亿元，增长 41.2%；国有及国有控股投资 1597.7 亿元，增长 23.0%；外商及港澳台投资 58.7 亿元，增长 14.9%。装备、石化、能源、食品等四大主导产业完成投资 898.3 亿元，增长 29.0%，占城镇工业投资的 81.7%。亿元以上建设项目 663 个，比上年增加 164 个，完成投资 1189.9 亿元。房地产开发投资 382.4 亿元，增长 19.0%；商品房销售额 424.1 亿元，增长 30.3%；商品房平均销售价格为 2481 元/平方米，比上年上涨 286 元/平方米，其中商品住宅为 2354 元/平方米，上涨 319 元/平方米。固定资产投资效益明显提高。全年城镇建成投产项目 6004 个，比上年增长 8.2%；项目建成投产率 80.3%，提高 2.5 个百分点。新增固定资产 1903.9 亿元，增长 33.9%；固定资产交付使用率 72.6%，提高 3 个百分点。各类房屋竣工面积 3817.5 万平方米，增长 16.1%；竣工率 54.9%，提高 5.6 个百分点。五年竣工各类项目 1.3 万个，其中亿元以上大项目 2000 多个。全省基础设施不断改善，产业实力更加雄厚。

3. 经济发展布局进一步优化

哈大齐工业走廊启动面积达到76平方公里，开工项目520个，完成投资380亿元，260个项目建成投产。全年完成工业总产值215.4亿元，比上年增长84.1%；创造利税24.2亿元，增长25.4%。年末开工项目达480个，增长36.4%；入区企业570户，增长48.1%；投产企业307户，增长96.8%。东部煤电化基地已被国家列为7个煤电化工产业基地之一。沿边开放带对俄进出口产品加工园区、中俄边民互市贸易区建设进展顺利。大小兴安岭生态功能区的生态恢复和经济转型步伐加快。县域经济蓬勃发展，其总量和财政收入增幅均高于全省平均水平。优势互补、良性互动、区域协调发展的格局初步形成。

4. 环境保护和节能减排取得明显进展

扎实推进生态省建设，全年完成造林面积8.8万公顷。其中，退耕还林面积6万公顷，完成幼林抚育面积59.4万公顷；森林覆盖率提高到43.6%；野生动植物保护区、湿地保护区和森林资源保护区面积得以恢复和扩大。治理水土流失和草原"三化"的力度加大，松花江流域水污染防治规划实施进展顺利。节能减排初见成效。全年通过积极推进环保、节能、循环经济等项目建设，依法关闭小煤矿，淘汰不符合国家产业政策的高耗能企业，关停高耗能发电机组等强制措施，实现了全省万元GDP能耗不断下降，其中规模以上万元工业增加值能耗比上年下降5.9%。

5. 安全生产形势持续稳定

全年生产安全事故死亡2484人，比上年下降15.8%。亿元GDP生产安全事故死亡率为0.35，下降27.01%；工矿商贸就业人员10万人生产安全事故死亡率为3.61，下降25.27%；道路交通万车死亡率为6.34，下降13.62%；煤矿百万吨死亡率为1.689，下降37.53%。

（四）社会事业全面进步，人民群众得到更多实惠

各项社会事业加快发展。教育条件全面改善；公共卫生体系建设取得重大进展；新闻出版事业进一步繁荣；体育事业实现新跨越；城乡居民生活水平继续提高；劳动就业压力得到缓解；社会保障体系进一步完善；社会福利事业不断发展。

1. 文教体育卫生事业均衡发展

2007年，全省教育经费投入增加到223亿元，教育条件全面改善；"两基"目标已经实现；中等职业技术教育迅速发展，普通高等院校发展到68所。公共

文化服务体系建设步伐加快，相继建成省图书馆、省广电大厦、省科技馆、会展中心等一批具有较高水准的基础设施；广播和电视人口覆盖率显著提升，基本实现了全覆盖。新闻出版事业进一步繁荣。公共卫生体系建设取得重大进展，建成了省、市、县三级功能完善、结构合理的疾病预防控制体系和突发公共卫生事件应急指挥体系。体育事业实现新跨越，群众性体育活动广泛开展，成功举办了全国第四届特奥会、全国第十一届冬季运动会，获得 2009 年第 24 届世界大学生冬季运动会举办权。民族宗教、外事侨务、统计咨询、审计监察、双拥优抚、防灾减灾、国防和边境安全、人口和计划生育、哲学和社会科学等方面工作也都取得新进步。

2. 城乡居民生活水平继续提高

2007 年，城镇居民人均可支配收入 10245 元，比上年增长 11.6%；城镇居民人均消费性支出 7519 元，增长 13%。农村居民人均纯收入 4132 元，增长 16.3%；农村居民人均生活消费支出 3117 元，增长 19.1%。城镇恩格尔系数为 35.0%；农村恩格尔系数为 34.6%。城镇人均住房建筑面积 23.3 平方米，比上年增加 0.7 平方米；农村人均住房面积 21.5 平方米，比上年增加 0.6 平方米。在全省范围建立了廉租房制度，共有 10 万户家庭享受到廉租房保障，累计建设经济适用房 1150 万平方米，完成旧小区和棚户区改造 6710 万平方米，新增城市集中供热面积 7600 万平方米。

3. 就业再就业工程成效显著

2007 年末，全省从业人员 1826.8 万人，其中城镇从业人员 877.4 万人；农村从业人员 949.4 万人。城镇新增就业 74.4 万人，下岗失业人员实现再就业 60.5 万人。2007 年末城镇登记失业率为 4.26%，比上年降低 0.09 个百分点，比控制目标值低 0.34 个百分点。

4. 社会保障体系进一步完善

2007 年末，全省参加基本养老保险 830.2 万人，比上年增长 3.7%，其中职工 576.9 万人，增长 2.2%；离退休人员 253.3 万人，增长 7.1%。参加失业保险 464.1 万人，增长 1.2%。参加基本医疗保险 763.9 万人，增长 7.9%，其中职工 558.4 万人，增长 8.4%；离退休人员 205.5 万人，增长 6.6%。城镇居民有 145.9 万人得到政府最低生活保障。城镇职工基本养老保险、基本医疗保险和城市居民最低生活保障等覆盖面不断扩大，保障标准持续提高，在全国率先建立了农村低保制度。积极解决群众看病难问题，全省城市社区医疗卫生机构发展到 752 个，覆盖率提高到 72%。农村新型合作医疗全面推开，农民参合率达到

92.1%。切实解决困难家庭子女就学难问题，对全省城乡困难家庭学生实施了
"两免一补"。2007 年，省财政安排资金分别对城市低保对象和省属高校贫困学
生给予专项补助和临时性补贴。"平安龙江"建设成效显著，全省社会治安状况
良好，群众安全感普遍增强。信访工作得到加强，信访总量大幅下降。

5. 社会福利事业不断发展

2007 年末，全省各类收养性社会福利院床位达 4.2 万张，收养人员 28 万人
次；各种城镇社区服务设施 3970 处，其中综合性社区服务中心 392 处。全年销
售福利彩票 23.9 亿元；直接接受社会捐赠 4283 万元。

二 2008 年经济社会发展亮点

2008 年，经济社会发展总体要求：紧紧围绕转变经济发展方式和完善社会
主义市场经济体制，加快新型工业化进程，加快建设现代农业和社会主义新农
村，加快发展服务业，大力推进改革开放和自主创新，推动结构优化和产业升
级，提高经济运行质量和效益，强化节能减排和生态环境保护，着力改善民生，
促进社会和谐，推动经济社会又好又快发展，向实现省第十次党代会提出的
"五个突破"、"一个跨越"的战略目标扎实迈进。

经济社会发展主要目标：全省地区生产总值增长 11%，规模以上工业增加
值增长 15%；社会消费品零售额增长 14%，全社会固定资产投资增长 25%；外
贸进出口额增长 20%，实际利用外资增长 22% 以上；财政一般预算收入增长
14%；万元生产总值综合能耗下降 4.5% 以上，化学需氧量排放量下降 1.2% 以
上，二氧化硫排放量略有下降；城镇居民人均可支配收入增长 9%，农村居民人
均纯收入增长 7%；城镇登记失业率控制在 4.6% 以内；居民消费价格总水平涨
幅控制在 4.5% 左右。

（一）保持经济健康快速发展

认真贯彻中央关于把防止经济增长由偏快转为过热、防止价格由结构性上涨
演变为明显通货膨胀作为当前宏观调控的首要任务和控总量、稳物价、调结构、
促平衡的要求。一是着力转变经济发展方式，提高经济运行质量和效益，防止经
济出现大起大落。二是进一步加强经济发展的协调性，全面抓好第一、第二、第
三产业的发展，增强投资、消费、出口对经济发展的拉动，抓好科技创新能力、

劳动者素质、管理水平的提高。三是进一步调整和优化财政支出结构，将财政性资金重点投向"三农"和社会事业、社会保障等公共领域。

（二）不断增强发展活力

一是继续深化国有企业公司制股份制改革，健全现代企业制度，加快规范和完善企业法人治理结构。推动龙煤、齐二机床等企业上市融资。二是实施全方位对外开放战略，不断提高开放型经济水平。深入推进对俄经贸科技合作战略升级，抓紧推进对韩经贸科技合作战略升级；大力推进与美国、日本、欧盟、南美、新西兰、澳大利亚、东南亚地区、港澳台地区的合作。三是实施品牌战略，新增 15 家境外商标注册企业，新增 50 家国际标准认证企业。四是吸引国际大集团的地区总部和分支机构落户黑龙江省。五是进一步加快非公有制外贸经济发展。力争非公有制企业的进出口额占全省进出口总额的比重再提高 5 个百分点，2008 年全省非公有制经济总量占全省生产总值的比重提高到 43%。

（三）深入实施大项目带动战略

应引导投资向民生工程、社会建设、优势产业、基础设施和生态建设等领域倾斜。一是今年亿元以上建设项目安排 750 个，全社会固定资产投资力争突破3500 亿元。全省重点推进 200 个大项目建设。二是抓紧开工、加快建设漠河、大庆、鸡西、伊春四个支线机场，哈尔滨至大连高速客运铁路专线黑龙江省境内路段、哈大齐城际客运铁路专线等 5 条铁路，大庆至齐齐哈尔高速公路等 6 条高速公路，完成五常至省界、东宁至老黑山省界等出省公路连接线；改造哈尔滨至大庆高速公路和同江、黑河两个港口，竣工松花江大顶子山航电枢纽工程，力争开工建设中俄同江跨江铁路大桥。三是抓紧谋划和开工建设哈飞空客复合材料制造中心、大庆 120 万吨乙烯、佳木斯 3 万吨海绵肽、鸡西和达连河 180 万吨甲醇转 60 万吨烯烃、鹤岗 120 万吨甲醇等项目。四是抓紧开工、加快建设哈尔滨群力热电厂等 12 个大中型热电联产、省危险废物处理中心等 39 个垃圾处理站、佳木斯西区等 40 个污水处理项目。五是抓紧开工、加快建设七台河桃山等大中型水库及 20 处灌区续建配套节水改造工程。

（四）转变经济发展方式

经济发展方式要由主要依靠物质投入推动经济增长转向主要依靠科技进步和

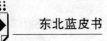
科技创新。一是支持 100 家企业建立技术研究开发中心、工程研究中心、博士后工作站。二是发展面向中小企业的生产力促进中心、科技信息网、科技创新服务中心、大学科技园及多种类型的孵化器。

（五）突出黑龙江省装备制造业优势

要提高重大技术装备成套化、高技术化和国产化水平，必须做好以下几项工作：一是以哈电站集团为依托，重点开发研制大型抽水蓄能机组、大型燃气蒸汽联合循环发电机组、不同等级的风力发电机组和百万千瓦级核电机组，今年实现销售收入 300 亿元以上。二是以一重、佳煤机、鸡煤机、齐重数控机床和二机床等为依托，重点开发研制冶金、石化、矿山装备，大型电力设备铸锻件，重型数控机床等，建设我国最大的重型机械装备制造基地。三是以中航二集团在哈企业为依托，重点推进哈飞与法国空客、欧洲直升机公司、巴西飞机公司的合作，开发和扩大新型多用途飞机、直升机和支线客机，推进东安三菱与日本三菱公司、哈飞汽车与国内较大汽车集团的合作。

（六）积极推进产业结构优化升级

一是进一步加快哈大齐国家级高新技术产业开发带和国家级、省级高新技术产业园区建设，使其成为高新技术产业快速成长的"隆起地"。加快建设哈尔滨松北区国家级生物产业园区；继续办好经济技术开发区和民营科技企业示范区；确立资源精深加工与发展新兴产业并举的发展方式。二是加快科技特色产业基地建设。依托佳木斯海绵钛生产加工项目建立钛合金研发基地；依托东轻、东安等集团公司建立哈尔滨铝镁合金科技产业基地；依托黑河俄电工业园区建立硅基新材料研发基地；依托哈电集团等建立核电装备研发基地；依托哈尔滨医科大学、黑龙江中医药大学、中医研究院和哈药立新药研发基地。三是进一步促进非公有制经济加快发展，形成一批核心竞争力强的大型企业集团，力争新增年营业收入亿元以上企业 20 家。

（七）优化区域经济布局，推动经济协调发展

优化国土开发格局，完善区域政策，促进生产要素向不同的功能区集聚，优化区域经济布局，实现区域经济的协调发展，继续推进"四大区域经济板块"建设。一是哈大齐工业走廊推进体制创新，强化招商引资，建设成为新体制、高

科技、外向型、生态化的新型工业园区。二是东部煤电化基地要稳定煤炭产量，要加大南送电力通道建设，加快甲醇、烯烃、二甲醚等一批煤化工建设，加强煤层气、煤矸石等伴生资源的综合利用。三是沿边对外开放带要加快进出口加工园区、互市贸易区建设，推动对外贸易加快发展，提高开放型经济水平。四是大小兴安岭生态经济功能区和森工林区要加强生态保护，壮大绿色食品、北药、生态旅游、风电水电绿色能源等生态特色产业。五是构建哈尔滨大都市经济圈，发挥其龙头牵引作用；加强区域中心城市建设，发挥其辐射带动功能。

（八）大力发展第三产业，特别是现代服务业

一是高度重视服务外包业的发展，加快建设大庆产业园和黑龙江软件园两个服务外包基地示范区，服务外包总收入增长 50%。二是大力发展会展经济，积极推动哈洽会、绿博会、木博会等重要会展扩大规模、提升档次，创建北方会展品牌。

（九）加快发展现代农业，扎实推进新农村建设

一是认真落实各项惠农富民政策，进一步加大对农业的投入，突出抓好以农田水利为中心的农业基本建设，加快病险水库除险加固，扩大水田面积，发展节水灌溉，搞好旱区治理。新增高产稳产农田 200 万亩；"两江一湖"水稻基地建设和西部旱区节水灌溉工程尽快启动。二是大力支持农机合作社和新型农机服务组织发展，新建农机合作社 250 个。三是新农村建设以增加农民收入和解决农村水、路、电、能、医、教、住、保为重点。今年新建改建农村公路 1.2 万公里，解决 1600 个村屯 80 万人的饮水安全问题；发展农村清洁能源，启动 11 个农村水电电气化县、6 个小水电替代燃料工程和一批沼气项目建设。四是调整优化农业内部产业结构，大力发展畜牧业、农业生物产业、优质粮食产业、绿色食品产业和农牧产品精深加工，多渠道转移农民就业，增加农民收入；畜牧业占农业总产值比重再提高 2 个百分点，实现转移农村劳动力 500 万人，收入 260 亿元。

（十）加强资源节约和环境保护，强化可持续发展能力

一是在重点企业开展节能降耗对标达标活动，列入全国千家重点耗能企业的 27 户企业实现节能 66 万吨标准煤。二是全面启动沿江水源工程和城镇污水、工业污水治理项目。三是加强环评审查，提高准入门槛，依法坚决淘汰高耗能、高

污染行业的落后产能、工艺和设备。四是抓好七台河市国家第二批循环经济试点工作。五是完成人工造林 80 万亩，封山育林 40 万亩，水土流失治理 240 万亩，组织开展生态农户建设 167 万户。

（十一）加快推进社会建设，着力保障和改善民生

重点解决人民群众最关心、最直接、最现实的利益问题，突出抓好十项民生工程。一是就业再就业工程，解决 60 万人就业再就业，其中困难人员就业 10 万人。二是扶贫工程，解决 20 万贫困人口脱贫。三是住房解困工程，解决 7 万户城市低收入家庭住房困难，改造农村土坯茅草房 9.8 万户 820 万平方米，新建廉租房 15 万平方米、经济适用住房 120 万平方米。四是棚户区改造工程，解决 8 万户居民住房条件改善问题，改造棚户区面积 400 万平方米，争取启动伊春林区棚户区改造。五是热电联产和集中供热工程，新增热电联产供热面积 2100 万平方米，解决冬季取暖问题。六是城乡居民生活保障工程，提高城乡居民低保、城镇基本养老保险、优抚对象及其他特困群体的保障水平，年底前全部解决国有企业历史拖欠工资问题。七是公共医疗卫生服务体系工程，城镇医疗保险覆盖面扩大到所有从业人员，将城镇居民基本医疗保险试点扩大到全省 50% 的市县，城市社区卫生服务人口覆盖率达到 75%。八是公平化教育工程，扶持贫困地区、民族地区教育，保障经济困难家庭、进城务工人员子女平等接受义务教育。九是文体繁荣工程，重点支持乡镇综合文化站和全民健身活动场馆建设，开工建设省博物馆新馆。十是"平安龙江"创建工程，重点支持煤矿安全生产和森林防火设施建设，强化社会治安综合治理。

三 2008 年经济社会发展值得关注的不确定因素

2008 年，黑龙江省经济社会发展中存在着许多不确定因素。这些不确定性因素将影响经济社会的持续稳定发展，应引起重视。

（一）宏观调控对老工业基地发展的压力

宏观调控是依据全国经济发展状况，为了防止经济过热而转为大范围的通胀采取的紧缩政策，它有利于全国经济持续稳定和健康发展。然而，由于各地区经济发展不平衡，宏观调控所起的作用也不尽相同。黑龙江省是老工业基地经济，

长期积累的体制性、机制性矛盾还没有得到根本解决，经济结构还不尽合理，农业基础还比较薄弱，非公有制经济发展滞后，城乡、区域及经济社会发展还不够协调，这些历史遗留的诸多矛盾是需要经济在高速发展过程中才能得到解决。同时，经济体制的矛盾也使老工业基地经济在全国经济进入高速增长时期，与发达地区相比经济社会发展呈现出"热得慢"。当发展较快的地区经济出现偏热，而黑龙江省的经济社会发展正处在需要快速发展阶段。这时的紧缩政策无疑会给经济社会发展带来压力，成为 2008 年黑龙江省经济社会发展的不确定因素。

（二）资源依赖型经济对持续稳定增长形成不确定性

黑龙江省是资源大省，从计划经济开始形成的经济社会发展模式就偏重于依赖资源经济，靠对资源的开采量来发展经济。由于长期以来对资源过量的开发，资源大省已不再是资源富省，林油煤等主要资源已进入衰竭期，靠产量的经济发展模式已潜藏着危机。加上产业结构的调整，发展模式的转变还没有完全到位，这一时期资源市场的任何波动都会对黑龙江省经济社会的发展带来很大的影响，成为 2008 年黑龙江省经济社会发展潜在的不确定因素。

（三）特大装备制造业产品市场不确定影响发展的稳定性

黑龙江省装备制造业突出特点是特大型，市场需求量具有一定的局限性。作为受政策因素影响较大、过多依赖经济大环境、发展阶段性较强的产业，产品的不确定，市场的不稳定，难以形成规模批量生产能力。装备制造业是黑龙江省经济发展的"四大支柱产业"之首，产品市场的不稳定将成为黑龙江省经济社会发展潜在的不确定因素。

四 实现黑龙江发展提速、又好又快发展的对策建议

（一）大幅增加黑龙江省固定资产投资，着力解决金融不活、大项目不多的问题

一是支持黑龙江省搞活金融。国家应支持黑龙江省实现固定资产投资占 GDP 比重至少达到全国平均水平的目标，力争达到东北地区平均水平。事实上，如果将黑龙江省金融机构贷款存贷差由 3300 亿元缩小 1/3，每年就可以增加固

定资产投资1100亿元。而要使金融机构贷款每年增加1000亿~2000亿元，只要增加政府出资的贷款担保资金100亿~200亿元就可以基本解决问题，可以采取力争国家财政拨一块、地方财政挤一块、发动企业投一块的方式解决。二是国家支持黑龙江省多上一批牵动全局的大项目。借鉴内蒙古围绕"羊煤土气"（牛羊、煤炭、稀土、天然气）等资源投资上万亿元大搞精深加工的重大项目；辽宁围绕在"五点一线"沿海经济带投资上万亿元大上造船、电子、装备制造业重大项目；吉林围绕汽车制造、粮食加工等领域投资数千亿元发展大项目产业集群的经验，国家应重点投资支持黑龙江省在"哈大齐"工业走廊、东部煤电化基地、北部对外开放出口产品加工带和大小兴安岭生态功能区建设，通过财政贴息、国债资金每年投资数千亿元上一批重大项目带动发展。三是黑龙江省自己应大力改善投资软硬环境，大力招商引资，特别是更多地引进世界500强、中国500强企业进入黑龙江省，以大开放、大引资带动大发展。

（二）提高黑龙江省城镇居民和农民收入，着力解决以消费拉动发展取得突破的问题

一是争取国家支持提高黑龙江省城镇居民可支配收入。要在财政转移支付政策上确保黑龙江省及时足额发放工资津贴，以提高消费能力拉动黑龙江省经济增长。二是争取国家支持黑龙江省发展粮食和畜牧业生产，大幅增加对农业、畜牧业产品的价格补贴，确保黑龙江省农民种粮、发展畜牧业的积极性。重点支持黑龙江省挖掘每年增产200亿斤商品粮、200万吨肉类、400万吨牛奶的巨大潜力，既可以为国家粮食、食品安全多作贡献，也可提升城乡居民收入水平，增加黑龙江省以扩大消费带动发展的能力。

（三）扩大提升黑龙江省沿边对外开放，着力解决以出口拉动经济加快发展的问题

考虑黑龙江省具有对俄、东北亚开放比较优势的特殊地理位置，应大力争取国家出台支持黑龙江省扩大沿边开放的特殊政策。一是争取国家支持黑龙江省建立中俄边境自由贸易区，在中俄边境地区建设点面结合的沿边开放的经济特区。二是争取国家支持黑龙江省建立扩大沿边开放专项基金，加强口岸、大桥等基础设施建设，发展对俄出口电子、纺织、食品、家具等加工基地建设。三是争取国家支持黑龙江省进口木材、石油就地加工出口，增加出口产品中两头在外的比

重。四是争取国家支持黑龙江省在俄罗斯建设境外石油化工基地、森林采伐加工基地、矿产资源基地和科技成果引进转化基地。

（四）打破黑龙江省石油资源税从量征收的瓶颈制约，着力解决财政收入占 GDP 比重过低的问题

黑龙江省经济发展相对滞后的一大突出障碍，是财政收入占 GDP 的比例过低，造成黑龙江省财政相对贫困。以 2007 年为例，黑龙江省地方财政收入占 GDP 比例只有 8.2%，分别低于辽宁省、内蒙古自治区和全国 1.6%、8.7% 和 12.6%，相当于减少财政收入 10 亿元、50 亿元和 70 多亿元。为此，国家对黑龙江省应比照对新疆的办法，尽快变石油资源税从量征收为从价征收。由目前资源税占石油价格的 0.5% 提高到 6%，黑龙江省财政每年可增收 100 亿元以上。使黑龙江省作为产油大省的财政利益得以保证，不仅有利于提高地方财政收入占 GDP 的比重，增加地方政府用于资源城市发展替代产业的财力，而且有利于提升产油省区可持续发展的能力。在资源税从价征收政策没有出台之前，国家应通过财政转移支付的渠道，每年至少增加 100 亿元补贴予以解决。

（五）发展黑龙江省绿色有机农业、过腹增值农业和出口创汇农业，着力解决农业由大转强的突破问题

一是要争取国家支持黑龙江省大规模引进世界一流的以色列、日本等国有机食品生产标准和技术，逐步使黑龙江省的绿色和有机粮食产量各占 1/3 以上，全省粮食产量即可在现有基础上实现价格提高 1～2 倍，在不断提高现有粮食产量基础上，每年增加黑龙江省农业收入 500 亿～1000 亿元。二是要争取国家大力支持黑龙江省规模引进以色列奶牛高产饲养技术装备，实施奶牛头数和牛奶单产"双翻一番"的工程，在为稳定全国市场多作贡献的同时，使黑龙江省农民收入和畜牧产业实现倍增目标。三是要争取国家大力支持黑龙江省建设全国最大的农业现代化示范基地。黑龙江省具有耕地面积第一、粮食商品粮第一、国有农场第一和地处世界三大黑土平原之一的资源优势，以及地处东北亚中心的区位优势，支持黑龙江省建设中国第一、世界领先的农业现代化示范基地，不仅有利于解决中国粮食安全问题，缓解粮价飙升问题，也将为黑龙江省建设农业强省、实现又好又快发展提供新的契机。

2007～2008 年辽宁省经济社会发展报告

李天舒[*]

摘　要：2007 年，辽宁省经济社会发展取得了显著成就，国民经济实现了速度、质量、效益同步提高，经济结构调整和体制改革取得突破性进展，民生工程的制度创新有效推进，文化建设繁荣活跃，正朝着实现经济、政治、文化和社会协调发展的方向扎实迈进。2008 年，辽宁省在国际国内经济发展不确定因素增多的背景条件下，仍将努力巩固和保持经济社会又好又快发展的态势，促进辽宁省老工业基地全面振兴实现新的突破。

关键词：国民经济　发展环境　区域创新

2007 年以来，辽宁省在推进科学发展与构建和谐社会的思想指导下，突出振兴主题，不断调整和完善经济社会发展思路，致力解决发展中遇到的各类矛盾和问题，呈现出经济发展强劲、社会和谐稳定、民生切实改善的良好局面，正在迈向全面振兴的新阶段。

一　2007 年经济社会发展的基本特点和取得的重大成绩

（一）国民经济呈现又好又快的发展态势

2007 年，辽宁省经济整体运行质量达到改革开放以来同期最高水平，国民经济实现了速度、质量、效益同步提高，主要经济总量指标实现了历史性突破，地区生产总值超过万亿元，地方财政一般预算收入超过千亿元，工业增加值超过5000 亿元。

---

* 李天舒，辽宁社会科学院经济研究所研究员，主要研究产业经济问题。

1. 国民经济高速运行，主要经济指标增速高于全国平均水平

2007 年，辽宁省生产总值实现 11021.7 亿元，按可比价格计算，比上年同期增长 14.5%，增幅同比增长 0.7 个百分点，已经连续 18 个季度经济增长速度保持在 10% 以上。同期，全国国内生产总值增长 11.4%，比上年同期增长 0.7 个百分点。2007 年辽宁省和全国经济社会发展主要情况见表 1。

表 1 2007 年全国和辽宁省经济社会发展主要指标比较

指标名称	单位	辽宁省		全 国	
		累计数	累计增速(%)	累计数	累计增速(%)
1. 生产总值	亿元	11021.7	14.5	246619	11.4
第一产业	亿元	1178.41	5.5	28910	3.7
第二产业	亿元	5829.51	19.6	121381	13.4
第三产业	亿元	4013.82	10.1	96328	11.4
2. 全社会固定资产投资	亿元	7435.2	30.7	137239	24.8
3. 进出口总额	亿美元	594.72	22.9	21738	23.5
出口总额	亿美元	353.25	24.7	12180	25.7
进口总额	亿美元	241.47	20.3	9558	20.8
4. 社会消费品零售总额	亿元	4030.1	17.3	89210	16.8
5. 地方财政一般预算收入	亿元	1082.0	32.3	—	—
6. 居民消费价格总指数	%	105.1	3.9	104.8	3.3
7. 城镇居民人均可支配收入	元	12300.4	13.4	13786	12.2
8. 农村居民人均纯收入	元	4773	9.1	4140	9.5

资料来源：2007 年全国和辽宁省统计。

2. 经济运行质量显著改善，经济效益全面提高

一是财政收入增量和增幅均创历史新高，地方财力明显增强。2007 年，辽宁地方财政一般预算收入完成 1082 亿元，同比增加 265.1 亿元，比上年同期增长 32.3%，增幅高于上年同期 11.3 个百分点，为实行分税制 13 年以来同期最高水平。二是工业企业经济效益明显改善，盈利水平大幅度提高。全省规模以上工业企业实现利税 1474.29 亿元，同比增加 421.48 亿元；盈亏相抵后实现利润总额 762.62 亿元，同比增加 292.12 亿元。三是城乡居民收入增加额创历史新高。城镇居民人均可支配收入同比增加 1930.4 元，农民人均现金收入同比增加 1186 元。

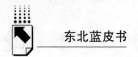

（二）全力推进经济结构调整，国家新型产业基地建设取得重要进展

2007 年，辽宁省第一、第二、第三产业增加值分别完成 1178.4 亿元、5829.5 亿元、4013.82 亿元，分别增长 5.5%、19.6%、10.1%。同期全国第一产业增长 3.7%、第二产业增长 13.4%、第三产业增长 11.4%。辽宁省第一产业增长速度虽然高于全国平均水平，但慢于上年同期增速 1.5 个百分点；第二产业仍然增幅最快，增速高于全国平均水平 6.2 个百分点；第三产业增速与上年同期持平，但低于全国平均水平 1.3 个百分点。2007 年，辽宁省第一、第二、第三产业对 GDP 增量的贡献率分别为 11.44%、62.83%、25.73%，分别拉动 GDP 增长 1.66、9.11、3.73 个百分点。

1. 农村经济稳健发展，新农村建设全面推进

发展现代农业，推进优质特色农产品生产和加工基地建设。粮食生产连续四年获得丰收，粮食产量达到 1834.7 万吨，创历史最高水平。村庄环境综合整治工作取得了突破性进展，近年来，辽宁省委、省政府高度重视农村环境综合整治工作，投入 6000 万元专项资金，用于 2000 个村庄的规划编制。截至 2007 年底，完成了 1000 个村庄的环境整治规划编制工作，200 个省级环境综合整治示范村基本建成。通过村镇节能减排及节能省地型住宅的建设，农村环境面貌和人居环境质量正在明显改善。2007 年以来，辽宁省在整村推进开发式扶贫过程中，有近 500 个重点贫困村新上种植业、养殖业、林果业、特产业以及基础设施建设等开发项目 800 余个，改善了农村最困难群体的生产生活条件。辽西北部分地区农村群众饮水困难和饮水安全问题正逐步得到解决。

2. 第二产业对经济增长的主导作用继续增强

2007 年，全省规模以上工业企业完成工业增加值 5047 亿元，同比增长 21%，高于全国平均水平 2.5 个百分点。加速建设具有国际竞争力的世界级装备制造业基地，装备制造业的区域聚集效应逐步扩大和显现。2007 年 6 月，国家发改委和国务院振兴东北办授予沈阳市"铁西老工业基地调整改造暨装备制造业发展示范区"称号。装备制造业完成工业增加值 1432.44 亿元，增长 32.3%，增速比全省平均水平高 11.3 个百分点，占规模以上工业企业增加值的 28.4%，同比提高 3.6 个百分点，装备制造业历经多年调整、改造积蓄的巨大势能显现。推进高加工度原材料工业发展，原材料工业完成工业增加值 2339.03 亿元，同比增长 15%，占规模以上工业增加值的 46.3%，同比下降 1.6 个百分点。

3. 现代服务业的发展逐渐步入了快速增长的轨道

重点服务行业发展平稳，基础设施条件和消费环境不断优化。2007 年，交通运输、仓储邮政业增加值实现 692.34 亿元，同比增长 20.9%，比服务业增幅高 10.8 个百分点；金融业固定资产投资额比上年同期增加 1 倍，金融服务水平和信息化水平大幅度提升。沈阳、大连、鞍山、丹东、锦州物流基地等一批服务业项目建设进展加快。软件、旅游、文化、会展业等新兴服务业保持快速发展势头。软件业国际化特色突出，东软首次跻身全球外包前 25 强。全年接待国内外旅游者 16074.1 万人次，同比增长 25.3%；旅游总收入实现 1307 亿元，同比增长 34.7%。拥有 7 个国家文化产业示范基地，占全国的 7%。大连市被文化部批准为国家动漫游戏产业振兴基地以来，已有 70 多家知名企业入驻。国际车展、装备制造业博览会、东北亚高新技术博览会等重大会展活动办展层次提高，影响力趋于扩大。

4. 坚持把科技创新置于优先发展的战略地位，助推产业结构调整和优化

科技创新迈出新步伐。2007 年全年科学研究与实验发展（R&D）经费内部支出 159.4 亿元，比上年增长 17.4%。启动实施了以企业为主体的技术创新体系建设，被科技部批准为全国唯一的试点省。加强科技创新平台建设，新批新建省级重点试验室 19 个、省级工程技术中心 52 个，使全省重点试验室总数达 115 个、省级工程技术中心总数达 167 个。推进重大关键技术攻关，开发出一批具有自主知识产权的核心技术和产品。沈阳北方重工集团研制出直径 16 米全断面掘进机，填补了我国空白。

5. 进一步拓展了以城市群战略凝聚区域产业发展核心比较优势的新格局

2007 年以来，辽宁省委省政府从推动沿海与腹地互动发展的战略高度，将沈阳、抚顺同城化战略列为辽宁省中部城市群发展战略的一个实质性步骤和构筑辽宁省新型工业基地格局的一个重要决策，辽宁省中部城市群建设进入了城市与城市之间全面一体化的新阶段。沈抚同城化和连接沈阳与营口的沈阳近海经济区建设开始启动，同时围绕沈阳、铁岭经济一体化的沈北新区"沈铁工业走廊"建设和围绕沈阳、本溪经济一体化的正在探讨谋划的"沈本工业走廊"建设等都在规划实施中，辽宁省中部城市群与辽宁省"五点一线"沿海经济带优势互补、深度互动的区域产业发展格局初见雏形。

（三）经济增长的需求动力强劲

1. 固定资产投资高位增长，投资结构进一步优化

2007 年，辽宁省全社会完成固定资产投资 7435.2 亿元，同比增长 30.7%，增幅同比回落 4.1 个百分点。其中，城镇固定资产投资完成 6576 亿元，增长 32.1%。同期，全国全社会固定资产投资同比增长 24.8%，增幅同比上升 0.8 个百分点。辽宁省固定资产投资占地区生产总值的比重达到 67.46%，比上年同期提高了 5.96 个百分点，投资增长仍是带动辽宁省经济增长的最强劲动力。全年非国有单位完成投资 5382.5 亿元，占全社会固定资产投资的比重达到 72.39%。围绕加速辽宁省老工业基地全面振兴的战略目标，重点推进了 100 个基础设施、100 个工业结构调整和 100 个高技术产业化项目。全省工业企业完成投资 3513.1 亿元，比上年同期增长 37.2%，占全社会固定资产投资的比重为 47.2%。总投资 25 亿美元的英特尔芯片项目签约落户大连，填补了国内技术空白。鞍本钢集团朝阳凌钢 200 万吨精品钢材、华锦集团 46 万吨乙烯改扩建和 500 万吨原料工程等项目开工建设。

2. 城乡消费品市场平稳较快增长

2007 年，实现社会消费品零售总额 4030.1 亿元，同比增长 17.3%，高于全国平均水平 0.5 个百分点，增幅同比提高 2.8 个百分点。表明随着居民前期收入的快速增长，消费的能力平稳增强；同时受商品价格上涨的因素影响，也促使居民的被动消费增多。

3. 外贸进出口总额较快增长

2007 年，全年外贸进出口总额达到 594.72 亿美元，同比增长 22.9%，增幅低于全国平均水平 0.6 个百分点。辽宁省出口和进口总额分别为 353.25 亿美元和 241.47 亿美元，同比分别增长 24.7% 和 20.3%，比全国平均水平分别低 1 和 0.5 个百分点。

（四）地方国有大企业改制改组取得重大突破

1. 地方国有大企业股份制改造基本完成

推进开放式改革，加速实现企业股权多元化。全省 40 户国有大型工业企业中已有 36 户完成了股份制改造，占应改制企业总数的 90%。在已改制的 36 户国有大型工业企业中，中直企业、外资和民资等 3 个股东以上的占 71%，同时，

地方国有股比重由改制前的 61% 下降到 46%。沈阳机床在上海产权交易所挂牌，以 10.1 亿元向美国加纳基金转让了 30% 国有股权。

2. 地方国有大工业企业注重引入战略投资者，实现了改制与发展的互促共进

着眼于企业发展，注重引入资金、市场、技术实力强和产业产品关联度高的战略合作伙伴。以引进中央企业为重点，推进国有大企业股份制改造。在已完成改制的 36 户国有大企业中，有 18 户与中央企业进行了联合重组，占已改制国有大企业的 51%，共引入资本金 80 多亿元，规划项目投资 350 多亿元。沈鼓集团以 9.6 亿元向中石化、中石油集团公司各转让了 30% 的地方国有股权，开创了国内大用户企业参股重大装备制造骨干企业的重组改制的模式。

（五）继续扩大开放成果，对外开放的层次和水平不断提高

辽宁省是东北地区唯一的沿海省份，拥有陆地海岸线 2290 公里，全省 14 个市中有 6 个市坐落在沿海。近年辽宁省开始转变长期以来面向内陆的发展模式，以沿海省份的新视角筹划未来走向。2007 年以来，辽宁省进一步确立了沿海省份和走向海洋的新理念，全力推动"五点一线"战略的实施，开放式地推进经济结构的优化调整，沿海地区的巨大发展潜力正在有效地释放。

1. 实际利用外商直接投资额快速增长

2007 年，辽宁省实际利用外商直接投资额完成 91 亿美元，比上年同期增长 52%，比全国平均水平高 38.4 个百分点。其中，沈阳、大连市实际利用外商直接投资额分别完成 50 亿美元和 30 亿美元，沈阳市利用外资额和增幅在全国副省级城市中居第一位。这表明，随着振兴东北战略的实施，沈阳、大连作为东北地区中心城市，对外开放度不断扩大，对国际主流企业的吸引力不断增强。如世界 500 强企业富士康科技集团已开始投资 10 亿美元在沈阳建设富士康（沈阳）科技工业园。

2. 以"五点一线"沿海经济带建设为重点，全面带动和扩大对外开放

"五点"累计批准入区注册项目 437 个，项目投资总额 1265 亿元。其中，外商投资项目 117 个，合同外资额 13.6 亿美元。韩国 STX 集团投资 9.1 亿美元的造船项目、新加坡万邦航运集团投资 7 亿美元的船舶修造项目落户长兴岛。中国五矿集团投资 60 亿元的营口沿海产业基地项目开工建设。总投资 10 亿美元的富士康（营口）科技园等一批项目开工建设。大连东北亚国际航运中心建设发展

规划获得国家发改委批复。大连大窑湾保税港区（一期）封关运作，成为继上海洋山之后国内第二个封关运作的保税港区。

（六）城乡居民生活水平明显提高，民生工程扎实推进

1. 城乡居民收入增幅较高，居民增收支撑消费增长

据国家统计局辽宁调查总队抽样调查显示：辽宁省城镇居民人均可支配收入12300元，扣除物价因素，实际增长13.4%；农村居民人均纯收入4773元，实际增长9.1%。同期，全国城镇居民人均可支配收入13786元，实际增长12.2%；农村居民人均纯收入4140元，实际增长9.5%。辽宁省城镇居民人均可支配收入、农村居民人均纯收入增幅分别高于全国平均水平1.2和低于0.4个百分点。城镇居民收入增长的主要因素在于：企业经济效益的提升，带动职工工资明显增加；机关公务员工资地方性补贴政策逐步落实，带动工资增长；最低工资标准及城乡低保标准的提高，使低收入就业者和城乡困难群体的收入增加。农村居民收入增长的主要因素在于：惠农政策的陆续出台和落实；粮食和畜产品价格持续上涨等。

由于城乡居民收入增速均较大幅度高于城乡居民消费价格指数的上涨速度，因此，居民消费价格指数的快速上扬，对居民消费支出增长的逆向影响不明显。城镇居民消费水平实现了与收入的同步增长，与上年同期相比净增1442.2元，生活质量显著提高。

2. 不断加大民生保障制度创新力度，民生工程得到有效实施

在上年基本完成5万平方米以上城市集中连片棚户区改造任务的基础上，2007年基本完成城市5万平方米以下、1万平方米以上连片棚户区的改造工程。大力促进就业、再就业，累计实现实名制就业122.2万人；建立零就业家庭援助机制，帮助18.5万户22万名零就业家庭成员实现就业和再就业，实现每户零就业家庭至少有一人稳定就业，部分零就业家庭实现双就业，继续保持零就业家庭动态为零，城镇登记失业率4.4%。全面免除260万名农村学生义务教育阶段学杂费，新建农村9年一贯制寄宿学校500多所。全面启动普通本科高校、高等职业学校和中等职业学校家庭经济困难学生的资助政策体系，43万名学生受益。进一步完善城乡医疗救助制度，启动了以大病统筹为主的城镇居民基本医疗保险制度。2007年以来，政府出资1200多万元，帮助80多万名农村低保对象参加新型农村合作医疗。新型农村合作医疗已经实现全覆盖，参合农民达1900万人。

建立更加规范的农村低保制度。全省农村低保金年平均标准由 2006 年的每人 853 元提高到 2007 年的 1150 元，提高了 297 元，增幅为 34.8%。加强社会救助体系建设，建立了城市低保边缘户救助制度。建立住房保障体系，所有设区的城市符合规定住房困难条件、申请廉租住房租赁补贴的城市低保家庭基本实现应保尽保。加大扶贫开发工作力度，新解决了 30 万贫困人口稳定温饱问题及帮助 41 万低收入人口增加收入。

3. 财政支出更加关注民生

2007 年，地方财政一般预算支出完成 1763 亿元，比上年同期增长 23.9%。其中，教育支出 252.9 亿元，增长 30.9%；科技支出 39.2 亿元，增长 25.4%；社会保障和就业支出 403.2 亿元，增长 24.8%；医疗卫生支出 65.7 亿元，增长 42%；环保支出 28.1 亿元，增长 33%。财政支出的支出结构不断优化，加大了支持民生工程和社会事业发展的力度。

（七）实施文化创新战略，促进和谐文化建设

1. 文化产业保持强劲发展势头

2007 年，辽宁省文化产业增加值完成 35.6 亿元，位居全国第五位，比上年同期增长 18.9%，文化产业的总体实力和对经济发展的作用进一步增强。

2. 稳妥有效推进文化体制改革

沈阳、大连、锦州、葫芦岛等七个文化体制改革试点地区取得了新成效，有些领域的改革走在了全国前列。以名优文化品牌为龙头，以强势文化企业为核心，以资本整合为纽带，以政府必要的转制成本投入和建立社会保障体系为保证，重点扶持出版印刷、影视音像、演出娱乐、文化旅游、动漫游戏等文化产业，通过联合、参股、兼并等形式培育竞争能力强的大型集团。已组建了辽宁演艺集团，成为集艺术演出、艺术教育与培训、剧场经营、广告会展等为一体的大型文化企业集团。

3. 具有鲜明地域文化特色的艺术创作和展演繁荣活跃

辽宁省人民艺术剧院创作的话剧《矸子山上的男人女人》，参加"纪念中国话剧诞辰 100 周年暨第五届全国话剧优秀剧目展演"获一等奖，新中国成立以来辽宁地区规模最大的一次集中展示辽河流域古代历史文明演变过程的展览——《辽河文明展》，历经八年筹备和为期一年的预展后正式展出。

（八）节约资源和保护环境进入新阶段

1. 稳步推进以循环经济为主导的生态省建设

2007 年初，辽宁省被国家环保总局列为全国生态省建设试点省，正式启动了生态省建设工程。至 2007 年末，辽宁省自然保护区数量达到 96 个，面积占全省土地面积的 9.8%。辽河治理取得积极进展，辽宁省辽河流域内已建成城市污水处理厂 18 座，污水处理率达到 45%。开展了以辽阳县域内的小钢铁、小碳素等企业为代表的小企业集中整治，并对辽阳县实施了辽宁省第一个区域限批。作为全国第二个农村小康环保行动试点省的辽宁省，探索出农村畜禽粪便综合利用—发展有机农业—保证食品安全良性发展新模式。全省共有 823 家重点企业开展了清洁生产审核；以大连开发区、鞍钢和抚矿集团等国家级循环经济试点为龙头的园区，积极深入开展生态工业园区建设；盘锦市和沈阳铁西新区等地积极探索创建循环经济型城区。

2. 节能减排的效应已经显现

坚持把节能减排作为调整经济结构、转变发展方式的重要内容，强化节能减排目标责任制。将节能减排目标纳入政府工作考核体系，分解落实到县区和重点耗能、排放企业。建立了能耗准入制度，开展节能评估和审查工作，发布实施《辽宁省产业能效目录》，作为各级投资、土地、环保、信贷等部门审批各类项目的重要参考依据。设立、安排了 2000 万元节能专项资金，用于节能关键技术和共性技术的开发。推进关停小火电机组 37.2 万千瓦。完成了辽宁省和沈阳、鞍山等 6 个市节能监察机构的组建，加强了对 9 大行业 376 户企业能耗情况调度，对 64 户国家重点监控的企业进行了能源审计。2007 年，辽宁省万元 GDP 能耗实现 1.695 吨标准煤，同比下降 4.51%，规模以上万元工业增加值能耗实现 2.71 吨标准煤，同比下降 7.19%。工业固体废物综合利用率实现 40.8%。建立了环保目标考核和责任追究制度，实施重点行业环保准入，严格控制污染物排放。启动了重点区域、行业环境整治行动，对 14 个区域 7 个行业的 93 个项目进行综合整治。

二　经济社会发展中存在的矛盾和问题

宏观经济指标和一些具体经济现象都表明，辽宁省经济出现了持续繁荣的景象，同时也要全面客观地分析和看待经济形势，正视辽宁省经济社会发展中还存在诸多有可能对经济持续景气形成负面影响的突出矛盾和问题，其中多数矛盾和问题是近年已经意识到并经常分析强调，但还没有从根本上得以改善和解决的问题。

（一）在工业主导地位巩固的同时，服务业在国民经济中的比重有待进一步提高

辽宁省经济增长的产业拉动格局与东部沿海省区的整体态势呈现出一定的差异，表现为第一、第二产业的增长速度均快于多数东部沿海省区，而第三产业的增长速度却居东部沿海省区之后。辽宁省与东部沿海经济发达省份的经济总量差距不仅取决于第二产业的规模，在很大程度上也缘于第三产业的发展差距。统计数据表明，东部沿海经济发达省区，在经济快速增长的同时，也较好体现出了第二、第三产业发展的协调性，如山东省生产总值的增速为14.3%，第二、第三产业的增速分别为15.8%、14.5%，第三产业增速快于生产总值增速0.2个百分点。而辽宁省第三产业增速慢于生产总值增速4.4个百分点。

（二）城镇居民收入增长幅度较高，但人均可支配收入仍存在差距

2007 年，辽宁省城镇居民人均可支配收入达到12300 元，但仍比全国平均水平少1486 元，与上年同期的绝对额差距又拉大97 元。从收入结构看，辽宁省城镇居民与全国平均收入水平形成的收入差距主要在于主体性收入来源——工薪收入的绝对值和对总收入贡献份额较大幅度低于全国平均水平。工薪收入偏低，对城镇居民可支配收入水平的提升产生了不可低估的抑制作用。2006 年，辽宁省城镇居民人均工薪收入6611 元，低于全国平均水平2156 元。辽宁省工薪收入占总收入的比例为58.9%，低于全国平均水平10 个百分点（见表2）。

表 2　2006 年辽宁城镇居民收入构成与全国对比

单位：元，%

地　区	总收入	工薪收入		经营性收入		财产性收入		转移性收入	
		绝对额	比重	绝对额	比重	绝对额	比重	绝对额	比重
辽　宁	11230	6611	58.9	688	6.1	147	1.3	3784	33.7
全　国	12719	8767	68.9	809	6.4	244	1.9	2899	22.8
相　差	-1489	-2156	-10.0	-121	-0.3	-97	-0.6	885	10.9

资料来源：《辽宁省统计年鉴2007》。

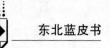
（三）居民消费价格结构上涨问题凸显，对提高政府宏观调控能力提出新的考验

在各种宏观经济变量指标中，价格指数是经济运行状况的晴雨表。2007 年以来，由于食品类价格持续走高，居民消费价格指数快速上扬，物价加速上涨特征明显。2007 年，辽宁省居民消费价格指数比上年同期上涨 5.1%，比全国平均水平高 0.3 个百分点，涨幅同比提高 3.9 个百分点。食品类和居住类仍是促使居民消费价格总水平上涨的主要因素，食品类价格上涨 12.8%，居住类价格上涨 4.8%。辽宁省居民消费价格总水平涨幅为 10 年来最高。同时，辽宁省一改居民消费价格水平涨幅略低于全国平均水平的既往特点，而呈现出居民消费价格水平涨幅略高于全国平均水平的新特点。如何辩证地看待物价上涨，如何判断物价上升的合理区间，进而科学判断引导经济发展的走势，是未来一定时期内经济发展面临的重大问题。

（四）节能减排形势严峻

辽宁省以重化工业为主体的工业结构和以原煤为主体的能源结构短期内难以从根本上改变，结构性降耗难度很大，实现节能减排目标任务艰巨。据统计和测算，辽宁省的能耗重点行业主要集中在煤炭开采和洗选业、石油加工和炼焦及核燃料加工业、化学原料及化学制品制造业、化学纤维制造业、非金属矿物制品业、黑色金属冶炼及压延加工业、电力及热力的生产和供应业、燃气生产和供应业八个行业，其中有的是辽宁省的重要支柱行业。同时，在保持较高经济增速的条件下，能耗和污染水平主要取决于产业结构和技术水平这两个因素，在工业品市场需求较旺的情况下，企业加速生产的趋利行为明显，结构调整的难度加大，也相应增大了节能减排的压力。

三　2008 年发展环境和前景展望

（一）经济社会发展的宏观背景条件分析因素

第一，全球经济增长速度有所放缓，应对全球性通货膨胀挑战成为国际性焦点问题。国际货币基金组织预测，2008 年全球经济增长速度为 4.8%；美国为

2.2%；欧元区为 2.1%；德国为 2.0%；日本为 1.7%。由于次贷危机、资源品价格上涨等影响的蔓延和扩大，越来越多的国家经济发展正面临通货膨胀的风险威胁，这使中国经济的发展面临的外部不确定性增多，直接造成中国经济发展的总体外部需求的减少，引致中国 GDP 出现温和减速的态势。

第二，中国经济仍将在持续增长的轨道上前行，但面临的发展矛盾和问题严峻而复杂。世界知名经济组织对 2008 年中国经济大多持有平稳增长的预期。亚洲开发银行预测 2008 年中国经济增长率为 10.8%，国际货币基金组织预测 2008 年中国经济增长率为 10%。国内相关政府部门和研究机构对 2008 年中国宏观经济运行的趋向性判断和基本看法是：通货膨胀的威胁尚未消除，面对投资增长过快、信贷投放过多和物价上涨因素有增无减等现实经济问题，抑制通货膨胀成为宏观调控最紧迫的问题。党中央、国务院将继续深化宏观调控政策，适度收紧银根，保持一个相对稳定的物价环境，进而保持国民经济平稳发展态势。

第三，全国区域增长格局将继续北移和西移，区域经济发展的资源和环境约束条件不断硬化。东北地区成为带动我国区域经济快速发展的一个重要区域的地位已经显现；同时转变经济发展方式作为实现国民经济健康发展的核心内容，已经开始导航未来中国的经济运行方向。按照科学发展观的要求，各地区都把节能降耗、减排治污作为发展的约束性条件，在丰富了发展内容的同时，也对如何降低发展成本提出了新的挑战。

（二）经济社会发展的有利因素分析

第一，东北振兴的政策效应将持续增强和扩大。2007 年 8 月国务院批复《东北地区振兴规划》，党的"十七大"报告又将全面振兴东北地区等老工业基地列为实施区域发展总体战略的重要内容，为辽宁省的振兴发展进一步明确方向和带来最大的历史机遇。随着国家东北振兴规划的实施，装备工业投资力度的加大，造船、乙烯等一批重大在建和新建项目的建设和投产，将有利于辽宁省的经济继续快速发展。

第二，辽宁省在东部沿海省区中的投资强势正在形成和扩大。2007 年，东部沿海经济发达省区中，如广东、浙江、上海，全社会固定资产投资增速大多在 10% 左右，而辽宁省不仅投资增速高，而且固定资产投资额仅位列山东、江苏、广东、浙江之后居第 5 位，表明辽宁省在国内外的影响力不断增强，特别是辽宁省沿海经济带开发建设具有沿海、区域、产业、土地、人才、交通等优势条件，也是东北地区开发开放条件较好的区域，作为一个新的区域投资热点地区正在得到越来越多国内外投资者的认可和青睐。

第三，地方财政实力增强，为深入解决涉及群众利益的各项民生问题创造了更有利的经济支持条件。近年辽宁省在结合省情创新民生保障制度方面，开创出诸如"棚户区改造"、"援助零就业家庭"等具有全国性意义的做法和经验。辽宁省委省政府还将从为民、惠民的发展主旨出发，继续创新和完善民生保障制度，下更大气力解决涉及群众利益的各项民生问题，如全面实施农村最低生活保障制度，进一步完善城市低保体系等，使发展成果真正体现和惠及民生，巩固和发展政通人和的良好局面。

（三）经济社会发展的不利影响因素分析

第一，第三产业增长滞后，对优化产业结构和促进就业增长具有不利影响。"十五"以来，辽宁省第一、第二、第三产业增加值占生产总值比重由 2001 年的 10.8 : 48.5 : 40.7 转变为 2006 年的 10.5 : 51.0 : 38.5。相应的，三次产业的就业结构由 2001 年的 33.2 : 30.2 : 36.6 转变为 2006 年的 33.65 : 27.73 : 38.61。可见，这一时期，第一产业增加值比重和就业比重总体变化都不大；第二产业在增加值比重上升了 2.5 个百分点的同时就业比重下降了 2.47 个百分点；第三产业在增加值比重下降了 2.2 个百分点的同时就业比重上升了 2.01 个百分点（见表3）。2006 年辽宁省第一、第二、第三产业从业人员的绝对数分别为 716.2 万人、590.2 万人、821.7 万人。可见，辽宁省在推进工业化进程中已经出现了较

表3 "十五"以来辽宁省产业结构和就业结构变化情况

单位：亿元，%

年份	生产总值	第一产业		第二产业		第三产业	
		增加值比重	就业比重	增加值比重	就业比重	增加值比重	就业比重
2001	5033.1	10.8	33.2	48.5	30.2	40.7	36.6
2002	5458.2	10.8	34.4	47.8	28.7	41.4	36.9
2003	6002.5	10.3	34.7	48.3	28.2	41.4	37.1
2004	6672.0	12.0	34.4	45.9	28.0	42.1	37.6
2005	8009.0	11.0	34.1	49.4	28.1	39.6	37.8
2006	9257.1	10.5	33.65	51.0	27.73	38.5	38.61

资料来源：相关年度辽宁省统计年鉴。

为明显的资本、技术替代劳动的现象，第二产业容纳劳动力出现绝对数下降的趋势，第三产业则成为吸纳劳动力就业的主要力量。因此，第三产业发展的滞后既不利于结构优化，也不利于增加就业，并最终影响城乡居民收入的提高。

第二，石油及其他资源性产品价格持续上涨，对辽宁省经济发展的不利影响突出。2007 年 6 月下旬以来，国际石油价格的较快上涨，不仅直接影响国内石油和成品油的价格，还通过成本传导对国内生产资料和工业品价格产生影响，不仅提高了企业生产成本，而且加大了总体价格水平上涨的压力。辽宁省是资源消耗大省，资源性产品价格上涨，对辽宁省经济平稳发展和区域经济效益，都会产生直接影响。

第三，高企的通货膨胀率侵蚀居民的实际购买力，有可能对实际消费的增长形成一定的抑制。当前价格增长的特点已经由前期的 CPI 涨幅偏高而 PPI 涨幅相对平稳，演变为 CPI 和 PPI 涨幅同时加快，生产领域价格上涨向消费领域传导的压力加大，资源性产品价格上涨也会增加居民的额外生活支出。由于有效改变支撑高物价的基本面因素，存在政策效应的逐步释放期，因此，物价涨幅偏高的状况还会持续一定时间。政府如何采取综合性宏观调控措施来控制物价温和上涨，避免物价涨幅过快对居民生活产生明显影响，对能否保持消费需求的快速增长态势具有重要作用。

（四）对 2008 年辽宁省经济社会发展主要指标的预测

2008 年，辽宁省经济仍将实现持续较快增长，但增长速度将会微幅放缓。东北地区振兴战略实施的财富效应和引力，庞大的在建规模、企业赢利能力的增加和自有资金的较快增长，将使辽宁省继续保持较高的投资增速，但受紧缩性货币政策和企业投资成本增加等因素的影响，可能将在高位增长基础上有所回落。企业退休人员基本养老金指标、稳妥推进事业单位工资改革、拓宽农民增收渠道等政策措施的实施，将促进城乡居民收入继续有较大幅度的提高。同时，农村居民以家用电器为主、城市居民以改善住行条件为代表的消费结构升级的扩展延伸，将支持居民消费需求保持较快增长，但资源性产品涨价、石化行业企业效益滑落也会对整体企业效益和居民收入增幅产生不利影响。对 2008 年辽宁省经济社会增长主要指标情况的预测是：地区生产总值增长区间为 13% ～ 14%；固定资产投资增长区间为 30% ～ 35%；社会消费品零售额增长区间为 15% ～ 16%；居民消费价格总指数增长区间为 4% ～ 5%。

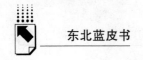

四 推进辽宁省经济社会健康发展的主要措施

（一）推进区域创新，提高发展质量

辽宁省区域经济总体上正处于由粗放型向集约型加速转变的关键阶段。要转变发展理念，创新发展模式，走优化发展道路，争当区域创新基地和自主创新的先行者，重新塑造在全国经济发展中的形象和地位。要加强对固定资产投资来源、技术水平、产业前景等的审查，控制投资节奏。政府要通过运用资金、税收、服务、人才等政策扶持手段，增加在节能、高技术、现代服务业等领域的投资。要注重培育区域品牌产业和品牌企业，通过培育品牌来推进产业结构转型升级。振兴装备制造业，是党的"十七大"确定的一项重大任务，以科技创新为动力推动辽宁省装备制造业高水平发展，是辽宁省推动产业结构优化升级和增强经济竞争力的重要支撑因素。辽宁省要依靠体制机制创新、科技创新和科学合理的规划，努力培育发展一批世界级的装备制造业企业和产品，建设在国内领先、世界上有重要地位和影响的新型产业基地。

（二）加快辽宁省沿海经济带建设，带动东北地区开放经济的全面、优质发展

制定辽宁省沿海经济带科学的开发建设规划，明确产业定位，强化带动功能，实现各港口和重点发展区域合理分工、各具特色、协调发展。将辽宁省沿海经济带作为东北地区立足新起点、谋求新发展的重要前沿和载体，把发展临港产业作为重要支撑，把发展高技术产业作为基本内容，在构建东北地区沿海开放新格局中发挥重要的牵动作用。营造公平开放的投资环境和市场环境，吸引国内外战略投资者参与辽宁省沿海经济带的开发建设。

（三）把发展现代服务业作为结构调整的战略重点，注重提高服务业发展的比重和水平

辽宁省作为国内工业化程度和城市化水平相对较高的一个省区，第三产业蕴藏着巨大的发展潜力，应注重服务业增加值增长速度与地区生产总值和第二产业增长速度的协调性，通过服务业发展规模和发展水平的提高，逐渐使服务业成为

国民经济的主导产业和吸纳劳动力就业的主要领域。要特别注重生产性服务贸易的发展，促进现代制造业与现代服务业的高度融合，开辟崭新的财富创造方式。适应建设新型产业基地和提升产业发展层次的需要，辽宁省制造业发展必须逐渐从专注于制造经济向不断增强设计研发创造、品牌价值创造和营销渠道创造等高端服务环节创造利润、创造附加值能力的战略性转变。区域性的行业龙头企业可以尝试逐步将制造业中的工业设计服务、现场安装服务、物流服务等，从制造业中独立出来并形成专业化的服务公司，进而加快辽宁省制造业从生产加工环节向自主研发、品牌营销等高端服务环节的延伸。地方政府应在产业组织政策的可作为空间内，支持制造业企业社会生产组织方式的变革，提升制造业发展水平。

（四）提高职工工资收入水平，让城镇居民从地区国民财富增长中得到应有的收入增长

职工工资收入及其增长，是居民收入增加的主要来源，关系到职工的核心经济利益。探索和建立职工的薪酬与经济发展和企业经济效益同步提高的制度和机制，提高劳动分配率，对于促进分配公平和富民惠民具有十分重要的意义。

政府要建立有效的职工收入管理调控机制，建立地区经济发展水平与 GDP 中劳动报酬部分同步提高的制度和机制。制定职工劳动报酬增长与经济发展相联系的考核指标，纳入地区国民经济和社会发展规划，相应建立职工收入增长责任机制。在国家调资政策的总体框架内，结合区域经济社会发展的实际，适时出台地方调资政策作为补充，作为提高城镇居民收入的有效途径。政府要通过有效的企业收入分配的行政管理，建立面向各种不同经济类型企业的科学合理的企业职工工资形成与正常增长的调节机制。进一步完善发展和谐劳动关系的地方性法规规章体系，推进加强企业工资分配问题的地方立法。强化对企业工资收入分配的约束与管理，以立法形式将工资增长的长效机制固定下来。建立以工资指导线、工资指导价位、工资集体协商制度、最低工资制度、企业工效挂钩制度为主要内容的企业工资分配的宏观调控体系，提升劳动者在劳资关系中的博弈能力，强化劳动权益的保障程度。

（五）摆正节能减排指标在经济发展中的位置，继续强化政府节能减排的政策导向

推进节能减排的制度建设和创新。借鉴国内外成功的产业节能减排政策机

制、管理法规和组织实施经验，适时出台和有效落实地方性节能减排的相关政策措施。把节能减排作为地方政府宏观调控的重点，关注增长的成本与效益，使工业经济增长建立在工业能源利用效率有效提高和污染排放减少的基础上。形成区域性有效运转的节能减排管理网络，设立节能减排指标变化的预警机制，通过对固定投资、工业结构变化、用能排放重点企业等先行指标的监测和科学分析，掌握全省工业能源消耗和污染排放的动态，尽早发现未来工业能源消耗和污染排放变化的趋向和影响因素，以便主动采取地区性节能减排的相应措施和行动。把节能减排的政府推动与市场驱动、规制约束等有机结合起来，在依靠行政手段推进节能减排的同时，更注重发挥法律和市场机制的作用，包括价格杠杆、行业监督和协作等，形成保证节能减排目标完成的长效机制。将鼓励节能减排作为财政扶持、税收优惠政策的实施重点，将"十一五"时期政府倡导的工业行业重大节能减排工程的推进与鼓励节能减排的财税优惠政策更好地衔接配合起来。在"十一五"前三年夯实节能减排设施建设的基本平台，后两年则更突出显现工业节能减排的效果。

（六）加强市场价格监测，科学分析供求关系变化特点及其对经济走势的影响

物价上涨问题，原因十分复杂，既有需求原因，又有成本原因，既有国内因素，又有国际因素。从中长期看，导致居民消费物价上涨和生产价格指数攀升的原因还很多，包括劳动力成本上升、原材料价格上涨、资源性产品价格改革、环境保护成本的显性化以及粮价上涨的推动。因此，在通货膨胀压力趋于上升的情况下，要运用有效的统计信息资料，及时判断居民消费物价和生产价格指数变化的实际趋势，进而对经济运行的变化和趋势作出正确判断与相应的科学决策。

2007～2008 年吉林省经济社会发展报告

丁晓燕[*]

摘　要： 2007 年，吉林省围绕振兴老工业基地和构建和谐社会，一手促发展，一手抓民生，突出重点，突破难点，以科学发展观为指导，稳中求进，好字优先，好中求快，大力推动发展，切实改善民生，扎实推进改革开放，努力开展体制创新，全面增强发展的活力、动力和能力。经过奋力拼搏，振兴吉林省老工业基地取得显著进展，经济发展速度快、效益高、质量好，正在步入又好又快的轨道；各项社会事业取得重大成就，人民生活水平明显改善。

关键词： 吉林省　经济　社会

2007 年是实施"十一五"规划承上启下的关键一年，吉林省以加快发展、科学发展、和谐发展为主线，以振兴吉林、富民强省为目标，积极推动经济社会全面发展。全省工业经济实现强势增长，消费需求稳步上升，城乡居民收入提高，就业增加，经济总量和经济增长速度均创历史同期最高水平。

一　吉林省经济社会发展状况

2007 年是国家加强宏观调控之年，我国针对经济运行中出现的一些突出问题，采取一系列强有力的宏观调控措施。在这样的大背景下，吉林省紧紧围绕构建和谐社会，不断深化改革，扩大对外开放，转变增长方式，经济总体上保持较高水平的平稳运行态势。

---

[*] 丁晓燕，吉林省社会科学院软科学所所长、研究员，主要研究宏观经济、区域经济问题。

（一）经济运行基本态势

1. 总体运行状况

2005 年以来，吉林省经济发展提速，2005 年和 2006 年地方生产总值增长速度分别为 12% 和 15%（见图 1），分别比全国平均增长速度高 1.8 和 4.8 个百分点。2007 年吉林省经济高位平稳运行，全年全省实现地方生产总值 5226.08 亿元，在东北三省中居于末位。按可比价格计算，比上年增长 16.1%，增幅高于上年 1.1 个百分点。其中，第一产业增加值 813.48 亿元，增长 4.1%；第二产业增加值 2389.87 亿元，增长 21.1%；第三产业增加值 2022.73 亿元，增长 15.1%。按常住人口计算，当年人均 GDP 比上年增长 15.8%，达到 19168 元，远低于辽宁省，略高于黑龙江省。

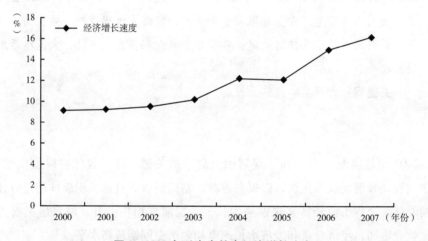

图 1　2000 年以来吉林省经济增长速度

吉林省近三年地方生产总值增长速度明显高于"十五"前四年增长速度，说明经济在 2005 年出现"拐点"，现已进入加速发展的新阶段。2007 年，吉林省经济继续保持速度、质量、效益协调发展，经济运行更趋理性和健康。

2. 经济运行格局

（1）吉林省三大产出保持平稳增势，经济发展的产业基础较为稳固。农业克服灾害影响，继续保持稳步发展。2007 年，全省粮食播种面积 6502.05 万亩，比上年增长 2.3%，但受旱情影响，全年粮食总产量比上年下降 9.8%，达到 2454 万吨，高于辽宁省，低于黑龙江省（见图 2）。新农村建设稳步推进，农产品加工业、园艺特产业、绿色食品产业快速发展。到 2007 年底，全省较大规模的农业产业化经营组织达到 3280 个，同比增长 15.3%；粮食加工量达 1350 万吨，畜禽屠宰加工量达 2.93 亿头（只），同比增长 22%。

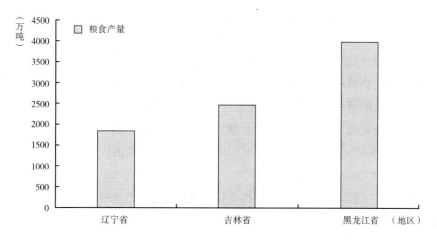

图 2　2007 年东北三省粮食产量之比较

工业强劲增长，主导经济发展。吉林省工业经济实现速度、效益较快增长，运行质量大幅度提高，呈现强劲增长势头。2007 年全年规模以上工业企业增加值比上年增长 23.6%，比全国平均高出 5.1 个百分点，实现 1873.85 亿元，但在东北三省中位居末位（见图 3）。支柱和优势行业对工业经济发展的支撑作用进一步增强。在全省规模以上工业中，交通运输设备制造、石油化工、食品加工、

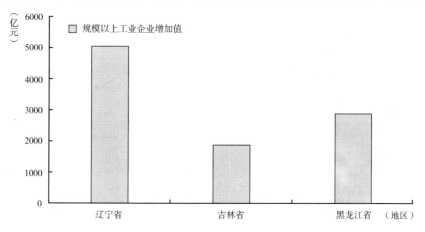

图 3　2007 年东北三省规模以上工业企业增加值之比较

医药制造和通信设备、计算机及其他电子设备制造业共完成增加值 1270.24 亿元，同比增长 23.1%，占全部规模以上工业增加值的比重达到 67.8%。工业经济的快速发展，带动经济效益的继续改善。全省规模以上工业企业经济效益综合指数达到 216.3%，比上年提升 31.7 个百分点。

服务业发展提速，增长势头较好。2007 年，吉林省服务业发展进入迅速提升的时期，服务业结构出现重大调整，多元化趋势日益明显，服务功能日趋完善，对促进经济结构调整和社会经济协调发展起到了积极作用。旅游、会展业成为服务业增长的新亮点。2007 年开工建设旅游项目 181 个，开辟了消夏避暑休闲之旅、史迹文化民俗之旅、边境异域风情之旅三大类精品旅游线路。全年旅游总收入 350.16 亿元人民币，增长 26.9%。其中，国内旅游收入 336.51 亿元人民币，增长 27.5%；旅游外汇收入 1.79 亿美元，增长 24.3%。会展业形成政府引导、市场运作、投入多元化、经营产业化、服务社会化的运转机制，冰雪旅游节、亚冬会、光博会、房交会、汽博会等品牌展会，业已成为众多媒体关注的焦点。

(2) 三大需求保持较强拉力，经济增长的支撑作用进一步加强。投资高位运行，但增速有所回落。自 2005 年提出了扩大投资、优化结构、促进经济快速发展的战略决策以来，吉林省投资总量由 2004 年的 1171.6 亿元增加到 2006 年的 2804.3 亿元，经济发展进入一个新阶段。2007 年吉林省投资依然保持强劲增长，但增速趋缓。全年完成全社会固定资产投资 4003.18 亿元，在东北三省居中；增速 42.8%，高于辽、黑两省（见图 4）。从三次产业看，第一产业完成投资 68.62 亿元，增长 90.8%，超过全国平均增速 59.8 个百分点；第二产业完成

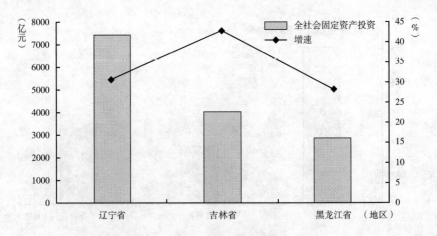

图4 2007 年东北三省全社会固定投资之比较

投资 1766.34 亿元，增长 46.4%，超过全国 17.4 个百分点；第三产业完成投资 1511.94 亿元，增长 34.5%，超过全国 11.3 个百分点。工业投资增势强劲，全年完成工业投资 1973.96 亿元，比上年增长 49.0%，对全社会投资增长的贡献率达 54.3%。

消费需求加速上升，消费市场日趋活跃。全省消费品市场在整体经济快速发展的带动下，呈现出繁荣活跃的良好态势。2007 年全年全省实现社会消费品零售总额 1999.2 亿元，高于辽宁省，低于黑龙江省，比上年增长 19.3%。住宿和餐饮业高速发展，继续成为领涨行业。受市场消费旺盛影响，吉林省餐饮住宿市场销售红火，住宿和餐饮业零售额实现 282.37 亿元，增长 22.7%，高于批零贸易业 3.9 个百分点，高于全省社会消费品零售总额 3.4 个百分点，继续成为领涨行业。

进出口保持高速增长，外贸形势不断趋好。2007 年全省累计实现进出口额 102.99 亿美元，低于辽黑，比上年增长 30.1%。其中出口 38.58 亿美元，比上年同期增长 28.7%；进口 64.41 亿美元，比上年同期增长 31%。骨干商品出口稳中有升，继续保持较快的发展势头。机电产品出口 9.03 亿美元，占出口总值的比重达到 23.4%。

3. 经济运行质量

工业经济效益继续保持较高水平。全省规模以上工业企业实现利润总额 413.05 亿元，比上年增长 1 倍。石化行业和交通运输设备制造业对全省工业利润增长作出了重要贡献。其中，石化行业累计实现利润 121.59 亿元，比上年同期增盈 49.54 亿元，增长 68.8%，对全省工业利润增长的贡献率为 23.6%；交通运输设备制造业累计实现利润 134.56 亿元，比上年同期增加 88.97 亿元，增长了 2 倍，对全省工业利润增长的贡献率为 42.5%。

财政收入高速增长。2007 年全年完成一般预算全口径财政收入 649.27 亿元，比上年增长 27.9%。其中，地方级财政收入 320.54 亿元，增长 30.7%，增幅高于上年 12.4 个百分点。在此基础上，公共财政支出大幅增加。全年完成地方财政支出 883.76 亿元，比上年增长 23.0%，增幅高于上年 9.2 个百分点。民生支出一路领跑，吉林省委、省政府确定的八件民生实事得到进一步落实，重点支出得到有力保障。民生支出覆盖的范围，涉及社保、"三农"、教育、卫生、文化等各个领域，呈现出齐头并进的发展态势，更加凸显以人为本的公共财政理念。其中教育支出 144.42 亿元，同比增长 34.3%；社会保障和就业支出 154.37

亿元，增长 13.3%；医疗卫生支出 42.31 亿元，增长 39.8%；环境保护支出 24.01 亿元，增长 13.4%；交通运输支出 23.49 亿元，增长 13.4%。

4. 经济运行机制

民营经济进一步发展，经济活力明显增强。民营经济腾飞工作实现了良好开局。截至 2007 年末，全省规模以上工业企业中已有民营企业 2469 户，比上年末增加 528 户，实现工业增加值 521.44 亿元，比上年增长 38.9%，增幅高于全省规模以上工业平均增长水平 15.3 个百分点；实现利润 76.44 亿元，比上年增长 63.3%。同时，全省涌现出一批成长迅速的民营企业集团，全年大成集团可实现产值 150 亿元以上，修正、红嘴、皓月、吉安生化可突破 50 亿元，辽源金钢等一批企业可突破 10 亿元，这些成长型企业的发展壮大，为促进腾飞积蓄了力量。

招商引资活动成效显著，对外开放步伐加快。2007 年全年实际利用外资 22.71 亿美元，比上年增长 37.6%，其中外商直接投资 8.85 亿美元，增长 16.3%。全年实际引进外省资金 756.9 亿元，比上年增长 59.1%。前三季度，共有 19 个国家和地区来吉投资，但主要集中在中国香港、英属维尔京群岛、美国、日本、开曼群岛和韩国这 6 个国家和地区，其外资投入占全省外商直接投资总额的 86%，其他国家和地区外资投入占全省外商直接投资总额的 14%。外资投入主要集中在汽车零部件生产和玉米深加工及房地产等领域。前三季度，外商投资在汽车零部件生产占外商直接投资总额的 38%，投资在玉米深加工领域占外商直接投资总额的 26%，投资在房地产领域占外商直接投资总额的 9%。三大领域外资投入占外商直接投资总额的 73%。长春地区仍是全省利用外资的主力军。松原、辽源和通化等地区利用外资增幅较大。前三季度，长春市吸收外商直接投资 38955 万美元，占外商直接投资总额的 61.8%。松原、辽源和通化地区吸收外商直接投资增幅均比上年同期翻了一番以上。

节能降耗减排工作初见成效。进一步完善和落实节能目标责任制，确定全省百户重点耗能企业和以余热余压利用、能量系统优化、建筑节能、燃煤工业锅炉改造、节约和替代石油为重点的五项工程，已有 18 户企业的节能项目列入了国债资金补助计划，可争取无偿国债补助资金 1.06 亿元。争取并设立了 1000 万元的省级专项资金，重点支持一批社会效益明显、节能效果显著、推广意义较大的节能、节水、资源综合利用和环保产业示范项目，量大面广的用能设备更新改造项目，高效节能技术和产品的推广，以及节能管理能力建设等。2007 年专项资金支持了 27 个重点项目，带动社会投资 5 亿元，项目完成后可形成年节能 10 万吨标准煤的能力。

（二）社会发展总体态势

扎实推进以改善民生为重点的社会建设，努力促进全体人民从各个方面享受改革发展成果。农村饮用水安全、居住条件改善、城乡文化建设、就业等民生实事全部落实，社会事业全面发展。

1. 居民收入与消费

随着吉林省经济持续快速发展，城乡居民收入不断攀升，居民消费结构和消费水平不断提升，城乡消费市场活跃，人民群众的生活水平和生活质量稳步提高。

（1）农村居民收入与消费。深入贯彻中央一号文件和中央农村工作会议精神，切实加大对"三农"工作的扶持力度，形成了农业增效、农民增收、农村繁荣的良好局面，农村居民生活水平和生活质量明显提高。

2000 年以来，吉林省农民收入实现快速增长，2007 年继续保持了这一增长势头。全省农民人均纯收入达到 4190 元，比全国平均水平高 50 元，在东北三省居中；比上年增加 549 元，在全国排 16 位；同比增长 15.1%，在全国排 18 位（见图 5）。

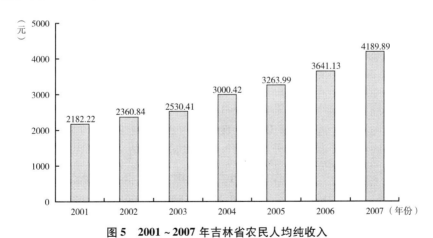

图 5　2001～2007 年吉林省农民人均纯收入

粮食价格上涨，使农民人均粮食收入增加 223 元，对全省农民增收的贡献率为 40.6%。非农产业收入成为农民增收的新亮点。农民人均从非农产业获得的纯收入为880.5元，同比增加143.3元，增长19.4%，对农民增收的贡献率为26.1%。政策性补贴依然是农民收入稳步增长的有力保障。农民人均实际得到各种政策性补贴收入267.1元，同比增长26.1%；政策性补贴收入占农民人均纯收入的6.4%，对全年农民增收的贡献率为10.1%。

农村消费总量稳定增长。2007年农村消费品零售总额281.9亿元，同比增长15.4%，增幅比上一年提高了3.8个百分点（见图6）。人均消费支出继续增加。随着农民收入的持续增长，拉动了农村居民消费水平不断提高。吉林省农村居民人均生活消费支出3064元，同比增长13.5%，扣除物价上涨因素，实际增长8.7%，占农民人均纯收入的比重为73.1%，同比上升了7.2个百分点。

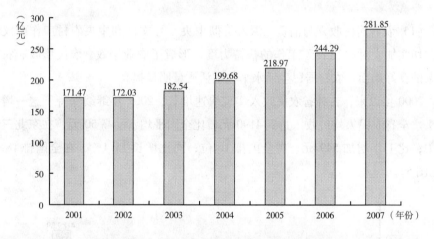

图6　2001～2007年吉林省农村消费品零售总额

（2）城镇居民收入与消费。吉林省城镇人均可支配收入达到历史新高，首次突破万元大关，达到11285.52元，在东北三省居中；比2006年增加1510.45元，同比增长15.5%（见图7、图8）。扣除物价上涨因素后，实际增长10.2%，增幅高于上年水平3个百分点，但低于当年全国水平1.7个百分点。人均工薪收入达7641.21元，同比增长16.2%，仍是城镇居民收入的主要来源，占城镇居民可支配收入的67.7%。

收入的稳步增长为消费水平提高提供了基础。城市消费品市场继续扩大，2007年消费品零售额达1568.5亿元，比上年增长20.3%。城镇居民消费从单纯追求物质消费向追求精神消费和服务消费转变，从满足基本生存需求向追求人的

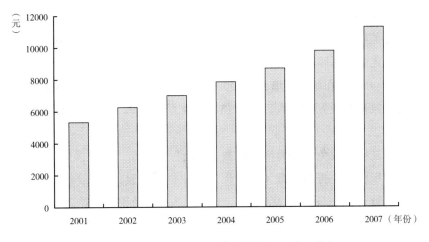

图7　2001～2007年吉林省城镇居民可支配收入

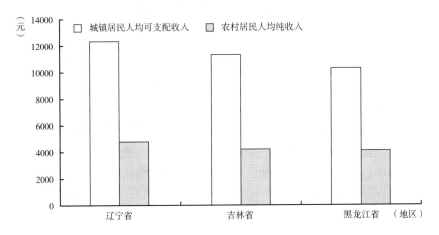

图8　2007年东北三省城乡居民人均收入之比较

全面发展转变。食品消费质量提高，恩格尔系数继续下降。受食品价格上涨因素的影响，全省城镇居民人均食品支出2842.68元，比上年增长15.7%，扣除食品价格上涨因素影响，实际增长3.2%，食品支出占消费支出的比重由上年的33.4%下降到33.2%，下降了0.2百分点，创历史新低。生活追求快捷、方便，信息意识增强。随着交通和通信事业的蓬勃发展以及服务质量的进一步提高，吉林省城镇居民日常生活已经开始注重快捷、方便，信息意识在逐步增强。城镇居民交通和通信类的消费支出明显增加，人均交通和通信支出873.88元，比上年增长7.2%。

2. 就业与再就业

继续完善就业扶持政策，全面开展创业促就业活动，积极推动农村劳动力转移就业，强化劳动保障能力建设，动态解决"零就业家庭就业问题"，全省城镇新增就业 48 万人。在城镇新增就业人员中，下岗失业人员再就业 38 万人，大龄就业困难对象再就业 8.5 万人，城镇登记失业率为 3.92%，是近五年来最低的一年。

继续实施税费减免、小额担保贷款、社会保险补贴、就业援助、就业服务、职业培训等积极就业再就业政策，为促进就业创造了良好的环境。2007 年全年共发放《再就业优惠证》30.99 万本，13.23 万人享受税收扶持政策，68.17 万人享受社会保险补贴政策，11.31 万人享受岗位补贴，36.82 万人享受免费职业介绍服务，32.83 万人享受免费职业培训，5.54 万人享受职业技能鉴定补贴政策。截至 2007 年末，全省累计发放小额担保贷款 106977 万元，累计享受小额担保贷款 48700 人，累计带动 155025 人实现就业、再就业。继续在全省范围内开展全民创业促就业系列活动，共完成创业成功项目 5998 个，带动就业 20 万人左右。

3. 社会保障

以建立健全同全省经济发展水平相适应的社会保障体系为工作重点，不断强化政府的社会保障责任，积极推进社会保险制度建设，继续加大扩面征缴工作力度，进一步规范社会保险基金监管，着力加强基础管理和服务，各项社会保险工作取得新的进展。到 2007 年末，养老、医疗、失业、工伤、生育各项社会保险累计覆盖 1717 万人次，同比增长 39%；五项社会保险基金总收入达到 200 亿元，基金累计结余 272 亿元，其中养老保险基金累计结余 215 亿元，基金支撑能力显著增强。城乡统筹礼会保障也取得实质性进展。

（1）养老保险。连续第四年开展"万户民企进社保"专项行动，到 2007 年底，全省基本养老保险参保职工 353.9 万人，完成年计划的 101.7%；养老保险费当期征缴 111.3 亿元，完成年计划的 118.6%；按时足额发放率 100%。

（2）医疗、生育保险。2007 年，全省城镇居民参加基本医疗保险取得突破性进展，参保人数达到 405.6 万人，比上年增长 8 倍多，不仅完成了吉林省政府提出扩面 400 万人的民生实事任务，而且提前两年完成了国务院提出的目标，为全国城镇居民基本医疗保险试点进行了探索创新，被誉为"吉林模式"。完善了城镇职工基本医疗保险制度，重点解决国有关闭破产、改制及困难企业退休人员和城镇各类灵活就业人员参加职工基本医疗保险的制度安排。城镇职工基本医疗保险和生育保险覆盖面迅速扩大，城镇职工基本医疗保险参保人数达到348.5万人，生育保险参保人数达到173.6万人。在参保扩面的同时，城镇基本职工、居民医疗、生育保险基金征缴工作同步进展，三项保险基金征缴率和实收保险费都达到95%以上。

（3）失业保险。按照国家和吉林省关于提高失业保险金标准的要求，结合吉林省并轨试点实际，计算失业保险金的标准由120%提高到135%，增加15个百分点，失业保险的保障功能得到进一步加强。确保失业保险待遇按时足额发放，分两次划拨省级失业保险调剂金1.08亿元，对39个出现支付缺口的失业保险统筹地区进行了调剂，缓解了这些地区失业保险基金的支付压力，确保失业保险金的按时足额发放率达到100%，维护了社会稳定。到2007年末，失业保险参保人数达到228.7万人，失业保险费征缴7.61亿元。

（4）统筹城乡社会保障。积极探索建立"低费率、广覆盖、可转移、可衔接"的农民工社会保险模式，实施农民工参加医疗保险专项扩面工作，农民工参加城镇基本医疗保险人数达到43.1万人。建立了农民工参加工伤保险经办"绿色通道"，对企业参保和农民工发生工伤后的工伤认定、劳动能力鉴定、领取待遇等方面的工作，本着特事特办、急事先办的原则，采取主动上门服务或现场办公等方式，为职工和用人单位服务。以农民工较为集中、工伤风险较高的矿山、建筑企业为重点，全面落实农民工参加工伤保险"平安计划"，促进农民工参加工伤保险。全省农民工参加工伤保险人数达到了35.46万人。

4. 服务型政府建设

围绕发展，强化服务，全省服务型政府建设稳步推进，取得明显进展。

（1）推行政务公开。大力推进政务公开，让行政权力在阳光下运行。吉林省各级政府以深化行政审批权相对集中改革、再造行政审批流程、整体划转审批权行使职能、着力规范重要权力行使等为重点，大力推进行政权力公开透明运行工作，推动政务公开由静态的信息公开向动态的行政权力运行过程公开拓展。已完成38个省直部门635项行政审批项目的流程再造，新增即办项目39项，241个审批项目缩短了审批时限，140个审批项目简化了审批环节，提高了审批效率。通过流程再造，省政府已对35个部门819项行政审批项目和职责（其中划转行政审批项目634项，划转职责185项）进行了划转，以调整三定方案为标志的省直部门行政审批权相对集中取得实质性成效。着力规范重要权力行使，已建立了拥有 6054 名、五大类别、跨地区、跨行业的吉林省综合评标专家资源库，基本实现了招投标活动的规范运行。推进政府上网工程，省市县都建立了涵盖各方面、内容丰富、运行顺畅的门户网站，开通了"政务公开"专栏，畅通了联系群众的渠道。省、市、县三级政务大厅体系初步形成，全省 9 个市州及长白山管委会已建政务大厅 9 个，40 个县（市）已建政务大厅 37 个，省、市、县政务大厅累计办理行政审批 644 多万件，收费超过 12 亿元。加强制度建设，充分发挥政务公开综合效应。自 2007 年起，吉林省推行政务公开、办事公开制度，纳入政府绩效考核，根据各地各部门职责及工作任务，政务公开工作的实效将在绩效考核中占有一定比例，并与奖惩直接挂钩，从而实现了政务公开制度监督奖惩的制度化。

（2）行政审批权相对集中改革。为全面推进行政审批权相对集中改革，吉林省自 2004 年即开始进行积极探索。2006 年 4 月，以行政审批权相对集中改革动员大会为标志，吉林省政府 39 个部门的改革工作全面实施，8 月在全省各市州、县（市、区）全面推开。按照"一门受理、并联审批、限时办结、统一收费"的原则，改革原有行政审批模式，建立统一规范的行政审批管理体制，省政府各部门统一在省政务大厅设立行政审批办公室，实行政务大厅"一厅式"审批；建立行政审批专用章制度，各部门一律使用本部门"行政审批专用章"，原使用的行政审批用章全部废止；健全行政审批配套规章制度，建立行政审批监督制约机制。到 2007 年 5 月末，各部门所承担的行政审批和收费项目全部交由行政审批办公室，成建制进驻省政务大厅实行集中统一办理，在创新政府管理方式、规范行政审批行为等方面取得了重大突破，为进一步深化改革奠定了良好基础。

二 吉林省经济社会发展中存在的问题

（一）经济层面

当前，吉林省经济发展态势良好，但仍然存在着一些矛盾和问题，需要予以关注。

一是物价上涨明显。2007 年，吉林省物价水平上涨较快，尤其是以猪肉价格为代表的农副产品收购价大幅上扬，导致居民消费价格指数不断上涨，全年累计上涨 4.8%，其中涨幅较大的是食品类，上涨 12.1%；医疗保健和个人用品类、居住类、烟酒及日用品分别上涨 7.1%、4.9%、0.1%。衣着、家庭设备用品及服务、交通和通信、娱乐教育文化用品及服务分别下降 1.6%、0.7%、2.5%、2.2%。可见，消费价格指数的上涨，主要是由食品价格的上涨引起的，具有明显的结构特征，而非普遍性的整体上扬。原材料燃料动力购进价格指数上涨 5.2%，比上年提高 1.4 个百分点，说明生产企业的成本上升较多，而工业品出厂价格指数上涨 2.7%，涨幅比上年提高 1 个百分点，表明企业生产的产品受需求的限制，价格上涨幅度较小，短期内将不会出现物价普遍上涨。

二是投资结构不合理。在投资规模上缺少超大型项目。近几年吉林省投资项目中，亿元以上项目较多，而 10 亿元以上的项目只有 64 个，占全省城镇总投资的 24.9%；百亿元以上的项目只有 1 个，仅占总投资的 2.4%。相反与吉林省相近的黑龙江省百亿元以上项目 5 个、内蒙古自治区 16 个、安徽省 11 个、福建省 7 个。可见，吉林省投资项目的规模普遍偏低，难以形成大的直接带动作用。外延扩张类项目投资较多，内涵效益型项目投资不足。2006 年全省技术改造投资比上年增长 37.5%，比全省城镇投资低 18.1 个百分点，2007 年上半年增速加快，比上年同期增长 41.2%，但仍比城镇投资低 3.9 个百分点。工业投资的资源化明显，精深加工工业投资比重低。上半年城镇以上国家严控的“两高”行业项目近 150 个。服务业投资比重呈下降趋势，发展滞后。城镇投资中，第三产业比重为 38.6%，比全国平均水平低 7.2 个百分点。

三是经济外向度偏低。充分利用国外及中国港澳台地区的先进经济技术及资金，推动吉林省产业结构的调整升级，促进经济发展是十分必要的。但现阶段，吉林省经济外向度还比较低，利用外部资源的程度有限。1～10 月，全省新批（含增资）合同外资超千万美元的外资企业 38 户，同比略有下降。合同外资超三千万美元的大项目还没有，大项目特别是特大项目的减少使全年合同外资下降幅度较大。

（二）社会层面

一是城乡居民收入差距扩大。当前社会财富在不同群体之间的分配存在一定失衡，吉林省城乡居民收入差距自 20 世纪 90 年代以来，呈现不断扩大的趋势。1985 年城乡居民收入差距仅为 193.8 元，到 2007 年扩大到 7095.52 元；1985 年吉林省城镇居民的可支配收入是农民的 1.48 倍，2007 年是 2.69 倍。

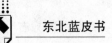

二是就业形势依然严峻。吉林省经济加速发展，但经济增长加速与就业的矛盾仍然十分突出，经济增长的就业弹性明显下降，新增就业岗位增长缓慢，就业不足的压力继续增大。就业不足问题的加剧既影响居民生活水平的提高，又增加了社会不稳定因素。

三　2008 年经济发展趋势预测

（一）宏观背景展望

展望 2008 年，吉林省经济发展面临的国内外经济环境有许多新的变化和特点，从而对吉林省经济增长产生影响。

1. 国际环境

进入 21 世纪，世界经济进入较快发展时期，2001～2005 年，世界经济年平均增长率为 4%，2006 年为 5.1%，2007 年开始受美国经济增长放缓的影响，世界经济增速有所减速，但由于欧元区、日本、亚洲发展中国家内需逐步扩大，自主发展能力增强，经济形势依然向好，部分抵消了美国经济减速的负面影响。2008 年国际经济环境谨慎乐观，但存在减速的风险。一是次贷危机导致美国经济下滑，进一步影响到世界经济的平稳增长；二是各国通货膨胀压力若持续加大将迫使央行加息，这对世界经济的损害将非常大，甚至可能引发滞胀的局面；三是国际市场能源原材料价格受经济减速影响虽会有所下降，但其持续高位波动仍会给世界经济带来较大负面影响；四是世界经济失衡也将加大经济减速的风险。

2. 国内环境

2007 年以来，针对经济运行中的突出矛盾和问题，中央及时采取了一系列宏观调控措施。在货币政策方面，连续不断地提高存贷款利率和存款准备金率；在产业政策方面，提高一些"两高"产业的准入门槛，清理产能过剩行业和"两高"产业；在土地政策方面，严把土地闸门；在财政政策方面，加大财政转移支付的力度，财政支出向支持就业和改善民生方面倾斜，等等。这些力度大、幅度密、相互之间协调配套的宏观调控措施，已经取得了一定的成效，2008 年国家将依然延续适度从紧的宏观政策，以防止经济过热。这一宏观环境，对吉林省保持经济平稳运行、防止大起大落、推动节能减排、加快结构调整和促进社会和谐将有重要作用。

（二）2008 年经济预测

1. 经济增长走势分析

我们对 2008 年吉林省经济发展的基本判断是：国民经济将继续保持 15% 以上的高位增长，从季度和年度增长来看，经济正在达到或接近周期性繁荣的顶部区域（经济增长从年度上讲最高点可能是 2007 年，从季度上最高点可能是 2008 年上半年），明年下半年或后年很可能进入温和调整期。其依据有以下几点。

一是随着经济增长和企业整体效益提高、就业增加、农业丰收，城乡居民收入水平仍将较快提高，进而促进消费需求保持平稳快速增长、消费结构进一步升级，从而对经济增长产生稳定的拉动作用。在各项调控措施逐步落实后，外贸出口仍将保持较快增长速度。

二是在宏观调控政策作用下，固定资产投资增速有望减缓，但惯性作用导致其增幅仍将保持较高水平。主要是因为在建工程项目投资规模较大，上半年新开工项目投资明显反弹。同时，在党的"十七大"召开、地方政府换届的形势下，各地方上项目、增投资、促增长的热情不会明显降温；由于信贷充裕、利润增长，将导致民间投资继续活跃；国内经济增长和市场繁荣，也将吸引外商直接投资保持一定水平的增长。

三是 CPI 仍会呈现较高的上涨幅度。一方面，受国际粮食价格和进口的影响，国内市场粮价涨幅不会有大幅下降，即使粮食获得丰收，供给增加，但为保护种粮收益，国家仍会以最低保护价收购粮食。同时，由于养殖业的恢复需要一定的周期，目前对养殖业的扶持措施在明年会有显现，因此，肉、禽、蛋等市场价格不会大幅下降，从而支撑 CPI 涨幅保持在一定高度。其他工业消费品的价格受几年来上游生产资料价格连续上涨的影响，也面临成本上升的压力。但由于多数工业消费品处于"买方市场"格局，上游价格传导会受到来自市场竞争的制约。

2. 主要经济指标预测

从总体上看，吉林省经济增长的总体趋势是好的，2008 年经济增速有可能出现小幅回落，但不会有大的起伏。综合考虑影响吉林省经济发展的各种因素，并将模型预测与实证分析相结合，对 2008 年主要指标预测如表 1 所示。

表1　2008年吉林省主要经济指标预测

单位：%

类　别	增长率	类　别	增长率
国内生产总值	15.0左右	居民消费价格指数	4.0
第一产业增加值	5.5	城镇居民人均可支配收入	13.7
第二产业增加值	15.6	农民人均纯收入	10.2
第三产业增加值	15.3	出口总额	33.0
全社会固定资产投资	40.0	进口总额	19.0
社会消费品零售总额	18.3		

四　吉林省经济社会发展的对策

目前，吉林省已进入工业化加速发展的关键阶段，处于经济快速增长期和社会矛盾凸显期。这一阶段性特征，决定了吉林省必须从实际出发，继续抢抓机遇，全面贯彻落实科学发展观，立足加快发展，坚持科学发展，促进和谐发展，实现更好更快发展。

（一）优化经济结构，转变经济发展方式

一是加快推进产业结构调整。积极调整三次产业结构，在稳定优化第一产业的前提下，大力发展第二、第三产业，提高其在国民经济中的比重。调整传统产业与新兴产业的关系，努力实现传统产业高新技术化和高新技术产业化，提高产业和企业的竞争力。着力调整产业内部结构，立足现有产业基础和优势，推动汽车产业优化产品结构和零部件配套升级，石化产业向精细化工产业方向延伸，农产品加工业向终端产品领域和资源效益最大化方向发展，大力发展电子信息、生物及制药、新材料等优势产业，加快发展冶金、能源、装备制造、建材、纺织、矿泉水、人参等特色产业，放手发展一切可以发展壮大的其他产业。加快发展新兴服务业，推动服务业跨越发展，尽快把旅游业培育发展成为支柱产业，形成新的增长点。

二是不断改善技术结构。加快经济增长由投资驱动向创新驱动转变的进程，注重经济增长的科技含量和知识含量，使经济的快速增长建立在科技不断进步的基础上。加快技术创新体系建设，大力改革科研体制机制，推动科研机构企业化

经营，多方引进和建设一批企业技术中心和研发中心，发挥以重点研发机构为骨干，以企业自主创新为主体，以大专院校为基础的综合效应，促进科技成果向现实生产力的加快转化。优化自主创新发展环境，加大研发投入力度。制定和实施有利于自主创新发展的财税、分配和奖励政策。鼓励和引导风险投资，催化技术创新成果的成熟与转化。加大引进人才和智力的力度，把吉林省建成创新人才创业的热土。

（二）切实加强农业基础地位，建设现代农业

吉林省是农业大省，粮食产量、畜产品产量以及农产品加工、出口等各项指标均在全国占有重要地位，"三农"问题在全省经济社会发展中举足轻重。必须把解决好"三农"问题作为重中之重来抓，扎实推进社会主义新农村建设。大力发展现代农业，加快推进传统农业向现代农业转变，加快发展畜牧业、园艺特产业和农产品加工业，不断提高粮食综合生产能力和农业综合生产能力。加快实施农业产业化经营，延长产业链条，提高农产品市场占有率和竞争力。加强农业科研和技术推广，积极培育造就新型农民，努力提高农民生产生活质量。统筹城乡发展，大力发展劳务经济、县域经济，努力实现农民持续增收；进一步完善"扩权强县"政策，增强县域经济整体实力。

（三）加强集聚与重组，提升企业整体实力

壮大企业实力，是实现经济跨越的主要途径。以大企业、大项目为龙头，进一步提高产业集聚程度。加快项目组团建设，大力培育产业集群。项目组团是相互关联的项目在地域上的集聚，它是延伸产业链、推动产业集群、转变经济发展方式的重要途径。大力发展培育产业集群，要把握产业集聚正呈现项目组团发展的趋势，围绕产业链、产业集群及其龙头企业，理清需要填补的产业链缺失环节、需要跟进的产业协作配套空间、需要延伸的产品精深加工领域，规划发展一批具有发展潜力、需要积极加以引导并扶持发展壮大的项目组团，以项目组团建设促进工业项目集中布局、集约用地、资源共享、配套发展，在较短时期内将项目组团培育成为经济发展的新增长点。同时，按照产业集聚、规模发展和扩大对外合作的要求，依托各类高新技术园区，加快发展汽车及零部件、石油化工、农产品、生物医药、新型材料、信息产业、有色冶金、资源循环利用等领域的组团。通过产业链的延伸配套，尽快建成一批骨干项目集中、扩张能力强、发展潜

力大的工业项目组团。对于重点项目组团，要积极引导，组织力量逐个深入分析，支持重点项目组团向填补产业链、增强产业协作配套、提高产品精深加工、促进技术成果转化等方面拓展。鼓励工业重点项目和项目组团向国家级、省级开发区集聚。通过延伸产业链，建立配套产业体系，加速产业集聚过程，带动更多的中小企业搞活做强。以资本市场快速发展为契机，加快企业上市步伐，加大资本运作力度，加快调整重组，以优质资产快速集成更多的强势企业集团，做强实力，做大规模，形成新的增长支撑点。

（四）调整投资结构，确保投资对经济增长的强有力拉动

近年来，吉林省实施投资拉动战略，资本形成快速增长，投资对 GDP 增长的贡献率不断提高。今后一段时间内，要保持吉林省经济持续、稳定、快速发展，在很大程度上取决于投资的增长，但保持适当规模和增速，优化投资结构，加强投资管理，提高投资效益，却是当务之急。要围绕转变发展方式优化投资结构，突出投资对经济发展的拉动作用。积极吸纳省内外、国内外各类投资者的投资，重点向支柱产业和优势产业的骨干项目倾斜，向主要开发区和园区倾斜，向基础设施和公共服务设施倾斜。应配合财税、产业等措施，引导投资行为，强化"约束性"指标对控制投资质量的"硬性"作用，严格行业准入标准，尽快形成以节能、环保评价、土地审批、资源保护、安全生产、质量和技术要求、规模效益为主要内容的市场准入标准，通过对投资结构源头的调整，引导投资更多地流向新兴产业、高新技术产业和资源深加工项目以及产业升级的技术改造项目。

（五）全面扩大对外开放，积极发展外向型经济

坚持"引进来"与"走出去"相结合，对内对外开放并重，形成全球化条件下参与国际经济合作和竞争的新优势。加快转变外贸增长方式，在着力提高外贸质量效益的前提下，努力保持外贸平稳较快增长，要积极鼓励扩大进口，促进对外贸易平衡发展。积极发展服务贸易，制定并落实好承接国际服务外包的各项政策措施，做大做强服务外包业，提升服务贸易发展整体水平，促进服务贸易和货物贸易协同发展。继续大力优化外资结构。加快引进国内外资本、技术、人才等各类要素，吸引更多的大企业大集团和战略投资者到吉林省创业发展。提高利用外资的质量。要以引进先进技术、先进管理和海外智力为重点，着力提升利用外资的产业层次和技术水平。引导外商投资吉林省的重点产业及基础设施、社会

事业等领域，将低能耗、低污染、高效益产业项目和循环经济、资源综合利用项目作为招商引资的重点。创新招商引资方式，加大利用证券投资、投资基金等方式吸收外资的力度，积极创造条件，支持省内企业境外上市，同时严格控制以投机为目的的短期资本的流入，稳定资本市场。积极稳妥地实施"走出去"战略。通过有效措施鼓励、支持在机械、冶金、建材、食品轻工、能源化工、农产品、电子信息等优势产业领域形成一批优势企业集团开拓海外市场，参与国际竞争。发挥吉林省劳动力资源优势，鼓励多种形式国际劳务输出，积极发展技术服务等高层次劳务输出。加大吉林省对外承包工程、劳务合作力度，加快组建一批对外承包集团以及参与项目管理的企业。积极主动参与区域经济合作和贸易往来，加强东北亚地区国际经济技术合作，稳步推进境外经贸合作区建设，加强与辽、黑的区域协作，促进东北三省老工业基地整合发展。

（六）切实关注民生，构建和谐吉林

关注和改善民生，切实解决群众最关心、最直接、最现实的利益问题。应从扩大就业、增加收入、降低房价三个方面，给老百姓带来更多的实惠。调整和完善收入分配政策，树立新的公平观，实现"有再分配的经济增长"。从"效率优先，兼顾公平"向"效率与公平并重"过渡，坚持效率与公平统一的原则。利用税收和财政手段调整收入分配格局，不断提高城乡居民的整体收入水平，特别是增加城镇中低收入者和农民的收入。要完善社会保障制度，建立健全社会保险、社会救助、社会福利、慈善事业相衔接的覆盖城乡居民的社会保障体系。要实施积极的就业政策，建立以市场为导向，统筹城乡的促进就业长效机制，解决好不同群体的就业问题。加强住房建设和管理。扩大中低档住房的土地供应，强化对房地产业的监管。要把平抑房价作为政府的一项重要调控目标，降低房价收入比，遏制房价的过快上涨，使多数市民买得起达到小康标准的商品住房，真正兑现党和政府关于执政为民的承诺。

（七）推进各项经济社会管理制度改革，建立规范的市场经济秩序

积极进行行政管理体制改革，继续推进政企、政资分开，尽快完成政事、政介（政府与市场中介组织）分开，形成有助于吉林省又好又快发展，具有吉林特色的行政管理体制机制。深入推进政府收支分类改革，鼓励金融机构推出创新产品，深化保险改革，进一步落实企业投资自主权，扩大政府投资项目代建制，

适时进行资源性产品价格改革。社会体制改革领域，继续推进教育、卫生改革，大力推进就业、收入分配和社会保障体制改革。在改革中不断解决民营经济发展中"融资难"等问题，把民营经济是否更加活跃、健康发展作为检验改革的重要标准。以提高竞争力和控制力为重点，围绕资源优化重组，继续深化国有企业改革。

2007～2008年内蒙古自治区东部盟市对接与融入东北经济区研究报告

乐晨宇　韩成福　周晓东*

摘　要：内蒙古自治区的锡林郭勒盟、赤峰市、通辽市、兴安盟、呼伦贝尔市等盟市（简称蒙东地区）在地缘上同东北地区紧密相连，与东北三省在社会历史、经济文化上有着悠久密切的联系。但长期以来受行政区划的束缚，在经济发展上各自为战，没有形成密切的合作关系，各方的优势没有得到有效的互补，造成有形和无形资源的巨大浪费与整体经济效益的低下。2007年8月，国家正式把内蒙古自治区东部五盟市纳入"振兴东北"范围，与东北三省同等享受国家的各种优惠政策，实行区域经济一体化发展。通过这次三省一区的合作，蒙东地区的丰富能源、矿产资源在解决东北三省的能源和有色金属严重短缺问题，减少东北三省的交易成本，提高东北三省可持续发展能力建设方面将发挥重要作用，东北三省在经济、技术、人才、管理等方面的优势对加快蒙东地区的发展也将产生重要的促进作用。

关键词：内蒙古东部五盟市　东北地区　区域经济　优势

一　蒙东地区经济发展现状及与东北三省经济发展比较

（一）经济总量快速增长

2007年，蒙东地区生产总值2072.85亿元，比上年增加494.81亿元，增长

---

* 乐晨宇，中央民族大学硕士研究生，主要研究民族政治、法律、民族经济问题；韩成福，内蒙古社会科学院经济所工交室主任、助理研究员，主要研究能源经济、畜牧业经济问题；周晓东，内蒙古党委政策研究室研究员，主要研究农牧业经济问题。

31.35%，占全自治区的34.44%，比上年增长1.5个百分点，人均生产总值达到16197元，比上年增长31.2%，占全自治区平均值的64.55%；蒙东地区生产总值和人均生产总值分别占辽宁省的18.80%、62.96%；占吉林省的39.66%、84.50%；占黑龙江省的29.29%、87.50%。2007年，蒙东地区规模以上工业增加值为690.17亿元，占全区的29.18%，分别占辽宁省、吉林省、黑龙江省规模以上工业增加值的13.67%、36.83%、24.03%。

（二）三次产业结构逐步改善

2007年，蒙东地区第一产业增加值为434.45亿元，比上年增长16.32%，占全自治区的55.01%，分别占辽宁省、吉林省、黑龙江省的36.87%、53.40%、48.68%；蒙东地区第二产业增加值为905.11亿元，比上年增长54.72%，占全自治区的29.39%，分别占辽宁省、吉林省、黑龙江省的15.53%、37.87%、23.95%；蒙东地区第三产业增加值为733.20亿元，比上年增长24.17%，占全自治区的34.03%，分别占辽宁省、吉林省、黑龙江省的18.27%、36.25%、30.48%；三次产业结构上，蒙东地区为21.0∶43.7∶35.4，全自治区为13.0∶51.2∶35.8，辽宁省为10.7∶52.9∶36.4，吉林省为15.6∶45.7∶38.7，黑龙江省为12.6∶53.4∶34.0。

（三）固定资产投资总量增加

2007年，蒙东地区固定资产投资1414.10亿元，比上年增长36.17%，投资总额占全自治区的32.10%，分别占辽宁省、吉林省、黑龙江省的19.02%、35.32%、49.37%。在工业固定资产投资上，蒙东地区完成工业固定资产投资757亿元，比上年增长37.45%，占全自治区工业投资的比重由2006年的30.3%提高到34.1%，上升了3.8个百分点。其中，蒙东地区五盟市除兴安盟工业投资为负增长外，其他四个盟市工业投资增速均高于全自治区平均水平，赤峰市完成投资210亿元，同比增长44.73%，增速位居全自治区第二位；锡林郭勒盟完成投资207亿元，同比增长42.87%，增速位居全自治区第三位；呼伦贝尔市完成投资121亿元，同比增长35.75%，增速位居全自治区第四位；通辽市完成投资204亿元，同比增长23.16%，增速位居全自治区第六位。

（四）财政收入大幅度增长

2007年，蒙东地区地方财政总收入为173.09亿元，比上年增长71.56%，占全自治区地方财政收入的 20.72%，分别占辽宁省、吉林省、黑龙江省地方财政收入的 15.99%、53.99%、29.87%。其中，赤峰市地方财政总收入 57.16 亿元，比上年增长 58.6%；呼伦贝尔市地方财政收入 41.75 亿元，比上年增长 43.5%；通辽市地方财政收入 34.53 亿元，比上年增长 42.4%；锡林郭勒盟地方财政总收入 35.32 亿元，比上年增长 48.8%；兴安盟地方财政收入 4.32 亿元，比上年下降 0.9%。

（五）城镇化率和人民生活水平不断提高

2007 年，呼伦贝尔市和锡林郭勒盟城镇化率分别为 66.0%、53.15%，高于全自治区城镇化平均水平（50.2%），通辽市、兴安盟、赤峰市城镇化率分别为 37.53%、34.0%、22.1%，与全自治区城镇化平均水平尚有较大差距。从东北三省来看，辽宁省的城镇化率为 60.8%，吉林省的城镇化率为 53.6%，黑龙江省的城镇化率为 53.6%。可见只有呼伦贝尔市和锡林郭勒盟的城镇化率高或接近于辽宁省、吉林省和黑龙江省的城镇化率。

根据表 1 分析，2007 年，辽宁省和吉林省城镇居民人均可支配收入高于蒙东地区五盟市，黑龙江省则基本上与蒙东地区四盟市持平，但明显高于兴安盟；呼伦贝尔市、通辽市、锡林郭勒盟农牧民人均纯收入低于辽宁省农民人均纯收入，高于或接近吉林省和黑龙江省农村居民人均纯收入，赤峰市和兴安盟农牧民人均纯收入与东北三省农民人均纯收入差距较大。

表 1　蒙东地区五盟市和东北三省城乡居民收入状况

单位：元，%

分类 地区	城镇居民人均 可支配收入	比上年 增长	城镇居民家庭 恩格尔系数	农牧民人均 纯收入	比上年 增长	农牧民家庭 恩格尔系数
呼伦贝尔市	10364	14.5	30.0	4211	16.7	35.0
兴安盟	8386	10.2	29.0	2534	3.4	43.0
通辽市	10150	19.9	38.0	4342	14.4	36.0
赤峰市	10032	18.7	30.0	3681	14.3	38.0
锡林郭勒盟	10325	22.4	38.0	4051	22.4	39.0
辽宁	12300	18.6	38.8	4773	16.7	37.9
吉林	11285	15.5	33.0	4190	15.1	40.0
黑龙江	10245	11.6	35.0	4132	16.3	34.0

资料来源：蒙东地区五盟市和东北三省 2007 年度《统计公报》上的数据整理而的。注：东北三省的农牧民家庭恩格尔系数是农民家庭恩格尔系数；辽宁省城镇居民家庭和农民家庭恩格尔系数是 2006 年的数据，来自鲍振东主编的《2007 年：中国东北地区发展报告》，第 101 页。

（六）农牧业产业化稳步推进

蒙东地区是内蒙古自治区的重要商品粮、乳、肉、绒产地，近年来农牧业产业化迅速发展，2007 年，蒙东地区粮食产量 279.9 亿斤，占全自治区的79.97%，分别占辽宁省、吉林省、黑龙江省的 76.28%、57.03%、35.29%；蒙东地区油料产量 16.96 亿斤，占全自治区的 80.08%，分别占辽宁省、黑龙江省的 38.85%、38.85%；蒙东地区肉产量 143.35 万吨（牧业年度，下同），占全自治区的 71.04%，分别占辽宁省、吉林省、黑龙江省的 36.29%、41.22%、42.75%；蒙东地区羊绒产量 2468 吨（未包括通辽、兴安盟），占全自治区的 36.58%；蒙东地区牛奶产量 257.76 万吨，占全自治区的 27.11%，比辽宁省多 158.17 万吨，比吉林省多 210.46 万吨，占黑龙江省的 50.37%。依托丰富的农牧林资源，蒙东地区现已涌现出草原兴发、塞飞亚、科尔沁牛业、蒙牛、伊利、雀巢等一批农畜产品加工龙头企业及知名产品，在推进农牧业产业化进程和促进农牧业产业升级方面发挥着日益重要的作用。

二 蒙东地区经济发展与振兴东北战略接轨的有利因素

（一）蒙东五盟市改革开放力度进一步加大，自身发展动力和活力不断增强，为参与振兴东北战略、实现产业接轨、建立区域优势产业分工合作体系提供了现实基础

进入 21 世纪以来，特别是党的"十六大"、"十七大"后，内蒙古自治区党委、区政府根据全面建设小康社会的要求，不断完善发展思路，先后提出"快"、"大"、"长"、"好"的发展要求。蒙东五盟市根据中央和自治区党委政府在加快发展上的一系列指导思想和精神，坚持把本地区的实际情况与党和国家的总体部署紧密结合起来，以科学发展观统领全局，深化体制机制改革，有力推动经济社会走上又好又快的科学发展轨道。突出体现在：各地经济持续平稳快速增长，总量位次在自治区内不断前移；经济结构调整稳步推进，区域经济和产业发展的协调性增强；固定资产投资规模逐年扩大，自主增长机制初步形成；基础产业和基础设施建设速度加快，贯穿自治区内外的铁路、高等级公路和电网"三大通道"基本建成，一批国家和自治区重点能源、原材料等基础产业和基础

设施建设项目陆续建成或正在实施，各地主导产业初具规模，经济稳定增长的发展基础不断增强；产业结构调整步伐加快，经济增长质量和效益明显提高，财政收入大幅度增加；节能减排取得积极进展，通过清理关闭高污染、低水平重复建设项目，淘汰落后产能，资源综合开发利用水平逐步提高，循环经济开始起步；农牧业产业化和新型工业化与城镇化三化互动进程加快，农牧业综合生产能力稳步提高，工业的主导作用逐步加强，城镇建设发展迅速，对区域经济的凝聚力和辐射力不断增强；对外开放和招商引资成效显著。蒙东地区五盟市经济的快速发展和实力的不断壮大，为蒙东地区在参与振兴东北战略中承接产业和资本转移、实现产业分工和在竞争中合作、在合作中共同发展奠定了较好的经济基础。

（二）蒙东地区丰富的自然、人文资源与区位优势，为实现双方优势互补、合作双赢奠定了良好的物质基础

蒙东五盟市辖有 51 个旗县市区，总面积 66.49 万平方公里，占全自治区总土地面积的 56.2%。2007 年末，常住人口合计为 1286.03 万人，占内蒙古自治区总人口的 53.47%，其中少数民族人口占全自治区少数民族总人口的 82% 左右。

——矿产资源。现已初步查明，蒙东地区煤炭资源总储量 1166.5 亿吨，仅呼伦贝尔市和锡林郭勒盟的煤炭资源保有储量就在 1000 亿吨以上，是东北三省总量的 3.6 倍以上。石油储量约 10 亿吨，天然气总资源量 2497 亿立方米。有四条大型有色金属成矿带和丰富的非金属矿藏。这些矿产资源为蒙东地区工业发展和建立东三省工业原料接续基地提供了坚实的保障（见图 1）。

——土地资源。据 2007 年统计，蒙东五盟市耕地面积 388.90 万公顷，占全自治区耕地总面积的 58.4%；草原总面积 3864 万公顷，比东北三省草场的总和还多。丰富的土地资源使蒙东农牧业蕴藏着巨大发展潜力，将成为东北地区乃至北边俄蒙等国的重要农畜产品供应基地。

——自然和人文景观资源。蒙东五盟市旅游资源富集。有辽阔的呼伦贝尔草原和锡林郭勒草原，有茫茫的大兴安岭林海和科尔沁沙地大青沟、莫尔道嘎原始林区，有众多的大小河流和呼伦湖、贝尔湖、达里淖尔等湖泊湿地，有著名的阿尔山温泉群及火山地质遗迹、克什克腾世界地质公园和温泉、浩瀚的沙漠等。历史上诸多少数民族在蒙东地区发祥和兴起，留下了丰富的人文景观和民族风情文化，如历史悠久的兴隆洼、红山、富河文化、草原青铜文化、蒙元文化、契丹和辽文化，浓郁的蒙古族、鄂伦春族、鄂温克族、达斡尔族民俗，俄罗斯、蒙古异

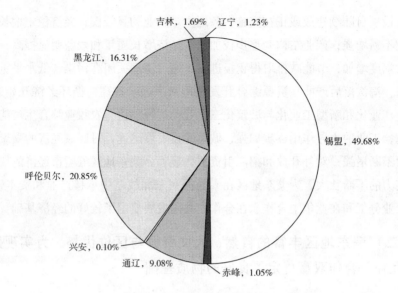

图1 蒙东、东三省煤炭资源占东北的比重

资料来源：东北师范大学中国东北研究院课题组，《东北地区一体化研究报告》，东北大学教育部"985工程"科技与社会（STS）创新基地，2006年1月。

域风情及元上都、辽上京、辽中京等历史名胜，驰名海内外的乌兰浩特成吉思汗庙、满洲里口岸景区等。蒙东地区丰富多彩、独具特色的自然和人文景观资源，对拓展大东北旅游产业、建设具有特色的北疆旅游胜地具有重要意义。

——地理区位。蒙东地区北与俄罗斯、蒙古国接壤，有18个对外开放口岸，其中满洲里口岸、二连浩特口岸是我国最大的陆路口岸，也是东北地区通往俄罗斯等独联体国家和欧洲的重要交通枢纽，具有发展口岸经济的显著优势。同时在地缘上，蒙东地区西南与河北省、东南与东北三省毗邻，赤峰市和通辽市还是环渤海经济圈的重要组成部分。优越的区位优势使蒙东地区与周边国家和地区在资源、产业、经济上的互补性大大增强，因而在振兴东北战略中占有极其重要的地位。

——建设绿色食品基地。蒙东地区是我国少有的纯天然、无污染绿色农牧林产品产地，是一个有待开发的绿色宝库，是发展绿色食品和有机食品的理想之地。呼伦贝尔草原是世界上原生植被保存最好的天然草原；西辽河平原和嫩江平原是国家重要的粮食生产基地之一；大兴安岭有十多万平方公里林地，是全国最大的林区，林产品资源十分丰富。借助东北三省的人才、技术、资本和广阔的市场，农畜产品加工业将成为蒙东地区经济的一个重要增长极。

（三）国家优惠政策扶持和自治区党委政府的积极支持，为蒙东融入东北经济区、实现区域经济一体化发展创造了有利条件

"十五"期间国家实施西部大开发战略，蒙东地区作为欠发达地区，内蒙古自治区在基础建设资金和转移支付力度方面都对蒙东地区给予了一定倾斜，使蒙东地区农牧业生态环境建设和保护，能源、交通运输及城市基础设施建设，经济和产业结构调整取得了显著成效，有力地改变了蒙东地区落后面貌，增强了自身发展活力。国家提出振兴东北老工业基地战略后，自治区党委政府抓住这一机遇，积极争取将蒙东地区列入国家振兴东北战略规划实施范围，同时进一步加大了从政策到投入对加快蒙东地区发展的支持。2007 年 8 月国务院发布的《东北地区振兴规划》明确把蒙东五盟市纳入规划实施范围，自治区党委政府及时制定了《内蒙古自治区〈东北地区振兴规划〉实施方案》，确定了蒙东地区发展总体思路、战略定位、发展目标、生产力布局与产业发展、基础设施建设、生态建设、节能减排与循环经济、对外开放和口岸经济等方面的重点，同时提出一系列政策保障措施，从而为蒙东地区加快发展和对接融入东北经济区、实现一体化发展创造了一个良好环境。现在蒙东地区同时享有国家对少数民族地区的优惠政策和西部大开发政策及国家实施振兴东北战略的各种优惠政策，优惠政策的叠加，使蒙东地区形成明显的发展比较优势，改革开放步伐进一步加快，为与东北三省合作发展开启了一个良好开端。

三　蒙东地区经济发展中的制约因素

（一）城市化水平低，旗县域经济发展缓慢，要素集聚能力不强

蒙东五盟市城市化发展除首府所在地城市有一定规模，公共基础设施状况较好，第二、第三产业有一定基础外，旗县城镇普遍基础设施较差，工业基础薄弱，城市功能不全，产业环境、生活环境、经济环境远远不适应市场经济迅速发展的需要，吸纳与集聚生产要素能力较弱，招商引资、借力发展困难，带动经济快速发展的作用十分有限。特别是大部分旗县财政收入至今还处于勉强维持的状态，自我发展能力严重不足。另外，旗县域金融环境普遍较差，各地自身基本无积累，融资基础薄弱；金融行业改革，各大专业银行调整布局，一些银行从旗县退出，留下的也大幅收缩经营网点。同时金融部门在经营上受利益驱使，资金又外流严重，使旗县域经济发展融资较困难。

（二）产业结构性矛盾突出，产业集约化程度低，经济增长方式粗放

蒙东五盟市经济发展基本上是以各类资源开发利用加工为主，第一产业比重普遍偏大，产业产品雷同现象突出；第二产业规模小、层次低，产业结构、产品结构趋同性现象较普遍；第三产业仍以传统服务业为主体，现代服务业在整体服务业中所占比重很小，大多规模小、服务能力不强。总体来看，第一、第二、第三产业经济增长基本仍以自然资源等各种生产要素的大量投入拉动为主，带有较明显的粗放特征：一是工农牧业生产方式落后，产业布局分散，产业链条短，产品初加工多，资源消耗大、浪费大，对环境污染较严重，经济发展中的高消耗、低效率现象还较普遍；二是经济增长基础不稳，发展基本以依托资源开发加工为主，以拼资源、拼劳力为特点的传统产业比重大，资源消耗少、附加值高的高新技术产业和现代服务业比重小，非资源性产业发展缓慢；三是科技创新能力弱，各类经济主体大多缺乏自主创新的动力和能力，高新科技在生产中应用速度慢，产业升级缓慢，经济增长质量不高。

（三）基础设施建设落后，高层次科技和管理人才不足，制约经济快速发展

蒙东地区的社会经济发展基础设施建设从总体上看还较为落后，农牧业基础设施薄弱，抗灾能力不强，生产不稳定，农牧民收入增长缓慢。交通方面，旗县乡苏木镇之间、乡苏木镇与嘎查村之间、嘎查村与嘎查村之间沙石土路、自然土路还占相当比重，交通不畅在相当程度上制约着城乡物流和经济发展。信息基础设施建设落后，电子政务、电子商务、网络银行、远程教育、远程医疗、工农牧业经济信息等信息系统建设还处于初级阶段，在构建融入大东北经济圈的一体化信息平台方面，无论软、硬件与经济对接发展要求还有着不小的差距。口岸基础设施建设远远滞后于迅速发展的经济对外开放形势，现大多数口岸还处于低层次、低水平的运营状态。特别是高层次科技和管理人才较缺乏，尤其是缺乏领军型、战略型的发展带头人，影响着经济快速发展和产业做大做强。

（四）行政体制障碍

在现行的行政体制下，各行政区域政府既是权力主体也是经济主体，政府对

社会经济资源具有高度垄断权、支配权、调节权，制约着不同区域间生产要素的合理流动与经济和产业结构的优化，影响着统一大市场的形成。蒙东和东北三省分属不同的省区，行政体制产生的政绩和利益要求及与之相伴的行政区经济现象是当前实现区域协调发展的最大障碍。同时行政区经济现象使得各地在区域发展规划衔接上、地区间政策法规的统一上及打破地方保护主义壁垒等方面，尚有许多亟待解决的具体问题，使得行政区域间经济生产要素的流动按市场规则配置受到阻碍，使得一些重大的、需要跨行政区域实施才能发挥最佳效益的基础设施建设、产业建设，如跨省区开发保护水资源、水土资源和能源的平衡，跨省区的环境保护和污染治理，跨省区的重大基础设施建设，一体化的资源利用和生态保护体系建设，区域性灾害协调防治等诸多方面，难以统筹规划布局和管理；在正确处理区域合作与竞争关系、正确处理利益分配关系方面困难很多，制约着蒙东与东北经济区的快速融合和区域经济一体化进程。

四　推进蒙东地区参与振兴东北战略的对策建议

（一）实现蒙东区域内部经济一体化，以区域整体形式融入东北经济区

蒙东内部各盟市在自然地理、资源禀赋、社会文化、经济发展水平、产业结构等方面有着不少相似的地方。近年来，在国家和自治区扶持下，各盟市主导产业均以能源、重化工业为主，经济均呈现快速发展态势，但产业结构层次较低，与资源性主导产业配套的精、深加工、附加值高的相关产业发展缓慢，对非资源性产业开发重视不够，主导产业趋同性较强，整体产业结构特色差异不明显。因此，应从有利于蒙东整体经济可持续发展的原则出发，统筹依托蒙东地区的煤炭资源、矿产资源、畜牧业资源、水资源、旅游资源和口岸资源及区位优势进行产业布局，同时积极深化体制机制改革，统一内部政策法规，为与东北经济区开展合作、实行产业对接、扩大产业规模、提高产业档次和竞争力、实现互利互惠和借力发展奠定一个好的合作基础。要大力优化市场环境，积极发展非公有制经济，培育和完善市场体系，激发活力、调动内力、扬长避短、错位竞争、强化区域间与企业间的分工协作，培育特色经济，加快实现蒙东市场一体化、政策一体化、产业一体化、开放一体化，以区域整体优势参与东北经济区的产业分工和竞争分工，形成错位发展，从而实现与东北三省经济合作的优势互补、共同发展的目标。

（二） 建立推进区域合作协调发展的高层协调机构和机制

在我国现行行政体系下，省级政府是决定省级行政区内社会经济发展和资源调配的决定性因素。蒙东和东三省在行政区划上分属四省区，实现经济的相互对接和融入，首先必须在省级层面上协调沟通，在总的制度框架确定后，再进行地市、县市层面的联系对接，才能真正建立区域互动机制，推动区域合作健康有序开展。为此，各省区均应建立一个由省级领导牵头、有关部门参加的、专门就实施蒙东与东三省合作事宜进行协商的高层次协调机构，并建立相应的工作机制，定期就有关合作的重大事项会商。重点在区域经济合作发展规划和合作制度的框架制定、重大项目开发设计、资源开发利用、跨省区重要基础设施和基础产业建设、生态环境保护、污染治理与利益补偿、打造大东北旅游业和现代服务业、重要边境口岸基础设施建设和经济多功能开发、基本利益关系协调、共同向国家有关部委争取区域性重大项目和优惠政策、共同协调与中央直属驻东北单位的工作关系等方面进行合作。其次加大对区域内各类合作项目实施的协调管理、监督落实力度，通过项目引导，不断扩展省区、地市乃至旗县地域间的经济合作空间，扩大合作领域，逐步建立优势互补、利益共享、协调可持续发展的合作机制，从而实现双赢。

（三） 建立推进大东北经济区区域经济一体化发展的规划协调机制

协调发展是落实科学发展观的客观要求。国家实施振兴东北战略，并将蒙东地区纳入东北振兴规划，既为蒙东地区和东北三省经济振兴提供了机遇，也为开展区域经济合作创造了有利条件。要实现这一战略目标，必须建立规划协调机制。现东北三省、内蒙古自治区及蒙东五盟市都依据国家东北振兴规划原则分别制定了各自的发展规划。但由于宏观上没有统一协调对大东北经济区进行产业布局，各地长期受行政区划体制和计划经济思维的影响，所做发展规划多是倾向于加快自身发展、偏重于自身利益，缺乏重大生产力布局地区间协调的统一性，缺乏科学合理的利益分配制度，形不成区域经济一体化协调发展的规划体系和运行机制，改革和对外开放政策、措施大都停留在微观层面上，政府的宏观调控缺失，不利于区域经济一体化的成长。因此，应尽快建立由三省一区省级高层牵头，组织各方面有关部门参加的区域经济规划委员会，按照"平等互利、发挥优势、合理分工、共同发展"的原则，共同编制东北经济区域经济协调发展的综合性总体规划，同时共同设立处理区域协调事务的常设管理机构，作为推动区域经济一体化规划落实的实施主体，协调、监督各地遵循区域发展总体规划实施分区规划，创建有利于区域经济一体化发展的各项合作协调制度与实施机制，推动政府公共协调制度创新，为区域经济一体化协调发展创造一个良好的宏观环境。

（四）建立区域共享的一体化政策体系和落实机制

不同区域间经济发展的差异性是客观存在的。这种差异性一方面会激励各行政区域政府想方设法加快发展，努力扩大经济总量、增加财政收入、提高人民生活水平；一方面也会产生负面效应，即导致区域间经济关系的扭曲，出现重复建设、产业雷同、无序竞争、地方保护主义、资源浪费、效益低下等现象。根据蒙东和东北三省经济发展水平的实际，开展区域经济合作，统筹区域政策法规建设，除了大力打破区域行政壁垒，为区域经济协调发展创造一个畅顺的市场环境，尤应注重区域内外部深层次的差异协调需求，既要努力缩小落后地区与发达地区的发展差距，也要重视缩小同一地区内部子区域的发展差距。要实现这一目的，当前首先是政府要在投资和税收上进行合理的制度设计，制定出统一的政策措施，平衡地区间发展的差异性；其次是要制定鼓励和引导各类所有制经济实体和社会民间力量参与区域经济发展的优惠政策，调动各方面积极性；最后是要建立区域发展基金，用于促进落后地区的发展和经济结构调整，缩小地区发展差距。

（五）建立区域人才培养、交流与共享合作机制

蒙东地区长期作为边远地区，导致了经济、教育和科技的落后，人才资源缺乏。东北三省各类大中专院校、科研院所、产业科技含量高的大中型企业众多，教育、科技、管理人才资源雄厚，为经济发展储备了强大的智力资源，可以为蒙东发展提供有力的人才和技术支持。为此，应把区域人才培养、交流、共享合作纳入区域经济协调发展的重要内容，加大对人才资源的共同开发力度，充分利用各地方高等院校、科研院所、职业技术院校、企业等基础设施，联合培养高层次科技和管理人才。同时拓宽人才资源开发、交流的空间和领域，开展区域间人才中介机构合作，互为对方开展业务提供支持；建立区域内职业资格和职业水平认证的互认制度；建立互派公务员挂职锻炼制度；建立统一的人才诚信档案和信息查询系统及人才诚信报告互认制度，实行知识智力资源共享。

经济篇

东北地区装备制造业发展报告

徐泽民 赵 蕾[*]

摘 要：东北地区装备制造业增长速度加快、产业规模扩大，但盈利水平不高，市场开拓能力下降。从东北地区装备制造业竞争力排名情况来看，辽宁省全国排名第 9 位，内蒙古自治区、吉林省和黑龙江省排名第 26、21、24 位。为此，加快体制和机制改革、优先发展高附加值装备制造业以提高盈利能力，则是东北地区装备制造业实现跨越式发展的必由之路。

关键词：装备制造业 发展报告

装备制造业又称装备工业，主要指资本品制造业，按照国民经济行业分类，其范围包括金属制品业、通用装备制造业、专用设备制造业、交通运输设备制造业、电器装备及器材制造业、电子及通信设备制造业、仪器仪表及文化办公用装备制造业共 7 个大类 185 个小类。装备制造业是为国民经济各个行业提供技术装备的战略性产业，也是一个国家综合国力和国防实力的重要体现。为此，高度发达的装备制造业既是实现工业化的必备基础，也是建设现代化国家的先决条件。目前，世界各国均把装备制造业作为支柱产业或国民经济建设的重点产业予以优

* 徐泽民，黑龙江省社会科学院应用经济研究所副所长、研究员、硕士生导师、省级重点学科带头人，主要研究国企、装备制造业和高新技术产业等问题；赵蕾，黑龙江省社会科学院经济所经济师，主要研究宏观经济、可持续发展与旅游经济等问题。

先发展，这个"定式"可通过世界主要国家装备制造业实现的增加值略见一斑，其中，2005年美、日、德、中四国装备制造业增加值依次为5032.2亿美元、3750.4亿美元、2735.9亿美元、1781.1亿美元，这一现象刚好与这四国发达程度、经济实力的排序不谋而合。

一 东北地区装备制造业发展现状与存在的主要问题

东北地区是中国装备制造业较为发达的地区，经过长达五十多年的建设与发展，积淀了大量的装备制造"国宝级"企业，其中，有内蒙古自治区的一机集团、北方奔驰公司；辽宁省的大连机床、大连船舶重工、沈阳机床、沈鼓集团、北方重工；吉林省的长客、一汽；黑龙江省的哈飞、哈电、一重、齐重数控、齐二机床，等等，这些企业不仅为国民经济各个领域提供了大量的技术装备，而且还为支持全国各地装备制造业的发展输出了大批骨干力量，因此，东北地区曾被形象地称之为"共和国的装备部"和"中国工业的摇篮"。随着改革开放的不断深入，加快东北地区装备制造业发展既是贯彻落实东北老工业基地振兴战略的重点，也是实现国民经济又好又快发展的必由之路。

（一）东北地区装备制造业发展快，增长速度大幅度提升

东北地区具备良好的装备制造业发展基础，近年来，尤其在交通运输设备、电站设备和数控机床等重点行业方面的发展势头最好。据国家统计局统计数据显示，2007年，东北地区装备制造业工业总产值同比增长30%以上，利润不仅大大超过全国装备制造业的平均增速，而且也高过东北地区工业利润增幅10个百分点。

近年来，内蒙古自治区装备制造业发展较快，据统计，2007年在内蒙古装备制造33个主要产品中，有10种产品的增速超过50%、13种产品的增速超过30%，其中，汽车产量首次突破2万辆（达到27966辆），增速高达90.6%。此外，内蒙古还生产了7套固体废弃物处理设备，为内蒙古自治区增添了环保专用设备这一装备制造的新家族。

在东北"三省一区"中，辽宁省装备制造业的基础较为雄厚，门类也最为齐全，目前，在国内装备制造185个小类产品中，辽宁省可生产156类，其中有58类在全国的排名位居前六名。2007年，仅沈阳机床集团的数控机床产量就突

破了 2 万台，约占全国 20%。2008 年一季度，辽宁省装备制造业完成工业增加值 368.2 亿元，对全省工业增长的贡献率达到 38%。

2007 年，吉林省装备制造业增长速度较高，装备制造业全年实现工业总产值和销售收入分别比上年增长 42.2% 和 36.1%，尤其是交通运输设备制造业成绩最突出，其中，一汽集团生产的高端重型卡车已达到世界级水平，全年各类汽车销售收入创历史最高纪录（高达 1880 亿元）。此外，四平东风机械装备有限公司生产的收割机已连续两年海外市场脱销；长客公司生产的动车组、北京地铁五号线等各类城市轨道车辆不仅在国内市场占有率超过 75%，而且还远销澳大利亚、伊朗等十几个国家。

2007 年，黑龙江省装备制造业发展快、效益好，全省装备制造业实现增加值和利润分别为 241.3 亿元和 50.9 亿元，同比增长 14.9% 和 107%，其中，2007 年全省装备制造业实现利润相当于前四年的总和。若按 2007 年销售收入和产值排序，除哈量集团工量具销售收入居全国第一位之外，齐重数控、齐二机床两家企业的产值也分别位居全国机床行业排名的第四名和第三名。

（二）东北地区装备制造业产业规模大，运营效益有待提高

经过多年的发展，特别是自 2003 年国家实施老工业基地振兴战略以来，东北地区通过贯彻落实科学发展观和切实转变发展方式，凭借比较完整的工业体系和较为雄厚的工业基础，充分发挥东北地区一些行业与产品的比较优势，不仅使传统产品的市场占有率在全国名列前茅，而且还促进了产能、产值和销售收入等项指标再创新高。

如辽宁省造船业产能占全国的 1/3，机床产值占全国的 27%，内燃机车、冷冻设备、风动工具产量均居全国第一，石油设备居全国第二。吉林省汽车工业销售收入占全国的 14%。

黑龙江省发电设备制造业较为发达，其中，大型火电和水电装备分别占全国市场的 33% 和 50%。

如图 1 所示，2006 年东北地区装备制造业资产总计、总产值、利税总额、利润总额、税金总额共 5 项指标分别占全国的 8.74%、6.44%、5.95%、4.40%、8.78%。其中，辽宁省装备制造业主要经济指标最好，占全国的比重也最高；此外，辽宁省装备制造业总资产占全国的比重高达 5.02%，税金高达 4.12%（见表 1）。

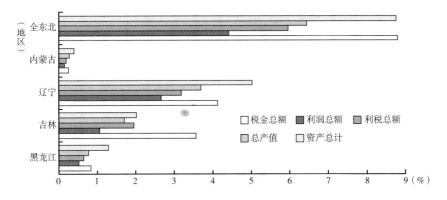

图1 2006年东北地区装备制造业主要经济指标占全国比重

表1 2006年东北地区装备制造业主要经济指标占全国比重

单位：亿元，%

指标 地区	资产总计		工业总产值		利税总额		利润总额		税金总额	
	金额	占全国 比重	金额	占全国 比重	金额	占全国 比重	金额	占全国 比重	金额	占全国 比重
全东北 其中：	7043.84	8.74	6728.66	—	435.15	5.95	207.66	4.40	227.50	8.78
内蒙古	316.57	0.39	292.09	0.28	13.52	0.19	7.37	0.16	6.15	0.24
辽 宁	4046.37	5.02	3852.49	3.69	232.56	3.18	125.86	2.67	106.71	4.12
吉 林	1634.71	2.03	1778.13	1.70	142.64	1.95	50.07	1.06	92.57	3.57
黑龙江	1046.19	1.30	805.95	0.77	46.43	0.64	24.36	0.52	22.07	0.85
全 国	80623.1	—	104556.4	—	7311.6	—	4719.7	—	2591.9	—

资料来源：根据国家统计局公布数据计算。

　　如表1所示，东北地区装备制造业在全国的地位举足轻重，优势是税收贡献率较高。其中，税金总额占全国装备制造业的比重高达8.78%，税金总额和资产总计占全国的比重基本一致，均为8.7%。劣势是利润较低，效益不好。东北地区装备制造业利润总额仅占全国的4.40%，只相当于资产总额占全国比重的50%，由此可见，东北地区装备制造业效益差，突出问题是资产收益率低。此外，按东北"三省一区"装备制造业主要经济指标的高低进行排序，依次为：辽宁、吉林、黑龙江、内蒙古。

（三）东北地区装备制造业获利能力弱，市场开拓能力差

　　2007年，国务院批复的《东北地区振兴规划》范围包括辽、吉、黑和蒙东

地区的"三市二盟"（呼伦贝尔市、兴安盟、通辽市、赤峰市、锡林郭勒盟），并进一步指出，要加快推进经济结构调整和增长方式转变，努力将东北地区建设成为综合经济发展水平较高的重要经济增长区域，建设成具有国际竞争力的装备制造业基地，从而实现东北地区经济社会又好又快发展。以此为蓝图，从东北地区装备制造业的支柱产业和拳头产品情况来看，主要是集中于航天航空、汽车、发电设备、造船、数控机床等领域，尽管这些装备制造在东北地区具有相当的产业基础和一定的规模实力，但从获利能力与开拓市场的情况来看，除辽宁省以外，其他"两省一区"相关指标都不尽如人意（见图2）。

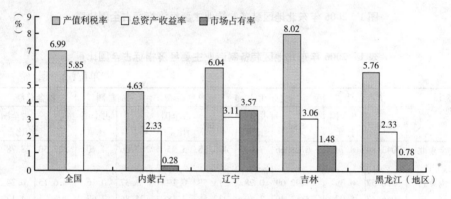

图2 2006年东北地区装备制造业主要效益指标比较

如图2所示，在东北地区装备制造业主要效益指标中，只有吉林省的装备制造业产值利税率异军突起，超过全国平均值1.03个百分点，尽管如此，东北地区装备制造业产值利税率从整体来看平均值只有6.11%，比全国平均值要低0.88个百分点，只相当于全国平均值的87.45%。从总资产收益率来看，东北"三省一区"装备制造业总资产收益率平均只有2.71%，低于全国平均值3.14个百分点，只相当于全国平均值的46.28%。再从装备制造业市场占有率来看，除辽宁省的指数略高以外（达到3.57%），其他"两省一区"则乏善可陈，均在1%上下波动。此外，东北地区装备制造业人均获利水平尤为欠佳（见图3）。

如图3所示，东北地区装备制造业人均利税额只有吉林省略高一些，但也只有1.785万元，要比全国平均值低0.354万元。再从东北地区装备制造业人均利润额的平均值来看，东北地区只有1.302万元，比全国平均值要少0.837万元，

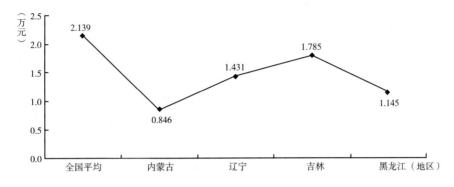

图3　2006 年东北地区装备制造业人均利润额

只及全国平均值的 60.86%，以上数据表明，东北地区装备制造业获利能力差，市场开拓能力不强。

（四）所有制结构单一、效益低下是制约装备制造业发展的重要因素

纵观东北地区装备制造业，其标志性企业主要包括大连船舶重工、沈阳机床、沈鼓集团、北方重工；吉林省的长客、一汽；黑龙江省的哈飞、哈电、一重、齐重数控、齐二机床，等等，这些企业无一不是国有及国有控股企业。在这些国有企业之中，有的是国有独资企业，有的尽管已实施了股权改革，但股权单一和"一股独大"的问题并未得到根本性解决，可以说，这是影响东北地区装备制造业经营效益与企业活力的主要因素。

从国有及国有控股企业所创造的经济效益来看，2006 年全国国有及国有控股企业总资产、增加值、利润总额、本年应交增值税占规模以上工业的比重分别是 46.41%、35.78%、43.51%、46.0%，而东北"三省一区"这些指标均高于全国平均水平。其中，黑龙江省国有及国有控股工业企业各项指标占规模以上工业的比重为最高，其国有及国有控股企业总资产占全省规模以上工业的比重高达 77.13%，排名居全国第六位；增加值占 84.81%，排名第二位；利润总额占 95.41%，排名第一位；本年应交增值税占 87.27%，排名第二位。这表明，黑龙江省的工业主要是依赖国有企业在"独臂擎天"，非国有工业所创利润只占 4.59%，显然，这种情况在全国来讲也是独一无二的。这也说明，在黑龙江省工业所有制结构单一，国有比重过高，非公有制经济发展滞后，迄今尚未形成多种经济成分共同发展的格局（见图4）。

如图 4 所示，在东北"三省一区"之中，尽管只有辽宁省国有及国有控股

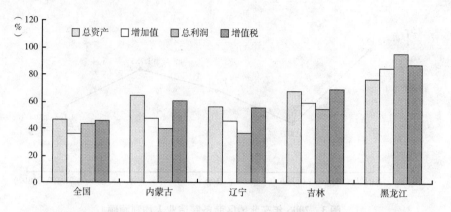

图4 2006年东北地区国有企业主要经济指标占规模以上工业比重

资料来源：根据《中国统计年鉴2007》计算。

工业企业各项指标占规模以上工业的比重为最低，但也高于全国平均值，其总资产、增加值、利润总额、本年应交增值税占规模以上工业的比重分别是56.15%、45.51%、36.54%、55.49%，其中，除利润总额低于全国平均值6.97个百分点以外，其他如总资产、增加值和增值税三项指标则分别高于全国9.74、9.73和9.44个百分点。需要说明的是，尽管内蒙古和辽宁省国有及国有控股工业企业总资产高于全国18.16和9.74个百分点、增加值高于全国11.49和9.73个百分点，但利润总额却分别低于全国3.40和6.97个百分点，这表明，东北地区国有工业企业经营效益差、收益率低，而在东北地区国有工业企业之中，装备制造业占有相当大的比重，也就是说，解决东北地区装备制造业效益低下的根本途径是如何扩大与吸纳社会资本，稀释国有股权，激活企业活力。从中国改革开放三十年的经验来看，东北地区装备制造业只有在不断改革与开放的过程中才能获得长足的发展。首先，东北地区装备制造业应该向民营资本开放，实践证明，中国民营经济是国民经济中最活跃和最有创新动力的力量；其次是东北地区装备制造业投资应适度对外资开放，在保证国家经济安全的前提下，东北地区装备制造业唯有实行公平竞争，才能激发活力，从而提高经营效益。对比发达省份，今后东北"三省一区"装备制造业所有制结构调整的任务相当艰巨，以国有及国有控股企业利润占规模以上工业比重为例：江苏省为16.92%（全国排名第二十九位）、浙江省为14.89%（第三十位）。由此可见，越是经济发达的省份，国有及国有控股企业主要经济效益指标占全省规模以上工业的比重就越低。

二　东北装备制造业竞争力

东北装务制造业竞争力排名：辽宁第九，内蒙古、吉林、黑龙江落后。要客观评价东北地区装备制造业的竞争力，首先必须对装备制造业的各项指标进行量化分析，为此，采用 AHP 层次分析法：①建立系统的递阶层次结构；②构造两两比较判断矩阵（正互反矩阵）；③针对某一标准，计算各备选元素的权重；④计算当前一层元素关于总目标的排序权重；⑤进行一致性检验等步骤。最后是对东北地区装备制造业竞争力进行排名分析。

（一）建立装备制造业竞争力评价指标体系

建立规模实力、获利能力、运营效率、市场开拓能力、自主创新能力共 5 个一级指标和 20 个二级指标，然后进行赋权并实施系统分析（见表 2）。

表 2　装备制造业竞争力评价指标及权重

一级指标	权　重	二级指标	权　重	累计权重
规模实力	0.392	资产总额	0.333	0.1307
		销售收入	0.333	0.1307
		利税总额	0.333	0.1307
获利能力	0.180	成本费用利润率	0.151	0.027
		总资产收益率	0.264	0.047
		产值利税率	0.189	0.034
		人均获利额	0.170	0.031
		销售净利率	0.226	0.041
运营效率	0.106	人均销售额	0.263	0.028
		工业产值增加率	0.421	0.045
		总资产周转率	0.316	0.033
市场开拓能力	0.142	产品销售率	0.263	0.037
		销售收入增长率	0.316	0.045
		市场占有率	0.421	0.060
自主创新能力	0.180	企业 R&D 人员占全社会 R&D 人员比重	0.109	0.020
		R&D 经费支出占 GDP 比重	0.138	0.025
		企业消化吸收投入占技术引进经费比重	0.200	0.036
		万名就业人员发明专利授权量	0.126	0.023
		新产品销售收入占产品销售收入比重	0.176	0.031
		企业 R&D 经费支出占产品销售收入比重	0.251	0.045

（二）装备制造业竞争力排序显示：东北地区经营效益低是落后的主因

运用装备制造业竞争力评价指标体系得出的结果显示，我国装备制造业发展最快和最好的地区都在东部沿海，这也与当地经济发展水平和综合实力相匹配。根据对 2006 年 31 个省区市装备制造业相关数据的统计和计算，装备制造业竞争力在全国排名前五位的分别是广东、江苏、山东、上海、浙江"五省市"，它们装备制造业主要经济指标都超过了全国的"半壁江山"，其中粤苏鲁沪浙"五省市"装备制造业的销售收入高达 4675.1 亿元，占全国总量的 63.94%；利税总额 68178.96 亿元，占全国总量的 66.89%；利润总额 3144.91 亿元，占全国总量的 66.63%。若对全国 31 个省区市装备制造业竞争力的测度结果依据前十名、中十名和后十名进行归类，那么，我国装备制造业可以根据 31 个省区市不同的发展程度划分为发达、中等和落后三类地区。显然，装备制造业与当地国民经济的整体发展水平基本相适应，即装备制造业"第一军团"成员 90% 集中在我国东部沿海发达地区，其中，装备制造业最发达的 10 个地区中有 9 个是来自于东部沿海，唯一的例外是中部河南省孤身闯入发达地区阵营并位居全国第八名（见表 3）。

表 3　2006 年全国各地区装备制造业竞争力排名分类

类　别	地区	排名	地区	排名	地区	排名	地区	排名	地区	排名
发达地区	广东	1	江苏	2	上海	3	山东	4	浙江	5
	天津	6	北京	7	河南	8	辽宁	9	河北	10
中等地区	四川	11	重庆	12	安徽	13	湖北	14	福建	15
	新疆	16	海南	17	湖南	18	江西	19	陕西	20
落后地区	吉林	21	广西	22	青海	23	黑龙江	24	宁夏	25
	内蒙	26	云南	27	甘肃	28	山西	29	贵州	30
	西藏	31								

如表 3 所示，东北地区装备制造业竞争力最强的省份唯有辽宁省，排名居全国发达地区，吉林省、黑龙江省和内蒙古自治区均排名于落后地区，当然，导致这种结果的原因绝非单一，它是复杂的"多因一果"，需要具体问题具体分析。此外，尽管河南省装备制造的产业规模逊色于东北地区，但因其运营效率等其他

指标较高，致使最后排序跻身于"前十名"。例如，2006 年河南省装备制造业总资产只及辽宁省的 41.99%，但人均利润额高于辽宁省 165%，利润总额是辽宁省的 119.16%，这就造成河南省装备制造业尽管其规模不如辽宁省，但因其运营效益和发展潜力等项指标均超过辽宁省，所以，其排名超过辽宁省 1 个位次。这表明，决定装备制造业竞争力排名的不仅限于产业规模这一单项指标，还要受制于运营效益、市场开拓和发展潜力等其他诸多因素。

（三）装备制造业竞争力纵向排序：辽吉两省位次上升，黑龙江、内蒙古位次下降

东北地区是我国装备制造业规模较大、产业门类较为齐全的地区，单从东北装备制造业的"规模实力"这一指标来看，东北地区排名居全国中上游水平，其中，辽宁省装备制造业的规模实力最强（其中包括总资产、销售收入和利税总额共 3 项二级指标），在全国的排名是第 8 名；吉林省和黑龙江省装备制造业规模实力排名分别是第 14、第 19 名，内蒙古自治区则位于第 23 名（见表 4）。

表4   2006 年东北地区装备制造业竞争力指数及排名

指标 地区	运营 效率	排名	获利 能力	排名	市场开 拓能力	排名	规模 实力	排名	自主创 新能力	排名	竞争力 排名
内蒙古	4.568	24	5.202	29	5.541	21	0.593	23	6.445	17	26
辽　宁	6.205	9	7.090	22	7.001	7	8.221	8	8.127	8	9
吉　林	5.076	20	7.697	21	4.743	27	3.854	14	5.644	20	21
黑龙江	3.880	27	6.099	26	5.690	19	1.893	19	6.393	18	24

资料来源：根据国家统计局公布数据计算。

如表 4 所示，东北地区装备制造业具有一定的存量，但经营效益和市场开拓能力明显不理想，尤其是获利能力普遍都较差，在全国的排名也都在 20 名之后，受此影响，2006 年与 2005 年相比，内蒙古自治区和黑龙江省装备制造业竞争力在全国的排名位次也呈现明显后移的态势（见图 5）。

从 2005~2006 年装备制造业竞争力全国排名情况来看，东北地区"三省一区"的发展趋势是"两升两降"：一是辽宁和吉林两省分别由 2005 年的第 12、27 名，上升到 2006 年的第 9、21 名；二是黑龙江和内蒙古"一省一区"则分别由 2005 年的第 22、20 名，下降到 2006 年的第 24、26 名。从 2007 年乃至以后较

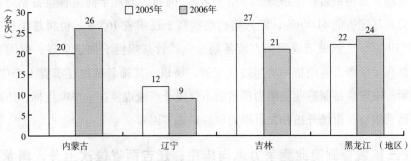

图5　东北地区装备制造业竞争力全国排名

长一段时间的发展趋势来看，辽宁和吉林两省有可能顺势而上，位次再次前移；黑龙江和内蒙古"一省一区"因落后而追赶的压力会有所加大，为此，应尽量避免"慢进也退"的结局。

三　东北地区装备制造业发展对策

目前，制约东北地区老工业基地装备制造业发展的突出问题主要有三个。一是体制、机制障碍较为突出；二是产业整合与集群化较弱；三是自主创新能力不强。为加快东北地区装备制造业的发展，首先必须解决好这三个问题。

（一）加快体制、机制改革，增强东北地区装备制造企业活力

东北地区装备制造业体制、机制改革滞后和国有比重过大是造成企业活力不足的根本原因，尤其是在装备制造业中，东北地区往往国有比重偏高和"一股独大"的问题比较突出。2006年，东北地区国有及国有控股工业增加值占东北地区工业比重均超过全国平均值，其中，黑龙江省国有及国有控股工业增加值占东北地区工业的比重最高，分别超过全国、广东和浙江省30.3、65.2和66.0个百分点。为加快装备制造业发展，须首先解决困扰装备制造业发展的体制、机制问题，而只有打破单一经济结构模式的桎梏，才能大力发展非公有制经济。为此，一是应积极推进东北地区装备制造业国有股权分置改革，大型装备制造业要有计划、分阶段地放开国有股权限制，推进产权改革并非是一味地出售国有资产，而是积极探索各种转型方式，将一部分国有股转变成不同类型的社会公共资本，以增强企业活力；二是在保证国家控制能力和主导权基础上，大力发展东北

地区非国有装备制造企业，形成由多种所有制成分构成的众多中小企业，进而催生一大批以市场运作为导向和技术专业化程度较高的装备制造产业集群。

（二）共建发展平台，促进东北地区装备制造业区域一体化

东北地区装备制造产业同构问题比较突出，如东北的"三省一区"几乎家家都有汽车、数控机床等产业布局，为此，应通过强强联手来推进东北地区装备制造业的区域一体化。一是以装备制造产业链在东北地区的延伸为导向，通过资源整合，促进相关产业在"三省一区"实现有序分工与合理布局；二是促进要素共享与优势互补，通过制订"东北地区装备制造业发展规划"，明确"三省一区"装备制造业各自发展的目标与重点，通过协调"三省一区"的发展步伐，避免资源浪费、重复建设与恶性竞争，通过促进资金、技术和人员在东北地区的合理流动，打造产业基地和优势产业集群；三是以自主创新为突破口，建立东北三省装备制造业共性技术研究平台，通过借助外脑实现联合攻关。在东北地区装备制造业研发方面，只有辽宁省力量雄厚，据初步统计，在辽宁省装备制造业重点企业中共有 15 个国家级技术中心和 45 个省级技术中心，具备一定的重大技术装备研发、设计和制造的能力，而其他省区研发能力则相对较弱。为此，建议通过建立"东北地区装备制造业共性技术发展基金"来整合东北地区研发资金，由"三省一区"各自分担研发成本并共享研发成果，通过建立东北地区装备制造业专项技术攻关队伍、研发基地和研制中心，提高要素配置效率，支持跨行业、跨地区、跨所有制重组，支持整合东北地区装备制造业资源，实现装备制造企业之间、关联企业之间、企业与科研院所之间的强强联合，推进装备制造业区域一体化进程。

（三）加快企业自主创新，实现东北地区装备制造业跨越式发展

2006 年，东北地区自主创新能力整体上居于全国中游水平，其中，内蒙古自治区自主创新能力全国排名第 17 位、辽宁省排名第 8 位、吉林省排名第 20 位、黑龙江省排名第 18 位。与 2005 年相比，2006 年辽宁省自主创新能力全国排名后退了 1 位、吉林省后退了 3 位、黑龙江省持平。尽管如此，在东北地区只有辽宁省自主创新能力较强，内蒙古自治区、吉林省和黑龙江省均位居全国中游水平，这也是东北三省装备制造业大而不强的根本原因。归纳起来看，造成东北地区自主创新能力不强的主要原因有以下几点。一是研发机构少，东北地区装备制

造技术密集型企业较少，特别是能够生产重大技术装备的企业还不多，如吉林省装备制造企业已建和正在筹建技术研发中心的还不到 8 户，装备制造绝大多数企业只能从事普通的机械产品生产，由于没有自主研发能力，致使多数装备制造企业仍处于产业分工链的低端。二是研发能力弱，核心技术和关键部件仍然是制约东北地区装备制造业发展的薄弱环节，如黑龙江省机床产品的数控系统、辽宁省造船业卫星定位导航系统等一些关键部件企业研发还跟不上，主要还是依赖引进。三是自主创新积极性不高，具有成套能力、总体设计和系统服务功能的总承包企业还不多，装备制造业集约化、上下游企业关联性与资源整合的程度还不高，如黑龙江省的一重、齐机床等 7 家装备制造业骨干型企业在当地的配套额还不到 20%，对许多技术空白当地企业缺乏研发能力和积极性。为解决此问题，东北地区应加快自主创新体系建设，一是推进体制改革，进一步完善政策环境建设，充分发挥企业在自主创新过程中主体地位的作用；二是通过产学研结合，加大自主创新的步伐；三是从单纯引进模式向消化吸收再创新和对重大装备技术自主研发模式过渡。

（四）优先发展高附加值装备制造业，提高盈利能力

要加快东北地区产业结构调整，优先发展高技术含量、高附加值的装备制造业。首先，在淘汰落后的设备、工艺和产品的前提下，以效益为原则，优先发展通信设备、计算机及其他电子设备制造业，因为它不仅是传统产业技术改造的主要依赖性产业，而且还是承载"以信息化带动工业化"和"走新型工业化道路"的先导产业。2006 年，全国通信设备、计算机及其他电子设备制造业销售收入高达 2.65 万亿元（比上年增长 22.92%），辽宁省为 341.1 亿元，仅占全国总量的 1.28%；吉林省为 16.3 亿元，仅占全国总量的 0.06%；而黑龙江省也只有 15.9 亿元（仅比上年增长 10.13%）。一是应加快东北地区航空航天、汽车制造等具有高技术含量和高附加值的装备制造业。二是立足现有资源，加快装备制造业由传统产品向光机电一体化方向的转变，加快数控机床等高技术装备制造业的发展，扩大收益率。三是以提高盈利能力为目标，东北地区装备制造业应本着政府主导、民间参与和市场化推进相结合的原则，有重点、有取舍地发展具有地区特色的装备制造业（如汽车、核电设备等），尽快实现高附加值装备制造业产业链和企业链的有效整合，通过上中下游相关产业和企业的配套，达到互动式的产业集聚，尽快形成东北地区装备制造业上下左右配套的产业联盟和网络化的组织结构。

（五）加大工程总承包力度，提高装备制造业运营效益

现在，如果还幻想装备制造业再像过去那样仅仅依靠做大规模来拓展盈利空间，已没有多少实际意义。据一项调查显示，装备制造业的利润源泉是工程总承包，例如，在汽车的总利润构成之中，整车制造大约占 20%，零部件也在 20% 左右，而设计、研发及售后等各种生产性服务却占汽车全部利润的 60%。有鉴于此，即便是高质量的单机产品，也未必会高盈利，因为装备制造业的盈利"大头"是在工程总承包。为此，拓展东北地区装备制造业生产性服务的空间，加大工程总承包力度，繁荣装备制造业技术研发、技术设计和技术推广等生产性服务，是提高装备制造业运营效益的主要途径。

东北地区原材料工业发展状况研究

陈亚文*

摘　要： 东北振兴规划实施以来，东北地区新型原材料保障基地建设取得显著成效。在新增和改造项目的拉动下，东北地区原材料工业不论产能还是品质都有较大提高，原材料工业在东北地区工业中占有越来越重要的位置。在原材料工业发展同时也应看到该行业还存在一些不容忽视的问题，但从东北原材料工业总的发展趋势看，原材料工业特别是高加工度原材料工业还有较大增长空间。

关键词： 东北地区　原材料工业　发展趋势

东北振兴规划实施以来，在国家区域发展战略推动下，东北地区工业结构调整取得显著成效，高加工度原材料工业得到长足发展。在新增、改造项目的拉动下，石化产业基地、精品钢材基地、煤化工产业基地为东北地区工业经济发展注入了活力，一个高加工度原材料工业集群正在形成，通过循环积累东北地区原材料工业将进入良性发展道路。与此同时，由于原材料工业对矿产资源的依赖性，东北三省和内蒙古自治区东部五盟市经济联系得到加强，在今后一段时期，东北三省和内蒙古自治区东部五盟市在矿产资源开采、加工直至生产制成品的产业分工协作关系将更加密切。

一　东北地区原材料工业发展现状

（一）东北地区原材料工业基本状况

近年来，东北地区原材料工业稳步增长，截至 2007 年末，东北三省共有国

---

* 陈亚文，辽宁社会科学院经济研究所副研究馆员，主要研究宏观经济学问题。

有及规模以上原材料工业企业 5034 户，资产总额 10917.3 亿元。

图 1 为 2002～2007 年东北三省国有及规模以上原材料工业增加值走势图，年平均增长 16.3%，从图中可以看出，2002 年以来，东北三省原材料工业一直保持较高的发展速度，在新增、改造项目拉动下，新型原材料基地建设取得了明显成效，原材料工业发展为整个工业部门、特别是制造业的发展提供了基础保障。

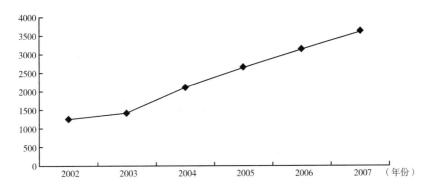

图 1　2002 年以来东北三省国有及规模以上原材料工业增加值走势

资料来源：2003～2007 年辽宁省、吉林省、黑龙江省统计年鉴及相关数据整理。

图 2 为 2007 年东北三省国有及规模以上原材料企业按工业增加值形成的饼图，从图中可以看出，2007 年在东北三省中，辽宁省原材料工业企业增加值在三省中所占比例较高，其他两省相对较弱，这主要是由于东北三省各自拥有的优势领域和产业规模不同造成的。今后东北三省在共同发展过程中，应充分发挥自身优势，避免产业同质化及在初级产品领域的竞争，三省可以通过协调、协作实现原材料工业的可持续发展。

（二）东北地区原材料工业各产业情况

从原材料工业各产业状况来看，截至 2006 年末，东北三省分行业国有及规模以上原材料工业企业增加值都有较高增长。表 1 列出了 2006 年东北三省分行业国有及规模以上原材料工业企业统计数据，从表中可以看出，东北三省在石油加工、炼焦及核燃料加工业、黑色金属冶炼及压延加工业、电力等行业在国内占有优势地位。

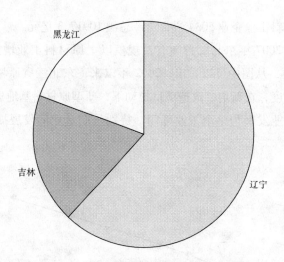

图2　2007年东北三省国有及规模以上

原材料企业工业增加值

资料来源：辽宁、吉林、黑龙江三省相关统计数据整理。

表1　2006年东北三省分行业国有及规模以上原材料工业企业统计数据

单位：亿元，%

国有及规模以上行业	全国工业增加值	东北三省工业增加值	东北三省占全国工业增加值比重	全国企业资产总计	东北三省企业资产总计
石油加工、炼焦及核燃料加工业	2314.23	521.2161	22.52	7584.78	1231.2755
化学原料及化学制品制造业	5398.79	295.2453	5.47	18485.86	1640.2212
化学纤维制造业	604.17	37.7342	6.25	2736.4	224.0046
黑色金属冶炼及压延加工业	7004.45	775.1782	11.07	23117.63	2771.3945
有色金属冶炼及压延加工业	3198	137.009	4.28	8562.87	499.8099
电力、热力的生产和供应业	6912.46	566.2217	8.19	46456.9	3237.5594
燃气生产和供应业	191.71	8.7541	4.57	1465.71	124.5429
非金属矿物制品业	3656.2	266.9859	7.30	11937.18	1191.4964
合　计	29280.01	2608.3445	8.91	120347.33	10920.304

资料来源：《中国统计年鉴2007》及2007年辽宁、吉林、黑龙江统计年鉴整理。

　　表2列出了2006年东北三省主要原材料产量，从表中可以看出，截至2006年末，东北三省主要原材料产量在全国占有较高的份额，这得益于东北地区作为老工业基地雄厚的重工业基础及东北振兴战略实施以来新增、改造项目对原材料工业拉动作用的结果。

表2   2006年东三省主要原材料产量一览

地 区	发电量(亿千瓦小时)	乙烯(万吨)	初级形态的塑料(万吨)	水 泥(万吨)	生 铁(万吨)	粗 钢(万吨)	钢 材(万吨)
辽 宁	1014.54	49.27	121.56	3293.80	3751.96	3702.25	3848.88
吉 林	443.20	75.18	73.24	1799.19	425.55	533.65	567.83
黑 龙 江	646.59	51.67	122.66	1482.74	257.21	315.20	298.54
东北三省合计	2104.33	176.12	317.46	6575.73	4434.72	4551.10	4715.25
全国合计	28657.26	940.51	2602.60	123676.48	41245.19	41914.85	46893.36
东北三省占全国份额(%)	7.3	18.7	12.2	5.3	10.7	10.9	10.1

资料来源：根据《中国统计年鉴2007》整理。

（三） 东北地区原材料基地建设成效

近年来，东北地区原材料工业高速发展，不论产能还是品质都得到显著提升，从总的方面来看，东北地区原材料基地建设主要成效表现在以下几方面。

一是在石化产业基地方面，新建的抚顺石化、大连石化和大连西太平洋原油加工项目，以及大庆、吉林石化、抚顺石化等乙烯改扩建工程已经取得初步成效，中石油、中石化等大型国有企业进一步将业务向东北地区延伸。二是在煤化工产业方面，建设中的锡林浩特、呼伦贝尔等煤化工基地将发挥重要作用。三是在精品钢材基地建设方面，主要表现为鞍本钢铁集团的精品板材生产及东北特钢特殊钢和装备制造业用钢生产方面。

（四） 东北地区原材料工业面临的主要竞争

目前，中国许多经济区都有发展原材料工业计划，一些大型项目正在实施中，打造新型基地已经成为一些地区战略立足点。仅2006年，浙江省临港石化工业规模以上企业主营业务收入高达1110亿元，中石化天津100万吨乙烯项目已经正式开工建设。总之，随着中国经济的发展，未来国内原材料产能将进一步扩大，东北地区原材料工业虽然具有传统优势，但随着矿产资源储藏量下降，相对比较优势降低，原材料工业将面临越来越强的国内竞争。

在国际市场方面，东北三省原材料工业面临一定发展机遇。东北三省原材料工业可以利用国外矿产资源、市场、资金和技术加速自身的发展。但应当认识到，随着国际市场初级产品获利增高，一些资源丰富的国家对资源出口控制加强，能源、矿石等产品价格一路飙升，东北地区原材料工业利用国外矿产资源成本增加，加上东北地区原材料工业在国际上不具有技术优势，在今后一个较长时期内，东北地区原材料工业仍将主要面对国内市场。

二 东北地区原材料工业存在的主要问题

（一）外部制约因素

随着东北三省煤炭资源逐步枯竭，油田步入稳产后期，石化工业发展的原材料问题日渐突出。钢铁工业受产能大幅度扩张的影响，矿石、生铁、废钢、钢坯、水、运输、港口等外部条件制约已经显现。同时，国际矿产资源和能源价格快速上涨（如2008年宝钢接受力拓96.5%铁矿石价格上涨合同），也不利于东北地区原材料工业良性发展。图3为2007年国际原油现货价格趋势图，全年上涨69.1%。

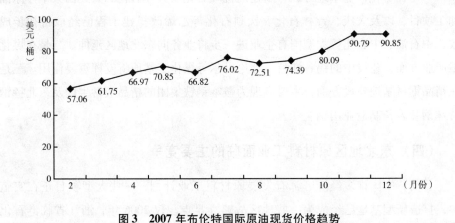

图3 2007年布伦特国际原油现货价格趋势

（二）结构性矛盾

东北地区原材料工业总体规模较大，在国内原材料工业中占据重要位置，但结构性矛盾突出。

一是从组织结构上看，中央直属企业占绝对优势，三省地方原材料工业企业比重小，大型企业数量少。二是从产品结构看，石化产品精深加工不够，高附加值产品少，精细化工率低于全国平均水平。高档次的板带比重低，高级轿车用面板、高档家电用钢板还不能大批量生产。优质的高标号水泥、特种水泥比重小，平板玻璃深加工率低，滑石、膨润土等非金属矿初级产品多，深加工不足，新型建材没有形成较大规模。三是从技术结构看，通过引进、消化、吸收、创新，一些关键工艺技术得到突破，但高精尖技术所占比例有待提高。单套装置炼油能力与国际水平相比有较大差距，钢铁企业与国际水平相比还有一定差距，规模经济不显著。

（三）可持续发展问题

东北地区原材料工业可持续发展的制约因素主要表现在以下三个方面。一是在矿产资源供应方面，随着东北地区矿产资源开采量的下降，东北三省原材料企业对蒙东地区、国内外矿产依赖加强，生产成本上升。二是在产业科技含量方面，大多数原材料工业企业科技含量不足，高污染和高能耗对企业良性发展形成制约。三是在面临的竞争方面，从国内市场上看，东北地区原材料工业在产能上占有较大份额，但随着国内其他经济体工业高速发展，东北原材料工业面对越来越强的国内竞争。

（四）创新机制缺乏

在东北地区原材料工业企业中，国有大中型企业较多，受计划经济体制影响较深，粗放经营，产品科技含量较低，多数企业内部缺乏内在创新机制、激励机制，主要表现为：一是注重引进、吸收，缺乏重大自主创新技术。二是对科技人员的培养、重视不够，激励不足。三是企业领导对依靠科技进步提升产品竞争力、拓展市场重视不足，科技进步所带来的成本下降、利润增高没有成为产业主要竞争方向。

（五）高加工度原材料供需矛盾

目前，包括东北地区原材料基地在内的国内高加工度原材料供给还不能完全满足国内需求，高加工度原材料工业的市场空间较大，这主要表现在以下几方面。中国是石化产品的纯进口国，乙烯缺口近50%，苯乙烯缺口40%～50%，合成树脂、合成纤维及原料、合成橡胶的缺口在1000万吨以上，上述产品的需求量每年还将以8%左右的速度增长；中国钢材生产的板带与市场需求还有较大差距，每年进口板带材都在1400万吨左右，占当年进口总量的80%以上，随着国家重大基础设施建设力度继续加大、四川大地震后重建工作的展开，国内对建材产品的需求也将继续保持增长态势。

（六）环境问题

原材料工业属于重工业，冶金、石化、建材业等行业都存在污染问题。目前随着东北地区原材料工业的复兴，环境污染及治理问题已经成为该行业可持续发展的重要组成部分，特别是一些采用传统技术的老企业设备的升级改造已成为当务之急。

三　东北地区原材料工业发展趋势

2008 年，中国将面临 CPI 快速增长、通胀压力加大和灾区重建的双重压力，这种双重压力是一种矛盾，国家财政和货币政策不可能宽松，但宏观调控的出发点和目标是为保持经济长期稳定增长。因此，从总体上说，2008 年，东北地区原材料工业运行不会出现大的起伏，原材料工业仍将在新增及改造项目的拉动下，继续保持较高的增长速度。

（一）东北地区原材料工业走势分析

分析东北地区原材料工业未来走势，必须了解当前原材料工业所面临的整体环境，为此我们可以从以下几个方面来分析。

一是东北地区矿产资源可开采量日益下降、开采成本升高，蒙东地区作为东北三省资源的接续地在开采与整合方面尚需时日。二是随着美元的贬值，国际矿产资源价格一路高涨，高价的矿产资源使原材料企业生产成本快速上涨，而国家宏观调控政策又不允许石化、煤炭等企业的产品价格完全市场化，这将对原材料企业的发展产生一定的抑制作用。三是随着中国工业化进程的加深，经济整体保持高速发展，对外贸易总量日益增加，高速发展的经济仍将对原材料工业产生强劲的拉动，促进原材料工业高速发展。四是东北三省原材料工业不论在产量还是在质量上在国内都具有相对优势，短期内东北地区原材料工业在国内的比较优势不会丧失。五是随着东北三省原材料工业新增和改造项目持续发挥作用，在未来数年内东北三省原材料产能将保持较高的增长速度。

基于上述五点认识可以得出如下基本结论：未来东北三省原材料工业的发展主要面临矿产资源价格快速上涨等不利因素，但价格上涨可以通过最终产品定价市场化来化解（如2008年中旬国家已经提高了成品油售价），至于矿产资源枯竭问题，可以通过资源的多元化、国际化解决。虽然东北地区原材料工业发展面临这样那样的问题，但从需求决定供给角度看，未来数年内，随着中国工业经济高速发展，工业对原材料需求的增大，东北三省原材料工业仍将保持高速发展，总产能将进一步扩大，高加工度原材料占原材料工业比例将进一步提高，东北地区的原材料将为中国的现代化建设发挥更大的作用。

（二）从产业布局看东北地区原材料工业的发展前景

在东北振兴规划中，中央强调要经过10~15年的努力，将东北地区建设成国家新型原材料和能源的保障基地。从"保障"二字中可以看出，中央高度重视未来东北地区原材料和能源工业对中国工业发展的重要作用。这主要是因为原材料工业属于重工业，在中国产业布局中，一直以来是南方轻工业发达，北方重工业发达。原材料工业的发展规模与速度、产品特性与质量及分布特点等，在很大程度上影响一个国家整个工业部门的发展。随着中国工业化进程的深化，东北地区原材料工业作为工业中间环节在中国整个工业体系中占有越来越重要的地位。因此，若要从产业布局看东北地区原材料工业的整体发展前景，首先，应当分析未来中国工业经济发展整体趋势。一般观点认为，目前中国已经具有较强的工业基础，在资本供给、技术水平、劳动力供给、矿产资源等方面都不缺乏（相对的），因此，在一个相当长的时期内，中国工业还将高速发展。这种发展趋势在中国成为一个发达国家之前是不会停止的，发展的终点是达到一般均衡。在这种大背景下，东北地区原材料工业将随着中国工业经济的发展而发展，原材料的产能将持续扩大、产品品质将得到进一步提高，同时，在一般原材料供给领域将基本实现进口替代。其次，应当分析未来东北地区原材料工业在中国原材料工业中所处的地位。东北地区一直以来都是中国重化工业基地，东北地区冶金、石化、建材业等原材料工业在国内原材料工业中处于领先地位，从产业优势及循环发展理论来看，未来东北地区原材料工业仍将在国内竞争中处于有力位置（这是国家东北振兴规划中将东北地区列为发展新型原材料基地的重要原因），东北地区原材料工业特别是高加工度原材料工业，还具有较大的增长空间。因此，未来东北地区原材料企业在保持原有优势的前提下，不论产能和品质都会有很大提高，并在现有基础上形成南北各具优势的产业发展格局。

四　加快东北地区原材料基地建设对策与建议

（一）依靠科技进步促进产业发展

改革开放后，东北地区原材料工业的技术进步加快，但主要技术水平与国际差距较大。原材料工业技术上的落后，实质是综合实力和整体竞争力的落后。弥补技术落后的差距，与产能提升相比，任务更加艰巨。因此，东北地区原材料企业在加快自身发展的同时，应当加快淘汰落后生产能力，控制总量，提高精深加工水平，实现原材料工业企业由规模扩张向质量提升转变；应当将原材料企业的利润更多地用于技术开发，加大技术引进、技术消化和技术创新步伐；需要加大科技体制改革力度，推广技术入股、按销售分成等灵活多样的分配方式，推进科技成果转化为现实生产力。同时，企业应提高自主创新积极性，切实整合技术资源，建立国际标准的技术体系，加快建立以企业为主体、市场为导向、产学研相结合的科技创新体系，通过强化自主创新，提升原材料企业整体竞争力，促进产业集聚形成，力争在未来数年内打造一批具有高技术的原材料企业。

（二）加快推进重点项目建设

东北地区原材料基地建设项目是关键。在当前阶段应主要做好"十一五"规划新增和改造项目的实施工作，力争在最短时间内使这些项目形成新的生产力，通过扩大原材料工业产能和提升产品品质，巩固已占领的市场份额。对在建和将要开工的新项目，要落实好各项建设条件，加强实施和监督管理工作，积极争取资金的支持，尽快建成投产，形成效益。应深入研究分析国内外市场和行业发展趋势，开展可行项目前瞻性分析，做好项目储备工作。同时，要广辟资金来源，发挥银行信贷资金作用，加大企业在资本市场直接融资比例，积极吸引外资和民营资本，争取在近年内上一批能够起关键作用和带动力的重大原材料工业项目，增强原材料工业发展后劲。对建设项目要按照投资获益原则，深化投资体制改革，建立和完善项目法人责任制，加强对项目的监督管理，确保重点建设项目按时按质达到预期目标。

（三）扩大高加工度原材料产能

目前，中国经济仍处在高速发展期，各产业对高加工度原材料的需求量日益增大，高加工度原材料工业作为基础产业在工业中处于越来越重要的位置。从中国的产业分布方面看，南方重工业相对落后，矿产资源人均拥有量低于东北地区，南方发展重化工业有其自身的不足，南方活跃的私营经济也不擅长经营大型重化工业。在这种情况下，东北地区应充分把握中国工业化进程特定阶段的有利时机，大力发展高加工度原材料工业，扩大高加工度原材料工业占整个原材料工业的比例，通过技术进步，走新型工业化道路，力争在高加工度原材料这一工业中间环节扩大东北地区相对优势。为实现这个目标，应当充分发展金属冶炼及加工、炼焦及焦炭、化学、化工原料、水泥、人造板，以及电力、石油和煤炭加工等工业，利用东北地区原材料工业的先进生产技术，促进东北地区工业经济踏上一个新的台阶。如果这一目标得以实现，未来国内工业最终产品的生产将依赖东北地区原材料供应，东北地区原材料工业也能像电信业一样，获得高额利润。

（四）加快建设国际先进水平的大型石化生产基地

产业发展从来都秉承比较优势原则，充分发挥东北地区既有的原材料产业优势，重点建设国际先进水平的大型石化生产基地，是构建东北地区新型产业体系的必然选择。东北地区"十一五"规划也将建立大型石化生产基地作为重要的目标。为实现这一目标，今后石化工业应重点发展原油加工、乙烯、合成材料和有机原料，应加快促进原油加工、乙烯生产向集约化、大型化、基地化发展。在调整化学工业布局方面，应按照基地化、大型化、一体化方向，调整石化工业布局。同时东北三省可以通过协调重新布局大型乙烯项目，尽快形成新的炼化一体化基地。在发展大型石化生产基地时，应充分重视市场配置资源的作用，避免由于增长方式粗放、体制机制不完善导致的盲目投资、低水平扩张，通过科学理性的方式实现石化工业的可持续发展。

（五）加快精品钢材生产基地建设

在优化发展冶金工业方面，应通过控制普通钢铁生产能力，加速提高钢铁产品档次和质量，通过品质要利润。应当鼓励东北地区冶金企业开展跨地区合作，利用规模经济形成竞争力。要积极调整钢铁工业结构，加快发展关键钢材品种，提高板管比，通过调整改造和技术进步，实现可持续发展。应当有效整合钢铁企业，重点发展市场短缺和替代进口的热轧板、冷轧板、镀锌板、彩涂板、冷轧硅钢片、100m 重轨等产品，力争在"十一五"期间使东北地区冶金业进入世界钢铁业先进行列。同时，东北地区钢铁企业要加快产品结构调整，避免低水平重复建设，发展各具特色的国内短缺的高附加值钢材品种，重点发展汽车和船舶用型钢、宽厚板、高强度管线钢、石油专用钢管、H型钢及其他高品质建筑用钢材。大力发展钢材深加工，形成系列化、特色化的钢材深加工产业群。同时，要支持特钢集团等企业做大做强，重点发展以不锈钢、轴承钢、工模具钢、齿轮钢、弹簧钢及高合金钢为主的特钢产品。大力支持直接还原炼铁技术，为建设精品钢材基地提供精品原料。应加快技术进步，提高利用低品位铁矿资源能力，控制电解铝总量，适度发展氧化铝，鼓励发展铝深加工和新型合金材料，提高铝工业资源综合利用水平。加大铜铅锌锰矿资源勘查力度，增加后备资源，稳定矿山生产。控制铜铅锌冶炼建设规模，发展深加工产品和新型合金材料。加强稀土和钨锡锑资源保护，推动稀土在高技术产业的应用。在发展钢铁工业的同时应当推进钢铁工业发展循环经济，发挥钢铁企业产品制造、能源转换和废物消纳处理的功能。

（六）进一步扩大化学建材基地

东北地区原材料基地建设的一个重要组成部分是化学建材基地建设，2007年，东北三省化学建材业增长均超过40%，高加工度化学建材业还有较大的增长空间。新型建材业应重点发展 PVC 型材、铝型材、新型墙体材料、防水材料、装修和装饰材料、自发光材料等新型高加工度建材产品，增加花色品种，提高配套能力，促进建材工业结构调整。在促进建材建筑业健康发展方面，应以节约能源资源、保护生态环境和提高产品质量档次为重点，促进建材工业结构调整和产业升级。在有条件的地区可以发展日产 5000 吨及以上的新型干法水泥，逐步淘汰立窑等落后生产能力。提高玻璃等建筑材料质量及加工深度。大力发展节能环保的新型建筑材料、保温材料以及绿色装饰装修材料的生产。应当推进建筑业技术进步，完善工程建设标准体系和质量安全监管机制，发展建筑标准件，推进施工机械化，提高建筑质量。

（七）扩大沿海地区对建设新型原材料基地的促进作用

市场经济条件下资源配置的全球化特性决定了只有提高对外开放的水平，才能实现区域内产业资本与域外产业资本的高效整合，推动区域产业更快更好地发展。就东北地区而言，提高对外开放水平的一个关键因素就是发挥沿海开放优势，沿海经济区作为东北地区的海上通道，处在东北地区对外开放的最前沿，港口集群优势明显，发展空间较大。目前，东北地区石化、钢铁等企业铁矿石、石油等原料的30%，成品油和钢材等产品的50%，需要经海港调入和运出。整合沿海有效工业用地250万亩，对于全面促进东北三省经济社会发展有重要意义。未来，沿海地区将成为东北地区石化钢铁等产业发展的重要依托。开发建设沿海经济带，既可推动石化、冶金等原材料工业以及重型装备制造业向沿海地区布局，也可以有效承接国际重化工业产业转移，带动东北地区产业结构的优化升级，从而有力推动东北地区新型产业基地建设。

（八） 加强原材料企业节能减排管理

企业是经济活动的主体，产业振兴归根到底要靠企业，原材料企业属于传统重工业企业，这类企业一般存在高能耗、高污染问题。东北地区建设新型产业基地必须彻底摒弃粗放经济增长模式，走出一条科技含量高、经济效益好、资源消耗低、环境污染少、人力资源优势得到充分发挥的新路子。要加快转变经济增长方式，推动产业结构优化升级，加强能源资源节约和生态环境保护，增强可持续发展能力。在"十一五"期间，东北地区应高度重视原材料企业能耗问题，着力通过自主创新，优化工艺流程，发展循环经济，大幅度降低能耗以及污染物排放。在原材料工业发展的同时要坚持保护生态环境，一方面坚持从可持续发展的角度选择项目，避免产品档次低、技术落后、污染严重的项目进入基地。从源头上控制高耗能、高耗水产业的进入，鼓励企业大力开展清洁生产，采用先进适用的工艺技术，组织好企业间共存循环，力争实现污染"零排放"，建造一个环境优美的新型生态产业基地。另一方面要科学规划适宜人居的空间环境。

（九） 充分发挥蒙东地区能源后备基地作用

东北地区在经历半个多世纪的开发建设后，能源与矿产资源日趋减少，资源瓶颈制约已经显现。蒙东地区矿产资源富集，与东北三省经济互补性强，是东北老工业基地振兴重要的矿产资源接续地。东北三省与蒙东地区无论从地理板块上看，还是从历史上看都是一块完整的区域，在实施东北振兴战略中应当重视与蒙东地区的资源合作。鉴于原材料工业属于重工业，多数企业为大中型国有企业，政府对这些企业的发展有一定影响，未来进行四方合作，需要进行统一规划，在加快东北地区经济一体化大环境下，实现四方优势互补、共同发展。

东北地区粮食基地建设情况报告

刘小宁　赵　砚　杨大威*

摘　要： 东北地区是我国重要的粮食主产区，更是我国长期以来重要的商品粮生产基地，粮食播种面积占耕地总面积的80%以上，常年粮食产量约占全国粮食总产量的16%左右。2007年东北地区粮食综合生产能力达到8254万吨，其中，辽宁省达到1834.7万吨，吉林省达到2454万吨，黑龙江省达到3965.3万吨。近年来，东北地区每年向国家提供的商品粮占到全国商品粮的1/3强。鉴于东北地区粮食生产在我国粮食安全保障体系中的特殊地位，本文在对东北地区粮食生产现状进行调查的基础上，总结归纳了东北地区粮食生产的特点，并分析了东北地区粮食基地建设的制约因素，最后提出了加强东北地区粮食基地建设的对策建议，以求为政府部门决策提供参考依据，为理论工作者提供研究样本，为实际工作者提供实践指导。

关键词： 东北地区　粮食基地　建设　发展报告

一　东北地区粮食生产的现状和特点

（一）东北地区粮食生产现状

东北地区具有良好的生态环境和丰富的农业自然资源，是我国重要的粮食主产区，在保障我国粮食安全方面占有特殊的地位并起到关键性的作用。东北地区的耕地主要分布在松嫩、三江和辽河三大平原，粮食播种面积占耕地面积的75%以上，近几年粮食播种面积基本稳定在1800万~1900万公顷，约占全国的

---

* 刘小宁，黑龙江省社会科学院应用经济研究所研究员；赵砚，黑龙江省社会科学院经济研究所助理研究员；杨大威，黑龙江省社会科学杂志社副研究员。

17%；粮食产量基本稳定在 7500 万～8500 万吨，约占全国的 16%。与此同时，东北地区各省的粮食生产条件也在不断改善。下面以 2007 年中国统计公报的分省数据来进行分析。

1. 粮食作物播种面积与粮食产量的变化

2007 年，辽宁省全省农作物总播种面积 3897.2 千公顷，比 2006 年增长 1.0%，其中，粮食作物播种面积 3227.9 千公顷，下降 0.7%。在粮食作物中，稻谷播种面积 598.9 千公顷，增长 3.6%；玉米播种面积 2137.5 千公顷，增长 0.3%。全年粮食产量 1834.7 万吨，比 2006 年增长 6.4%，其中，水稻产量 503.1 万吨，增长 9.3%；玉米产量 1464.7 万吨，增长 12.6%；大豆产量 37.5 万吨，下降 8%。

2007 年，吉林省全省粮食播种面积 4334.7 千公顷，比 2006 年增长 2.3%；受旱情影响，粮食产量 2454 万吨，比上年下降 9.8%，其中玉米产量 1800 万吨，减产 11.6%，单产 6308 公斤/公顷，减产 10.8%；水稻产量 500 万吨，增产 2.6%，单产 7464 公斤/公顷，增长 0.5%。

2007 年，黑龙江省全省粮食作物播种面积 10461 千公顷，比 2006 年增长 2.8%；粮食总产量 3965.3 万吨，比 2006 年下降 0.6%，是历史上第二高产年，四大粮食作物产量"两增两减"：水稻产量 1658.6 万吨，增长 15.6%；玉米 1589.5 万吨，增长 2.0%；小麦 77 万吨，下降 17.0%；大豆 490.9 万吨，下降 27.0%。

2. 粮食生产条件的改善

2007 年，辽宁省全省良种面积占粮食播种面积的 97.8%；品种更新更换面积占粮食播种面积的 91.5%；测土配方施肥面积 1083.5 千公顷。化肥施用量（折纯）127.5 万吨，比上年增长 5.2%。现代农业示范基地 31 个。蔬菜保护地面积 243.3 千公顷，比上年增长 5.1%。农业机械化程度稳步提高，年末农业机械总动力（不包括渔船）1941.68 万千瓦，比上年末增长 4.2%。全省机耕、机播水平分别为 79.5% 和 52.9%。

2007 年，吉林省全省农机总动力达到 1570.67 万千瓦；主要农业机械与设备均有增加，其中，拥有大中型拖拉机 4.58 万台、机电井 11.9 万眼、农用水泵 44.18 万台，同比分别增长 23.5%、23.4%、3.8%；农田水利建设进一步加强，农田有效灌溉面积和机电排灌面积分别达到 164.06 万公顷和 147.19 万公顷，比上年提高 0.3% 和 1.6%；农村用电量达到 32.63 亿千瓦时，同比增长 8.1%。

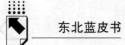

2007 年，黑龙江省全省拥有农业机械总动力 2785.3 万千瓦，比上年增长 8.4%。拥有农用拖拉机 113.9 万台，增长 5.7%；农用运输车 19.1 万辆，增长 1.6%。全年农村用电量 41 亿千瓦小时，增长 7.9%。农田有效灌溉面积 295 万公顷，增长 11.4%；节水灌溉面积 183.4 万公顷，增长 15.6%。

（二）东北地区粮食生产特点

1. 东北地区粮食综合生产能力强，是国家重要的粮食主产区

近年来，东北地区地区粮食常年产量稳定在 7500 万~8500 万吨之间，约占全国的 16%。例如，2007 年整个东北地区的粮食总产量达到 8254 万吨，比 2006 年的 7791.4 万吨增长 5.94%，占当年全国粮食总产量 50150 万吨的 16.46%。其中，辽宁省达到 1834.7 万吨，比 2006 年的 1725 万吨增长 7.48%，占当年整个东北地区粮食总产量 8254 万吨的 22.23%；吉林省达到 2454 万吨，比 2006 年的 2720 万吨减少 9.66%，占当年整个东北地区粮食总产量 8254 万吨的 29.73%；黑龙江省达到 3965.3 万吨，比 2006 年的 3346.4 万吨增长 18.49%，占当年整个东北地区粮食总产量 8254 万吨的 48.04%。

2. 东北地区粮食生产的商品率高，对国家粮食安全贡献突出

近年来，东北地区每年向国家提供的商品粮占到全国商品粮的 1/3 强。以黑龙江省为例，2007 年黑龙江省粮食净调出量平均占全国的 33% 左右。其中，粳稻净调出量占全国的 37.4%，大豆净调出量占全国的 42%，玉米净调出量占全国的 19.2%。另据 2008 年 04 月 26 日《第一财经日报》介绍，铁道部从 2008 年 5 月 1 日起至 2008 年 6 月 30 日，集中 60 天时间为东北地区抢运 1000 万吨粮食，以稳定我国南方稻米价格。可以说，东北地区多年来通过认真贯彻落实国家强农惠农政策，努力发展粮食生产，积极为国家提供商品粮，对国家粮食安全作出了突出贡献。

3. 东北地区粮食作物播种面积大，粮食作物播种面积占农作物播种面积比重高

2007 年，辽宁省农作物总播种面积 5845.8 万亩，比 2006 年增长 1.0%。其中，粮食作物播种面积 4841.85 万亩，比 2006 年下降 0.7%，占当年辽宁省农作物总播种面积的 82.83%；非粮食作物播种面积 1003.95 万亩，比 2006 年增长 9.6%，占当年辽宁省农作物总播种面积的 17.17%。在粮食作物中，稻谷播种面积 898.35 万亩，比 2006 年增长 3.6%，占当年辽宁省粮食作物播种面积的 18.55%；玉米播种面积 3206.25 万亩，比 2006 年增长 0.3%，占当年辽宁省粮食作物播种面积的 66.22%，其他粮食作物品种播种面积仅占当年辽宁省粮食作物播种面积的 15.23%。

2007 年，吉林省全部农作物种植安排面积比上年增长 0.8%。其中，粮食作物种植面积 6502.05 万亩，比 2006 年增长 1.3%，所占比重为 72.1%，比 2006 年提高 0.5 个百分点；经济作物种植面积比 2006 年减少 0.2%，比重为 27.9%，比 2006 年下降 0.3 个百分点。总体上呈现粮食作物种植面积稳步扩增、经济作物种植规模基本持平、农业生产继续升温的态势。

2007 年，黑龙江省农作物总播种面积为 17611.8 万亩，比 2006 年增加 208.8 万亩，增长 1.2%，已经连续三年保持增长。2007 年，黑龙江省粮食播种面积为 15691.2 万亩，比上年增长 2.8%，占当年黑龙江省农作物播种面积的比重达 89.1%。

4. 受国家宏观调控政策及市场需求影响，东北地区稻谷、大豆、玉米等作物品种生产日益分化

2007 年，辽宁省粮食作物播种面积在继续增加的基础上，内部结构呈现三增二减趋势。调查结果表明，在全部农作物播种面积中，粮食作物占 84.7%，达 3249.8 千公顷，比上年增长 2.20%。在粮食作物内部，玉米播种面积为 2137.5 千公顷，比去年增加 2.60%，占粮食播种面积的 65.6%；水稻播种面积为 578.2 千公顷，比去年增加 7.45%，占 17.8%；薯类种植面积为 97.4 千公顷，比上年增加 4.53%，占 3.0%；豆类播种面积为 196.6 千公顷，比去年下降 8.44%，占 6.0%；高粱播种面积为 99.7 千公顷，比去年下降 7.50%，占 3.1%。

2007 年，据吉林省统计局抽样调查显示，2008 年吉林省粮食作物播种面积内部呈现"两增两减"趋势。大豆播种面积预计为 781.52 万亩，比上年增长 17.12%；玉米播种面积预计为 4289.33 万亩，比上年增长 0.2%，占粮食作物播种面积的 65.77%；水稻播种面积预计为 994.79 万亩，比上年下降 10%，占粮食作物播种面积的 15.25%；薯类播种面积预计为 149.11 万亩，占粮食作物播种面积的 2.29%。

2007 年，黑龙江省四大粮食作物"两增两减"态势凸显。受粮食品种效益差别的影响，四大粮食作物持续两年呈现"两增两减"格局，即水稻、玉米增加，小麦、大豆减少。由于水稻价格的持续走高，使得水稻预期效益增加，播种面积在 2006 年大幅度增加的基础上继续增长。

5. 东北地区主要粮食作物种植空间布局逐步向优势产区集中

以黑龙江省为例，从主要作物种植分布看，2007 年水稻播种面积主要集中在哈尔滨、绥化、佳木斯、齐齐哈尔、农垦系统，占黑龙江省的84.8%；小麦播种面积主要集中在农垦系统、黑河，占黑龙江省的85.7%；玉米播种面积主要集中在哈尔滨、绥化、齐齐哈尔、农垦系统、大庆、佳木斯，占黑龙江省的86.5%；薯类播种面积主要集中在齐齐哈尔、绥化、哈尔滨、黑河，占黑龙江省的82.5%；油料播种面积主要集中在齐齐哈尔、农垦系统，占黑龙江省的52.4%；烟叶播种面积主要集中在牡丹江、绥化、哈尔滨、双鸭山、佳木斯，占黑龙江省的77%；甜菜播种面积主要集中在齐齐哈尔、农垦系统、绥化，占黑龙江省的79.3%；麻类播种面积主要集中在农垦系统、绥化、黑河，占黑龙江省的88.6%；饲料播种面积主要集中在大庆、农垦系统、齐齐哈尔，占黑龙江省的69.2%。主要作物播种面积趋于集中可以更好地发挥作物地缘优势，实现规模经营，获得较高的比较效益，体现了市场经济追求经济效益的特点。

6. 农垦企业辐射带动能力强，场县合作共建粮食增产潜力大

以黑龙江垦区为例，一是近年来农垦企业以农业机械化和农田水利化为重点，多渠道筹措资金，加大基础设施建设投入。目前垦区亩均农机投入180元，建成现代农机装备作业区206个，拥有农机总动力510万千瓦，田间综合机械化率达94%；投资30多亿元重点建设5个30万亩以上的大型灌区，基本建成防洪、除涝、灌溉和水土保持四大水利工程体系，60%以上的耕地得到设施保护。农业基础设施建设不断完善，提高单位资源产出率，增加职工种粮收入。二是农垦企业始终把推进农业科技创新、制度创新和服务体系创新，作为保证粮食持续增产的重要措施，与农业重点生产环节同部署、同加强、同提高，取得了明显成效。三是农垦企业充分发挥垦区农业高等院校和科研院所的研发优势，加强原始创新、集成创新和消化吸收再创新，加快科技成果转化和新品种、新技术推广应用。目前，垦区农业科技贡献率达67%以上，科技成果转化率达82%以上。科技创新措施的综合运用，使垦区在耕地面积变化不大的情况下，粮食总产四年增加近50亿公斤。四是农垦企业不断推进农业制度创新。完善以"四到户、两自理"为主体的大农场套小农场、统分结合的经营方式，实施"两田一地"土地承包改革，积极推进土地适度规模经营，使35%的规模家庭农场经营了垦区82%的耕地，家庭农场户均经营土地350亩以上，最大的经营规模达1万亩。五是积极推进农业服务体系创新。坚持公益性服务与市场化运作相结合，积极推进农业服务体系创新，为农业生产提供全程优质服务。建立物流、种业、农机、保险等大型专业公司，实现种子加工、水稻育秧和粮食处理全部工厂化，优质生产资料和农机配件全部统一供应,主要农作物保险覆盖面达95%以上。六是农垦企业把实施农业产业化、场县合作共建和农业"走出去"战略,作为发挥垦区现代农业优势、促进粮食增产的新举措,进行积极探索和大胆尝试,取得明显实效。例如,近年来农垦企业本着以加工转化促生产的工作思路,大力推进农业产业化经营。依托九三油脂、北大荒米业等16个国家级和省级农业产业化龙头企业,努力扩大农产品加工转化能力,并通过完善订单种植、反哺基地等利益联接机制,有效发挥龙头企业对基地生产的拉动作用。目前垦区农产品加工转化能力达140亿公斤,畜牧业过腹转化粮食36亿公斤,初步形成粮食增产有销路、农业增效有出路、职工增收有保障的良性发展格局。在此基础上,农垦企业还充分发挥现代农机装备、科技示范推广等现代农业发展优势,着力推进71个农场与59个市县开展合作共建活动,实现优势互补和共建双赢。2007年,仅垦区粮食总产就实现124.7亿公斤,提供商品粮115亿公斤,商品率达到92.2%。

二 东北地区粮食基地建设的制约因素

(一) 土地资源利用粗放、土壤肥力下降,农产品边际成本递增

近年来伴随着东北地区对土地资源的过度开发和利用,土地的肥力在下降,对土地索取多、补偿少,致使土地板结和沙化日渐严重。而为了满足人口膨胀对农产品的需求,人们又不得不以更高的代价来取得农产品,致使农产品的边际成本不断递增,增产不增收的现象随处可见。以吉林省为例,近年来由于许多不宜开垦的土地均遭开垦,加上长期以来的掠夺式利用,造成全省土壤肥力状况低下。目前,吉林省耕地缺磷面积占20%~30%、缺钾占50%左右、盐碱地占4%左右、土壤侵蚀地占20%以上、耕层浅薄地占30%左右、渍涝地占10%以上、干旱缺水地占10%以上,还有大面积土体中有不良土层,如砾石层、漏沙层等土壤。此外,坡耕地占8%以上、低产土壤占到10%以上,因生态环境恶劣或土壤肥力低下而难于利用的,占总面积的1/10。与此同时,黑龙江省和辽宁省西部也存在类似的问题。

(二) 东北地区水资源时空分布不均匀

以黑龙江省为例,该省河流纵横,水资源比较丰富,但时空分布极不均匀,

汛期水多，非汛期水少；东部水多，西部水少。全省水资源总量为 772 亿立方米，人均占有水资源量为 2058 立方米，低于全国平均水平；耕地亩均占有水资源量 460 立方米，仅相当于全国平均水平的 23%。松嫩平原是黑龙江省的重点产粮区，耕地面积占全省的 45.6%，但水资源量仅占全省的 5.7%。随着粮食生产的发展，水资源时空分布不均的矛盾逐渐显露出来，这种特殊的水资源条件决定了该省必须走水资源可持续利用的发展之路。

（三）东北地区水污染问题突出

一是河流水质污染严重。松花江流域河流水质超标率枯水期为 87.5%，平水期为 68.8%，丰水期为 75.0%。由于冰封期长，冬季更加剧了水污染态势。辽河流域河流水质污染严重，70% 以上断面为劣 V 类，基本丧失环境功能。二是部分饮用水源地水质不达标。松花湖库区上游河流、四方台水源地、辽宁省 42 个水源地、太子河中游的参窝水库和东辽河上游的二龙山水库水质均受到不同程度的污染，难以作为集中式饮用水源地。三是浅层地下水普遍受到污染。三江平原Ⅳ、Ⅴ类地下水水质面积占 15%；松嫩平原Ⅳ、Ⅴ类地下水水质面积约占 28%；辽河流域平原地区Ⅳ、Ⅴ类劣质地下水的面积占辽河流域平原区总面积的 82.97%。四是渤海海域近岸污染加重，赤潮面积逐年增大。

（四）粮食品种结构及质量有待进一步优化与提高

随着加入 WTO 和人们生活水平逐渐提高，城乡居民对农产品结构和质量安全的要求越来越高，国际一些势力特别喜欢利用农产品质量问题做文章，确保农产品质量安全面临着巨大压力和挑战。

（五）科技推广体系不健全

由于东北地区粮食生产的基层技术推广体系仍很薄弱，大批粮食生产的先进实用技术得不到及时推广，导致东北地区各省的粮食单位面积产量低、品质差、市场竞争力不强。

（六）粮食外运难，销售压力大，比较效益低

尽管东北地区拥有耕地面积约 3 亿亩，占全国耕地总量的 16% 强，是我国

重要的商品粮生产基地,但由于多年来受到铁路运输瓶颈的制约,东北地区粮食外运难、销售压力大、种粮效益体现难等问题始终未得到根本解决。

三 加强东北地区粮食基地建设的对策建议

(一) 严格保护粮食生产资源

一是对基本农田要采取逐村落实、地块落实,使每块土地信息都公开透明,便于农民和社会监督;二是用地规划应结合我国国情从严控制,坚决制止土地的不合理占用,防止土地的撂荒;三是应加强保持土地质量和提高产量途径及其关键技术的研究、推广;四是进一步规范土地市场化运行,以拍卖的形式出让"四荒"土地经营权和收益权,通过明晰产权来鼓励农民开发"四荒";五是以治水改土为中心,综合治理,加强中低产田改造。

(二) 推进粮食生产的合理区域布局

一是在确保粮食总产量稳步提高的条件下,继续实施合理调整农业和粮食结构的战略举措,遵循比较效益原则重点抓好优质水稻、专用玉米和高油大豆等主要粮食作物优势区域规划的实施,促进优质粮食作物向优势产区集中;二是综合运用经济、法律、行政等手段,规范商品粮市场交易行为,加强粮食主产区与销区的协作,构建国家、产区、销区三方共同承担粮食安全责任的体制和机制;三是充分利用国家对粮食主产区的各项优惠政策推进粮食生产的合理区域布局。

(三) 推进粮食生产的优质化、规模化、标准化

一是要大力推广优质专用粮食品种,建立健全粮食作物良种繁育体系,不断提高优质粮食比重,全面提高粮食品质;二是要充分发挥东北地区有大批国有农场群的优势,积极推进粮食生产的规模化、标准化和全面机械化。

(四) 加大科技投入和技术推广的力度

一是建立并形成粮食生产科研经费的来源与投入制度和长效机制;二是加大粮食科技投资力度,集中资金和人才,大力开展粮食作物新品种、新技术、新器

械的研究,并争取在较短时间内有所突破;三是建立对良种和适用新技术推广的补贴制度,加大技术推广力度,确保粮食单产水平和产品质量不断提高。

(五) 完善粮食产业化政策

要围绕有利于调动粮食企业和农户两个积极性,通过和谐的利益分配机制带动粮食产业发展和农民致富,把粮食产业变成各利益主体共同致富的和谐产业。为此,政府一要通过制定有关政策明确规范粮食企业的经营行为,使粮农能够分享到粮食加工、流通环节的部分利润;二要对能够拿出一部分利润反哺粮食生产的企业给予一定优惠政策扶持其发展。

(六) 积极发展现代粮食流通体系

一是树立大流通和现代物流理念,加快推进粮食物流现代化建设,围绕建设现代化粮食物流的发展目标,整合现有物流资源,推动粮食现代物流业发展。二是积极培育粮食流通的市场主体,包括以省市级大型粮油购销公司为龙头,带动上下线的中小企业以契约关系或实体兼并,整合流通功能,优化供应链结构,组建成产供(加)销一体化的纵向联合体;以实力雄厚的粮油批发企业为龙头,组建包括若干零售商店在内的代理配送企业等。三是强化粮食流通基础设施建设,完善流通业务流程和功能;在现代粮食流通的业务流程上,构建完整的流通链,从粮食生产布局、种植结构调整延伸到收购、储存、加工、运输、销售、电子商务服务等,并加强各种物流功能的协调与优化,不断提升物流运行效率和经济效益。

(七) 大力发展节水灌溉农业

一要转变政府职能,变行政推动为利益驱动,通过典型带动、大户牵动、效益拉动等多种行之有效的方式,调动农民发展节水灌溉的积极性。二要广辟资金渠道,加大对发展节水灌溉的投入力度。包括采取积极争取国家投资、各省财政加大支出力度、用足用好政府节水灌溉贴息贷款、充分发挥农民投入主体作用、把各种资金捆绑集中使用等办法。三要因地制宜,突出重点,合理确定节水灌溉发展模式。在水资源相对贫乏、生产力水平相对较低的西部地区,大力推行使用节水点灌机;在水资源相对丰富,作物种植品种单一,土地集中连片的地区,上马平移式、时针式等大型喷灌设备;在分散经营的杂粮产区和经济作物区,推选小型喷灌、微灌；在丘陵山区，建设小塘坝、小水库等集雨工程，采用微喷灌设施；在经济基础较好，有区位优势的城郊，建设温室大棚，上微滴灌设施；在水田区推广适合季节冻土区特点、经济适用的渠道防渗形式和施工工艺，大力发展渠道防渗。四要搞好规划设计，提高工程质量，加强管理和服务，确保节水灌溉工程发挥效益。

参考文献

《中国统计年鉴2007》，中国统计出版社，2008。

《中国统计公报2007》，中国统计网，2007。

《黑龙江统计年鉴2007》，黑龙江统计出版社，2008。

《辽宁统计年鉴2007》，辽宁统计出版社，2008。

《吉林统计年鉴2007》，吉林统计出版社，2008。

东北地区研发创新基地发展报告

崔岳春　赵光远[*]

摘　要： 根据《东北地区振兴规划》的精神和相关内容，东北地区研发创新基地将整合东北地区科技创新资源，通过改进创新机制、强化创新服务等手段，充分发挥东北地区科技资源在各个领域的作用，使之最大限度地为经济社会发展服务。

关键词： 东北地区　研发创新　基地

东北地区研发创新基地的提出，主要源自《东北地区振兴规划》（以下简称《规划》），《规划》中"形成国家重要的技术研发与创新基地"是东北地区未来重要的发展目标之一。根据《规划》的精神和相关内容，东北地区研发创新基地指的是，整合东北地区科技创新资源，通过改进创新机制、强化创新服务等手段，最大力度地发挥东北地区科技资源在各个领域的作用，使之最大限度地为东北地区的经济社会发展服务。

东北地区研发创新基地的建设，有利于发挥东北地区传统科教优势，增强科技要素和科技资源的生产积极性和流动性，使科教优势尽快转化成产业优势和经济优势；有利于东北地区转变经济增长方式，完善以科技为核心的经济发展机制，打造东北地区的核心竞争力，提升东北地区的可持续发展能力；有利于从科学发展观的角度实现东北振兴和和谐社会的建设。东北地区研发创新基地包括东北三省的科技创新资源和科技服务体系。其中，研发创新资源包括各级研发中心、实验室、创新中心等；研发创新服务体系包括科

---

* 崔岳春，吉林省社会科学院软科学开发研究所副所长、研究员，主要研究科技创新、技术经济和数量经济等问题；赵光远，吉林省社会科学院软科学开发研究所助理研究员，主要研究区域经济和科技创新问题。

技成果转化服务体系、科技中介服务体系、科技交流合作服务体系和科技市场体系。

一 东北地区研发创新基地的现状

（一） 东北地区研发创新基地科技力量雄厚

东北地区是新中国工业的摇篮，是中国最重要的装备制造业基地、最重要的粮食生产基地。在东北地区经济发展过程中，与农业、装备制造业相关的各类研究机构经过半个多世纪的坎坷发展，具备了雄厚的科技力量。2005 年，东北地区现拥有各类高等院校 182 所，高校属研发机构 531 个，县以上独立核算的研究开发机构 513 个，大中型工业企业科技机构 603 个，国家级重点实验室 23 个，国家可持续发展实验区 5 个，科技活动人员 36.6 万人，工程师和科学家 25.7 万人，承担各类课题（项目）4.4 万项。东北地区研发创新基地汇聚了全国 9.6% 的科技研发机构、7.7% 的科技经费投入、10% 的科技人才、9.3% 的科技项目（见表 1）。

表 1   2005 年东北三省研发创新资源比较

类别 \ 地区	全　国	辽　宁	吉　林	黑龙江	东北三省比重（%）
研究与开发机构数（个）	3901	189	128	196	13.2
大中型工业企业科技机构数（个）	9352	295	124	184	6.4
高等学校属研发机构数量（个）	3936	291	149	91	13.5
科技经费内部支出（万元）	4836.2	203.1	90.1	77.4	7.7
研发经费支出（万元）	2450.0	124.7	39.3	48.9	8.7
科技活动人员（万人）	381.5	18.4	7.5	10.8	9.6
科学家和工程师（万人）	256.1	12.1	5.8	7.8	10.0

资料来源：《中国科技统计年鉴 2006》。

（二） 东北地区研发创新服务体系作用较大

东北地区研发创新服务体系包括科技成果转化服务、科技中介服务、风险投资服务等方面。从东北地区的技术市场交易额、高新技术产业发展情况能够反映出创新服务体系的作用。2006年，东北三省技术市场交易额111.7亿元，2000年以后年均增速达到11.8%；高新技术企业总收入4969.1亿元，2000年以后年均增速达到27.6%，在经济社会发展中发挥了巨大支撑作用。但是，从技术市场交易额、高新技术企业从业人数、总收入、出口额等方面占全国比重情况看，东北地区创新服务体系增速慢于全国平均水平，比重有所下降；从地域分布来看，辽宁省技术市场份额、高新技术企业的集中度等均有所上升，发展不平衡的趋势更加显著（见表2）。

表2　2006年东北地区研发创新服务体系相关指标比较

单位：%

地区　年份　类别	市场交易额比重		高新企业从业人员		高新企业总收入		高新企业出口总额	
	2000	2006	2000	2006	2000	2006	2000	2006
东北三省占全国比重	8.8	6.1	18.0	12.2	12.5	11.5	7.3	2.9
在东北三省中								
辽　宁	60.9	72.2	36.6	49.0	40.2	43.2	66.5	77.2
吉　林	12.5	13.8	43.0	25.4	41.0	35.4	18.7	12.5
黑龙江	26.6	14.0	20.4	25.6	18.8	21.4	14.8	10.3

资料来源：《中国统计年鉴2007》、《中国统计年鉴2001》。

（三）东北地区研发创新基地创新资源分布

东北地区研发创新基地创新资源的分布，从产业、地域等方面来看，受历史和经济条件影响，主要分布在大中型城市，创新优势集中在农业、装备制造业等主导产业。

从区域分布上看，创新资源分布呈现以下两个特征。一是东北地区研发创新资源南强北弱。东北地区研发创新资源中，有47%的科技活动机构、50%的科技活动人员和55%的科技经费集中在辽宁省，占据东北三省研发创新资源的半壁江山。二是东北地区研发创新资源集中在特大城市。根据吴贵生等人的研究成果，东北三省的科技资源、创新能力主要集中在特大城市，其中，辽宁省沈阳、大连的科技集中度为54.8%，吉林省长春、吉林的科技集中度为81.7%，黑龙江省的哈尔滨、大庆的科技集中度为79.4%。

从东北三省的科技创新成果分布来看也是如此。国家科技成果信息服务平台上发布的东北地区的科技成果，在东北地区36个地级行政区中，三个省会城市所占比重达到62%，百万以上人口的特大城市所占比重在80%以上（见表3）。

表3　东北三省科技创新成果区域分布比较（2008年6月16日）

单位：项

省　别	城市名称	成果数量	省　别	城市名称	成果数量	省　别	城市名称	成果数量
辽　宁	沈　阳	2727	辽　宁	朝　阳	61	黑龙江	齐齐哈尔	390
	大　连	1315		葫芦岛	48		鸡　西	35
	鞍　山	249	吉　林	长　春	2225		鹤　岗	8
	抚　顺	84		吉　林	276		双鸭山	7
	本　溪	36		四　平	336		大　庆	171
	丹　东	159		辽　源	35		伊　春	13
	锦　州	119		通　化	90		佳木斯	71
	营　口	83		白　山	45		七台河	5
	阜　新	61		松　原	27		牡丹江	81
	辽　阳	87		白　城	91		黑　河	4
	盘　锦	95		延　边	75		绥　化	26
	铁　岭	39	黑龙江	哈尔滨	2045		大兴安岭	6

资料来源：国家科技成果信息服务平台（http://www.csta.org.cn/）。

从行业分布上看，东北地区研发创新资源主要集中在装备制造业、石化产业、现代农业、医药制造等传统优势行业。因无直接数据支撑，我们通过制造业主要行业的劳动生产率水平得出这一结论。如表4所示，2006年东北三省劳动生产率排名前15位的行业中，大多数属于上述行业。进一步分析可以发现，三省的侧重点又有所不同。除烟草工业外，辽宁省在石油化工、黑色金属冶炼及压延加工、通信设备计算机及其他电子设备制造方面技术领先；吉林省在交通运输设备制造、电器机械及器材制造、有色金属冶炼及压延加工、非金属制品制造（建材）、医药制造业、化学纤维制造、农副产品加工等方面具有相对优势；黑龙江省在饮料制造、资源回收加工、通用设备制造和服装及纤维制品等方面实力不俗。

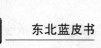

表4 2006年东北三省制造业行业劳动生产率比较

单位：元/人

地区	黑龙江省		吉林省		辽宁省	
序号	行业名称	劳动生产率	行业名称	劳动生产率	行业名称	劳动生产率
1	烟草制品业	295073	烟草制品业	685452	烟草制品业	849565
2	石油加工、炼焦及核燃料加工业	251321	电气机械及器材制造业	503152	石油加工、炼焦及核燃料加工业	689041
3	废弃资源和废旧材料回收加工业	228819	有色金属冶炼及压延加工业	216884	黑色金属冶炼及压延加工业	211844
4	饮料制造业	143858	石油加工、炼焦及核燃料加工业	211610	废弃资源和废旧材料回收加工业	207647
5	通用设备制造业	132087	交通运输设备制造业	211299	有色金属冶炼及压延加工业	190487
6	食品制造业	120769	农副食品加工业	198010	农副食品加工业	166876
7	农副食品加工业	117263	医药制造业	188248	通信设备、计算机及其他电子设备制造业	143918
8	通信设备、计算机及其他电子设备制造业	106729	黑色金属冶炼及压延加工业	187581	饮料制造业	141393
9	电气机械及器材制造业	105176	化学纤维制造业	154886	电气机械及器材制造业	139633
10	医药制造业	99618	食品制造业	135095	医药制造业	138141
11	黑色金属冶炼及压延加工业	85250	饮料制造业	132304	塑料制品业	132387
12	交通运输设备制造业	84209	化学原料及化学制品制造业	113766	金属制品业	131270
13	专用设备制造业	73546	塑料制品业	111206	交通运输设备制造业	126449
14	化学原料及化学制品制造业	70244	专用设备制造业	106482	化学原料及化学制品制造业	121015
15	纺织服装及其他纤维制品制造业	68127	非金属矿物制品业	106218	家具制造业	117941

资料来源：《吉林统计年鉴2007》、《辽宁统计年鉴2007》、《黑龙江统计年鉴2007》。

二 东北地区研发创新基地对经济社会发展的促进作用

东北地区研发创新基地建设对东北地区经济社会发展的促进作用主要体现在以下三个方面。

一是对科技发展本身起了巨大的推动作用。东北地区研发创新基地是在将东北地区各种研发创新资源进行有效整合、合理规划的基础上，强化了不同地域、不同类别的创新资源的分工与合作，有利于东北地区新型科技创新机制的形成，有利于提高东北地区科技创新的整体效率。目前，东北地区研发创新基地进行整体建设的时间尚短，其对科技发展本身的作用还难以准确衡量，但是从长期来看，其对科技发展本身的作用是推动性的、是巨大的。《2007 年全国科技进步监测报告》显示，在 2006 年，辽宁、吉林、黑龙江三省综合科技进步水平分别为52.24、44.21、39.74，分别居于全国各省市区的第 6、第 13、第 14 位，总的来说，东北地区科技进步处于全国中上游水平。近三年来，综合科技进步水平均有所提高（见表5）。

表5　近三年东北三省综合进步水平指数变化比较

地区 \ 年份	2004	2005	2006
辽　宁	47.10	49.26	52.24
吉　林	36.20	37.91	44.21
黑龙江	38.64	39.60	39.74

资料来源：中华人民共和国科学技术部网站（http：//www.most.gov.cn/）。

二是对经济社会发展起了较强的支撑作用。东北地区作为老工业基地，其传统产业（农业、装备制造业）的转型和再发展、高新技术产业竞争力的提升、生态环境的恢复和保护等诸多方面都离不开科技创新的支撑。《2007 年全国科技进步监测报告》显示，在 2006 年，辽宁、吉林、黑龙江三省科技促进经济社会发展指数分别为59.53、54.66、53.38，分别居于全国各省区的第 8、第 10、第11 位，处于全国中上游水平。近三年来，总体而言，科技对经济社会发展的促进作用是增强的（见表6）。

表6　近三年东北三省科技促进经济社会发展指数变化比较

地区 \ 年份	2004	2005	2006
辽　宁	53.39	56.98	59.53
吉　林	48.79	51.15	54.66
黑龙江	57.61	55.08	53.38

资料来源：中华人民共和国科学技术部网站（http：//www.most.gov.cn/）。

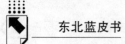

三是对长期的可持续发展机制的形成具有重要的保障作用。东北地区研发创新基地的建立，将对东北地区老工业基地的振兴起到重要影响。一方面，科技进步成果将用来改造传统工艺设备，进而改善工业生产组织模式，推动工业企业生产模式变革。另一方面，科技进步成果能够应用在环保、生态等方面，为东北地区的重化工业的节能环保提供支撑。此外，科技进步成果的应用、推广和普及，将提高东北地区创新意识和创业氛围，有利于激活区域内生增长机制。总之，东北地区研发创新基地的建立将有利于长期的可持续发展机制的形成。

上述三大作用从短期到长期、从经济到社会影响着东北地区的发展和变革，综合而言，东北地区研发创新基地的建立极大地促进了东北地区经济的发展、和谐社会的构建和自增长模式的形成。

三 东北地区研发创新基地典型案例

东北研发创新基地开始建设以来，无论是从区域合作，还是科技创新带动经济社会发展的角度来看，都涌现出一批成功的典型。本报告从企业创新和创新服务两个角度，选取一汽集团和东北大型仪器共用网两个创新案例，加以介绍。

（一）东北区域大型科学仪器协作共用网

东北区域大型科学仪器协作共用网建设（以下简称"共用网"）项目是国家科技基础条件平台建设项目"大型科学仪器设备资源的建设与整合"的子项目之一，是落实《国家中长期科学和技术发展规划纲要（2006—2020 年)》提出的"建设各具特色和优势的区域创新体系"的重要举措，对区域科技和经济社会发展具有重要支撑作用。该项目由吉林省科技创新平台服务中心牵头，在辽宁、吉林、黑龙江三省科技厅的指导下，协调三省协作单位共同完成。"共用网"在 2007 年 8 月 25 日正式开通运行（http：//www. dbi. com. cn)。目前，大型仪器设备信息资源库得到充实，大型仪器设备资源库、专家库成功建立，初步实现网上信息资源共享，区域共享补贴机制和配套的区域技术保障服务体系初步建立并开始运转，相应的管理制度逐步完善健全。目前，"共用网"的建设在如下四个方面取得了一定的成果。

一是东北区域制度建设。根据"共用网"建设实际情况，拟定了《东北区域大型科学仪器协作共用网建设及运行管理办法》（暂行)、《东北大型科学仪器协作网操作手册》；同时按照清华大学的数据标准模式，在建立东北区域信息资源的采集保存标准的基础上，编制了《东北区域大型科学仪器入网须知》、《东北区域大型科学仪器入网申请表》、《网员单位申请表》、《仪器专家调查表》等，不断完善运行管理制度建设，为社会提供更好的服务奠定了基础。

二是充实东北区域资源数据库。按照国家大型科学仪器设备信息资源应用服务系统要求的数据标准和技术标准，录入仪器数据辽宁省 423 台、吉林省 263 台、黑龙江省 231 台，仪器总价值超过 10 亿元人民币；录入 325 名仪器专家信息资料及东北区域 9 个国家级、省级重点实验室详细资料，收集、整理了有关大型科学仪器及科技管理的政策法规文件 40 余篇，建立了 113 家网员单位（入网仪器所属单位）。充实区域大型仪器协作数据库充分满足客户需要，目前的访问率已达 9000 人次以上。

三是完善资源应用服务信息系统。实现东北区域内各省市信息资源汇交，有关管理制度和实施细则的发布，至 2007 年 8 月 25 日已更新 228 条信息，其中新闻类 158 条、通知类 62 条、培训信息类 8 条；实现仪器信息动态管理；更新完善网上预约服务、服务绩效评估、统计分析等功能，其中吉林省 19 家网员单位全年提供共享机时超 4 万余小时；实现与全国大型科学仪器协作共用门户网的信息资源汇交。

四是"共用网"全面运行，基本满足区域科技创新需要。建立了区域大型科学仪器共享规范管理体制，并全面推广。区域大型仪器协作网全面运行，基本满足区域科技创新需要。开展各种类型、各种层次的大型仪器设备资源共享服务。区域技术保障服务体系全面开展各项技术交流培训工作。

在"共用网"的建设过程中，平台建设管理经验的不足、平台管理服务人员的缺乏、网络服务设备更新改造较慢等问题仍然制约着"共用网"的建设速度。但是，三省科技厅的大力支持、有力的组织机构和管理体系、东北区域三省的通力配合、工作人员的努力、边建设边服务的模式、积累起来的相关经验，必将能促进"共用网"的建设进程，使它在东北地区研发创新基地建设中、在东北地区经济社会发展中发挥更大的作用。

（二）创新引领发展——一汽集团创新案例

一汽集团是我国最大的汽车生产基地，2006 年销售车辆突破百万辆大关。2006 年，一汽集团召开全集团科技大会，发布《一汽集团科技中长期发展规划》，计划到 2010 年，使吉林省汽车工业形成比较系统、较强的研发创新能力，形成一大批拥有自主知识产权的核心技术与研发平台，自主创新品牌汽车的比例大幅度提升，参与汽车市场分工的能力明显提升；到 2020 年，使吉林省成为世界上最有影响力的汽车工业基地之一。一汽集团"十一五"总的发展目标是：培育体系能力，完善自主品牌，2010 年实现年总销售量超过 200 万辆，其中自主品牌销量 100 万辆。

一汽集团拥有中国汽车行业成立最早、规模最大的汽车产品研发和试验检测基地，拥有国内唯一的汽车道路强化腐蚀试验基地及寒区气候特点的汽车试验场。目前，一汽技术中心已经建设完成了国际水平的整车排放、环境、性能和可靠性系列转鼓的整车试验室、国际最先进水平的整车消声试验室和底盘总成试验室；改造完成的发动机试验室具备了开发欧Ⅲ以上排放水平发动机的能力；满足法规要求的电磁兼容试验室、安全碰撞试验室等验证能力基本完备。

多年来，在科技部等有关部委支持下，一汽集团已经形成了商用车全系列自主开发能力，包括整车操纵稳定性、动力性经济性、可靠性耐久性、主动安全性、被动安全性；发动机技术包括增压中冷、排气制动、四气门技术、电控技术等方面共 40 多项关键核心技术，完成 1000 余项科研成果，获部级以上奖励 300 余项，开发出 400 余种车型，为一汽发展作出了巨大贡献。特别是为积极响应产业政策，引领自主品牌混合动力汽车跨越式发展，一汽技术中心主动承担了科技部 863 混合动力轿车和客车课题研究项目，目前已取得重大技术突破。自主开发的混合动力车和奔腾混合动力轿车，综合指标达到了国际先进水平，多项关键核心技术填补了国内空白，形成了自主混合动力汽车的可持续发展能力。2008 年 5 月 15 日，一汽集团举行混合动力汽车"奥运示范运行"发车仪式，自主研发的 5 台奔腾混合动力轿车和 10 台混合动力公交客车开始了"奥运示范运行"之旅。在所有为北京"奥运示范运行"提供的车辆中，一汽集团提供的混合动力轿车和公交客车，是唯一应用了强混合动力技术，节能和改善排放潜力大，真正体现了科技奥运的理念。

目前，一汽集团以着力建立高水平汽车技术研发平台和创新体系、着力建设国家汽车电子工程技术研究中心、着力推进产学研紧密结合、着力发展汽车相关产业以及着力培养一批专业人才为主要任务，在"汽车电子关键技术研究"、"电动轿车关键技术研究"、"纯电动客车研究开发"、"重型柴油机国Ⅳ排放及后处理技术与产品集成技术"、"大型复杂汽车镁合金压铸件开发与产业化"等方面开展深层次的技术开发工作，为一汽集团的进一步发展、吉林省汽车产业竞争力的提升打下良好的技术基础。

四 东北地区研发创新基地发展的障碍因素

东北地区研发创新基地具有良好的基础，但从现实来看，地域之间创新资源缺乏整合、缺少科技扩散机制、产学研不紧密、科技成果转化相对滞后等问题，在较长一段时期内仍将制约东北地区研发创新基地的发展。

一是东北地区地域广袤，创新资源过度集中在少数大型、特大型城市内，不仅科技创新难以实现全面扩散、普及，而且影响到对同类创新资源进行整合。如位于哈尔滨市的哈尔滨工程大学，在船舶领域具有雄厚实力，但距离大连造船厂上千公里，对造船领域的创新合作造成影响。同时，创新资源过度集中，容易造成排外的地域观念、城市观念，不利于东北地区城市之间的科技合作。

二是东北地区缺少科技创新的扩散机制，既缺乏区域之间的扩散机制，也缺乏产业之间的扩散机制。区域之间、产业之间缺少科技方面的沟通渠道，往往 A 产业的创新成果在其他地区应用在 B 产业后才能引起本地的反思。同时，科技从大城市向小城市的扩散、由城市向农村的扩散，也往往受到小城市或农村的基础条件、人才条件、制度条件的影响，扩散步伐较慢。

三是产学研结合仍然不足。东北地区科研机构、高校研发机构占全国的比重均超过 13%，但大中型企业科技机构数不足 7%，科技研发优势仍然主要集中在科研院所和高等院校。东北地区大中型工业企业新产品占销售收入比重仅为 11%，低于全国平均水平 3.6 个百分点。新产品销售收入占全国比重 6.9%，远低于东北地区科研机构、高校研发机构在全国的比重，仅与大中型企业科技机构数相当，可见科研机构、高校研发机构的很多研究成果还没有得以转化，产学研之间的结合尚有巨大缺陷。

四是企业创新能力与投入水平不匹配。东北地区科技投入中企业经费占 70% 左右，高于全国平均水平；但大中型工业企业专利申请数仅占全社会专利申请数的 8.5%，此指标不足全国平均水平的 60%，也低于东中西部地区平均水平。也就是说，东北地区企业科技活动中存在着投入较高但产出较低的现象。

五是体制性障碍仍然存在，科技资源优势不能形成产业和市场优势。由于条块分割，科技力量不能有效集成；风险投资进入机制不健全，很多具有明显增长势头的项目由于缺乏资金而搁置；以科技进步为主的内涵式扩大再生产还未成为企业发展战略的主流，对吸收科技成果往往采用"现实"、"功利"的做法，缺乏促进成果转化的动力。

五 东北地区研发创新基地加快发展的对策措施

东北地区研发创新基地建设具有雄厚的实力，已发挥或即将发挥着重要的作用。然而，其所存在的问题也不能忽视。东北三省各有关部门应该针对问题，结合各省具体情况，依托三省合作的大背景，在协作创新的基础上，有所分工，发挥各地区创新资源的优长之处，使东北地区的研发创新资源在老工业基地振兴中再创辉煌。

（一）三省合力，营造支持科技创新的政策和制度环境

东北三省之间要加强合作，同步出台支持科技创新的政策，同心营造科技创新的制度环境。共同支持进一步完善协调互动机制，建立权威高效的领导组织机制与架构；深化科技体制的改革，统一优化配置各产业的科技资源和力量；加强政策法规建设，研究并制定《东北地区研发创新基地建设规划》；建立知识产权评估和交易体系，规范知识产权评估机构的认证制度，完善知识产权的转让、抵押、处置制度，保护企业的合法权益。通过优惠提供土地、基础设施、资金及投资环境等政策，吸引外商以独资或与当地企业、科研机构、高等院校合资的形式，设立研发中心或投资高技术产业发展项目。

（二）采取措施，整合东北地区研发创新基地的科技资源

东北三省产业结构相似，装备制造业、农业、石化、中医药等产业均是三省的优势产业。产业结构相似决定了三省同类创新资源较多。因此，有必要在超越省级的层次上建立科技资源整合机制，如建立三省的行业科技共同体，共同推进三省相关行业产学研的跨区域合作；三省应在产业层面上进行合作，支持企业间的研发合作；在科技人才、研发人才培养方面合作，共同强化东北地区的科技人才基础；在科普、科技中介机构等领域合作，使东北地区某一点的创新成果能够以最快速度、最低成本地达到东北地区的每个角落。

（三）强化研发创新服务体系建设，逐步完善健全科技扩散机制

尽管东北地区研发创新服务体系对于研发创新基地的建设起了重要的作用，但是从整个东北地区的经济社会发展来看，其作用仍然不足，难以支撑创新资源的共享和扩散。因此，必须以现代化手段，支撑东北地区研发创新服务体系建设。一方面，要建设东北地区科技资源共享平台，以现有的大型仪器共享平台为框架，建立三省的科技共享服务平台，通过总平台和省级分平台的建设，加强科技资源共享和科技创新服务。另一方面，要针对东北地区现状，规划合理的科技扩散模式，短期内以大城市、特大城市为核心进行扩散，中期内以哈大线等交通干线为轴线向两翼扩散，长期内以地级城市为支撑点、县级城市为联结点进行网络式扩散。通过科技共享平台、科技服务平台建设和扩散模式的规划，促进东北地区科技资源快速整合和发挥作用。

（四）共同采取措施，促进高新技术产业发展，加速成果转化

国家政策性银行和商业银行对于高技术项目，在符合信贷政策的前提下，要优先给予信贷支持；高技术企业在境外上市时，要简化审批程序，适当放宽外汇管制；符合条件的高技术企业在境外投资高技术项目时，要给予融资担保、信用保险、综合授信等一揽子金融服务；建立风险担保机制、信用体系、科技中介服务体系，营造有利于高技术产业投融资制度创新的金融环境；建议国家在东北老工业基地增值税转型试点工作基础上，将增值税的纳税范围可抵扣部分由设备购置扩大到专利和技术购买，对经认定的属于小规模纳税人的高技术企业，适度调低增值税。

（五）落实国家相关政策，激励企业自主创新，提高企业科技成果比例

激励企业自主创新，是落实国家中长期科技发展规划的重要内容。国家层面已经出台了相关措施，但是在省级及以下层面落实不够。东北三省应协调科技、税务、土地等行政部门，出台相关条例，落实关于科技企业、高技术企业和自主创新行为的减免税优惠措施；修改、完善相关科技创新奖励方法，把企业创新的奖励和高校、科研院所区分开，对于企业自主创新成果、成果转化行为给予更大的奖励来激励企业创新活动；东北三省每三年左右联合开展企业自主创新奖励、

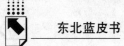

表彰的宣传活动，促进企业自主创新的积极性；政府部门应支持以企业为主导的产学研合作创新。通过各种方式，促进企业创新活动的增强和科技成果比例的提高。

（六）共同采取措施，强化黑吉两省的对外开放

采取有效措施，吸引更多的跨国公司到东北地区尤其是黑龙江、吉林两省设立分支机构、研究开发机构或者合资合作建立高科技企业，将先进的运作模式和管理方式带入吉林省。大力发展大型和成套设备、自主知识产权与自主品牌产品出口，提高出口商品的科技含量和附加值；切实加强急需的关键技术、重大装备及国内市场紧缺的元器件进口，实现进口来源的多元化。

东北地区投资发展现状与对策研究

胡祥鼎 吕 萍 宋晓丹[*]

摘　要：东北地区是投资驱动型的经济。2003～2007 年期间，东北三省固定资产投资总额占 GDP 的比重由 32.5% 提高到 61.3%，提高了 28.8 个百分点；同期全国由 47.4% 提高到 55.6%，仅提高了 8.2 个百分点。实施东北振兴战略的几年，恰与我国新一轮经济周期的扩张期重合，而这一轮扩张的重点是重化工业加速发展。东北地区重化工业在工业中的比重远高于全国。全国性的对投资品急剧增加的市场需求，有力地拉动了东北地区的投资增长，进而又推动了东北地区的经济发展。

关键词：固定资产投资　投资增长　合理增长

在国家实施振兴东北老工业基地战略以来，东北地区的固定资产投资继续保持了较快增长态势。无论是总量还是增速，东北地区投资均呈现了逐年增长的态势（见图 1）。一是投资总量从 2003 年的 4211 亿元增加到 2007 年的 14302 亿元，占全国的比重由 7.6% 上升到 10.4%；二是投资增速从 2003 年的 20.9% 上升到 2007 年的 36.0%，增长约 15 个百分点，其中，2005 年增速达到最高峰，为 37.6%。总体来说，投资的快速增长促进了东北老工业基地的改造和经济的快速发展。

一　东北地区投资发展现状

（一）投资增长速度超过全国平均水平，但是在低起点上提速

2007 年与实施东北振兴战略之前的 2003 年相比（见图 1），东北三省固定资

---

* 胡祥鼎，原黑龙江省政府省长助理，国有资产管理委员会主任；吕萍，黑龙江省社会科学院经济所助理研究员；宋晓丹，黑龙江省社会科学院经济所助理研究员。

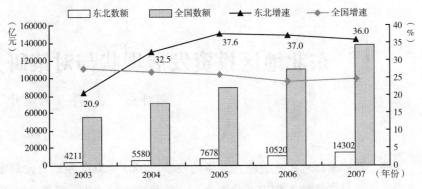

图1 2003～2007年东北与全国投资总量与增速情况

产投资总额增长了 2.4 倍，高于全国 1.47 倍的增长水平，年均增长 35.8%，高于全国年均增长 25.4% 的水平（见表1）。2007 年，东北地区投资增速为36.0%，高于全国 24.8% 的水平，其中，吉林省增长最快，达到 42.8%；黑龙江省最慢，达到 28.1%，低于吉林省 14.7 个百分点。而全国投资增长与东北地区不同，从 2003 年以来呈现逐年下降的态势。但是，这个相对的高增速是在前些年的低起点上实现的。2000 年以后全国逐步进入新的一轮经济增长周期，到 2003年固定资产投资开始进入高速增长阶段。这一时期全国投资年均增长 16.8%，2003年增速达 27.7%。而东北地区由于国有为主的体制和重化工业为主的结构影响，包袱沉重，同一时期固定资产投资年均增长仅为 15.3%，比全国低 1.5 个百分点；2003 年增长 20.9%，比全国低 6.8 个百分点。对于各省而言，2000～2003 年期间，辽宁省投资增速与全国持平，吉林省次之，黑龙江省增速最低。

表1 东北三省固定资产投资增长情况

单位：亿元，%

年份	辽宁		吉林		黑龙江		东北三省		全国		东北三省占全国比重
	数值	增速	数值	增速	数值	增速	数值	增速	数值	增速	
2000	1268	13.2	604	20.8	833	9.3	2705	13.6	32918	10.3	8.2
2001	1421	11.9	702	16.2	964	14.0	3087	14.1	37214	13.0	8.3
2002	1606	13.0	834	18.8	1046	8.5	3486	12.8	43500	16.9	8.0
2003	2076	29.7	969	19.5	1166	12.0	4211	20.9	55567	27.7	7.6
2004	2980	43.1	1169	20.9	1431	22.1	5580	32.5	70477	26.6	7.9
2005	4200	40.1	1741	53.8	1737	18.4	7678	37.6	88774	26.0	8.6
2006	5689	34.8	2595	55.6	2236	29.1	10520	37.0	109998	24.0	9.6
2007	7435	30.7	4003	42.8	2864	28.1	14302	36.0	137239	24.8	10.4

资料来源：《中国统计年鉴》与 2007 年全国及各省统计公报整理并计算。

（二）投资总额在全国的比重与全国各省相对位次提高，但省区发展不平衡

2003～2007 年期间，东北三省固定资产投资总额占全国的比重由 7.6% 提高到 10.4%（见表 1），一方面表明国家加大了对东北老工业基地的投资比重，比如，继续加大推进东北老工业基地振兴步伐，加快资源型城市发展接续替代产业促进经济转型等优惠政策与投资；另一方面也体现了东北地区充分利用自身的特点加大了吸引国内外投资力度，尤其是利用处于东北亚中心的地理区位优势加大了与俄罗斯、日本、韩国、蒙古以及朝鲜等国家的经贸往来。投资总额在全国的相对位次有所提高，其中，辽宁省由第 10 位提高为第 5 位，吉林省由第 24 位提高为第 16 位，但黑龙江省却由第 18 位下降为第 20 位。

（三）投资总额占 GDP 的比重不断提高，但仍低于全国平均水平

2003～2007 年期间，东北三省固定资产投资总额占 GDP 的比重由 32.5% 提高到 61.3%，提高了 28.8 个百分点；同期全国由 47.4% 提高到 55.6%，仅提高了 8.2 个百分点，其中吉林省提高最快，达到了 38.2 个百分点；辽宁省达到了 32.9 个百分点；黑龙江省提高最慢，达到 14.2 个百分点。东北三省的投资占 GDP 比重由低于全国平均水平 14.9 个百分点变为高于 5.7 个百分点（见表 2），表明东北经济还是以"投资驱动型"经济为主。

表 2　东北三省投资占 GDP 比重变化情况

单位：亿元，%

地　区　　类　别\年　份	2003		2007	
	GDP	固定资产投资占 GDP 比重	GDP	固定资产投资占 GDP 比重
全　国	117252	47.4	246619	55.6
东北三省	12956	32.5	23325	61.3
东北三省 GDP 占全国比重	11.0	—	9.5	—
辽　宁	6003	34.6	11022	67.5
吉　林	2523	38.4	5226	76.6
黑龙江	4430	26.3	7077	40.5

资料来源：《中国统计年鉴》与 2007 年全国及各省统计公报整理并计算。

（四）重大项目投资增加，但区内布局不平衡

实施振兴东北老工业基地战略以来，东北加大了重大项目的投资力度（见表3）。2005~2007年底，"哈大齐"投资项目投资累计达到369.3亿元，企业项目投资累计达到311.4亿元，并且主要集中在哈尔滨与大庆两个城市。总投资140亿元的国家重点建设工程——中国石油大庆石化年120万吨乙烯改扩建工程于2007年底已开工奠基。据评估，工程投产后，年均销售收入增量79.7亿元，税后利润增量9.2亿元，增量投资利润率14.34%，全投资内部收益率税后13.03%，具有良好的经济效益和投资回报。2007年辽宁省施工的计划总投资超亿元建设项目由2006年的1368个增加到1663个，完成投资2394.6亿元，比上年增长33.6%，占全部50万元以上项目投资的63%。无论是从项目个数还是完成投资额上，黑龙江省与辽宁省相比都要逊色些，黑龙江省亿元以上建设项目共663个，比2006年增加164个，完成投资1189.9亿元。2007年，吉林省重点推进300个重大项目，主要是体现建设光电子和生物产业基地、建设两百万辆汽车及配套产业、新增百亿斤商品粮、新增千万千瓦发电能力、千万吨钢等重大工程和生产性服务业及社会事业等重大项目，总投资7334亿元，其中民生富民重大项目25个，总投资1025亿元。

表3　2005年8月~2007年12月黑龙江省哈大齐投资项目情况

单位：亿元

投资项目情况	合　计	哈尔滨	齐齐哈尔	大　庆	安达和肇东
项目投资额	369.3	129.8	58.0	125.5	56.0
园区基础设施投资	57.8	35.2	4.3	15.9	2.4
企业项目投资	311.4	94.6	53.7	109.6	53.5

资料来源：2007年12月《黑龙江省统计月报》。

二　东北地区投资分析

（一）投资效应分析

1. 固定资产投资拉动经济增长

东北地区是投资驱动型的经济。投资具有创造需求（包括对投资品的需

求，以及投资转化为工资产生的消费需求）和增加供给（形成新的生产能力）的双重功能，能够拉动经济总量按"乘数原理"增长。实施东北振兴战略的几年，恰与我国新一轮经济周期的扩张期重合，而这一轮扩张的重点是重化工业加速发展。东北地区重化工业在工业中的比重远高于全国。全国性的对投资品急剧增加的市场需求，有力地拉动了东北地区的投资增长，进而又推动了东北地区的经济发展。2004 ~ 2007 年期间，吉林省保持了 20.9% ~ 55.6% 的远高于全国的投资增速，GDP 增速由第 24 位提升至第 2 位；辽宁省同样保持了 30.7% ~ 43.1% 的投资高增速，GDP 增速也由第 15 位提升至第 8 位；然而，黑龙江省投资增速为相对较低的 18.4% ~ 29%，GDP 增速则由全国第 24 位下降为第 30 位。

2. 固定资产投资推动物价上涨

投资的快速增长引起相关产品的需求快速增加，进而拉动物价上涨。物价的上涨，使企业盈利增加，扩大再生产的冲动强化，又会进一步推动投资规模的扩大，反过来刺激物价进一步上涨，从表 4 可以看出，2003 年东北三省投资有的开始提速（如辽宁省），有的仍然低速（比如黑龙江与吉林两省），但总体和全国一样，物价涨幅较低。其中投资增速最低的黑龙江省物价水平最低，投资增速最高的辽宁省物价水平最高。经过连续几年投资高速增长的推动，到 2007 年，东北三省投资增速超过全国，物价涨幅也超过或与全国持平，都出现了通货膨胀的趋势。

表 4　东北三省与全国的投资增长速度和 CPI 变化情况（2003 年、2007 年）

单位：%

类别 \ 地区 年份	辽宁		吉林		黑龙江		全国	
	2003	2007	2003	2007	2003	2007	2003	2007
投资增长速度	29.3	32.1	16.2	41.5	11.5	28.5	27.7	25.8
居民消费价格指数（CPI）	101.7	105.1	101.2	104.8	100.9	105.4	101.2	104.8

资料来源：《中国统计年鉴》与 2007 年全国及各省统计公报整理并计算。

3. 固定资产投资对就业拉动作用不明显

投资增长一般会形成新的生产能力，并促进就业增长。但东北地区的固定资产投资中可以吸纳劳动力的用于设备、工器具购置的比重只占约 1/4，能大量吸纳劳动力的个体和民营经济投资比重很低，投资于劳动密集型的加工业、服务业的比重也很低，投资于资金密集型的重化工业和基础设施的比重则很高。著名经济学者吴敬琏指出，重工业部门每亿元投资提供 0.5 万个就业机会，仅及轻工业的 1/3。因而固定资产投资对就业的拉动作用不明显，如辽宁省 2007 年城镇固定资产投资增长 32.1%，但年末城镇从业人员比上年末减少 17657 人，在岗职工减少 24483 人；黑龙江省 2007 年城镇固定资产投资增长 28.5%，城镇从业人员仅增长 2.88%，在岗职工减少 1.4 万人。如果用 2005 年的资料与全国相比，2005 年全国新增城镇固定资产 4521 亿元，新增城镇就业人员 855 万人，每增 1 亿元固定资产新增就业 189 人；黑龙江省 2005 年新增城镇固定资产 1089 亿元，而城镇就业人员同比减少 3.1 万人。近几年黑龙江省加大了加工业的投资力度，2007 年新增城镇固定资产 1904 亿元，新增城市就业人员 19.9 万人，每增 1 亿元资产新增就业 105 人，仍比全国 2005 年的水平低 44.5%。

（二）投资主体分析

2006 年，东北地区国有和非国有投资比重均略微高于全国平均水平，其中国有投资高 0.2 个百分点，非国有投资高 1.6 个百分点；外商、港澳台地区投资比重则低于全国平均水平 2 个百分点（见表 5）。其中，黑龙江省投资主体比较特殊，国有经济比重较高，国有投资比重高达 41.0%，高于东北地区和全国平均水平大约 11 个百分点，然而，非国有投资（56.0%）和外商、港澳台地区投资（3.0%）却远远低于东北地区和全国平均水平大约 6 个百分点。以上结果表明，黑龙江省在今后一定时期内在加大国企改革步伐的同时，也要扩大民间投资的范围和加大招商引资力度。

表 5 2006 年按经济类型分全社会固定资产投资

单位：亿元，%

地　区	资金总额	国有投资		国内非国有投资		港澳台地区投资	
		数额	比重	数额	比重	数额	比重
东　北	10520.0	3181.8	30.2	6502.1	61.8	836.1	7.9
辽　宁	5689.6	1479.2	26.0	3602.6	63.3	607.9	10.7
吉　林	2594.3	786.9	30.3	1647.0	63.5	160.4	6.2
黑龙江	2236.0	915.8	41.0	1252.3	56.0	67.8	3.0
全　国	109998.2	32963.4	30.0	66176.5	60.2	10858.3	9.9

资料来源：《中国统计年鉴》整理并计算。

（三）投资来源分析

2006 年，在东北地区全社会固定资产投资中，由于国家支持一部分重点项目，因而国家预算内资金比重达 4.4%，比全国高 0.5 个百分点。加之近年来金融机构处理大量呆坏账和治理不良贷款，符合贷款条件的企业和项目少，因而国内贷款的比重仅达到 11.3%，比全国低 5.2 个百分点。而且东北地区开放度不高，利用外资的比重仅为 2.1%，比全国低 1.5 个百分点，其中，黑龙江省的情况更严重一些，2007 年，黑龙江省利用外资比重仅为 1.5%，比 2006 年东北三省平均水平低 0.6 个百分点；自筹和其他资金的比重则高达 82.3%，比全国高6.3 个百分点（见表 6）。

表 6　2006 年按资金来源分全社会固定资产投资

单位：亿元，%

地　区	资金来源总　额	国家预算内资金		国内贷款		利用外资		自筹和其他	
		数额	比重	数额	比重	数额	比重	数额	比重
东北地区	10864.6	474.2	4.4	1229.9	11.3	222.8	2.1	8937.8	82.3
辽　宁	6026.8	271.5	4.5	742.5	12.3	132.4	2.2	4880.4	81.0
吉　林	2576.8	83.0	3.2	264.9	10.3	60.1	2.3	2168.7	84.2
黑龙江	2261.1	119.6	5.3	222.5	9.8	30.3	1.3	1888.7	83.5
全　国	118957.0	4672.0	3.9	19590.5	16.5	4334.3	3.6	90360.2	76.0

资料来源：《中国统计年鉴》整理并计算。

（四）投资结构分析

1. 城镇投资与农村投资

东北地区是国家重要的商品粮基地，国家和东北三省对农业的投资力度都比较大。2007 年，东北地区的农村投资同比增长 31.6%，比全国高 12.4 个百分点，但是，东北地区农村投资却只占总投资的 12.3%，比全国还低 2.1 个百分点，农村投资的增长速度也比城镇低 2 个百分点（见表 7）。所以，东北地区在推进社会主义新农村建设进程中，应继续加大农村投资力度，关注"三农"问题，以确保农民在改革开放中能够分享更多的成果，得到最多的实惠，从而调动农民生产与经营的积极性和创新性，进一步加大社会主义新农村建设步伐。

表7　2007年东北三省投资占GDP比重变化情况

单位：亿元，%

地　区	投资总额	城市投资		农村投资		农村投资占总投资比重
		数额	增速	数额	增速	
东北三省	14302	12545	33.6	1757	31.6	12.3
辽　宁	7435	6576	32.1	859	20.7	11.6
吉　林	4003	3346.9	41.5	656.3	53.3	16.4
黑龙江	2864	2622	28.5	242	23.9	8.4
全　国	137239	117414	25.8	19825	19.2	14.4

资料来源：《中国统计年鉴》与2007年全国及各省统计公报整理并计算。

2. 三次产业的投资

由于基础设施、城市建设、房地产等方面的投资较大，2007年，东北地区城镇固定资产投资中，第三产业占了大部分。辽宁省城镇基础设施建设完成投资1666.4亿元，比上年增长26.1%，其中城市公共交通投资82.8亿元，增长47.4%；环境管理业投资86.4亿元，增长3.5倍；卫生、社会保障和福利业投资38.9亿元，增长36.5%。辽宁省、吉林省与黑龙江省的房地产投资总量与增长速度分别为1497.6亿元、1165.7亿元、488.48亿元和31.1%、57.5%、19.0%，无论是投资总量还是增速，黑龙江省均处于末位。此种现象也与第三产业的投资额与增速相符，即吉林省在第三产业的投资额与增速均大于黑龙江省（见表8）。从三次产业投资比重看，黑龙江省第三产业投资占城镇总投资的54.0%，接近于全国55.3%的平均水平，高于吉林省约9个百分点；另外，吉林省第一产业增速达到90.8%。

表8　2007年部分省份城镇投资中三次产业投资情况

单位：亿元，%

地　区	城镇投资总　额	第一产业		第二产业		第三产业		三次产业投资比重
		数额	增速	数额	增速	数额	增速	
吉　林	3347	68.62	90.8	1766.34	46.4	1511.94	34.5	2.1∶52.8∶45.2
黑龙江	2622	72	21.1	1135	28.2	1415	29.1	2.7∶43.3∶54.0
全　国	117414	1466	31.1	51020	29	64928	23.2	1.2∶43.5∶55.3

资料来源：2007年全国及各省统计公报。

（五）投资与宏观调控关系分析

总的来说，东北三省投资与全国同步回暖，2000~2002 年，分别保持了 13.6%、14.4%、12.8%的投资增速。到 2003 年，东北地区与全国同步进入新一轮扩张期，投资增速达到 20.9%（全国为 27.7%）。此后又恰遇东北老工业基地改造振兴的政策机遇。2004 年投资增幅达 32.5%，比全国高 6 个百分点。2005 年达到投资增长高峰 37.6%，比全国高 12 个百分点。以后国家开始控制投资和信贷规模，但对东北老工业基地改造略有照顾。2006 年东北投资增速微降为 37.0%，但仍比全国高 13 个百分点。2007 年国家 6 次提升存贷款基准利率，10 次调升存款准备金率，并通过控制信贷和土地加大了对固定资产投资的控制。东北地区和全国一样，新开工项目减少，但由于政府主导型的经济特征和"分灶吃饭"的财政体制，以及振兴一方的使命驱使和政绩考核的影响，地方政府存在着加速发展的强烈冲动和积极扩张、消极收缩的偏好；企业为追求自身利益，本能地追求扩张，抵制收缩，加之劳动力、资源、资金、环境的低成本，带来了投资的高收益，更加剧了地方和企业的投资冲动。因而在宏观调控力度不断加大的 2007 年，东北地区投资增速仍然高达 36.0%（见表 1）。

三　推动东北地区投资发展的对策

（一）按照又好又快可持续发展的要求，保持投资的适度增长和适度规模

我国正处在一个市场化、工业化、城市化加速推进的历史时期。东北地区同全国一样，经济增长存在着巨大的空间，固定资产投资也存在着巨大的空间，特别是东北地区需要重点投资的农业、能源和原材料工业、重大装备、化工、节能环保等产业，是关系国家粮食安全、经济安全和制约经济社会发展的"瓶颈"产业。适度增加这些产业的投资，不仅不会加剧通货膨胀，而且还会因为增加短缺的生产能力，改善供给，进而抑制通货膨胀。另外，拉动东北地区经济增长的"三驾马车"中，由于东北轻工消费品产业不发达，扩大消费主要拉动的是其他地区的经济，净出口比重更低（2006 年，按目的地和资源地计算黑龙江省和吉林省净出口均为负值），因而投资拉动经济增长的作用比东、中部地区重要得多。因此，在当前通货膨胀压力加大的情况下，东北地区既要坚决贯彻落实中央

的宏观调控政策，控制投资和信贷规模，坚决压缩市场过剩和低水平重复建设的投资项目，又要从实际出发，增加市场供应不足、价格攀升、国家有紧迫需求的项目投资。这样有保有压，有进有退，保持投资的适度增长和适度规模，才能控制总需求膨胀，增加有效供给，缓解物价上涨压力，稳定经济、稳定社会。

（二）进行资源整合，实施大项目牵动战略

东北地区具有资源富集、土地辽阔、重化工业基础好等优势，应当上一批市场供需缺口大、规模效益好、牵动力强的大项目，如农业大型水利工程、大型矿井建设、重大的石油化工和煤化工项目、核电等重大装备项目、口岸基础设施项目、促进东北区域经济一体发展的重大交通项目、松花江污染治理等重大的环保项目等。围绕大项目，上配套的中小项目，形成产业集群。上大项目，关键是要有投融资实力的投资主体，要有能拿出项目资本金的大公司、大集团。为此，一方面，要引进国内外大公司；另一方面，要重组区内企业，形成大公司。过去几年，东北地区基本完成了微观层面的国有企业的产权制度改革，但宏观层面国有经济布局调整和国有企业重组却进展艰难，跨省的企业并购重组难度更大。东北地区的有关政府应该按照发挥优势、扬长避短的原则，推进省内和跨省、中央和地方之间的国有企业战略重组，在重大装备制造、重型机床、农副产品加工、化工、钢铁、能源等行业组建一批有国内和国际竞争力的大公司、大集团。这是第一步。第二步，要向国外招商，引进有先进技术、管理和强大资本实力的战略投资者，进行股份制改造并上市融资。第三步，进行市场化并购扩张。唯有进行资源整合，才能生成上大项目的投资主体。

（三）放宽市场准入并拓宽融资渠道，大力发展非国有投资

随着改革开放的推进，东北地区非国有经济投资比重逐年上升（2003年为59.6%，2006年为61.8%），但这个比重一直比全国平均水平低（见表9）。非国有经济投资比重偏低，反映出民众创业艰难、投资环境较差，导致东北地区非国有企业发展不快，内生的经济活力不足，吸纳就业的能力不强。这也是大企业大项目的协作配套、延伸加工难以发展、产业集群难以形成的原因所在。因此，必须在抓大项目的同时，抓全民创业；使更多的民众成为投资的主体、创业的主体。为此，应解决三个问题：一是放宽准入。东北地区国有企业垄断资源开采、邮电交通通信、金融等产业的问题比较突出，政府对民众投资的审批等管制过

严。必须落实各类企业平等准入的公平原则，为民间投资扫除行政障碍。二是减轻负担。必须坚决清理各种收费、罚款和摊派，把行政机关履行行政管理职能而发生的收费、不适应发展需要和政府转变职能需要的收费，以及各种证照工本费等不合理的收费予以取消，以创建一个宽松的投资环境。三是解决融资困难问题。根本出路是从农村做起，放开金融，允许创办多种所有制的中小金融机构，解决民众投资的金融支持问题。

表9　部分年份东北地区投资中非国有投资情况

单位：亿元，%

地区 \ 年份 类别	2003			2005			2006		
	投资总额	非国有投资	比重	投资总额	非国有投资	比重	投资总额	非国有投资	比重
东三省	4211.0	2509.0	59.6	7678.8	4424.4	57.6	10520.0	6502.1	61.8
辽　宁	2076.0	1364.0	65.7	4200.4	2520.8	60.0	5689.6	3602.6	63.3
吉　林	969.0	553.0	57.1	1741.1	994.8	57.1	2594.3	1647.0	63.5
黑龙江	1166.0	592.0	50.8	1737.3	908.8	52.3	2236.0	1252.4	56.0
全　国	55567.0	33906.0	61.0	88773.6	50682.3	57.1	109998.2	66176.5	60.2

（四）调整投资结构，加大经济社会发展薄弱环节的投资力度

要改变重城市轻农村的惯势，加大第一产业的投资，扩大农业投资规模；加大第三产业中能更多吸纳就业的社会服务业和民众创业的投资规模；加大第二产业中能源、原材料、重大装备及其他短缺行业的投资力度。要高度重视并大力加强社会事业、节能环保以及研发与自主创新的投资。对东北地区的资源型城市与衰退产业，要加大生态环境治理、接续替代产业投资的支持力度。2007年，黑龙江省环保投入达109亿元，占GDP的1.56%，创历史新高；中央、省级安排环保专项资金共3.04亿元，是上年的2.17倍，其中用于环保能力建设资金近2亿元，是2006年的3.1倍。

（五）支持有实力的企业走出去，尤其是到俄远东地区投资办企业

国际学者曾预言，"21世纪将是亚洲的世纪，而亚洲最具发展潜力的国家大多集中在东北亚，东北地区地处东北亚的中心，在东北亚区域合作中扮演重要角色"。2008年6月14日，首届东北亚区域合作发展国际论坛在哈尔滨市开幕，

区域合作将助推东北经济快速腾飞。借助中国政府正在实施的东北老工业基地振兴战略、沿边大开放战略的强劲东风，东北地区应充分利用地处东北亚中心的区位优势，全面实施与俄、日、韩、蒙、朝等国家的经贸合作，进一步深化"走出去"、"引进来"的对外开放政策。中俄最高领导层高度重视中国东北振兴与俄远东和后贝加尔地区开发的对接。我国制定了东北地区与俄远东地区合作规划，俄罗斯制定了远东和后贝加尔地区 2007～2013 年开发规划，今后 5 年要在该地区投资 5000 亿卢布，比前 5 年超过 30 倍。这个地区是当今世界唯一没有大规模开发的能源、资源宝地。俄方急需扩大国际合作，进行资源开发和加工。目前日、韩等国已抢占先机。东北地区发展对俄远东地区的合作有得天独厚的地缘、人缘优势和合作基础，有缓解地区和全国性能源、资源短缺的紧迫需求，又面临国内控制投资和鼓励走出去投资的政策环境，以及人民币升值对对外投资极为有利的好机遇。所以，应采取超常规措施，谋划一批中俄合作开采俄石油、天然气、矿产、森林等资源并进行加工的大项目，组织地区内大企业走出去，采取股份制形式组建项目公司，逐步在俄远东地区建立起我的能源、原材料基地。

（六）深化生产要素的市场化改革，形成投资合理增长的内在机制

近年来，虽然国家不断加大宏观调控力度，但我国投资增速仍然居高不下。投资率节节攀升，消费率节节下降。根源就在主要由行政权力配置土地、资本、资源等生产要素，固定资产投资享受着土地低价甚至零价，利率偏低，劳动力由于供过于求，价格长期偏低，能源资源价格严重扭曲且偏低，仿制技术成本低、环境成本更低等诸多低成本、高回报的"优惠"待遇，再加上赶超型经济发展和政绩考核的压力，地方政府和企业内生的投资冲动十分强烈。转变这种依靠资本投入、资源消耗、环境透支的发展方式，关键在于深化市场取向的改革，积极而又稳妥渐进地进行生产要素的市场化改革，按以人为本的要求提高劳动力成本和环境成本，按价值规律提高能源、资源成本，从而抑制投资的过快增长，形成以人为本，内需为主，依靠科技、资源节约、环境友好、社会和谐的科学发展的体制基础，形成投资合理增长的内在推动和制约机制。

总之，对于东北地区来说，土地资源的市场化，有利于增强资源型城市和地区发展接续替代产业的能力，有利于偿还历史积累的环境和社会欠账，有利于吸引投资上大项目。

东北地区消费发展现状及对策研究

孔静芬[*]

摘　要： 近年来，随着消费需求对经济增长的拉动力不断增强，消费问题已成为我国宏观经济运行中的重大课题。本文通过对东北地区消费发展的现状、存在问题进行深入分析，提出了促进东北地区消费发展的对策与建议。

关键词： 东北地区　消费需求　消费发展

在消费、投资和净出口"三驾马车"拉动经济增长中，消费是主导力量。从社会生产周期看，只有消费需求才是经济增长真正和持久的拉动力量。消费不仅是经济运行的结果，同时也是经济运行的前提。近年来，在国家实行稳健的财政货币政策引导下，东北地区的经济继续平稳健康发展，消费需求在国民经济中的地位有所提高，消费对国民经济增长的贡献开始增强，消费市场保持了平稳的较快增长势头，为东北地区经济社会的可持续发展提供了可靠保障。

一　东北地区消费发展现状与特征

（一）东北地区消费发展的整体态势

1. 消费需求总量增长加速

东北地区消费需求自 2006 年以后继续保持了较快增长，总量逐步扩大。据统计数据表明，2007 年，东北地区全年社会消费品零售总额 8360.4 亿元，比上年增长 17.6%，高于全国增速 0.8 个百分点，占全国消费品零售总额的 9.37%。

---

* 孔静芬，吉林省社会科学院经济研究所副研究员，主要研究消费经济问题。

其中，辽宁省社会消费品零售总额实现 4030.1 亿元，位居全国第六位，比上年增长 17.3%，成为自 1996 年以来增长最快的年份，增幅呈现"四高"特点：一是高于上年 2.8 个百分点；二是高于同期全省 GDP 增长 2.8 个百分点；三是高于全国平均水平 0.5 个百分点；四是高于东北地区平均水平 0.4 个百分点，改变了多年来增速低于东北地区的局面。吉林省 2007 年全年社会消费品零售总额为 1999.2 亿元，比上年增长 19.3%，高于全国平均水平 2.5 个百分点。黑龙江省消费需求继续保持平稳较快的增长，消费市场保持购销两旺态势，增幅创下近十年新高，2007 年全年社会消费品零售总额为 2331.1 亿元，比上年增长 16.7%，增幅提高 3.2 个百分点。消费规模的扩大是市场发展的前提条件，也是形成开放型经济的前提条件。

2. 消费能力稳步提高

居民收入增长较快，消费能力稳步提高，这是东北地区消费规模扩大的基础。据统计数据显示，东北地区居民生活水平和生活质量显著提高。2007 年，东北地区城镇居民人均可支配收入达 33830.52 元，比 2006 年增加 4503 元。农村居民人均纯收入 13095 元，比 2006 年增加 1813 元。其中，辽宁省城乡居民收入增长较快，城镇居民人均可支配收入 12300 元，同比增长 15.7%，农民人均纯收入 4773 元，同比增长 14.3%，分别高于同期全国平均水平 1% 和 0.9%；吉林省城镇居民人均可支配收入达到 11285.52 元，同比增长 15.5%，农民人均纯收入 4190 元，同比增长 15.1%，城乡居民收入增长分别高于全国平均水平 1.2% 和 1.8%；黑龙江省城镇居民人均可支配收入 10245 元，同比增长 11.6%，农村居民人均纯收入 4132 元，同比增长 16.3%。城乡居民收入的增加，使市场的即期消费需求不断增长，消费水平有了质的飞跃。2007 年东北地区城镇居民平均每人消费性支出达到 25509 元，比上年同期增长 16.0%；农村居民平均每人消费性支出达到 9551 元，比上年同期增长 27.3%。

在即期消费能力和消费水平不断提高的同时，反映消费者生命周期的潜在消费能力也在迅速增加。2007 年，东北地区城乡居民储蓄存款余额达到 47746 亿元。随着居民储蓄的增加，这种潜在的消费能力还在持续上升。

3. 农村市场需求旺盛

东北地区通过加强县域商业发展规划、加快发展小城镇商业、加力实施"万村千乡市场工程"和"双百市场工程"等措施，有效推进农村市场体系建设，农村消费环境得到明显改善。截至 2007 年末，辽宁省共改造建设"万村千乡市场工程"连锁农家店12700家，遍及全省920个乡镇7217个村屯，覆盖了90%的乡镇60%的行政村；销售额普遍增长50%以上，成为引领农村市场的主力军。同时，各级商业部门以组织"新农村商网网上购销对接会"、"农产品观摩采购对接会"、"名优商品送下乡"等活动为载体，千方百计搞活农村商品流通，使农村市场彰显活力。2007年，辽宁省县及县以下农村市场实现社会消费品零售额658.1亿元，比上年增长17.6%，增幅高出上年同期1.7个百分点，高出城市0.3个百分点。

4. 消费需求拉动东北地区经济增长的作用增强

消费对经济发展的拉动作用逐年增加。消费中主要是居民和集团消费，2007年，东北地区社会消费品零售总额占GDP的比重为35.84%，消费在经济发展中占1/3的份额（见表1）。

表1　社会商品零售额对经济的贡献情况

单位：%

年　份	贡献率				拉动百分比			
	东北地区	辽　宁	吉　林	黑龙江	东北地区	辽　宁	吉　林	黑龙江
2005	29.4	26.6	34.9	26.6	5.1	5.3	5.6	4.3
2006	34.3	35.0	32.8	35.1	5.2	5.4	5.9	4.4
2007	35.8	33.6	34.0	37.5	6.5	6.4	7.6	5.4

资料来源：《中国统计年鉴》（2004~2007）、《中国统计摘要2008》。

从表1可以看出，2005~2007年，辽宁省消费拉动经济的增长分别为5.3、5.4、6.4个百分点；吉林省消费拉动经济的增长分别为5.6、5.9、7.6个百分点；黑龙江省消费拉动经济的增长分别为4.3、4.4、5.4个百分点。消费对东北地区经济的拉动幅度逐步呈现上升趋势。从城市和农村看，城市消费仍然是拉动经济增长的主力军。

5. 消费结构升级的速度加快

在消费结构升级带动下，尤其是住房、汽车、旅游、文教娱乐等需求迅速扩大，消费需求快速增长，对经济增长的拉动作用进一步增强。2007年，东北地区住宿和餐饮业继续领涨消费市场，汽车类商品销售大幅增长，这种态势表明东北地区消费结构升级步入"加速跑"阶段。主要表现在以下几方面。一是服务性消费比重快速上升，居民用于文化、教育、卫生、美容等服务的支出大幅增加。2007 年,辽宁省城镇居民人均教育文化娱乐服务支出 1018 元,占消费支出的 10.2%;吉林省城镇居民用于教育文化娱乐服务方面的支出为 997.8 元,用于佩戴首饰和化妆美容为主的个性化人均消费为 394.3 元,比 1981 年增长 300 倍;黑龙江省城镇居民人均教育文化娱乐消费支出为 938 元,比上年同期提高 11.2%。二是交通和通信消费热度不减。2007 年,辽宁省城镇居民人均交通和通信支出 998 元,占消费支出的 11.1%,随着城镇居民收入水平的提升,家用汽车成为消费热点。辽宁省城镇居民人均用于购买家用汽车的支出为 129 元,同比增长 63%,占到交通类消费的 21.3%,比上年同期提高 3.7 个百分点。吉林省城镇居民交通通信支出达到 874 元,比 2002 年增加了 408.64 元,增长了 87.81%。吉林省城镇居民每百户家庭已经拥有汽车 2.59 辆,比 2002 年增长 5.6 倍。黑龙江省城镇居民交通和通信人均消费 746 元,比上年同期增长 12.2%。截至 2007 年末,黑龙江省每百户家庭拥有家用汽车 2.03 辆,比去年同期增长了 31%,全年人均购买家用汽车消费支出达 39.4 元,同比增长了 56.5%。三是家庭装备现代化。在收入增长的同时,商家频繁让利打折促销,加之部分家庭购买新居,城镇居民加快了装备家庭的步伐。四是医疗保健消费增幅高。随着生活水平的提高,城镇居民对自身健康状况更加重视,保健意识进一步增强。

(二) 东北地区消费发展的主要特征

2006 年以来,在国民经济持续高增长、收入水平不断增加和消费环境日趋改善等有利因素推动下,东北地区城乡居民消费需求呈现出本轮经济周期以来最强劲的增长势头,消费需求的良好态势表现在以下几方面。

1. 消费与投资增长率的关系趋于协调

2006 年以来,在国家"有保有压"投资调控政策的作用下,投资结构趋于优化,速度有所减慢。2007 年,东北地区社会固定资产投资 13403.9 亿元,比 2006 年增长 21.5%,占全国固定资产投资的 9.7%。其中,辽宁省、吉林省和黑龙江省分别完成 7435.2 亿元、3346.9 亿元和 2621.8 亿元,比上年分别增长 30.7%、41.5% 和 28.5%,分别高于全国增速 5.9、16.7 和 3.7 个百分点。三省固定资产投资保持高速增长。而消费需求稳中趋旺,消费品零售额增速呈加快态势,继续高于经济增长。消费与投资增长关系趋于协调,差距缩小。

2. 住宿、餐饮业等服务消费对零售额的贡献率逐步提高

按照零售业态划分,社会消费品零售额由批发和零售业、住宿和餐饮业以及

其他行业三部分组成，随着居民收入水平和消费结构的变化，东北地区住宿和餐饮业零售额呈现良好发展态势，主要表现为速度加快、比重提高、贡献率提高三大特点。从增长速度看，2007 年东北地区住宿和餐饮业为 1173.3 亿元，同比增长 19.2%，比批发和零售业零售额增幅高 1.8 个百分点，比其他行业零售额增幅高 7.6 个百分点。从比重看，2007 年住宿和餐饮业零售额占消费品零售额的比重为 14.0%，同比提高 0.4 个百分点。从贡献率看，住宿和餐饮业零售额对社会消费品零售总额增长的贡献率达到 26.3%，比去年同期大幅提高 2.4 个百分点。

3. 发展与享受型消费支出增加，恩格尔系数趋于平稳

消费结构决定消费总量，根据对城镇居民八大类消费支出分析，2007 年家庭设备用品、衣着、交通和通信、食品、医疗保健和杂项等六类消费支出增速明显快于上年，娱乐教育和居住两类支出增速有所减缓。统计表明，2007 年，东北地区城镇居民食品支出占总消费支出的比重为 37%，与去年同期的水平持平；而农村居民生活消费现金支出中食品支出所占比重为 39%，低于去年同期水平。其中，从辽宁省看，与人民生活密切相关的粮油、肉、蛋、禽等食品类零售额快速增长，2007 年同比分别增长 83.5% 和 66.3%。恩格尔系数平稳甚至下降的态势，充分说明价格上涨导致食品消费支出增长较快。

城镇居民八大类消费支出中增长比较快的是家庭设备用品及服务，如辽宁省 2007 年同比增长 27%。居民当期收入和预期收入持续看好是家庭设备用品消费快速增长的经济基础，而工业消费品价格稳中有降，与 CPI 连连上涨形成鲜明对比，良好的性价比激发了现有和潜在的购买欲望。此外，目前商品房销售快速增长，人们在追求更高生活质量愿望的驱动下，家用电器、家具和装饰品等家庭设备用品成为新房最重要的支出部分，此类消费支出高速增长是必然趋势。

二 东北地区消费发展中存在的问题

（一）居民消费率偏低呈下降趋势

消费对经济的拉动作用还没有被摆到突出位置。众所周知，投资、消费和出口是拉动经济增长的"三驾马车"。然而，一些地方总是将主要目光放在投资项目上，往往忽略了消费对经济的促进作用。消费与投资的增长速度不协调，投资率逐年提高，而最终消费率逐年下降，在引导居民消费、促进消费热点形成方面缺乏强有力的措施。如此高的投资率和如此低的消费率很不利于国民经济持续、快速、健康发展，且易于受制于人。2005～2007 年，我国投资率分别为42.7%、42.6%、42.1%，而发达国家和许多发展中大国的投资率一般为20%～30%，消费率一般为70%～80%。消费与投资增长不协调，消费偏低，不利于国民经济的持续稳定和健康发展，容易造成部分行业产能过剩，导致商品供求失衡。

由于居民消费在最终消费中占主导地位，消费率偏低就必然地表现为居民消费率偏低。根据国际经验，人均 GDP 达到 1000 美元左右时，各国居民消费率一般为61%，而东北地区居民消费率自 1978 年以来一直在 53% 以下，并且逐年下降，2006 年居民消费率仅为 43.4%，2007 年则进一步降至 41.9% 的最低水平。如此低的消费率，反映出消费需求对经济发展的影响作用不够突出，对经济增长的带动能力减弱。

（二）居民消费信心仍然不足，购买力分流继续扩大

目前居民消费信心虽有所增强，但由于居民对预期收入的不稳定性、预期支出的上升性仍心存顾虑，导致百姓对消费仍在一定程度上持谨慎心理。2007 年，吉林省居民储蓄继续增加，购买力分流继续扩大，即期消费的阻力仍然较大。一些诸如教育、医疗、养老、失业等不确定因素在某种程度上对消费增长产生抑制作用，使消费意愿减弱，从而制约消费规模的进一步扩大。

（三）价格上涨压力较大

2007 年，东北地区居民消费价格总水平上涨过快。辽宁省、吉林省和黑龙江省全年居民消费价格总水平分别比上年上涨 5.1%、4.8% 和 5.4%。其中，食品、医疗和居住类价格上涨幅度较大，特别是猪肉价格持续上涨，带动肉、禽、蛋及制品和水产品价格上升。物价上涨不但给城市居民特别是低收入家庭生活带来较大影响，也增加了实现全年控制目标的难度。同时农业生产资料和工业原材料、燃料、动力购进价格上涨幅度较大，严重影响地区经济发展。

（四）开拓农村市场效果不佳

扩大农民消费、开拓农村市场是我国刺激消费政策的重要组成部分，但由于存在长期的"二元结构"，再加上农村居民收入在 20 世纪 90 年代中期以来的低

速增长，农村居民低下的购买力，致使农村市场的开拓尚未根本见效。农业生产在相当程度上仍受制于自然条件，粮食稳定增产、农民持续增收的基础仍不稳固。农村整体偏低的消费结构与教育、医疗的高额支出形成鲜明对比，并对农村居民扩大消费产生了明显的挤出效应。2007 年以来，虽然新农村建设为启动农村市场注入了新的活力，但农村商业服务体系不健全，市场网点布局不够合理，基础设施落后，社会保障机制不健全等，都制约着农村居民的消费，短期内实现农村市场快速发展难度较大。农村居民人均消费支出中用于文教娱乐用品及服务的比重不仅高出城镇居民水平，也高于世界多数国家的水平。

（五）消费环境很差

市场秩序尚未根本好转，消费领域依然存在许多亟待解决的问题。近年来，随着国家对市场监管力度的加大，商品市场秩序有所改善，但在部分地区特别是农村市场，掺杂使假花样翻新，假冒伪劣仍很严重，坑农害农事件频繁发生，虚假广告、虚假打折等误导消费者和不正当竞争现象时有发生，严重影响了居民的消费信心，抑制了消费需求，特别是消费安全问题依然突出，挫伤了人们的消费热情，安心放心消费的环境亟待改善。

三 制约东北地区消费发展的因素分析

（一）收入水平较低且收入差距拉大

消费是由收入决定的。近年来，虽然国家采取多种形式提高城乡居民收入水平，特别是一系列支农、惠农政策较大幅度提高了农民的收入，但城乡居民收入水平还是较低，收入增长与经济总量增长不同步。2007 年吉林省城镇居民人均可支配收入为 11286 元，在全国排第 21 位，比上年增长 12.5%，比全国平均水平少 1984 元，较经济总量增幅低 3.5 个百分点；辽宁省城镇居民人均可支配收入为 12300 元，在全国排第 11 位，与上年同期相比增长 15.7%，较经济总量增幅低 2.5 个百分点。吉林省农村居民人均纯收入为 4191 元，比上年增长 11.6%，比全国平均水平多 27 元，比辽宁省少 54 元，较经济总量增幅低 3.4 个百分点。

近年来，收入差距扩大成为社会反映强烈的突出问题，也是制约消费扩大的主要障碍。衡量收入分配差距的基尼系数不断上升。据世界银行的统计数字，我国的基尼系数在改革开放前为 0. 16，2000 年以来连续几年上升，已经在国际公认的警戒线 0. 4 徘徊。例如吉林省 2007 年发展加快，已达 0. 32。主要表现在以下几方面。一是城镇不同收入阶层居民之间的收入差距不断扩大；二是城乡居民之间收入差距越来越大；三是行业间收入差距进一步扩大。

（二）社会保障体系不健全

目前的居民高储蓄率与中国传统文化、社会结构、家庭观念等诸多因素有关，但社会保障体系的不健全使老百姓不敢花钱是重要原因。目前，社会保障政策薄弱，弱化了政府对城镇低收入群体的保障能力，拉大了收入差距。我国实行的城镇居民最低生活保障制度、失业保险制度、国有企业下岗职工基本生活保障制度三条保障线，在缩小收入差距方面发挥了重要作用，但是也存在制度设计不全面、保障覆盖面窄、保障项目不完善、保障水平低以及保障资金筹集困难等问题，弱化了政府对城镇低收入群体的保障能力，使低收入阶层与高收入阶层的贫富差距越来越大，加剧了收入分配的差距。2007 年，东北地区社会保障补助支出没有与经济总量及财政收入同步增长。据统计，目前，吉林省城乡老年人中，只有 160. 2 万人享有退休养老金；在 1250. 5 多万名就业劳动者中，只有 341. 38 多万人参加了基本养老保险，376. 27 多万人参加了医疗保险；在 1442. 4 多万名城镇人口中，只有 174. 66 多万人参加了工伤保险，224. 38 多万人参加了失业保险。这些情况表明，东北地区社会保障制度还很不完善，中低收入群体没有能力放心消费。在收入水平一定的条件下，影响居民消费意愿的最重要因素是未来支出预期。目前，教育、养老、医疗支出预期加大，所谓的"新三座大山"让老百姓心里没底。那么，理性的选择就是将必需品消费以外的节余储蓄起来，以备不时之需。居民对未来支出预期缺乏信心，存钱用于养老、防病治病、子女教育和购买住房等的需求较强，这在很大程度上抑制了即期消费欲望。

（三）农村市场基础设施落后

近几年来，农村市场基础设施尽管不断改善，但已有的基础设施无论在数量、规模、质量等方面，远远不能满足农村市场发展的要求。一是农村市场建设的投入严重不足。不少地方有市无场，农民缺乏交换的场所，以路代市普遍存在。二是现有的大部分农产品市场设施十分落后。不少市场还是露天交易，交易规则不完善，交易方式落后。三是市场设施和农村供水、供电条件差。不少地方没有自来水，供电不足，电压不稳，且电费较高。四是市场信息不充分。市场信息不灵，首先农民不能及时了解到市场上的需求，农产品不能够适销对路，使收入减少；其次也影响到农村居民的消费。五是道路交通条件差。物流困难，运输成本大，使大量农用机械无法进入农户家庭，农副产品也不能及时运出。六是市场秩序差，农民的消费意识自我保护不强。农民普遍缺乏对有关商品知识的了解，对假冒伪劣商品的识别水平低，再加上农村市场假货横行，部分农民因害怕上当受骗而放弃购买。七是售后服务不及时或根本没有。农村市场由于维修网点少，交通条件差，造成了企业在售后服务、维修方面的被动。商品出了质量问题难以及时得到解决，增加了农民消费技术含量较高的家用商品的心理负担。由于以上种种原因，使得农民本来就十分有限的购买力还要大打折扣，抑制了农村市场的发展，不但给工商管理带来难度，而且也给拓展农村市场带来极大的困难。

（四）消费观念落后

传统的中国文化崇尚节俭，"轻消费，重储蓄"、"量入为出"、"无债一身轻"等消费观念在一些居民特别是中老年人群中表现得很突出。目前，追求时尚消费、敢于超前消费的主要是青年人，中老年人的传统消费观念还没有完全转变，有钱舍不得花，对贷款消费更是避而远之。消费信贷主要投放于房地产，其他领域的消费信贷很少，导致银行资产结构单一，创新不足。而信用消费刚刚建立还很不健全，贷款手续烦琐，条件苛刻，加之宣传不够，这些都抑制了消费的扩大。

四 促进东北地区消费发展的对策及建议

（一）控制物价上涨

2007年以来，我国各地物价普遍飙升，特别是肉、蛋、菜价格的连续上涨，带动了全年消费价格指数CPI超过3%的警戒线，2008年以来一度超过8%，这是近十年来的最高值。物价问题成为目前国家最关切的社会热点问题，物价的上涨对民生，特别是社会低收入的弱势群体产生了非常大的影响，因为他们没有较多闲置的储蓄，无法通过金融投资来规避通胀风险，而只能降低自己的消费质量来忍受物价上涨的冲击。如果这种趋势继续蔓延下去，必然会使人们的幸福感明显下降，并对国家扩大内需、经济结构转型极为不利，情况严重会威胁到国家和社会的稳定。

当前要控制物价上涨，提高居民消费特别是中低收入居民的消费能力，应采取以下几方面措施。一是严格价格执法。组织开展副食品价格专项检查，打击各种价格违法违规行为，重点查处经营者串通定价、合谋涨价、囤积居奇、哄抬价格的行为，应坚决制止对各类商品的豪华包装，降低成本，杜绝浪费，减轻消费者负担。二是要对低收入群体实行补贴，以保护弱势群体利益。面对物价上涨，必须切实安排好困难群体的生活，妥善安排低收入群体生活补助，采取适当提高低保标准和最低工资标准等措施，确保低收入居民不因价格上涨而降低生活水平；在出台调价项目时，凡是对低收入群体生活影响较大的，必须同步出台补贴措施。三是在重要节日和价格异常波动期间投放价格调节基金，对关系低收入群体基本生活的部分商品实行定点、定量、定品种价格补贴，以提高这部分人群的消费能力。

（二）提高居民收入，缩小居民收入差距

一是发展经济，提高经济效益。要加快发展东北地区的经济优势，做大做强支柱产业和优势产业，加大高科技工业投资力度，促进经济结构升级，提高产品质量，增强产品市场竞争力，增强产品出口创汇能力。同时要加快民营经济和第三产业的腾飞，特别是提高农民收入，要通过以龙头带基地、以基地带农户等方式组织和带动农民进入市场，延长农业产业链，提高农产品的附加值。通过县域经济发展，推进农村小城镇建设，组织培训农村剩余劳动力劳务输出，拓展农民增收渠道。经济发展了，效益提高了，才能保证财政、企业、居民收入的提高，才能培育和促进消费需求的扩大和升级。二是缩小城镇居民收入分配的差距。针对当前城镇居民收入分配差距拉大的问题，要遵循"效率优先，兼顾公平"的原则，对收入差距的程度进行科学合理的调控，调节高收入阶层的收入，扩大中等收入者的比重，提高低收入群体的收入水平。适当增加居民收入支出，增加社会保障支出，增加社会就业投入。从体制上缩小行业、部门间不合理的收入差距。应坚持以按劳分配为主体、多种分配方式并存的制度，把按劳分配同按生产要素分配结合起来，建立健全收入分配的激励机制和约束机制，规范社会分配秩序，强化收入分配税收调节功能。

（三）积极扩大就业

增加收入，是扩大消费的基础，是将消费欲望变为消费现实的前提。因此，要扩大消费，就要增加居民的收入，而收入的增加是以就业率的提高为前提条件

的，如果就业问题解决不了或解决不好，收入增加就无从谈起，更不用说提高消费了。在现阶段我国劳动力大量剩余的情况下，政府应该把扩大就业作为社会经济发展的重要指标，要努力改善就业环境，注重发展劳动密集型产业，如服务业。同时应大力发展非公有制企业和中小企业，鼓励企业创造更多的就业岗位，同时要鼓励失业者自主就业，拓宽就业和再就业门路。具体来讲，在解决农村富余劳动力方面，应大力发展以乡镇企业和农村服务业为主的非农产业，同时应加快城市化进程，促进农村富余劳动力的转移；在解决城镇就业问题上，应大力发展旅游、休闲、社会服务等新兴行业，改造和提升商贸、餐饮、仓储、运输等传统产业，培育信息、金融、证券和保险等现代服务业，使第三产业成为推动农村城镇化、经济结构调整以及解决就业的主渠道，努力增加城镇中低收入者的收入。

（四）建立健全社会保障制度

扩大社会保障覆盖范围，逐步建立覆盖城乡所有劳动者的社会保障体系，这是我国社会保障制度建设的长期奋斗目标，也是实现社会保障制度公平性的必然要求。要针对国民保障需求的多元化，建立多样化的社会保障模式。一是能满足不同个体和家庭对社会保障的不同需要，有助于在坚持公平的基础上促进效率的提高。二是有利于解决低保障、广覆盖所造成的公平有余而保障不足以及可能存在的效率损失问题。多样化的社会保障模式由多功能的社会救助体系和包括国家强制的最低水平的社会保险、由缴费决定或自愿购买的补充保险在内的多层次的社会保险体系构成。

政府要加快建立和完善养老、失业等社会保障体系，积极推进城镇职工基本医疗保险制度改革，保障其基本生活和基本医疗的需要。目前，最紧迫的是要加大财政倾斜力度，全面实施养老、医疗保障和教育体系改革，减少居民的"预防性储蓄"，使储蓄与国内生产总值的比例降到正常水平。

（五）大力开拓农村消费市场

开拓农村市场必须采取与城镇市场完全不同的分销策略。农村居民居住分散，分布范围广，交通不便，农村经销终端多，但规模较小。各级政府要扶持商业企业在农村铺设营销网络。一是减少中间渠道环节。以县城为主要批发地和立足点，形成"企业—县级批发商—村级零售商"的通路。二是与中间商联合。

农村市场较为分散，企业完全靠自建网络是不现实、也不经济的。企业除可与中间商合建渠道外，更重要的是要加大企业对商业的援助力度，如派员协作、派车送货、售后服务等。那种被动依赖商家自然销售的做法，在开拓农村市场上较难取得好的成效。三是联合农村供销社网点。供销社长期服务于农村市场，积累了丰富的经验，网点多，分布广，形成了独特的优势。把产品通过供销社分销到农民手中，企业只要配合销售并在一定集中区设立维修站进行售后服务即可。这样就节省了大量重新布点的成本，争取了主动。同时要加快农村市场的建设，现在还有很多露天市场和马路市场，条件差，环境卫生差。各级地方政府要加大投资力度，建设室内市场，改善环境，提高效率。

（六）改善消费环境

在当前居民收入稳步增长，储蓄快速增加的情况下，努力改善消费环境显得尤其重要。一是改善农村消费环境，促进农村居民消费。农村消费环境欠佳严重制约农村居民的消费，必须尽快完善。加强农村基础设施建设，为农村使用家用电器提供良好的基础设施条件；加快农村流通网络建设，为农村消费需求的实现提供商业条件。二是要加大整顿和规范市场秩序的力度，规范市场经济秩序和市场行为。加大对产品质量、价格等的监管力度，严厉打击制假、售假、价格欺诈等违法行为。三是要加大信贷支持力度。要扩大消费信贷的规模和品种，采取灵活多样的方式，扩大消费信贷的空间；要逐步完善消费信贷的法规和具体的规章制度，使消费信贷有法可依。

参考文献

樊彩跃：《当前消费市场形势分析及中长期展望》，《宏观经济管理》2006 年第 4 期。

荆林波：《当前国内消费形势与增强消费的政策建议》，《商业经济与管理》2006 年第 7 期。

李志良：《进一步扩大消费需求的分析与思考》，《理论与当代》2005 年第 4 期。

郑新立：《增强消费对经济增长的拉动作用》，《求是》2006 年第 9 期。

东北地区生态建设与经济协调发展研究

赵 勤 邢 明*

摘 要： 东北地区在生态、环境、资源、产业、灾害等方面具有较大的一致性，其生态平衡对维系华北地区和东北亚的生态安全具有重要意义。在加快经济发展的同时，东北地区面临着巨大的生态压力，尤其是人口众多与资源相对短缺、经济快速增长与资源大量消耗、生态环境破坏严重之间的矛盾突出。要缓解这些矛盾，全面振兴东北地区，就必须加快生态建设，转变经济发展方式，实现生态与经济的协调发展。

关键词： 东北地区 生态建设 协调发展

一 东北地区生态资源状况

东北地区土地面积 145 万平方公里，西有大兴安岭，东有长白山，北有小兴安岭，中部为松辽平原，东北部为三江平原，除西部与蒙古高原接壤，其余都为界江、界河及海洋。耕地、森林、草地、湿地、水、矿产等资源丰富。总体上看，东北地区生态环境呈特殊的多样性和相对的整体性。

东北地区耕地面积 2400 多万公顷，占全国土地面积总量的 1/6，集中分布在松嫩平原、三江平原、辽河平原，以及山前台地与山间盆地和谷地，人均耕地居全国之首。土壤多为有机质含量很高的黑土、黑钙土，是世界三大肥沃黑土区之一，是我国耕作层有机质含量最高的地区，生产力较高。其中，黑土主要分布在松嫩平原的东部和北部、三江平原西部；黑钙土分布在松嫩平原中西部。东北地区地势平坦，耕地集中连片，适于机械化作业和农田水利建设，是我国最重要

* 赵勤，黑龙江省社会科学院农村发展研究所副研究员；邢明，黑龙江省社会科学院农村发展研究所助理研究员。

的商品粮生产基地。

东北地区林地面积约 5660 万公顷，其中有林地 4434 万公顷，活立木总蓄积量超过 35 亿立方米，集中分布在大小兴安岭和长白山地区，是我国最大的林区，而且林地生产力较高，原生的林分质量好，有较高的生态服务功能和较大的生产潜力。草地面积约 2126 万公顷，其中天然草地 2060 万公顷。草质普遍较好，单位面积载畜量较高，其中呼伦贝尔草原是世界最好的草原之一。林草地是东北地区的重要资源和景观，虽然过去遭受破坏，但林草总面积仍接近全东北地区面积的 2/3。

东北地区湿地总面积约为 1060 万公顷，主要分布在三江平原、松嫩平原、辽河下游平原和滨海地区、呼伦贝尔高原和大小兴安岭、长白山地区，是我国湿地类型最多、面积最大、分布最广的地区之一。全地区列入《湿地公约》国际重要湿地名录的有黑龙江省扎龙、洪河、兴凯湖、三江，吉林省向海，辽宁省双台河口，蒙东地区达赉湖保护区。其中，黑龙江省湿地资源最为丰富，共有天然湿地面积 434 万公顷，约占全国天然湿地的 1/8，居全国第 2 位，省级以上湿地类型自然保护区 52 处，面积 358 万公顷。

水域面积大，主要有黑龙江、松花江、乌苏里江、辽河、图们江、鸭绿江、大小凌河、兴凯湖等。其中，额尔古纳河、黑龙江干流、乌苏里江、图们江、鸭绿江、兴凯湖均为界河、界湖。水资源总量超过 2000 多亿立方米，水能资源丰富，但水资源的空间分布极不均衡。

野生动植物物种多样，潜在价值巨大，是我国重要的野生动植物资源圃和珍稀物种基因库。全东北地区有野生动物 1000 余种，除飞龙、雕、天鹅、东北虎、鹿、紫貂等 30 余种珍稀动物外，经济价值较高的还有林蛙、花尾棒鸡等。森林野生植物资源极为丰富，据不完全统计共有 2400 多种，可食用植物 1000 多种；草原天然草原野生植物也比较丰富，已查明的野生经济植物就有 800 余种。

二 东北地区生态建设与经济协调发展的成效分析

自从 2004 年以来，东北三省陆续开展了生态省建设，加快资源节约型和环境友好型社会建设，初步建立了生态环保型的经济基本框架，生态建设与经济发展取得了明显进展。

（一）土地集约利用与综合治理初见成效

近年来，东北地区通过科学合理规划、集约开发经营、加强监督管理等措施，加大对耕地、森林、草场资源节约集约利用，土地产出效率提高。同时加强土地综合治理，通过实施天然林保护、"三北"防护林工程、退耕还林还草、水土流失治理、草原"三化"治理、防沙治沙工程等一系列重大举措，东北地区生态环境有所改善。2003～2007年，辽宁省累计造林2070万亩、退耕还林1380万亩，森林覆盖率31.8%；耕地保护连续10年实现占补平衡；2007年完成水土流失综合治理面积205.8万亩，土壤侵蚀面积减少、侵蚀弱化。2007年，吉林省完成造林面积132万亩，其中退耕还林面积90万公顷，森林覆盖率43.2%。2007年，黑龙江省共完成造林120万亩，退耕还湿0.63万亩，森林覆盖率43.6%；治理水土流失面积253.4万亩，累计面积达6609万亩，占总面积的39%；"三化"草原治理229.5万亩，新建人工草地100.5万亩，已垦草原退耕还草15.08万亩，草原禁牧面积达到2475万亩。

（二）水环境状况有所改善

围绕创建节水型社会，通过加强农业水利设施建设、对部分大型灌区进行配套改造、推广农业节水控制灌溉技术等措施，来缓解农业用水紧张问题；加强对工业计划用水和依法用水的管理力度，重点推进高耗水工业企业节水设施建设与改造，不断提高工业用水重复利用率；通过强化管网管理与监测检测、推广节水用器具、加强废污水处理利用等，节约城市生活、经营用水。在发展经济的同时，水资源综合利用取得明显成效。辽宁省工业用水重复利用率已达74%。哈尔滨市城区工业用水重复利用率已达为75.2%，超过国家节水型城市75%的考评标准，城区年工业循环水量达到了3.4亿立方米，其循环水量与城区年市政公共供水总量基本持平。

水污染防治取得一定成效。2007年，重点加强了辽河流域、松花江流域水污染防治，并取得阶段性成果。经过治理，辽河流域的水质由居全国七大水系污染首位降到第2位，浑河化学需氧量和氨氮呈现下降趋势，浑河沈阳段水质明显好转；吉林、黑龙江两省积极实施《松花江流域水污染防治规划》，松花江流域水质状况总体稳定，略有改善。加强了饮用水源保护区专项治理，吉林省共取缔一级水源保护区内的排污口8个，取缔关闭二级保护区内污染源27个，整治排污企业 22 个；黑龙江省取缔影响城市饮用水源地排污口 34 个。加强城市污水处理厂的建设与管理，2007 年辽宁省完成 5 家污水处理厂通水试运行，目前全省日污水处理能力达到 442.4 万吨；吉林省长春市北郊、吉林、松原、四平、公主岭、延吉等城市污水处理厂相继通过了环保验收；黑龙江省加快城市污水处理市场化、产业化进程，引入清华同方和北美环境有限公司联合体等企业，建设并运营了哈尔滨市太平、佳木斯东区污水处理厂，恢复运行了牡丹江市污水处理厂，已建成 12 座城市污水处理厂，城市污水日处理能力达到 137.2 万吨，污水处理率为 32.8%。

（三）大力发展循环经济，工业污染防治效果较明显

东北地区是重化工业集中、资源消耗和环境污染负荷大的地区，发展循环经济是进行产业结构调整、解决环境污染、实现经济又好又快发展的有效途径。近年来，东北地区积极深入开展生态工业园区、循环经济型城区、现代农业示范区建设，循环经济步伐加快，资源综合利用和再生资源回收利用水平逐年提高，清洁生产全面推行，循环经济技术进步成效明显，法制机制框架初步建立。特别是辽宁省循环经济试点省建设成效明显：目前全省共有 823 家重点企业开展清洁生产审核，积极开展资源节约，效益显著。2007 年上半年，万元GDP 能耗 1.71 吨标准煤，同比下降 4.5%，规模以上万元工业增加值能耗 2.34吨标准煤，同比下降 8.6%；主要污染物排放强度明显下降，2007 年化学需氧量和二氧化硫排放首次双下降，工业固体废物综合利用量为 5710.82 万吨，综合利用率 39.0%。吉林省有 7 家大型企业通过结构调整；8 个城市污水处理厂和 3 家大型造纸企业污染治理设施实现了正常运行；淘汰关闭了一批小造纸企业、拆除了 9 台小火电机组和 2 条水泥落后生产线；一些火电重点排污企业都采取了脱硫措施；暂停审批了新建糠醛项目；全年削减化学需氧量 4.47 万吨、二氧化硫 2.758 万吨，万元工业增加值能耗下降 4.7%。黑龙江省积极推进"十大重点节能工程"建设，突出抓好 27 家重点耗能企业的节能工作，不断提高能源加工转换效率；依法关闭小煤矿 193 处，淘汰焦炭企业 7 家、铁合金企业 3 家、电石企业 1 家，关停高耗通用机组 14 台，遏制高耗能产业发展；全年减排化学需氧量 2.9 万吨、二氧化硫 8653.5 吨，污染物排放首次实现了"双下降"，单位 GDP 综合能耗降低 4.0%，规模以上万元工业增加值能耗下降5.9%。

（四）生态产业快速发展

生态农业发展势头强劲。黑龙江省近年来确立了"打绿色牌，走特色路"的发展战略，大力发展生态农业和绿色食品产业，加大无公害作物、绿色食品和有机作物种植面积。2007 年，绿色食品认证个数 1200 个，比 2006 年增加 146 个，增长 13.9%；绿色食品种植面积 4680 万亩，增长 12.8%；国家级绿色食品标准化生产基地面积发展到 3302 万亩，比 2006 年增长 32.9%，占全国的 58.8%，列全国之首；全省主要农产品产地实现了无害化种植，并成为全国首个完成种植业无害化生产省。吉林省有效使用绿色食品标志产品 565 个，有机食品 206 个，全省"三品"2007 年产量 2360 万吨，实现产值 362 亿元，带动农民增收 32 亿元，带动农户 170 万户，带动从事"三品"生产的农户户均增收 1880 元。

生态工业获得一定发展。加快推进清洁生产，实施企业清洁生产审核，鼓励有条件的企业在自愿的基础上开展环境管理体系认证，努力提高能源、原材料的使用率，减少污染物的产生和排放；加快推进了重点工业企业清洁生产。积极创建一批国家级和省级生态工业示范园区，围绕建设重点行业、重点领域、重点产业园区、工业集中区，规划实施了一批节能、节水、资源综合利用、循环经济发展项目，加快发展生态工业。

生态旅游发展较快。东北地区拥有森林、草原、湿地、湖泊、界河界江、冰雪等自然景观，生态旅游资源丰富，旅游人次和收入快速增长。近 5 年，吉林省仅湿地保护区累计接待国内外游客 840 万人次，直接收入 24 亿元，带动相关产业创产值 103 亿元。黑龙江省大兴安岭地区高标准打造生态旅游品牌，深层次开发旅游产品，2007 年接待各类旅游者 29.52 万人次，同比增长 25.0%，旅游收入 2.458 亿元，同比增长 46.4%，占全区 GDP 的 5.1%，已成为替代产业中最具活力的亮点产业。

（五）环保投入增加

2007 年，辽宁省投入水土保持的资金达 6815 万元，投入农村环境保护的资金达 3020 万元。吉林省争取资金 1.485 亿元用于各级环保部门监察、监测等自身能力建设；松花江流域生态建设项目总投资 9.86 亿元，其中申请日本国际协力银行贷款 95 亿日元（折合人民币 6.42 亿元）。黑龙江省环保投入达 109 亿元，占 GDP 的 1.56%，创历史新高。中央、省级安排环保专项资金共 3.04 亿元，是 2006 年的 2.17 倍。同时，各省大力支持基层环保部门环境监测、监察能力建设和国家级自然保护区管护能力建设，购置监察用车、监测和取证设备、建设城市放射性废物贮存库、危险废物集中处置场等工程。黑龙江省 2007 年用于环保能力建设资金近 2 亿元。

（六）保护区与示范区建设规模扩大、质量提升

2007 年，辽宁省自然保护区数量达到 96 个，其中，国家级自然保护区 12 个、省级自然保护区 28 个，面积占省域国土面积的 9.8%；沈北新区等 22 个县区通过国家生态示范区考核验收，被命名为全国生态示范区，生态示范区数量达到 23 个。吉林省晋级国家级自然保护区 2 个，各类自然保护区已达到 34 个，总面积 222 万公顷，占省域国土面积的 12.6%；有 12 个县（市、区）被命名为国家级生态示范区，全省共有生态示范区 23 个，面积 11.71 万平方公里，占省域国土面积的 62.5%。黑龙江省有自然保护区 186 个，其中国家级自然保护区 17 个，自然保护区面积 590 万公顷。

（七）生态文明程度有所提高

通过利用报纸杂志专栏专刊，广泛宣传树立和落实科学发展观、建设环境友好型社会、构建和谐社会的精神实质，宣传报道生态环境建设、生态经济发展成果；举办大型环保国际会议，开展国际合作与交流，提高了生态文明普及率。辽宁省组织、规划并设计了省内首家静脉产业园，开展全省中小学"爱我家乡——绿色辽宁"环保夏令营活动和环保征文活动，开设环境教育课程和专题，组建各类环保民间团体 40 余家；黑龙江省被纳入国家全民环境教育试点省行动计划，全省环境教育普及面平均达 60%，中小学环境教育课程开课率达 95%。

三 东北地区生态建设与经济协调发展存在的问题

尽管东北地区生态资源比较丰富，近年来的生态建设也取得了一定成效，但随着经济的快速增长，资源不足、生态环境恶化的问题越来越突出，已严重制约区域经济与社会的持续发展。

（一）外延式发展、粗放式经营使生态不断退化

1. 黑土带退化严重，土壤质量下降

东北地区土壤多为有机质含量很高的黑土、黑钙土和草甸土。但由于不合理的开发方式和强度利用、不重视水土保持、有机肥施用不足，导致土壤环境条件逐年改变，有机质的合成与分解逐渐失去平衡，黑土总体变薄。黑龙江省黑土区平均每年流失 0.3 ~ 1 厘米黑土表层，许多水土流失严重的地方只剩下"破皮黄"，黑土腐殖质层厚度大于 20 ~ 30 厘米的面积仅占黑土总面积的 25% 左右，比高强度利用前下降了 10% ~ 20%。同时，土壤肥力严重下降。黑龙江省目前耕地土壤有机质平均含量仅为 2.53%，比第二次土壤普查下降了 1.79 个百分点；土壤氮素含量大于 0.2% 的耕地面积仅占全省耕地面积的 20%，比第二次普查减少了 40.5 个百分点；土壤速效钾含量大于 200 毫克/公斤（1 级）和 150 ~ 200 毫克/公斤（2 级）的耕地分别比第二次普查减少了 64.1% 和 65.2%。辽宁省耕地平均有机质含量低于 1%，有 1500 万亩耕地有机质含量仅为 0.5%。土壤理化性状变坏，土壤容重增加，孔隙度减少，持水量降低。

2. 森林生态系统退化

东北地区林业曾经为我国经济发展作出了重大贡献，但长期的集中过量采伐乃至乱砍滥伐，致使森林覆盖率、单位面积蓄积量比新中国成立初期大幅度减少。以大小兴安岭为例，经过近 60 年高强度开发，可采成过熟林蓄积由开发初期的 7.8 亿立方米下降到目前的 0.66 亿立方米；林分质量显著下降，结构比例严重失调，林分起源天然次生林占绝对优势；林龄结构中，中幼林占 85% 以上，近成过熟林不足 15%。2007 年，伊春、大兴安岭被列入国家首批资源枯竭试点城市。伊春 17 个林业局中 12 个无林可采，其余 5 个也严重过伐；大兴安岭商品林经营区中现有的可采林木资源仅能维持 6 年，10 个林业局全部半负荷生产；黑河森林资源每公顷蓄积量为 40.33 立方米，低于全省每公顷蓄积量 62 立方米的平均水平。森林生态系统遭到破坏，严重影响了森林的物种多样性和涵养水源、防风固沙、调节气候等生态功能的发挥，生态环境趋于恶化。

3. 水土流失、土地"三化"严重

由于受不合理的生产经营活动和自然因素影响，东北地区植被遭到破坏，水土流失严重，面积不断扩大，影响了东北地区农业的可持续发展。目前，东北地区黑土区水土流失面积已达 27.59 万平方公里，占全区土地面积的 19.3%，每年

流失表土达 0.3～1 厘米, 土地生产能力呈下降趋势。尽管经多年治理, 东北地区土地沙漠化、盐碱化、草场退化问题得到初步遏制, 但目前土地"三化"问题依然严峻, 已进入"治理与破坏相持"阶段, 治理后的地区生态系统未达到稳定状态, 可能出现逆转。辽宁省还有沙化和荒漠化土地 1855.2 万亩, 占全省国土总面积的 8.36%, 另外还有明显沙化趋势的土地 909.9 万亩。[①] 呼伦贝尔市退化、沙化草原面积达 5000 多万亩, 占全市可利用草地面积的 42.4%, 其中严重退化、沙化草地 2400 多万亩; 已形成 3 条沙带, 面积达 88 万公顷, 另外还有近 300 万公顷的潜在沙化区域。[②]

4. 湿地大幅度萎缩退化

由于垦殖和过度放牧、水利工程建设、气候干旱等因素的影响, 东北地区的湿地面积正在逐渐缩小, 湿地破碎化严重, 湿地生态功能严重衰退。黑龙江省三江平原湿地曾是我国最大的淡水沼泽湿地、典型的低地高寒湿地, 但经过历次大规模开发和偷耕、偷猎、捕捞, 湿地面积大幅度萎缩, 已由 1949 年的 534 万公顷减少到目前的 94.7 万公顷。生态功能退化, 导致三江平原水资源衰减、土地沙化、盐渍化、水土流失、旱灾及涝灾频繁发生。吉林省东部地区的绝大多数湿地沼泽已被开垦为水稻田, 部分开垦为旱田, 湿地面积大幅缩小, 仅苔草沼泽面积就减少了 80% 以上; 吉林省西部地区特别是向海、莫莫格两块重要湿地土壤沙化和盐碱化日趋严重, 湿地质量不断下降。

(二) 重型工业结构加大生态环境压力

基于比较优势和发展基础, 东北地区"十一五"期间仍突出发展机械装备工业、石化工业、冶金工业等重化工业。经济的高速发展所带来的结构性污染, 必然会加大东北地区的生态环境压力。

1. 工业污染严重, 部分地区酸雨污染突出

东北地区以重化工业为主, 资源和能源消耗较高, 环境的污染强度大。2007 年, 东北三省工业废水排放量为 17.36 亿吨, 其中化学需氧量排放量为 56.61 万吨, 氮氧化物排放量为 2.42 万吨; 工业废气中二氧化硫排放量为 191.9 万吨,

---

① 《我省仍有 1855 万亩沙化荒漠化土地急需治理》, 2007 年 11 月 5 日《辽宁日报》。
② 中国社会科学院学部委员赴呼伦贝尔考察组: 《加强生态系统保护 推动经济快速发展——对呼伦贝尔生态与经济发展中一些问题的思考》, 中国社会科学院网站, 2008 年 1 月 7 日。

烟尘排放量为 139.08 万吨；工业固体废物产生量为 21582.35 万吨，综合利用量为 10686.46 万吨，综合利用率 49.51%。部分地区酸雨污染总体略有加重，酸雨频率有所增加，降水酸度增强。2007 年，辽宁省酸雨频率为 9.7%，降水 pH 均值为 5.05，丹东、大连、抚顺、铁岭、沈阳、葫芦岛、锦州 7 地级市及凤城市出现酸雨，其中丹东市酸雨污染最重，酸雨频率为 78.6%，pH 年均值为 4.21。

2. 部分资源型城市矿山环境问题严重

东北地区资源型城市大多是以矿产资源为支撑的重工业城市。在矿产资源开发过程中，由于长期不合理的开采方式、过度开发以及生态环境保护与治理滞后等原因，对周围土地、植被、河流等生态环境造成了严重的破坏，而且这种破坏有逐年加重的趋势。比如，黑龙江省 4 个煤城每年新增煤矸石 700 万吨左右，总堆集量已超过 2 亿吨；而素有"地质摇篮"、"矿产之乡"之称的黑河市，矿山开采也产生大量废弃物，造成了部分土地和林地资源废弃、淤塞和改变了河道、水土流失和沙化，且矿山复垦、植被恢复进展很缓慢。

3. 主要流域水质污染严重

东北地区主要流域的水污染问题已经相当严重。辽河流域是我国水污染最为严重的流域之一。2007 年，辽宁省 6 条主要河流中，除鸭绿江为 II 类水质外，浑河、太子河、辽河、大辽河、大凌河均为重度污染，监测的 36 个干流断面中，26 个为劣 V 类水质，占 72.2%，基本丧失环境功能。吉林省 17 条主要江河 63 个监测断面的水质监测结果统计，好于 III 类水质的占 44.4%，IV 类占 23.8%，V 和劣 V 类占 31.8%。其中，图们江干流 IV、劣 V 类占 80%；浑江干流 IV 类占 66.6%，V 和劣 V 类占 33.4%；辽河干流包括东辽河和西辽河，IV 类占 37.5%，劣 V 类占 37.5%。黑龙江全省河流水质状况总体为轻度污染，多数水域的使用功能不能保证。松花江干流以 IV 类水质为主，城市下游江段和部分支流污染严重。

（三）新型环境污染影响日趋严重

东北地区是我国工业化和城市化水平较高的地区，但由于以前粗放的发展模式，造成了一些资源和生态环境问题。近年来，随着工业化和城市化发展向质量型转变，一些过去未引起重视的环境问题逐步显现。如工业污染所占比重下降，生活污染比重上升；大城市机动车占有量增加引起的尾气污染呈加重趋势；大量的产品类废弃物和废水、废气处理产生的污泥等非传统废弃物急剧增加；辐射污染、热污染显现，等等。

与此同时，《东北地区振兴规划》和东北三省"十一五"规划中都将电子信息产业、生物产业、新材料产业等作为高技术产业的发展重点。这些新型重点产业的发展，将成为未来东北地区生态环境关注的重点之一。大量的电子废物对环境可能造成安全隐患，光污染的危害正日趋严重。但当前，东北地区环境污染控制与治理的重点是冶金、石化等传统工业行业，而对信息产业、生物工程与制药等行业关注不够。

（四）水资源供需矛盾突出

近年来，东北地区干旱化加剧，水资源总量明显减少，以辽河、松花江地区最为显著，部分流域周期性的水资源短缺加剧。此外，气候明显变暖，需水量大大增加，加之高污染高排放，造成原本紧缺的水资源更加紧缺。以辽宁省为例，全省水资源总量为342亿立方米，人均和耕地亩均占有水资源量均为全国平均水平的1/3；在全国100个缺水城市中，有25个在辽宁省，且部分地区地下水超采严重，一些沿海城市出现严重的海水内侵和地面沉降问题；辽河流域水资源开发强度超过70%，远远超出40%的国际警戒线。水资源短缺，供需矛盾突出，以大量开采地下水来供应工农业生产和人民生活，造成部分地区地下水位持续下降，同时又会对生态建设产生不利的影响，制约经济社会的可持续发展。

（五）农村生态环境恶化

由于环境意识淡薄，对环境资源只知索取不知保护，造成东北地区农村生态环境恶化。近年来，城市的扩建使许多工厂、企业迁到郊区或农村，进一步加剧了农村的环境污染。每年都有多起废水污染农业事故发生；规模化畜禽养殖业产生的大量粪便大部分没有得到资源化利用，污染水体。此外，面源污染日益突出。由于土壤质量下降，化肥使用量不断增加，2007年，黑龙江省化肥使用量387万吨，比2006年增加了10.6%；广谱性杀虫剂频繁使用，农产品农药残余量超标；农膜不能及时处理，深埋耕作层可使农作物减收8%~10%。

（六）生态建设资金投入不足

尽管近年来中央和地方政府不断加大对生态环境建设的投入，但与经济发展的增长速度相比，生态环境建设资金的投入仍然不足。绝大多数地区生态建设资金严重短缺，基本建设十分缓慢、管理能力不足，生态资源、环境监测等一些基础工作无法启动和开展。一些保护与恢复重点工程，如引水工程、生态移民工程等，都因为资金短缺而得不到实施或进展缓慢。

（七）生态意识比较淡薄、监督不力

由于过去长期形成的重经济增长、轻生态环境保护的思维定式，地方经济发展和地方保护主义的存在，东北地区的生态环境建设只能在有限的范围和局部的区域内产生效益，还不能从全局和根本上取得成效。再加上环保监督机制不健全，监管不力，致使许多地方和单位不能严格按照生态保护的相关法律、法规开展工作；甚至对各种严重违法行为也不能从根本上予以制止和打击，导致生态环境污染、生态功能退化问题难以从根本上得到治理。

四 东北地区生态建设与经济协调发展的策略

生态建设与经济发展是区域可持续发展的两个重要内容。经济发展是核心，生态建设是关键，要坚持生态建设产业化、经济发展生态化的原则，努力使生态建设与经济发展形成良性互动，增强东北地区自我发展的活力。

（一）强化协调发展意识

东北地区的振兴是要走一条生产发展、生活富裕、生态良好的可持续发展之路。这就要求强化生态和经济协调发展的意识。如果纯自然主义地对待生态环境，为了保护而保护，完全割裂经济发展与生态环境建设的关系，不关注地方经济发展，那么生态环境建设的成果就难以长久保持下去；相反，如果单纯追求经济发展而不努力保护生态环境，那么经济发展就会因为生态环境问题而受到严重制约。因此，必须在生态环境承载力范围内，通过生态经济规划等技术途径或有效手段，达到生态环境与经济发展趋向良性循环，在保护生态环境中发展区域经济，在区域经济发展中保护生态环境，实现保护与发展的协调促进、人与自然的和谐。要强化生态教育，运用多种教育手段和大众传媒工具宣传生态建设与经济协调发展的重要意义及相关政策，引导全社会树立协调发展的理念，充分重视环境成本，把生态保护、节约资源等活动变成全体公民的自觉行为，逐步形成生态保护与节约资源的生活方式和绿色的消费方式。

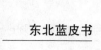

（二）加快产业结构调整

东北地区三次产业结构偏重，而重工业又是以原材料、资源加工为主要方向，这些产业对资源的需求量大、对生态环境破坏性大；产业技术含量低、资源密集型和劳动密集型产业众多，技术密集型产业发展较慢，特别是环保产业相对落后；产业集中度较低。因此，东北地区未来产业发展的趋向是资源节约型和环境友好型，其产业结构调整也必须以资源环境的硬约束为前提，以绿色科技为支撑，以可持续发展为目标。

1. 生态产业

生态农业。依托国家最大商品粮基地的基础，结合自身的生态优势，东北地区生态农业建设必须与农业结构的调整优化，与无公害农业、特色农业、绿色食品产业的发展，与农业产业化有机结合，坚持"打绿色牌，走特色路"的发展战略。可以通过建立农业生态园区、养殖小区、开展庭院生态建设工程，扩大生态农业建设的范围，逐步形成绿色经济主体框架。

生态工业。当前，生态工业主要通过建立生态工业园，在企业中推行清洁生产、创新节能减排方式、提高能源和原材料的使用效率的途径实现的。要在各地生态工业园区的基础上，推行清洁生产，以生态化改造工业园区和经济技术开发区；对技术落后、浪费资源、污染环境的生产工艺、技术、设备、企业实行强制淘汰；实施污染物排放总量控制制度；积极利用经济手段、运用市场机制，鼓励各行各业节约资源、降低污染排放。

生态服务业。生态服务业包括清洁交通运输系统、信息、科教服务系统、绿色商业和金融服务系统以及其他有关的服务业。生态服务业不仅本身要尽可能实现资源循环利用和清洁生产，还要为发展生态农业和生态工业以及建设生态城市服务。当前生态服务业主要是建立清洁交通运输系统，发展绿色信息服务业、绿色商业服务业、生态旅游业等。

2. 环保产业

环保产业是环境友好型产业结构体系的重要组成部分，发展潜力巨大。目前，东北地区环保产业规模小、比重低、技术水平不高，不能适应生态建设与经济协调发展的要求。今后，应加大环保产业的发展力度，积极发展环保装备制造业，加快发展环保服务业；支持各类所有制企业参与污染治理和环保产业发展，培育一批有实力、有竞争力的环保企业和企业集团；实行环境标识、环境认证和政府绿色采购制度；积极推进环境产业技术进步和技术创新，重点发展具有自主知识产权的环保技术，提高废物和污染的处理效率、无害化程度，增强资源环境保障能力；创建多元化的环保产业投资环境，完善与市场机制相适应的投融资机制，调动全社会力量支持发展环保产业。

3. 高新技术产业

高新技术产业本身就是低能耗、高附加值、环保型产业，是产业结构高级化的发展方向。发展高新技术产业可以实现经济活动的科技化和生态化转向，解决资源短缺、环境污染、生态退化等问题，提升经济运行的质量和效益。东北地区应充分挖掘技术、人才潜力，整合科技资源，发挥多个国家级高新区的示范带动作用，按照产业集聚、规模发展和扩大国际合作的要求，提高自主创新能力，加快创新体系建设和高新技术产业化步伐，大力发展先进制造技术、电子信息技术、新材料技术、新能源技术、生物技术、航空航天技术、清洁生产技术、污染治理技术、废物回收利用技术、环境监测技术等"绿色高新技术"，对传统产业结构进行调整升级。同时，在高新技术研究开发时要遵循循环经济理念，强调资源节约利用和生态环境保护。

4. 清洁能源产业

东北部分地区具有发展清洁能源的产业优势，而且一些地区初具规模。如黑龙江省伊春市风力和水力发电占全市用电量的19%，全市清洁能源产业实现增加值7000多万元，成为带动全市经济快速发展的一个新增长点。但无论是从产业集聚度还是贡献率上看，东北地区清洁能源发展水平与资源利用水平尚有较大差距。因此，要大力发展风电、水电、太阳能、农村沼气等生物质能，逐步形成能源结构多元化的局面，从根本上跳出对石化能源的过度依赖，以期在源头上控制能耗与污染，保护生态环境，以支撑东北地区经济快速增长和可持续发展。可以考虑建立清洁能源发展引导资金，对发展风电、水电、太阳能等固定资产投资额度较大的新能源项目给予一次性补助，引导民间资本发展新能源产业和循环经济；各地区整合预算内投资、新型工业化建设资金、节能资金等专项资金，支持建立产业发展链条完整的清洁能源产业。同时，要着力解决供电区与上网的问题。

5. 资源回收与再资源化产业

东北地区重工业比较发达，由此造成的污染和资源浪费比较严重。要节约资源、降低环境污染和破坏，就应该尽快发展专业化、规模化的各类资源回收与再资源化产业。要积极推进废钢铁、废有色金属、废纸、废塑料、废旧轮胎、废旧家电，以及废旧电子产品、废旧机电产品、包装废弃物等的回收和循环利用；鼓励再制造工业的发展；建立垃圾分类收集和分选系统，逐步形成分类回收、分类运输、分类再资源化、分类处置的产业化体系。根据产业分工和规模经济的原则，生产者应采取产业群体间的精密分工和高效协作，发挥规模经济效益，降低资源回收与再资源化的成本，提高资源的回收率、再资源化率，有效达到生态与经济两个系统的良性循环。

（三）促进产业集群式发展

产业集群是一种有利于形成竞争优势与实现可持续发展的产业空间组织模式，它不但强调企业在空间或地理上的集聚，而且更多地强调集群内部企业之间、集群与外部经济系统之间的相互联系和促进关系，具有自组织能力和在受到外界环境影响时产生的应变能力。要结合东北地区比较优势和发展基础，促进产业集群式发展。地理上的集聚可以使群内企业共享某些专业化资源、基础设施和劳动力资源，避免重复建设，节约运输和库存费用，为集中治理污染、保护环境提供条件；产业集聚有利于推进循环经济技术传播，有利于在产品设计、生产、生态文化方面取得共识，在生产源头上控制污染的产生，最大限度地提高废物的回收利用效率，减少能源和原材料消耗。政府部门要将公共政策重点转向支持和培育产业集群的发展和壮大，积极争取在土地开发利用、各项资金投放、信息网络建设和政策法律服务等方面给予倾斜；通过清洁生产、资源节约、污染治理、绿色营销和淘汰落后等手段，推动产业集群生态化建设和改造，实现群内共生企业间的资源和能源循环和增值。

（四）强化技术创新

技术创新是促进生态建设和经济协调发展的支撑条件。在技术创新方面，以关键技术为重点，开发和推广包括环境工程技术、资源节约技术、清洁生产技术、污染治理技术、废物资源利用化技术、绿色产品开发技术等在内的低投入高产出的绿色技术；鼓励和引导高校、科研机构和有条件的企业积极开展相关研究；建立循环型产业技术孵化基地，将"末端治理"转变为"源头防控"，以最小的资源消耗和环境代价来获得最大的发展效益。在企业层次上，应大力推广清洁生产技术和ISO14000环境管理体系认证，鼓励传统技术和产品的生态化改造，在产品设计阶段逐步开发、应用和推广新技术、新材料、新设计，降低生产领域的环境影响。在行业层次上，重点推进环境友好型共性技术的研发与应用，把上游的废料作为下游的原料，并不断延长生产链条，建设生态园区。在区域层次上，重点推进生态环境保护、综合治理等关键技术之间的链接，实施环境友好型技术集成与示范，通过生态产业和环境基础设施链条把生态建设与经济发展有机结合起来。

（五）加大生态环境规制力度

生态环境（产品）几乎都有外部性问题，所以，在生态建设与经济发展中，要加大生态环境规制力度。综合运用产业政策、价格补偿、绿色税收、财政、信贷等多种经济手段，改变资源低价和环境无价的现状，形成科学合理的资源环境的补偿机制；改变现行的"违法成本低、守法成本高"的排污收费标准和罚款制度，改变能源和环境的价格倒挂现象，将环境成本纳入到企业的成本之中，及时淘汰那些低技术和高污染的企业；实行环境标识、环境认证和政府绿色采购制度，运用好自愿环境协议等市场化手段，在污染控制和节能降耗上实现生态有效和经济效率。需要强调的是，生态环境规制是政府弥补生态市场失效的一个重要手段，但是如果生态规制严重失灵，则效率有可能更低。因此，要从法制、社会准则和规制管理技术层面抑制政府生态规制中可能产生的制度偏差，优化政府的生态规制手段和生态规制结构，完善政府环境决策制度，克服市场失灵与规制失灵给生态环境带来的弊端。

（六）加强区域协调合作

东北地区生态经济协调发展必须强调区域的整体性、配合性、一致性。一是协调区域间资源的优化配置，包括自然环境资源的优化配置和资金、人才、技术、信息等社会各类资源的优化配置；二是加强区域间生态环境保护与综合治理的协调合作。东北地区各省市必须跳出局部利益、行业利益、地区利益的眼界，从东北地区整体振兴的大局出发，打破区域间的分割状态，建立以经济手段调节为主、法律和行政手段调节为辅的区域生态经济协调机制，统一规划生态环境保护与综合治理，特别是各省市环境保护政策要相互配合，促进各种资产的有效配置和要素的跨省流动，把资源配置到效益较好或者是必需的环节中去，以实现最少的花费及最大的生态环境改善和产业发展。

东北三省金融发展状况与对策研究

张国俊[*]

摘　要: 2007 年，东北三省金融业按照国家关于加强和改善宏观调控的总体要求，紧紧围绕区域经济发展的重点和老工业基地振兴的需求，不断完善金融服务和金融资源配置功能，在保持良好的金融运行态势的基础上，有力地支持了东北地区经济社会的发展。在此基础上，要积极培育现代区域金融市场体系，努力探索区域金融发展合作机制，不断增强东北地区区域金融竞争力；同时还需要进一步处置国有企业不良债务，继续加强东北地区区域金融生态环境建设，为东北地区区域经济金融协调发展创造良好环境。

关键词: 东北三省　金融运行　协调发展

2007 年，东北三省金融业认真贯彻落实科学发展观，按照国家关于加强和改善宏观调控的总体要求，紧紧围绕区域经济发展的重点和老工业基地振兴的需求，不断完善金融服务和金融资源配置功能，在保持良好金融运行态势的基础上，有力地支持了东北地区经济社会的发展。但总体来看，东北三省的金融发展与经济发展还远未进入协调互动轨道，特别是随着从紧货币政策的深入实施，这一矛盾愈加显得突出。因此，如何促进东北地区区域经济与金融在从紧货币政策背景下的协调发展，已成为当前金融工作面临的首要任务。

---

* 张国俊，辽宁社会科学院财政金融研究所副研究员，辽宁省金融学会常务理事，主要研究区域金融和资本市场问题。

一 东北三省金融运行总体状况

（一）银行业金融机构健康发展

1. 资产规模稳步增长，经营效益显著提高

在资产规模方面，截至 2007 年末，东北三省银行业金融机构资产总额达到 35457.4 亿元，同比增长 12.73%（见表 1）。在经营效益方面，辽宁省 2007 年全年实现利润 166.3 亿元，比上年增长 160.5%；吉林省 2007 年账面利润比上年增长 14.3 倍，盈利能力大幅提高。①

表 1 东北三省银行业金融机构资产总额情况

单位：亿元，%

省 份	2006 年末	2007 年末	增减金额	增长率
辽 宁	16828.80	19122.00	2393.10	13.63
吉 林	6353.50	7055.40	701.90	11.05
黑龙江	8269.90	9280.00	1010.10	12.21
合 计	31452.20	35457.40	4105.20	12.73

资料来源：东北三省 2006 年度和 2007 年度金融运行报告。

2. 各项本外币存款增速整体趋缓并呈现明显的结构性变化特点

截至 2007 年末，东北三省金融机构本外币各项存款余额 28734.1 亿元，同比增长 9.94%，增速比上年回落 3.51 个百分点（见表 2）。其中，吉林省增速回落较大，比上年回落 9.5 个百分点，辽宁省和黑龙江省分别回落 1.36 和 3.52 个百分点。

由于企业效益提升以及证券市场分流储蓄存款的影响，东北三省在存款结构上均呈现企业存款增速快而储蓄存款增速较小的特点，企业存款成为拉动各项存款增长的主要力量。截至 2007 年末，东北三省金融机构企业存款同比增长 24.27%，储蓄存款增长 2.65%（见图 1）。

---

① 本专题所使用数据资料，除注明者外，均来源于中国人民银行《2007 中国区域金融运行报告》总报告及相关省市分报告、中国人民银行网站统计数据，或根据上述资料计算整理。

表2　东北三省金融机构本外币存款余额情况

单位：亿元，%

省　份	2006 年末	2007 年末	增减金额	增长率
辽　宁	14031.10	15677.80	1646.70	11.74
吉　林	5071.82	5398.60	326.78	6.44
黑龙江	7032.70	7657.70	625.00	8.89
合　计	26135.62	28734.10	2598.48	9.94

资料来源：东北三省 2007 年度金融运行报告、《中国金融年鉴 2007》。

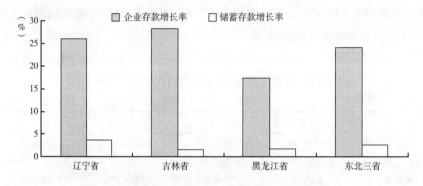

图1　2007 年东北三省主要存款种类增长率比较

资料来源：根据东北三省 2006 年度和 2007 年度金融运行报告相关资料编制。

3. 各项贷款增速冲高回落，信贷结构进一步优化，宏观调控效果显现

截至 2007 年末，东北三省金融机构本外币各项贷款余额 19454.5 亿元，同比增长 12.57%（见表3）。2007 年，东北三省各项贷款增速总体上呈冲高回落的特点，到年末同比回落 0.2 个百分点，其中，辽宁省增速比上年上升 1.5 个百分点，吉林省和黑龙江省则分别回落 4.09 和 0.64 个百分点。从投向看，东北三省金融机构根据国家宏观调控的基本要求，坚持有保有压方针，积极加大对农业、基础设施建设、装备制造业、棚户区改造等重点领域，以及就业、助学、中小民营企业等经济薄弱环节和弱势群体的信贷支持力度，高能耗、高污染和产能过剩行业中落后企业的信贷投放受到了严格限制。如，辽宁省金融机构全年累计发放农业贷款同比增长 59.2%；新增贷款中，基本建设、制造业贷款分别占 34.5%、18.5%；消费信贷增速比上年同期回升了 26.4 个百分点；到 2007 年末，全省金融机构制造业贷款余额 2639.7 亿元，占全部贷款余额的 24.9%。

表3　东北三省金融机构本外币贷款余额情况

单位：亿元，%

省　份	2006 年末	2007 年末	增减金额	增长率
辽　宁	9333.10	10762.80	129.70	15.32
吉　林	3921.57	4361.10	439.53	11.21
黑龙江	4028.10	4330.60	302.50	7.51
合　计	17282.77	19454.50	2171.73	12.57

资料来源：东北三省 2007 年度金融运行报告、《中国金融年鉴 2007》。

（二）证券业发展态势总体向好

1. 证券公司综合治理工作圆满完成，业务发展明显加快

截至 2007 年末，东北三省共有总部证券公司 6 家，比上年同期减少 2 家。随着证券公司综合治理工作全面完成，这些证券公司经营日益规范，资产质量和经营效益显著改善。此外，辽宁省风险证券公司处置工作已基本完成；吉林省证券经营机构重大市场风险化解工作进展顺利，新华证券、泛亚信托、天同证券、北方万盛等风险治理工作已接近尾声；黑龙江省江海证券吸收合并天元证券已完成整改重组工作，兴安证券风险处置接近尾声。2007 年，由于国内证券市场总体走势较好，三省证券经营机构代理股票和基金交易额同比增长 4.7 倍，高于中部的 2.0 倍，低于东部和西部的 6.0 倍和 5.0 倍。

2. 上市公司质量明显提升，股改、清欠收尾工作顺利推进

截至 2007 年末，东北三省共有国内上市公司 124 家，比上年同期增加 5 家。随着上市公司治理专项活动的圆满完成，三省上市公司进一步建立健全了内控机制，规范了治理结构。上市公司质量的明显提升推动了经营业绩大幅增长，如，吉林省上市公司净资产收益率高出全国平均水平 3.2 个百分点；辽宁省辖内（不含大连）境内上市公司上半年主营业务收入同比增长了 35.1%。2007 年，辽宁省有和光商务、沈阳新开两家上市公司先后通过了股改方案，除 1 家上市公司外，其他公司均规范了关联交易。黑龙江省有 21 家上市公司完成股改，2 家进入股改程序，股改公司家数占该辖区上市公司家数的 82%。

3. 股票市场融资功能整体重新恢复，融资能力不断增强

2007 年，东北三省国内股票、H 股和国内债券筹资额 433.4 亿元，比上年增加 120.1 亿元，增长 38.33%（见表4）。其中，A 股市场筹资额为上年的 26.8

倍，远高于其他三个地区的 3.7 倍、1.5 倍和 5.8 倍，比重进一步提高。分地区看，辽宁省继 2006 年 IPO 融资实现突破后，2007 年又有出版传媒、荣信股份等两家企业成功上市，首次发行 9.52 亿元，加上配股增发等，国内股票筹资额全年累计达到 335.4 亿元；吉林省企业上市工作在 2007 年重新启动，有 2 家公司成功上市，3 家公司顺利完成定向增发，全年累计融资 25.4 亿元；黑龙江省当年国内股票筹资额 3 亿元，H 股融资 5 亿元。

表 4　东北三省证券市场筹资情况

单位：亿元，%

省　份	2006 年	2007 年	增减金额	增长率
辽　宁	285.50	372.00	86.50	30.30
吉　林	19.00	25.40	6.40	33.68
黑龙江	8.80	36.00	27.20	309.09
合　计	313.30	433.40	120.10	38.33

说明：本表证券市场筹资额仅包括国内股票筹资额、H 股筹资额和国内债券筹资额。

资料来源：东北三省 2006 年度和 2007 年度金融运行报告。

4. 期货市场交易规模持续扩大，交易品种不断增加

到 2007 年末，东北三省辖内共有总部期货公司 21 家，其中，辽宁省 10 家，吉林省 5 家，黑龙江省 6 家。总部期货公司数与上年持平，但在全国的比重则由 12.1% 提高到 12.9%。作为全国三大期货交易所之一，大连商品交易所 2007 年期货交易量及成交金额创交易所历史最高纪录，全年期货成交金额 119245.4 亿元，同比增长 128.6%，成交量 37122.8 万手，同比增长 54.2%。大连商品交易所交易量已连续 5 年位居国际市场前 10 名，连续 8 年位居全国各期货交易所首位，2007 年又有线型低密度聚乙烯和棕榈油两个新品种上市。

（三）保险业稳步发展

1. 保险保障功能不断增强

2007 年，东北三省中外资保险机构保费收入 577.9 亿元，比上年增长 15.05%，其中，辽宁省增长 21.06%，吉林省增长 28.92%，而黑龙江省则为负增长。三省各类赔款给付 244.1 亿元，比上年增长 88.49%，其中辽宁省增长 59.21%，吉林省增长 109.39%，黑龙江省增长 138.37%（见表 5）。与全国其他三个区域（即东部、中部和西部）比较，东北三省保费收入增长率最低，低于其他三个区域 10～15 个百分点，而各类赔款给付增长率则为最高，高于其他三个区域 10～40 个百分点，保险保障功能得到有效发挥。在保险密度和保险深度方面，东北三省均处在中游水平。

表5　东北三省保险业基本情况

类别\省份\年份	保费收入（亿元）		赔款给付（亿元）		保险密度（元/人）		保险深度（%）	
	2006	2007	2006	2007	2006	2007	2006	2007
辽　宁	254.50	308.10	73.80	117.50	607.40	716.80	2.80	2.80
吉　林	90.60	116.80	21.30	44.60	334.00	429.00	2.10	2.30
黑龙江	157.20	153.00	34.40	82.00	411.00	399.20	2.50	2.20

说明：保险密度为按常住人口计算的人均保费收入；保险深度为保费收入占地区生产总值的比重。
资料来源：东北三省 2006 年度和 2007 年度金融运行报告。

2. 农业保险取得新突破

2007 年，东北三省有效发挥保险对农业的经济补偿功能，农业保险取得新突破。辽宁省政府正式启动了政策性农业保险试点工作，确定五个试点市（县），财政对参保农户给予保费补贴；吉林省农业保险全年实现保费收入 6.7 亿元，比上年增加 4.1 亿元，玉米、水稻和大豆等农作物保险覆盖面接近 50%；黑龙江省阳光农业相互保险公司和人民财产保险公司黑龙江省分公司进一步拓展农业保险市场，为保障市场供应发挥了积极作用。与此同时，三省为保障生猪生产，加快推进"能繁母猪"保险。辽宁省能繁母猪保险试点取得积极进展，累计承保能繁母猪 1.68 万头；吉林省能繁母猪投保率更是高达 89%；黑龙江省能繁母猪保险也取得突破。

（四）地方金融改革进展顺利有序

1. 城市商业银行改革取得阶段性成效

2007 年，盛京银行、大连银行成功实现跨省经营，成为总部设在辽宁省的区域性股份制商业银行。吉林银行成功组建和哈尔滨市商业银行更名为哈尔滨银行，也跨入区域性股份制商业银行的行列。锦州市商业银行（2008 年 4 月已更名为锦州银行）通过收购异地城市信用社设立分支机构，实现了在辽宁省内跨市经营。此外，辽宁省城市商业银行近 5 年来置换不良资产 140 多亿元，不良贷

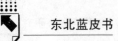

款率下降近 30 个百分点, 43 家城市信用社中已有 33 家完成分类处置。

2. 农村信用社改革进一步深化

率先试点的吉林省农村信用社改革效果逐步显现。在改革之前, 全省农村信用社亏损额 (含历史包袱) 达到百亿元, 到 2007 年, 在提取一部分拨备的前提下实现利润 10 多亿元。辽宁省农村信用社改革试点工作进展顺利, 专项中央银行票据兑付家数和金额均超过 70%, 年末不良贷款率较改革基期下降 46.1 个百分点, 账面利润同比增加 2.9 亿元。黑龙江省农村信用社改革试点工作取得实质性进展, 全省 79 家县级联社中, 有 56 家票据到期兑付, 产权制度改革的阶段性目标如期实现, 实力逐步增强。

3. 新型农村金融组织试点工作进展顺利

吉林省是中国银监会放宽农村地区金融机构准入政策首批试点的六个省区之一, 截至 2007 年末, 已成立村镇银行 5 家、贷款公司 1 家、农村资金互助社 1 家, 分别占全国的 26.32%、25% 和 12.5%。经过近一年的发展实践, 这些新型农村金融机构营运和效益均良好, 支农效果显著。2007 年末, 七家机构贷款余额达到 9837.2 万元, 其中农户贷款余额占 81.1%; 累计实现营业利润 544.5 万元。

(五) 金融生态环境明显改善

近年来, 在地方政府的高度重视和各相关部门的积极推动下, 东北三省在努力化解历史遗留金融风险的同时, 不断加强社会信用体系建设, 金融生态环境明显改善。在中国社会科学院 2005 年 "中国城市金融生态环境评价" 中, 东北三省金融资产质量排名最后三位, 而在 2006～2007 年 "中国地区金融生态环境评价" 中, 按东部、中部、西部和东北四个区域划分, 东北地区金融生态环境综合指数排名第 2 位。按省划分, 东北三省的综合指数均已脱离最后三位, 其中辽宁省排名第 10 位, 黑龙江省排名第 25 位, 吉林省排名第 27 位。[①] 拖累吉林和黑龙江两省排名仍比较靠后的主要原因是地区金融发展指数。在东北三省, 金融生态环境建设的先进地区是大连市, 该市先后在 2006 年第三届、2007 年第四届中国国际金融论坛上被评为 "中国十佳金融生态城市" 和 "中国最具有投资价值金融生态城市" (全国各 10 个)。在 2006 年第三届中国金融专家年会 (第一届中国金融市长年会) 上, 大连市又被评为 "中国最具国际化金融生态城市" (全国仅 6 个),

---

① 刘煜辉主编《中国地区金融生态环境评价 (2006～2007)》, 中国金融出版社, 2007。

黑龙江省的哈尔滨和大庆市同时被评为第一批"中国最具魅力金融生态城市"（全国 30 个）。在 2007 年第二届中国金融市长年会上，辽宁省的营口和朝阳两市被评为第二批"中国最具魅力金融生态城市"（全国共 10 个）。到目前为止，东北三省已有大连、哈尔滨、大庆、营口和朝阳等 5 市跻身国家级金融生态城市之列。

金融生态环境的明显改善也给地方经济发展带来了较大的实惠。以辽宁省为例，建设银行决定在"十一五"期间为辽宁省提供 1000 亿元的信贷额度；工商银行辽宁省分行在总行的等级考核由原来的"E－"跃升为"B－"。国有商业银行成为 2007 年辽宁省贷款增长的主要力量，新增贷款份额占比由上年同期的 22.8% 提高到 33.7%。[①]

二 区域金融发展面临的主要矛盾和问题

（一）金融发展与经济发展远未进入协调互动轨道

协调发展是科学发展观的基本要求之一。协调发展包括多个方面，区域金融与区域经济的协调发展是其中之一。总体来看，东北地区的金融与经济还远未进入协调同步、良性互动的发展轨道。

1. 金融相关比率[②]呈逐年下降趋势

在 2003 年以前，东北三省、长三角两省一市以及全国的金融相关比率总体呈上升趋势，2003 年达到一个阶段性高点之后，2004 年均有明显下降。随后，全国平均水平及长三角地区升降变动幅度不大，而东北三省则继续明显下降，与全国平均水平及长三角地区的差距逐渐加大。2007 年末，东北三省金融相关比率为 2.07，比 2003 年降低了 0.53，比全国平均水平的 2.73 低 0.66；而长三角地区则为 2.86，比全国平均水平高 0.13（见图 2）。金融相关比率指标值的大小及变化趋势，表明东北三省经济金融化程度逐年远离全国平均水平，与长三角两省一市的差距更是不断扩大，反映到经济发展需求层面上就是金融"缺血"问题。[③]

---

① 盛松成：《在从紧货币政策条件下支持经济又好又快发展》，《中国金融》2008 年第 6 期。
② 金融相关比率（FIR）是衡量一国或地区经济金融化程度的指标，其计算公式为某一时点上全部金融资产价值与同期国民生产总值（GNP）之比。由于相关统计资料的缺失，在国内地区层面的研究中，一般把金融相关比率简化为金融机构存贷款总额与 GDP 之比。
③ 在本专题，东北地区包括辽宁省、吉林省和黑龙江省；长三角地区包括上海市、浙江省和江苏省。

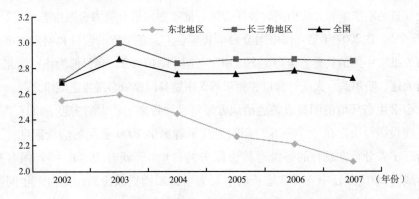

图2　2002~2007年金融相关比率变动比较

资料来源：根据相关各省市2007年度金融运行报告、《中国金融年鉴2007》、《中国统计年鉴2007》、国家统计数据库等资料计算整理。

2. 金融机构各项贷款余额增长速度明显偏低且与GDP增长速度不协调

不论是与经济发达的长三角两省一市相比，还是与全国平均水平相比，东北三省金融机构各项贷款余额的年均增长速度都有明显差距。2002~2007年，东北三省金融机构各项贷款余额年均增长7.61%，比全国同期14.72%的年均增长率低7.11个百分点，而与长三角两省一市的差距则高达12.64个百分点，其中，两地最低的黑龙江省与最高的浙江省之间相差20.48个百分点。此外，东北三省金融机构各项贷款余额年均增长率远远低于GDP年均增长率，二者相差7.62个百分点，而与全国平均水平则相差无几，长三角两省一市各项贷款余额年均增长率更是高于GDP年均增长率2.04个百分点（见图3）。

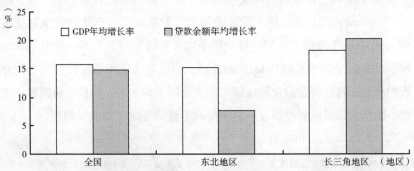

图3　2002~2007年GDP与各项贷款余额年均增长速度比较

资料来源：根据《中国金融年鉴2007》、《中国统计年鉴2007》、相关各省市2007年度金融运行报告、国家统计数据库等资料计算整理。

（二）金融业的发展仍处于落后状态

近年来，金融业在支持东北区域经济发展以及配置资源等方面发挥了不可替代的作用，三省金融业整体效益也在逐渐恢复之中。但置身于全国范围，或与先进地区比较，东北三省金融业的发展仍处在落后状态，对经济的影响力还比较弱。

1. 融资总额明显偏低

2007 年，东北三省融资总额 2479.1 亿元，比上年增加 370.3 亿元，增长 17.56%；而长三角两省一市同期融资总额 13572.8 亿元，比上年增加 3828.3 亿元，增长 39.29%（见表6）。东北三省融资总额仅是长三角两省一市融资总额的 18.27%，三个省的融资总额也仅分别为上海市的 52.42%、浙江省的 53.99%、江苏省的 58.30%。即使是东北三省中融资额最高的辽宁省，在连续两年有较大幅度增加的情况下也仅为上海市的 35.5%。在贷款增加额、债券发行额和股票筹资额三个融资总额构成因素中，东北三省占全国的比重分别是 5.4%、1.8% 和 4.3%。

表6　2002～2007 年部分省市融资总额情况比较

单位：亿元

省份＼年份	2002	2003	2004	2005	2006	2007
辽　宁	644.40	1070.90	761.50	1079.20	1242.00	1678.60
吉　林	201.80	232.90	301.10	268.50	543.00	461.50
黑龙江	156.70	264.10	99.10	138.30	323.80	339.00
上　海	1850.90	2712.60	2041.00	2410.10	2390.50	4729.00
浙　江	2162.10	3681.12	2509.06	2209.90	3923.10	4591.40
江　苏	1719.50	3480.50	2407.50	2408.80	3430.90	4252.40

资料来源：相关各省市 2007 年度金融运行报告。

2. 金融机构各项贷款余额在全国的比重逐渐走低

截至 2007 年末，东北三省金融机构本外币贷款余额在全国的比重已由 2002 年的 9.64% 下降到 7.0%，下降了 2.64 个百分点。而同期长三角两省一市则由 19.89% 上升到 25.17%，上升了 5.28 个百分点。特别是辽宁省，2000 年末贷款余额在全国的比重为 5.23%，与长三角两省一市基本接近，但到了 2007 年末已下降到 3.88%，与长三角两省一市相差 4～5 个百分点。2007 年末，两个地区比重最低的黑龙江省仅为 1.56% ,与比重最高的浙江省之间相差 7.42 个百分点 (分省市变化情况见图 4)。另外,贷款余额绝对额的差距也在逐渐加大,2002 年末,长三角两省一市是东北三省的 2.06 倍,到 2007 年末已扩大到 3.59 倍。

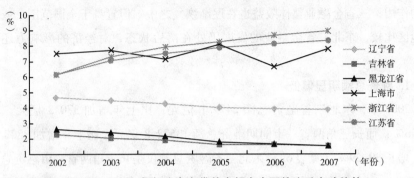

图 4　2002～2007 年部分省市贷款余额在全国的比重变动趋势

资料来源:根据《中国金融年鉴 2007》、《中国统计年鉴 2007》、相关省市 2007 年度金融运行报告等资料计算整理。

3. 金融业对经济的贡献低于全国平均水平

2007 年,东北三省金融业增加值 449.07 亿元,比 2002 年的 196.2 亿元增加了 252.87 亿元,增长了 128.88%,在 GDP 中的比重也由 2002 年的 1.71% 上升到 1.93%,提高了 0.22 个百分点;在第三产业增加值中的比重由 2002 年的 4.51% 上升到 5.32%,提高了 0.81 个百分点。东北三省 2007 年的金融产业增加值占地区生产总值的比重和占第三产业增加值的比重虽然比 2002 年有所上升,但远远低于全国平均水平,与长三角两省一市的差距更大。2007 年,东北三省这两个比重分别比全国平均水平低 2.5 和 5.71 个百分点,分别比长三角地区低 3.8 和 8.5 个百分点(见表 7)。

表 7　2007 年金融保险增加值情况比较

单位:亿元,%

地区 \ 类别 年份	金融保险增加值		占地区生产总值比重		占第三产业增加值比重	
	2002	2007	2002	2007	2002	2007
东北地区	196.20	449.07	1.71	1.93	4.51	5.32
长三角地区	1395.50	3218.53	5.73	5.73	14.19	13.82
全国合计	4612.80	11057.00	3.83	4.43	9.24	11.05

资料来源:根据国家统计数据库(2007 年度数据)和《中国统计年鉴》(其他年度数据)相关资料计算整理。

此外，东北三省金融业增加值在全国的比重也始终处于较低位置。2007 年，东北三省金融业增加值占全国金融业增加值的比重为 4.47%（同期三省地区生产总值占全国国内生产总值的比重为 9.35%），比 2002 年提高了 0.22 个百分点，而长三角两省一市金融业增加值占全国金融业增加值的比重则高达 32%，高出东北三省 27.53 个百分点。2002～2007 年，东北三省金融业增加值占全国金融业增加值的比重平均在 4.67% 上下，长三角两省一市则平均在 31.72% 上下（见图 5）。

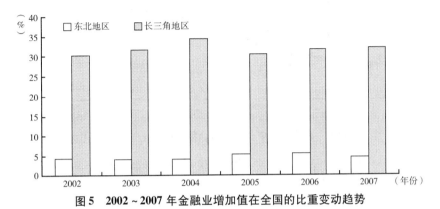

图 5　2002～2007 年金融业增加值在全国的比重变动趋势

资料来源：根据国家统计数据库（2007 年度数据）和《中国统计年鉴》（其他年度数据）相关资料计算整理。

（三）金融运行与发展的结构性矛盾依然突出

1. 金融机构贷款期限结构失衡问题进一步加剧

近年来，东北三省金融机构中长期贷款增长远远快于短期贷款，而在存款结构上则出现明显的活期化趋势。截至 2007 年末，东北三省中长期贷款余额占各项贷款余额的比例由 2002 年的 31.35% 上升到 47.17%，提高 15.82 个百分点（见图 6），而同期短期贷款余额占各项贷款余额的比例由 2002 年的 64% 下降到 47.69%，下降 16.31 个百分点。在东北三省，这种贷款期限结构失衡问题在辽宁省的表现最为突出。在 2007 年当年新增贷款中，辽宁省中长期贷款占比高达 78.3%。而在各项新增存款中，辽宁省金融机构 2005 年活期存款占比为 24.6%，2006 年上升到 47.5%，2007 年已高达 70.2%。[①] 资金来源方的活期存款占比和

---

① 闫力：《认真贯彻落实从紧货币政策，积极促进辽宁经济金融健康发展》，《东北金融》2008 年第 2 期。

资金运用方的中长期贷款占比不断提高，一方面会使商业银行产生资产负债结构期限错配问题；另一方面也可能因存款稳定性下降而影响整个地区的金融稳定。

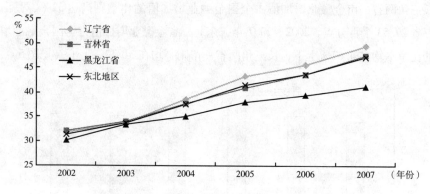

图6 东北三省中长期贷款余额占比变化情况比较

资料来源：根据相关各省市 2005～2006 年度金融运行报告、《中国金融年鉴 2007》和《中国统计年鉴 2007》等资料计算整理。

2. 金融机构贷款区域结构失衡问题仍未有效缓解

一是金融机构贷款余额进一步向大连、沈阳、长春和哈尔滨四市集中。2007年末，四地金融机构本外币各项贷款余额占东北三省同期本外币各项贷款余额的比例为 57.56%，这一比例比 2006 年上升了 1.51 个百分点。其中，大连和沈阳市在辽宁省的占比为 59.1%，比 2006 年上升了 2.28 个百分点；长春市在吉林省的占比为 56.22%，比 2006 年上升了 0.25 个百分点；哈尔滨市在黑龙江省的占比为 55.06%，比 2006 年上升了 0.69 个百分点。[①] 二是贷款增量也主要集中于大中城市。以辽宁省为例，沈阳和大连市 2007 年全年新增贷款占全省增量的比重虽然比上年同期下降 8.3 个百分点，信贷投放集中在沈阳、大连市等少数地区的态势有所改善，但两市增量比重仍然达到 49.7%。

3. 大银行贷款市场弱化与部分地方中小金融机构贷款增长过快过猛的矛盾

在东北三省，虽然国有银行仍居信贷投放的主体地位，但大银行贷款市场弱化已是不争的事实。2007 年，在辽宁省新增贷款机构分布中，国有银行占 33%，地方金融机构占 30%，政策性银行占 22%，股份制银行占 15%。黑龙江省四大

---

① 本处各项比例根据四市统计公报和三省金融运行报告相关数据计算所得。

商业银行新增贷款88.2亿元，占全省新增贷款总额的29.1%，而农村信用社新增贷款47.6亿元，占新增贷款的比例上升到15.7%。① 国有银行新增贷款所占份额明显较以前减少，而地方中小金融机构信贷投放能力明显增强。不过，地方中小金融机构新增贷款在份额增加的同时，增长速度过快过猛也是值得关注的问题。以辽宁省为例，地方金融机构2007年合计新增贷款386.3亿元，同比增长18.3%，增速尚在合理范围之内。但从各家机构看，全省107家地方法人金融机构有44家机构新增贷款同比增速超过20%，其中11家超过30%，4家超过40%。② 在从紧货币政策背景下，部分地方金融机构仍存在着强烈的贷款扩张冲动，潜藏着巨大的金融风险。与此同时，部分地方金融机构特别是部分基层农村信用社又面临着资金紧张困境，如黑龙江省农村信用社等中小金融机构的资金供求矛盾正在加剧，目前已有多家农村信用联社申请再贷款支持。

4. 金融市场配置资源功能总体渐强与地方金融机构和企业对金融市场参与度较低的矛盾

最近几年来，随着对金融市场融资功能与配置资源功能的逐渐增强，东北三省主要金融机构一方面积极转变融资方式，大力发展低风险的票据融资业务；另一方面积极加入全国银行间债券市场和全国银行间拆借市场。通过金融市场调整金融机构自身负债结构和优化资产结构，较好地满足了金融机构的短期资金需求，有效地缓解了地区资金紧张局面。2007年，东北三省票据市场银行承兑汇票承兑余额同比增长8%，三省金融机构全年在银行间市场净融入资金1.4万亿元。与总体发展情况良好不同的是，东北三省地方金融机构和企业对金融市场参与度并不高，充分利用现有金融市场直接融资的意识薄弱。在地方金融机构方面，以辽宁省为例，城市商业银行和城乡信用社在银行间拆借市场只有15家成员，只占全省地方法人金融机构总数的13.3%。2007年前3季度，辽宁省地方法人金融机构在银行间拆借市场的交易量户均仅8亿元，远低于全国银行间拆借市场户均173亿元的交易量。③ 在企业方面，以短期融资券为例，发达地区的企

---

① 董建华、李播：《2007年黑龙江省整体金融运行态势良好》，2008年1月22日《黑龙江日报》。

② 闫力：《认真贯彻落实从紧货币政策，积极促进辽宁经济金融健康发展》，《东北金融》2008年第2期。

③ 闫力：《认真贯彻落实从紧货币政策，积极促进辽宁经济金融健康发展》，《东北金融》2008年第2期。

业都尽力争取发行短期融资券，而该业务在东北地区则开展缓慢。2005~2007年，全国发行短期融资券近7692.6亿元，^① 东北三省仅占2.38%。

（四）不良贷款余额和不良贷款率依然较高

随着国家两次大规模不良贷款剥离和历史遗留金融风险集中处置的基本完成以及金融生态环境建设的加强，东北三省不良贷款余额和不良贷款率总体呈下降态势。但比较而言，东北三省不良贷款余额和不良贷款率依然较高，仍是我国不良贷款情况比较严重和集中的地区之一。截至2007年末，按主要商业银行口径统计的东北三省不良贷款余额为1666.6亿元，占全国商业银行不良贷款余额的13.14%（见表8）。

表8　2007年东北三省主要商业银行不良贷款余额情况

单位：亿元，%

地区 \ 类别	不良贷款余额			不良贷款率		
	金额	全国排名	全国占比	比例	全国排名	高于平均
辽宁	763.60	3	6.02	12.25	9	6.05
吉林	346.10	16	2.73	18.61	3	12.41
黑龙江	556.90	6	4.39	24.60	1	18.40
全国	12684.20	—	—	6.20	—	—

说明：排名为中国内地31个省、自治区、直辖市的排名，按从高到低的顺序排位。

资料来源：根据《中国银行业监督管理委员会2007年年报》相关资料计算整理。

纵观东北区域金融发展的历史并与国内发达地区相比较，东北三省金融业发展面临上述主要矛盾和问题的根本原因主要在于，思想不够解放和地区金融生态环境仍未实现根本性改观。由于思想不解放，一是导致东北三省的金融改革与创新动力不足，最终导致金融发展落后于国内发达地区，许多金融指标甚至不及全国平均水平；二是导致东北三省的企业融资观念仍主要偏好于银行信贷融资，最终导致金融市场整体发育缓慢，金融市场体系建设与区域经济发展不相适应；三是导致商业银行筛选需要支持和有必要支持的企业或项目的主动性不足，而是热衷于大项目和大企业；四是导致东北三省对区域金融合作的重要性认识不足，省与省之间甚至是一个省内的不同地区之间还存在着标准计划经济性质的

---

① 数据来源于中央国债登记结算有限责任公司企业短期融资券发行专项数据统计表。

壁垒，市场经济原则下的高效率金融资源配置尚无法实现。同时，由于地区金融生态环境仍未从根本上改善，不良贷款余额和比例仍高于全国平均水平，导致区域经济发展的金融支持力度不够，最终使得金融发展与区域经济发展不能进入协调互动轨道。

三　促进东北区域经济与金融协调发展的对策建议

（一）正确处理贯彻落实从紧货币政策与支持区域经济发展的关系

2007年以来，为防止经济运行由偏快转向过热，防止价格由结构性上涨演变为明显通货膨胀，国家出台了一系列宏观调控措施。其中已实施十年之久的稳健货币政策在2007年7月份被适度从紧的货币政策所取代，在2007年12月召开的中央经济工作会议上又进一步明确实行从紧的货币政策。实施从紧的货币政策，其根本目的还是在于促进经济又好又快可持续发展，而不是抑制有效益、有内在质量的经济发展。但是，从紧的货币政策也是一把"双刃剑"，它在调控经济过热势头的同时，也会对经济各个层面和区域产生影响。因此，需要各方紧密配合，加强协调与互动，正确处理好落实从紧货币政策与支持区域经济发展的关系，尽量减小或避免出现负面影响。作为央行的派出机构，一方面要充分发挥"窗口指导"功能，科学解读货币政策，以统一全社会的思想认识，努力营造出"政银协同"与"银企互动"的自觉执行从紧货币政策的良好社会氛围；另一方面要努力创新货币政策传导机制，保证从紧货币政策的传导畅通无阻。作为商业金融机构，要在科学发展观的指导下，努力找准落实从紧货币政策与促进区域经济发展的结合点，坚持"区别对待，有保有压"的信贷原则，以信贷结构调整带动和助推经济结构调整，从而有效支持区域经济的可持续发展。作为地方政府和企业，要强化大局意识，维持合理的经济发展速度，并以此为契机加大对高能耗、高污染、产能过剩行业的退出力度，实现经济又好又快可持续发展；同时更要进一步解放思想，破除主要依赖银行贷款融资的观念，更多地转向市场融资，提高金融市场参与度。从长远发展来看，中央银行应加快研究和制定国家统一货币政策指导下的多层次货币政策，逐步建立多层次货币政策体系，以尽可能多地兼顾区域差别、机构差别和行业差别，以期进一步提高宏观调控质量和效果，切实解决好国民经济的体制性矛盾和结构性矛盾。

（二）进一步处置国有企业不良债务

在过去的几年间，国家针对商业银行不良贷款问题出台了一系列政策措施，并通过 2004 年以来的第二次大规模剥离，将商业银行的大部分不良贷款转移到四家资产管理公司。东北三省各级政府也集中力量处置各类金融风险，并取得了阶段性成效。但不可否认的是，东北三省的不良贷款问题仍没有得到有效解决。一方面，东北三省商业银行的不良贷款余额依然较大，不良贷款率总体上仍高出全国平均水平很多；另一方面，不良贷款的剥离只是解决了商业银行的问题，而国有企业的债务负担并没有相应解决。因此，除了采取进一步处置措施，努力使东北三省商业银行不良贷款率达到全国平均水平外，减轻乃至基本消除国有企业的金融债务负担，将是今后一个时期内迫切需要解决的问题。针对国有企业的金融债务负担问题，目前比较流行的是地方政府直接参与处置的办法。地方政府直接参与处置办法主要划分为打包回购方式和政银合作方式两大类，这两类方式在东北三省都有实践。辽宁省政府与长城资产管理公司于 2006 年 9 月签署《债权转让框架协议》，打包回购长城公司总额为 336 亿元的商业性不良金融债权，以及 2006 年 12 月哈尔滨市与四大资产管理公司签署协议，对 37 户企业债务进行债权回购，属于打包回购方式。吉林省政府与东方资产管理公司于 2006 年 7 月达成"合作委托处置"不良资产意向 130 亿元（被称为"吉林模式"）和沈阳市政府与信达资产管理公司于 2007 年 10 月正式签署对沈阳地区 35 户国有企业的总债权 18 亿元进行重组的《债务重组框架协议》（被称为"沈阳模式"），属于政银合作方式。

比较而言，打包回购方式特别是其中的"商业化模式"的不足之处在于，政府财政出资占相当比例会加重地方财政负担，对于落后地区来说困难较大。而政银合作方式特别是"沈阳模式"更适合东北三省的实际情况，这是因为政银合作方式的核心在于"合作"，通过合作，既保证了金融债权回收效益实现最大化，也使长期困扰着国有企业发展甚至严重影响社会稳定的债务负担逐步得到化解，有助于逐步实现金融业与地方经济的良性互动发展。在东北三省进一步处置商业银行存量不良贷款和化解国有企业历史遗留债务中，以"沈阳模式"和"吉林模式"为基础，以"商业化模式"为补充，将是目前比较好的选择。在具体操作上，应针对不同性质的金融不良债权，按照先重组盘活、再合作处置、最后再缩水打包回购的原则进行处置。

（三）积极培育现代区域金融市场体系

从单纯的防范金融风险逐步转变到如何在开放环境下提高整个金融体系的竞争力，使金融更好地服务于支持经济稳定均衡发展，是 2007 年全国金融工作会议和党的"十七大"为下一步金融改革奠定的主基调。虽然东北三省多层次的金融机构体系和市场体系均已初步形成，但其功能还不完善，体系也不健全，特别是非银行金融机构体系更加不完善。这不仅制约着老工业基地振兴战略的顺利实施，也与建立现代金融体系的目标相去甚远。因此，特别需要加快金融改革和创新步伐，进一步健全多层次、多样化的现代金融机构体系和金融市场体系，通过多元化的金融工具，提供多样化的金融服务，促进东北区域经济活力的增强和可持续发展。一是强化商业银行的风险管理功能，真正以安全性、流动性和效益性为经营原则，更加主动地深入到由大企业和中小企业以及大项目和中小项目构成的市场中，去选择或筛选出需要支持和有必要支持的企业或项目，以达到切实提高信贷资金使用效率和收益的目的。二是以各省、市产权交易所为基础，以完善金融资源配置机制为目标，健全区域证券市场体系，逐步发展老工业基地产业投资基金市场。三是完善信托、担保、租赁、期货等非银行金融机构体系，充分发挥这些金融机构的独特功能和作用，特别是充分利用大连商品交易所这一东北证券期货市场难得的优势资源，发挥期货市场对区域经济发展的带动和促进作用。四是深入推进新型农村金融机构试点工作进程，进一步完善农村金融体系。五是进一步完善政策性和商业性保险机构体系，充分发挥保险的风险转移功能和作用。六是积极探索并开展设立民营银行试点，以促进作为东北三省经济发展薄弱环节的民营经济的发展。

（四）继续加强区域金融生态环境建设

经过几年的强化治理，东北三省金融生态环境已明显改善。经验之一是三省各级地方政府对金融生态环境建设的高度重视。2005 年以来，针对地区社会信用状况，东北三省省政府均以建设"诚信东北"为目标，制定出台多项有关社会信用体系建设、金融生态环境建设等方面的指导意见和政策措施，并使之得到认真而有效的贯彻落实。许多市县政府也同样给予高度重视。如作为辽宁省欠发达地区的朝阳市，曾经是辽宁省一类金融风险区，因失去金融支持而使经济发展十分缓慢。自中国人民银行周小川行长 2005 年提出金融生态建设命题后，朝阳市委市政府快速响应，提出并实施了"打造信用朝阳，创建金融生态城市"的构想。该市获得"中国最具魅力金融生态城市"殊荣就是这一构想变成现实的最好印证。经验之二是三省金融管理部门主动抓住地方政府重视和支持改善金融生态环境的有利契机，加快推进辖区金融生态环境建设。如中国人民银行沈阳分行尝试对区域金融生态状况进行合理评估，向辖内金融机构发布全省 14 个地市的金融生态环境状况指标；在辽宁省政府领导下，根据各市政府对金融生态环境的重视程度和社会氛围，将营口和朝阳两市确定为金融生态环境试点城市加以重点推动。吉林省金融部门大力宣传改善金融生态环境的重要性，为推动金融生态环境建设营造良好的舆论氛围。经验之三是相关部门密切配合共同推动金融生态环境建设。如黑龙江省工商、税务、公安、建设、旅游等部门建立了系统内部的信用信息档案，同时组织 14 家机关单位和 23 家行业协会全面完成信息资源整合，初步建立了联合征信平台。

根据上述经验，结合东北三省金融生态环境总体尚未有根本性改观的现实，在继续加强区域金融生态环境建设中应重点做好以下几项工作。一是进一步发挥地方政府在社会信用体系建设中的功能，将政府组织优势转化为社会信用优势，针对那些金融机构以及投资者反映强烈的问题，制定和实施相应的治理措施。二是要努力提升地方政府特别是基层政府对金融的认知度，进一步提高地方政府的金融工作水平。三是建立失信企业惩处制度。借鉴证券市场的做法，建立失信企业禁入制度，使失信企业或个人无法生存。四是根据"各个击破"的原则，由各省每年各选取一个中等发达以上城市和一个欠发达城市，确定为金融生态环境试点城市加以重点推动，直至达到全国金融生态城市标准。五是由各省或三省联合，每年进行金融生态城市评选。

（五）努力探索区域金融发展合作机制

区域金融合作是区域经济合作的一种高级形式，已经成为当今世界经济与国际金融领域的核心话题。在国际上，欧洲货币一体化、拉美国家美元化、非洲货币合作、阿拉伯货币基金组织等，都是比较成功的国际金融合作，东亚货币合作也有较大进展。在国内，长三角区域金融合作、泛珠三角区域金融合作以及环渤海区域金融合作也在不同程度地发展之中。而在东北地区，金融合作还处在小范围探索阶段，区域性的合作尚无动作。努力探索区域金融发展合作机制，尽早启动东北三省的区域金融合作，将有助于实现东北老工业基地全面振兴的目标。

建立健全区域金融发展合作机制，要根据各自差异来优势互补的原则，在优势互补中寻求有效合作，从而实现整体效应。一是按照金融管理机构推动和金融经营机构参与相结合的原则，建立多层次的区域金融合作协调机构，负责规划和协调各个层次的区域金融合作总体框架规划，商讨协调本层次的区域金融合作事宜，强化区域金融合作的系统性和可操作性。二是按照市场规律和政府协调相结合的原则，建立三省地方政府间的定期磋商和协调机制，发挥地方政府在区域金融合作中的导向作用。三是按照合理分工与协调的原则，建立基于专业化分工中的相对优势和各自特色而进行的错位竞争机制，培养具有较强核心竞争力的金融企业集团。四是在构建东北地区区域金融合作平台的基础上，统一融入东北亚地区的区域金融合作，协同动作，共同拓展东北亚地区市场。

东北地区财政运行状况分析

刘　曦　鞠秋云*

摘　要：2007 年，东北三省经济稳步发展，财政收入快速增长，支持新农村建设力度加大，保障和改善民生取得新进展，圆满完成了全年预算任务。但和发达省份相比，东北三省的增幅还比较落后。综合国内外宏观经济环境，预计 2008 年东北三省财政收入增幅将相对稳定，将保持在 15% 左右的水平。根据当今财政工作中存在的问题，2008 年东北三省应进一步优化和调整财政支出结构，努力完善公共财政体系。

关键词：财政收入　增长　支出结构　公共财政体系

2007 年是东北振兴战略向纵深推进的一年，东北地区国内生产总值之和同比 2002 年实现了翻番。固定资产投资高速增长，装备制造业、汽车制造业、冶金工业、石化工业、农产品加工业等支柱产业地位显著增强。非公有制经济迅速发展，县域经济趋于活跃，基础设施建设和金融投资环境明显改善，社会事业全面发展。经济社会平稳快速发展的良好态势，为东北地区财政增收创造了良好的经济环境，积极落实国家振兴东北老工业基地的各项优惠政策也进一步促使财政实力不断壮大。同时财政支出继续向促进经济发展和保障薄弱环节的方向倾斜，保证了农业、民生等重点支出的需要。

---

* 刘曦，辽宁社会科学院经济研究所公共经济研究室经济师，主要研究公共经济学问题；鞠秋云，辽宁省直机关工委党校讲师，主要研究会计学问题。

一 2007 年东北地区财政预算执行情况

（一）东北地区地方财政一般预算收支情况

1. 收入情况

2007 年，辽宁省地方财政一般预算收入 1082 亿元，完成年度预算的 118.2%，比上年增长 32.3%，其中税收收入 815 亿元，增长 30.1%；吉林省地方财政一般预算收入 320.5 亿元，完成预算的 116.8%，比上年增加 75.3 亿元，增长 30.7%；黑龙江省地方财政一般预算收入 440.2 亿元，较上年增长 13.9%（见表 1、图 1）。

表 1　2007 年东北三省地方财政一般预算收支情况

单位：亿元，%

省份　类别	地方财政一般预算收入	增幅	地方财政一般预算支出
辽　宁	1082.0	32.3	1763.0
吉　林	320.5	30.7	883.8
黑 龙 江	440.2	13.9	1187.3

资料来源：辽宁省、吉林省、黑龙江省《2007 统计月报》。

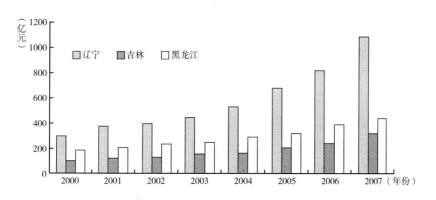

图 1　2000～2007 年东北三省地方财政一般预算收入情况

2. 支出情况

2007 年，辽宁省地方财政一般预算支出 1763 亿元，比上年增长 23.9%；吉林省地方财政一般预算支出 883.8 亿元，完成预算的 85.9%，比上年增加 165.4 亿元，增长 23%；黑龙江省地方财政一般预算支出 1187.3 亿元，比上年增长 22.6%（见表 1）。

（二）2007 年东北三省财政预算执行的主要特点

1. 随着经济发展，东北三省积极组织财政收入，财政收入稳定增长，并呈稳定协调发展态势

一是通过"金财"、"金税"工程，加强精细化、科学化管理，确保税收收入及时足额入库。二是规范收费项目和征缴行为，强化国有资源有偿使用收入和国有资本经营收益管理，确保非税收入依法依规足额征收。三是整合政府财力资源工程，优化配置各类政府财力资源，盘活存量财力。四是积极争取中央财政补助，有效缓解了地方财政收支困难。

2. 支持社会主义新农村建设力度加大，大幅增加涉农补贴资金

辽宁省落实了六项惠农政策。一是投入 9.1 亿元支持现代农业发展。二是投入 33.6 亿元，重点用于水利基础设施、农业综合开发和生态环境建设，促进农业可持续发展。三是投入 20.2 亿元，用于发放粮食直补、农资综合补贴、良种补贴、农机具购置补贴，促进农业稳定增长，切实增加农民收入。四是投入 10.2 亿元，重点用于县域产业基地基础设施建设和产业项目贴息、招商引资和财政综合绩效评价奖励等。五是投入 35.6 亿元，用于农村和国有农场税费改革，进一步减轻农民和农工负担。六是辽宁省对县（市）和涉农区财力性补助达 125.4 亿元，增长 45.6%，壮大了县级财政实力。

吉林省拨付资金 89.3 亿元，比上年增加 19.4 亿元，用于农业综合开发、农业产业化经营、农田水利设施建设、新农村建设试点、西部土地开发整理、天然林保护工程、退耕还林还草和农业科技推广等；拨付资金 44.7 亿元，比上年增加 14.5 亿元，用于粮食直补、综合直补、良种补贴、农机具购置和三项增产技术补贴；拨付资金 5.8 亿元，比上年增加 5.6 亿元，用于农业政策性保险和能繁母猪补贴；拨付资金 2.5 亿元，比上年增加 0.7 亿元，用于国有农场税费改革和农村剩余劳动力转移培训。

黑龙江省农业支出完成 106 亿元，比上年增长 31.5%，高于全省经常性财政收入增幅。其中主要用于发放粮食直补、农资综合直补、良种补贴和农机具购置补贴 54.2 亿元，比上年增长 14.2%；农村居民最低生活保障标准和财政年均补差标准分别提高 117 元和 54 元；比国家要求提前一年实现新型农村合作医疗制度全面覆盖；补助农村贫困农户泥草危房改造。

3. 加大以改善民生为重点的社会事业投入，促进和谐社会建设

辽宁省 2003～2007 年用于民生的财政支出累计达到 1260 亿元，年均增长 31%。近年来，随着国家振兴东北政策的实施，辽宁省的经济步入又好又快发展时期。2007 年全省地区生产总值达 10900 亿元，比 2002 年翻了近一番，财政收入也同步快速增长。2007 年全省财政一般预算收入首破千亿元大关，财政收入近年年均增长 22%。在财力增加的同时，辽宁省逐步加大对民生等社会事业的投入，以促进社会和谐。2007 年，全省各级财政直接用于改善民生方面的支出达 450 亿元，同比增长 49.5%，占一般预算支出比重的 25.5%，比上年增加 4.3 个百分点。

吉林省着力保障民生方面的资金需要。筹措拨付就业补助资金 16 亿元，主要用于公益性岗位开发、灵活就业人员社会保险补贴和下岗失业人员职业培训等。拨付资金 67.5 亿元，用于养老金发放及调待、保障城乡低保对象基本生活、城镇居民基本医疗保险补助和全面开展新型农村合作医疗试点。拨付资金 14.4 亿元，用于扶贫开发、灾害救济、优抚对象、解决企业军转干部生活困难和城乡社区公共服务平台建设。拨付资金 2.6 亿元，用于未参保集体企业退休人员生活费、城市低保对象和高校特困生猪肉等副食品涨价临时性补贴。拨付资金 9.6 亿元，用于城市棚户区改造、农村泥草房建设和农村安全饮水工程。

黑龙江省支出保障较为有力，规范津贴补贴政策得到较好落实。安排资金 12.4 亿元，兑现了省直在哈事业单位津贴补贴政策；安排转移支付资金 12.5 亿元，对市县提高津贴补贴标准给予补助。实施了城镇低保家庭义务教育阶段学生"两免一补"工作；在全国率先设立了普通高中家庭经济困难学生助学金制度。全省教育、科技、农业支出分别完成 199.8 亿元、17.5 亿元和 106 亿元，增长 25.5%、38.7%和 31.5%，均高于全省经常性财政收入。

二　2007 年东北三省财政预算执行中存在的主要问题

（一）吉林、黑龙江两省地方财政收入在全国处于较低水平，同比增幅黑龙江省明显低于全国平均水平，在各省市排名中列最后

辽宁省地方财政预算收入列全国第 7 位，同比增幅列在第 10 位；吉林省地

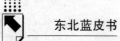

方财政预算收入列全国第 24 位,同比增幅列在第 13 位;黑龙江省地方财政预算收入列全国第 21 位,同比增幅列在第 30 位(见表 2)。

表 2 2007 年全国地方财政一般预算收入完成情况

类别 地区	一般预算收入		同比增幅	
	指标值(亿元)	位次	指标值(%)	位次
北 京	1492.6	6	33.6	8
天 津	540.1	16	29.6	16
河 北	789.1	10	27.2	21
山 西	597.6	13	2.5	31
内蒙古	492.3	17	43.4	1
辽 宁	1082.0	7	32.3	10
吉 林	320.5	24	30.8	13
黑龙江	440.2	21	13.9	30
上 海	2074.5	3	31.6	11
江 苏	2236.7	2	35.2	6
浙 江	1649.5	5	27.2	22
安 徽	543.5	15	27.1	23
福 建	700.0	11	29.6	17
江 西	389.6	23	27.8	20
山 东	1674.5	4	23.6	28
河 南	861.5	8	27.0	24
湖 北	590.1	14	25.5	27
湖 南	606.4	12	27.0	25
广 东	2785.4	1	28.0	19
广 西	418.8	22	22.4	29
海 南	108.4	28	32.5	9
重 庆	442.2	20	39.4	3
四 川	850.3	9	40.1	2
贵 州	284.9	26	25.8	26
云 南	486.5	18	28.2	18
西 藏	20.1	31	38.3	4
陕 西	474.5	19	31.0	12
甘 肃	190.6	27	35.3	5
青 海	56.6	30	34.8	7
宁 夏	80.0	29	30.4	14
新 疆	286.0	25	30.4	15
全 国	23565.0	—	28.9	—

资料来源:各省《2007 统计公报》。

（二）财政收支矛盾突出

2007 年，辽宁省财政一般预算支出比财政预算收入多 681 亿元，同期吉林省和黑龙江省财政一般预算支出比财政预算收入分别超出 563.2 亿元和 747 亿元，都位居全国前列，与沿海发达省市有较大差距（见表 3）。

表 3　2007 年全国地方财政一般预算收支情况

单位：亿元

地区 \ 类别	一般预算收入	一般预算支出	超支
北　京	1492.64	1646.93	154.3
天　津	540.12	665.69	125.6
河　北	789.11	1478.46	689.4
山　西	597.61	1042.62	445.0
内　蒙　古	492.28	1083.57	591.3
辽　宁	1081.99	1762.96	681.0
吉　林	320.54	883.76	563.2
黑　龙　江	440.23	1187.27	747.0
上　海	2074.48	2181.68	107.2
江　苏	2236.66	2506.39	269.7
浙　江	1649.49	1806.86	157.4
安　徽	543.47	1219.36	675.9
福　建	700.03	901.22	201.2
江　西	389.58	904.25	514.7
山　东	1674.48	2262.46	588.0
河　南	861.45	1868.37	1006.9
湖　北	590.10	1256.41	666.3
湖　南	606.35	1326.57	720.2
广　东	2785.36	3147.31	362.0
广　西	418.81	973.72	554.9
海　南	108.35	245.37	137.0
重　庆	442.23	766.87	324.6
四　川	850.34	1760.91	910.6
贵　州	284.94	787.59	502.7
云　南	486.52	1133.61	647.1
西　藏	20.14	275.37	255.2
陕　西	474.48	1050.71	576.2
甘　肃	190.60	675.12	484.5
青　海	56.60	281.97	225.4
宁　夏	80.00	241.49	161.5
新　疆	286.02	795.49	509.5
全国地方	23565.04	38120.36	14555.3

资料来源：各省《2007 统计公报》。

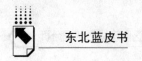

三 2008 年影响财政运行的宏观经济因素分析

（一）国民经济整体平稳较快发展，有利于财政收入的稳定增长

2008 年国内生产总值增幅虽然有所回落，但整个国民经济仍在平稳快速区间运行。初步测算，2008 年一季度，国内生产总值 61491 亿元，同比增长 10.6%，增速虽比上年同期回落 1.1 个百分点，但仍处于较快发展的区间。这个回落是在前 5 年快速增长基础上的高位回落，而且幅度不大，符合宏观调控的预期目的。1~5 月份，全国城镇固定资产投资 40264 亿元，同比增长 25.6%，比上年同期回落 0.3 个百分点；全国财政收入 29064 亿元，同比增长 33.8%，增速比上年同期加快 3.2 个百分点。稳步增长的国内经济形势为东北三省财政收入的稳定增长提供良好的外部环境。

（二）国内外经济环境中存在较多不确定因素，经济运行风险较 2007 年增大

1. 国际经济形势分析

受美国次贷危机、美元贬值、国际石油价格和粮食价格不断攀升等主要因素的影响，2008 年世界经济增长率将明显下降，通货膨胀率将明显上涨，贸易增长率将明显回落。随着美国次贷危机影响的深化，许多国际组织和预测机构都下调了对 2008 年世界经济增长率的预测数据。2008 年，世界尤其是美国、欧元区和日本经济增长率回落，将导致我国出口增速进一步放缓，贸易顺差增速进一步回落，从而会降低我国出口行业的投资需求和影响我国出口行业的就业。同时，世界通货膨胀率明显上涨提高了我国进口成本，对我国形成输入型通货膨胀压力。美国次贷危机对我国产生的间接的连带性影响不可低估：我国股市因全球金融危机在大幅波动中持续走低；美国大幅减息、美元持续贬值，造成国际投机资本大量涌入我国，不仅冲击我国金融体系安全，而且也造成我国外汇储备中美元资产收益下降。

2. 国内经济环境中不确定因素分析

——雨雪冰冻和地震灾害对我国经济影响的初步分析。主要表现在两个方面。一是农林牧渔业生产。由于农作物，特别是油菜和蔬菜受灾面积较多，塑料

大棚等设施损失严重，畜禽受冻致死数量较多，对食用植物油、蔬菜、肉类的价格产生影响，造成农产品价格进一步上涨。二是投资。灾后重建修复工作，包括电力、交通等基础设施的修复和重建，房屋等生活设施的重建，刺激了投资需求。

——通货膨胀压力还比较大。调整成品油和电价形成新的涨价因素，上游产品价格涨幅持续攀升，国际大宗商品价格仍在高位上涨，通货膨胀预期仍比较强。把过快的经济增长速度特别是投资增长速度降下来、缓解通货膨胀压力稳定物价水平、坚持和提高节能减排标准将作为宏观调控的重中之重。

——影响经济增速加快或放慢的因素存在着不确定性。一方面，当前流动性过剩和基础货币投放压力仍较大，地方政府仍有加快发展的积极性，信贷和投资存在反弹的可能；另一方面，当前工业生产和出口交货值增速回落，外需持续减弱，经济增长幅度可能继续回落。

四　2008年东北地区财政运行情况展望

由于通货膨胀的压力，2008年国家将继续实行稳健的财政政策。宏观上要防止通货膨胀苗头的继续扩大，既要坚决控制投资需求膨胀，又要努力扩大消费需求；既要对投资过热的行业降温，又要着力支持经济社会发展中的薄弱环节。受宏观调控和自然灾害的影响，全国GDP和财政收入增速会有所降低。东北地区振兴老工业基地政策效应进一步显现，近年新上项目将陆续投产达效，对财政收入也会有一定拉动作用。预计东北三省财政收入增幅将相对稳定，保持在15%左右的水平。

2008年的财政收支矛盾将更为突出。财政增收的难度较大，而财政支出将保持刚性增长。2008年东北地区要贯彻落实党的"十七大"会议精神，调整和优化财政支出结构，着力保障和改善民生，加大对"三农"、科技、教育等方面的投入，财政支出压力很大。

五　调整和优化支出结构，完善公共财政体系

公共财政的关键内涵是公共性。按照公共财政的要求，财政要逐步退出对竞争性领域的投入，调整和优化支出结构，要做到增收优支，将财政蛋糕切向民

生，优先安排群众生产生活急需的资金，最大限度地满足民生需要，以体现政府执政为民的理念。目前东北地区的财政工作仍存在一些问题，需要不断通过改革来进一步完善。主要是：收支划分仍不尽合理，部分县乡政府财政比较困难；财政支出结构需进一步完善，教育、农业等民生支出虽然绝对量增长较快，但所占总支出比重有下滑态势；地区间的财政能力差距日益扩大，政府转移支付还不规范，还不能充分发挥缩小地区财政及居民收入差距的作用；财政民主化还仅限于人大代表和部分专家参与，普通百姓参与的渠道还很少；行政费用支出增长较快，浪费现象还广泛存在，缺乏法律硬性标准和监管主体，等等。这些问题都需要在 2008 年及以后的时间里通过进一步完善公共财政体系来逐步解决。

（一）统筹政府财力资源，确保公共服务有效供给

一是进行科学的税源预测，不断完善收入征管和监控机制，依法征税、应收尽收。二是继续规范非税收入收费项目和征缴行为，实施政府综合预算，增加政府统筹财力。三是建立国有资本经营预算制度，收缴国有资本经营收益；加强政府非经营性资产管理，提高公共资源使用效率。四是整合财政专项资金和政府债权，变存量为增量，集小钱为大钱，做大政府财力规模，增强公共服务的保障能力。

（二）综合运用财税政策，促进经济发展方式转变

由于受传统经济增长观念、体制机制性障碍以及经济发展阶段等因素的制约，中国落后的经济增长方式尚没有得到根本性改观，在东北地区尤为明显。目前，经济增长质量不高，资源约束问题突出，环境承载压力有所加大，给东北地区经济发展的稳定性、安全性及竞争力带来了严峻挑战。经济学理论研究和经济发展实践证明，财政通过增加和改善资本、劳动力等生产要素的数量、质量与结构，通过优化政策设计与创新制度等，能够推动经济增长方式的优化和增长质量的提高。具体可从以下几个方面着手：一是财政安排专项资金，增强企业自主创新能力，加快推进产业结构优化升级，支持新型产业基地建设；继续安排中小企业担保资金，扶持民营经济发展；支持资源型城市发展接续产业，加快经济转型步伐。二是扶持重点发展区域建设，比如用于辽宁省"五点一线"重点发展区域产业项目贴息和外贸出口、利用外资奖励；继续落实税收返还政策，加快沿海经济带建设步伐。三是安排专项资金，重点扶持金融、物流、信息、科技服务、

中介服务、动漫、会展等行业的大发展、快发展。四是在认真落实国家鼓励节能减排的财税政策基础上，重点支持节能减排、城市污染治理、农村生态环境保护和建立重点生态区域补偿机制，加快生态省建设步伐。

（三）强化和落实支农惠农政策

继续加大投入力度，大力促进现代农业建设，促进新农村建设，增强农业和农村经济发展活力。一是继续增加粮食直补、农资综合补贴、良种补贴、农机具购置补贴和生猪等主要农畜产品生产补贴。二是加大农田水利设施建设和病险水库除险加固等农业基础设施建设投入，支持农业综合开发和农业产业化基地建设，提高农业综合生产能力。三是财政继续安排资金，用于小城镇建设、县域产业项目贴息、招商引资奖励。继续实行对县和涉农区省级共享税收增量返还政策，扩大省对县区一般转移支付规模，支持县域经济加快发展。四是进一步推进国有农场分离办社会职能和管理体制配套改革，积极化解农村义务教育"普九"债务，建立村级组织运转经费保障机制，促进基层发展与稳定。五是重点支持欠发达地区扶贫开发，确保完成全省整村推进扶贫任务。六是进一步创新财政支农资金使用方式，采取财政贴息、民办公助、以奖代补、先建后补、奖补结合等激励手段和措施，引导农民自有资金和社会资金投入"三农"，逐步建立多元化的支农资金稳定增长机制。

（四）不断完善财政保障机制，进一步加大资金投入，着力改善民生

在建设公共财政的进程中，财政政策依然要支持经济发展，但介入的力度要逐步减弱，支持的方式方法要与时俱进。随着民间资本的壮大和自主增长机制的逐步巩固，财政资金直接用于经济建设的比重要逐渐降低，要限制在市场失灵和关系国民经济重大发展战略与布局的领域。当然，这一体制的形成需要一个过程，提高民生支出比重只能循序渐进，分步实施。目前应重点支持以下几方面：一是用于城乡义务教育免除学杂费和农村义务教育免费提供教科书，支持建设农村九年一贯制学校；健全和完善普通本科高校、高等和中等职业学校家庭经济困难学生资助体系；增加高等教育生均经费和支持职业教育实训基地建设。二是安排资金重点解决"4050"人员、零就业家庭人员就业，对下岗失业人员、进城务工农民和农村劳动力实施就业培训，对经济困难家庭高校毕业生开展就业和创业援助，鼓励创业带动就业。三是继续提高企业离退休人员养老金，相应提高优

抚、城乡低保对象补助标准，进一步完善城乡社会救助体系，加快农村敬老院和市级光荣院建设。四是重点用于城市社区卫生服务机构和农村公共卫生服务体系建设、新型农村合作医疗、城镇居民基本医疗保险补助等。五是继续支持广播电视"村村通"、农村电影放映、文化信息资源共享、农家书屋和全民体育健身及参战奥运等事业；支持重点文物和非物质文化遗产保护。六是继续做好棚户区改造、采煤沉陷区治理收尾和农村贫困户住房建设工作，建立财政支持廉租房、经济适用房建设保障制度。

（五）继续深化财政改革，完善公共财政体系

要按照基本公共服务均等化的要求，加快完善公共财政体系步伐，进一步提高财政管理水平。要按照有利于财权与事权相匹配，有利于规范管理、科学管理的要求，一是着力完善省以下财政体制，加大向基层财力倾斜力度，逐步提高一般性转移支付规模和比例，增强基层政府基本公共服务供给能力；二是做好新所得税法贯彻实施和耕地占用税、资源税税制改革工作，夯实地方财政收入稳定增长的财源基础；三是推进乡镇财政管理方式改革，规范乡镇政府收支行为。

（六）推进依法理财、民主理财、科学理财，不断提升财政管理水平

一是完善财权运行制约机制。建立健全财政决策、预算执行与绩效评价相分离的监督制约体系，强化预算约束，规范理财行为，增强预算刚性。二是继续推进"阳光财政"建设。逐步建立财政信息和资金分配公开制度，增强政府理财的透明度。三是加强财政监督和会计诚信建设。完善财政内部监督检查机制，维护财经秩序。建立健全会计诚信机制，提高会计行业社会公信力。四是推行科学化、精细化管理。加快推进"金财工程"建设，提高预算编制、执行、资金监控水平。完善绩效评价指标体系，扩大绩效考评范围，强化绩效评价结果对预算的影响和约束。厉行节约、精打细算，加强对人、车、会、信息化网络、公务接待和出国经费等一般性支出管理，切实降低行政成本，促进节约型政府建设。

东北地区民间投资发展现状及对策研究

胡乃岩　李继萍*

摘　要：经过改革开放30年的发展，东北地区的民间投资所涉足的领域相当广泛，除了石油和天然气开采、武器弹药制造等少数行业外，其他行业均有民间投资参与。但是民间投资的行业介入程度有所差异，主要集中在商贸流通业、制造业和房地产业。目前民间投资在投向上虽然出现种种新趋势，但就总量而言，仍主要分布在制造业及一般服务业等传统产业。"九五"时期以来，东北地区民间投资发展较快，增长速度与江苏、浙江、山东、广东等省份相比显著提高，但无论是投资总额还是人均投资，都存在较大的差距。

关键词：民间投资　固定资产投资的贡献率

进入"十一五"规划发展阶段之后，东北地区经济形势面临着新的机遇与挑战。在国际经济前景不明朗、国有投资拉动社会需求的政策作用有限的情况下，能否保持国民经济持续高速的发展势头，将在一定程度上取决于民间资本投资潜能的挖掘。促进东北地区民间投资稳步增长、发挥民间资本优势是保持国民经济协调健康发展的必然选择。

一　东北地区民间投资特点分析

（一）民间投资总量呈快速增长态势

2007年，东北地区民间投资总量呈现快速增长态势，辽宁省全年民间投资

---

* 胡乃岩，黑龙江省社会科学院经济研究所助理研究员；李继萍，黑龙江省社会科学院经济研究所实习研究员。

4550.8 亿元，比上年增长 34.6%，占城镇投资总额的 69.2%；黑龙江省民间投资 965.4 亿元，比上年增长 41.2%，占城镇投资总额的 36.8%；吉林省完成民间投资 2570.65 亿元，比上年增长 51.4%，占城镇投资总额的 76.8%，其中黑龙江与吉林省高于全国民营经济投资增长 36% 的平均水平。

（二）民间投资成为全社会固定资产投资主力

1. 民间投资占全社会固定资产投资的比例逐年上升

从表 1 可以看出，东北三省民间投资占全社会固定资产投资比例均逐年提高，这表明东北地区投资增长机制已经具有从政府主导转变为企业自主选择的趋势。

表 1　东北三省民间投资总量及占全社会固定资产投资比例

单位：亿元，%

类别 \ 省份 \ 年份	辽 宁			黑龙江			吉 林		
	2005	2006	2007	2005	2006	2007	2005	2006	2007
民间投资	2534.2	3362.7	4550.8	557.1	683.7	965.4	929.6	1697.4	2570.6
全社会固定资产投资	4204.4	5689.0	7435.2	1794.2	2235.9	2864.2	1802.0	2804.3	4003.2
民间投资占社会固定资产投资比例	60.3	59.1	61.2	31.1	30.6	33.7	51.6	60.5	64.2

资料来源：《2008 年辽宁省统计摘要》、《2008 年黑龙江省统计摘要》和《2008 年吉林省统计摘要》。

2. 民间投资对全社会固定投资增长的贡献率逐年提高

从表 2 可以看出，一方面，辽宁和吉林省民间投资对于全社会固定资产投资的贡献率超过 1/2 强，吉林省甚至达到 72.8%；另一方面，东北三省民间投资对

表 2　东北三省民间投资对全社会投资增长的贡献率

单位：%

项目 \ 省份 \ 年份	辽 宁		黑龙江		吉 林	
	2006	2007	2006	2007	2006	2007
民间投资对全社会投资增长的贡献率	55.8	68.0	28.7	44.8	76.6	72.8

资料来源：《2008 年辽宁省统计摘要》、《2008 年黑龙江省统计摘要》和《2008 年吉林省统计摘要》。

全社会固定资产投资的贡献率均有逐年提高趋势，而且辽宁和黑龙江省提高幅度都超过 10 个百分点。

（三）投资主体呈现多元化特点

随着投资体制改革的深入和一系列鼓励民间投资政策措施的落实，东北地区以股份制经济、个体私营经济、港澳台和外商投资经济为主体的民间投资呈现多元化增长态势。以辽宁省为例，2007 年，辽宁省民间投资 4550.8 亿元，其中，私营个体投资 2072.2 亿元，比上年增长 39.4%；股份制及其他投资 2195.8 亿元，比上年增长 28.9%（见表3）。多种经济类型的民间投资竞相发展，其中有限责任公司、股份制经济、个体私营经济、港澳台和外商投资经济领先增长，占据主导地位。

表3　2007 年辽宁省各种经济成分发展情况

单位：亿元，%

类　　别	民间投资	私营个体投资	股份制及其他经济
辽　　宁	4550.8	2072.2	2195.8
增长速度	34.6	39.4	28.9

资料来源：《2008 年辽宁省统计摘要》、《2008 年黑龙江省统计摘要》和《2008 年吉林省统计摘要》。

（四）民间投资主要集中在传统产业

经过改革开放30 年的发展，东北地区的民间投资所涉足的领域相当广泛，除了石油和天然气开采、武器弹药制造等少数行业外，其他行业均有民间投资参与。但是民间投资的行业介入程度有所差异，主要集中在商贸流通业、制造业和房地产业。目前民间投资在投向上虽然出现种种新趋势，但就总量而言，仍主要分布在制造业及一般服务业等传统产业。东北地区民间投资超过所在行业投资总额 50% 的行业有农林牧渔业、制造业、建筑业、批发零售及餐饮业和房地产业。而民间投资比重低于 20% 的行业主要有采掘业、电力、煤气、水、地质勘察、水利管理业、交通、邮电通信业、金融、保险业、社会服务业、科学研究等，目前这些行业都是国有经济占绝对垄断地位，国有及国有控股投资比重均超过 80%，带有浓重的传统经济色彩。

二 东北地区民间投资发展的主要问题

（一）民间投资总量不足，个别省份民间投资占全社会固定资产投资比重偏低

"九五"时期以来，东北地区民间投资发展较快，增长速度与江苏、浙江、山东、广东等省份相比显著提高，但无论是投资总额还是人均投资，都存在较大的差距。以江苏省为例，2007 年，江苏省全年完成全社会固定资产投资 12270.6亿元，其中民间投资 7507.9 亿元，占投资总量的 61.2%，足以达到东北三省之和。提高民间投资总量仍是今后东北地区经济建设需要重点把握的问题。从表 4可以看出，与中部省份相比，辽宁和吉林省的投资结构较为合理，尤其是吉林省已经超过中部地区的水平，但是黑龙江省与在全社会固定资产投资总量在全国位次 21 位的山西省相比，虽然全社会固定资产投资总量高于山西省 21.6 亿元，但民间投资总量却低于山西省 194 亿元，民间投资占全社会固定资产投资比重也低于山西省 10.9 个百分点（见表 4）。

表 4 2007 年东北三省与其他省份民间投资比较

类　　别　　　省　　份	辽 宁	河 南	吉 林	湖 南	黑龙江	山 西
全社会固定资产投资总量(亿元)	7435.2	8010.1	4003.2	4294.5	2621.8	2600.2
全社会固定资产投资在全国位次	6	5	15	14	20	21
民间投资总量(亿元)	4550.8	4299.5	2570.6	2048.2	965.4	1159.4
增长速度(%)	34.6	63.6	51.4	—	28.5	—
民间投资占全社会固定资产投资比重(%)	61.2	53.7	64.2	47.7	33.7	44.6

资料来源：《2008 年辽宁省统计摘要》、《2008 年黑龙江省统计摘要》和《2008 年吉林省统计摘要》。

（二）民营企业缺乏活力，难以对民间投资形成强大拉动

2007 年，全国工商联第九次上规模（营业收入在 2 亿元人民币以上）民营企业调研结果表明，在全国 500 强民营企业中，黑龙江省仅有 4 家（西林钢铁集团有限公司、哈尔滨翔鹰集团股份有限公司、哈尔滨光宇集团股份有限公司、庆东油田建筑安装集团股份有限公司）民营企业达到 500 强标准；辽宁省有 22 家；

而吉林省达到500强的企业仅有2家（吉林省长春皓月清真肉业股份有限公司、修正药业集团）。没有大的龙头型民营企业参与民间投资，民间投资总量难以得到有效提高。

（三）民间投资增长速度呈现递减状态，全社会固定资产投资结构不够优化

尽管东北地区的民间投资在总量上有所增加，占全社会固定资产投资的比例逐年上升，但是在增长速度上却呈现了负增长。从表5可以发现，东北三省的民间投资增长速度都呈现下降趋势，这与东北地区全社会固定资产投资近年来迅猛增长的趋势是相背离的。由此可以看出，东北地区的全社会固定资产投资结构是不够优化的，保证民间投资的增长速度是当前发展民间投资的一大要务。

表5　2007年东北三省民间投资增长速度

单位：亿元，%

项目 年份 \ 省份	辽宁			黑龙江			吉林		
	2005	2006	2007	2005	2006	2007	2005	2006	2007
民间投资	2534.2	3362.7	4550.8	557.1	683.7	965.4	929.5	1697.3	2570.6
增　长	41.4	35.1	34.6	33.9	36.4	28.5	67.7	82.6	51.4

资料来源：《2008年辽宁省统计摘要》、《2008年黑龙江省统计摘要》和《2008年吉林省统计摘要》。

（四）民间投资的技术层次不高，规模以上的大项目比较少

民营企业一般都比较看重投资的快速回报，所以效益较好而又容易上马的短、平、快项目比较受青睐。而高技术产业虽然是当前普遍看好的投资热点，但存在投入多、难度高、风险大等问题，致使民间资本望而却步。从近几年的民间投资看，平地起家的新建项目比较多，在原有基础上扩大规模或进行更新改造的投资相对较少。由于民营企业存在资金有限、技术水平低、人员素质较差等问题，在选择投资项目时往往比较看好那些投资少、见效快的项目，所以投资项目很难上规模，在同行业中缺乏竞争力，很容易形成恶性循环。

（五）民间投资领域仍然受限，融资渠道狭窄

尽管某些行业并没有明文规定不允许民间资本投资，但民营企业无论在项目

审批，还是一系列配套条件上，都比国有企业难得多，甚至办不成。民营资本只能局限于传统的消费品工业和建筑、商业、餐饮等行业。而目前这些行业大多趋于饱和，竞争激烈，赢利的空间较为有限，使投资的积极性受到抑制。据有关调查显示，目前国有投资的领域约 80 个，外商投资的领域约 50 个，而民间投资的领域只有 30 个左右。

融资难是民营企业发展过程中面临的诸多问题中的首要问题，融资难所引起的民营企业资金匮乏已成为影响民营企业生存发展的"瓶颈"。虽然随着金融市场改革的深化，优质民营企业对金融服务的需求得到了改善，但大部分民营中小企业发展过程中仍然存在着严重的资金缺口。无论是直接融资还是间接融资，对民间资本开放程度都很低。从间接融资来看，一方面，国有商业银行贷款审批程序复杂、周期长，而民营中小企业所需资金量少、频率高、时间紧，会导致综合借贷成本较高；另一方面，大量民营企业的制度不够成熟规范，信息不透明，大银行很难解决两者之间的信息不对称问题，出于风险防范也导致银行不愿提供融资服务。中长期发展资金的匮乏使民营企业难以做强做大。

三 东北地区民间投资发展的对策与建议

总的来说，民间投资在东北地区没有先发优势，却具有后发潜力，其发展空间依然十分广阔，促进民间投资经济发展是新形势下东北地区经济发展的客观要求。就目前情况而言，最迫切的是为民间资本创造公平、公正的发展环境。针对东北地区民间投资经济发展中存在的种种问题，现阶段提出以下几点建议。

（一）营造有利于民间投资发展的环境

党的"十七大"报告提出的要"平等保护物权，形成各种所有制经济平等竞争、相互促进新格局"，是党在所有制问题上的最新表述，确立了各种所有制经济的新地位、新作用。非公有制经济已经成为社会就业的主要渠道、对外贸易的主力军，成为提供税收的重要来源和推进自主创新的重要源泉。到 2007 年 10 月底，全国共清理出与"非公经济 36 条"精神不符的各类法律法规和规范性文件 6000 多件。东北地区应该秉持这一精神，促进民营经济在相应的领域发挥作用、平等竞争、相互促进、共同发展。在市场准入、生产要素获取、投资核准、融资服务、享受法律保护和政策支持等方面，要使民营企业与其他企业享受同等待遇，为民营经济发展创造公平有序竞争的市场环境。同时，在人员流动、就业选择、职业培训、劳保福利等方面也要为劳动者创造平等的竞争机会。

（二）完善政府服务机制，扩宽民间投资领域

目前，东北地区政府部门对国有大中型企业和外资企业提供的服务比较到位，而对体制外的民间投资企业的服务还没有真正形成系统和制度，民间投资企业的呼声很难传达到政府内部，很多利益难以得到保证。因此，其一，政府部门既要为国有企业和外资企业服务，也要为体制外的民间投资企业服务。政府部门内部应当建立民营经济促进中心等机构，专门负责推进民间投资企业的发展，使民营企业享有公平、公正的待遇。吉林省在这方面做得很好，吉林市建立并发布了民营经济统计调查制度，为地方政府制定促进民营经济发展的政策提供了可靠依据，使民营经济决策更加科学化。这种政府为民间投资做详细调查的方法值得推广，也具有重要意义。其二，在体制层面应协调和平衡国资、外资、民资三者之间的利益，尤其应推动和保障民间资本的发展，扩宽民间投资领域，向全社会公开禁止非公有制资本投资的行业和领域，增强市场准入的透明度。对于那些新兴的产业领域，在其他资本发展不足、尚未形成对民间资本挤压态势之前，应创造条件，鼓励民间资本优先进入，以扶持其发展，并使民间资本先行于国资和外资，为其进一步发展奠定基础。其三，促使民营企业由过去高耗能、高污染、低附加值的粗放经营模式向低耗能、低污染、高附加值的集约经营模式转变，从而开创东北地区民间投资经济发展的新局面。

（三）发展适应民间投资需要的多层次金融体系

解决民营融资难问题，一方面要通过企业自身的努力，另一方面政府要加强对企业的扶持。企业方面：一是要加强企业内部信用管理，健全企业信用评价体系；二是要健全企业财务管理制度，理清会计账册，方便外界审计，使投资者能随时了解财务信息，增强对企业的信任。政府方面：一是加大金融中介机构的建设，建立健全担保体系，扶持建立政策性担保机构，支持发展商业性担保，形成覆盖全省的融资担保网络；二是清理不公平税负，实行结构性的减税政策；三是可考虑建立面向中小企业的政策性金融机构，为其提供政府优惠贷款和贴息贷款；四是加快银行体制改革，增加商业银行的服务意识，推动银企合作，建立相应的风险防范制度，鼓励中小金融机构扩大融资活动。

（四）发展民间投资应构建民间投资产业集群

民间投资由于受地域或家族产业等客观条件的限制，难以形成规模，盲目的竞争往往会增加交易成本，而产业集群对企业降低生产成本、节约资源、提高市场竞争力具有积极作用。发展产业集群，一是要制定并实施产业集群发展规划，明确发展思路、发展目标、发展途径和保障措施，形成"省指导，市县操作"的分工格局；二是做大做强产业集群龙头企业，产业集群地政府要积极培育发展主导产业，重点支持优势企业和龙头企业开展技术创新和技术改造，通过"发展一批，带动一片"，提高产业集群民营企业市场竞争力；三是要培育产业集群区域品牌，鼓励和引导产业集群中小企业创建驰名商标、名牌产品，提高企业知名度；四是要加强产业集群公共服务平台建设，围绕产业集群发展瓶颈，加强以信息咨询、人员培训、产品交易、物流配送为配套的公共服务平台建设，建立与产业集群相适应的公共服务体系。

（五）民营企业要强化自身创新能力，优化人力资源

民营企业创新主要包括两个方面：技术创新和管理创新。在技术创新方面，民营企业要与国内外大学、科研机构建立新型的"产、学、研"一体化模式，保持技术领先优势。政府对企业的技术创新与改造，要从政策、资金、人才等方面给以扶持，如创新公共服务平台和创新基地建设、财政和税收支持、建立企业与科研机构技术交流与合作等。在管理创新方面，对于具有相当规模的民营企业，要鼓励其在企业内部建立规范的法人治理结构，促使其实现所有权和经营权的分离；通过提高企业内部市场化程度，提高决策效率和决策水平；通过建立健全董事会，重新构筑企业全新的治理机制。

民营企业要走出人才缺乏这个困境，需要企业自身和政府共同努力。政府方面要加大教育和培训的投入力度，重视发展职业教育和专业教育，以便在较短时间内迅速提高民营企业就业人员的素质，为民营企业产业结构调整提供人力保证；企业方面则要转变理念，对待人才方面要采取更开明的态度，采取多种方式和手段留住人才、引进人才，并将各类人才的潜能最大限度地发挥出来。

（六）发展民间投资切忌掠夺式的快速扩张，要创新增长模式

对环境的破坏以及对资源的浪费已成东北地区民间投资的切肤之痛。对可持

续发展的背离，在资源越发达地区此种现象越为严重。东北地区民间投资的发展应当解放思想，顺势而为，应转换发展思路，创新增长模式，走科学发展之路。在民营经济和国有经济发展过程中，要大力倡导升级型经济，形成低投入、低消耗、高产出、少排污、可循环的集约化增长方式，要倡导人本型经济，改变在低端徘徊、粗放经营的状态下自我复制的传统做法，使东北地区民间投资的发展走出一条可持续发展之路。

东北地区的城市发展研究

王劲松　　纪明辉[*]

摘　要： 东北地区是我国开发较晚的地区，丰富的自然资源、移民的流动、外国殖民主义侵略等因素又使得东北地区成为我国工业化、城市化发展较早的地区。在近现代发展史中，东北地区的城市化道路充满了曲折变化。新中国成立以来，在计划经济体制确立和向市场经济体制转换的过程中，东北城市有过辉煌，也有过失落。同时，结合自然地理与经济发展，东北地区的城市体系构成与区域经济格局也在不断演进变化之中。总之，东北地区的城市发展取得巨大成就，也存在重要的问题。国家实行振兴东北战略以来，东北地区的城市化发展与城市建设取得了新的成就。

关键词： 东北地区　城市发展　城市建设

东北地区丰富的自然资源、移民的流动、外国殖民主义侵略等因素使得东北成为我国工业化、城市化发展较早的地区。在近现代发展史中，东北地区的城市化道路充满了曲折。新中国成立以来，在计划经济体制确立和向市场经济体制转换的过程中，东北城市有过辉煌，也有过失落，城市体系构成与区域经济格局也在不断演进变化之中。

党的"十六大"提出振兴东北地区等老工业基地，"十六届三中全会"进一步明确了振兴东北老工业基地的对策，这是继 20 世纪 80 年代沿海开放战略、90 年代末西部大开发战略后，进入 21 世纪又一次具有全局性重大战略意义的区域开发战略，是实现我国东西互动、区域协调发展的重大任务。国家实施东

＊ 王劲松，吉林省城市发展研究所副所长，浙江大学博士后，主要研究经济增长与经济转型、城市与区域经济等问题；纪明辉，吉林大学商学院博士研究生，吉林省社会科学院软科学开发研究所研究人员。

北老工业基地振兴战略五年以来，国家现有的政策、资金和项目支持已经基本到位。[①] 东北三省体制改革、机制创新步伐加快，对外开放度提高，经济持续快速增长，就业增加，社会保障体系初步建立。2004～2006 年，是东北三省发展最好最快的时期之一。但是，东北地区与全国特别是发达地区相比还有较大差距，经济总量比重仍呈下降趋势，结构调整任务十分艰巨，深化国企改革战略重组困难重重，装备制造业持续发展面临考验，资源型城市持续发展缺少政策保障，就业民生和社会保障压力大，诸多风险依然存在。全面实现振兴目标任重而道远。

一　东北地区城市化发展历程与发展特点

受自然禀赋、人口流动、外国殖民主义侵略以及国家发展战略、经济体制等因素的影响，在近现代发展史中，东北地区城市化道路充满了曲折变化，实际上形成了具有东北特色的城市发展道路。

（一）东北地区城市化的发展历程

1. 特殊的历史背景与曲折的城市化道路

新中国成立前，对东北地区城市化发展历史影响较大的两个因素是资源开发与外国侵略。东北地区属于资源丰富但开发较晚的地区，由于东北地区丰富的矿产资源、森林资源、土地资源，在城市化的初始阶段，围绕着资源开发、交通建设形成了独具特色的城镇体系。同时，受日、俄等帝国主义国家入侵的影响，整个东北三省成为帝国主义掠夺资源和扩军备战的阵地，东北地区城市及区域经济呈现出殖民地性和畸形性。但事实上，东北地区的工业化、城市化当时属于全国的前列。

从新中国成立初期开始，东北地区就围绕重化工业建设形成了新的城市化格局，并逐步呈现出不同资源类型并存的资源型城镇格局。这种在较低国民经济条件下，受计划指导思想形成的城市发展道路和形成的城市格局存在很多不足，如城乡分割，城乡对立；城市重化工业比例过大，国有经济比重过高，整体上缺乏

---

① 振兴东北战略实行的一些优惠鼓励政策，或是覆盖全局，或是面向企业、面向个人，这些政策除了针对农村的，都与城市发展相关（在市辖县体制下，农村的发展也为市长所关心）。

活力；基础设施投入不足，居民生活欠账多，服务业也不发达；城市功能不健全，三次产业结构不合理，城市的辐射带动作用弱，等等。

改革开放以来，东北地区城市数量明显增多，城市类型比较齐全，城市化率有所提升，但是与长三角、珠三角地区相比，东北地区的城市化水平停滞不前，与先进地区拉开距离。随着改革开放的深入，在 20 世纪 90 年代后期与 21 世纪起始的几年里，东北地区经济陷入困境，城市化也遭受严重挫折，甚至发生了某种程度的后退。同时资源枯竭使部分资源型城市的发展更加困难。

2. 东北地区城市快速发展的独特条件

历史上，东北地区属于发展较快的区域，原因主要有：①在严寒的气候条件下，较低的人口密度和较高的人均土地；②在广袤土地上建立的专业化、商品化程度较高的农业；③在帝国主义侵略扩展推动下成长的重要采掘工业基地、机械工业基地；④较高的国际化和开放度。这些东北特有的条件促使东北地区形成了快速且大量的人口流动和人口集聚。从一些方面来说，东北地区的开发与发展类似美国的边疆运动，在一百多年的历史中，形成了自己独特的发展道路，相对其他地域而言，东北地区经济发展的特点是资本密集型而不是劳力密集型，这使得东北地区劳力的价值更加彰显，人的独立性更加彰显，有利于城市化水平的提高，同时，人的生活方式和人口流动乃至人的性格、文化都形成了东北的特点。

3. 以重化工业为主的计划经济体制对东北地区城市化发展的影响

东北地区城镇的发展，尤其是新的工业城市的形成，主要在于国家重点建设项目的推动。新中国成立之初，大规模的工业化建设在东北地区展开。"一五"时期的 156 项重点建设工程有 54 项在东北地区，这些项目主要是冶金、机械、能源、化工、电力项目，它奠定了东北地区重化工业体系的总体格局和我国重要的重化工业基地的地位，同时也推动了城市化的快速发展。城市化水平从 1949 年的 15.4% 提高到 1978 年的 35%。城镇分布密度亦迅速提高，1978 年比 1953 年增加了 195.4%，几乎为全国平均速度的两倍，是全国提高速度最快的地区。①

经过四个"五年计划"的建设，沈阳市因装备制造业、军事工业的 30 余个重点建设项目的推动，成为市区人口逾 300 万人的典型中工业城市；哈尔滨市由

---

① 许学强、胡华颖、张军：《我国城镇分布及其演变的几个特征》，《经济地理》1983 年第 3 期，第 205~212 页。

于"三大动力"等 20 余个重点建设项目的推动，市区人口超过 200 万，成为"动力之城"；长春市在汽车、机车、客车等重点项目的推动下，成为行走机械的制造中心，号称中国的"汽车城"，由一个消费型、文化型城市，成长为人口超过 150 万人的工业城市。[①]

（二）当前东北地区城市化发展阶段与特点分析

1. 处于城市化发展的中期阶段，城市化率高于全国平均水平但增速下降

长期以来，东北地区的城市化率高于全国平均水平。比如，2005 年，东北地区的城市化率达到 55.13%，同期全国城市化率为 42.99%，东北地区高于全国平均水平 12 个百分点。但是，东北地区的城市化，一方面存在虚高的成分；另一方面，由于资源丰富，更由于长期实行计划经济体制，城市化呈粗放型发展，仅仅依靠外延式扩张，现代化水平也较低。与东北地区经济的困难和全国的地位下降有关，自 2000 年以来，东北地区的城市化水平增速逐渐趋缓。2001～2005 年间，东北地区城市化水平的增长幅度在 0.2%～1.21% 之间，同期，全国的增长幅度始终处于 1.23%～1.44% 之间。尽管遭遇曲折，东北地区仍处于城市化加速发展的中期阶段。

2. 不断扩大的城市规模与逐渐清晰的城市发展框架与格局

改革开放以来，东北地区已经初步形成了包括特大城市、大城市以及中小城市构成的城市体系框架和较为完整的城市发展格局。从人口指标看，东北地区城市的梯级规模较为合理，城市总体分布呈塔形，城市升级的实力与基础较为牢固。根据《中国城市统计年鉴 2006》，在东北地区现有的 34 个地级及地级以上城市中，人口（市辖区）超过 200 万的超大城市有 4 个，100 万～200 万人的特大城市有 5 个，50 万～100 万人的大城市有 19 个，20 万～50 万人的中等城市有 6 个。同时，在东北地区 56 个县级城市中，100 万以上人口的特大城市有 4 个，50 万以上人口的大城市有 26 个，50 万以下人口的中小城市有 36 个。从用地指标（城市建成区面积）看，截至 2006 年底，东北地区城市建成区面积达到 4340 平方公里，比 2000 年增长了 18.7%。

合理的城市空间布局对区域辐射和带动作用极大。应优化东北地区区域空间格局，深入挖掘哈大和沿海经济带一级轴线的发展优势，促进二级轴线集聚发

---

① 陈玉梅：《东北地区城镇化道路》，社会科学文献出版社，2008，第 49 页。

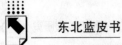

展，形成"三纵五横"的空间发展格局①。优先发展哈大经济带建设以大连经济区、辽中经济区、长吉经济区和哈大齐工业走廊为核心区域的哈大经济带；努力打造沿海经济带，推进边境口岸城镇发展，支持有条件地区规划设立边境贸易区。

3. 不断扩大的城市基础设施，稳步提升的城市承载能力

近年来，东北地区城市市政设施建设水平有较大改观。2006 年末，城市人口密度 2332 人/平方公里，与全国 2238 人/平方公里的水平相差无几。2006 年末，实有道路长度 26293 公里（全国为 241351 公里）；城市供水管道总长度达到 42906 公里，城市排水管道长度为 22519 公里；清扫保洁面积达到 41402 万平方米；城市污水日处理能力 853 万立方米。

表1 城市基础设施指标*

地 区	城市用水普及率（%）	城市燃气普及率（%）	每万人拥有公共交通车辆(标台)	人均城市道路面积（平方米）	人均公园绿地面积（平方米）	每万人拥有公共厕所（座）
北 京	123.36	113.84	22.19	7.40	10.68	3.82
天 津	100.26	99.22	14.23	13.98	6.59	3.40
河 北	92.01	86.96	8.05	12.38	7.87	3.97
山 西	89.58	74.56	5.73	9.06	6.63	4.45
内蒙古	80.67	71.03	6.08	10.34	9.39	6.35
辽 宁	92.14	87.95	9.28	8.51	7.93	4.07
吉 林	80.53	75.03	7.65	8.51	7.34	4.92
黑龙江	79.20	70.72	8.72	8.47	7.29	7.74
全 国	86.67	79.11	9.05	11.04	8.30	2.88

　* 本文数据未经说明的，均来自历年《中国统计年鉴》、《中国城市统计年鉴》。

2006 年底，东北地区铁路营业里程 13406 公里，占全国总量的 17.4%；公路总里程 321565 公里，占全国总量的 9.3%，其中高速公路里程 3349 公里，占全国总量的 7.3%；全年各种运输方式完成的货运周转量达到 5866.87 亿吨公里，占全国的 6.59%，其中铁路完成 12.1%，公路完成 8.5%；旅客周转量 1397.23 亿人公里，占全国总量的 7.3%，其中铁路完成 11.6%，公路完成 6.1%。邮电

---

① "三纵"是哈大经济带、东部通道沿线、齐齐哈尔至赤峰沿线；"五横"是沿海经济带、绥芬河至满洲里、珲春至阿尔山、丹东至霍林河、锦州至锡林浩特。

通信业继续保持较快发展。邮电业务总量达到 1302.9 亿元，占全国 15325.87 亿元的 8.5%。2006 年，本地电话年末用户数 1872 万户，移动电话年末用户数 2740.6 万户，国际互联网用户数 519.2 万户。长途电话交换机容量、局用交换机容量、移动电话交换机容量、长途光缆线路长度、互联网宽带接入端口分别占全国的 8.59%、9.62%、8.68%、10.12%、7.63%。

二 东北地区城市化的新发展

东北老工业基地振兴战略实施五年以来，国家现有的政策、资金和项目支持已经基本到位，东北地区的城市在城市更新、新区建设与城市转型，在促进城市经济一体化发展（包括必要的行政区划调整）和都市经济圈的建设，在城市基础设施与环保建设方面，都取得不小的进展。

（一）东北地区的城市更新、新区建设与城市转型

城市更新、新区建设从城市的空间形态和行政区划上进行了创新。东北地区的棚户区改造已经基本取得成功，资源型城市经济转型的工作仍然在探索之中。

1. 沈阳铁西新区的改造——振兴老工业基地的典范

沈阳铁西新区建设，紧紧抓住国家实施振兴东北地区老工业基地和振兴装备制造业的重大战略机遇，乘势而上全面实施铁区老工业基地调整改造和振兴工作，通过改革开放、结构调整、搬迁重组、改造升级、并轨就业等一系列重大举措，率先开展了先进装备制造业积聚园区建设，着力打造具有国际先进水平的装备制造业研究开发和生产制造基地。铁西新区产业集聚效应初步形成，2006 年铁西新区实现地区生产总值、规模以上工业总产值、地方财政收入和固定资产投资分别是 2002 年的 2.63 倍、3.63 倍、3.5 倍和 5.26 倍；装备制造业规模以上企业总产值占全区工业总产值的 55%，分别占沈阳市和辽宁省装备制造业产值的 50% 和 12%。沈阳铁西新区建设为老工业基地的调整改造提供了新的思路，为振兴老工业基地起到了示范作用。

2. 开发区的发展与沈北新区的建设——新的希望

东北地区拥有大连、沈阳、营口、长春、哈尔滨等 5 个国家级经济技术开发区以及沈阳、大连、鞍山、长春、吉林、哈尔滨、大庆等 7 个国家级高新技术开发区。大连经济技术开发区是 1984 年经国务院批准设立的全国第一个国家级开

发区。① 经过这些年的发展,东北的各类开发区对所在城市的发展作出了巨大贡献。在新的形势下,开发区也面临着发展与管理模式的转型与"二次创业"的问题。

2006 年,根据国务院批复,沈北新区成为继上海浦东、天津滨海、郑州郑东之后,国务院批准成立的中国第四个新区。"沈北新区"位于沈阳北部,总面积 1098 平方公里,为沈阳市区的 3 倍,相当于两个新加坡,新区将吸引 100 万以上的人口。沈北新区将加快探索行政区与开发区合署办公的新体制,享有市级经济管理权和部分城市规划建设管理权。这是继行政区体制、开发区体制之后,很多地区探索的开发区行政效率与行政区法律保障有机结合的第三种体制模式。国家批准成立上海浦东新区是为了率先实现东部现代化,批准成立天津滨海新区是为了环渤海地区实现现代化,批准成立郑州郑东新区是为了让其在中部崛起中起到作用,沈北新区则要成为东北老工业基地改革的开放试验区。

3. 棚户区改造与资源型城市经济转型——和谐社会建设

东北三省棚户区改造工程稳步有序展开,国家先后投资 12.2 亿元用于棚户区改造配套的基础设施、学校和医院建设补助。至 2006 年底,辽宁省完成 5 万平方米以上连片棚户区改造面积 1212 万平方米,吉林省棚户区改造项目已开工面积 1300 万平方米,黑龙江省棚户区改造规划已经编制完成。自实施振兴战略以来,国家累计投资 65 亿元用于东北三省 15 个采煤沉陷区项目的治理改造,新建住宅面积 907 万平方米,安置居民 15.24 万户。

先期启动的辽宁阜新资源型城市经济转型试点工作取得阶段性成果,国家支持的 23 个重点项目累计完成投资 45 亿元;以农产品加工业作为接续产业的态势已基本形成;转型三年来全市实现再就业 13.1 万人,下岗失业人员净减少 11 万人,地区生产总值增速由"九五"时期的年均 2.1% 上升到近三年的 20% 以上。阜新矿业集团开发内蒙古白音华煤矿,促进了富余矿工和生产能力的有序转移。辽宁省抚顺、本溪、盘锦等城市经济转型稳步推进。2005 年国务院批准资源城市转型试点范围扩大到大庆、伊春、辽源和白山市,试点工作有序展开。2006

---

① 大连经济技术开发区与金石滩国家旅游度假区、大连出口加工区在区划、行政管理上已合并为经济技术开发区。大连出口加工区是中国运作最为成功的出口加工区之一。比照国际惯例,实行"境内关外"管理模式,享受免税、保税等优惠政策,是中国开放程度最高的综合性经济区域之一。2006 年,还成立了大连大窑湾保税港区,规划面积 6.88 平方公里。保税区的设立有利于建设东北亚国际航运中心,占领东北亚地区航运制高点。

年，辽源和白山市实现工业增加值分别增长 37.9% 和 26.5%，增速居吉林省的第 1 和第 2 位。

（二）东北城市经济的一体化发展

目前，国家正在全国范围内推进国土主体功能区规划，按照分类指导的原则，实施与主体功能区相配套的财政、投资、产业、土地、环境和人口等政策。协调区域和城乡发展，逐步形成新的产业聚集区；引导区域分工与合作，加强跨区域重大基础设施建设，统筹城乡协调发展，培育新的增长点，形成以线串点、以点带面的区域发展新格局。统筹城乡协调发展，要按照工业反哺农业的方式发展县域经济，加快农村城镇化进程。加快农垦、林区和矿区城镇的行政管理体制改革，继续推进农村小城镇户籍、土地、投融资等管理制度改革。

要进一步促进城市经济一体化发展，发挥大城市对区域城市发展的拉动作用。中心城市在城市体系建设中处于枢纽和关键的地位，担负着带动中小城市群和区域经济协同发展的任务。中心城市建设问题，实质上是区域经济发展的核心问题。2005 年以来，长春、沈阳、大连、哈尔滨等城市建立了城市联席会议，后来还吸收了齐齐哈尔、吉林、抚顺等 3 个中等城市参加，形成了"4 + 3"机制。这个机制成为东北地区城市推动一体化的典型范例。

1. 辽宁省城市一体化与同城化的发展

辽宁省的城市经济带主要包括沈大经济带、辽东经济带、辽西经济带。最近提出的"五点一线"沿海经济带，主要是要重点建设大连长兴岛临港工业区、营口沿海产业基地（营口沿海产业基地和盘锦船舶工业区）、辽西锦州湾经济区（锦州西海工业区和葫芦岛北港工业区）、丹东产业园区和大连花园口工业园区等五个发展区域。① 实施"五点一线"战略，就是要促进沿海城市之间的协调发展，紧紧依托大连中心城市的辐射功能，实现沿海城市一体化发展，构筑沿海经济带与腹地的良性互动格局。

辽宁中部城市群包括沈阳、鞍山、抚顺、本溪、营口、辽阳、铁岭等 7 个城市。辽宁中部城市群一体化取得了重要进展：基础设施建设突飞猛进，基本形成

---

① 辽宁沿海经济带由大连、丹东、营口、锦州、盘锦、葫芦岛 6 个沿海市所辖的 21 个市区和 12 个沿海县市组成。沿海经济带长约 1400 公里，宽 30 ~ 50 公里，土地面积占全省的 1/4，人口占 1/3，地区生产总值占近 1/2。五个开发区的规划总面积 482.9 平方公里，起步区面积 195.3 平方公里。

了以沈阳市为中心的"一环五射"现代交通网络,城际大公交增强了城市群的凝聚力和亲和力;在辽河、浑河治理和环境保护方面,初步形成了共同治理与生态补偿机制;沈西工业走廊、沈铁工业走廊建设,加快了产业整合的步伐。辽宁中部城市群一体化,要提高沈阳市在中部城市群中的首位度,其城市功能和产业结构需要加快优化升级,要求解决好沈阳市的产业集聚与扩散问题。在金融、商贸领域,沈阳市的集聚功能更加明显,相应地,也驱动了制造业向周边扩散,形成中心城市和周边城市协调发展的态势。

沈抚同城化、沈本一体化的提出,更是加快了城市群一体化的进程。首先,两市应统一编制总体发展规划,统一户籍、就业和社会保障制度,统一产业、技术开发、招商引资、外贸出口、财政税收、土地征用、工商管理、物价调控等方面的政策。其次,要在消除行政壁垒和地方保护主义等方面谋求大的突破。在市场准入方面,对两市间企业的登记注册、投资条件、税收政策同等待遇;在金融市场方面,逐步实现同城支票、同城清算和银行卡跨行交易;在人才和劳动力市场方面,推进信息互通、资质互认,实现养老、医疗保险互相认可和异地享受。再次,实行公费医疗互认制度;开通城际公交,尝试实行一张公交IC卡两市通用;力争尽快实现通信同网,使用统一的区号。

以"一轴、两区、一城"为目标,建设沈抚新城。"一轴"是指打造连接两市的母亲河——浑河景观轴,加强生态环境保护,塑造60余公里长的沈抚城市形象景观带主轴线。"两区"是指开发建设浑河北岸生态区和浑河南岸产业区,这是两市中间地带实现同城化的重要载体。打造浑河北岸生态区,构造特大型生态城市的"活肺";浑河南岸产业区以发展高新技术产业、装备制造业、现代服务业为主,增强产业集聚能力。"一城"就是两市共建沈抚新城。

2. 吉林省城市一体化的发展

吉林省区域发展呈现出不均衡发展的特征。由于发展水平不均衡,也由于城市间交通基础设施建设不完善,吉林省城市体系中存在"大城市过大,中等城市太少,小城市多却弱"的特点。吉林全省形成了以长春、吉林、四平、辽源市为核心的中部经济地域,以松原、白城市为核心的西部经济地域,以延吉、图们、珲春为核心的东部经济地域,并在哈大和长吉城镇发展轴带的基础上形成了吉林省重点发展的长吉经济带。地域广阔的西部地区虽然人口多,但城镇密集度低,尤其是西部地区的大中城市更为缺乏,使西部地区缺乏区域发展的增长极。东部地区虽然城镇密度较高,但缺乏大城市。东部、西部地区大城市的缺乏极大地限制了区域经济地域体系的形成。落实"区域统筹",就是要继续积极推进西部农业开发和生态保护,同时要有效发挥中部地区城市群综合优势,也要促进东部长白山、图们江的开发开放。

2008 年,吉林省第十一届人民代表大会第一次会议提出将建设"长吉图开放带动先导区"。该先导区覆盖 3 万平方公里,涉及 770 万人,横跨长春、吉林及图们江地区。未来五至十年内,吉林省计划推动长春、吉林经济一体化,形成以珲春为窗口,延边、龙井、图们为前沿,长春、吉林为引擎,东北腹地为支撑的总体布局,打造东北亚区域开放平台,推动图们江地区的开发,实现与国际经济接轨。

——"长吉一体化"。"吉林省十一五规划"提出要加快长吉经济一体化进程。长春和吉林这两座吉林省中部的大城市,两市加总的工业总产值占全省的60%,利税总额占全省的 2/3,按经济能力可以容纳吉林省 50% 的人口。长吉一体化有得天独厚的地理优势,城际铁路等基础设施的建设更加促进城市一体化,为城市实现"同城化"提供了空间的便利。一体化建设将使长吉两市整体获取聚集与规模经济,避免单一城市经济总量不足、"小马拉大车"的弊端,在吉林省中部形成稳定的经济重心,带动吉林省中部城市群的发展。

——"长东北开发开放先导区"。长春市在 2007 年底提出了建设"长东北开放开发先导区"的设想。这是长春市在国家振兴东北战略思想指引下,根据建设"哈大经济带"、"长吉图开放开发先导区"等概念下提出的长春市区域发展新战略。"长东北"地区处于哈大轴线和长吉图开放带动先导区的交汇地带,区位潜在优势明显,并且长春经济技术开发区、高新区都将在长春北部、东北部建设新区,形成新的工业经济增长点。这一先导区的核心区范围初步确定在伊通河以东,长吉高速以北,处于哈大一级轴线,又与省里建设"长吉图开放带动先导区"相衔接,成为长春主动融入先导区的前沿阵地。

——"延龙图一体化"建设。为加快图们江对外开放,延边朝鲜族自治州(下简称"延边州")决定加快推进延吉、龙井、图们三市一体化进程,加快建设以延吉为核心的吉林东部中心城市群。延边市计划利用 10 年左右的时间,基本确立延龙图在图们江地区开发中的战略中心地位和在长白山旅游发展中的枢纽地位。为加快"延龙图一体化"的进程,延边州委成立了延龙图党委,作为延边州委的派出机构,具体负责对延龙图一体化发展工作的统筹协调和具体组织实施。为培育以延吉市为核心的区域中心城市,切实增强延吉市的区域经济辐射带动能力，2008年3月8日，龙井市朝阳川镇的行政管理权正式委托给延吉市，行政管理权交接已经实现了平稳过渡。延龙图三市在有线电视网络资源共享、城际间互通公交车、金融同城方面均取得进展，一批共享性的重要基础设施建设也已启动。

3. 黑龙江省城市一体化的发展

"哈大齐工业走廊"是以哈尔滨市为龙头，以大庆和齐齐哈尔市为区域骨干，包括沿线肇东、安达等市在内的经济区域。总面积2.118万平方公里，占全省的4.67%；2004年，人口802.99万，地区生产总值2600亿元，分别占全省的21.04%和49%，是黑龙江省经济实力最强、工业化水平最高、经济辐射力最大、可供开发利用土地资源丰富的地区。这条工业带不仅带动了东北老工业基地的发展，而且在扩大对俄贸易、改善周边关系方面也起到了十分重要的作用。

为了加快哈尔滨城市都市圈的发展，哈尔滨市进行行政区划调整。受行政区划的限制，长期以来哈尔滨的城市发展，只局限在松花江南岸的老城区内，城市发展空间受到很大限制。为顺应形势发展，黑龙江省提出了"开发江北，两岸繁荣"的发展战略，通过构筑"大哈尔滨"城市格局，发挥其在全省经济社会发展中的龙头作用。2004年和2006年，分两次完成了行政区划调整。调整后，城区面积分别由1660平方公里增加到调整为4272平方公里、7086平方公里，市区人口分别由312万人增加380万人、464.24万人。区划调整有利于延展哈尔滨市的历史文脉，有利于增强中心城区的辐射带动作用。城市发展空间的扩展，将进一步降低城区人口和建筑密度，缓解交通和生态压力，环境质量将得到改善，有利于优化产业结构、促进产业集聚，有利于进一步提高行政效能，为推进老工业基地调整改造以及城市功能的重新布局提供了有利条件。

（三）东北城市发展中的基础设施与环保建设

基础设施是城市经济与社会发展的重要载体，是非转移性的城市资本要素，同时也是城市价值的重要表现形式，它包括交通运输、用水、用电、住房等多方面。以城市发展为中心的基础设施建设和以构筑区域经济的交通网络设施建设已经成为东北地区城市建设的重要内容。城市承载能力稳步提升。

1. 基础设施建设

东北三省积极推进一批关系到地区长远发展的重大基础设施项目建设，协调跨区域重大基础设施建设。以运输通道和主要枢纽为建设重点，加强铁路网络、公路网络、港口体系、机场体系和对外通道建设，[①] 完善综合交通运输体系。逐步形成煤炭、石油、矿石、粮食、集装箱、重型装备、客运七大综合运输系统，新建与改造连接蒙东地区煤炭基地与东北三省主要能源消费区的铁路、公路，形成保障能力强大的煤炭运输系统。加快跨区域交通基础设施建设，完善和优化铁路路网，推进省际高速公路建设，完善城镇密集区快速交通网络，引导东北沿海港口间合理分工，加快发展小型机场。完善信息基础设施建设，加快东北地区信息一体化建设。积极推进电子政务、电子商务、远程教育和远程医疗等信息综合应用系统建设，实施文化信息资源共享工程。

2000 年以来，东北三省在城市基础设施建设方面投入较大，使城市面貌有了较大的改观。2006 年末，东北三省实有城市道路面积 30092 万平方米，全年公共汽（电）车客运总量 555266 万人次，实有出租汽车数 144844 辆。东北地区供水管道总长度已达 40750.1 公里，其中，辽宁省为 23635.8 公里，占 58%；吉林省为 6534.6 公里，占 16%；黑龙江省为 10579.7 公里，占 26%。城市排水管道总长度为 19863.3 公里，其中，辽宁省为 9307.7 公里，占 46.9%；吉林省为 4817 公里，占 24.3%；黑龙江省为 5738.6 公里，占 28.9%。

2. 环保生态与节能减排建设

城市是人口与产业的高度集中点，城市环境的好与坏直接影响城市形象。近年来，虽然东北地区城市的城市环境有了很大的改善，但水污染、垃圾污染、大气污染、噪声污染对城市生态环境造成的危害还没有得到根本遏制。

城市生活及生态环境有较大改善。清扫保洁面积达到 36737.6 万平方米。城市环境卫生设施建设水平较高，每万人拥有公共厕所达到 5.79 座，远远超过全国 3.21 座的平均水平。截至 2004 年，东北三省城市公共绿地面积分别为辽宁省 14513 公顷、吉林省 6043 公顷、黑龙江省 9838.3 公顷，与 2000 年比较，其增长幅度分别为辽宁省 62.2%、吉林省 25.4%、黑龙江省 29.3%，辽宁省增幅最大。2004 年，从城市清扫保洁面积的变化看，辽宁省 18931.4 万平方米、吉林省 8021.1 万平方米、黑龙江省 9785.1 万平方米，分别比 2000 年有较大提高，增幅分别为辽宁省 14.1%、黑龙江省 37%、吉林省 23.9%，黑龙江省增速最快。

---

① 重点建设同江至大连、东北东部通道、黑河至北京、绥芬河至满洲里、珲春至阿尔山、丹东至锡林浩特六条通道。

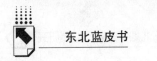
三　东北城市化建设存在的问题分析

东北地区城市发展存在的问题，主要体现在城市化与工业化关系、城市发展道路与发展动力、城市体系与城市布局、城乡统筹、资源城市转型、城市生活质量与竞争力、对外开放与国际化等方面。这些问题都应该在发展中得到解决。

（一）城市化水平虚高的现象依然存在，城市化与工业化发展不协调

东北存在城市化水平虚高的现象，这主要是因为，目前国内城市化率的计算依据是城镇户籍人口占总人口比重。东北地区是国家重要的原料、能源、粮食基地，依靠行政手段，依托农场、矿山、林区设市较多，这使一些虽然居住在城镇但仍然从事第一产业的人口没有脱离原有的生活、生存方式，却被统计为城市人口。历史形成的城市化虚高是东北地区城市化进程中的一个特殊现象，是必须在发展中解决的问题。

近二十年来，东北地区经济的快速成长主要是依托工业的发展。但由于东北地区的区情条件和体制等方面的原因，工业化与城市化未能同步发展。从东北地区的情况看，2000～2004 年，东北地区的城市化水平始终高于 50%，运行在城市化的快速发展阶段，工业增加值年均增长 11.1%，第三产业就业人员年均增长 2.8%，城市人口年均增长 1.1%，第三产业的就业增长仅高于城市人口的增长 1.7 个百分点，说明了城市化与工业化发展不协调，城市化对工业化的吸纳拉动作用不强。

2000 年的人口普查说明，黑龙江省人口流出最多，占全部人口比重达 2.1%；吉林省次之，达 1.1%；辽宁省人口则是净流入，其移民的 60% 来自东北地区内部。全东北地区总共有 40 多万人口流出区外。随着东北地区城市的相对衰退，东北地区成为中国唯一的城市就业人口下降的地区。1996～2003 年，东北城市就业人口下降了 390 万，主要是因为国有企业职工下岗，就业率低。

（二）东北地区的经济结构、社会结构制约城市化的发展，缺乏推动城市发展的动力

与发达地区相比，东北城市所有制结构也存在国有经济比重过大、民营经济

比重过小的问题。从1992年起，东北地区的投资率开始低于全国水平，全国范围内民营企业的投资上升，而东北地区没有赶上这个趋势。这样的所有制结构，不利于竞争、技术进步、产业升级，同样也不利于城市发展。相对国有经济对行政权力的依附性，民营经济更显示出它的逐利性、流动性，更容易实现企业价值的空间转换、增值。当前东北城市经济的民营化取得一定进展，但是，经济发展的法制、金融、效率等软环境仍然有待改善，民营化的进程仍然漫长。另外，东北城市的对外开放与吸引外资工作则更有待加强。

东北城市的社会结构也不利于城市的快速发展，城市存在着沉重的社会负担。因此，要加速人员、劳力的流动，打破旧的专业分工；鼓励创业，消除人对旧的计划体制的依赖；要提倡开放、竞争、包容的文化。

从GDP的产业结构分析，东北地区特别是辽宁省，产业结构转型比全国水平好。相对而言，辽宁省产业的比较优势在第三产业，吉林省的比较优势在农业，黑龙江省的比较优势在工业。东北地区的工业从1932年开始，在日本的伪满洲国下就得到发展。20世纪90年代中期以来，服务业开始加速发展，服务业的优势主要在批发、零售、仓储、房地产业，特别是黑龙江省的房地产业，比重高于全国水平。东北地区金融业发展水平低，金融深化低于全国水平，其中黑龙江省最低。由于金融生态恶化，东北地区成为资金的流出地。从现阶段看，在全国范围，东北地区的比较优势在于便宜的技能劳力和土地，而不是资本、技术和配套体系。

与长三角、珠三角等国内城市发达地区相比，东北地区城市发展有着不同的发展动力和发展路径，缺乏推动城市发展的根本动力。与发达地区相比，东北地区城乡对立，城乡分割严重，缺乏从下往上的城市化、工业化的强大动力，缺乏"城镇—小城市—中等城市—大型城市"的动力传输。部分城市发生了工业衰退，更有部分城市整体衰退。

（三）行政区划、城乡分割阻碍城市化水平的提高，城市间的经济关联度较弱，城市体系布局有待调整提高

经济区划是根据经济发展的规律，对某一经济地域进行战略性的划分，标志着各地区发展的有利条件和制约因素。与经济区划不同，行政区划是由行政机构制定的，容易造成城市在经济发展、经济结构、经济建设等方面的封闭性，不仅分割区际关系，弱化了经济性的区际关系，从而也制约了城市经济的

快速发展。在不同行政区域交汇地区的城市发展容易受到忽视，需要特别的注意。

在东北地区的城市体系中，省会城市及其周边地区发展快，而其他地区发展缓慢。无论是从城市经济总量规模，还是从城市发展速度看，东北地区省会城市的实力较强，而其他地区的经济实力与之相比，就显得十分弱小。这说明东北地区城市体系的发展主要还是依托行政的力量，依托经济联系、经济分工的因素还不够强，通过市场竞争实现经济一体化的动力还不够大。目前东北地区城市规模最大的是沈阳市，城市发展水平最高、动力最足的是大连市。要进一步做好城市之间不同职能的分工。

东北地区城市间的经济关联度较弱，使城市的发展布局始终处于封闭、分散的点状分布，而没有形成开放的、经济关联度较高的网状结构，这是目前东北地区的城市体系发展中存在的主要问题，也是计划经济体制的"后遗症"之一。东北地区的城市体系布局有待调整提高，要综合考虑人口流动、资源（特别是水资源）、基础设施等对城市发展和城市体系布局的影响。

城乡分割对立的二元结构矛盾依然存在，对内对外开放度有待提高。在计划经济体制下形成的城乡分割对立的体制尚未完全消除，城乡统筹进程有待推进。分析发现，东北地区的消费，特别是城市消费占 GDP 的比重，高于全国水平，而东北地区农村消费的比重低于全国水平，说明了东北地区城市化水平的发达，也说明了城市化的基础薄弱。由表 2 可以看出，2006 年东北地区城市的人均收入 9830 元低于全国水平 11759 元，而农村人口收入 3587 元高于全国水平 3745 元。这可能说明了东北地区城市、农村的发展是在不同层面进行的，它们之间可能存在断层。

表 2　居民可支配收入的比较

单位：元

年份	居民可支配收入		全国总计	东部地区	中部地区	西部地区	东北地区
2006	城　镇		11759	14967	9902	9728	9830
	农　村		3587	5188	3283	2588	3745
2004	城　镇		9422	—	—	8031	7775
	农　村		2936	—	—	2192	3122
2003	城　镇		8472	—	—	7205	6981
	农　村		2622	—	—	1966	2681

（四）城市性格、品牌有待进一步培育，生活质量、竞争力有待进一步提高

历史上东北地区的低人口密度，虽然支持了农业的发展，但却要求更多的城市内部、城市间的基础设施投入。东北地区的铁路密度大大高于全国水平，但是由于技术改造投入不足，铁路的技术水平大大落后了。东北地区的城市基础设施和生活质量与内地发达地区拉开了距离。

由于资源丰富，长期实行计划经济体制，东北地区城市化呈粗放型发展，仅仅依靠外延式扩张，现代化水平也较低。与国内外发达地区城市相比，东北地区的城市建设、城市管理和城市居民生活质量也存在不小差距。另外，东北城市在环保生态、节能减排方面也任重道远。

在城市发展过程中，要逐步形成特定的城市性格和城市形象，创立城市品牌；要强化对人口、人才、资本、技术的吸引力。东北城市必须全面提升竞争力，确立在全国和东北亚的鲜明形象。笔者认为，从长远来看，东北地区发展的方向是，通过经济的赶超，向东北亚的日本、俄罗斯、韩国等发达国家看齐。

四　加快东北地区城市化发展的政策建议

东北地区是我国开发较晚的地区，又是我国工业化、城市化发展较早的地区。在近现代发展史中，特别是改革开放以来，东北地区的城市化道路充满了曲折变化，从而积累了许多正面和负面的发展经验。国家实行振兴东北战略，为东北地区的城市化发展提供了新的契机。世界银行对东北地区城市进行了研究，也认为东北地区的前途是乐观的。[1] 国家提出的兼顾"五个统筹"的战略思想，应

---

① 世界银行研究报告认为，近年来，东北地区经济衰退的原因主要是：在开放和国际化中的落后；低的人口密度和陈旧的基础设施，产品的低差异化对竞争的不适应；企业组织、技术在国内兴起的消费市场上的低竞争力；高的国有企业比重；技能劳力和企业家外移；社保制度的不完善；国有银行积累的不良信贷资产，同时有能力的企业和个人却无法获得信贷支持。世界银行研究报告认为东北地区前景乐观的理由包括：体制改革；国内外的交往互动；新技术，发展重化工业的需要；全国工业化的发展；振兴东北的战略选择；竞争意识；东北经济区；经济的新需求；对特定产业的支持。发展战略要点是：抓住机会；投资环境；企业家发现比较优势。

该成为科学发展观指引下的东北城市与区域发展的根本指导思想。衰退工业区的复兴，必须采取综合性的有力措施，以保证东北城市健康发展。

（一）克服城市化虚高，促进工业化与城市化的良性互动，把城市建设成为振兴东北的强大基地和战略出发点

东北城市发展，要着力解决城市化水平虚高、城市生活质量不高的问题。首先，要从城乡统筹的角度，落实推进东北地区城市化发展的动力和路径选择。也就是必须有发展的社会主义新农村，才能有发达的新城市，两者是相互依存的。实现城乡统筹，要从城市、农村两个源头推进城市化进程。其次，要促进工业化与城市化的良性互动，两者不可偏废。推进城市化、工业化、信息化的协调发展，是提高东北地区城市化综合水平的重要手段。统筹城市的经济社会发展，要更加关注社会事业的发展和人民生活质量的提高。再次，要强调"产业立市，工业强市"，搞好工业化发展的布局战略和发展政策，全面提升经济增长的速度、质量。在一定程度上，必须实行"投资拉动增长"战略，只有高的投资增长，才能实现经济产出的高增长。要根据国家振兴东北规划提出的把东北建设成为"装备、能源原材料、粮食、科技创新"四大基地的要求，把城市建设成为振兴东北的强大基地和战略出发点。

（二）合理调整城市布局，加快城市体系建设，构筑梯次增长的城市发展体系

做好区域统筹，实现区域协调发展。国家要做好"东、中、西部"不同区域的统筹，实现东北与内地的统筹。在东北范围内，也要做好"东、中、西部"的区域统筹。首先，要处理好辽宁、吉林、黑龙江省与内蒙古（东部）地区的关系。其次，在省内或更小的范围内，也要处理好区域之间的关系。比如，在吉林省内，处理好东、中、西部不同区域的关系，就非常重要。因此，我们要在做好区域统筹的基础上，合理调整城市布局，提高城市经济关联度，加快大中小城市体系建设，构筑梯次增长的城市发展体系。

根据资源、能源、人口、水、土地等资源以及生态环境，合理调整城市布局，加快城市圈、城市群一体化的发展。东北大部分城市尚未达到最佳规模，对少数几个特大城市，其单位土地产出、承载力也未达到最高。要加速城市化进程，首先实现现有大中城市的低成本扩张。大中城市的发展潜力主要体现在土地

及其地租收益、城市公共基础设施和公共服务设施、相对成熟的产业集群、吸纳转移劳动力、科技进步和管理先进等方面。在发挥沈阳、长春、哈尔滨、大连等大城市的优势的同时，要积极培育率先崛起的中等城市。城市之间要通过竞争，形成一个开放协作的城市共同体。

（三）科学规划城市发展，加快城市基础设施建设，提高城市承载能力与促进节能减排

统筹人与自然和谐发展，坚持城市发展的科学规划，克服"首长规划"。城市规划要实现"以人为本"，同时要依法规划。大城市要形成组团式发展格局，防止"摊大饼"；在城市群、城市带的建设方面，要防止城镇的低水平蔓延。大城市要处理好新区开发与旧城改造的关系，把国家振兴东北的政策用足。一方面，新区开发不能好大喜功；另一方面，旧城改造要保持历史文脉的延续性。

东北地域广阔，城市土地资源相对充足，城市发展的空间相对东南沿海回旋余地大，因此，更可以借鉴发达地区城市建设的正反两方面的经验教训，做好长期规划，坚持贯彻规划要求，坚持科学理念，把规划的蓝图变成生动的城市实体。要加强对城市基础设施建设的投入，特别要重视城市综合交通运输体系建设、城市供水供电供气供热和通信设施建设、城市生态环境建设、城市防灾减灾等工程建设，在节能减排的基础上，完善城市综合服务功能，改善投资环境和生活环境，不断提高城市对产业和人口发展的承载能力。

（四）加快体制改革，消除阻碍城市发展的各种制度障碍

创造适宜企业发展的城市环境。城市的发展也要跟上产业的发展，积极为产业发展创造良好的发展环境。要着力构筑诚信、亲商、公平、高效的服务型政府，为经济发展的快速发展保驾护航。推动所有制制度改革，推进民营化；招商引资，扩大对内对外开放；改善金融环境，创业投资。东北是我国社会保障制度改革的试点，目前东北城市社会保障体系已经初步建立。在充分发挥市场对资源配置的决定作用的同时，政府应对生产要素进行重新整合与引导，要促进人口、人才在城乡、城市之间的流动。

（五）加快资源转型城市发展的对策

东北资源型城市多达30余个，占全国的1/4强。目前促进资源型城市经济

转型和可持续发展的政策措施尚未形成，资源枯竭城市面临极大困境。接续产业亟待发展、资源开发补偿机制和衰退产业援助机制有待建立；地方吸纳就业能力较弱，有的城市稳定就业率仅为60%左右；困难群体比重高，一些城市低保人员占非农业人口的10%以上。东北三省森工、军工、煤炭行业等困难群体有近500万人，枯竭矿山和破产重组老企业的富余人员较多，国企改制重组、企业历史欠账、大集体职工生活困难等影响群众生活的问题亟待解决。再加上农村出现大量剩余劳动力，就业再就业等民生问题和社会保障压力仍然很大。

以增加就业、消除贫困、改善人居条件、健全社会保障体系、维护社会稳定为基本目标，以深化改革、扩大开放和自主创新为根本动力，制定强有力的政策措施，不断完善体制机制，大力推进产业结构优化升级和经济增长方式转变，培育壮大接续替代产业，改善生态环境，促进资源型城市经济社会全面协调可持续发展。抓紧建立资源型城市可持续发展的长效机制。一是建立资源开发补偿机制。在资源开采过程中，引导和规范各类市场主体合理开发资源，承担资源补偿、生态环境保护与修复等方面的责任和义务。二是建立衰退产业援助机制。要统筹规划，加快产业结构调整和优化升级，大力发展接续替代产业，完善社会保障体系，保障企业平稳退出和社会安定。

东北地区农产品加工产业
发展情况及趋势分析

于德运　蔡云茜*

摘　要：东北地区是我国重要的农产品资源和生产基地，农产品加工是本地区一项方兴未艾的产业，已经成为对全区国民经济发展具有战略性、基础性、关键性作用的重大课题之一。东北地区农产品加工业虽然有了长足的发展，但还有不少问题。应当关注国内外农产品加工业的变化态势，调整优化产品结构，创建自主创新体系，主攻农产品精深加工，发展产业集群，使东北地区农产品加工业向更高、更强的水平挺进。

关键词：农产品加工　发展趋势　对策建议　东北地区

东北地区是我国重要的农产品资源和生产基地。农产品加工特别是精深加工在东北地区是一项方兴未艾的产业，在建设社会主义新农村和全面小康社会中已经成为对国民经济发展具有战略性、基础性、关键性作用的重大课题之一。全地区农产品加工产业发展很快，但在发展过程中也存在一些问题，应当加以解决。

一　东北地区发展农产品加工产业的背景环境

（一）对"农产品加工"概念的理解

一般意义上讲，农产品加工是对农业生产的动植物产品及其物料进行加工，

---

* 于德运，吉林省社会科学院农村发展研究所所长、研究员，主要研究农业与农村经济发展问题；蔡云茜，吉林省社会科学院农村发展研究所助理研究员，主要研究农业与农村经济发展问题。

以满足市场和消费者需求的过程。它主要包括对农、林、牧、水产各业产品及其物料的加工；对野生动植物资源的加工与利用。根据加工的程度和要求，又分为普通粗初加工和精深细加工，二者的差距在于附加值不同。前者其实早已有之，把玉米加工成玉米面、玉米碴，把大豆加工成豆制品，把粳稻加工成大米，把畜禽产品加工成分割肉，把林土特产品加工成鲜、干、腌制品等，都属于这一类，主要用于日常生活食品。后者出现稍晚，加工产品主要应用于人们的衣食住行、动物饲料、医药保健、建筑材料、化工原料、再生能源及其他生活和生产，涉及范围十分广泛，附加值大大高于前者。我们所说的农产品加工侧重于后者而兼顾前者。

（二）与发达国家发展农产品加工产业的比较分析

1. 发达国家农产品加工产业的现况

西方发达国家步入工业反哺农业阶段较早，农产品加工产业始于18世纪40年代。到19世纪末20世纪初，以玉米、小麦、水稻、大豆、禽蛋、水产品为原料生产的动植物及其物料加工逐步剥离农业，成为独立的产业，标志着某些农产品已经从终端产品变成了中间产品。第二次世界大战前的40多年间，世界加工技术有了新的发展，主要表现为农产品加工走向综合利用，经化学改性生产一系列衍生物，工艺质量有了明显的提高。20世纪50年代以后到现在，以农产品为原料的生物技术产品得到了全面的开发，已经完全建成了现代的加工业体系。以玉米为例，其主要技术和产品有：应用旋转真空过滤装置和离子交换技术提高玉米糖浆的质量，应用a淀粉酶使葡萄糖易于结晶并提高产量，应用色谱技术提高葡萄糖转化为糖果的能力，应用色谱分离技术与酶技术相结合生产糖醇类物质，应用环状糊精糖基转移酶生产环状糊精，开发代替石油的玉米深加工产品等。目前，发达国家农产品加工产业已实现了加工的规模化、集约化和自动化生产，农产品深加工比例快速提高；产业化水平越来越高，加工能力越来越强；加工高新技术不断出现，并在加工领域里占据主导位置；投入比重不断加大，经济回报率扶摇攀升；资源得以高度综合利用，经济效益和环保效益双增长；产品标准体系和质量保证体系日趋完善，多已采用GMP、HACCP、SSOP进行管理。

2. 东北地区农产品加工产业存在的问题

应当看到，东北地区以粮食为主体的农产品加工业近年来有了突飞猛进的发展，取得了令人瞩目的成就，已经成为重要的支柱产业。但是，它在发展进程中也出现了一些问题。一是产品精深加工程度低，增值幅度小。例如，在玉米加工大宗产品中，玉米淀粉占45%，相应的淀粉下游产品开发深度和精度滞后，只有少部分用于深加工，约有50%以上以原料形式销往省外，产品附加值低，未能把资源优势转化为经济优势。二是加工规模小，市场竞争力不强。尽管域内形成了一些加工龙头型企业群，但整体上对各省经济具有强大拉动作用的大型龙头企业数量偏少，龙头企业仅占全部玉米加工企业的10%，多数是市场竞争力不强的中小型企业。三是项目布局过于集中，重复建设严重。农产品加工业涉及诸多部门，而设置却按行政区划和部门进行布局和管理，这就造成了区域间产业结构趋同、产品品质雷同，在相同水平线上互相重复。例如，吉林省的吉粮集团和中粮集团两个深加工企业只相距30公里，松原的赛力事达和吉安生化两个企业只相距30米，企业相隔距离均未超过方圆150公里的半径。由于项目集中和重复建设，必然导致企业争原料、争市场，造成企业经济效益下滑。四是科研投入不足，企业自主研发能力弱。除长春大成集团自主研发技术多为国际首创外，其他加工企业的技术和装备大都落后于国际先进水平。

关键是如何提高农产品的商业价值问题，美国的一些做法值得借鉴。2005年，美国总统布什签署法令增拨开发基金10亿美元用于提高农产品的商业价值，以节省进口工业原料的外汇支出，同时解决农产品大量过剩问题。目前，美国工业界最常用的50多种工业原料中，1/3以上完全可以用农产品来替代。基于节省外汇和环保考虑，美国对农产品的综合利用十分重视，许多农产品加工企业都做到了多层次、多角度的深度加工和精细加工，其中以涉及塑料、涂料、燃料添加剂、油墨、胶布、燃料、清洁剂和新型建筑材料为最，有的甚至达到了"无废加工"的程度。譬如，在大豆、玉米的深加工过程中，产生的废水温度达到70℃，不少企业利用这些温水和自己生产的颗粒饲料从事高密度、高产量的温水养鱼；而含有鱼粪和剩余饲料的温水，还是无土栽培蔬菜的营养液。鉴于市场前景十分可观，而且可以得到政府的多方照顾，越来越多的企业乐于参与农产品的开发和利用。而东北地区的农产品加工企业是否都达到这种程度了呢？应当说，差距是有的。尽管各国国情和经济实力不同，资金投入和政策导向有别，但是在生态、能源、国际"三重"环境的制约和压力下，东北地区农产品加工产业若想多分享市场份额，必须利用资源优势，借鉴成功经验，大力开发农产品的潜在价值。

二 东北地区发展农产品加工产业的条件支撑

（一）资源支撑：优势农产品基地和产业带初步形成，凸显地方特色

1. 粮食产品优势突出

地处我国东北黑土带上的辽宁、黑龙江、吉林三省，拥有耕地面积约2000万公顷，占全国耕地总面积的17%左右，是我国最重要的商品粮生产基地。"十五"期间，由于不断加大扶持力度，挖掘政策增产、科技增产、结构增产和基础设施建设增产的潜力，粮食生产在恢复性增长的基础上，再上新台阶，连创历史最高水平。全区按照"粮食稳步发展，农业效益较大幅度提高，农民收入持续增长"的要求，通过市场拉动、订单牵动、龙头企业带动等多种有效形式，积极引导农民科学调整种植结构。在种植业结构调整上，突出了优质、高产、高效目标，大力发展专用玉米、高油大豆和优质水稻，粮食优质品率达到80%以上，品质结构不断优化。2007年，在遭受严重自然灾害的情况下，东北地区粮食产量仍逾8300万吨大关，为全国粮食供求平衡和粮食安全作出了很大的贡献，成为地道的中国"粮仓"（见表1）。特别是2004年以后，中央惠农富民政策有力地调动了种粮农民的生产积极性，使东北地区的粮食生产一直保持着喜人的态势。黑龙江省一直是我国的商品粮大省，粮食种植面积连年稳步增长，2008年粮食作物意向种植面积为1059.8万公顷，呈现"保水稻、增大豆、扩小麦、稳玉米"的趋势；在商品粮比例最高的吉林省，2008年的种植意向呈现"三增、一稳、二减"的趋势，即粮食意向播种面积457万公顷，其中玉米播种面积增加2万公顷，大豆播种面积增加4万公顷，粮食总产量正常年景下可望达到2750万吨；辽宁省农业生产起步早、标准高，2008年粮食播种面积预计为310万公顷。[①]《东北地区振兴规划》提出要在东北地区建成"现代化国家级商品粮基地"，确保其具备稳定的粮食生产能力和商品粮供给能力。目前，东北三省正在实施一个庞大的粮食增产计划，斥巨资加快中低产田改造，计划用10年时间使粮食生产在现有基础上提高1000万吨以上。2008年7月2日国务院原则上同意

---

① 《东北"粮仓"粮食种植面积增加 有望持续稳产高产》，新华网，2008年4月21日。

《吉林省增产百亿斤商品粮能力建设总体规划》，这为东北地区粮食生产能力实现阶段性跨越奠定了坚实的基础。①

表1　东北三省粮食产量及播种面积占全国比重

单位：万吨，万公顷，%

名　　称		1978 年	1985 年	1996 年	2004 年	2006 年	2007 年
粮食产量	东三省	2731.0	3630.3	7033.2	7236.0	7809.4	8324.0
	全　国	30476.5	37910.8	50452.8	48402.2	49747.9	50150.3
	比　重	9.0	9.6	13.9	15.0	15.7	16.6
播种面积	东三省	1612.7	1338.6	1447.7	1567.7	1650.6	1802.7
	全　国	12058.7	10884.5	11254.8	10427.8	10548.9	10553.0
	比　重	13.4	12.3	12.9	15.0	15.7	17.1

资料来源：《中国统计年鉴》（1979～2008 年）。

2. 畜产品优势明显

在 20 世纪末出现了粮食相对过剩以后，东北地区充分发挥玉米资源优势，广泛推广良种、良舍、良料、良法技术，采用各种强力措施，大大推进了畜牧大产业的形成，东北地区畜牧业经济保持了健康快速的发展势头，已成为农村经济的主导产业和农民增加收入的主要来源。"十一五"以来，畜产品产量迅速增加。2007 年，全年肉、蛋、奶总产量达到 1078.1 万吨、473.7 万吨和 685.6 万吨，分别占全国的 15.9%、15.8% 和 18.8%，吉、辽两省人均肉类占有量在全国名列前茅（见表2）。全区在推进实施"粮变肉"工程中，重点确定了粮食和牧业生产大县，规划建设了优势肉牛、生猪、肉羊、肉鸡、肉鹅基地县，建立了草原牧业经济带、山区特色牧业经济带和粮食主产区牧业经济带 3 个各具特色的牧业经济区域；通过推进牧业产业化经营，初步形成了牛、猪、羊、鸡、鹅、奶、鹿、蜂、兔、草等牧业龙型经济；通过推进无规定动物疫病区建设，把动物疫病防控作为牧业经济健康持续发展的根本保障，不断加强国家无疫区示范区项目建设，基本建成了动物疫病预防体系、动物疫情测报体系、动物检疫监督体系、动物防疫屏障体系、兽药残留监控体系。

---

① 《粮食安全中长期规划纲要：吉林将用 5 年增产 100 亿斤》，中国网，2008 年 7 月 3 日。

表2 东北三省畜产品产量占全国比重

单位：万吨，%

名 称		1985年	1996年	2000年	2002年	2004年	2006年	2007年
肉类	东三省	128.3	605.3	593.6	602.2	727.2	805.9	1078.1
	全国	1926.5	5915.1	6125.4	6586.5	7244.8	8051.4	6800.0
	比重	6.7	10.2	9.7	9.1	10.0	10.0	15.9
禽蛋	东三省	68.5	267.5	295.6	327.8	385.4	446.0	473.7
	全国	534.7	1954.0	2243.3	2462.7	2723.7	2945.6	3000.0
	比重	12.8	13.7	13.2	13.3	14.2	15.1	15.8
牛奶	东三省	58.2	213.3	187.5	281.9	458.1	588.5	685.6
	全国	249.9	629.4	827.4	1299.8	2260.6	3193.4	3650.0
	比重	23.3	33.9	22.7	21.7	20.3	18.4	18.8

资料来源：《中国统计年鉴》（1986～2008年）。

3. 生态资源优势独特

东北三省地处世界瞩目的长白山和大小兴安岭，天然生态食品储量极为丰厚，品种十分繁多，品质独具特色，具有巨大的开发利用价值。其生态食品资源主要集中在动物资源、植物资源和矿泉水资源3个方面。基于林区土壤富含有机质，大都无工业污染、无农药残留、无化肥影响，同样食物资源营养成分含量相对较高，周边县市利用特有的生态资源发展种植业、养殖业，市场前景甚为广阔。近年来新开发的"森林猪"、"森林鸡"，国内外十分看好。深入开发的鹿茸、林蛙油、黑木耳、人参、红景天、猴头蘑、松茸、鹿肉、冷水鱼等，备受世人钟爱。近年来，东北地区始终围绕确立绿色品牌大省形象的战略目标，不断加大力度，特别是以长白山生态食品为代表的生态食品产业得到了长足发展。

（二）科技支撑：各种研发中心初步建立，农产品加工水平大幅度提高

近年来，东北地区采取多种措施，支持农产品加工企业建立研发中心，或同大专院校、科研单位联姻，共同开发具有知识产权的新技术、新产品，大大增强了农产品加工业的发展活力。依靠高科技培育出的玉米加工大型龙头企业——长春大成实业集团就是其中的佼佼者。大成集团成立伊始就把世界上大型玉米加工企业作为竞争对手，先后经历了玉米初加工、玉米深加工和玉米精深加工3个阶

段，确定了以淀粉为原料的玉米精深加工的发展方向，利用生物技术生产赖氨酸、谷氨酸、苏氨酸等多种氨基酸的生化原料、生化肥料，利用有机化工技术生产有机多元醇、食品多元醇等产品，使集团不断走向高端，经济效益得到快速增长，在全国、全世界处于领先地位。其间最根本的一条就是注重新技术、新工艺和新产品的研发。现在，已发展成为年加工玉米 200 万吨、生产加工产品 100 余种、年产值近 100 亿元、实现利税 15 亿元以上、出口创汇 1.5 亿美元的世界第三大玉米加工企业。大成集团之所以能持续发展、经久不衰，科研开发、科研创新起了决定性的作用。他们根据玉米加工的发展，成立了大成设计研究院、大成集团农研院及生物工程、多元化工醇、变性淀粉、淀粉糖、淀粉聚酯 5 个专业研究所和技术研究中心，建立了国家饲料工程技术中心赖氨酸专业中心；千方百计引进和培养人才，形成了一支知识技术实力雄厚的科研队伍；注重与国内外大专院校和科研机构进行技术合作，取得了多项国家级专利和科研成果。

（三）载体支撑：农业产业化经营组织不断涌现，龙头企业迅速崛起

发展创新体现在每一个农产品加工企业的各个环节，但对龙头企业尤为重要。因为龙头企业走上自主创新、良性循环、持续发展之路，不仅能长时期地解决农民增收卖难的问题，而且还能为本地经济发展增加可观的收入。其特点表现为：企业规模快速壮大，带动作用不断增强；优势资源趋于规范整合，集群发展格局初步形成；组织形式变化创新，利益机制逐步完善。在企业和农民之间建立完善的利益联结机制，是发展农业产业化经营的重要环节。东北地区围绕提高企业对农户的带动功能，不断创新组织模式，在巩固发展"公司＋农户"的基础上，又探索了"公司＋合作社＋农户"、"公司＋协会＋农户"等新模式，为龙头企业加强生产基地建设发挥拉动作用创造了条件。通过产销订单、股份合作、委托协议等多种有效形式，使公司与农户之间的利益联结更加体现出自愿、平等、互惠和双赢的原则。

（四）品牌支撑：名牌产品批量增加，生态产品全面扩张

品牌是一个企业经济、社会和生态三效益整体水平的重要标志，它既反映了产品的形象和外表，更折射了产业的灵魂和内涵，而主宰品牌的核心动力就是自主创新。2000 年以来，东北地区不断树立品牌意识，通过评选、展会、整合等

形式,从低、粗、平的大路货尴尬局面走出来,打出了特色、绿色、优势三张"牌",在周边国家的农产品展洽会上,东北农产品颇受青睐,影响力不断扩大,辐射面不断扩充。

三 东北地区发展农产品加工产业的未来前景

(一)总体设想

1. 辽宁省

坚持用工业理念谋划农业发展,做大做强优质粮、畜牧、渔业、蔬菜、水果五大优势产业和油料、花卉、中药材、食用菌、林产品五大特色产品,推动农业向高产、优质、高效、生态、安全方向发展;推进优势特色产品向优势产区集中,形成一批各具特色的专业化生产基地,努力打造区域品牌,提高市场竞争力;以农业产业化为主导,促进农产品加工转化增值,努力把本省建设成为全国优质特色农产品生产和加工基地。

2. 吉林省

依托丰富的农产品资源和生态优势,大力发展玉米大豆精深加工、畜禽乳精深加工、长白山生态食品三大产业,即围绕玉米、水稻和大豆为主的粮食集中区域加快建设粮食深加工产业,围绕猪、牛、羊、禽为主的畜产品集中区域加快建设畜产品深加工产业,围绕人参、鹿茸、中药材为主的特产品集中区域加快建设特产品深加工产业,到2010年把本省建设全国最具竞争力的农产品加工基地。

3. 黑龙江省

允分利用原产地农产品资源,坚持规模化、集约化发展,提高农副产品转化程度和精深加工比重,重点发展乳制品、大豆制品和玉米、水稻、薯类等粮食加工以及肉类制品,培育大型龙头企业和知名品牌,健全以有机食品、绿色特色食品、无公害农产品为主导的新型食品工业体系,把食品工业建成效益最优、竞争力最强、最具发展前景的产业。

(二)具体目标

1. 辽宁省

按照区域化布局、专业化生产、一体化经营的要求,建成面向国内外市场、优质、无公害农产品基地。重点建设五大优质农产品生产基地：以铁岭地区为重点，建设优质玉米、高油大豆以及商品牛、猪肉生产基地；以鞍山、辽阳及营口低洼平原区为重点，建设优质大米生产基地；以营口为重点，建设丘陵地区优质水果生产基地；以鞍山、营口为重点，建设林果牧产品生产基地；在沈阳至营口交通主轴线区及大中城市近郊，建设无公害果、菜、禽蛋、肉、奶等商品基地。

2. 吉林省

到"十一五"末期，建立5～10个销售收入在100亿元以上的特大型农产品加工企业，建立20个销售收入在50亿元以上的大型农产品加工企业，建立50个销售收入在10亿元以上的大中型农产品加工企业，建立10个销售收入在1亿元以上的中型农产品加工企业，培育一大批具有良好市场前景、能够充分发挥本省特色资源优势的农产品加工小型企业，推动全省农产品加工业上档次、上水平，做到粮食综合加工率达到70%以上，畜产品综合加工率达到50%以上；农产品加工业销售收入达到3000亿元以上，利税达到300亿元以上；粮食加工能力达到1500万吨。

3. 黑龙江省

乳制品重点建设黑龙江乳业集团总公司绿色生态乳制品加工基地、完达山乳业股份有限公司配方奶粉、红星集团鲜奶深加工、大庆银螺乳业液态奶系列产品、圣元乳业婴幼儿配方奶粉等项目；大豆制品重点支持九三油脂、阳霖油脂集团、大自然油脂公司、哈高科大豆食品公司和大庆日月星植物蛋白集团等龙头企业，建设一批具有规模的大豆精深加工项目；玉米加工依托华润集团、龙凤玉米公司、富华集团、成福集团、安徽丰原等龙头企业，扩大玉米系列化加工单体规模，提高玉米的精深加工和综合利用水平；水稻加工重点建设北大荒米业500万吨稻谷深加工、鹤鸣米业集团大米综合加工利用等稻米精深加工项目；薯类加工重点建设沃华马铃薯制品股份有限公司5万吨马铃薯精淀粉加工、黑龙江国基实业有限公司3万吨马铃薯快餐营养粉丝加工、北大荒马铃薯产业（集团）股份有限公司5万吨马铃薯精淀粉加工等一批马铃薯深加工项目；肉类制品重点建设哈尔滨大众食品集团屠宰加工、大庆金锣肉类深加工、北大荒肉类食品公司熟食品深加工、北大荒集团红兴隆20万头肉牛屠宰加工等项目；啤酒饮料扩大优质啤酒的生产比重，适度发展保健啤酒、无醇啤酒、鲜啤酒等产品，加大对五大连池天然矿泉水的开发和宣传力度，培育世界知名品牌。

四　东北地区发展农产品加工产业的对策建议

（一）提高东北地区发展农产品加工产业的紧迫感

现阶段，我国正处在一个经济社会稳步快速发展的阶段，其间主要产品供求关系发生重大变化，传统产业向现代产业转变频率提高，城乡劳动力就业格局和转移动因已经发生转变，地区与国内、国际产品市场关联度日益紧密，城乡二元结构矛盾问题正在解决。这些变化要求我们必须冲破传统思维模式和方式，遵循自然规律和市场经济规律，用新观念、新思路、新方法、新措施去指导、组织和推动农产品加工业的发展。要转变思想观念，扩大视野和领域，全面树立特色意识、质量意识、品牌意识、规模意识、信息意识、市场意识和服务意识，把发展农产品加工业作为东北地区农业结构战略性调整的契机，把资源优势、比较优势转化为竞争优势机遇，用开放的眼光、开放的政策、开放的市场来看待、发展和开发农产品加工业。在做法上也要实现以下转变：由过去以量取胜转变到以质取胜；由抓大路货、普通农产品转变到抓特色产品；由样样都抓、搞小而全转变到发挥自身优势、突出区域特色产业；由小规模、分散自发开发转变到相对集中、规模化开发；由只抓特色产品的原料生产和供给转变到抓生产、加工、流通全过程系统开发；由只在本地市场"小打小闹"转变到开拓国内外大市场。

（二）坚持自主创新，确保东北地区发展农产品加工产业持续进行

能否拥有自主创新能力，是衡量一个国家农产品加工产业实力和能力的重要标尺。目前东北地区一些产量较大、规模不小的农产品加工企业，虽然创造了一些 GDP，但普遍存在着核心技术缺乏、依赖进口较强的通病。正是由于这种缺乏通过科技进步自主创新的先天不足，导致东北地区一部分地区农产品加工产业发展过程中低水平的重复建设时有发生，能源、原材料无端耗费，压低价格成为竞争的主要方式，产业结构、产品结构升级难以实现，可持续发展步履维艰。当然，自主创新是一个由低到高、由简单到复杂的渐进积累过程，并不是排斥开始的模仿，要求企业无论大小，一切自力更生都从头做起。为了促使农产品加工业快速发展，引进高水平的现代化先进设备和技术是十分必要和必需的。问题的

关键在于，即使引进也要发挥主观能动性和自主创造精神，使农产品加工产业链永葆活力，不断扩展延伸。

（三）建立政府创新体系，为东北地区发展农产品加工产业营造良好的环境

鼓励自主创新，企业要发挥主体作用。农产品加工产业作为一项系统工程，早已溢出了农副产品范畴自身，经济效应关乎食品、饲料、轻化、医药等行业，社会效应涉及城乡统筹发展、"三农"问题解决，具有驻足一方、造福全民的公益性质，为此打造创新体系已经成为刻不容缓的事情。当然，政府与企业的参与分工程度是不同的。首先，农产品加工特别是精深加工产业要以先进的、庞大的研发体系为基础，需要大量的专门科技人才，任何企业都不可能靠自身完成。这就要求政府拿出一部分财力，对农产品加工产业中的基础性研究、应用性研究、技术开发性研究这些公用性领域予以扶持，使这些研究成果畅通地注入相关的企业，尽快地转化成为新产品。政府还应当建立相应的机制，从政策上对游戏规则进行规范，使这项工作有序健康地发展运作。其次，应当注意到，农产品加工企业毕竟是该产业自主创新的主体，农产品加工企业若想在激烈的市场竞争中站稳脚跟，提高自主创新能力已成为自身要生存、求发展的必然选择。这就要求企业始终保持要强好胜的品格，在多途径获得新技术、新设备的基础上抓紧商业性的开发，谋求实际性的应用，使东北地区精准种植业、精品畜牧业、精深加工业产品应运而生，源源不断。

（四）实施农产品加工推进行动，力争东北地区农产品加工转化率和产品质量向国际先进水平靠拢

农业部从 2006 年就开始实施的农业产业化和农产品加工推进行动，旨在扩大专业合作经济组织示范项目范围，培育一批起点高、规模大、带动力强的龙头企业，这对东北地区是一个极好的机遇。东北地区应当继续实施农业部农产品加工推进行动，主攻农产品精深加工，完善农产品加工业标准体系、检验检测体系和认证体系。要严格执行已经制定的农产品加工、包装、储藏、保鲜、运销等方面的国家标准或行业标准，使所有农产品加工产品都有章可循；要增强技术创新和技术推广能力，改善农产品加工业的发展环境，使大小企业的创新能力、研究开发能力和科研成果转化能力有明显进步，实现由初级加工为主向高附加值的精

深加工为主转变，由资源消耗型向资源节约型转变，并依靠科技进步提高农产品的综合加工能力和国际竞争力；要大力开展关键技术工艺设备的研究开发、技术引进和成果转化，引导农产品加工企业向优势农产品产业带、农产品加工园区和小城镇集中，发展和培植优势产业和名牌产品，提高农产品加工产业的深层次加工水平，力争主要农产品加工转化率和产品质量尽早向国际先进水平靠拢。

（五）实行多种集群模式，促进东北地区农产品加工产业多方式、多渠道发展

美国商学院管理经济学家波特教授于 20 世纪 90 年代提出了"产业集群"的概念，欧美一些发达国家例如意大利、美国积累了中小型企业产业集群的经验。改革开放以来，我国民营企业兴起于经济率先发展的东部沿海地区。[①] 20 世纪90 年代中期，江、浙、闽、冀等省中小企业在完成原始积累、形成自己的主导产品后，相继抛弃单个企业孤立发展的模式，通过市场价值链和专业分工的产业链，开始走向以中小企业集聚为特征的资源相对高度集中、生产相对高度专业化的产业集群。这种集群内的众多中小型加工企业，对内是由市场联结的独立生产者，对外则联合成为一个统一体，形成了协同效应和规模效应。从东北地区农产品加工企业总体情况上看，虽然整体实力增长势头迅猛，但也存在一些问题，如"中心卫星工厂制度"不发达，中小型农产品加工企业产品雷同阻碍了产业集群的进一步发展；科技型中小型农产品加工企业之间合作研究开发不足，中小企业群与科研院所合作更少；对中小型农产品加工企业集群发展认识不足、重视不够、支持不力，政府和中介机构的作用未能得到充分发挥；现有中小型农产品加工企业多数内部企业间的协调配套较差，相互协作不够紧密。产业集群是中小企业未来发展的必然选择，东北地区应从实际出发，创造形式不同的发展模式，如借助民营经济园区或集中区的板块式集群，推进中小型农产品加工企业基地建设；发展大型农产品加工企业的链条式集群，扶植、壮大一批中小型农产品加工企业；实行同一产业或同一产品的异地式集群，化中小型农产品加工企业在省内的单元优势为全国的整体优势；采取非优势资源的借代式集群，利用市场发展不平衡的间隙抢滩、挤占市场份额。

---

①　顾强等：《中国产业集群》，机械工业出版社，2005。

参考文献

国家统计局：辽宁省、吉林省、黑龙江省《2007 年国民经济和社会发展统计公报》，中国统计信息网。

吉林省统计局：《吉林统计摘要 2008》，吉林大学出版社，2008。

鲍振东主编《2007 年：中国东北地区发展报告》，社会科学文献出版社，2007。

王云岫主编《2007 年中国吉林发展报告》，吉林人民出版社，2008。

邴正主编《2007 年吉林省经济社会形势分析与预测》，吉林人民出版社，2006。

顾强等：《中国产业集群》，机械工业出版社，2005。

社会篇

东北三省社会和谐指标体系的综合评估

王爱丽[*]

摘　要： 通过对 2006 年全国和谐社会指标体系的综合评估发现，东北三省和谐社会综合指数的总体位次由全国的前十位到黑龙江出局前十。影响东北地区社会和谐的制约因素主要体现在：民生投入大大低于全国水平，城镇居民生活质量与全国差距显著；外向型经济对 GDP 的增长拉动力较小，外贸依存度较低；教育科研投入与人力资源整合度较低，科技创新能力薄弱；城镇登记失业率低于全国水平，社会稳定隐患较大。进而提出了以经济发展方式转变为政策导向增强"绿色 GDP"的观念，发展具有自主创新能力的外向型经济；以就业最大化为政策导向，增加就业弹性，加强对第三产业和非国有制部门的政策扶持；以促进社会公平为政策导向，加大民生投入，缩小贫富差距，统筹城乡和区域协调发展；以调整政府公共支出结构为政策导向，加大公共产品供给，增强居民消费信心和安全感等解决东北发展的瓶颈问题，促进和谐社会建构的政策建议。

关键词： 社会和谐指标体系　综合指数　综合评估

---

* 王爱丽，黑龙江省社会科学院社会学所副所长、研究员、硕士生导师，从事社会学研究。

党的"十七大"报告指出，深入落实科学发展观，要求我们积极构建社会主义和谐社会；社会和谐是中国特色社会主义的本质属性；科学发展和社会和谐是内在统一的，没有科学发展就没有社会和谐，没有社会和谐也难以实现科学发展；要加快推进以改善民生为重点的社会建设。党的"十七大"对社会主义和谐社会问题进一步进行了阐释，并首次将"加快推进以改善民生为重点的社会建设"作为单独章节写入党代会的报告，将改善民生摆在突出位置，体现了中国发展的新要求和人民群众的新期待。我们必须从坚持中国特色社会主义发展方向和落实科学发展观本质要求的高度，深刻认识构建和谐社会重在改善民生、解决民生问题的重要性、紧迫性。

一 东北三省社会和谐状况的主要特点

笔者通过对2006年东北三省和谐社会指标体系的综合评估，可以比较清晰地解读东北三省和谐社会构建中的特点、制约因素，发现解决东北地区发展的瓶颈问题的具体途径，提出促进和谐社会建构的政策建议。

本报告采用了中国社会科学院根据中国和谐社会建设的理念，从宏观层面选择的有代表性的38项重要指标建立的一套全面反映社会和谐度的指标体系，该体系包括了社会结构、人口素质、经济效益、生活质量、社会秩序、社会稳定6个子系统。对2006年社会和谐度38项指标进行地区评价，用综合评分法计算的结果如表1、表2、表3所示。笔者运用上述数据，分析了目前社会经济发展的和谐度的主要特点，同时也反映了人与社会、人与自然、人与人之间的和谐状况。表1显示，综合评分法计算的东北三省社会和谐状况的主要特点有以下几点。

（一）在综合指数的总体位次排序上，东北三省由全国的前十位到黑龙江出局前十

2006年，在综合指数的总体位次排序上，排在前十名的省市分别是北京、上海、天津、广东、浙江、辽宁、吉林、江苏、湖北、黑龙江，辽宁、吉林、黑龙江省均居全国前十位，分别位于第六、第七、第十位；2006年，在综合指数的总体位次排序上，排在前十名的省市分别是北京、上海、天津、浙江、辽宁、广东、吉林、江苏、山东、湖北，辽宁省由第六位上升至第五位，吉林省仍保持在第七位，而黑龙江省后移至第十三位，福建、河北前移至第十一、第十二位。表明黑龙江社会和谐总指数在全国位次已出局前十。

表1 2006 年分地区社会和谐发展指数排序

地 区	排序	综合指数	社会结构指 数	人口素质指 数	经济效益指 数	生活质量指 数	社会秩序指 数	社会稳定指 数
北 京	1	69.1	13.9	12.8	10.7	18.3	5.0	8.4
上 海	2	64.8	13.7	10.2	11.8	17.8	4.8	6.5
天 津	3	58.8	11.0	10.7	10.5	14.2	5.8	6.6
浙 江	4	52.5	8.9	7.2	9.1	17.7	3.0	6.6
辽 宁	5	50.2	9.4	9.4	6.0	13.0	6.7	5.7
广 东	6	49.1	9.3	5.6	9.8	14.5	4.8	5.1
吉 林	7	49.1	8.7	8.7	6.8	12.1	6.6	6.2
江 苏	8	48.9	8.1	8.6	9.0	14.5	4.2	5.6
山 东	9	48.3	7.9	6.3	5.6	13.4	6.6	6.7
湖 北	10	48.1	7.9	8.2	5.6	11.9	8.3	6.2
福 建	11	47.9	7.8	5.4	8.4	15.0	4.2	7.1
河 北	12	47.7	5.2	8.1	6.4	11.8	9.5	6.7
黑龙江	13	47.1	7.9	7.1	7.7	12.0	7.3	5.1
江 西	14	47.1	7.0	7.0	6.2	12.0	8.1	6.8
内蒙古	15	45.5	8.0	7.8	6.5	11.2	7.1	6.1
陕 西	16	44.7	8.0	9.2	6.2	9.7	6.6	5.0
重 庆	17	44.4	8.7	7.5	4.9	11.9	6.4	5.0
山 西	18	43.7	7.8	7.5	6.1	10.5	6.1	5.7
海 南	19	43.4	8.6	4.6	7.3	8.2	9.2	5.5
河 南	20	43.1	4.0	6.7	6.6	11.1	8.3	6.4
湖 南	21	42.7	6.0	8.0	6.0	11.7	5.7	5.2
广 西	22	41.7	7.0	6.7	5.0	9.7	7.0	5.3
安 徽	23	41.4	6.9	6.3	5.2	10.8	5.9	6.3
四 川	24	41.2	6.7	7.0	5.2	10.9	7.1	4.3
宁 夏	25	39.7	9.0	6.3	4.1	9.9	5.5	4.9
新 疆	26	39.3	9.0	5.9	7.2	7.3	4.1	5.8
云 南	27	38.0	6.2	5.3	5.3	9.7	7.1	3.7
青 海	28	37.9	9.3	5.5	5.2	7.4	6.1	4.4
甘 肃	29	37.2	7.1	6.1	4.0	6.0	8.3	5.8
贵 州	30	36.8	7.9	5.0	3.1	8.3	8.1	4.4
西 藏	31	30.4	7.8	2.9	2.8	6.3	6.6	4.0
全 国	—	49.9	8.0	7.0	7.7	12.7	6.0	5.5

说明：本表指数是根据 38 项指标用加权综合评分法计算的。由中国社科院社会学所张丽萍同志计算（表2同）。

表2 2006年黑龙江省社会和谐度与全国的比较

分　类	权重	单位	2006 年	
			黑龙江省	全国
综合指数(包括一至四项)	70	%		
（包括一至六项）	100	%		
一、社会结构指数	16	%		
1. 第三产业从业人员比重	3	%	33.8	32.0
2. 非农业从业人员比重	3	%	54.82	57.7
3. 城镇人口比重	3	%	53.5	43.9
4. 科教文卫社会保障福利占 GDP 比重	2	%	6.55	12.8
5. 预算内教育经费占 GDP 比重	3	%	2.2	2.54
6. 出口总额占国内生产总值比重	2	%	10.8	36.8
二、人口素质指数	15	%		
7. 人口自然增长率	3	‰	2.39	5.3
8. 初中以上文化程度占总人口比重	2	%	62.6	54.5
9. 每万人口大学在校学生数	2	人	213	132.3
10. 每万人口大中专毕业人数	2	人	243	56.3
11. 每万职工拥有专业技术人员数	3	人	2104	2918
12. 每万人口医师数	3	人	17	15.2
三、经济效益指数	14	%		
13. 人均 GDP	3	元	16195	16084
14. 社会劳动生产率	2	元	35035	27705
15. 人均财政收入	3	元	1255	2956
16. 工业企业总资产贡献率	2	%	31.0	12.7
17. 固定资产投资效果系数	2	%	30.3	29.5
18. 每万元 GDP 消耗的能源(标准煤)*	2	吨	1.19	1.21
四、生活质量指数	25			
19. 居民消费水平	2	元	5141	6111
20. 居民消费率(占支出法计算的 GDP%)	2	%	31.7	36.3
21. 农民人均纯收入	3	元	3552	3587
22. 城镇居民人均可支配收入	3	元	9182	11759
23. 恩格尔系数*(城乡平均)	3	%	34.3	39.8
24. 人均居住面积				
农民	2	平方米	20.9	30.7
城镇居民(建筑面积)	2	平方米	22.6	27.2
25. 人均生活用电量	2	千瓦/小时	—	248.1

续表 2

分　类	权重	单位	2006 年	
26. 环境质量指数	3	%	85.4	76.0
27. 性别平等指数(出生女性与男性之比)	3	%	96.81	81.6
五、社会秩序指数	15	%		
28. 每万人口警察人数	3	人	7.85	11.4
29. 每万人口刑事案件立案率*	3	件	33.28	35.7
30. 每10 万人口贪污贿赂、渎职受案率*	3	件	5.14	4.4
31. 每万人口治安案件查处率*	2	件	44.6	46.9
32. 每10 万人口各类事故死亡率*	4	人	5.66	8.6
六、社会稳定指数	15	%		
33. 通货膨胀率*(消费物价指数,以1978 年为100)	3	%	365.3	471.0
34. 城镇登记失业率*	3	%	4.4	4.1
35. 社会保障覆盖面	2	%	—	32
36. 贫困人口比重*=	2	%	—	6.0
城镇*		%	—	5.0
农村*		%	7	6.9
37. 贫富差距(五等分)*	3	倍	—	6.5
城镇*		倍	3.69	5.6
农村*		倍	—	7.2
38. 城乡收入差距(以农民收入为1)*	2	倍	2.6	3.28

　　说明:a 资料来源:《中国统计年鉴2007》、《民政统计年鉴2007》、公安部提供的资料等。"—"为没有查到相应数据。

　　b 用加权综合指数法计算综合指数及类指数。"*"为逆指标,将分子分母倒算而得。

　　c 第13 ~ 15、18 ~ 19、21 ~ 22 项指标,绝对值为当年价,指数均按可比价格计算。第5、24 城镇、27 项为估算数。

　　d 第4 项指社会文教卫生科学财政支出、社会福利救济、社会保障补助、离退休人员保险福利费、在岗职工五项保险费等,第8 项1982 年、1990 年为人口普查数,2005 年、2006 年为抽样调查数,17 项中1978 年所列数为1980 年数。

　　e 第21 ~ 23、36、37、38 项是住户调查资料,合计是用城乡人口加权平均的。

　　f 第36 项2005 年、2006 年贫困人口的标准:城镇是根据住户调查中5%低收入中的困难户可支配收入水平,农村是人均纯收入在千元以下水平,全国比重是用城乡人口加权平均的。

　　g 第17 项是用支出法计算的新增GDP 与全社会固定资产投资的比率。

　　h 第26 项是包括空气质量、地面水达标率、森林覆盖率、人均绿地面积、噪声达标率五项指标,达到2020 年目标的加权综合指数。

　　i 第27 项包括出生、人大代表、城镇从业人员、各级在校生中的女性比例等四项指标达到2020 年的综合指数。

　　j 第32 项包括交通、工伤、火灾等各类事故死亡率,是国家安全生产监督局公布的。

表3　2006 年社会和谐度指标体系分地区主要指标

地区	城镇人口比重	人口自然增长率	初中以上文化程度占总人口比重	每万职工拥有专业技术人员数	每万人口大学在校学生数	每万人口医师数	人均国内生产总值	工业企业总资产贡献率	固定资产投资效果系数	农民人均纯收入	城镇居民人均可支配收入	城乡恩格尔系数	农民人均住房面积	环境质量指数
单　位	%	‰	人	人	人	人	元	%	%	元	元	%	平方米	%
北　京	84.3	1.3	79.0	3303	358	33.4	50467	6.3	29.9	8275	19978	31.1	39.8	75.3
天　津	75.7	1.6	71.4	2746	332	23.5	41163	14.7	36.3	6228	14283	35.2	27.6	73.0
河　北	38.4	6.2	58.6	3373	125	15.4	16962	14.4	28.6	3802	10305	35.6	29.1	79.2
山　西	43.0	5.8	64.4	2722	132	20.2	14123	10.5	30.3	3181	10028	35.5	25.0	65.0
内蒙古	48.6	4.0	57.8	2989	106	21.0	20053	12.4	26.6	3342	10358	34.8	20.1	79.6
辽　宁	59.0	1.1	66.5	2729	169	22.1	21788	8.2	21.8	4090	10370	38.5	25.2	87.6
吉　林	53.0	2.7	62.9	3192	160	21.7	15720	9.5	49.2	3641	9775	36.5	20.7	89.5
黑龙江	53.5	2.4	62.6	2339	155	17.0	16195	31.0	30.3	3552	9182	34.2	20.9	85.4
上　海	88.7	1.6	78.5	2603	257	25.1	57695	10.5	31.1	9139	20668	35.8	60.0	68.9
江　苏	51.9	2.3	58.2	3046	173	15.2	28814	11.6	33.2	5813	14084	38.8	40.8	74.4
浙　江	56.5	4.9	53.2	2435	145	19.0	31874	11.1	30.4	7335	18265	34.5	57.7	86.7
安　徽	37.1	6.3	49.2	3141	109	11.4	10055	10.5	21.9	2969	9771	42.9	28.0	87.3
福　建	48.0	6.3	49.0	2438	130	12.9	21471	12.9	39.6	4835	13753	42.3	42.4	91.3
江　西	38.7	7.8	45.9	3156	178	11.9	10798	12.8	22.8	3460	9551	45.4	35.9	92.9
山　东	46.1	5.5	57.3	2655	144	15.7	23794	17.5	32.0	4368	12192	35.2	30.7	91.8
河　南	32.5	5.3	58.7	2949	104	12.3	13313	18.8	32.3	3261	9810	38.4	28.4	81.8
湖　北	43.8	3.1	57.3	3102	192	13.9	13296	10.3	31.7	3419	9803	43.2	36.8	82.5
湖　南	38.7	5.2	54.8	3251	131	13.9	11950	14.2	33.3	3390	10505	43.3	39.3	82.4
广　东	63.0	7.3	59.2	2464	108	14.0	28332	12.2	48.1	5080	16016	40.8	26.6	89.2
广　西	34.6	8.3	52.6	3626	82	12.0	10296	12.4	34.2	2770	9899	47.0	29.6	92.3
海　南	46.1	8.9	58.1	2500	108	13.4	12654	11.7	37.3	3256	9395	48.8	22.1	95.0
重　庆	46.7	3.4	46.1	2910	134	13.4	12457	10.0	17.4	2874	11570	44.8	34.3	84.6
四　川	34.3	2.9	42.2	3222	105	14.0	10546	10.8	28.4	3002	9350	46.3	34.7	83.5
贵　州	27.5	7.3	36.2	3293	59	11.0	5787	10.6	25.3	1985	9117	48.0	23.8	87.2
云　南	30.5	6.9	35.2	3632	63	12.6	8970	17.8	24.2	2250	10070	46.7	25.0	89.0
西　藏	28.2	11.7	13.9	2448	83	15.3	10430	7.8	17.2	2435	8941	48.8	21.0	78.3
陕　西	39.1	4.0	58.2	3296	194	16.2	12138	15.2	34.2	2260	9268	37.1	26.9	81.5
甘　肃	31.1	6.2	42.8	2923	101	13.8	8757	9.3	33.5	2134	8921	42.9	19.1	52.3
青　海	39.3	9.0	41.1	3434	66	15.6	11762	13.2	24.1	2358	9000	40.4	18.5	54.7
宁　夏	43.0	10.7	48.2	3267	93	18.2	11847	6.9	21.0	2760	9177	38.2	21.6	66.2
新　疆	37.9	10.8	53.2	2955	97	20.9	15000	24.8	28.1	2737	8871	38.2	21.9	52.2
全　国	43.9	5.3	54.5	2918	132	15.2	16084	12.7	29.5	3587	11759	39.8	30.7	76.0

说明：本表是从 38 项指标中选出的主要指标。

（二）在六大子系统的比较中，东北三省呈现"两高一低"态势

在六大子系统中，东北三省的人口素质指数、社会秩序指数高于全国平均水平，经济效益指数低于（等于）全国平均水平。东北三省的人口素质指数分别为辽宁省9.4、吉林省8.7、黑龙江省7.1，均高于全国7.0的水平；社会秩序指数分别为辽宁省6.7、吉林省6.6、黑龙江省7.3，均高于全国6.0水平；经济效益指数分别为辽宁省6.6、吉林省6.8、黑龙江省7.7，低于（等于）全国7.7的水平。值得一提的是，生活质量指数除了辽宁省（13.0）略高于全国年均水平（12.7）以外，吉林省（12.1）、黑龙江省（12.0）均低于全国平均水平（见表1）。

（三）从东北三省的比较看，呈现"四一一"结构态势

东北三省比较，黑龙江省社会结构指数、人口素质指数、生活质量指数、社会稳定指数最低；辽宁省经济效益指数最低；吉林省社会秩序指数最低。黑龙江省社会结构指数、人口素质指数、生活质量指数、社会稳定指数分别为7.9、7.1、12.0、5.1，分别低于辽宁省的9.4、9.4、13.0、5.7，吉林省的8.7、8.7、12.1、6.2，且黑龙江省的社会稳定指数居全国倒数第九位（见表1）。

二　东北三省经济社会发展中的不和谐因素分析

（一）民生投入大大低于全国水平，城镇居民生活质量与全国差距显著

2006年，黑龙江省科教文卫、社会保障福利占GDP比重为6.55%。吉林省用于科学和科技三项费用支出8.9亿元，增长21.7%；教育支出91.3亿元，增长23.1%；医疗卫生支出26.9亿元，增长30.0%；抚恤和社会福利救济29.3亿元，增长26.4%，四项总计为156.4亿元，占GDP比重为3.68%。辽宁省用于教育支出183.37亿元，增长16.1%；社会保障支出202.83亿元，增长22.9%；科技支出34.6亿元，增长23.7%，三项总计为420.8亿元，占GDP比重为4.55%。而全国科教文卫、社会保障福利占GDP比重为12.8%，表明东北三省民生投入低于全国水平近50%。2006年，城镇居民人均可支配收入黑龙江省为9182元，吉省为9775.07元，辽宁省为10370元，均低于全国11759元的水平。农民人均住房面积黑龙江省为20.9平方米，吉林省为20.7平方米，辽宁省

为25.2平方米，低于全国30.7平方米的平均水平，可见在农民住房问题的解决上与全国的差距很大。

（二）外向型经济对 GDP 的增长拉动力较小，外贸依存度较低

同全国进行横向对比发现，东北三省外向型经济发展与全国还存在着较大的差距。最为突出的是"出口额占 GDP 的比重"，2006 年，黑龙江省为 10.80%，吉林省为 5.30%，辽宁省为 23.01%，而全国为 36.80%。

（三）教育科研投入与人力资源整合度较低，科技创新能力薄弱

东北三省教育投入较低，教育经费（预算内）占 GDP 的比重低于全国水平。2006 年，黑龙江省教育经费占 GDP 的比重（预算内）为 2.2%，辽宁、吉林省更低，分别为 1.98%、2.15%，而全国教育经费占 GDP 的比重（预算内）为 2.54%。从人均教育经费来看，黑龙江省人均教育经费为 337.1 元，而全国人均教育经费为 356.8 元。

黑龙江省科技创新能力相对薄弱，每万人口专利受理量增幅低于全国。2006 年，黑龙江省"每万人口专利受理量"为 1.7 件，而全国"每万人口专利受理量"为 4.4 件。可见全国"每万人口专利受理量"已达到 2010 年 3.5 件的目标，而黑龙江省实现率还不到 50%。

黑龙江、辽宁两省人力资源的整合度较低，每万职工拥有专业技术人员数呈下降趋势。2006 年，每万职工拥有专业技术人员数黑龙江省由 2002 年的 2361 人下降至 2339 人，由全国倒数第三位降至全国倒数第一位；辽宁省为 2729 人，也低于全国 2918 人的水平，位居全国第 21 位；只有吉林省好于全国水平，为 3192 人，位居全国第 11 位。

（四）城镇登记失业率高于全国水平，社会稳定隐患较大

2004 年黑龙江省城镇登记失业率为 4.5%，仅低于辽宁省、内蒙古自治区，与宁夏回族自治区并列位居全国倒数第三位；而全国城镇登记失业率为 4.2%。2006 年，城镇登记失业率黑龙江省为 4.4%，吉林省为 4.16%，辽宁省也控制在 5% 以内，而全国城镇登记失业率为 4.1%。近几年来，东北三省的城镇登记失业率虽然稳中有降，但仍高于全国水平，其社会稳定的隐患也比全国更为严峻。

综上所述，东北三省和谐社会构建不可避免地受到上述四大制约因素的影

响。由于本指标体系的局限，在尽可能地全面体现和谐社会进程的同时，难免有疏漏之处，但在真实、全面、系统、准确地描述、评估、监测、预测社会和谐发展水平上，指标体系的方法具有其他方法难以比拟的优势。而且，在每一个指标的背后，都蕴藏着深层的制度、体制、观念等方面的原因和问题，促使我们更加深刻的思考与探究。如何全面构建和谐社会，东北三省具备诸多有利条件。国家"支持东北老工业基地加快调整和改造，支持以资源开采为主的城市和地区发展接续产业，支持革命老区和少数民族地区加快发展"和"加大对粮食主产区的扶持"，为其创造了难得的历史性发展机遇；30 年改革开放所取得的辉煌成就和工作经验，以及特有的产业优势、资源优势和生态优势，为东北进一步发展奠定了坚实基础。在这诸多的有利条件面前，如何巩固和最大限度地发挥已有的优势，如何尽可能地改善四大制约因素，变消极因素为积极因素，是摆在我们理论工作者和实践决策者面前的一项重要课题。

三 解决东北三省发展的瓶颈问题，促进和谐社会构建政策建议

鉴于东北三省和谐社会发展四大制约因素的影响，在以科学发展观统领经济社会发展全局，在不断激发社会活力的同时，要关注民生，逐步协调社会成员的利益关系，促进和谐社会的构建。应该以经济发展方式转变政策导向，增强绿色GDP 的观念，发展具有自主创新能力的外向型经济；以就业最大化为政策导向，增加就业弹性，加强对第三产业和非国有制部门的政策扶持；以促进社会公平为政策导向，缩小贫富差距，统筹城乡、区域协调发展；以调整政府公共支出结构为政策导向，加大公共产品供给，增强居民消费信心和安全感。

（一）以经济发展方式转变为政策导向，增强"绿色 GDP"的观念，发展具有自主创新能力的外向型经济

"十一五"规划中将中国经济增长的速度与质量并列起来，这在过去是从来没有过的。近年来，经济的快速增长、片面的"GDP 崇拜"所造成的资源浪费和环境成本，已经使得中国资源、环境与经济增长的矛盾凸显；同时，"由于缺乏核心技术，缺少自主知识产权，中国仍主要靠廉价劳动力、资源消耗、土地占用和优惠政策赢得竞争优势，在国际产业分工中仍处于低端位置，自主创新能力

不强，已经严重掣肘中国经济的发展"。① 而这一切均与我们仍延续了传统的以"高投入、高消耗、高排放、不协调、难循环、低效率"为特征的增长方式有关。因此，转变经济发展方式，提升自主创新能力，已被提升到国家战略的高度。

（1）在地方政府和企业的政绩考核指标中引入"绿色GDP"概念，推动经济发展方式的转变。中国经济发展方式的转变，就是不能重蹈西方国家那种"先污染后治理，边生产边治理"的覆辙，要走新型工业化的道路，即在继续发展重化工业的同时，实现技术的跳跃式发展。因而，我们必须增强"绿色GDP"观念，把资源消耗率的下降、环境的治理放在重要位置。除了像著名的经济学家厉以宁所指出的采取打破行业垄断、调整资源定价、严格执行环境的监督制度、加快企业的改革特别是国有企业的改制等措施向企业施压，迫使其转变经济发展方式以外，还应该在各级政府和企业的政绩考核指标中引入"绿色GDP"概念，推动经济发展方式的转变。也就是说，对各级政府和企业的政绩考核，不能单纯地看GDP的增长率，要组织省社科院等研究部门联合攻关，探讨建立一个包含资源和环境在内的、综合性的、具有可操作性的考核指标体系，来描述、评价、监测、预测经济增长方式转变的实现程度，并以此评估各级政府和企业的政绩。

（2）产学研结合模式必须以企业为主，使企业真正成为自主技术创新的主体。近百年世界产业发展的历史表明，真正起作用的技术几乎都来自企业。对于如何提升企业技术创新，祝宝良提出了以下建议：要克服长期以来中国在科技创新上更多地关注科研机构和大学的思维定式，把企业自主创新能力建设置于国家战略的高度，使企业真正成为技术创新的主体；积极支持企业建立完善研发中心，实行以企业为主的产学研结合模式；促进企业组建技术联盟，引导鼓励企业和科研单位一起对引进技术进行消化、吸收、再创新。这些建议对强化东北三省企业自主创新的动力机制和促进企业创新体系的建设与发展具有重要的借鉴意义②。就目前东北三省的状况而言，就是应该借东北振兴的良机，在深化老工业基地国有企业产权及现代企业管理制度改革的进程中，通过制定鼓励企业自主创新和对引进技术再创新的优惠政策，鼓励企业建立完善研发中心，积极引导人才

---

① 祝宝良：《自主创新能力不强掣肘我国经济发展》，新华网，2005年10月19日。
② 祝宝良：《自主创新能力不强掣肘我国经济发展》，新华网，2005年10月19日。

向企业流动，加大以企业为主的产学研结合的投入，以此不断提升企业的自主创新能力。

（3）抢抓机遇，大力提升外向型经济对 GDP 的拉动力。目前，国内、国际的形势为东北三省招商引资带来了千载难逢的机遇。经济全球化和新科技革命的发展、中国加入 WTO 以及俄罗斯经济走上增长轨道，为东北三省利用国际资本、资源、技术和市场提供了更多的发展机会；国家振兴东北老工业基地一些扶持政策的陆续出台和深入实施，增强了企业发展的内在动力和对外来投资的吸引力，国际战略投资者普遍视东北老工业基地调整改造为新的投资热点。如果不能抢抓这一难得的历史机遇，着力发展外向型经济，势必会使东北三省与全国的差距越来越大。因此，首先，在今后一个时期，在继续引进资本的同时，更要注重引进国际先进技术、现代管理经验和高层次人才，在引进、消化、吸收中不断提高创新能力，加快形成自主知识产权。注重引进外商投资研发中心和国外风险投资机构，加强科技、人才的国际交流合作。其次，要拓宽引资渠道，努力做好对欧美客商的招商工作。第三，调整引资结构，实现三次产业并举。在坚持工业招商主体地位的同时，大力拓展第三产业，开发提升第一产业。东北三省农业资源优势突出，农产品资源丰富，劳动力人口众多，所以，应充分发挥比较优势，吸收一些劳动密集型的加工产业，大力发展农产品深加工和农业高科技产业，鼓励外商投向农业，进行综合开发。这必将给东北经济带来新的增长点。第四，突出抓好大项目的引进，加快核心产业群的建设。大项目引进是衡量一个地区利用外资水平的重要标志。大项目投资后，不仅能够迅速形成当地的支柱产业，增强产业集聚效应，而且能够形成持续的外资引进能力，使引进外资持续增长成为可能。要充分利用东北三省的装备、能源、石化、食品、医药和森工等优势产业吸引国外大公司前来投资，通过区域和经济板块的规划建设，打造产业集聚区、招商引资新平台，培育东北新的经济增长点，实现地区经济跨越式发展。鼓励外资参与国企改造，把现阶段前景比较好的优势企业，通过改制引进外资，进行参股、控股或者兼并、收购等，与跨国公司强强联手，做大做强。① 第五，要倾力为企业营造良好的投资、发展环境，大力营造"共谋发展的创业环境，高效快捷的服务环境，诚信法治的市场环境，统一公平的政策环境，安全稳定的社会环境"，在招商引资的硬环境、软环境、配套环境上下功夫，特别是加强工业配套能力、产

---

① 张莹娣：《黑龙江省利用外资的特点及存在问题》，《统计与咨询》2005 年第 3 期。

业链、企业群、经济圈等配套环境的建设，构建特色鲜明、链接密切、带动能力强的产业集群，使其产生以大企业带动大产业的规模效应。

（二）以就业最大化为政策导向，增加就业弹性，加强对第三产业和非国有制部门的政策扶持

鉴于东北三省城镇实际失业率继续增高，就业压力持续增大，已构成发展瓶颈和社会稳定危机的现实，扩大就业和治理失业已成为政府的重要政策目标。蔡昉对城镇就业弹性（城镇就业年度增长率与城镇 GDP 增长率相比）的研究，修正了一些学者关于"中国经济增长没有带来相应的就业增长"的命题。他认为，准确地说，政府主导投资带动的就业增长效果不十分显著，从而导致在经济增长的同时没有显性的就业增长。"但 0.2 左右的就业弹性，与发展中国家平均 0.3 ~ 0.4 的水平相比仍然较低。所以，经济增长没有带来相应的就业增长这个命题，从理论和政策的角度仍然有意义。"① 他进一步指出，产生上述结果的症结之一，就是在宏观经济政策可以有所作为的范围内，政策导向不是就业最大化所致。因此，要扩大就业和治理失业，增加就业弹性，主要应从以下三个方面作出努力。

（1）改变宏观经济政策的单纯 GDP 取向，而以就业最大化作为首要目标。在引导政府和社会投资时，参照各行业的就业吸收能力确定重点投资领域的优先顺序；信贷政策需要改变那种偏好大项目、大企业、国有经济的倾向，加强对具有就业吸纳倾向的中小企业、非正规部门的倾斜性的资金支持和政策扶持②，鼓励下岗失业人员通过非全日制、临时性、季节性、弹性工作等灵活就业形式实现就业。

（2）要强化对第三产业的政策性扶持，加快传统和现代服务业的发展。胡鞍钢认为，"虽然服务业已成为我国新增就业主渠道，在整个创业和新增就业中的贡献已经超过发达国家，从增量看已经达到 58%，但是服务业创造就业的能力却在大幅下降。从新增就业总数看，'九五'期间服务业吸纳就业能力较'八五'期间下降了一半……创造就业的核心是发展服务业，而服务业的发展在于打破垄断"。③ 因此，要在体制上、机制上打破垄断，促进第三产业内部结构的

① 蔡昉等：《就业弹性、自然失业和宏观经济政策——为什么经济增长没有带来显性就业》，《新华文摘》2004 年第 23 期。

② 蔡昉等：《就业弹性、自然失业和宏观经济政策——为什么经济增长没有带来显性就业》，《新华文摘》2004 年第 23 期。

③ 《形势严峻任务紧迫　就业潜力亟待挖掘再就业再提速》，《瞭望》新闻周刊，2002 年第 38 期。

优化升级，提高第三产业的整体发展水平和竞争力。在积极发展商贸、餐饮等传统服务业的同时，要突出发展旅游业，尽快把旅游业培育成为新的支柱产业；加快培育和发展现代物流业，并大力发展金融保险、中介服务和信息服务等现代服务业；加快发展社区服务和房地产等新兴服务业。大力扶持劳动密集型产业，努力增加就业岗位，尤其要把开发社区就业岗位作为城镇再就业的重要渠道。同时，针对世界范围内流向服务业的投资占国际直接投资的55％的现状，东北三省应调整引资结构，大力拓展第三产业，进一步扩大服务业的开放力度，把利用外资作为加快服务业发展的一条重要途径。

（3）完善劳动力市场功能，提高劳动者的职业转换能力。首先，政府的扶助就业政策应着眼于完善劳动力市场功能。主要是要继续推行"一站式"服务，通过开展求职登记、职业指导、职业介绍、培训申请、鉴定申报、档案管理、社会保险关系接续等内容的"一站式"服务，努力发挥公共职业介绍机构的龙头作用，积极为下岗失业人员、农村富余劳动力、大中专毕业生就业提供服务。其次，政府的扶助就业政策应帮助提高劳动者的职业转换能力。主要是整合社会培训资源，形成以再就业培训基地、技工学校、就业训练中心为主，社会各类培训资源为辅的再就业培训网络体系；结合"4050"人员就业、小额贷款、劳务输出等工作，调整专业设置，增强培训的针对性、实用性和有效性，大力推行"订单式"培训；继续推行劳动就业准入制度，积极开展劳动预备制培训。

（4）促进劳务输出的规模化、品牌化，大力发展"打工经济"。继续强力推进劳务输出，将其作为转移农村富余劳动力，解决农民致富奔小康的战略措施来抓。首先，通过派驻劳务大使等方式，加强与用工数量较大的地区的协调和联系，建立和完善劳务输出信息网络，搞好输出前培训，打造劳务输出品牌。其次，通过建立先培训后输出的机制，把培训与劳务输出有机结合起来，建立健全劳务输出的培训体系。第三，大力发展定向培训、定向输出，促进劳务输出品牌化，增强市场竞争能力。

（三）以促进社会公平为政策导向，加大民生投入，缩小贫富差距，统筹城乡和区域协调发展

经济学家刘国光认为，要构建社会主义和谐社会，分配上应更加强调公平，在分配制度上应该从"效率优先，兼顾公平"转向"效率与公平并重"。他认

为，差距过大或过小都不利于提高效率。目前"效率优先，兼顾公平"的分配制度已经造成社会不和谐，导致中国基尼系数超过发达国家，进入中国历史上贫富差距空前大的时期。社会学家孙立平主张发展重心的多元化，并指出这种社会重心的多元化意味着政府与市场职能的分化，意味着政府的转型，即以经济建设为中心的政府转变为以公共社会职能为中心的政府。在这个过程中，促进社会公平将成为政府的一种基本职能。因此，政府的责任就是以促进社会公平为政策导向，缩小贫富差距，使每一个社会成员都获得同等的关怀与尊重，普遍分享增长和发展的收益。从东北三省目前情况看，要在不断加大民生投入的基础上，着重从以下几方面入手解决这个问题。

（1）从提高城镇居民的工薪收入入手，尽快缩小城镇居民可支配收入与全国的差距。针对东北三省城镇居民可支配收入与全国差距继续扩大，位次继续后移的现实，从提高城镇居民的工薪收入入手，尽快缩小城镇居民可支配收入与全国的差距。首先，借东北振兴的难得机遇，加速国有企业的产权制度改革，增强其发展活力和自主创新能力，使其成员的工薪收入水平不断提高；其次，体现人文关怀，扶助弱势群体，消除贫困，进一步建立健全社会公平和保障制度，保证人们在发展中享有平等权利。

（2）从缩小城乡居民的收入差距入手，统筹城乡协调发展。近年来，虽然东北三省农村居民的人均纯收入有所增长，在全国居于中等偏上水平，但城乡居民收入差距悬殊。因此，要确保东北三省农民收入稳定增长，重点应做好以下几项工作。一是进一步深入贯彻落实中央"一号文件"精神和"一免两补"政策，把增加农民收入、减轻农民负担工作落到实处，确保已实行的政策不能变，给农民的实惠不能减。二是积极进行农村经济结构调整，增强经济总量增长对农民增收的拉动作用。要坚持以市场为导向，进一步调整种植业和畜牧业结构，发展质量效益型农业。实施绿色农业和生态农业工程，搞好农业新品种、新技术的开发和应用，提高农产品的效益和竞争力，使农业比较效益和农民收入有明显提高。要大力推进农业产业化经营，培育和壮大农产品加工龙头企业，完善龙头企业与农户利益联结机制，增强农民抗御市场风险和增加收入的能力。三是推进城镇化战略，加快小城镇建设与发展，扩大农村劳动力转移规模，拓宽农民增收渠道。要强化服务体系建设，为农村剩余劳动力转移提供政策咨询、求职信息、就业指导等方便快捷的服务，搞好对农民工的专业和技能培训，提高就业能力。切实抓好建立农村劳动力转移基地县和外派劳务基地县试点，推动农村劳动力转移工作再上一个新台阶。①

（3）加强区域发展优势互补的政策引导，着力解决区域发展不平衡的问题。受经济发展状况等历史因素和现实因素的制约和影响，东北三省区域社会发展长期存在较大差异，而且差距不断扩大的现状不能不引起我们的重视。首先，在区域发展中，资源型城市要依托本地的自然条件、资源禀赋和产业基础，确定各地区的潜在优势和现实优势，通过发展主导产业，把潜在优势转化为现实优势，大力发展接续产业和替代产业。其次，借助国家振兴东北契机，加强区域发展优势互补的政策引导，发挥比较优势，注重扶持落后地区，加快推进区域经济一体化进程。第三，充分发挥中心城市对东北三省经济的辐射作用和产业集聚效应，带动周边地区经济实现跨越式发展。

（四）以调整政府公共支出结构为政策导向，加大公共产品供给，增强居民消费信心和安全感

国内经济学专家一致认为，在"十一五"期间，需求不足将再度成为经济发展的主要问题，因此应该将扩大国内消费需求作为宏观调控乃至整个经济工作的重点。

（1）加大公共产品供给方面的支出，增强居民消费信心。国家信息中心经济预测部副主任范剑平认为，根本的方法是调整政府公共支出的结构，加大教育、医疗、社会保障等关于居民消费信心的公共产品供给方面的支出，解除居民消费的后顾之忧，从而促进消费、减少储蓄。他说，只有把储蓄率降下来，才能把投资率和过大的顺差降下来，使我国经济增长的基础转变为依靠内需。国家开发银行研究局局长王大用则认为，促进消费的根本途径是"免穷人的税"，提高个人所得税的费用扣除标准，降低中低收入阶层的税负。

（2）以关注民生问题为导向，强化安全意识，增进居民生活的安全感。党中央、国务院高度重视民生问题，并在对"十一五"规划的建议中有明确体现，如"加大环境保护力度，切实保护好自然生态，认真解决影响经济社会发展特别是严重危害人民健康的突出的环境问题"，"强化对食品、药品、餐饮卫生等的监管，加强社会治安综合治理，依法严厉打击各种犯罪活动，保障人民群众生命财产安全，维护国家安全和社会稳定，保障人民群众安居乐业"。因此，居

---

① 黑龙江省发展计划委员会：《关于全省农民收入情况的调查》，2005年4月12日。

民生活的安全度在"十一五"期间将大大提高。"让人民群众喝上干净的水，呼吸上清洁的空气，吃上放心的食品，过上安心的日子。这是普通百姓的愿望，更是党和政府工作的目标。"① 生态环境是东北三省的优势所在，发展经济决不牺牲生态环境。首先，要进一步强化"生态省"建设，对林地、草地、湿地等生态环境实现严格监管，并通过退耕还林、治理水土流失等改善区域生态环境，决不以牺牲资源环境为代价换取经济短期增长。其次，要在"打绿色牌，走特色路"的发展战略引导下，大力发展生态农业、绿色有机食品开发、生态旅游等产业，使其成为拉动全省经济增长的"新亮点"。第三，东北作为中国老工业基地，资源消耗大、环境污染重是一些企业和城市的"顽疾"。因此，东北应该在国有企业的调整改造中，不忘资源环境。要结合产业调整和国企改革，强力推进资源型城市转型和企业污染治理，谋求经济富足、生活舒适的良好人居环境。

---

① 贺劲松等：《"十一五"将给百姓带来哪些实惠——从五中全会看百姓生活六大变化》，新华网，2005 年 10 月 19 日。

东北三省城乡居民生活水平研究报告

刁玉兰 鲁锐 赵宗英[*]

摘 要：近年来，东北三省城乡居民生活水平得到全面提高，但从总体上看与全国平均水平比差距仍然较大，且东北三省之间经济发展不平衡性矛盾也比较突出。这一切均在不同程度上影响着东北三省居民生活质量的整体提高。本文对东北三省近几年城乡居民收入和消费情况进行了深入细致的分析，且与全国同类指标进行对比，力求对东北三省城乡居民的生活水平作出比较科学的评价和认识。并在此基础上提出了影响东北三省城乡居民生活质量的因素和解决问题的对策构想。

关键词：东北三省 城乡居民 生活水平

随着振兴东北老工业基地各项政策的相继出台和逐步落实，东北三省经济快速发展，城乡居民生活水平进一步提升，生活质量普遍改善，呈现出收入水平全面提高、居民消费平稳增长、精神文化生活日益丰富、居住环境明显改善的良好局面。然而，在东北三省整体经济发展的同时，也存在着地区之间经济发展不平衡、城镇居民收入与全国相比差距明显扩大等现实问题。这些问题在一定程度上影响了东北三省城乡居民的生活质量，应给予积极关注和妥善解决。

[*] 刁玉兰，国家统计局黑龙江调查总队高级统计师，主要从事居民生活质量研究；鲁锐，黑龙江省社会科学院社会学研究所研究员，主要从事消费社会学和农村社会学研究；赵宗英，国家统计局黑龙江调查总队助理统计师，主要从事居民生活质量研究。

一 东北三省城乡居民生活水平状况及评价

(一) 东北三省城乡居民收入情况

1. 城乡居民收入水平虽快速增长，但与全国平均水平相比差距依然较大

多年来，东北三省城镇居民人均可支配收入一直低于全国平均水平。2004年以来，国家在财力投入、税收安排、企业发展、基础设施建设、吸引外资等方面，给予东北三省一系列政策上的支持，促进了东北三省经济的快速发展，带动了东北三省城乡居民整体收入水平的提高。如2007年东北三省城镇居民人均可支配收入均超万元大关，辽宁省城镇居民人均可支配收入为12300元、吉林省为11286元、黑龙江省为10245元，分别比2002年增长88.52%、80.28%和67.94%；年均递增13.52%、12.51%和10.92%，均保持两位数以上的高增长。虽然东北三省城镇居民收入保持持续快速增长态势，但与全国平均水平相比，差距仍然较大。2007年，全国城镇居民人均可支配收入为13786元，比2002年同期增长78.97%，年均递增12.35%。从2007年东北三省城镇居民人均可支配收入看，辽宁省城镇居民人均可支配收入比全国平均水平少1486元，低10.78%；吉林省城镇居民人均可支配收入比全国平均水平少2500元，低18.13%；黑龙江省城镇居民人均可支配收入比全国平均水平少3541元，低25.69%（见图1）。

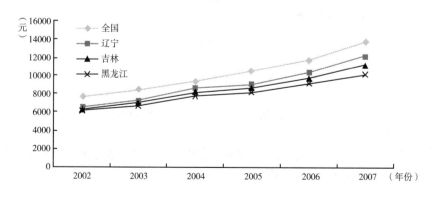

图1 2002～2007年全国及东北三省城镇居民收入对比

2. 东北三省农村居民人均纯收入增长快于全国平均水平，但持续增长任务艰巨

2004年以来，国家连续下发中央"一号文件"，为加强社会主义新农村建设、促进农村经济快速发展、提高农民收入水平发挥了积极作用。从农村税费改革，到取消农业税、开放粮食市场、实行粮食直补等各项政策，再到提高农业综合生产能力、积极发展现代农业和扎实推进社会主义新农村建设，一系列惠农政策的陆续出台为东北地区农民增收创造了条件。2007 年，全国农村居民人均纯收入为 4140 元，比 2002 年增长 67.23%，年均递增 10.83%。同期，辽宁省农村居民人均纯收入为 4773 元、吉林省为 4190 元、黑龙江省为 4132 元，比 2002 年分别增长 73.5%、82.1% 和 71.79%，年均递增 11.65%、12.74% 和 11.43%，均保持两位数以上的高增长，增幅分别高于全国平均水平 0.82、1.91 和 0.6 个百分点。从收入绝对额看，辽宁、吉林两省农村居民人均纯收入均高于全国平均水平，黑龙江省略低于全国平均水平。辽宁省农村居民人均纯收入比全国平均水平多 633 元，高 15.29%；吉林省农村居民人均纯收入比全国平均水平多 50 元，高 1.2%；黑龙江省农村居民人均纯收入比全国平均水平少 8 元，低 0.19%（见图 2）。但由于受农业生产资料价格上涨、农业基础设施薄弱和自然灾害等不确定因素的影响，实现东北三省农民人均收入的持续稳定增长任务艰巨。

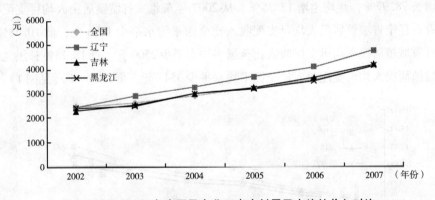

图 2 2002～2007 年全国及东北三省农村居民人均纯收入对比

3. 东北三省城乡居民收入在全国排位比较落后，与发达地区比较差距明显

近年来，尽管东北三省城乡居民的收入增长较快，但东北三省城镇居民人均可支配收入总额仍然低于全国平均水平，农民人均纯收入也低于沿海发达省份。2007 年，辽宁省城镇居民人均可支配收入和农民人均纯收入在东北三省最高，分别为 12300 元和 4773 元，吉林省分别为 11285.52 元和 4195 元，黑龙江省分别为 10245 元和 4132 元。而全国城镇居民可支配收入为 13786 元，农民人均收入为4140元。一些先进省份，如山东省两项收入分别为14265元和4985元，广东省两项收入分别为17699元和5624元。从排位上看，辽宁、吉林和黑龙江省的城镇居民可支配收入在全国分别为第11、第21和第29位，而农民人均纯收入在全国的位置分别为第9、第11和第20位。可见，虽然2007年东北地区城乡区域间发展与全国同类指标有所缩小，但两项指标尤其是城镇居民可支配收入在全国同类指标中的位次还明显偏低。全国城镇居民可支配收入排在前5位的省市分别是上海（23623元）、北京（21989元）、浙江（20574元）、广东（17699元）和江苏（16378元），排在后3位的省市分别是甘肃（10012元）、黑龙江（10245元）和青海（10276元）。

2007年，按全国农村居民人均纯收入由高到低排序，辽宁、吉林、黑龙江省分别列第9、第11和第20位，与2002年比，辽宁省位次没有变化，吉林省前移5位，黑龙江省后退7位。排在前5位的省市分别是上海（10222元）、北京（9559元）、天津（8752元）、浙江（8265元）和江苏（6561元），排在后3位的省市分别是云南（2644元）、甘肃（2329元）和贵州（1914元）。

从东北三省城镇居民收入与农民人均收入的增长与在全国排位情况来看，全国及辽宁省城镇居民人均可支配收入增长快于农村居民人均纯收入增长；吉林、黑龙江省农村居民人均纯收入增长快于城镇居民人均可支配收入增长。三省农村居民人均纯收入排位均好于城镇居民人均可支配收入排位，其中，辽宁省城镇居民人均可支配收入比农村居民人均纯收入排位滞后2位，吉林省滞后10位，黑龙江省滞后9位（2007年与2002年城乡居民收入增长对比情况详见图3，东北三省城乡居民收入排位及与全国对比情况见表1）。

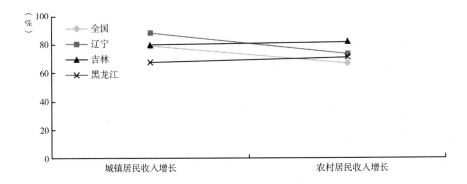

图3　2007年与2002年城乡居民收入增长对比

表 1 东北三省城乡居民收入排位及对比情况

地区	2007 年城镇居民人均可支配收入(元)	排 位		2007 年农村居民人均纯收入(元)	排 位	
		2007 年	2002 年		2007 年	2002 年
辽 宁	12300	11	19	4723	9	9
吉 林	11286	21	22	4190	11	16
黑龙江	10245	29	27	4132	20	13
全 国	13786	—	—	4140	—	—

4. 东北三省城乡居民收入差距变化与全国相比,同步与逆趋势变化并存

2007 年,全国城乡居民收入差距继续不断扩大,辽宁省与全国保持同步变化,吉林、黑龙江省则逆全国趋势变化,城乡居民相对收入差距有所缩小。2007年,全国农村居民人均纯收入只占城镇居民人均可支配收入的 30.03%,2002 年为 32.14%,下降 2.11 个百分点;辽宁省 2007 年农村居民人均纯收入占城镇居民可支配收入的 38.8%,比 2002 年下降 3.36 个百分点,城乡收入差距继续扩大。吉林省 2007 年农村居民人均纯收入占城镇居民可支配收入的 37.13%,比2002 年提高 0.37 个百分点;黑龙江省为 40.33%,比 2002 年提高 0.9 个百分点,两省城乡居民收入差距均逆全国趋势变化,扭转了多年来城乡收入差距不断扩大的局面,呈现出收入差距有所缩小的变化趋势。

(二) 东北三省城乡居民消费状况

1. 城乡居民消费增速高于全国平均水平,但消费额整体上低于全国水平

东北三省城乡居民收入水平的快速增长,为城乡居民生活改善奠定了坚实基础。随着国家一系列促进内需、启动市场相关政策的出台,极大地刺激了城乡居民的消费意愿,城乡居民消费不断增加。2007 年,全国城乡居民人均消费性支出分别为 9997 元和 3223 元,比 2002 年分别增长 65.79% 和 75.71%;辽宁省分别为 9430 元和 3368 元,增长 76.5% 和 89.08%;吉林省分别为 8560 元和 3064元,增长 72.99% 和 81.76%;黑龙江省分别为 7519 元和 3117 元,增长 68.51%和 86.18%;东北三省城乡居民消费性支出与 2002 年比,增幅均快于全国平均水平。辽宁、吉林、黑龙江省城镇居民消费增长分别高于全国城镇居民消费平均水平 10.71、7.2 和 2.72 个百分点;农村居民消费增长分别高于全国农村居民消费平均水平13.37、6.05和10.47个百分点，且各地农村居民消费增长均快于城市居民消费增长。但按城乡居民消费额比较，只有辽宁省农村高于全国平均水平，其他项目均低于全国平均水平，即2007年辽宁省城镇居民消费额低于全国平均水平567元，吉林与黑龙江省城镇居民和农民消费额分别低于全国平均水平1437元、159元和2478元、106元。这在一定程度上也反映了收入对消费的牵制（见表2）。

表2　全国及东北三省城乡居民人均消费性支出增长情况

单位：元，%

地　区		2007年消费性支出	比2002年增长幅度	与全国平均水平差额	
				金　额	增　幅
辽　宁	城　镇	9430	76.50	-567	10.71
	农　村	3368	89.08	145	13.37
吉　林	城　镇	8560	72.99	-1437	7.2
	农　村	3064	81.76	-159	6.05
黑龙江	城　镇	7519	68.51	-2478	2.72
	农　村	3117	86.18	-106	10.47
全　国	城　镇	9997	65.79	—	—
	农　村	3223	75.71	—	—

2. 城乡居民与全国恩格尔系数近年虽有下降，但与发达地区相比仍有一定距离

2007年，辽宁、吉林、黑龙江省城乡居民食品消费支出比2002年分别增长71.59%、66.44%，57.12%、67.53%，66.16%、54.63%。城乡居民食品消费更加注重营养，追求健康，主食支出比重逐步下降，肉禽蛋奶和水产品、蔬菜、水果消费量进一步增加，饮食结构更加趋于合理。在食品消费不断增加的同时，恩格尔系数继续下降（食品消费支出占生活消费支出比重）。根据联合国粮农组织划定贫困与富裕的标准，恩格尔系数在59%以上为绝对贫困，50%～59%为勉强度日，40%～50%为小康水平，30%～40%为富裕，30%以下为最富裕。2007年，东北三省城乡居民恩格尔系比2002年均有不同程度的下降，处于小康与富裕之间，但与发达地区相比仍有一定距离（见表3、表4）。

表3　全国及东北三省城乡居民消费情况

单位：元，%

地　区		2007 年食品消费支出	比 2002 年增加额	比 2002 年增长幅度	与全国平均水平比较
辽　宁	城　镇	3560	1485	71.59	−68
	农　村	1334	532	66.44	−55
吉　林	城　镇	2843	1034	57.12	−785
	农　村	1241	500	67.53	−148
黑龙江	城　镇	2633	1048	66.16	−995
	农　村	1077	380	54.63	−312
全　国	城　镇	3628	1356	59.69	—
	农　村	1389	541	63.73	—

表4　全国及东北三省城乡居民恩格尔系数

单位：%

地　区		2007 年恩格尔系数	比 2002 年增减幅度	与全国平均水平比较
辽　宁	城　镇	37.75	−0.05	1.46
	农　村	39.61	−5.39	−3.49
吉　林	城　镇	33.2	−3.2	−3.09
	农　村	40.0	−4.1	−3.1
黑龙江	城　镇	35.0	−0.5	−1.29
	农　村	34.6	−7	−8.5
全　国	城　镇	36.29	−1.41	—
	农　村	43.1	−3.1	—

3. 城乡居民之间消费相对差距呈现明显缩小趋势，但消费水平差距依然较大

近年来，随着农村居民收入水平的快速增长，东北三省农民的消费水平迅速提升，与城镇居民的消费差距呈现出明显缩小的趋势。2007 年，全国农村居民消费占城镇居民消费的比重为 32.24%，比 2002 年增加 1.82 个百分点。辽宁、吉林、黑龙江省农村居民消费占城镇居民消费的比重分别比 2002 年提高 2.39、1.99、3.93 个百分点，差距明显缩小，但城乡居民消费水平依然差距较大，农村居民的消费水平只有城镇居民的 30%～40%（见表5）。提高农民的收入，促进东北三省农民消费水平的不断提高任重道远。

表5　全国及东北三省城乡居民消费差距对比情况

单位：元，%

地　区		2007 年		2002 年		城乡消费比重变化情况
		消费性支出	农村占城市比重	消费性支出	农村占城市比重	
辽　宁	城　镇	9430	35.72	5343	33.33	2.39
	农　村	3368		1781		
吉　林	城　镇	8560	35.79	4974	33.80	1.99
	农　村	3064		1681		
黑龙江	城　镇	7519	41.45	4462	37.52	3.93
	农　村	3117		1674		
全　国	城　镇	9997	32.24	6030	30.42	1.82
	农　村	3223		1834		

4. 城乡居民消费结构升级步伐加快，但八大消费与全国同类指标相比有所不同

2007 年，东北三省城乡居民私家汽车、移动通信和网络信息服务、住房、教育、文化娱乐消费拉动消费结构升级步伐，成为当前城乡居民家庭新的消费热点。在八大消费中，总的来看，"吃"是东北三省城乡居民的消费主体，居消费首位。"住"居农村消费第二位。在东北三省各项消费普遍低于全国平均水平的情况下，居民衣着消费均在全国平均水平上下，但城乡居民之间的服装消费差距较大。其他如文教娱乐、交通通讯等大体比重相当，差距不大。近年来东北三省城乡居民在不断满足"吃、穿、用、住、行"等物质消费需求的同时，对文教娱乐精神消费需求不断提高，消费领域不断拓宽。2007 年东北三省城镇居民人均用于文教娱乐消费额低于全国平均水平，农村居民人均用于文教娱乐消费额均高于全国平均水平，城乡居民用于文化教育及娱乐消费增长均快于全国平均水平。随着城乡居民医疗保健意识的增强，社保覆盖面的扩大，2007 年东北三省城乡居民医疗保健消费支出呈现出全面快速增长态势且农村居民消费远高于城镇居民。从人均消费额看，医疗保健消费是八大类消费中唯一一项城乡居民人均消费均超全国平均水平的指标。但总的来看，与全国同类指标相比有所不同（东北三省城乡居民消费结构与全国同类指标对比详见表6，农村居民消费结构对比情况见表7）。

表6 全国及东北三省城镇居民消费结构对比情况

单位：%

消费项目	全 国		辽 宁		吉 林		黑龙江	
	消费比重/排位		消费比重/排位		消费比重/排位		消费比重/排位	
	2007年	2002年	2007年	2002年	2007年	2002年	2007年	2002年
食品	36.29①	37.68①	37.75①	38.83①	33.21①	36.38①	35.02①	35.51①
衣着	10.42④	9.80⑤	10.79⑤	12.08③	13.17②	12.62③	13.58②	13.69②
居住	9.82⑤	10.35④	11.10③	9.65④	12.41③	11.47④	10.43④	11.40④
家庭设备用品服务	6.02⑦	6.45⑦	4.66⑦	5.13⑦	4.76⑦	4.80⑦	4.73⑦	4.50⑦
医疗保健服务	6.99⑥	7.13⑥	9.32⑥	8.66⑥	9.99⑥	8.65⑥	9.70⑥	9.31⑤
交通通讯服务	13.57②	10.38③	10.96④	9.02⑤	10.21⑤	9.36⑤	9.92⑤	9.21⑥
文化教育娱乐	13.29③	14.96②	11.17④	13.05④	11.66④	13.19②	12.48③	13.23③
杂项商品服务	3.58⑧	3.25⑧	4.24⑧	3.57⑧	4.61⑧	3.53⑧	4.13⑧	3.16⑧
合　计	100	100	100	100	100	100	100	100

表7 全国及东北三省农村居民消费结构对比情况

单位：%

消费项目	全 国		辽 宁		吉 林		黑龙江	
	消费比重/排位		消费比重/排位		消费比重/排位		消费比重/排位	
	2007年	2002年	2007年	2002年	2007年	2002年	2007年	2002年
食品	43.10①	46.24①	39.61①	45.00①	40.50①	44.08①	34.55①	43.95①
衣着	5.99⑥	5.72⑤	8.35⑤	8.19④	7.44⑥	6.80⑥	8.15⑥	7.20⑥
居住	17.81②	16.36②	15.23②	13.88②	13.02②	16.13②	22.17②	22.04②
家庭设备用品服务	4.62⑦	4.38⑦	4.22⑦	3.90⑦	3.95⑦	3.83⑦	2.57⑦	3.63⑦
医疗保健服务	6.52⑤	5.67⑥	7.87⑥	6.50⑥	10.15⑤	7.86⑤	8.76⑤	7.59⑤
交通通讯服务	10.18③	7.01④	10.74⑤	8.10⑤	11.00④	7.87④	10.75③	7.89④
文化教育娱乐	9.49④	11.47③	10.77④	11.70③	11.10③	10.83③	10.01④	10.90③
杂项商品服务	2.30⑧	3.14⑧	3.21⑧	2.74⑧	2.87⑧	2.78⑧	1.70⑧	2.46⑧
合　计	100	100	100	100	100	100	100	100

　　综上所述，近年来，东北三省城乡居民生活水平得到全面提高，但从总体上看与全国平均水平比差距仍然较大，且东北三省之间经济发展不平衡性矛盾也比较突出。具体来看，五年来，辽宁省城乡居民收入快速提高，在全国排位不断前移，吉林省与全国平均水平基本保持同步前行，黑龙江省与全国差距不断拉大，排位不断后移，致使东北三省间收入差距呈现逐步扩大的趋势。另外，东北三省农村居民在住房、教育、医疗以及道路、水电设施等方面也与城市有很大差距。

这一切均在不同程度上影响着东北三省居民的收入水平和消费水平，也阻碍着东北三省居民生活质量的整体提高。希望引起有关方面的认真关注，并采取积极有效的措施，以不断提高东北三省城乡居民生活质量，推进东北三省经济社会全面、协调、可持续发展。

二 影响东北三省城乡居民生活质量提高的因素分析

影响东北三省城乡居民生活质量的因素表现为多个方面，但认真分析起来，主要有以下几点。

（一）经济发展与生活水平提高不协调，人民利益实现任重道远

1996～2006 年十年间，从总体上看，东北三省的 GDP 总量和人均 GDP 一直高于全国平均水平。具体来看，辽宁和黑龙江省此项指标均高于全国平均水平，即使吉林省也基本与全国的同类指标持平。2007 年，辽宁省人均 GDP 为 25644元，吉林省人均 GDP 为 19142 元，黑龙江省人均 GDP 为 18506 元，全国平均为18970 元。三省在全国同类指标的排位分别是第 9、第 13 和第 12 名。但另一方面，2007 年辽宁省城镇居民人均可支配收入为 12300 元，吉林省为 11285.52 元，而黑龙江省为 10245 元，均低于全国城镇居民可支配收入 13786 元。从排位上看，辽宁、吉林和黑龙江省的城镇居民可支配收入在全国分别为第 11、第 21 和第 29 位。这一高一低可以在一定程度上反映出东北三省经济发展和人民生活水平的提高还不够协调，提高人民生活质量任重道远。

（二）就业问题面临长期困难，结构性的就业矛盾依然比较突出

长期以来，东北三省失业率一直排在全国首位，就业问题始终是地区经济与社会发展中的关键任务。近年来，东北三省为解决这一重大的社会问题付出了极大的努力，做出了卓有成效的工作。2007 年，辽宁省已经全部解决了历史遗留的就业问题，但从目前来看，由于历史问题、社会发展和技术与资本密集的深入，经济增长的就业弹性系数持续下降，而劳动力的总量供给仍然处于增长时期，这一切因素导致东北三省就业形势总体紧张和劳动力的结构性短缺并存，就业形势总体上仍然处于供大于求的紧张局面。2008 年，吉林省城镇劳动力总量将达到 78 万人，其中，2007 年接转 45 万人，新增 33 万人，而同期可提供的就

业岗位仅为 46 万人，缺口高达 32 万人左右。目前，作为老工业基地的东北三省，一方面由于国有企业进一步深化改革所产生的富余人员要求继续增加再就业岗位；另一方面农业劳动力也存在继续向非农产业转移的巨大压力。同时，大学生就业难也日益凸显，成为新的就业问题。"三峰累加"将进一步强化就业形势的紧张局面。而且同全国一样，东北三省高等教育的计划体制与大学生就业的市场体制很不适应，高学历而没有高就业能力的情况比较普遍，造成技术岗位招工难，技术人才短缺，导致东北三省不仅就业总体紧张的状况短期内难以彻底扭转，结构性矛盾也会更加突出。这无疑是影响东北城乡居民生活质量十分重要的因素之一。

（三）城镇在岗职工工资水平整体偏低，整体生活水平提高受到牵制

作为老工业基地的东北三省，在岗职工的工资水平对于城镇居民的整体生活水平有重要影响。但长期以来，由于多方面原因，这些人的工资水平明显偏低。2006 年，全国在岗职工平均工资为 21001 元，辽宁省为 19624 元、吉林省为 16583 元、黑龙江省为 16505 元，分别比全国平均水平少 1377 元、4418 元和 4496 元，在全国的排位分别是第 10、第 27 和第 28 位。2007 年，东北三省在岗职工的平均工资，辽宁省为 23202 元、吉林省为 20513 元、黑龙江省为 19386 元，分别比全国平均水平 24932 元低 1730 元、4419 元和 5546 元，在全国排名中分别位于第 10、第 25 和第 29 位。而同期北京市为 34707 元、上海市为 39867 元、广州市为 40187 元。不仅如此，其内部结构也不尽合理。这种现状必然使东北三省城镇居民的整体生活水平的提高受到牵制，一定程度上影响了东北三省城镇居民生活质量的提高。

（四）居民生活受到价格上涨严重影响，低收入群体生活面临一定困难

2007 年以来，东北三省居民消费价格总水平上涨，特别是由于食品类价格的持续走高，导致居民消费价格指数不断上扬，已经对普通百姓的生活产生了较大的影响。仅以 2007 年为例，辽宁、吉林和黑龙江省全年居民消费价格总水平分别比上年上涨 5.1%、4.8% 和 5.4%。其中食品类和居住类价格上涨幅度较大，是拉动物价上涨的主要因素。如 2007 年辽宁省食品类价格上涨 12.8%，农业生产资料价格也上涨 14.2%。而 2007 年全国居民消费价格指数同比上涨了 4.8%，其中食品类价格涨幅最大，上涨了 12.3%，与全国相比，东北三省价格

上涨均高于全国平均水平。因此，对城乡居民生活尤其给城镇低收入群体生活质量带来了一定的负面影响。东北三省低收入群体不仅具有其他地区同类群体的特点，而且由于东北老工业基地的特殊性，低收入群体还有居住的集中性、数量的众多性等特征，因此，物价的上涨必然使之生活雪上加霜，同时，也成为社会不稳定的隐患。为此，物价问题已引起全社会的普遍关注。

（五）农民收入稳步提高缺乏长效机制，持续增产增收难度逐步加大

在东北三省中，黑龙江和吉林省均为我国的农业大省，粮食产量等主要指标在全国占有重要地位。因此，农业发展程度不仅事关两省的经济发展，而且也对东北三省经济乃至全国经济产生重大影响。近年来，虽然两省农业连续丰收，农业生产取得了很大的成绩，但总体上看还缺乏形成农民收入稳步提高的长效机制，表现在：在近期的物价上涨中，尽管农民从农产品销售涨价中得到了利益，但生产资料上涨又使之成本迅速增加。而且据有关部门预测和分析表明，2008年，农资价格仍将保持上涨的趋势，并会由此加大2008年整体物价上涨压力。虽然国家将对农民实行直补，但很难完全消化农资价格上涨造成的减收因素。另外东北三省农业基础设施薄弱、自然灾害等不确定因素的增加，也使持续增产增收的难度明显加大。

三 提高东北三省城乡居民生活质量的对策与建议

（一）逐步完善收入分配制度，不断提高居民的整体收入水平

东北三省作为国内工业化程度比较高的地区，职工工资水平是构成居民收入的主要来源。增加职工收入，并使之持续、稳定增长，对大部分城市居民生活水平的提升具有重要意义。这不仅关系到职工的核心利益，而且关系到整个社会的稳定。因此，东北要抓紧时间研究制定和建立职工收入增长的长远规划，根据各地经济社会发展的实际，通过地方财政补贴等方式，强化对企业职工工资的增长机制的管理，并分类型对职工工资进行合理的增长性调节。而在新的历史阶段，只有鼓励发展非农产业，增加农民收入，才能全面扩大内需。面对新的形势，东北三省要深入研究国家支持农业、农民和农村的政策导向，准确理解和把握国家

的惠农政策，把有关政策真正用足用活。各级政府要有敢于创新的工作作风，结合实际准确把握和灵活运用"多予少取放活"的惠农政策，创造性地开展工作，以逐步缩小东北三省与全国之间、省际以及地区之间的差距，提高东北三省居民的整体收入水平。

（二）健全社会事业发展体系，扩大居民基本养老覆盖面

据抽样调查显示，黑龙江省民众对优先解决的民生问题的回答中，将控制房价、解决看病难和看病贵、解决就业问题和缩小贫富差距名列前四位，这些无疑也是当前影响百姓生活最大的几个方面。说明切实解决民生问题，推动和谐社会建设，树立发展为了人民、发展依靠人民、发展成果由人民共享的理念的重要性和迫切性。只有认真解决涉及群众切身利益的矛盾和问题，更加注重社会公平和公正，才能促进社会和谐。要做到这一点，东北三省必须建立以现有社会保障体系为核心，以社区服务等各类非营利组织的社会救助为基础，成本低廉的社会保护体系，充分发挥政府、市场和社会在社会保护中的不同作用，发挥社区服务、非营利部门和志愿者在社会救助和社会互助中的作用，并使社区服务、非营利部门和志愿者的社会救助活动成为社会保护的重要组成部分。同时，东北三省还要加快社会保障体系建设步伐，扩大居民基本养老覆盖面。要大力发展社会福利事业和慈善事业，逐步建立起以农村居民最低生活保障制度为核心，以医疗、住房、就学等救助为配套的农村社会救助体系。

（三）进一步回应百姓的民生期待，促进城乡居民的全面发展

民生问题的核心指向，即人的全面发展，其中包括对人的各项正当权益的尊重和保护。近年来，随着经济和社会发展水平的逐步提高，东北三省对民生问题的理解、认识水平在不断提升。同时，各省也正在努力回应百姓的民生期待，如辽宁省近年来在教育、收入分配、医疗卫生等方面均实施了一系列民生工程逐步满足百姓的多种需求。今后，东北三省更应该把民生工程逐步深入，上升到关注人的生活质量、发展潜能和幸福指数的新境界。重点解决好东北地区人民群众最关心、最直接、最现实的利益问题，如积极做好就业和再就业工作，坚持在发展中解决就业问题，以创业促就业。同时，在增加收入、降低房价和看病就医等方面给百姓以更多的实惠。要全力做好完善医疗、教育和社会保障等公共服务体系的工作，努力使城市低保补差标准达到全国的平均水平。东北各省有关部门要运

用政策、法律行政等多种手段和方法，多为百姓谋利益，在新的形势下，为促进城乡居民的全面发展创造良好的社会环境。

（四）积极促进服务业的发展，多渠道解决居民的就业问题

服务业不仅是财政收入增长的重要源泉，而且是吸纳就业的主渠道。服务业的发展状况是一个地区现代经济发达程度的标志，实现服务业充分发展是一个多赢的选择。近年来国内许多先进地区争相发展，取得了可喜的成绩。对比之下，东北三省服务业发展相对迟缓，在政策安排、资金投入和环境建设等方面均比较滞后。今后要根据东北三省的特征，加快培育和发展现代服务业。要重点发展生产性服务业，独立发展面向民生的服务业，也要尽快发展环境服务业，特别要发挥东北三省的冰雪、森林、湿地、边境旅游等优势。此外，还要将各项政策落到实处，并在此基础上建立制度化、专业化、社会化的就业服务体系。同时，继续开展"再就业援助行动"，依托街道和社区，对下岗失业人员进行动态管理和跟踪服务，扩大企业退休人员社会化管理服务率，解决好农民工工资、劳动管理、就业服务和培训、社会保障、公共服务、权益保障和农村劳动力就地就近转移就业等七个问题。各省政府应根据本省的实际，出台一些优惠政策，多渠道解决居民的就业问题，包括鼓励大学生在基层和农村就业和创业等。

（五）提高农民抗风险的意识和能力，培育农民增收的长效机制

尽管东北三省目前已和全国一样全面取消了农业税，但农民收入的普遍提高仍然面临重重困难，一旦市场上农用生产资料价格上涨和主要农产品价格下滑，农民收入就会受到重大影响。提高农民抗风险的意识和能力，已经成为东北三省实现新农村建设目标的最大难点问题。因此，东北三省要坚持城乡统筹发展，以推进新农村建设为良好开端，大力发展现代农业，不断扩大公共财政覆盖农业和农村的范围，着力改善农村的生产、生活条件和整体面貌，提高农民增收的能力和水平。要加快发展现代农业，充分发挥政府对公共财政的调控作用，不断改善农业生产和农村生活条件，着力加强农村公共事业薄弱环节建设。逐步提高农民抵抗风险的能力，培育农民增收的长效机制。

（六）加强公共服务设施建设，构筑提高居民生活质量的基础

提高东北三省居民的生活质量，改善居民生产生活条件非常重要。在这方

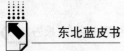
面，东北三省应该结合自己的实际情况，制定具体目标，切实搞好规划。要加快与市民生活密切相关的供水排水、电力通讯、公共交通等基础设施改造和建设，为提高居民生活质量奠定基础。要加快建设集中供热、供气工程，努力减少城市污染。还要加快改善城市生态环境和园林绿地建设，提高城市绿化覆盖率。同时，要注意保护城市传统建筑和特色街道，加快文化设施建设，繁荣东北三省城市的文化生活。对农村要加强水资源的管理和建设，千方百计保证农民的用水安全，并逐步对农村厕所进行改造和建设，给农民创造一个良好的生活环境，为提高东北三省居民的生活质量奠定坚实的基础。

东北地区劳动就业状况分析

——2007～2008 年东北地区就业再就业形势分析与对策

刘晓南[*]

摘　要：2008 年，东北地区三省政府认真落实科学发展观，坚持以民为本、执政为民的执政理念，坚持把就业再就业作为重大民生工程来抓，推进积极就业政策，加强就业再就业的扶持力度，使东北三省劳动就业规模逐渐扩大，成效显著，为推动东北地区老工业基地的振兴提供了人力资源的保障。但目前全地区就业的供需矛盾仍很突出，就业再就业的压力仍然很大。

关键词：东北地区　劳动就业　结构性矛盾　就业环境

一　2007 年东北地区就业再就业基本状况

（一）通过发展经济和调整结构扩大就业岗位

1. 稳定就业继续保持良好势头

2007 年，东北三省国民经济继续保持较快增长势头，经济结构调整进一步趋于合理，这给扩大就业、提供就业岗位创造了必要条件。2007 年与 2006 年相比，职工在册人数有较大幅度的增长（见图 1）。

2. 登记失业率呈现下降趋势

2007 年，东北三省登记失业率与 2006 年相比明显下降，其中，下降幅度最

---

* 刘晓南，辽宁省社会科学院社会学研究所副所长、副研究员，主要研究社会保障与劳动就业问题。

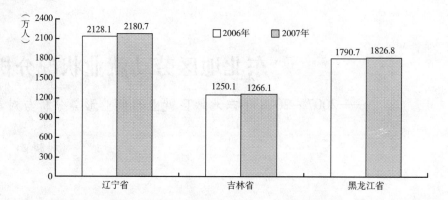

图1　2006～2007 东北三省就业人数比较分析

数据来源：辽宁省、吉林省、黑龙江省 2007 年统计月报和统计公报，下同。

大的是辽宁省，下降了 0.7 个百分点，吉林省下降了 0.24 个百分点，黑龙江省下降了 0.09 个百分点（见图 2）。

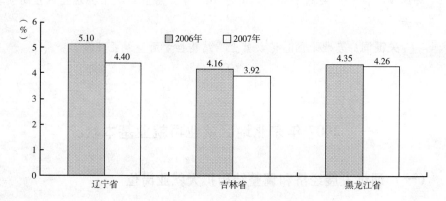

图2　2006～2007 年东北三省登记失业率比较

3. 再就业成果明显

东北三省按照党的"十七大"报告中提出的，要实施扩大就业的发展战略，促进以创业带动就业的精神，推行积极的就业政策，采取与本地区情况相适应的政策措施，开拓新的就业岗位，积极解决大龄困难就业群体的就业问题。通过对东北三省再就业和大龄困难群体就业的数据分析，东北三省都有不同程度的增长（见图3）。这在振兴东北老工业基地、促进国企改革、稳定社会方面发挥了不可替代的作用。

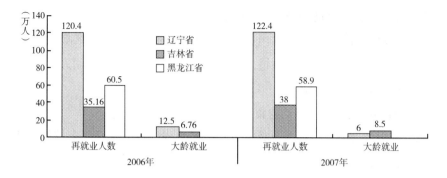

图3　2006~2007年东北三省再就业与大龄就业困难群体状况分析

（二）通过发展多元化创业主体和多种创业形式促进就业

近年来，由于经济结构的升级和资本有机构成的提高，使经济增长吸纳劳动力的作用有所减弱，经济增长对就业的拉动作用呈下降趋势。因此，在当前的经济结构下，即使保持同样的发展速度，仅仅依靠经济增长来扩大就业，显然是不够的。尤其是在我国加快转变经济发展方式，提高自主创新能力的情况下，更要强调以创新带动创业、以创业带动就业和多种创业形式促进就业，形成发展经济与扩大就业的良性互动。

1. 积极推进就业与创业相结合的培训

东北三省为了推动就业和创业相结合，一方面对于持有《再就业优惠证》的人员和城镇登记失业人员，进行再就业技能培训，借以提高这部分人员自谋职业的能力；另一方面，政府、民间相结合建立定点就业培训中心，并为中心配备一批有实践经验的教师队伍，编写适用性更强的培训教材，借以提升培训质量，特别是通过定单式培训，使培训后人员就业率有明显的提高。另外，三省还实施农村劳动力预备制培训和劳务输出培训，提高了农村劳动力就业与创业的能力。

2. 积极实施零就业家庭就业援助

从2005年由辽宁省率先推出并实施零就业家庭就业援助以来，东北三省根据自己所处省的实际情况，分别建立了零就业家庭就业援助机制，通过就业援助，使一大批零就业家庭实现了有一人稳定就业的目标。目前，辽宁省有18.5万户零就业家庭实现一人就业，有条件地区实现了双就业的目标；吉林省有6.4万户零就业家庭成员实现了就业再就业，实现城镇零就业家庭动态为零；黑龙江省有4.1万户零就业家庭实现了一人就业。

3. 政府牵头，动员社会各界大力开发公益性岗位

一是由政府出资购买公益性岗位；二是机关事业单位、驻辖区单位、社区服务开发公益性岗位；三是结合省情出台相关优惠政策和鼓励支持用人单位提供就业岗位并推动创业带动就业。

4. 用好小额贷款，向劳动密集型小企业倾斜

充分利用劳动密集型小企业吸收劳动力能力强、技能水平要求较低的特点，对这类小企业除了政策上的支持外，还在资金方面采取了倾斜措施。以辽宁省为例，2007 年，发放下岗失业人员小额担保贷款和劳动密集型小企业贴息贷款 2.5 亿元，支持 14409 名下岗失业人员实现再就业。

（三）改革创新就业体制，统筹安排城乡劳动力就业

随着东北三省经济又好又快的发展，三省加快了建立市场导向的就业机制的步伐，不断完善公共就业服务体系，积极促进城乡统筹就业，逐步建立城乡统一、平等竞争的劳动力市场，消除各种就业歧视，城乡居民都有平等享受就业权力。随着这种体制的建立与完善，在积极的就业政策支持下，东北三省就业形势发生了可喜的变化，城乡就业总量实现了稳步增长，逐步扭转从业人员逐年下降的趋势，保持了东北三省社会就业局势的稳定。

（四）规范和协调劳动关系，维护劳动者权益

党的"十七大"报告明确指出，要规范和协调劳动关系，依法维护劳动者权益。随着东北三省非公有经济组织的不断发展、国有企业的调整与转制和劳动用工制度的改革，劳动关系矛盾逐步凸显，且常由于处理不好而引发群体性事件。因此，要重视协调劳动关系。近年来，东北各省政府十分重视劳动关系的协调工作，辽、吉、黑三省分别开展了创建和谐劳动关系活动，并取得了相当的成效，为振兴东北老工业基地、保持社会稳定发挥了一定的作用。

以吉林省为例，按照构建社会主义和谐社会的总体要求，各级政府和相关部门不断加强劳动关系的协调工作，进一步健全和完善协调劳动关系三方机制，积极推进和规范劳动合同，加强集体合同管理，开展"劳动关系和谐年"活动，强化企业工资分配的宏观调控，重点解决劳动关系所面临的突出问题，维护了用人单位和劳动者双方的合法权益。其主要做法有以下几点。

1. 推进劳动合同和集体合同制度三年计划

吉林省劳动保障部门与相关单位组成的协调劳动关系三方委员会，组织实施了全面推进劳动合同和集体合同制度三年计划，2006年为劳动合同和集体合同制度基础建设年，2007年为劳动合同和集体合同制度全面推进年，2008年为劳动合同和集体合同制度规范完善年。通过三步走战略的实施，吉林省劳动关系协调机制得到进一步完善，全省企业劳动合同签订率大幅提升。同时还开展劳动合同执行情况的普查活动，在普查过程中发现问题按照有关规定及时处理。在普查的基础上有针对性地规范合同文本，及时向社会公布。

2. 规范企业与劳动者终止（解除）劳动关系行为

为了顺利推进国有企业改革、维护劳动者合法权益，进一步完备了终止劳动合同程序与手续，依法监督和纠正用人单位拖欠劳动者工资、欠缴劳动者社会保险费、不依法支付经济补偿金等行为，进一步加强对劳动者安置方案的审核。

3. 加强对企业工资分配宏观控制

建立企业工资指导线制度、人力资源市场工资指导价位制度和行业人工信息发布制度，增强市场价位的实效性、实用性。根据经济发展水平及时调整月工资和小时标准，对其进行专项检查，使工资收入水平处于合理增长的范围内。

4. 加快立法步伐，加大监察执法力度，加强劳动争议的处理

一是吉林省在完成《吉林省促进就业条例》的调研工作的同时，将《吉林省劳动合同条例》、《吉林省有雇工的个体工商户参加工伤保险暂行办法》等四部法规列入了立法计划，进一步加快了立法进程。二是在全省范围内建立了劳动监察举报电话和省工会设立的维权热线，使违法行为有了举报渠道，有效地预防和化解了可能引发突发事件的劳资纠纷矛盾，维护了劳动者的合法权益，完善了解决拖欠农民工工资问题的长效机制。

二　东北地区就业和再就业面临的主要问题析因

东北地区在振兴老工业基地的过程中，及时抓住了难得的机遇，解决了由于结构调整造成的大量下岗职工失业的问题，使就业再就业工作取得了相当大的成果，在振兴过程中发挥了积极作用。但我们也应该看到，东北地区在解决就业再就业过程中仍面临着十分突出的问题。

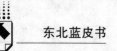
（一）就业和再就业面临的主要问题

1. 劳动力供需矛盾十分突出

目前，东北三省就业再就业仍然面临着体制转轨遗留的下岗失业人员再就业、城镇新增劳动力就业、农村富余劳动力转移矛盾并存的严峻形势，特别是体制转轨遗留的国有企业解除劳动关系人员和离岗失业人员、集体企业下岗职工、国有企业关闭破产需要安置人员的再就业问题还没有得到根本解决，城镇新增劳动力的就业压力也在增加。

2. 就业结构性矛盾没有得到彻底改善

目前，东北三省正处于振兴老工业基地、经济体制改革和产业结构调整双重变革的加速时期。随着经济体制改革的深化，原来隐蔽在国有、集体企业中的富余人员释放了出来，产业结构的调整和升级使原来的一些陈旧、落后、技术含量低的劳动岗位减少，而新形成的工作岗位对就业者的知识水平、劳动技能、综合素质有着更高的要求。被释放出来的劳动力整体素质偏低，自身所具有的知识和技能由于在短时期内无法适应经济发展、科技进步条件下产生的新工作岗位的要求，因此不能很快地被吸纳。加之培训能力、质量、经费、设施等不适应形势发展要求，职业技能培训以就业为导向的运行机制尚需完善，难以满足经济结构调整和新兴产业发展的需要，致使劳动力的供给与需求出现结构性失衡，突出表现为"有事没人做，有人没事做"的矛盾，这更加剧了总量矛盾。

3. 灵活就业人员的稳定就业状况堪忧

在东北三省有相当部分的就业再就业群体是采取灵活的就业方式实现就业再就业的。虽然这部分群体实现了就业再就业，但处于极不稳定状态，劳动关系不固定，就业岗位不固定，工作时间不固定，收入低而且不固定，享受不到就业再就业扶持政策，有再失业的风险。

（二）产生上述问题的原因分析

1. 经济结构和人口因素的影响

目前，东北地区经济发展出现了阶段性变化，进入了结构变换和升级的时期。一是由于农村剩余劳动力向城镇转移，必然会对城镇就业人员就业产生挤出效应。二是随着资本有机构成的提高、高新技术产业的发展，特别是我国加入

WTO 后，以往依靠大量资源和人力投入发展经济的办法被结构调整冲击。三是产业结构升级与劳动力素质提高不同步之间的矛盾：第一产业的劳动力向第二产业转移，第二产业由于技术水平和资本密集程度提高，不能吸纳足够多的低素质、低技能劳动力就业，特别是表现在年龄偏大的普通劳动力身上。与此同时，由于地区经济发展不平衡和产业结构原因，经济欠发达地区及老工业基地、资源枯竭的矿区就业矛盾特别突出。另外，人口也是重要因素之一。目前，我国还处于劳动年龄人口不断增长的阶段，每年城镇新增劳动力供给超过千万人。再加上已有的劳动力供给，每年的就业缺口超过 1000 万人。在人口的庞大压力下，由此导致的就业压力是非常明显的。

2. 社会环境、体制制度、政策管理等方面因素的影响

目前，创业环境还存在不少壁垒。初始创业的人群很难获得及时有效的金融支持；审批环节过多，收费过多，个体工商户的大量减少就与过高的税、费有关；服务项目过少、服务质量过差，特别是在信息、创业培训教育和信用建设方面更显得薄弱；还有商业潜规则和腐败现象的存在，也制约了创业的健康发展，不少创业者要把主要精力放在人际关系的培育上，放在如何与政府官员打交道上。如此种种，都严重地影响了自主创业的发展。

城乡分割、区域封闭的户籍就业制度，国有领域人员只进不出和国家承担无限责任的身份就业制度，以所有制和行业作为标志的等级就业制度，单位就业制度，等等。我们要充分认识到严峻的就业形势与滞后的劳动就业体制之间的关联度：在同样的经济增长速度下，先进与落后的就业体制可以产生不同的就业率。城乡分割的二元户籍就业制度和区域封闭的多元户籍就业制度副作用明显：户籍就业制度严重阻碍了市场经济条件下劳动力市场的统一性和流动性。一方面，它阻碍了农村剩余劳动力向其他产业的转移，延缓了我国工业化、城市化和农业产业化、现代化以及全社会文明化的进程，加剧了农村居民的失业；另一方面，它又阻碍了区域间特别是各地城市间劳动力的合理配置，导致了区域间的劳动力供求失衡，加剧了区域性总量失业和摩擦失业。

农村劳动力素质与就业岗位存在不相适应的矛盾。农村劳动力文化素质不高，缺乏专业技能，已经成为转移就业的主要瓶颈。调查发现，"民工荒"实质是"技工荒"，即并非是劳动力市场供求关系的根本性转变，而是一些岗位无人干、一些人又无岗位干的结构性技工短缺问题。农村劳动力素质与就业岗位存在不相适应的矛盾正在日益显现。从试点地区来看，各地在开展农村劳动力素质培训中进行了大胆探索，创造了"定单式"培训等一些行之有效的形式。但是，从有的地方培训情况来看，还存在质量不高、效果欠佳的问题。调查中发现，层层下达的"指标式"培训，以及培训经费不能保证、培训与就业相脱离，导致农村劳动力对培训的参与热情不高，这种"政府要我培训而不是我要培训"的做法，使培训的实际效果大打折扣。有的地方甚至出现政府出钱提供免费培训，而受训农村劳动力反而提出要误工费的现象。

三 促进东北地区就业再就业的对策建议

目前，东北地区就业任务仍然很重，解决好就业是长期面对的重大民生问题。扩大就业，不仅要保持一定的经济发展速度，坚持实施积极的就业政策，创造更多的就业机会，为劳动者尽可能多地提供就业岗位，更要在全社会营造良好的创业环境，形成浓厚的创业氛围，鼓励开展各种类型的创业活动，使更多劳动者成为创业者。因此，对东北地区就业再就业工作提出如下几点建议。

（一）建立制度化、专业化、社会化的就业服务体系

将劳动力市场建设的重点，由基础建设向扩大就业服务网络覆盖范围、改善就业服务手段、提高就业服务质量方面转移，形成市、县（区）、街道、社区信息联网，为下岗失业人员提供快捷、高效的服务；加强各项基础管理工作，强化就业统计工作，完善就业统计指标和统计手段；加强用工管理，重点是制定用工登记办法，全面实行用工登记制度，准确掌握就业人员情况。深化劳动力市场制度改革，建立区域性劳动力调剂中心，在发挥市场配置劳动力资源的基础性作用的同时，通过政府组织和管理，有效对接岗位资源和劳动力资源，实现地区间、省际乃至国际劳动力的有序合理流动，使岗位资源得到最大化地利用，打破劳动力市场城乡、地区的分割。规范劳动力市场秩序，切实维护城乡劳动者合法权益。定期开展劳动力市场清理整顿活动，加强对各类职业中介行为的监管，严厉打击劳动力市场中的违法乱纪行为，规范劳动者求职、用人单位招用和职业中介行为。加强劳动保障执法监察队伍建设，加大执法监察力度，严格禁止和坚决纠正超时工作、不签订劳动合同、故意压低和拖欠工资、不按规定缴纳社会保险费和随意裁员等行为，切实维护劳动者合法权益。

（二）运用人力政策，改善劳动力的供给结构，解决结构性失业

1. 合理运用人力政策

人力政策是指政府通过对劳动力进行重新教育和培训，提高其就业适应能力，达到改善劳动力供给结构目的的政策。人力政策的目标，旨在按照经济发展对劳动力的需要，调节和改善劳动力供给，进而改进劳动力市场的劳动力配置功能。人力政策，主要是针对劳动力市场结构性失业而提出的扩大就业的对策。应加大人力资本投资力度，如增加教育和培训的财政支出，建立培训中心开发就业技能培训项目。通过对人力资本进行投资对劳动力重新教育和培训，把非熟练工人培训成有一定技术熟练程度的工人，把不适应职业定位要求的失业者培训成能够满足企业需要的劳动者，提高人们适应新技术变化的能力，以缓解因劳动力供求结构失衡造成的失业问题。

2. 积极开发人力资本

人力资源不等于人力资本。在一个时期内，人力资源是相对不变的，但人力资本却可以大幅度提升。现代市场经济需要的不是一般意义的人力资源，而是浓缩了人力资本的人力资源。所以，政府必须普及义务教育，必须鼓励发展中等普通教育和职业教育，必须积极引导高等普通教育和职业教育。目前，教育经费明显不足，我们要通过加快教育体制改革，形成全民办教育的局面，突破教育经费瓶颈的制约。现在中国培养的同档次学生，掌握的知识比外国多，但是技能和创新精神比外国差，我们要通过加快教育方式改革，努力培养具有市场经济精神和适应市场经济要求的合格人力资源。现代市场经济的实践证明，情商和智商同等重要，智商是重要的人力资本，情商是更加重要的人力资本。忽视教育和培训对于促进就业和创造就业机会的作用，忽视教育和培训与劳动力市场的联系，忽视教育和培训中观念和精神的塑造，都是危险的。积极、有效地开发人力资本，不仅有利于提高教育和培训投资的效益，而且有利于全面促进就业。实施鼓励人力资源开发的普惠制政策。在现行就业培训政策基础上，制定产业升级和劳动者技能同步升级的就业培训政策，面向城乡全体劳动者，进一步拓展培训资金的补贴范围，实行分岗位、分技能、分群体的差异性补贴政策，鼓励城乡劳动者随着产业升级不断提升就业技能，有效解决结构性就业矛盾的动态变化问题。

（三）走"以人为本"的新型工业化道路

在振兴东北老工业基地过程中，应该采取"以人为本"的新型工业化的途

径，解决东北三省的就业问题。"以人为本"的新型工业化的着眼点不再是提高工业产值、建立工业体系、发展高科技、增加机器设备等"物"，而是提高人的专业化素质，增加人的选择机会，满足人的参与和享受需求等，"物"是为满足人的需求而存在的，是手段而非目的。而且特别强调的是，"以人为本"的新型工业化是让尽可能多的人参与，为尽可能多的人服务，而不是只为少数人服务。"以人为本"的新型工业化是解决就业问题的主线，在这个过程中有两个关键点：一是要创造尽可能多的就业岗位；二是要使尽可能多的人获得就业岗位。创造尽可能多的就业岗位的基本途径是工业化，使尽可能多的人获得就业岗位的关键是"以人为本"。只有推进"以人为本"的新型工业化，才能让更多的人获得就业岗位。因此，在振兴老工业基地过程中，对工业化道路的选择，必将对创造就业岗位的多少和能否让更多的人获得就业岗位影响重大，对社会稳定，经济的发展也会产生相当大的影响。

（四）提高民营经济和中小企业在劳动中的主渠道地位

通过推进国有经济布局和产业结构调整，加快发展民营经济，使民营经济成为扩大就业再就业的生力军。民营经济和中小企业具有劳动密集、就业容量大的特点，要坚持"放心、放开、放手"的原则，加快民营经济的发展。打破行业垄断和所有制歧视，实行更开放的行业投资准入政策，扩大民营经济进入的领域。在认真执行现行政策的基础上，政府相关部门在工商收费、税收政策、小额贷款担保等方面应进一步落实优惠政策，制定更为有效的扶持民营企业和中小企业发展的具体办法，创造更加宽松的环境，促进能够提供更多就业岗位的民营经济和中小企业更快地发展。民间有大量的投资资金，劳动密集型的民营经济和中小企业快速发展，将会给新增就业、再就业和转移性就业的劳动力创造广阔的就业空间和前景。

（五）在提高就业弹性上多做文章

就业弹性，是研究经济增长与就业增长相关性的一个概念，指经济增长每变化一个百分点所对应的就业数量变化的百分比。一般来说，资本有机构成提高的规律使就业弹性必然呈下降趋势。20世纪80年代，我国GDP每增长1个百分点，可增加200多万个就业岗位，到20世纪90年代只能增加80万个岗位，东北地区就业弹性系数的变化趋势与全国大致相同。随着东北三省改革的深入和振兴东北老工业基地战略的实施，东北三省经济结构中的资本有机构成有较大幅度的提高，经济增长所能提供的就业岗位的能力有所下降，必然造成失业率的上升。当然就业弹性是可调节的，就业弹性的变化受经济结构和劳动力成本等因素的影响。如果经济结构中的小企业、服务业等劳动密集型经济所占比例较大，资本比例较低，就业成本相对就低，就业弹性就较高。另一方面，在制定招商引资政策和筹划项目时，不能单纯以增长速度为目标，不要一味追求增加GDP，追求高科技产业和制造业现代化，追求软件园、科技园，还要考虑扩大就业，让经济增长与就业和再就业良性互动。这就需要"两手抓"，既要发展高新技术产业，又要发展劳动密集型产业；既要加强城市建设和管理，强调绿地建设，改善市容市貌，又要扶持"胡同企业"、"微型企业"进而扩大就业；既要重视工业项目的拉动作用，又要把"三产"特别是新型服务业培育成主要的就业增长点；既要考虑国有企业吸纳下岗职工的作用，又要培育中小企业、民营经济的就业"蓄水池"。总之就是要考虑用较小的投资成本创造较多的就业机会。

（六）构建企业与劳动者共决、共享、共赢的新型和谐的劳动关系

一是要建立共决制度。按照现代企业制度的要求，坚持完善职代会制度、股东大会制度、劳动者董事监事制度，创新劳动者民主管理形式，最大限度地保证劳动者对企业的知情权、参与权、监督权和共决权。二是建立平等协商谈判和集体合同制度，确保共享企业发展成果。三是坚持三方协商机制，针对不同行业劳动者和不同区域劳动者收入、劳动关系进行科学分析，提出意见与建议，根据经济发展水平和省情建立工资指导线，调整最低工资标准；重视劳动合同和集体合同的作用，坚持通过劳资双方协商谈判，把成果共享用合同形式固定下来，为双方共同信守执行打下法制基础。四是推动企业建立工资支付保障机制，合理调整和严格执行最低工资制度。五是规范企业裁员行为，切实加强对企业裁员的指导，企业裁员应事前将裁员方案经企业职工代表大会讨论，并向当地劳动保障行政部门报告。六是加强监察执法。重点查处城乡各类用人单位违反劳动保障法律法规和侵害职工权益的行为，认真查处举报投诉案件。推进监察管理和执法模式创新，完善企业劳动保障守法诚信制度，加强劳动争议处理工作。依法加强劳动争议调解仲裁工作，提高劳动争议仲裁效能，及时化解劳动纠纷。

（七）把促进就业作为东北地区经济社会发展的优先目标

1. 将失业率和新增就业机会作为国民经济和社会发展战略的出发点

在市场经济中，失业率、经济增长速度、通货膨胀率和国际收支平衡都是重要的宏观调控目标，其中，把失业率排在首位不是没有道理的。因为失业率是公平和效率的结合点，失业率过高必然导致收入差距拉大，从而使得效率发生的社会环境产生变化，公平与效率势必由此大打折扣。失业率同时也是近期发展目标和长期发展目标的结合点。当前是未来的出发点，只有把当前的就业问题处理得比较好，才具有经济社会可持续发展的可能；同样，只有把未来的失业率控制在合理的范围，才能把潜在的经济增长速度尽可能地发挥出来，否则就是劳动力资源的浪费。因此，在制定国民经济和社会发展战略时，应该对宏观劳动力的供求平衡算一本账，以此为约束条件，求解具体的经济发展措施和社会发展措施，并且把失业率和新增就业机会作为国民经济和社会发展战略的出发点和地方政府政绩的主要考核指标。

2. 利用财政政策、货币政策和收入政策调控失业率

治理失业是一件困难的事情，但政府也绝不是无能为力。从经济发展的角度来看，财政政策、货币政策和收入政策都是可用的工具，一个工具不好使，可以多个工具组合起来使用。充分利用积极的财政政策促进就业，通过加大公共投资项目，刺激经济需求，带动社会投资。减税也是积极财政政策的一种有效形式，对下岗职工采取的一系列减免营业税、所得税和工商管理等行政性收费的措施，尽管力度不是很大，还是产生了积极的效果。今后要把对下岗职工和失业人员的各种税费优惠政策真正落到实处。

3. 制定人工成本指导线，合理地扩大就业机会

收入与就业密切相关，这是不言而喻的。企业聘用多少工人，肯定要考虑劳动力成本问题，劳动力成本过高，企业就会少使用劳动力，通过延长劳动力的使用时间或者采用先进技术来生产；如果劳动力成本降低一些，企业就会增加劳动力的使用，通过扩大市场规模或者延缓使用先进技术来生产。不仅在严重的通货膨胀发生时，而且当总体就业形势非常严峻时，政府可以通过制定人工成本指导线的办法，避免就业机会的过多损失。

（八）加强与省外、境外的经济合作，扩大对外劳务输出

实施"走出去"战略，加大劳务输出工作力度。在帮助劳动者转变就业观

念的同时，积极探索有效的劳务输出组织形式。要通过扩大出口，开展服务贸易，开拓国际劳务市场，加快劳务输出；要加强海外工程项目承包和成套设备出口带动劳务输出；要充分利用东北三省产业工人的专业技术优势参与西部开发，承揽矿产资源开发、工程建筑等项目，成建制转移劳动力。各级外经贸、外办、经协办、贸促会和驻外办事处等机构要承担起两个市场劳务输出的责任。积极促进跨地区的劳务协作，鼓励就业压力较大的地区特别是资源枯竭城市和矿区的下岗失业人员到沿海较发达和其他有劳务需求的地区就业。

参考文献

路鲁：《产业结构调整过程中灵活就业问题分析》，北京交通大学《劳动经济学》学生论坛，2004 年 6 月。

夏杰长：《经济转轨国家的失业问题及反失业的财政政策》，《东欧中亚研究》1999 年第 3 期。

丁家云：《我国与发达国家失业问题的比较》，《世界经济与政治》2000 年第 7 期。

辽宁省、吉林省 2007 年度劳动保障事业发展统计公报。

辽宁省、吉林省、黑龙江省分别编写的 2006 年、2007 年、2008 年《经济社会形势分析与预测蓝皮书》。

胡少维、高辉清等：《就业压力持续增长　破解世纪难题》，吉林省劳动和社会保障厅网，2007 年 5 月 22 日。

东北地区城市住房保障制度研究

程　遥*

摘　要：目前，全国各地都开始了以解决城镇低收入家庭住房困难为目的的社会保障性住房建设。东北地区也同全国一样建立了以廉租住房、经济适用住房为主，"两限房"、公积金等为辅的保障性住房体系。基于此，本文就我国房地产政策的发展及东北地区的保障性住房制度的建设现状进行了深入分析，并提出了相应对策和建议。

关键词：廉租住房　经济适用房　保障性住房

一　东北地区城市住房保障制度的发展现状

东北地区城市住房保障制度的建立及发展也和全国一样，从开始建立到不断发展完善，经过了一个不断认识深化、不断被重视、不断被强调以至成为各级政府必须完成的重要工作内容的过程。截至 2007 年末，东北地区各省区都初步建立了以廉租住房、经济适用住房为主体的，包括"两限房"、公积金制度、棚户区改造的社会保障性住房体系，尤其是廉租住房、经济适用住房的建设及棚户区的改造工作在东北地区取得了历史性的突破。可以说，2007 年是东北地区城市住房保障制度建设的里程碑。

（一）黑龙江省城市住房保障制度的现状

2007 年，黑龙江省加大了对居民住房的开发力度，房地产投资、交易等主要指标同比均实现两位数增长。加大对危房棚户区改造的力度，对建设用地实行行政划拨，各种配套费和行政事业性收费一律免收，实行"拆一还一"的安置

---

* 程遥，黑龙江省社会科学院经济研究所副研究员。

政策。2007 年共拆迁改造危房棚户区 320 万平方米，使 8 万多户 20 多万名居民的住房条件得到明显改善。在拆改危棚房的同时，全省廉租住房保障工作也取得历史性突破，全年共落实住房保障资金 2.6 亿元，新增保障户 2.5 万户，分别为前 4 年的 5.4 倍和 2.8 倍。2007 年，黑龙江省城镇人均住房建筑面积增加了 0.69 平方米，达到 23.3 平方米，超过年度责任目标 0.1 个百分点。

（二）吉林省城市住房保障制度的现状

2006 年，吉林省结合省情，实施了以棚户区改造为阶段性手段、以廉租住房建设为长效机制的多层次住房保障制度。据统计，到 2005 年底，吉林省八个地级城市和延吉市的城市建成区内，共有集中连片棚户区 1500 万平方米，居住着近 40 万户 100 多万人。其中 20 平方米以下的住户占 30% 以上，有的家庭七八口人挤在一间房。为尽快改变这部分群体的住房困难现状，从 2006 年开始，这个经济欠发达、公共财政并不宽裕的省份，动员全省上下，用两年时间完成了 2670 万平方米棚户区的改造任务，改善了全省 42 万户 130 多万人的住房条件，使政府十几年甚至几十年想改造而没有改造的城市棚户区、想建设而没有足够财力建设的基础设施、想救助而没有足够资金救助到位的低收入住房困难家庭，变成了现实。同时，吉林省在公积金积累方面也取得了较大发展，截至 2007 年底，全省共缴存住房公积金 304 亿元，发放个人住房公积金贷款 111 亿元，支持了 13 万户城市居民的住房需求。此外，在廉租房方面也扩大了覆盖面，2007 年吉林省的 8 个市区城市最低收入住房困难家庭基本做到了应保尽保，实际安排廉租住房资金 1.95 亿元，惠及 13 万户城市低保家庭。

（三）辽宁省城市住房保障制度的现状

作为"一号民心工程"，2005 年春天，辽宁省开始对城市集中连片棚户区进行改造。2005～2006 年，改造了 5 万平方米以上城市集中连片棚户区 1212 万平方米。2007 年，又集中力量改造了 5 万平方米以下、1 万平方米以上城市连片棚户区 299.4 万平方米。近 3 年来，全省先后改造棚户房 1500 多万平方米，建设回迁楼 2391.5 万平方米，改善了 42.3 万户 143 万棚户区居民的住房条件，不仅大面积解决了低收入家庭的住房问题，而且有力地推进了住房保障体系建设。另外，辽宁省新建廉租住房开工面积逐年增加，廉租住房制度基本建立。据统计，2007 年，全省新建廉租住房建筑面积 24.5 万平方米，比 2006 年全年增加 8.5 万平方米。截至 2007 年底，全省 14 个地级市、17 个县级市、多数县城建立了廉租住房制度。全省累计有 73855 户低收入家庭享受到了廉租住房保障，其中租赁补贴 27799 户、实物配租 5461 户、租金核减 40595 户。全省累计用于廉租住房保障资金 5.89 亿元。同时，辽宁省加大经济适用住房建设投资。2003～2007 年，全省各市结合棚户区改造，新建经济适用住房（含棚户区）开发投资完成额为 378.8 亿元，建筑面积为 3022 万平方米，其中 2007 年完成投资额为 105.8 亿元，建筑面积为 876 万平方米。另外，中小套型普通商品住房建设用地得到大力支持和保障。辽宁省全省各地认真贯彻落实国务院关于调整住房供应结构的方针政策，调整土地供应总量和结构，据统计，辽宁省廉租住房、经济适用住房和中低价位、中小套型普通商品住房建设用地均不低于年度住房用地供应总量的 70%。例如，铁岭市从 2006 年第四季度到 2007 年第三季度住宅类房地产开发项目用地面积为 87.05 公顷，其中廉租住房、经济适用住房和中低价位、中小套型普通商品住房用地面积为 70.02 公顷，占居住类总用地面积的 80.4%。

二 我国城市房地产政策的评析

我国保障性住房制度的建立和完善经历了曲折的过程。这主要是因为对住房问题的特殊性认识不足，对房地产政策和居民住房政策区分不清所造成的。从政策属性上看，房地产政策是一种经济政策，主要应着眼于市场效率；住房政策则是社会公共政策，应注重社会公平和解决居民的基本住房需求。但是，一些开发企业与房地产管理者盲目追求市场利益，不顾人们的实际住房消费能力状况，大力开发大户型、豪华型或超豪华型别墅等高档产品，造成了住房领域问题严重，主要表现在以下几方面。一是房价快速上涨，特别是大中城市房价涨幅过大，新建的中小户型住房供给严重不足；二手房市场和租赁市场发育缓慢；住房市场秩序混乱。二是住房保障覆盖面小，措施不到位，住房保障制度设计不合理，产生一些寻租和腐败现象。三是住房市场宏观调控困难重重，房价久调不下，国家的宏观调控政策不能达到预期目标。房地产业出现的问题，不仅影响到经济的发展，而且影响到经济的安全、社会的稳定。为此我国出台了大量的保障性住房政策（从下面对我国房地产业政策的发展过程的简单回顾中可得到证实）。我国房地产政策基本上可分为以下主要阶段。

（一）住房分配货币化，住宅产业成为新的经济增长点

我国住房制度改革的全面展开，是以 1998 年《国务院批转国家计委关于加强房地产价格调控加快住房建设意见的通知》（国发［1998］34 号）文件为开端的。该文件要求全国各地停止住房实物分配，逐步实行住房分配货币化，积极稳妥推进公有住房租金改革，加强房地产价格调控，建立合理的住房价格体系。由此，我国城市居民的住房环境发生了根本性变化。而 1999 年《国务院办公厅转发建设部等部门关于推进住宅产业现代化提高住宅质量若干意见的通知》（国办发［1999］72 号）也强调指出，要加强基础技术和关键技术研究，建立住宅技术保障体系，健全管理制度，建立完善的质量控制体系。加快住宅建设从粗放型向集约型转变，推进住宅产业现代化，提高住宅质量，促进住宅建设成为新的经济增长点。

（二）住房市场化，房地产业成为国民经济的支柱产业

2003 年，《国务院关于促进房地产市场持续健康发展的通知》（国发［2003］18 号）要求，要"发展住房信贷，强化管理。经济适用房要由'住房供应主体'改为'具有保障性质的政策性商品住房'，'住房供应主体'被大部分的商品房所替代"，"逐步实现多数家庭购买或承租普通商品住房"。房地产业已经成为国民经济的支柱产业。

（三）稳定房价，调整住房供应结构

2005 年，《国务院办公厅关于切实稳定住房价格的通知》（国办发明电［2005］8 号，"国八条"）以及国务院总理温家宝主持召开的国务院常务会议提出了引导和调控房地产市场的八项措施（简称"新八条"），大力调整住房供应结构，严格控制被动性住房需求，正确引导居民合理消费需求，全面监测房地产市场运行，切实负起稳定住房价格的责任。中央高度重视稳定住房价格，认真组织对稳定住房价格工作的督促检查。

（四）规范房地产业发展

2006 年，《国务院办公厅转发建设部等部门关于调整住房供应结构稳定住房价格意见的通知》（国办发［2006］37 号，"国六条"）强调，要切实调整住房

供应结构，进一步发挥税收、信贷、土地政策的调节作用，合理控制城市房屋拆迁规模和进度，进一步整顿和规范房地产市场秩序，有步骤地解决低收入家庭的住房困难，完善房地产统计和信息披露制度。重点发展中低价位、中小套型普通商品住房、经济适用住房和廉租住房，并且要求各地都要制定和实施住房建设规划，对新建住房结构提出具体比例要求。

（五）大力发展完善社会保障性住房制度

以党的"十七大""住有所居"重点解决民生思想为契机，2007 年，《国务院关于解决城市低收入家庭住房困难的若干意见》（国发［2007］24 号）进一步强调，要建立健全全国城市廉租住房制度，改进和规范经济适用住房制度，逐步改善其他住房困难群体的居住条件，完善配套政策和工作机制。这标志着政府住宅调控思路的转变，其关键是要建立多层次住房保障体系建设，加快住房分类供应体制的实施，并明确提出把解决低收入家庭住房困难工作纳入政府公共服务职能。而廉租住房、经济适用房、"两限房"以及棚户区改造住房政策的被强调、严加执行和规范，标志着我国住宅政策由以房地产业作为支柱产业拉动经济增长为目的变为更加关注民生和社会公平的新阶段。可以说，2007～2008 年是我国住宅政策取得重大发展、得到最大完善的一年。

三　东北地区城市住房保障制度现存的主要问题

东北地区城市住房保障制度从国家 1997 年提出房改之后，经过了 10 年的努力取得了相当的发展。但是由于前些年地方政府（包括中央政府）重视的程度不够，期间有阶段性的时快时慢的发展。以 2007 年党的"十七大"提出旨在改善民生的"住有所居"的目标为切点，基本上建立了以廉租住房、经济适用住房、"两限房"等为主的多层次住房保障体系，一定程度上解决了相当多的低收入、住房困难家庭的住房问题。但是离我们要达到的"住有所居"的目标还有相当的距离，在发展保障性住房方面还存在许多必须解决的问题。

（一）廉租房发展问题

一是资金问题。廉租住房保障方式主要实行货币补贴和实物配租等相结合。货币补贴是指县级以上地方人民政府向申请廉租住房保障的城市低收入住房困难家庭发放租赁住房补贴，由其自行承租住房。由于我国东北地区比沿海地区经济发展落后得多，地方政府的财政收入较少，而低收入家庭也比较多，所以所需的廉租住房补贴金数额相当巨大，在短时间内地方政府很难筹措到如此巨额的资金。所以当前廉租住房发展的最大问题就是资金问题。

二是房源问题。廉租住房保障方式之二是实物配租，就是指县级以上地方人民政府向申请廉租住房保障的城市低收入住房困难家庭提供住房并按照规定标准收取租金。当前，东北地区都存在房源不足问题。要解决房源问题就要通过新建和收购等方式，增加廉租住房实物配租的房源。一方面需要大量的资金，另一方面也需要一定的时间。因为房地产产品不同于其他产品，建设周期长。

三是分配管理。由于廉租住房是政府财政补贴，属于社会福利性质，因此它的分配管理制度必须规范、完善，使这种惠民政策真正落实到符合条件、应该保障的城市低收入住房困难家庭。由于我国实行此项制度的时间较短，经验不足，所以，在制定分配、管理、监督及动态的退出机制时，有相当的困难。

（二）经济适用房发展问题

一是与开发商的合作问题。所谓的经济适用住房，是指政府提供政策优惠，限定套型面积和销售价格，按照合理标准建设，面向城市低收入住房困难家庭供应，具有保障性质的政策性住房。由于经济适用住房的价格是以保本微利为原则的，所以开发商很难积极响应。现行的硬性规定"新开发商品房必须配建15%的经济适用房"的办法，虽然有效，但必须得到开发商的真心配合才能实现。

二是分配管理问题。由于经济适用住房是属于政府对低收入城市人群的优惠措施，所以它的价格大大低于同类商品房价格，因此权力寻租现象严重。这就要求在分配管理上要有完善的分配制度、严格的监督管理机制，才能保证这项惠民措施能够真正地落实到符合购买经济适用住房的人身上。因此，必须建立严格的动态的进入退出机制，以保这项制度能长期实行下去。另外，经济适用住房的产权问题、进入市场流转问题等也是必须解决的难题。

三是户型与面积的合理规定。经济适用住房所使用的土地是国家政府划拨的，所以它的开发建设规模、水平要与当地的自然状况、社会经济发展阶段及该城市的承载能力相符合。

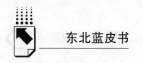

四 东北地区城市住房保障制度发展对策与建议

(一) 要处理好保障性住房与经济发展的关系

目前，保障性住房建设的投入资金，主要由地方政府的财政划拨及公积金的收益盈余组成。当下社会保障性住房建设虽然是中央主抓、社会急需、民众翘首以盼的大事，但是由于历史的原因（资源型城市多，棚户区在全国居首位），东北地区城镇居民居住水平相对较低，需要保障性住房的数量巨大。而且由于地理位置气候差异关系，建设相同面积套型的保障性住房投入的资金及原材料要比沿海等其他地区大得多。而东北地区属于经济欠发达地区，居民的可支配收入、各省区的财政收入都很有限，需要财政投资的公益事业又很多。因此，在东北地区发展建设保障性住房是一项长期的事业，不可能一蹴而就，必须量力而行，切忌政治化、政绩化，必须做好切合实际的计划与规划，合理分配保障性住房建设资金与经济发展以及其他各项公益事业资金投入的比例关系，分阶段、分步骤进行，才能达到既最大限度地建设保障性住房、解决人民必须的生活问题，创造和谐东北地区，又能最大限度地发展经济、搞好各项公益事业建设。

(二) 充分利用价格优势，建立健全多层次住房保障体系

在发展完善城镇住房保障制度方面，东北地区有两个有利条件必须加以利用和发挥。

一是价格优势。近些年来，东北地区受全国大气候影响，虽然也存在房价增长过快、增幅过大等现象，但由于地理位置、社会环境的关系，国外资本进入房地产市场较少，国内"温州炒房集团"也涉入不多，加之东北地区内部以房投机、以房投资者极少，大多数买者多为自住或改善居住条件需要，所以房价并不算高。高档次、超豪华商品房、别墅类建筑不多，这样既不会因建设保障性住房而使房地产市场受到激烈震荡，使房价大起大落，也不会使开发商损失过大，从而影响房地产业的平稳发展。这就为发展、改建廉租房、经济适用住房、"两限房"等多层次保障性住房体系创造了很多便利。我们应充分利用这一有利优势，加快东北地区多层次保障性住房体系建设。

二是棚户区改造成果优势。由于东北地区资源型城市较多，由此形成了东北

地区大量的、大面积的、大片的棚户区。近年来，辽宁、吉林、黑龙江三省在实施振兴东北地区老工业基地战略决策过程中，全面落实科学发展观，大规模地进行了棚户区的改造工程，取得了巨大的成果。通过棚户区的改造，配套进行道路、绿化等基础设施建设，进一步完善城市整体功能，改善城市面貌，提高城市品位，有力地提高了土地利用效率，实现了城市的均衡发展。东北地区在今后的保障性住房建设完善过程中，进一步紧密结合棚户区的改造工作，对改善城市的住房供应体系、供应结构，以及对改善保障性住房区位规划都有重要意义。

（三）国家政策大力支持

一是落实好国家各项优惠政策。在社会保障性住房建设方面，要坚决贯彻落实好国家文件中规定的各项优惠政策，如，"廉租住房和经济适用住房建设、棚户区和危旧房改造、旧住宅区整治一律免收城市基础设施配套费等各种行政事业性收费和政府性基金，减半征收经营性收费；廉租住房和经济适用住房建设用地实行行政划拨方式供应并优先安排；社会各界向政府捐赠廉租住房房源的，执行公益性捐赠税收扣除"，等等，以便顺利推进保障性住房事业发展。

二是明确未来住房建设规划。在2008～2012年的住房规划中，要重点明确廉租住房、经济适用住房、"两限房"和中低价位、中小套型普通商品住房的结构比例、建设规模，并落实到具体地块、项目，控制单宗土地供应规模，明确项目开工竣工时限，确保供应出去的土地能够及时开发建设。房价较高、涨幅较大的大中城市，要切实增加中低价位、中小套型普通商品房供应，加大"两限房"供应规模。

三是贯彻落实好"两个70%"的政策。今后，在贯彻国家房地产市场宏观调控政策方面，东北地区要坚持以科学发展观为统领，以党的"十七大"精神为指导，以解决民生问题为核心，着力加快以廉租住房为重点的多层次住房保障和供应体系建设，进一步转变政府职能，强化行业管理部门的服务意识，提高房地产信息化建设水平，加大行业监督管理工作力度，营造良好的市场发展环境，努力推动东北地区房地产业健康稳定发展。具体应做好如下工作：①中小户型商品房建设，建筑面积在90平方米以下的商品房要占70%以上，廉租房、经济适用住房要达到商品住房开发总量的20%以上。②廉租住房、经济适用住房不过度集中，以配套建设为主，集中建设为辅，新开发的商品房项目必须配套建设一定比例的廉租住房、经济适用住房。

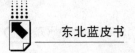

（四）财政融资大力支持

住房保障制度是一项以政府为主导，社会各界广泛参与的，保证社会公平、公正、社会和谐的"民生工程"，这项工程特别是廉租住房、经济适用住房的开发建设需要大量的资金，这就需要政府在财政投融资方面给予大量的支持。

目前可采取且已经采取的途径有：年度预算安排廉租住房保障资金；提取贷款风险准备金和管理费用后的住房公积金增值收益余额；土地出让收益中安排廉租住房保障资金；政府廉租住房租金收入；社会捐赠及地方其他方式筹集资金。随着经济的高速发展，政府应逐年加大财政投资，同时建立长效筹资机制，采取多种渠道筹措资金。同时，要改变目前的政绩考核办法，提高地方政府的积极性。我国地方政府负有发展经济的责任，以 GDP 的增长作为考核的主要标准，地方政府为了保障经济发展，必须有巨额的财政支出作为支撑，而来自房地产的"土地财政"（包括土地出让金、各种房地产税费）收入占 60% ~ 90%。提供保障性住房必然使地方政府财政收入减少。因此，只有改变政绩考核的内容，才能最大地调动地方政府的积极性，落实、抓好中央的住房保障政策。

（五）给予税收支持

开发建设保障性住房（主要指经济适用住房）是一项社会公益事业，所以应当以保本微利为原则。其销售基准价格及浮动幅度，由价格主管部门会同住房保障主管部门，依据经济适用住房价格管理的有关规定，在综合考虑建设管理成本和利润的基础上确定并向社会公布。房地产开发企业实施的经济适用住房项目利润率按不高于3%核定；房地产开发企业实施的经济适用住房项目的管理费成本不得高于2%。为了让广大的开发商积极参与，更好地相互合作，可相应地减免一些税费。

（六）加强对保障性住房的监督与管理

发展建设社会保障性住房的宗旨就是要解决城镇低收入及住房困难家庭的住房问题，因此必须保证建成的社会保障性住房真正、全部分配给符合保障条件的低收入、住房困难家庭，而不被其他阶层所贪占。这些年来，从中央到地方，我国各级政府为此尽了最大的努力（如中央及各地所制定的《关于廉租住房实施及管理办法》、《关于经济适用房实施及管理办法》等），但是由于体制原因、制度问题、管理方式不到位及权力寻租等腐败现象的发生，使相当一部分保障性住房为一些不符合条件者（甚至是相当富裕者）所享用，这不仅使低收入、住房困难者受到极大的经济损害，也极大地损害了政府的威信和形象。因此，今后应该加强对保障性住房的分配、流转的监督与管理工作。要对廉租住房、经济适用住房、"两限房"及其他中低价位、中小套型普通商品住房的建设目标、建设项目、住房结构比例、土地供应保障措施，包括新建、存量住房利用等加强监督与管理。

（七）借鉴发达国家经验

几乎所有的发达国家，在其经济起飞的初期都是由政府主导解决住房问题的，当社会主要群体的住房问题解决之后，才放开商品房市场，推进住房私有化，如瑞典是从 1976 年起，荷兰是从 1977 年起，英国是从 1979 年起，丹麦和德国是从 1982 年起的。这是我们必须借鉴的经验。随着各国住房短缺问题的逐步缓解，各国开始实行住房市场化政策，放松或取消租金管制，对社会出租房不再大规模建造，转而翻修，鼓励住房私有化，增加自有住房的补贴，同时减少对低收入人群的住房补贴。如新加坡，20 世纪 60 年代推行"居者有其屋"计划，大兴公房建设。新加坡的住房范式，可概括为"公屋 + 象征性租金"，到了 20 世纪 80 年代，80% 以上的家庭都居住舒适。当大多数居民居住问题得到解决之后，新加坡开始放开商品房市场，让那些少数富裕的人群购买商品房。美国住房发展的思路，也是先保障"居者有其屋"。美国早期并没有太注重住房保障问题，直到 1929 ~ 1933 年，世界经济大萧条之后，自由市场经济模式的弊端充分暴露。于是，1934 年美国出台了《临时住房法案》，以解决失业者的住房问题。1937 年，该法案补充为《廉租住房法》，规定由中央政府出资，由各地方政府的公房管理局具体负责建造并管理廉租房，供低收入家庭租用。1949 年的《住房法案》（修正案）明确提出，"联邦政府有责任为每一个家庭提供一套舒适的住房"。此后，联邦政府建设了大约 130 万套公房。目前，美国政府资助的廉租公寓已达 600 万套，其中 200 万套为政府所有，主要提供给残疾人和 65 岁以上的老人，其余 400 万套为私有公助。

我们在加快建设中国的"住有所居"的住房保障体系时，应建立适合中国国情的住房建设模式和消费模式，使土地、资源、能源利用更加合理，多数家庭住房条件得到明显改善。因为中国是人多地少、能源短缺的国家。所以住房建设

必须向"紧凑型"方向发展，节能省地型住宅是中国住宅发展的方向。国家住房和城乡建设部的组建意味着土地、资金等资源将向保障性住房建设倾斜。这样，中国的住房保障体系必将是廉租房、公共租赁房、经济适用房以及"两限房"多元并存的、多层次的住房保障体系。

参考文献

国家信息中心：《以越南为鉴，保证中国房地产健康发展》。

朱记军、杨易：《浅议我国廉租房制度》，《中南财经政法大学研究生学报》2007 年第 1 期。

景维忱：《关注民生　完善经济适用房制度建设》，《中国房地信息》2008 年第 4 期。

文林峰编著《城市住房保障》，中国发展出版社，2007。

黄卫、陈淮主编《中国住房保障》，中国发展出版社，2007。

褚超孚著《城镇住房保障模式研究》，经济科学出版社，2005。

东北地区医疗卫生体系建设研究

姜浩然　王　伟*

摘　要：2007 年，东北地区医疗卫生事业发展迅速，卫生体系建设成效显著。公共卫生体系和疾病监测网络基本建立，多层次的医疗保障体系初步形成，农村的就医条件不断改善，城市社区卫生服务发展迅速，有效地缓解了群众"看病难、看病贵"的问题，但同时也存在一些不容忽视的问题。我们必须以科学发展观总揽全局，以构建覆盖城乡居民的基本卫生保健制度为目标，着力推进卫生体制改革，努力提高医疗卫生服务质量和水平，营造和谐医患关系，不断满足城乡群众卫生保健需求。

关键词：卫生体系建设　成效　问题分析　对策建议

2007 年，东北地区不断深化卫生体制改革，强化医院管理，使医疗卫生事业发展迅速，卫生体系建设成效显著。公共卫生体系和疾病监测网络基本建立，多层次的医疗保障体系初步形成，有效地缓解了群众"看病难、看病贵"的问题，医疗服务和药品价格监督工作以及其他方面的卫生工作也进一步加强。

一　2007 年东北地区医疗卫生体系建设的成效

2007 年，东北地区医疗卫生事业发展迅速，卫生体系建设成效显著。公共卫生体系和疾病监测网络基本建立，各种传染病的防治以及应对卫生突发事件的能力明显增强。包括新型农村合作医疗、城镇职工医疗保险以及城乡医疗救助体系在内的多层次的医疗保障体系初步形成，农村的就医条件不断改善，城市社区

---

* 姜浩然，辽宁省社会科学院社会学研究所助理研究员，主要研究社区建设问题；王伟，辽宁省社会科学院社会学研究所助理研究员，主要研究社会发展问题。

卫生服务发展迅速，有效地缓解了群众"看病难、看病贵"的问题。同时，医疗服务和药品价格监督工作以及其他方面的卫生工作也进一步加强。

（一）公共卫生体系和疾病监测网络基本建立

公共卫生体系建设是卫生事业的一个重要组成部分，直接关系着人民群众的健康保障问题。2007年，东北三省的卫生事业在公共卫生体系建设方面取得了较大的发展，疾病监测网络基本建立。

2007年，辽宁省卫生厅组织有关专家制定了《辽宁省疾病预防控制机构考核评价办法（试行）》，各市对市级疾病预防控制机构的基础性考核评价工作以及各县（市、区）疾病预防控制机构的考核评价工作已于2007年底前完成。同时，继续落实以现代结核病控制策略（DOTS策略）为核心的控制策略，保持全省以县（区）为单位DOTS覆盖率100%。在防治慢性病方面，辽宁省卫生厅研究制定了全省预防和控制慢性非传染性疾病的中长期规划，进一步完善了省、市疾病预防控制中心、慢病防治办公室和社区卫生服务中心三级慢病防治网络。

截至2007年末，吉林省已制定公共卫生应急预案92件，有效处理了长春"格林巴利聚集性发病"等29起突发公共卫生事件，全省无重大以上突发公共卫生事件发生。全省乡镇卫生院疫情网络直报率大幅度提升，达到了83.48%，已超过国家平均水平。同时，吉林省还在边境地区全面开展了重点疾病、水质环境、病媒生物等项监测，加强了边境地区重大传染病暴发疫情防控和突发公共卫生事件应急处理，开展了高危人群预警预测和物资储备工作。2007年，吉林省边境地区实验室装备、人员培训、流病调查等共投入1788万元，装置设备500余台（件）。

截至2007年，黑龙江省疾控中心已经先后出台了《黑龙江省2006年麻疹防控技术指南》、《黑龙江省布氏菌病病情状况调查方案》、《黑龙江省救灾防病应急处理流程》、《黑龙江省不明原因突发事件应急处理流程》，指导建成了覆盖全省的突发公共卫生事件信息报告和预测预警信息网络，建立了黑龙江省公共卫生地理信息（GIS）系统和突发公共卫生事件（GPS）系统，形成了突发事件的全省联动机制，还进行了卫生应急事件的培训、演练。同时，黑龙江省不断加大力度开展传染病的防治工作，目前，全省传染病疫情报告信息质量综合指数在0.15%，一直处于全国前两位。

（二）多层次医疗保障体系初步形成

目前，东北三省多层次的医疗保障体系已经初步形成，新型农村合作医疗体系、城镇职工医疗保险以及城乡医疗救助体系的建设发展迅速，进一步扩大了医疗保障体系的覆盖面，实现了群众的广泛受益，群众看病难、看病贵的问题逐步得到缓解。

1. 新型农村合作医疗体系建设步伐加快

在建立新型农村合作医疗制度方面，东北三省发展迅速，此项工作走在全国前列。辽宁省从 2004 年 7 月便开始了试点工作，2006 年已经实现了新型农村合作医疗的全覆盖。2007 年，新型农村合作医疗制度已覆盖全省农业人口 2156 万人，参合农民 1893 万人，参合率达到 91.4%，参合农民满意率达到 95% 以上。2006 年，吉林省已在 24 个县市进行了新型农村合作医疗制度的试点工作。2007年，吉林省新型农村合作医疗覆盖了全部 1460 万农村居民，在全国率先实现了100% 覆盖的目标。全省参加新型农村合作医疗的县（市、区及国家级开发区）达到 64 个，参合农民达到 1162.46 万人，参合率达到了 82.04%。2007 年，黑龙江省 132 个县区的农村居民已经全面进入新型农村合作医疗政策覆盖范围，参加农民人数为 1312.88 万人，参合率达到 92.12%。

2. 城镇居民医疗保险体系建设成绩显著

自城镇推行医疗保险制度改革以来，辽宁省城镇居民医疗保险的参保人数不断增加，覆盖面逐年扩大。2007 年，辽宁省政府出台了《关于建立城镇居民基本医疗保险制度的意见》，以此来进一步推动城镇居民医疗保险体系的建设。截至 2007 年，全省已经有超过半数的市启动了城镇居民基本医疗保险，同时，有近 800 万人不属于城镇职工基本医疗保险制度覆盖范围的中小学阶段的学生、少年儿童和其他非从业城镇居民，可以自愿参加城镇居民基本医疗保险。吉林省从2005 年 6 月开始启动城镇居民医疗保险制度的试点工作，到 2007 年，全省参加医保人数已经达到 700 万人，占城镇人口总数的 50% 左右。黑龙江省城镇医疗保险工作进展顺利，成绩显著，目前，医疗保险人数已经达到了 763.9 万人。

3. 城乡医疗救助体系建设逐渐完善

从辽宁省的整体情况来看，城乡医疗救助制度正在不断推广和完善，以门诊救助、住院救助、事前救助和不设起付线为主要内容的城市医疗救助制度在全省得以推广。2007 年，全省累计筹集农村医疗救助资金 1.2 亿元，投入 900 万元资助农村低保户、五保户和其他贫困对象参加了新型农村合作医疗，同时对 3 万多人次患重大疾病的救助对象进行了重大疾病救助，累计投入 5700 万元，人均救助额 1900 元。2007 年以来，吉林省共筹集城乡医疗救助资金超过 1.2 亿元，城乡医疗救助制度已初步建立，从 2007 年 1 月起，城市医疗救助工作在全省 60 个县（市、区）全面铺开。同时，吉林省农村医疗救助体系建设也进一步完善。在资助农村低保对象参加新型农村合作医疗的同时，吉林省对在经过新型农村合作医疗补助后仍有困难的大病家庭进行大病救助和门诊救助等二次救助。目前，全省共筹集农村医疗救助资金 6872 万元，资助 73.7 万人参加新型农村合作，直接和二次医疗救助 2.3 万人，有效缓解了农村困难群众看病难问题。据介绍，目前吉林省已有近 80 万名城市低保对象通过当地政府的补贴和资助参加了城镇居民基本医疗保险，占城市低保对象总数的 60%。2005 ~ 2006 年，黑龙江省用了两年时间完成了部分县（市、区）开展的城市医疗救助的试点工作。2007 年，黑龙江省进一步健全和完善了城乡医疗救助制度，按照中央、省、县三级财政各负担三分之一的原则，在安排 2007 年初预算时足额落实财政部门承担的城乡医疗救助资金，并在本级福彩公益金留成中按 5% 的比例提取资金用于医疗救助，为实施城乡医疗救助提供有力的财力支撑。

（三）农村卫生基础设施和队伍建设初见成效

2007 年，东北三省加大各方面的投入力度，在改善农村的就医条件和加强农村卫生队伍建设方面取得了突出的成绩，极大地解决了农村卫生条件差、卫生人才缺乏的难题。

辽宁省 2007 年共投资 7950 万元，建设 36 个县级疾病控制中心业务用房 89766 平方米；投资 7691 万元，建设 51 个县级医院传染病区业务用房 56922 平方米；投资 560 万元，建设 12 个县级妇幼保健机构业务用房 15000 平方米。同时，省财政加大了对农村卫生人才培养项目的经费支持力度。目前，全省核定县级预防保健人员编制 9246 个，其中人员经费纳入全额财政预算 5929 人；全省 1125 个乡级预防保健机构，上划县管 751 个；核定乡级预防保健人员编制 4393 个，其中人员经费全额纳入财政预算 1349 人。

2007 年，吉林省共完成农村卫生基础设施国债建设项目 126 个（包括乡镇卫生院、县医院、县中医院、县妇幼保健院所），项目总建筑面积 17.6 万平方米，总投资 1.2 亿元。截至 2007 年底，"村级医疗卫生专业技术人才培养项目"

在读学员达到了 2909 人，"提高农村卫生服务能力建设项目"共培训乡镇卫生院院长 1000 余名。同时，在"人才支援农村医疗卫生项目"中，省直和各市州医疗卫生单位共派出医疗队 245 支，派出医务人员 735 名，支援了 21 个新农村合作医疗县市的县级医院和 245 所乡镇卫生院。

黑龙江省 2006 年已将农村卫生政策任务的落实情况等指标纳入了省委省政府对市、县政府的目标责任制的考核内容之中，全省按照目标责任制的考核内容对地方政府进行评分。2007 年，黑龙江省开始启动城市二级以上医疗卫生机构对口支援乡镇卫生院国债项目，全年结成支援帮扶对子 84 个，受援乡镇卫生院分布在 14 个"国贫县"和 7 个"省贫县"。同时，全省范围内继续开展乡村医生向上级医院医生的"拜师"培训活动，全省评选出 100 名名村医、50 名名乡镇卫生院院长和 50 名乡镇卫生院业务骨干。

（四）调整城市医疗卫生资源结构取得新进展

城市社区卫生服务的发展是缓解城市居民看病难、看病贵的重要途径之一。2007 年，东北地区的城市社区卫生服务得到了迅速发展。

2007 年，辽宁省财政安排城市社区卫生服务能力建设资金 5000 万元，比 2006 年增加 2000 万元。到 2007 年末，全省已有 80% 符合条件的社区卫生服务机构被纳入了城镇基本医疗保险定点机构范围。目前，辽宁省 14 个市共规划设置社区卫生服务机构 1700 个，社区卫生服务街道覆盖率达 95.69%。社区卫生服务人员总数为 17509，社区医生、护士全科医学知识培训率超过 90%。

2007 年，吉林省财政落实标准化社区卫生服务中心建设补助资金 2000 万元。全省地市级市政府所在地按规划要求共完成标准化服务中心建设任务 110 家，达到了总数的 73%。各县（市）政府所在地完成建设任务达到总数的 30%。全省社区公共卫生补助经费按照常住居民每人每年 6 元标准（国家 3 元、省级 1 元、市区各 1 元），各级补助资金已基本拨付到位。同时，在全省范围内全面启动了社区卫生人员岗位培训工作，完成全科医师和社区护理人员岗位培训 2400 余人次，建成标准化社区理论、实践、临床基地 53 个。

黑龙江省 2006 年已经将 65% 以上的社区卫生服务机构纳入了医疗保险定点范围。2007 年，黑龙江省进一步加强了社区卫生服务的硬件条件和人力资源方面的建设。目前，全省已设置社区卫生服务中心 197 个、社区卫生服务站 524 个，覆盖城市人口 72.2%；社区卫生服务技术人员 7040 人，其中具有中高级职称的占 60.6%。

（五）医疗服务和食品药品监督工作进一步加强

医疗服务和食品药品监督工作是卫生工作的重要组成部分，与人民群众的健康问题息息相关。2007年，东北三省在这方面的工作上同样取得了可喜的成绩。

2007年，辽宁省各市严格执行《辽宁省医疗机构药品和医疗器械使用监督管理办法》，有效地规范了医疗机构在药品和医疗器械采购、管理等方面的行为，建立健全了防治医药购销领域商业贿赂的长效机制，取得了显著的成效。同时，辽宁省加大了食品安全工作力度，开展了餐饮安全专项整治工作。截至2007年底，全省共出动卫生监督员167846人次，检查餐饮单位163379家次，查处案件7361起，立案查处1459起，取缔无卫生许可证餐饮单位3042家，吊销卫生许可证110家，罚款167.705万元。

2007年，吉林省医疗机构监管工作取得了实效。在全省范围内继续深入开展"医院管理年"活动，还全面启动了医院等级复核评审工作，其中有40家大型医院接受了省级督导检查。同时，全省进一步完善了药品集中采购制度和统一管理机制，开展了2007年度医疗机构药品"限价挂网、竞价采购"工作；同时，全省开展了《食品安全法》的宣传周活动，突出了"关注餐饮卫生，预防食物中毒"活动主题，使广大群众了解了《食品卫生法》、《国务院关于加强食品等产品安全监督管理的特别规定》、《餐饮业和集体用餐配送单位卫生规范》等法律、法规和规范，取得了良好的效果。

2007年，黑龙江省卫生厅出台了《关于进一步推行医院院务公开工作的意见》，截至2007年底，全省县级（二级）以上医院普遍实施了院务公开。通过院务公开工作，进一步加强了医疗卫生管理，使医疗行业的风气得到了改善。同时，黑龙江省进一步规范了食品卫生许可证的发放管理工作，各级卫生行政部门严格按照《黑龙江省食品卫生管理条例》和《黑龙江省食品卫生许可证发放管理办法》在2007年上半年完成了辖区内食品卫生许可的旧证换发工作，并且对本辖区内发放的食品卫生许可证进行了一次全面认真的清理。

二 东北地区卫生工作中的问题分析

东北地区的医疗卫生工作虽然取得了很大成绩，但也存在一些不容忽视的问题，这些问题应引起各地政府和卫生行政部门的高度重视，逐渐加大工作力度，逐一加以解决，确保各项卫生工作迈上一个新的台阶。

（一）群众"看病难、看病贵"问题依然存在

目前，导致看病难和看病贵的因素主要有以下六个方面。一是卫生事业发展不协调，优质医疗资源过分向大医院集中，农村和城市社区卫生发展严重滞后。农村和社区卫生服务还比较薄弱，城乡之间、区域之间的服务条件和水平差距较大，卫生事业发展不够全面、协调。二是公共卫生体系不够健全，疾病预防控制体系和应对突发事件的处置能力不强，一些重大疾病仍在严重威胁人民群众身体健康。三是公立医疗机构运行机制不合理。政府缺乏必要的投入，医疗机构的人员经费、运行经费和发展资金基本上依靠服务收费，并实行创收归己。自行支配的机制，导致医疗机制过分追求经济收益；一些地方在医疗机构推行的"承包制"、医务人员收入与服务收入挂钩以及"独立经营，自负盈亏"办法，导致医疗机构的公益性质淡化，加重患者负担。四是卫生机构隶属关系复杂、条块分割，属地化全行业监管难以落实，医疗卫生监管还相当薄弱。五是医药生产、流通、使用秩序混乱，价格严重虚高，再加上"以药补医"的机制，使安全、有效、廉价的药品得不到有效供应和使用。六是医疗保险制度覆盖面小，发展还不平衡，对患者实施风险保护的作用还比较有限。

（二）医疗保障体系不够完善，城乡弱势群体卫生服务覆盖面与程度不高

医疗保障体系是社会保障体系的重要组成部分，是维护社会稳定的减震器。目前社会医疗保障制度不健全，覆盖人口少，许多农民、进城务工人员和城镇无固定职业的居民、少年儿童尚无任何形式的医疗保险。已建立的城镇职工医疗保障体系覆盖面又太小，国有企业职工基本参加了医疗保险，但私营企业、外资企业中的职工，特别是进城务工的农民大多没有参加，城市下岗职工、失业人员、低保人员也没有医疗保障。同时，卫生资源配置失衡，医疗卫生资源多集中在城市，其中优质资源又多集中在大中型医院，城乡和区域之间差距不断加大。现有卫生资源结构和布局不合理，宏观调控乏力，乡村和城市社区卫生资源少、质量不高，服务能力和水平低；卫生资源主要集中在医疗服

务领域，公共卫生领域资源不足，不能满足人民群众对基本医疗卫生服务的需求。

（三）公共卫生体系脆弱，全民公共卫生意识有待进一步提高

目前，公共卫生体系还比较脆弱，全民公共卫生意识还有待进一步提高。一是疾病预防控制体系还不健全，一些重大疾病仍在严重威胁人民群众身体健康。一些地方病和职业病仍未得到有效防治，恶性肿瘤、心脑血管疾病和糖尿病等慢性非传染性疾病严重危害中老年人群身体健康，精神卫生危害成为新的公共卫生和社会问题，精神疾病防治康复机构缺乏，妇幼保健机构基础设施建设滞后，农村高危孕产妇筛查、流动人口保健成为新难点，婚前医学检查严重滑坡，新生儿出生缺陷尚未得到有效控制。二是应对突发事件的机制不健全，处置能力不强，人员队伍、技术力量和物质准备等方面还需要不断完善。三是社区特别是农村仍是卫生工作最薄弱的环节。医疗卫生体系呈现倒金字塔形，高新技术、优秀卫生人才基本上都集中在城市的医院，农村和城市社区缺少较高素质医生的局面没有根本扭转。群众患病在当地难以有效就诊，要到大医院救诊，不仅加重了大医院负担，也增加了群众的经济负担。

（四）医疗卫生法制仍不够健全，药品流通领域尚不够规范

目前，医疗卫生法制仍不够健全，一些药品和医用器材生产流通秩序亟待规范，价格过高。药品作为商品，按一般市场经济规律，药品在供大于求的情况下，价格应该下降，但目前的药品却出现价格上升，越贵越好卖的反常情况。原因之一是一些企业违规操作，虚报成本，造成政府定价虚高。有些医疗器材几经转手，层层加价，其中以进口器材最为严重。一些不法药商通过给医生回扣、提成，扩大虚高价格的药品、器材销售。原因之二是现行医院的药品收入加成机制，诱导医院买卖贵重药，医生开大处方。在市场经济条件下，药品品种越来越多，价格差距越来越大，同类药品价格可能相差十几倍，这种机制的弊端日益显现。原因之三是替代药品泛滥。按现行药品定价办法，国家批准的新药可以高于成本定价，以鼓励研发新药，于是一些企业把一些常用药品改头换面申报新药，从而获得较高的价格，有的同类药品竟达数百甚至上千个产品。原因之四是有的企业责任意识、质量意识和守法经营意识淡漠，忽视质量管理和产品安全；有的为追求经济利益，违规发布药品广告，严重误导群众。

三 加强东北地区医疗卫生体系建设的对策建议

针对以上问题，必须以科学发展观总揽全局，以构建覆盖城乡居民的基本卫生保健制度为目标，以农村卫生、社区卫生和公共卫生为重点，着力推进卫生体制改革，着力提高医疗机构管理水平，着力加强卫生人员队伍建设，努力提高医疗卫生服务质量和水平，营造和谐医患关系，不断满足城乡居民卫生保健需求。

（一）加大政府投入，继续完善城乡居民的公共卫生服务体系

政府应随着财政收入的增长，进一步加大对医疗卫生事业的投入，完善城乡居民的公共卫生服务体系。

1. 加强基层医疗机构建设，特别是加强农村和城市社区医疗卫生服务体系建设

一是加快建立和完善以县级医院为龙头、乡镇卫生院为骨干、村卫生室为基础的农村三级医疗卫生服务网络。政府重点办好县级医院和每个乡镇一所卫生院，采取多种形式支持村卫生室建设，大力改善农村医疗卫生条件，对村卫生室人员给予公共卫生补助，并逐步提高补助标准。二是提高医疗卫生服务质量。建立和完善以社区卫生服务为基础的新型城市医疗卫生服务体系，大力发展社区卫生服务机构，完善社区卫生服务功能，为社区居民提供疾病预防等公共卫生服务和一般常见病、多发病、慢性病的基本医疗服务。三是健全各类医院的功能和职责。充分发挥大医院在承担急危重症和疑难病症的诊疗、医学教育和科研、指导和培训基层卫生人员等方面的骨干作用。四是整合现有城市卫生资源，逐步实现社区首诊、分级医疗和双向转诊。对公立医院要逐步完善其承担的基本医疗和应急处置等公共卫生任务的补偿办法，逐步增加符合区域卫生规划的基础设施和医疗设备的投入，确保公立医疗机构的公益性质。五是设立突发公共卫生事件处置专项资金，建立健全卫生应急储备制度。提高对重大传染病和重大环境污染、食品污染来源的检测、监测和预警的技术水平，完善高效、敏感的应对突发性公共卫生事件的应急救治体系。

2. 健全城乡医疗卫生服务体系

大力发展社区卫生服务，构建以社区卫生服务为基础，医院和疾病预防控制机构分工合理、协作密切的新型城市卫生服务体系，形成小病在社区，大病到医

院的医疗服务格局。认真组织实施农村卫生服务体系建设与发展规划，健全农村三级医疗卫生服务网络，加强农村医疗卫生人才培养，提高农村医疗卫生机构服务能力。

3. 构建和谐医患关系

加强医德医风建设，在广大医务人员中牢固树立诚信为本、忠实服务的良好风尚，努力减轻医药费用负担，维护群众权益。加强医患沟通，做到相互理解、相互信任、相互尊重、相互支持，共同战胜疾病。

（二）继续完善医疗保障制度，特别是针对农村地区和城市弱势群体的保障

一是建设覆盖城乡居民的基本卫生保健制度。这项制度以人人享有基本卫生保健为目标，以公共卫生机构、农村卫生机构和城市社区卫生机构为服务主体，采用适宜医疗技术和基本药物，为居民免费提供公共卫生服务和按成本提供基本医疗服务，由政府按适当方式保障服务，保障服务人员经费和工作经费。

二是建设多层次的医疗保障体系。根据城乡实际情况和不同人群的收入情况，建立不同形式的医疗保险制度，尽快将不同水平的医疗保障制度覆盖到城乡全体居民。

三是逐步实现医疗保险市级统筹。近期，逐步实现城镇职工基本医疗保险、新型农村合作医疗、城镇居民基本医疗保险单独的市级统筹，实现医疗保险随居民在城乡之间自由流动的可携带性和可转接性。远期，随着经济社会的发展，逐步实现"三保合一"、互联互通、全市统筹，消除城乡医疗保障差距。

四是进一步完善医疗救助制度，提高补助标准，切实保障困难弱势群体公平享有基本医疗服务的权利。完善城乡医疗救助制度，对困难人群提供补助，筑牢医疗保障基础。

（三）进一步提高医疗服务质量

一是加强医院管理。主要针对当前医疗服务管理、医院发展方向、发展思路等方面不符合科学发展观要求和医疗机构公益性质淡化，追求经济利益，医疗费用增长过快，群众经济负担加重，医患关系紧张，医疗监管薄弱等突出问题，通过加强医院管理，改善医疗服务，规范医疗和用药行为，提高医疗质量，确保医疗安全，提升医院管理水平。要明确发展方向，坚持为人民健康服务的办院宗

旨；加强医患沟通，构建和谐的医患关系；建立健全管理制度，严格收费管理，降低医药费用；建立信息公开公示制度，拓宽社会监督渠道；加强医德医风建设，纠正行业不正之风。

二是加强卫生行业作风建设，狠刹不正之风。目前，对医疗服务行业不正之风反映强烈的突出问题是乱收费、拿回扣、收红包、开单提成和药品、器材价格过高。这些问题损害了群众利益，增加了群众就医困难。出现这些问题，有医疗服务思想、观念、作风不端正的影响，有不合理机制的诱导和管理上的缺陷，也有社会上的不正之风，但都通过医疗服务这个窗口集中反映出来。要广泛开展忠于职守、爱岗敬业、开拓进取、乐于奉献的思想教育和职业道德教育，树立救死扶伤、病人至上、热情服务、文明行医的行业风尚，努力建立符合广大人民群众要求的新型医患关系，认真查处红包、回扣、开单提成和乱收费等违法违纪问题。建立教育、制度、监督三者并重、惩防并举的纠风工作长效机制，重点是探索从源头上有效遏制不正之风的途径和方法。

（四）加大卫生监督工作力度

1. 加强食品药品的安全监管工作

一是加强食品的安全监管工作。从源头上抓质量，对农产品着重加强产地环境和农药、兽药、饲料、饲料添加剂等投入品管理，加强包装、贮藏、运输等环节的监管；二是严把食品出口关、货架关和餐桌关。

2. 进一步深入整顿和规范药品市场秩序

加强药品研制环节整治工作，全面完成药品注册现场核查和药品批准文号清查工作；进一步加强药品 GMP 的监督实施，全面开展药品生产工艺核定工作，完善向高风险品种生产企业派驻监督员制度；加快建设药品监控信息网络，进一步完善特殊药品监控网络，加强药品流向实时监控；加强药品经营企业监督检查，严格药品经营准入管理，强化农村药品"两网"建设和广告专项整治；全面推进医疗器械注册资料核查，强化医疗器械生产监督检查和质量监督抽验，建立健全医疗器械标准和监管法规，特别是继续加强农村药品监督和供应网络建设。充分利用现有网络和人员，建立适合农村实际的药品供销体系和监督体系，规范药品供销渠道，加强质量监管，严厉打击非法药品经营活动。逐步推进农村医疗卫生机构药品集中采购或跟标采购；也可由县级医疗机构或乡镇卫生院为村卫生室代购药品；鼓励药品连锁企业向农村延伸，对农村基层医疗机构实行集中配送。通过建立多种形式的农村药品供应渠道，保证农民用药安全、有效、经济。

3. 加强卫生行业监管，维护群众就医安全

探索建立不分医疗卫生机构隶属关系，均由当地政府主管部门实施行业监管的机制，严格医疗资格准入，规范医疗秩序，强化医疗质量评价，打击非法行医和非法采供血行为，保证群众就医和用血安全。同时，加强药品和医疗服务价格监管，对擅自提价、自立名目、提高标准、扩大范围乱收费行为要严肃查处，对情节严重、屡查屡犯的要公开曝光，并提请有关部门追究相关领导和责任人的责任。

（五）继续开展爱国卫生运动，增强全民卫生意识

1. 全面加强环境卫生的综合整治工作

一是开展环境卫生大扫除活动，清除卫生死角，清理垃圾杂物，积极主动完成各项环境卫生整治工作。二是开展重点区域的环境卫生整治工作。重点抓好农村地区、城乡结合部、城中村、外来人员集居地、农贸市场及周边、"五小"行业（小饮食店、小浴室、小美容院、小歌舞厅、小旅馆）和幼托机构、小学等重要场所的环境卫生综合整治工作。应保持群众生活环境的清洁有序，确保食品、饮用水的安全供应，加大生活垃圾、粪便收集和无害化处理的监督管理力度，控制和消除垃圾、粪便乱扔乱倒的现象，加强各类公共厕所的清扫保洁，尽快取缔农村小粪缸和旱厕，为切断疾病的传播途径打好基础。

2. 广泛开展群众性的健康教育工作

应开展形式多样的健康教育宣传活动，利用社会各种宣传载体和阵地，通过黑板报、宣传栏、宣传物品等形式，以学校、社区、企业、农村（城中村）等人群密集的场所为重点，发动各街镇、各村居委，组织卫生干部和志愿者，走村入户，深入群众，向居民传播防控知识，帮助群众掌握保健知识，倡导良好的卫生习惯，提高维护环境整洁的意识，减少疾病发生。加强健康教育和心理保健咨询，普及健康知识，促进心理健康，养成健康文明的生活方式。

东北地区低保边缘群体救助制度研究[*]

王磊　潘敏[**]

摘　要：本文从东北地区的低保边缘群体救助制度建设现状入手，着重探讨了东北地区低保边缘群体救助制度的目标定位、框架设计原则以及完善对策。发达国家的工作福利政策对完善东北地区的低保边缘群体救助制度具有重要的借鉴意义；要实现低保边缘群体救助制度与低保制度的合理衔接，就要做好制度设计与基层实践两个层面的工作。

关键词：东北地区　低保边缘户　救助制度　生存与发展

低保边缘户是指家庭月人均收入略高于当地低保标准，但由于未享受医疗、教育、取暖等长期性救助政策，实际生活水平低于低保对象平均水平，处于相对贫困状态的居民家庭。为了缩小低保边缘户与低保户的实际生活差距，有效缓解低保边缘户面临的相对贫困问题，近几年东北三省开始对城市低保边缘户进行阶段性救助。特别是2007年党的"十七大"提出"加快推进以改善民生为重点的社会建设"，"健全社会救助体系"思想以后，东北三省在基本实现应保尽保的基础上，进一步将救助对象由低保对象向城市低收入家庭延伸，城市低保边缘群体救助制度的建设步伐明显加快。然而，与城市低保制度相比，东北地区的城市低保边缘群体救助制度建设刚刚起步，其制度设计与基层实践层面都还存在一些亟待解决的问题。

---

[*] 本文是国家社科基金项目"社会转型期的全民低保制度与贫困群体的生存和发展研究"（项目编号：07CRK001）的部分研究成果。

[**] 王磊，辽宁省社会科学院社会学研究所助理研究员，主要研究社会保障问题；潘敏，辽宁大学经济学院讲师，主要研究应用经济学问题。

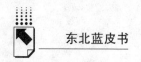

一 东北地区低保边缘群体救助制度现状

(一) 低保边缘群体的规模与构成

低保边缘群体 (有时也被称为 "亚贫困群体") 是指由于处于城市低保制度边缘而陷入相对贫困状态的居民。统计表明，截至 2007 年末，东北地区共有城镇人口 5542.27 万人，占全国城镇人口的 9.6%。按照国际惯例，不管物价和经济走势如何，一般是将一个国家或地区的 20% 的最低收入阶层或收入水平低于社会平均水平 1/2 的群体作为相对贫困人口。据此推算，东北地区的城镇贫困人口为 1108.45 万人，而同期东北地区城市低保保障人数仅为 416.5 万人，占东北地区城镇人口总数的 7.5%，即使是加上享受临时救助的城市贫困人口，东北地区的低保边缘群体仍要以数百万计。这些城镇贫民或低收入群体无法获得相关保障。

从低保边缘群体与低保标准的关系来看，东北地区低保边缘群体主要包括以下四种情况：①本该属于城市低保救助对象，但是由于城市低保瞄准失当等种种原因无法获得低保救助。②收入和消费有时候在低保标准以下，有时候又在低保标准以上。③收入和消费尽管暂时高于低保标准，但是随着时间的推移 (比如家庭年龄结构的变化、子女上学和疾病等)，迟早要低于低保标准。④生活高于低保标准，但是将来能否不低于低保标准取决于个人发展或其他外部因素。东北地区是中国的老工业基地，在目前社会经济转型时期低保边缘贫困群体产生的根源主要有下岗失业、疾病、灾害、年老等，其中最主要的是下岗失业。低保边缘群体是社会中非常脆弱的弱势成员，他们最大的问题是缺乏自我抵御风险的能力，任何稍大一点的生活风险 (例如疾病、长时间无法找到工作) 都足以使他们深陷贫困，不能自拔。

(二) 低保边缘群体救助制度的初步建立

低保边缘群体救助制度是低保制度的延伸，并以低保制度的发展完善为基础。2003 年以来，东北三省低保工作取得了突破性进展。截至 2005 年底，东北三省符合低保条件的城市困难群体居民均被纳入保障范围，辽宁、吉林、黑龙江省保障人数分别达到 139.8 万人、136 万人和 143.2 万人，应保尽保的目标基本实现。东北地区低保制度的日臻完善为低保边缘群体救助制度的建立与发展提供了必要的条件。东北地区低保边缘群体救助制度即是在这一时期开始萌芽、发展。这里将着重介绍推动新制度创立的一些重要文件及东北地区主要采取的一些低保边缘群体救助措施。

辽宁省于2007年8月6日发布了《辽宁省人民政府办公厅转发民政厅等部门关于建立城市低保边缘户救助制度的意见的通知》（以下简称《通知》）拉开了辽宁省城市低保边缘群体救助制度建设的序幕。该项通知对城市低保边缘群体救助制度的救助对象和范围、救助项目和标准、救助政策的衔接和管理、救助资金的筹集和规模、实施步骤等项内容进行了规范与明确。而根据《通知》精神及部分生活必需品价格上涨的现实，辽宁省委省政府又作出决定，从2007年8～12月，对城市低保户和处于城市低保边缘状态的城市贫困居民实施暂定为期5个月的阶段性生活救助，以有效缓解物价上涨给城市贫困居民生活带来的压力。

为了贯彻《通知》精神，建立城市低保边缘群体救助制度，辽宁省各市均出台了相应的救助措施。沈阳市于2007年8月份出台了《关于对城市低保边缘群体救助的实施方案》，这是沈阳市出台的首个专门针对低保边缘户救助政策。该项实施方案规定，低保边缘户将享受到就业援助、就学救助、就医救助、供暖救助、"两节"救助、临时救助六项专项救助。大连市于2007年10月份发布了《大连市人民政府办公厅关于建立城市低收入家庭专项救助制度的通知》，决定在全市范围内建立城市低收入家庭专项救助制度。该《通知》对专项救助的对象、范围和原则、专项救助的项目、标准和资金来源、专项救助制度管理和保障等项内容作出了明确说明与规范。此外，辽宁省的其他市也采取积极措施建立城市低保边缘户救助制度，如阜新市通过进行医疗、子女就学和冬季取暖等项目救助，建立长效救助机制，解决城市低保边缘户生活困难问题。

吉林省于2006年12月18日出台了《吉林省人民政府关于推进城乡社会救助体系建设的实施意见》（以下简称《意见》）。《意见》提出为了解决低保边缘人群的生活困难问题，要建立临时救助制度，在"两节"期间，对分类施保对象、临时困难户等特殊困难群众给予临时救助。该项《意见》的出台奠定了吉林省低保边缘群体救助制度发展的基础，极大地推动了省内各市低保边缘群体救助政策的落实。例如，为消除物价上涨对低保边缘困难家庭基本生活造成的影响，2006年末长春市按照吉林省民政厅《关于对分类施保对象和低保边缘人员进行临时救济的通知》要求对全市低保边缘人员节日期间生活进行了救助工作。再如，为解决部分低保边缘户住房难的问题，2007年长春市建设2万多平方米的廉价房，等等。

黑龙江省为解决低保边缘群体的基本生活困难问题，也开始着手建立低保边缘群体救助制度。从2007年开始黑龙江省在全省范围内对这部分人群实施临时救助。哈尔滨市在2007年还启动了低收入家庭救助工程，对低收入家庭实施住房、医疗等方面的救助，并对有高中以下学生、70岁以上老人、重度残疾人等特殊困难人员的低收入家庭进行分类救助，等等。

二 低保边缘群体救助制度实施过程中的制约因素

目前，东北地区低保边缘群体救助制度建设正处于起步阶段。尽管低保边缘群体救助制在改善低保边缘户生活状况，缓解低保群体与低保边缘群体的生活差距，维护社会公平与稳定方面发挥了重要作用，但其效果并不尽如人意，制度实施过程中还面临如下制约因素。

（一）识别低保边缘户资格的标准过于简单、刚性

贫困的识别与瞄准向来都是贫困救助所面临的首要问题。但东北地区现行的低保边缘群体救助对象的识别标准过于简单，缺乏应有的制度弹性。例如沈阳市规定凡家庭月人均收入高于260元（含260元）低于320元的城市居民家庭即认定为低保边缘户。大连市则规定凡居住在市辖区内、具有本市非农业户籍、家庭月人均收入在280～350元之间，均可以家庭为单位，申请城市低收入家庭认定资格并享受相应的救助政策。制定这样的标准虽然易于理解与操作，但由于未能根据不同结构贫困家庭人均最低生活费设计出不同的标准，更没有进一步研究例如单亲家庭、老人、儿童、残疾人等不同贫困群体的实际生活需要与支出，在实践中往往造成低保边缘群体的瞄准失当，一部分本应该为制度所覆盖的贫困家庭受到制度排斥。

（二）低保边缘户救助制度与相关制度缺乏有效的衔接

首先是低保边缘户救助制度与就业制度缺乏有效的衔接。这主要表现在：①现有的制度主要侧重对低保边缘户的基本生活需求救助，忽视了对低保边缘户的就业扶持。从调查的情况来看，除沈阳、大连市等地区的低保边缘群体救助措施中涉及就业救助外，其他地区的救助措施还主要停留在保障基本生活层面上，

对低保边缘户再就业的鼓励支持政策力度不足。②配套救助措施增加了低保边缘户救助制度的含金量，削弱了有劳动能力的低保边缘对象找工作的积极性。目前的低保边缘群体救助措施往往采取综合救助的形式，即低保边缘户不仅可以获得一定的现金给付，还可以享受子女就学、医疗、住房、取暖、重大节日救助等多项生活救助。这些救助措施增加低保边缘户的含金量，在一定程度上削弱了救助对象的就业需求。

其次是低保边缘群体救助制度与社会保险等衔接不佳。社会救助制度应当仅仅面向少部分游离于社会保险制度之外的底层弱势群体。然而，就东北地区目前情况而言，城市医疗保险制度改革失误、失业保险与养老保险尚不健全。而转型时期，国企减员增效中产生的大量下岗分流人员和"4050"人员得不到充分保障又增加了社会保险的保障难度。社会保险保障功能乏力使得大量城市居民不得不从社会救助制度中寻求生活依托。而这种制度对接错位加大了低保边缘救助制度的压力。

（三）低保边缘群体救助中的制度依赖倾向明显

低保边缘群体救助制度的最终目的不是为了维持或"制造"一个最低收入阶层，而是把保障贫困者生存作为一个基础，同时对其中具有一定劳动能力的救助对象实施就业培训和拓展就业渠道，使之通过救助阶段的缓冲，最终经由就业摆脱贫困，融入社会主流。然而，低保边缘救助制度实践中却存在一个越来越明显的迹象："制造"一个长期的低收入群体，特别是当前的救助工作已经转向综合性。政策是按不断扩大救助范围、提高救助水平的思路来设计的，从原来的单纯生活救助到现在的生活、医疗、教育、住房等一系列保障措施。以上的政策组合使"低保证"的含金量大增，在一些地区低保户、低保边缘户资格已经成为许多人争取的"香饽饽"。2007年笔者在辽宁省阜新市某社区调研发现，该社区现有低保户520户，占社区家庭总数的38.5%。但据笔者估计，该社区正常的低保率应该为20%左右。而一些未被确认低保户资格的家庭则以各种途径"挤"进低保边缘户行列。当然，作为面临普遍性下岗失业的资源枯竭型城市，拥有较高的社会救助比例有其必然性，但畸高的救助比率，则反映出目前的救助制度保护性有余，激励性不足。

（四）对有特殊困难的救助对象救助力度不足

调查显示，典型的低保边缘群体并不是没有任何收入来源。相反，他们中的很多人有较为稳定可靠的收入。他们的问题在于基本上是以一个人的收入来维持全家的生活。而他们的生活又可能或多或少面临着一些亟待解决的重大困难，例如医疗、子女教育困难、住房困难等。因此，对这些人要采取分类救助的方法，救助的平均化无法满足这些"特困户"需要。

从总体而言，目前东北地区的低保边缘群体救助制度救助标准趋于平均化，忽视了每个家庭规模、结构、需求的差异。如为了有效缓解物价上涨给城市贫困群体带来的生活压力，2008 年 2 月长春市及时启动城市低保标准与物价指数变化的联动机制，把城市低保标准由每月每人 205 元提高到 245 元，并为近 10 万户低保家庭和低保边缘户发放生活补贴，确保低保困难家庭基本生活水平不因物价上涨而降低。哈尔滨市则进一步扩大了最低生活保障范围，将保障对象由低保对象向低保边缘家庭延伸。这些措施具有明显的短期性与应急性的特点，还没有兼顾到不同类型低保对象不同的实际需求。

在社会保障实践中，国际上通行的做法是针对不同家庭，采用不同标准，给予差别性救助。差别化救助能够考虑家庭规模和构成，使救助相对合理，差别化救助能够考虑到需要程度，体现救助的人性化。

总体上来看，东北地区低保边缘群体救助制度建设刚刚起步，而且发展不平衡，低保边缘群体救助制度供给不足的情况比较严重。诸如如何计算救助申请人的家庭财产，如何区别不同规模家庭而给予差别化救助，如何满足贫困家庭的医疗需求、教育需求与住房需求，如何激励和组织低保对象就业等一些实践中急需解决的问题都没有具体可操作性的政策规定。低保边缘群体救助制度供给不足在实践中直接导致相关工作无法可依，影响了救助工作的顺利开展。这样的例子在工作实践中也并不鲜见。例如，为解决低保边缘群体的基本生活困难，2007 年黑龙江省决定在全省范围内对这部分人群实施临时救助。但从哈尔滨市各社区的执行情况来看，由于低保边缘人群的认定缺乏统一标准，加上受救助的名额有限，社区的统计发放工作难度很大，救助工作开展并不顺利。

低保边缘群体救助制度供给不足还表现在低保边缘群体救助制度的覆盖面有限。目前，低保边缘群体救助制度依然是以户籍为基础，以城市居民为救助对象，广大的农民工以及农村的贫困群体仍然没有被制度所覆盖。如辽宁省在 2007 年发布的关于在全省建立低保边缘户的《通知》就是仅仅针对城市居民的。这种以城乡二元户籍制度为基础的城乡有别的二元制度模式是偏惠而非普惠的，显然也是不公平的。

（五）基层工作的岗位设置、经费预算不合理，救助工作者素质欠佳

合理的岗位设置与充裕的经费保障是基层救助工作有效组织与开展的前提和基础。就机构和岗位设置而言，目前的低保边缘群体救助工作通常由基层工作人员负责。而社保专门管理机构只设置到街道一级，即街道的社保所，每个社区里只有一名低保干事。低保干事属于社区的工作人员，与社区其他工作人员一同工作，但低保干事没有正式编制。在这种环境下，基层工作人员的工作任务极为繁重。就经费预算而言，社区的低保及边缘户救助工作没有专门的办公经费预算，统一从社区的办公经费中列支。而社区的办公经费并不充足，常常捉襟见肘。社区工作者是社区内低保及低保边缘户管理的直接操作者，他们自身的因素对政策的实施影响相当大。2007 年笔者在辽宁省阜新市某社区调研了解到，该社区虽然经过两次改选，社区干部整体在年龄、学历上有所改善，但社区干部的素质仍参差不齐。调查表明，社区工作者只拥有中专、高中以下学历，没有接受过专业教育和训练。而如此低的从业素质再加上其收入相对较低，使得不少人不能以正确的态度面对低保及低保边缘户救助工作。

三　发达国家工作福利制度对东北地区的启示

与低保群体相比，低保边缘群体的一个显著特征是有劳动能力者在其中占有较大的比重。而对于正处于社会经济转型的东北老工业基地来说，因失业下岗而处于低保边缘的城市有劳动能力贫困群体已经成为低保边缘救助的主体。兴起于 20 世纪 80 年代的工作福利制度以福利受益者的工作为导向，用积极的社会政策代替消极的福利给付制度，无疑对完善东北地区低保边缘群体救助制度具有重要的启示。

（一）发达国家的工作福利制度

工作福利制度即是"为你的福利而工作"，有时候被理解为"以工作为目标的福利"。由于工作福利制的概念来源于美国，所以这里的"福利"实际上就是指社会救助。虽然工作福利的概念在国外的学术界并没有统一，然而，对于其基本特点的认识大体是一致的：①针对有劳动能力的被救助者；②被救助者必须要用工作来回报他们所得到的救助金；③工作福利制的工作条件要低于劳动力市场中同等工作的条件；④在公共收入维持体系的最底层中实施。工作福利制是一项强制的劳动力市场计划，被救助者需要为救助金而工作，这种工作的报酬常低于开放的劳动力市场的正常工资。

工作福利制的有效性是非常明显的。与传统的只向被救助者提供救助金的做法相比，工作福利制更加强调被救助者的责任和义务，从而提高了被救助对象个人的工作努力水平。实践证明，这种更加积极的救助手段可以有效地降低被救助者对救助体系的依赖，提高被救助对象的就业率，降低政府的福利支出。在实际操作中，工作福利制采取社区工作体验这一重要形式，取得了双重的积极效果。一方面那些很难靠自己找到工作的被救助者可以在救助机构的帮助下从事社区服务工作；而另一方面被救助者必须接受社区工作的要求，又杜绝了一部分不符合救助资格的人的投机行为。此外，工作福利制不仅可以提高被救助者个人的就业率，还可以创造具有社会价值的产品和服务。在很多贫困社区当中，被救助者所进行的公益活动都为改善社区落后的公共康乐设施作出了贡献。

（二）启示与借鉴

欧美国家工作福利制度的出台，在社会上引起了很大的反响。虽然中国与欧美的社会政策存在着很大的差异，但通过对工作福利制度在欧美国家实施情况的分析，从中可以使我们对完善东北低保边缘群体救助制度获得有益的启示与借鉴。

首先，加强对有劳动能力被救助者的管理。低保边缘群体救助制度作为低保制度的延伸，是社会救助制度的进一步完善，建立和完善这项制度虽然缩小了低保边缘户与低户的生活差距，也大幅度地扩展了被救助对象的范围。现在的救助对象包括了原先不在救助范围之内的有劳动能力，但由于体制转轨等原因而陷入贫困的人口。相应的，在对被救助对象的管理中，并没有特别明确地去区分有劳动能力者和无劳动能力者，也就是说，对有劳动能力和无劳动能力者所采取的各项措施基本上是一致的，还没有专门针对有劳动能力被救助对象的特别的管理办法。对有劳动能力的被救助者的救助还只停留在发放钱物上。针对上述情况，应该加强对有劳动能力被救助者的管理，保证其在享受被救助的权利的同时，尽到相应的义务。

其次，要增强福利受助者的社会责任感，以积极的社会政策代替消极的福利给付。我国宪法第45条第1款规定："中华人民共和国公民在年老、疾病或者丧失劳动能力的情况下，有从国家和社会获得物质帮助的权利。国家发展为公民享受这些权利所需要的社会保险、社会救济和医疗卫生事业。"这是宪法对公民物质帮助权的规定。当宪法规定的物质帮助权成为公民在法律上的权利时，公民与相应的行政机关之间也就形成了特定的权利义务关系。

目前，东北地区的低保边缘群体救助制度尚处于起步阶段，现行的制度还没有对有劳动能力的低保边缘救助对象参加社区等服务劳动做出明确的制度安排。对此，我们可以从欧美国家的实践中得到启示：一方面在实施相关政策时要切实体现以人为本，保障公民的权利，维护弱势群体的利益，避免一刀切地要求所有贫困者都以提供服务和劳动为享受救助的条件；另一方面，要改变传统福利观念中把获得社会保障看作不附带任何条件的权利，重在帮助受助对象增强社会责任感和工作伦理观念，减少接受福利救助对象对福利的依赖，用一种更为积极的社会保障政策来代替消极的福利给付，使那些缺乏就业机会或缺乏就业技能的弱势群体重新回归主流社会。

再次，把教育和培训作为福利政策的重点，实现福利事业从公益型向人力资本投资型的转变。工作福利政策是欧美国家福利改革的主要方向，其实质是进一步调整国家、个人之间的责权关系，增加个人的社会责任感，鼓励个人对自己的行为负责，使社会救助对象通过劳动与培训后较快地转变为工作者。值得我们借鉴的是，工作和培训是工作福利政策的核心内容，特别是技能培训对于受助者改善困境、增强自信心和竞争能力具有重大的意义。

20 世纪 90 年代以前，东北城市贫困群体主要是无劳动能力、无经济来源、无法定的赡养人或抚养人的"三无"人员。而转型时期新出现的城市贫困群体中，大部分人有工作能力并且愿意工作，但没有工作机会，客观上是他们的工作技能与劳动力和市场的需要不适应。因此，政府相关部门在向困难群众发放福利救助金的同时，应当采取积极、主动的行动，将福利投资重点由公益事业转为人力资本投资。

四　完善东北地区低保边缘群体救助制度的思考

（一）东北地区低保边缘群体救助制度的目标定位与框架设计原则

1. 低保边缘群体救助制度的目标定位

低保边缘群体救助制度所进行的工作实际上是向贫困者传递所需的资源，其目标定位的不同选择，决定贫困群体资源占有与缺失的调整方式。低保边缘群体救助制度的目标定位应随着经济发展水平的不同阶段及社会结构形态变化的不同阶段，进行合理选择。根据社会经济发展所经历的不同阶段，笔者按照由低到高的顺序将低保边缘群体救助制度的目标定位划分为三个层次：低保边缘群体救助制度的最低目标定位，即低保边缘群体救助制度的最低目标是保障救助群体的基本生活需求，维护社会的公平与稳定。低保边缘群体救助制度的中期目标定位是在维护社会公平的基础上，不断提高救助制度效率，努力寻求公平与效率的最佳结合。低保边缘群体救助制度的最高目标定位，即低保边缘群体救助制度的终极目标是达到制度公平与效率的最佳结合。低保边缘群体救助制度的最终目标不是为了维持或"制造"一个最低收入阶层，而是把保障其生存作为一个基础，同时使其中具有一定劳动能力的救助对象通过救助阶段的缓冲，最终经由就业摆脱贫困，融入主流社会。

低保边缘群体救助制度目标是一个随着社会经济的发展由最低目标向最高目标发展演进的漫长过程。而低保边缘群体救助制度作为一种重要的再分配手段，始终是以实现社会公平、消除排斥、促进社会整合为基本价值取向的。不同层次、目标、地位的重要差别在于对效率考量程度的不同。而这种不同程度的定位将决定贫困群体与其他社会群体在收入、财富占有、福利享有、就业稳定等方面不同的对比关系。

2. 低保边缘群体救助制度的框架设计原则

目前，东北地区低保边缘群体救助制度的建设刚刚起步，其制度设计与基层实践层面还面临着诸多问题。而要建立完善的低保边缘群体救助制度就必须遵循以下框架设计原则。

（1）依法救助原则。法律制度是所有制度中最具强制力的制度，其优点在于稳定性和权威性，不随领导人的个人好恶而摇摆不定。从国外经验看，社会救助制度是一国社会保障制度的开端，它在社会保障的各项立法中是给予优先考虑的。低保边缘群体救助制度的发展与完善必须坚持依法救助原则，而且其在诸项原则中处于核心地位，是贫困群体利益保障的核心内容。坚持依法救助的原则就是要将对低保边缘群体的识别、动态管理、分类救助、资金筹集等环节均纳入规范化、法制化的发展轨道，做到有法可依与执法必严，最大限度地维护贫困群体的保障权益，降低制度设计与执行偏差，维护社会公平。

（2）救助标准与经济发展水平相适应原则。随着社会经济发展水平的提高，低保边缘群体的救助标准也应该相应的提高，以使低保边缘群体共享改革发展成果与社会进步。而实现这一原则的关键是做到救助标准与经济发展水平相一致，即救助标准既不能低于经济发展水平也不能高于经济发展水平。救助标准低于经济发展水平就达不到保障边缘群体基本生活、维护社会公平的目标；救助标准高于经济发展水平则既会增加救助资金支持的巨大压力，也会形成对受助群体的不良激励，在实践中出现制度依赖现象。

（3）权利义务对等原则。生活发生困难、难以维系基本生活时获得社会救助是公民应享有的权利。从这个意义上说社会救助强调的是国家对公民的责任和义务，在权利与义务方面具有一定的单向性。但由于在低保边缘群体中具有劳动能力者占有较大的比重，为有效防止福利依赖的产生，低保边缘群体救助制度的设计应强调有劳动能力救助者享受救助时应该履行相应的义务，特别是应该履行积极寻找工作的义务。在边缘群体救助中强调权利义务对等原则实际上是提高了受助者接受救助的门槛，实践中能够避免制度的逆向激励问题，提高制度运行的效率。

（4）分类综合救助原则。实施分类综合救助实际上是由对贫困群体的"模糊打击"转变为对特殊贫困群体的"精确打击"。分类综合救助可以有效提高救助的针对性与有效性。做好分类综合救助工作，首先，应该根据是否具有劳动能力对低保边缘群体作出区分。对于有劳动能力的低保边缘群体应该通过职业技能培训，提供公益性工作岗位等措施鼓励其就业。其次，对于那些具有特殊困难的家庭给予特殊的救助，尤其是要加强对于有未成年学生的低保边缘家庭的教育救助，以防止贫困的代际传递。

（5）与低保制度相衔接的原则。低保边缘群体救助制度实际上是低保制度的延伸，必须做好二者的衔接工作。目前，重要的是要做好二者保障范围的衔接工作。现行的低保制度还存在一定程度的瞄准失当问题，一些贫困家庭还尚未纳入低保制度范围，这部分漏出的贫困家庭至少应该为低保边缘救助制度所覆盖。当然，与低保制度的衔接不仅仅是救助范围的衔接，还包括救助项目、救助水平、救助管理、救助资金筹集等方面的整合与衔接。

（6）多渠道筹集资金，民间组织广泛参与原则。低保边缘群体救助制度作为一项社会救助制度，是向贫困者传递所需资源的工作。政府是救助工作的当然主体，政府组织也是传递救助资源的最主要渠道，特别是在传递资金方面。但贫困者的需求是多方面的，各类型的民间组织在传递救助资源方面也发挥着非常重要的作用，尤其是在传递一些非物质资源方面。因此，建立和完善低保边缘群体救助制度要高度重视民间组织的参与，发挥民间组织的作用。

（二）完善东北地区低保边缘群体救助制度的四点思考

健全东北地区的低保边缘群体救助制度不但需要借鉴发达国家工作福利制度所取得的有益经验，而且还需要依据低保边缘群体救助制度的目标定位与框架设计原则，从制度设计与基层实践层面对现行低保边缘群体救助制度进行优化与完善。

1. 科学制定识别标准，准确甄别低保边缘户

当前，判断低保边缘户资格的标准还缺乏应有的制度灵活性。因此，需要在考虑家庭收入水平的基础上，设计一种可以客观体现救助对象家庭特征或者本人特征的、有差别的救助金辅助衡量标准或附加条件。例如，在附加条件中，可设劳动能力、家庭人口、残疾与疾病等常量。相对有弹性的制度设计有利于发挥社会救助制度公平分配的社会效用，提高保障效率，也能够避免宽松的保障标准对争办低保边缘户行为的不适当的激励。

而对于低保边缘户资格审核中较为突出的隐性就业问题，最为有效的解决方法是通过法律手段审查申请人的银行账户等，以准确掌握其金融资产的占有情况。但由于民政部门不是权威执法机构，不具备审查的合法性。因此，笔者主张国家通过相应的立法，为低保边缘户救助制度的取证，实施过程制定明确的程序规范，从法律层面保障取证过程、实施过程的合法化、正当化和强制力。作为低保边缘群体救助制度实施主体的民政部门与相关部门及社会方方面面的密切配合与有效合作将极大地提高工作人员的工作效率。此外，相关立法和具体规范、措施的出台也将有力地约束工作人员的工作内容，以减少工作的随意性和肆意性。

2. 强化制度促进再就业功能，做好救助与就业衔接工作

在对低保边缘群体科学分类的基础上，对其中有劳动能力的救助对象，应建立规范化的具有激励作用的保障标准和支付方式，防止其对保障金的消极依赖。为有效地防止制度依赖，促进再就业，笔者建议从以下几个方面着手。①在保障标准上，进一步扩大有劳动能力的被救助对象与无劳动能力的被救助对象之间的差别。实践中，可以采用"收入豁免"、"就业补贴"等措施鼓励有劳动能力的被救助对象就业。②民政部门积极配合劳动部门加强对低保边缘对象再就业的培训，改进培训方式与培训内容，使之真正切合低保对象的就业需要。③对有劳动能力的低保边缘对象的保障待遇在支付方式上尽量避免直接的现金支付。各社区可以积极发展社区服务和公共服务，为有劳动能力的低保边缘对象提供临时性就业岗位，将救助金转化为推动其工作的劳动津贴。

3. 完善低保边缘群体救助制度筹资机制

目前，东北地区低保边缘群体救助制度所需资金主要以地方财政筹集为主，省级财政根据地区保障能力和保障任务等因素予以重点补助。例如，辽宁省在2007年发布的《关于在全省建立低保边缘户的通知》中规定，城市低保边缘户救助所需资金，以市、县两级财政筹集为主，省级财政根据地区保障能力和保障任务等因素予以重点补助。而要进一步完善东北地区低保边缘群体救助制度的筹资机制就要做到：①合理划分中央、省、市区三级政府承担救助资金的比例，不搞"一刀切"。中央一级要建立社会救助专项调剂金，用于补充贫困地区保障金的不足。这种以转移支付方式实施的资金供给具有援助性、针对性和引导性的特点，可以充分发挥中央财政对社会救助政策的宏观调控作用。而东北三省地区间经济发展极不均衡。经济发达地区财政资金相对宽裕，贫困人口往往也相对较少，资金供求矛盾较为缓和。贫困地区的经济状况则正好相反，财政资金紧张，贫困人口较多，资金缺口很大，保障工作难以顺利实施。因此，在完善低保边缘群体救助制度的筹资机制上，还要根据不同地区的具体经济发展水平合理划分省、市区各级政府应当承担的资金比例，摒弃资金筹集机制中的平均主义倾向。②积极拓展社会筹资渠道。我国目前还处在社会主义初级阶段，经济发展水平不高，政府财政能力有限。在这种情况下，要多方面开拓低保边缘群体救助制度的筹资渠道，尽可能地鼓励多种社会主体如个人、市场、非营利组织等加入到低保边缘群体救助制度的筹资渠道中来。

4. 建立独立的基层工作岗位，实现基层工作人员专业化

不可否认，目前由于基层救助工作岗位设置不足，基层工作人员身兼数职的情况还相当普遍。因此，若要真正提高基层工作质量，首先必须解决基层工作的岗位设置和办公经费问题。政府应为基层工作人员创造良好的工作环境和条件，安排必需的工作经费，落实适当的生活待遇。在此基础上确保低保边缘户救助工作专人专干，将这项工作做好。而低保边缘户的救助工作要获得实质性进展和长足进步，离不开一支专业化的基层工作队伍。要加强基层工作人员的专业化建设，除了要建立相对独立的基层低保边缘户工作岗位之外还应对该岗位的任职资格、工资待遇、保险福利加以明确规范。同时，还应加强对基层管理人员的业务

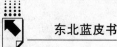
培训。业务方面的培训内容要涉及与低保边缘户有关的政策、法规的学习和掌握，还要注重现代社会工作理念与方法的培养。现代的社会救助理念有助于摒弃恩赐观念及官僚作风，提高居民的向心力和凝聚力，真正把低保边缘户救助工作落到实处。

参考文献

张敏杰：《工作福利政策及对中国的启示》，《浙江社会科学》2006 年第 7 期。

肖萌：《发达国家的工作福利制对中国低保政策的启示》，《中国青年政治学院学报》2005 年第 1 期。

李迎生等：《城市低保制度运行的现实困境与改革的路径选择》，《江海学刊》2007 年第 2 期。

周彬彬：《向贫困挑战——国外缓解贫困的理论与实践》，人民出版社，1991。

洪大用：《转型时期中国社会救助》，辽宁教育出版社，2004。

文化篇

东北地区文化产业发展模式研究

刘伟民　李作清[*]

摘　要：东北三省文化产业发展现状比较研究，是要通过东北三省文化产业法人单位基本情况、经营状况、盈亏效益和发展效应等基础数据的比较分析，准确反映三省在东北地区文化产业发展中所处的位置，东北地区可以选择新兴文化产业作为主要突破的行业，因为发展新兴文化产业是大势所趋，是时代对我们提出的必然要求。

关键词：文化产业　模式　增强活力

通过对我国各省市文化产业发展情况的调查分析，东北地区的发展模式可供选择的有如下几种类型：高起点、高规格的文化产业定位，实行现代化管理理念的"上海模式"；示范经营、联合创办、共同管理的"北京模式"；坚持市场导向、凸显产业属性的"广州模式"；文化资源和企业资本融合，可持续发展和制度创新互动的"深圳模式"。东北地区的文化产业模式属于其中的一种或者是几种模式的融合。这里不探讨东北地区文化产业发展的具体模式，而是关注东北地区现有的文化产业模式发展的具体效果，从而为东北地区文化产业的发展提出有针对性的对策。

---

* 刘伟民，黑龙江省社会科学院哲学研究所研究员，主要研究方向为马克思主义哲学；李作清，黑龙江省社会科学院哲学研究所实习研究员，主要研究方向为马克思主义哲学及文化哲学。

一 东北地区文化产业发展模式效果比较分析[*]

认清各省在文化产业发展上的比较优势与存在的不足，从而保持清醒的文化产业发展意识，推动东北三省文化产业健康快速发展。

（一）基本情况：基础数据比较分析

1. 文化产业法人单位数量比较

表1的分析表明：按照各省的文化产业法人数量占东北三省文化产业法人总量的百分比排序，辽宁省居于首位，吉林省居第三，黑龙江省居第二。文化产业法人数量和百分比情况，辽宁、吉林和黑龙江省的地区差异明显。

表1 2004 年东北三省文化产业法人单位情况分析

单位：个，%

地 区	文化产业法人单位			附:产业活动单位	
	数 量	占东北三省份额	排 序	非法人单位所属	占东北三省份额
辽 宁	12000	58.3685	1	1173	43.8833
黑龙江	4494	21.8591	2	582	21.7733
吉 林	4065	19.7724	3	918	34.3434

2. 文化产业从业人员和资产数量比较

表2的分析表明：①截至 2004 年底，东北三省文化产业从业人员为 56.48万人。其中，辽宁省有文化产业从业人员 28.25 万人，占东北三省文化产业从业人员一半以上，排名第一。黑龙江省文化产业从业人员为 15.94 万人，占东北三省文化产业从业人员的 28.22%，排名第二。吉林省文化产业从业人员有12.29 万人，占东北三省文化产业从业人员的 21.76%，排名仍然是末位。法人单位数量的地区差异比较明显。②截至 2004 年底，辽宁省文化产业资产的数量达到了 551.03 亿元，文化产业资产占东北三省文化产业资产份额的 61.4598%，在三个省中领先；黑龙江省文化产业资产数量为 190.18 亿元，文化资产占东北

---

[*] 本文的分析基于国家统计局《文化及相关产业分类》2004 年国家标准统计、《2004 年黑龙江省文化产业统计》和《2004 云南文化发展蓝皮书》中的相关数据。

三省的 21.2119%；吉林省文化产业资产数量为 155.36 亿元，文化资产占东北三省份额的 17.3283%，在三个省中处于末位。文化产业资产数额的地区差距非常明显。

表 2　2004 年东北三省文化产业从业人员、资产情况分析

地　区	文化产业从业人员			文化产业资产		
	数量（万人）	占东北三省份额（%）	排　序	数量（亿元）	占东北三省份额（%）	排　序
辽　宁	28.25	50.0177	1	551.03	61.4598	1
黑龙江	15.94	28.2224	2	190.18	21.2119	2
吉　林	12.29	21.7599	3	155.36	17.3283	3

3. 文化产业营业收入和文化产业增加值比较

表 3 的分析表明：文化产业市场份额表现出明显的地区差异。截至 2004 年底，东北三省文化产业增加值总量为 177.91 亿元，其中"核心层"实现增加值 67.6172 亿元，"相关层"实现增加值 36.588%，"外围层"实现增加值 73.7348 亿元。核心层、外围层和相关层实现的增加值之比为 38∶20∶42。3 个省的文化产业增加值均未超过 100 亿元。

表 3　2004 年东北三省文化产业营业收入、增加值情况分析

单位：亿元，%

地　区	文化产业营业收入			文化产业增加值		
	数　量	所占份额	排　序	数　量	所占份额	排　序
辽　宁	406.33	62.7362	1	89.56	50.3401	1
黑龙江	139.15	21.4843	2	47.79	26.8619	2
吉　林	102.20	15.7794	3	40.56	22.7980	3

4. 文化产业增加值占 GDP 比重

通过对表 4 的计算，可以得出，2004 年东北三省文化产业增加值占三个省 GDP 总量的 0.02508%，东北三省文化产业增加值平均为 1.2161 亿元，东北三省文化产业增加值所占份额的差距并不明显。但黑龙江省未能超过文化产业增加值平均水平，这同当年黑龙江省 GDP 在东北三省第二的位置是不相称的。这表

明：一方面黑龙江省文化产业有相当大的发展空间，另一方面文化产业发展相对滞后。

表4　2004年东北三省文化产业增加值占GDP比重情况分析

单位：亿元，%

地　区	GDP 总量			文化产业增加值 GDP 比重		
	数　量	占东北三省份额	排　序	数　量	占东北三省份额	排　序
辽　宁	6672.04	45.8729	1	1.3423	36.7915	1
吉　林	3122.01	21.4650	3	1.3001	35.6347	2
黑龙江	4750.57	32.6621	2	1.0060	27.5738	3

（二）经营状况：数据列联分析

在具有关联性的各个数据之间，两两对应展开分析，便形成了常见的列联分析。列联分析是揭示各组数据所反映的各个方面情况内在联系和互动关系的基本方法，也是开发统计数据资源应用价值的一种基本方式。

1. 法人单位户均资产与从业人员人均资产比较

比较分析文化法人单位户均资产拥有量和从业人员人均资产拥有量，可以在一定程度上反映出文化产业经营的集约化、规模化水平。

表5的分析表明：①法人单位户均拥有资产。截至2004年底，东北三省文化产业法人单位户均资产拥有量为1264.5676万元，平均拥有量为421.5225万元，依然呈现为辽宁、黑龙江、吉林省的排位，其中，黑龙江和辽宁省均超过了平均水平，而吉林省仅相当于东北三省文化产业法人单位户均资产拥有量平均水平的90.66%。②从业人员人均拥有资产。截至2004年底，东北二省文化产业从业人员人均资产拥有总量为44.0777万元，平均拥有量为14.6925万元，其中只有辽宁省超过了平均拥有量，吉林和黑龙江省的文化产业从业人员的人均资产拥有量分别为东北三省平均水平的86.03%和81.2%。与法人单位户均拥有资产的排位不同，黑龙江省文化产业从业人员人均资产平均水平不仅低于吉林省，更是落后辽宁省将近50个百分点。

2. 法人单位户均营业收入和从业人员人均营业收入比较

比较分析文化产业法人单位户均营业收入数额和从业人员人均营业收入数额，可以在一定程度上反映出文化产业经营的规模和水平。

表5 2004 年东北三省文化产业法人单位户均、从业人员人均资产分析（1）

单位：万元，%

地　区	法人单位户均资产			从业人员人均资产		
	户均资产	比较三省 平均水平	排　序	人均资产	比较三省 平均水平	排　序
辽　宁	459.1917	36.3122	1	19.5055	44.2525	1
吉　林	382.1894	30.2229	3	12.6412	28.6793	2
黑龙江	423.1865	33.4649	2	11.9310	27.0682	3

　　表6的分析表明：①法人单位户均实现营业收入。2004 年，东北三省文化产业法人单位户均实现增加值额度为 299.8859 万元，依然呈现为辽宁、黑龙江、吉林省的排位。其中，黑龙江和辽宁省均超过了平均水平，分别达到了 103.25% 和 112.91%，而吉林省只有平均水平的 83.83%，低于黑龙江和辽宁省。辽宁省远远超过了黑龙江和吉林省。②从业人员人均实现营业收入。2004 年，东北三省文化产业从业人员人均实现增加值额度为 10.4762 万元，依然呈现为辽宁、黑龙江、吉林省的排位。其中只有辽宁省超过了平均水平，达到了平均水平的 137.29%。此项，辽宁省要领先于吉林和黑龙江省，三个省之间差距较大。

表6 2004 年东北三省文化产业法人单位户均、从业人员人均营业收入分析（2）

单位：万元，%

地　区	法人单位户均营业收入			从业人员人均营业收入		
	户均营业收入	比较三省 平均水平	排　序	人均营业收入	比较三省 平均水平	排　序
辽　宁	338.6083	112.91	1	14.3834	137.29	1
黑龙江	309.6351	103.25	2	8.7296	83.32	2
吉　林	251.4145	83.83	3	8.3157	79.37	3

3. 法人单位户均增加值和从业人员人均增加值比较

　　比较分析文化产业法人单位户均实现增加值额度和从业人员人均实现增加值额度，可以在一定程度上反映出文化产业的经营成效。

　　表7 分析表明：①法人单位户均实现增加值。2004 年，东北三省文化产

业法人单位户均实现增加值额度为 93.6091 万元。与大部分比较分析结果不同，在本项中呈现为黑龙江省第一、吉林省第二、辽宁省第三的排位。从数据上来说，各省之间差距不大。②从业人员人均实现增加值。2004 年，东北三省文化产业从业人员人均实现增加值额度为 3.157 万元。与大部分比较分析结果不同，在本项中呈现为吉林省第一、辽宁省第二、黑龙江省第三的排位。各省之间梯次差异显著，其中辽宁和吉林省在人力资源的利用效应方面领先于黑龙江省。

表 7　2004 年东北三省文化产业法人单位户均、从业人员人均增加值分析（3）

单位：万元，%

地　区	法人单位户均增加值			从业人员人均增加值		
	户均增加值	比较三省平均水平	排　序	人均增加值	比较三省平均水平	排　序
吉　林	99.8524	106.66	2	3.3027	104.58	1
辽　宁	74.6333	79.72	3	3.1703	100.42	2
黑龙江	106.3418	113.60	1	2.9981	94.96	3

4. 万元资产年营业收入和年增加值比较

比较分析文化产业资产年均产生营业收入数额、资产年平均产生增加值额度，可以在更加实际的意义上反映出文化产业的经营质量。

表 8 分析表明：①万元资产年产生营业收入。2004 年，东北三省文化产业万元资产平均产生营业收入数额为 7089 元，依然呈现为辽宁、黑龙江、吉林省的排位。其中，黑龙江和辽宁省文化产业万元资产年平均产生营业数额分别达到 7317 元和 7374 元，高于东北三省平均水平；吉林省文化产业文化资产年占东北三省平均水平的 92.79%，略低于平均水平。地区间的此项差距较小。②万元资产年产生增加值。2004 年，东北三省文化产业万元资产增加值额度为 2250 元。与"万元资产年产生营业收入"排位相反，"万元资产年产生增加值"排位吉林省上升为第一，辽宁省下降为第三。说明辽宁省在文化产业发展中资产利用效能方面落后于黑龙江和吉林省，辽宁省大量占有和动用文化产业资产，却未能充分发挥应有的产出效应，造成了文化产业资产的积压和浪费。

表8　2004年东北三省文化产业万元资产营业收入、年增加值分析

单位：万元，%

地　区	万元资产年营业收入			万元资产年增加值		
	数　量	比较三省平均水平	排　序	数　量	比较三省平均水平	排　序
辽　宁	0.7374	104.02	1	0.1625	72.22	3
黑龙江	0.7317	103.21	2	0.2513	111.68	2
吉　林	0.6578	92.79	3	0.2613	116.13	1

5. 单位营业收入产生增加值和单位GDP所含文化产业增加值比较

比较分析单位文化产业营业收入平均产生增加值额度和单位GDP所含文化产业增加值额度，可以在微观层面透视文化产业的经营水平，在宏观层面把握文化产业的发展效果。

表9分析表明：①万元营业收入产生增加值。2004年，东北三省文化产业万元营业收入平均产生增加值额度为3203元。排位吉林省上升为第一，辽宁省下降为第三。地区差异出现了反差，辽宁省文化产业发展在市场活动效应上明显落后于吉林和黑龙江省。②单位GDP包含文化产业增加值。以2004年东北三省GDP总量的每百万分之为一个计算单位，能够合理地比较三省之间经济发展不同规模的文化产业增加值的具体成效。

表9　2004年东北三省文化产业营业收入产生增加值、GDP含文化产业增加值分析

单位：万元，%

地　区	万元营业收入产生增加值			百万分之一单位GDP含文化产业增加值			
	数　量	比较三省平均水平	排序	GDP份额（百万分比）	单位GDP文化产业增加值	比较三省平均水平	排序
辽　宁	0.2204	68.8104	3	39809	22.4974	110.37	1
黑龙江	0.3434	107.211	2	28345	16.8601	82.71	3
吉　林	0.3972	124.008	1	18626	21.7898	106.91	2

数据表明黑龙江省与辽宁和吉林省的地区差异显著，说明辽宁和吉林省能够有效地借用当地经济发展规模，以占东北三省67.1%的经济总量，创造出占东北三省76.2%的文化增加值份额。

（三）发展效应：数据加权推演

从东北三省占有的增加值份额与其文化产业人员效应、资产效应、市场效应、地方 GDP 规模效应之间存在的内在关联，从多个方面进行必要的加权分析，能够更全面、客观地揭示东北三省各省文化产业发展的总体效应，克服东北三省区域发展不平衡局面的影响，从而使三省之间的比较更趋于合理。

1. 人员效应单项加权比较

着眼于东北三省文化产业增加值份额与其从业人员份额之间不同的比值关系，分析各省文化产业人员效应对其文化产业份额的加权影响，可以较为客观地反映出文化产业发展中的人力资源效应。表 10 东北三省排名是按照文化产业从业人员效应对增加值份额加权的参考值增降幅度为基准并进行的数据分析。

表 10　2004 年东北三省文化产业增加值／人员效应单项加权分析

地　区	加权系数 (1)	加权参考值			增减百分点	增　降　幅	
		比　重	排　序	升　降		比　重	排　序
吉　林	0.8724	1.2094	1	+2	−0.1506	−12.7622	1
辽　宁	0.8374	2.1804	2	+1	−0.4233	−16.2594	2
黑龙江	0.7919	1.1003	3	+1	−0.2891	−20.8079	3

说明：万元仅用于计算，不具有实际币值意义；耗用数值"＋"表示高于，而耗用，"−"表示"低于"；盈亏数值"＋"表示"盈"，"−"表示"亏"（后同）。

考虑东北三省所占有的文化产业增加值份额与其人员效应之间的内在关联，以 2004 年东北三省文化产业从业人员人均增加值的平均值为 1 来衡量，便可求出各地文化产业人员效应对其增加值份额的加权系数。以 2004 年东北三省文化产业增加值总量 100% 不变来衡量，把各省文化产业人员效应对其增加值份额的加权系数作为权值带入，即可得出增加值份额的加权参考值及与原值之间出现的增降变化。

东北三省文化产业人员效应对其增加值份额的平均加权系数为 0.8238，加权参考值为 14.21%，较原值下降 3 个百分点多，降幅为 17.62%。同文化产业人员效应变量相关联，各地增加值份额原值与加权参考值最大的是吉林省。辽宁和黑龙江省在这项上没有太大变化。

表中各省加权参考值的增降幅度排序与前面对文化产业从业人员人均实现增加值的分析完全对应，也直接印证了前面对于文化产业万元增加值使用人工的分析。此项加权结果解释出辽宁与黑龙江省文化产业从业人员状况是一个薄弱环节。

2. 资产效应单项加权比较

基于东北三省文化产业增加值份额与其资产份额之间的比值关系，可以较为客观地反映出文化产业发展中的资产资源效应。

表 11 东北三省排名是以其文化产业资源对应增加值份额加权的参考值增降幅度为基准排名并展开数据分析。

表 11　2004 年东北三省文化产业增加值/资产效应单项加权

地　区	加权系数（1）	加权参考值			增减百分点	增　降　幅	
		比　重	排　序	升　降		比　重	排　序
吉　林	1.3350	1.5753	3	+3	+0.3953	+33.5109	1
辽　宁	0.8302	2.1617	1	+1	−0.4420	−13.9764	3
黑龙江	1.2839	1.7893	2	+3	+0.3945	+28.3928	2

东北三省文化产业资产效应对其增加值份额的平均加权系数为 1.1789，加权参考值为 20.34%，较原值上升 3 个多百分点，增幅为 17.89%。三省之间此项升降变动十分明显。辽宁地区文化产业发展中的资产"相对负效应"不得不令人关注，而吉林和黑龙江地区在这项指标上却明显地好于辽宁地区。表中各省加权参考值的增降幅度排序与前面对文化产业资产年产值增加值的分析完全对应，直接印证了前面对于文化产业万元增加值占用资产的分析。此项加权结果表明：辽宁省文化产业发展在发挥资产优势方面的效能不高，落后于吉林和黑龙江省。

3. 市场单项加权比较

表 12 各省排名是以其文化产业市场效应对增加值份额加权的参考值增降幅度为基准排名并展开的数据分析。

应当看到，表中各省加权参考值的增降幅度排序与前面对文化产业万元营业收入年产生增加值的分析完全对应，直接印证了前面对于文化产业万元增加值动用市场活动的分析，揭示了黑龙江和吉林省文化产业发展在把握市场方面的效能

要好于辽宁省。此项加权结果表明,提高市场活动成效应该是辽宁省文化产业发展进一步切实改变的方面。

表12 2004 年东北三省文化产业增加值/资产效应单项加权分析

地 区	加权系数（1）	加权参考值			增减百分点	增 降 幅	
		比 重	排 序	升 降		比 重	排 序
吉 林	1.8360	2.1665	3	+7	+0.9865	+83.5996	1
辽 宁	1.0188	2.2054	1	-2	+0.0489	+1.8765	3
黑龙江	1.5873	2.6526	2	+4	+0.8160	+58.7314	2

4. GDP 规模效应单项加权比较

表13 东北三省排名是以其地方 GDP 规模效应对文化产业增加值份额加权的参考值增降幅度为基准排名并展开数据分析。

表13 2004 年东北三省文化产业增加值/GDP 规模效应单项加权分析

地 区	加权系数（1）	加权参考值			增减百分点	增 降 幅	
		比 重	排 序	升 降		比 重	排 序
吉 林	0.4735	0.4735	2	+2	-0.6213	-51.1143	2
辽 宁	0.4889	1.2728	1	0	-1.3309	-52.6519	1
黑龙江	0.3664	0.5090	3	-5	-0.8804	-63.3639	3

东北三省 GDP 规模效应对其文化产业增加值份额的平均加权系数为 0.4875,加权参考值为 8.41%,较原值下降近 9 个百分点,降幅为 51.25%。辽宁省下降了将近一个百分点,黑龙江和吉林省下降的幅度更大。

表10～表13 中各省加权参考值的增降幅度排序与前面对东北三省每百万分之一单位 GDP 规模包含文化产业增加值的分析完全对应,也直接印证了前面对于各地万元增加值所用 GDP 规模的分析,需要引起黑龙江和吉林省在下一步发展文化产业中加以重视。此项加权结果反映出黑龙江和吉林省文化产业发展的规模效应仅达到本地经济发展的一般水平。

结论:表10～表13 中的各项数据表明东北地区各省的发展情况很不均衡,辽宁省在各项指标中有很多项领先于黑龙江和吉林省,但也存在着很多问题。与其他省市相比,东北地区还属于后发地区,文化产业的发展还很不成熟。即使作为文化产业发展较好的辽宁省,很多项指标与其他省市地区相比较也只能位列中游。所以，东北地区发展文化产业要有压力感和紧迫感。我们进行三个省文化产业发展的比较，并不是为了比较出高低，分出档次，而是为了更好地整合东北地区文化产业的资源优势，相互学习和借鉴，形成和发挥东北地区文化产业规模化优势，树立东北地区文化产业发展的特色，以期促进东北地区文化产业的发展。

二 东北地区文化产业发展模式完善的路径

通过研究不同区域、不同文化产业发展模式和东北三省文化产业发展数据的比较分析，我们可以得出以下启示：一是发展文化产业一定要充分发挥自身优势，办出自己的特色。二是要抓紧时机，弥补不足，在一些必须要发展的行业上作出重大突破。三是不能面面俱到，要做到有所为有所不为。因此可以把东北地区文化产业发展的模式概括为：发挥优势、放大特色；抓紧时机、弥补不足；有所为、有所不为。

（一）发挥优势、放大特色

无论哪个地区的文化产业，要取得持续发展，首要条件就是要依托自身的地域优势，办出自己的特色品牌。因为文化产业与工业产业不同，文化产品只有保持个性化和多样化才会有市场、有生命。目前，随着经济全球化的到来，文化的趋同也风行一时，处处可以看到跟风的现象，但是文化产品中的欧化、跟风只能是热闹一阵子，没有永久的生命力。同样具体到一个地区的文化产业也是如此，只有办出自身的特色，才能登上世界文化的殿堂，才会具有永久的生命力。东北地区不缺少这样的特色。但是文化资源的优势转化为文化产业的优势并不是一蹴而就的。要做到以下几个方面：一是要解放思想，树立文化的产业化观念。面对新形势，我们要敢于从一切不适应时代要求的传统文化观念束缚下解放出来，在全社会确立与发展社会主义市场经济相适应的新观念、新规范，增强东北地区的文化感召力和吸引力，从而促进东北文化与经济的协调、快速、健康发展。二是摸清家底，深入挖掘现有的文化资源。在梳理历史文化资源的基础上，进一步把现有的历史文化资源做大做强，增强其影响的深度和广度。三是做大做强文化产业品牌。品牌是市场经济的入场券，文化产业是一个创意产业，培育品牌是发展文化产业的最高境界，也是文化产业快速崛起的重要推动力。它可以提高文化产品的竞争力，并且通过文化产业的品牌效应，可以确立文化产业的品牌资产，增加公司提供的产品或服务的价值含量。

（二）抓住时机、弥补不足

20世纪90年代以来，在高新技术推动下，文化产业发展格局正在发生深刻调整，具体表现在以数字技术和网络技术与文化内容相融合形成的新兴文化产业，正在成为引领文化产业变革的火车头。新兴文化产业是与传统文化产业相对的概念，主要是指在现代科学技术推动下出现的新的文化行业。现代科学技术的主要特点就是数字化、信息化。以动画卡通、网络游戏、手机游戏、多媒体产品为代表的新兴文化产业，成为21世纪知识经济的核心产业之一，也是继IT产业后最具潜力的产业之一。具体来说，新兴文化产业主要有以下几种特征：其一，新兴文化产业是现代科学技术推动下诞生的一种新型的文化产业，它区别传统文化产业的一个显著特点就是对科技的明显依赖性；其二，新兴文化产业是一个智力密集型的产业，新兴文化产业的发展要靠整体员工的高技术、高文化、高管理的整合优势，尤其需要具有创造性的大量优势科技人才的支持；其三，新兴文化产业是市场经济运行的高端方式。从产业运用模式上看，它更多的依靠市场和消费自身的推动，同时又不断地引导产业更加市场化，并不断地在创意中寻找热点、利润和机会。因此，推动新兴文化产业的发展是东北地区在文化产业上突围的一个有利契机。

目前，应该着重考虑以下几方面的问题：一是加大对科技的投入，增强东北地区发展新兴文化产业的实力。新兴文化产业具有高风险、高回报的特点，仅靠政府财政支持力度是远远不够的，必须建立市场化、多元性的投融资机制，使文化企业能够有效规避风险和获得合理回报。另外，发展新兴文化产业是一个极富挑战性的重大课题，也是个系统工程，需要组织政府相关人员、科研人员、企业家等各方面力量，周密筹划，深入研究。二是有效实施人才战略，聚集高素质的文化人才。要树立人才柔性流动观念，打破地域和行业界限，本着"不求所有，但求所用"的方针，通过多种途径吸引全国优秀的文化人才。同时要深化人事制度改革，彻底废除用人机制中存在的论资排辈现象，打造公平、公正的选拔人才与任用人才的机制。进一步加强对文化人才的培训，制订实施文化人才教育培训的中长期计划，实行全员培训制度，以保证有源源不断的人才供应。三是进一步完善文化体制改革，加大政府的扶持力度。新兴文化产业是一个对市场要求极高的产业，因此对政府的文化体制改革也提出了更深更高的要求。一方面要实现政府文化经营与管理职能的分离，在文化体制改革过程中，转变政府文化管理职能，是深化文化体制改革的根本要求。另一方面要使文化企业成为适应市场的法人实体和竞争主体，要在思想观念上树立文化的产业化意识，树立自主经营、自负盈亏、自我约束、自我发展的观念；树立竞争、风险、人才、法制、效益等观念；同时也要实现经营方式的转变，选择的经营方式要有利于文化产业的发展，有利于各种经济成分和投资主体责权利的合理划分，有利于优化经营机制，增强活力，提高效益。

（三）有所为、有所不为

文化产业几大行业中，要想齐头并进、全面发展是不可能的。这就要按有所为、有所不为的原则，根据具体情况和客观条件，确定发展的重点行业以及主要突破的行业，然后在财力、政策上给予优先支持，再带动相关行业，从而实现文化产业的全面成熟，实现文化与经济的有机融合。

东北地区可以选择新兴文化产业作为主要突破的行业，因为发展新兴文化产业是大势所趋，是时代对我们提出的必然要求。近几年来，在新兴文化产业方面，东北地区迈出了可喜的步伐。以黑龙江省动漫产业为例，2006 年 10 月，黑龙江省动漫产业发展基地在哈尔滨市平房区正式挂牌成立。该基地以动漫主题游乐园、动漫职业学校、文化产业城"三位一体"为基本框架，将着力发展动漫与网络游戏文化创意、制作传播业、数码产品电子信息业、文化旅游业等相关文化产业，形成动漫与网络游戏产业聚集，打造具有黑龙江特色、国内一流水平的高新技术创意文化产业基地。截至 2008 年 4 月底，基地 13 户企业累计实现销售收入 2000 万元，实现利税 200 万元。动画作品《帽儿山的鬼子兵》、《环保剑》获国家优秀动画片奖，网络游戏《炫武》、《彩虹大陆》出口美国和韩国，创汇60 万美元。

讲有所为、有所不为，并不是要在其他行业完全没有作为，而是指发展东北地区的文化产业要有重点，要办出自己的特色。例如吉林省可以依托二人转，黑龙江省可以依托龙江剧和动漫产业，辽宁省可以依托电视剧的优势，从而带动整个文化产业的全方位发展。应当确信，有了明确的文化产业发展模式，有了清醒的思路，有了灵活的策略，有了扎实的工作，我们必定能迎来东北地区文化产业的繁荣和昌盛。

参考文献

张晓明、胡慧林、章建刚主编《2007 年中国文化产业发展报告》，社会科学文献出版社，2007。

黄峻、纳麟主编《2006～2007 年云南文化发展蓝皮书》，云南大学出版社，2007。

潘春良：《以科学发展观统领规划边境文化大省建设　推进我省文化事业和文化产业快速发展》，《黑龙江史志》2005 年第 12 期。

冯子标：《分工、比较优势与文化产业发展》，《中国流通经济》2004 年第 9 期。

国家统计局人口社会司：《文化产业统计指标和分析方法探讨》，《中国统计》2004 年第 2 期。

黑龙江省科顾委法律社会事业专家组：《关于黑龙江省文化产业发展的建议》，《决策咨询通讯》2005 年第 3 期。

苑洁：《文化产业行业界定的比较研究》，《理论建设》2005 年第 1 期。

东北地区公共文化服务体系建设现状分析

陈　静　巩村磊[*]

摘　要：公共文化服务体系的重要社会功能是满足群众精神文化需求，传播先进社会文化，推动社会发展。因此，东北振兴与发展离不开健全、完善的公共文化服务体系的功能发挥。本研究报告通过对东北地区公共文化服务体系比较研究，对东北地区的公共文化服务体系存在的问题及产生原因进行了分析，并提出了相应的解决对策。

关键词：东北地区　公共文化服务体系　比较研究

公共文化服务体系是政府主导、社会参与形成的普及文化知识，传播先进文化，提供精神食粮，满足人民群众文化需求，保障人民群众文化权益的各种公益性文化机构和服务的总和。[①] 它的发展与繁荣是社会发展的主要内容之一，也是衡量社会发展程度的重要指标。构建覆盖全社会的比较完备的公共文化服务体系，不仅为公共文化的繁荣与发展提供基本的公共文化产品和有效的公共文化服务，而且为经济、政治、文化的协调、全面发展，构建社会主义和谐社会，提供思想保证与精神动力，是贯彻落实"三个代表"重要思想和科学发展观的重要体现。

一　东北地区公共文化服务体系现状比较分析

公共文化服务体系主要包括以下四个方面：公共文化基础设施建设，公共文化事业资金投入，公共文化产品的类型与数量、质量和公共文化人才资源。本报告通

＊　陈静，黑龙江省社会科学院政治学研究所副所长、研究员；巩村磊，黑龙江省社会科学院政治学研究所助理研究员。

①　闫平：《试论公共文化服务体系建设》，《理论学刊》2007年第12期。

过对东北地区四个省份的公共文化服务体系基本数据的对比分析①，对东北地区公共文化服务体系的基本现状进行调查，进而提出存在的问题和相应的解决对策。

（一）公共文化基础设施

公共文化基础设施主要指政府财政承担建设的各类具有基础性意义的、带有公益性质的有形的大型文化基础设施，即物质形式的载体，它主要以省级电视台、电台、文化馆、图书馆、博物馆、美术馆为骨干，其他各级相应机构为辅助，布局合理、资源共享的公共文化设施网络。公共文化的基础设施是从物质层面对文化服务提供保障，是公共文化服务体系得以顺利运行的前提条件和根本保证。

从表1可见，2005年，黑龙江省有艺术表演团体84个，吉林省有61个，辽宁省有66个，内蒙古自治区有109个。从数量上分析，内蒙古自治区居东北地区首位，居全国第11位。总体而言，东北地区在全国处于下游。从构成来看，内蒙古自治区的艺术表演团体中，文工团、文宣队、乌兰牧骑机构有69个，占总数的一半还多，但其他机构则数量相对较少。这反映了其发展并不平衡。整个东北地区儿童剧团和乐团数量极少，除了辽宁省有1个儿童剧团、1个乐团外，其他三省（区）均为零。这表明这类团体的构成相对不健全。

表1　2005年东北地区公共文化与博物机构基础设施情况

单位：个，千册

类别 \ 地区	黑龙江	吉　林	辽　宁	内蒙古
艺术表演团体	84	61	66	109
公共图书馆	96	63	126	110
公共图书馆藏书总量	10264	10487	19210	6440
群众艺术馆、文化馆、文化站	1015	821	1522	1329
博物馆	46	18	39	33
文化部门教育机构	8	0	8	7

资料来源：《中国文化文物年鉴2006》。

---

① 按行政区域的划分，我国东北地区包括辽宁省、吉林省和黑龙江省，而从地理位置上划分，应是以上三省加上内蒙古自治区的东部。考虑到东北地区的整体性，本报告将把内蒙古作为一部分进行分析，同时又考虑将内蒙古的一个部分（东部地区）与黑吉辽三省之间进行比较分析，其结论缺乏准确性，所以，本报告在数据选择上，采用的是整个内蒙古自治区的数据。

2005 年，黑龙江省有公共图书馆 96 个，吉林省有 63 个，辽宁省有 126 个，内蒙古自治区有 110 个。从数量上分析，辽宁省居东北地区首位，居全国第 7 位，黑龙江省居全国第 15 位，吉林省居全国第 23 位，内蒙古自治区居全国第 11 位，总体而言，东北地区在全国处于中游。在藏书量上，辽宁省拥有 19210 千册图书，居东北地区首位，居全国第 6 位，处于上游；内蒙古自治区拥有 6440 千册图书，居东北地区末位，居全国第 27 位，处于下游。

2005 年，黑龙江省有各类群众艺术馆、文化馆、文化站 1015 个，吉林省有 821 个，辽宁省有 1522 个，内蒙古自治区有 1329 个。从数量上分析，辽宁省居东北地区首位，居全国第 12 位；吉林省居东北地区末位，居全国第 24 位。总体而言，东北地区在全国处于下游。

2005 年，黑龙江省有博物馆 46 个，吉林省有 18 个，辽宁省有 39 个，内蒙古自治区有 33 个。从数量上分析，辽宁省居东北地区首位，居全国第 12 位；吉林省居东北地区末位，居全国第 24 位。总体而言，东北地区在全国处于下游。

2005 年，黑龙江省有文化部门教育机构 8 个，吉林省有 0 个，辽宁省有 8 个，内蒙古自治区有 7 个。从数量上分析，辽宁和黑龙江省居东北地区首位，居全国第 7 位；内蒙古自治区居全国第 12 位。总体而言，东北地区在全国处于上游。

从表 2 可见：2004 年，黑龙江省省地级广播电台和省地级电视台均为 14 座，吉林省均为 10 座，辽宁省为 15 座和 16 座，内蒙古自治区为 13 座和 14 座。从数量上分析，辽宁省居东北地区首位，吉林省居东北地区末位。从覆盖率上分析，黑龙江省广播人口覆盖率和电视人口覆盖率均最高。内蒙古自治区均最低且差距较大，反映了内蒙古自治区地域广大、人口分布零散的特点，但也反映了这方面的基础建设相对薄弱。

表 2　2004 年东北地区公共广播电视机构基础设施情况

单位：座，%

类　别 ＼ 地　区	黑龙江	吉　林	辽　宁	内蒙古
省地级广播电台	14	10	15	13
广播人口覆盖率	98.5	96.5	98.12	90.38
省地级电视台	14	10	16	14
电视人口覆盖率	98.7	97.69	98.00	87.99

资料来源：《黑龙江省统计年鉴 2005》、《吉林省统计年鉴 2005》、《辽宁省统计年鉴 2005》、《内蒙古自治区统计年鉴 2005》。

（二）公共文化资金投入

公共文化事业资金投入包括政府拨款、集资、社会捐助、赞助等，它是公共文化服务体系正常运转、各种文化服务得以顺利开展的资金保障。由于公共文化产品的非竞争性和非排他性，单纯依靠市场调节会导致市场失灵。因此，公共文化服务的资金投入体系必须以政府公共财政投入为主体，以民间资本、国外资本、社会捐助、企业赞助等为补充。鉴于此，本报告对公共文化服务体系的资金投入考察，主要以政府财政拨款为主要分析依据。

从表3可见：在文化事业财政拨款总量上，2005年辽宁省居东北地区首位，黑龙江省、内蒙古自治区、吉林省分列第2、3、4位。从全国排名来看，上述四省区分列第7位、第15位、第17位和第21位。因此，除辽宁省外，其他三省区均处于全国中游水平。从增长率上分析，辽宁省最高，为19.67%，黑龙江省和内蒙古自治区也都是两位数增长，除吉林省外，上述三省增长率均处于较高水平。

表3　2005年东北地区公共文化资金投入情况

类　　　别	地　　　区	黑龙江	吉　林	辽　宁	内蒙古
文化事业财政拨款总量及增长率	总量（万元）	33742	26566	47578	30543
	比上年增长（%）	16.95	9.43	19.67	14.93
文化事业费占财政支出比重及位次	比重（%）	0.42	0.42	0.39	0.44
	全国位次	19	18	25	15
人均文化事业费及位次	人均经费（元）	8.83	9.78	11.27	12.8
	全国位次	17	14	12	9

资料来源：《中国文化文物年鉴2006》。

从文化事业费占财政支出比重上分析，2005年内蒙古自治区居东北地区首位，为0.44%；黑龙江、吉林、辽宁省分列第2、3、4位，但四省区水平比较接近。但从全国位次上分析，内蒙古自治区列全国第15位，辽宁省仅列第25位。可见东北地区文化事业费占财政支出总体水平低下。

从人均文化事业费及位次来看，内蒙古自治区以人均12.8元列东北地区首位，列全国第9位；辽宁、吉林、黑龙江省分列全国第12、14、17位。总体水平处于中游。

（三）公共文化产品供给

公共文化服务体系的产品供给是以文化事业单位为主，引导社会文化艺术团队和中介组织积极参与，承担创作、生产、经营有形的文化作品和无形的文化服务，为人民群众提供直接的、先进的文化产品，满足其日常文化需求。公共文化产品的类型与数量、质量是衡量公共文化服务体系成效的最重要指标。

从表4可见：2005年，吉林省艺术表演团体分剧种新排上演剧目为140个，列东北地区首位，全国第4位，处于上游水平。其他三省区在全国均处于下游水平。内蒙古自治区艺术表演团体在分剧种国内演出场次为13千次，列东北地区首位，列全国第13位，处于中游水平。其他三省区均处于下游水平。

表4　2005年东北地区公共文化服务供给情况

类别	地区	黑龙江	吉林	辽宁	内蒙古
艺术表演团体	分剧种新排上演剧目数(个)	20	140	58	15
	全国位次	26	4	17	27
	分剧种国内演出场次(千次)	9	4	8	13
	全国位次	20	25	22	13
公共图书馆	总流通人次(千人次)	5053	5053	11334	3800
	书刊文献外借人次(千人次)	1867	2250	4684	1306
	书刊文献外借册次(千册次)	7894	7942	11734	2431
群众艺术馆文化馆文化站	举办展览(次)	1887	1265	4829	2453
	组织艺术活动(次)	7720	4939	27868	9977
博物馆文物	藏品数:总计(件、套)	142593	175393	301817	338527
	藏品数:一级品(件、套)	261	269	1141	1243

资料来源:《中国文化文物年鉴2006》。

2005年，辽宁省公共图书馆总流通人次为11334千人次，居东北地区首位，列全国第7位，处于上游水平。在书刊文献外借人次方面，辽宁省为4684千人次，居东北地区首位，列全国第6位，处于上游水平。在书刊文献外借册次方面，辽宁省为11734千册次居东北地区首位，列全国第5位。吉林省、黑龙江省、内蒙古自治区在全国均处于中下游水平。

2005年，辽宁省各级群众艺术馆、文化馆、文化站举办展览4829次，组织艺术活动27868次，居东北地区首位。

2005 年，内蒙古自治区各级博物馆拥有藏品 338527 件（套），其中一级品
1243 件（套），居东北地区首位。

从表 5 可见：2004 年，在图书出版种类方面，辽宁省为 5511 种，居东北地
区首位，吉林省、黑龙江省、内蒙古自治区分列第 2、3、4 位；在图书出版总印
数方面，吉林省共出版图书 12267 万册，居东北地区首位，辽宁省、黑龙江省、
内蒙古分列第 2、3、4 位。

表5　2004 年东北地区公共文化产品供给情况

类别	地区		黑龙江	吉 林	辽 宁	内蒙古
出版发行机构	图书	种类（种）	2828	4699	5511	1949
		总印数（万册）	7704	12267	11666	7381
	杂志	种类（种）	312	234	234	149
		总印数（万册）	4331	6856	6891	1473.4
	报纸	种类（种）	76	79	81	51
		总印数（万份）	74339	99648	145408	60819.99
广播电视机构	广播平均每日播音时间（时）		946	796	1374	1286
	电视平均每周播出时间（时）		8201	6637	9682	8814

资料来源：《黑龙江省统计年鉴 2005》、《吉林省统计年鉴 2005》、《辽宁省统计年鉴 2005》、《内蒙
古自治区统计年鉴 2005》。

2004 年，在杂志出版种类方面，黑龙江省为 312 种，居东北地区首位，吉林与辽
宁省并列第 2 位，内蒙古自治区列第 4 位；在杂志出版总印数方面，辽宁省为 6891
万册，居东北地区首位，吉林省、黑龙江省、内蒙古自治区分列第 2、3、4 位。

2004 年，在报纸出版种类方面，辽宁省为 81 种，居东北地区首位，吉林省、黑
龙江省、内蒙古自治区分列第 2、3、4 位；在报纸出版总印数方面，辽宁省为 145408
万份，居东北地区首位，吉林省、黑龙江省、内蒙古自治区分列第 2、3、4 位。

2004 年，在广播平均每日播音时间方面，辽宁省为 1374 小时，居东北地区
首位，内蒙古自治区、黑龙江省、吉林省分列第 2、3、4 位；在电视平均每周播
出时间方面，辽宁省为 9682 小时，居东北地区首位，内蒙古自治区、黑龙江省、
吉林省分列第 2、3、4 位。

（四）公共文化人才资源

公共文化人才是指参与公共文化服务的专业技术人员和支撑公共文化服务体

系的管理、辅助人员等，它是公共文化服务的核心力量。公共文化人才资源主要包括为群众提供公共文化产品和公共文化服务的专业文艺工作者中的骨干队伍，尤其指具有高级职称的文化人才。本报告以东北四省区的艺术表演团体、公共图书馆、群众艺术馆文化馆（站）、博物馆和文化部门教育机构等领域的从业人员及高级专业人才的数量进行对比分析。

从表6可见：2005年，在上述五个领域中从业人员总数方面，辽宁省为13737人，居东北地区首位，黑龙江省、内蒙古自治区、吉林省分列第2、3、4位；在具有高级职称人员总数方面，黑龙江省为1428人，居东北地区首位，吉林省、辽宁省、内蒙古自治区分列第2、3、4位；在高级职称人员占总从业人员比重方面，黑龙江与吉林省分别为12.7%和12.4%，居东北地区前两位，辽宁省与内蒙古自治区分列第3、4位。

表6 2005年东北地区公共文化人才资源情况

单位：人，%

类别 \ 内容 \ 地区	黑龙江		吉 林		辽 宁		内蒙古	
	从业人员总数	具有高级职称	从业人员总数	具有高级职称	从业人员总数	具有高级职称	从业人员总数	具有高级职称
艺术表演团体	5565	732	4273	717	4347	625	4834	460
公共图书馆	1669	184	1783	191	2888	206	1776	103
群众艺术馆文化馆（站）	2947	276	3318	256	4424	176	3900	75
博物馆	706	113	741	90	1652	118	778	74
文化部门教育机构	342	123	0	0	426	61	493	27
合 计	11229	1428	10115	1254	13737	1186	11781	739
高级职称占从业人员总数比例	12.7		12.4		8.6		6.3	

资料来源：《中国文化文物年鉴2006》。

从图1可见：在艺术表演团体中，黑龙江省从业人数最多，吉林省最少；在公共图书馆中，辽宁省从业人数最多，黑龙江省最少；在群众艺术馆、文化馆（站）中，辽宁省从业人数最多，黑龙江省最少；在博物馆中，辽宁省从业人数最多，黑龙江省最少；在文化部门教育机构中，内蒙古自治区从业人数最多，吉林省为零。

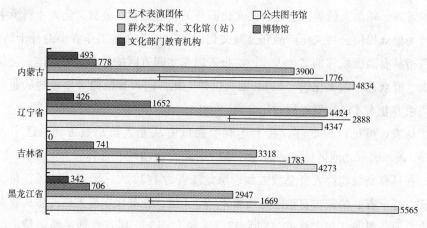

图1 2005 年东北地区公共文化从业人员情况

二 东北地区公共文化服务体系建设中存在的问题

（一）东北地区公共文化服务体系发展不平衡，整体水平较低

在上述考察的 31 个指标中，辽宁省在东北地区居首位的有 19 项，黑龙江省和内蒙古自治区各有 5 项，吉林省仅有 2 项。比较而言，辽宁省公共文化服务体系建设相对完善，且有着较大优势，但也反映了四省（区）发展不平衡。从全国范围来看，辽宁省只有在公共图书馆相关指标排行中表现突出，其余方面大多处于中、下游水平。而其他三省（区）排行在前 10 名的指标只有 1 项。整体而言，东北地区的公共文化服务体系整体水平较低，处于全国中、下游水平，尤其与北京、上海、浙江等文化大省市相比存在较大差距。

（二）东北地区公共文化服务体系资金投入不足

资金的投入在构建公共文化服务体系中具有重要作用，它既是这一体系保持可持续发展的基础，也是其发展水平的标志。在文化事业财政拨款总量上，2005 年，黑龙江省、内蒙古自治区、吉林省在全国分列第 15、17、21 位，均处于全国中、下游水平。在文化事业费占财政支出比重上，比较理想的应该为 5% ～ 8%。①

① 陈彬斌、苏唯谦：《公共文化服务体系：在新观念下演绎》，2005 年 12 月 16 日《中国文化报》。

2005 年，居东北地区首位的内蒙古自治区仅为 0.44%，居全国第 15 位；黑龙江和吉林省为 0.42%，居全国第 17 位；辽宁省为 0.39%，居全国第 25 位，整体处于中、下游水平。在人均文化事业费上，辽宁、吉林、黑龙江省分列全国第 12、14、17 位，总体水平处于中游水平。因此，资金投入的相对匮乏是东北公共文化服务体系构建的重要制约因素之一。

（三）公共文化产品供给与需求仍存在一定程度的矛盾

公共服务体系的基本职能是生产反映时代精神、体现地域特色、深受群众欢迎的优秀文艺作品，传播和弘扬先进社会文化，以满足公众的文化需求，因此公共文化产品的产出与供给是衡量这一体系完善与否的重要指标。2005 年，在公共文化产品供给上，艺术团体无论在分剧种新排上演剧目数上，还是在分剧种国内演出场次上，东北四省（区）均处于全国下游水平。在公共图书馆的相关指标中，吉林省、黑龙江省、内蒙古自治区在全国均处于中、下游水平。整个东北地区儿童剧团和乐团数量极少，只有辽宁省有 1 个儿童剧团、1 个乐团，其他三省（区）均为零。在公共图书馆数量上，黑龙江省、吉林省、内蒙古自治区在全国均处于中、下游水平。在藏书量上，内蒙古自治区居全国第 27 位，处于下游水平。在各种类群众艺术馆、文化馆、文化站数量上，辽宁省居东北地区首位，居全国第 12 位；吉林省居东北地区末位，居全国第 24 位，处于中、下游水平。在拥有博物馆数量上，辽宁省居东北地区首位，居全国第 12 位；吉林省居东北地区末位，居全国第 24 位。上述情况表明，由于公共文化机构的数量缺乏，致使公共文化产品供给在数量上和质量上均存在供给与需求的矛盾。

（四）人才资源虽然雄厚，但缺乏地方特色人才

人才是文化的所有者和传播者，是构建这一体系的根本性因素。从总量上看，东北地区文化人才数量较多，其中有高级职称的所占比例在全国亦处于上游水平。但是在雄厚的文化人才资源中，东北地区缺乏在全国具有相当影响的、具有民族特色和地方特色的文化人才，例如，鲜卑史、金史、满文化、赫哲文化和鄂伦春文化等都是有着地方历史和民族特色的文化研究，但均仍面临人才缺乏的窘境。这导致东北部分民族文化处于逐渐消逝的状态中，部分历史资源尚未充分开发。尤其是，由于经济因素，近年东北人才外流现象日益严重。这些都是目前制约东北文化服务体系构建和发展的不利因素。

三 加强东北地区公共文化服务建设的对策

(一) 以整体规划、因地制宜为原则，推进东北地区公共文化协调发展

地区的经济社会发展状况、自然条件、人文环境、人口和民族结构决定了文化消费水平和文化产品类型。针对东北地区公共文化服务体系基础设施建设薄弱，发展水平不平衡的问题，应从以下三方面入手解决。

第一，有科学、整体的规划。东北地区公共文化建设中，有许多资源可以共同开发、有效整合和充分利用。尤其是东北地区在地域上实为一体，交通便利，资源丰富，历史资源、民族资源相互渗透。因此，四省（区）可以通过合作、协商，科学、整体地进行规划，实现协调发展，并从宏观视角进行打造东北文化圈的尝试。

第二，因地制宜，打造地方特色。公共文化建设不能简单地借鉴、模仿先进省（区）的发展模式，否则就会进入趋同性的竞争，甚至是攀比的发展轨道。应在坚持公共文化体系公益性质的前提下，坚持分类指导、因地制宜、量力而行的原则，大力建设功能齐备、布局合理的公共文化设施网络，并着力兴建一批具有时代气息和地域特色的社会文化设施，发展具有地域特色的文化资源，创造具有时代特色的文化形式和载体，拓展公共文化服务领域，充分满足本地公众的文化需求。

第三，创新管理形式。政府对公共文化的管理上由过去的微观管理变为宏观管理，从直接办文化向为文化发展提供服务转变，从以管理直属单位为主向为全社会提供公共文化设施和文化产品，从以行政手段管理文化市场为主向以经济调节、以法律手段规范为主转变。[①] 政府要以转换机制、增强活力、增加投入、改善服务为重点，抓好经营性文化产业的改革和发展，推动文化事业和文化产业走上良性循环、健康发展的轨道。

(二) 完善公共财政投入机制，开辟社会资本参与渠道

资金投入是公共文化服务体系的运行血脉，适当的资金投入是保证这一体系

---

① 王祥伟:《如何建立我国的公共文化服务体系》,《中国市场》2006 年第 52 期。

良好运行和可持续发展的关键性因素。加大投入资金力度，改善和扩大公益性文化的供给，是繁荣文化事业，保障文化成果惠及公众的最有效的手段。由于公共文化产品的非竞争性和非排他性，单纯依靠市场调节会导致市场失灵，单纯依靠政府会导致资金来源单一而有限。针对东北地区财政投入过低的现状，应从以下两个方面解决。

第一，政府在公共文化建设中要承担起主要责任，健全、完善稳定的财政投入机制，并随着经济发展逐年加大投入力度，同时设立公共文化建设专项资金，制定专项资金的管理办法，保障公益文化事业单位经费投入。

第二，在坚持公益性前提的情况下实现有限的市场化。按照国家有关政策，支持社会力量参与公共文化建设，鼓励社会资本以合资、合作、参股、兼并等多种方式参与公益文化事业建设，发挥民间资本的积极作用。同时，鼓励文化事业单位结合自身特点从事部分经营活动。这是保证公共文化服务体系资金投入的现实选择。

（三）创新服务形式，打造文化品牌，提供优质文化产品

随着人民生活水平的提高，公众的文化需求也日益提高；随着科技的发展，文化的生产和传播形式不断更新。在这种形势下，公众不仅要求公共文化服务体系提供数量大、质量优的文化产品，也要求提供具有时代特色的新形式文化产品。因此，艺术创作要注重挖掘民族文化内涵和地方特色文化，借鉴国内外文化产品生产的新形态，大胆推进文化内容、形式和手段的创新，形成拥有一定原创性和反映本地文化特征的知名文化品牌；要多开展群众喜闻乐见、形式多样的文化活动，提供适合本地消费水平、百姓喜欢的文化产品。多生产赞美生活、塑造典型、讴歌劳动、陶冶情操的戏剧、影视节目等精神产品，最大限度地占领市场，最广泛地赢得群众，既满足公众的文化需求，又传播先进的精神文化。

（四）挖掘地方历史资源、民族资源，培养地方特色文化人才

人才是文化事业发展的决定性因素，要壮大文化人才队伍。受历史、地理、民族、经济社会发展等因素的影响，各地区群众的文化需求有明显的区域性特征。因此，地域文化特色也被视为特定地域的名片，体现在民居的建筑风格、乡风民俗、待人接物的行为方式等多个方面。公共文化服务体系必须注重本地

民族文化和地域文化的体现，形成自己的风格和特色。东北地区历史悠久，民族资源丰厚。不仅蒙古族文化、满族文化、金文化研究和二人转艺术在全国有着广泛影响，而且赫哲、鄂伦春民族的历史与文化研究、哈尔滨犹太人研究在全国也占有独特的地位。因此，在人才战略上，东北地区应把本地培养和异地引进相结合。

第一，培养专业的文化人才，分阶段、分层次对现有的文化人才进行全面培训或学习深造，提高其文化素质和创作水平。

第二，培养具有本地特色的民间文化人才，积极扶持民间艺人、文化能人、文化经纪人，激发农村文化骨干的艺术才能，提高他们参与文化创造及公共文化服务的水平。

第三，完善招聘制度，进一步加强人才引进。通过奖金发放、职称晋升等一系列优惠政策让高素质、高水平的异地人才为本地文化建设服务。

总之，公共文化服务体系是政府公共服务的重要组成部分，它具有提供基本的公共文化产品和文化服务，保障公民文化权利，满足公民文化需求，传播先进文化，推动文化创新等多方面的功能，它会产生巨大的社会效应。尤其是文化精品，会对社会历史产生不可估量的深远影响。因此，在构建社会主义和谐社会，实现东北振兴的过程中，应进一步健全、完善公共文化服务体系，充分发挥文化对社会发展的积极作用。

东北地区农村文化建设发展研究

段秀萍[*]

摘　要：加强农村文化建设是全面建设小康社会的内在要求，是建设社会主义新农村、满足广大农民群众多方面精神需要的有效途径。本文对东北地区农村文化建设的现状、主要问题及成因进行了深入分析，并提出了促进东北地区农村文化建设发展的对策与建议。

关键词：农村文化建设　东北地区　农民

文化是民族的灵魂，也是新农村建设的灵魂。构建新农村和谐社会，经济发展是根本，文化建设是关键。要实现社会主义新农村建设的各项要求和目标，必须在大力发展经济的同时，充分利用和依靠文化、教育和科技等力量，切实加强农村文化建设，促进农村各项事业的发展。

一　东北地区农村文化建设基本现状

（一）文化建设工作得到重视和加强

东北地区各省省委、省政府高度重视文化工作，并把文化建设工作作为建设社会主义新农村的重要内容。党委领导，政府主导，加大了对文化工作的组织领导力度，各市、县也把文化建设纳入党委和政府的重要工作议程，相继制定了有关政策，各有关部门齐抓共建的局面已初步形成，为推动东北地区文化事业的快速发展奠定了良好的基础。吉林省委、省政府在提出农村大文化思路后，全省有5个市（州）、23个县（市）下发了贯彻落实文件，许多市、县召开专门会议研

---

* 段秀萍，吉林省社会科学院农村发展研究所研究员，主要研究农业和农村经济等问题。

究农村文化工作，大部分市、州、县建立了农村大文化联席会议制度，各涉农部门共同研究农村文化工作，为农村文化建设办实事。辽宁省委、省政府在 2006 年 11 月 23 日下发了《关于进一步加强我省农村文化建设的意见》，并在"十一五"期间辽宁省文化发展规划中，明确确立了"十一五"期间辽宁省农村文化"一县两馆、一乡一站（中心）、一村一室一广场、一人一册（图书）"的建设目标。指示各市、市直有关部门要按照本意见的精神，结合实际，制定贯彻落实的具体措施，并对本意见的执行情况进行督促检查。

（二）农村文化机构日益健全，县乡村三级网络初步形成

东北地区农村文化机构日益健全，县乡村三级网络已经初步形成。2007 年初，辽宁省完成了 30 个乡镇文化活动中心建设工作。目前，吉林省共有县级图书馆 53 所，县级文化馆 67 所，艺术表演团体、演出场所和创造机构 98 个，文物博物机构 49 个，电影发行放映机构和场所 71 个。全省 41 个县（市）和 19 个区 624 个乡镇和 9351 个行政村基本实现了"县县有文化馆和图书馆"、"乡乡有文化站"的目标，形成了覆盖全省农村的三级文化网络。此外，吉林省县级以下有网吧、歌舞厅等 5000 多个，成为农村文化的重要补充。

（三）农村文化投入渠道扩大，文化基础设施得到不同程度的改造

近年来，东北地区各省省委省政府加大对农村文化建设的投入。据不完全统计，2000 年以来，吉林省在积极争取国家资金支持的同时，一些乡镇也采取政府单独出资、向上级争取资金、出让土地或部分房屋产权等办法，共投入资金 7000 万元，全省新建或改建、扩建乡镇文化设施 160 多处。有些新建的文化设施已成为当地标志性的建筑，如前郭县查干花镇新建的"草原文化馆"、汪清县百草沟镇新建的"文化中心"等。2006 年初，黑龙江省财政厅拨款 1100 万元与省文化厅一起在全省共建设 52 个试点乡镇综合文化站。目前这些试点乡镇综合文化站已于 2007 年 5 月建成并陆续投入使用。每个文化站还将获得 3000 册图书、文化资源共享设备（包括电脑、服务器、卫星接收仪等）、电影放映机、拷贝等物资方面的支持。到 2010 年，乡镇综合文化站将遍布全省的每一个乡镇。辽宁省对全省文化中心建设项目进行了重新调整，重新将已经建成或正在建设的 25 个乡镇文化中心正式列入省建设规划，并加大了文化信息资源共享工程实施力度。

（四）农民自办文化发展迅速

目前，东北地区现有农民小剧院、文化大院、电影大院、秧歌队等多种形式的农民自办文化组织。这些民间团体自筹资金，以农民群众喜闻乐见的传统文化节目、民间戏曲、健身大秧歌等形式，演出了许多符合农民特点、展现新农村建设成果的节目。这既满足了群众的精神需求，陶冶了情操，又传承了民间艺术，受到广大农民群众的普遍欢迎，促进了东北地区农村文化事业的深入发展。吉林省现有农民自办文化组织近 1000 个，仅 2007 年就新增农民自办文化活动组织近 200 个。黑龙江省的黑河市 60% 的村屯都建立了以自娱自乐为主的农村文化大院，这些文化大院组织体系完备，下设舞蹈、器乐、说唱等组，参与文化大院的演职人员多达百人，涵盖了老中青幼四个层次。演出的节目形式多样，有戏剧、歌曲、曲艺、器乐曲等，深受广大农民的欢迎。一些文化大院还形成了"一村一品"的特色，如嫩江县伊拉哈的三星村铜管乐队、北安市城郊乡的民间故事、主星乡的鲜族舞蹈、孙吴县辰清乡后屯村的家庭表演等，各具特色。目前，农民自办文化大院、电影大院、小剧团等已成为传播先进文化、维护社会稳定、提高农民素质的有效平台。

（五）农村广播电视、电影事业发展较快

丰富多彩的电视节目，特别是农业科技知识和商品信息，对促进农村经济和社会发展、促进农民思想文化素质的提高都起到了积极作用。目前，东北地区农村能接受电视节目的村的比重达到 99.9%，基本上全部实现有线电视"村村通"，看电视已成为农民群众精神文化生活的一个重要方面。

为了切实解决农民看电影难的问题，充分发挥电影在农村经济建设和精神文明建设中的作用，辽宁省委、省政府先后拨出 800 万元专项资金，扶持农村电影事业发展。国家广电总局近两年也先后扶持辽宁省 16 毫米放映设备 68 套，扶持少数民族县及边境县农村电影流动车 10 台及放映设备 40 套，扶持农村电影专项资金 55 万元，购置拷贝 420 部。2007 年上半年全省农村电影完成放映场次 38500 场，观众达 500 多万人次，在全省基本消除电影放映空白乡镇。吉林省在 2007 年先后开展了"万场电影进万村"、"农村电影金秋展映月"等活动，2007 年全省共放映数字电影和胶片电影近 11.3 万场，基本上实现了全省 9306 个行政村每村每月一场电影的公益服务目标。

二 东北地区农村文化建设存在的主要问题及成因

(一) 问题

1. 农村文化工作地位"软",基层干部动力不足

一是思想认识"软"。不少基层干部反映,农村经济实力普遍不强,乡镇和村级债务沉重,现在所有精力几乎全用在跑项目、揽资金、达指标等经济工作上,没有精力和财力顾及文化建设。二是位置"软"。市、县对乡镇干部的政绩考核只考核经济业绩而不考核文化发展业绩,一些乡镇干部认为抓经济立竿见影,抓文化难见成效,不太愿意将有限的经费投入文化事业发展。三是手段"软"。由于缺少必要的经费保障,使得不少乡镇文化活动只能靠拉赞助、求支持。有的乡镇文化干部将自己的工作状况描述成"水深火热"。

2. 经费投入不足,设施建设与管理水平明显滞后

目前,农村文化建设经费增长幅度远远落后于经济增长幅度,不少地方文化事业经费占财政的比例没有随着财力的增长而增长,如果扣除项目建设和政策性增资因素,有的甚至是负增长。相当多的乡镇文化站无办公经费和业务经费,农民的文化活动经费基本上靠个人自筹。而且由于经费紧张,必要的专项资金不到位,农村文化设施建设速度缓慢。同时,受多种因素影响,不少早年建成的文化设施没有得到有效保护,资产存量不增反降。不少乡镇文化设施建设依然空白,有的地方只有一个人、一间办公室和一块牌子。一些乡镇文化站,在建成时比较漂亮,但由于缺少维持发展的投入,加之管理不力,常常沦为"空壳文化站"。农村文化活动阵地的缺失以及管理上的薄弱,直接影响到农村文化活动的组织、指导和管理,严重制约了农村文化事业向更高层次发展。

3. 文化管理体制不顺、机制不活,文化资源整合利用缺乏有效性

一方面,随着农村社会公共服务体系的发展,农村文化广义上已延伸到教育、体育、科学、卫生等方面,由于分属多个部门主管,相互间缺乏沟通协调,形成了都参与管理,但管理都不到位的情况,导致了活动难统筹、时间难安排、农民难集中、效果难保证的情况。另一方面,文化工作的组织管理职能弱化,基层文化站点缺少经常性的文化活动项目,文化阵地的宣传、教育、辅导、娱乐功能没有充分发挥。

4. 农民精神文化生活比较单调，健康文化缺乏主导性

由于农村文化建设投入不足、文化资源匮乏等多方面因素的制约，农村先进文化阵地难以充分发挥应有的活跃农村文化生活的作用。这导致一些地方农民精神文化生活单调、贫乏，整体上"活动少、渠道窄、形式旧"，仍处在"早上听鸡叫，白天听牛叫，晚上听狗叫"的散漫状态；一年之中，"一个月过年，两个月种田，九个月赌钱"的现象仍比较常见。从文化活动来看，每年即使组织文化活动，也是传统活动，比如打篮球、门球等，活动少且缺乏吸引力。看电视和打扑克仍然是农民茶余饭后传统的主要文化娱乐方式。由于文化活动形式和内容缺乏创新，群众受益面不大，教育启发不深，导致部分地区健康文化影响力较为薄弱，一些文化负面现象得以滋生，如陈规陋习、封建迷信有所抬头，影响到社会的和谐与稳定。

5. 文化干部主力不强，基层基础薄弱

现有文化馆（站）的业务干部年龄偏大。虽然有一些年轻的业务人员，但由于缺乏专业知识，业务素质不高，事业心不强，无法保证基层文化工作的正常开展。同时，由于体制的原因，不能胜任工作的人员出不去，业务素质较高的专业人员又进不来。大多数文化馆（站）存在专业人员少，非专业人员多，上班发挥作用的人少，闲着没事干的人多的情况。还有的文化干部，长期被抽调兼职从事乡镇其他工作，有效从事本职工作的时间和精力很少，制约了农村文化活动开展。

（二）成因

1. 指导思想上的偏差，导致农村文化建设乏力

近年来，一些领导干部思想上重经济轻文化，认为抓文化建设会分散精力，影响经济建设；认为经济建设发展起来了，文化建设就自然而然地搞好了。尽管口头上也讲要"两手抓，两手都要硬"，但在实际工作中却是"讲起来重要，做起来次要，干起来就不要了"，往往流于形式。另外，上级主管部门对干部政绩的考核，也往往偏重于经济指标，客观上也促使一些基层干部只去注重经济工作，而忽视农村的文化建设，认为只有经济增长、招商引资才是"硬指标"，使农村文化建设在一些地方始终没有形成好的氛围，缺乏生长发育的良好环境。思想重视不足，农村文化建设很容易犯"冷热病"，或重"量"不重"质"。即使农民群众有一定的积极性，但由于缺乏强有力的组织领导，活动往往难以持久开展。

2. 乡村集体经济薄弱，导致农村文化建设"硬件"跟不上

农村文化建设，特别是农村文化站的建设以及一些文化宣传活动，离不开一定资金和物质的投入，而投入的多少又取决于乡村集体经济的好坏。当前不少乡村集体经济薄弱，财政比较紧张，上级主管部门又无经费下拨，使得文化建设的投入微乎其微，远远满足不了需要。由于缺乏必要的经费，造成硬件基础差，队伍不健全且素质差，一些乡镇的文化站和村里的文化室形同虚设，不能有效地发挥主渠道作用。另外，也由于经济的问题，使得一些搞文化建设的同志感到不如搞经济工作的同志实惠，提拔得快，纷纷跳槽"转行"。

3. 缺乏规划、监管，导致农村文化建设成效不大

目前多数基层组织由于在农村文化建设工作中存在较大的盲目性和随意性，缺乏长远规划和近期目标，不仅使乡村干部穷于应付，而且也弄得群众无所适从。此外，还缺乏对农村文化建设的监督管理，加之没有必要的配套措施和约束激励机制，导致图形式、走过场的现象比较严重，影响了农村文化建设的成效。

4. 缺乏强有力的人才支撑，导致农村文化事业的发展缓慢

开展文化活动资金、物资等条件固然重要，但队伍人气、人才资源的支撑更重要。一方面，农民文化素质偏低。2006 年末，东北地区总人口 10817 万人，乡村人口占 44.5%。乡村劳动力 3548 万人，其中初中及以下文化程度占绝大部分，近九成乡村劳动力的文化素质偏低，思想观念较为落后，多数农民几乎常年不购阅书报，参与专业技能培训的机会更是少之又少，文化活动组织与开展面临一定困难。另一方面，从事农村基层文化工作的队伍整体上素质不高，缺乏文化专业知识和功底，既有文艺活动才能又善于组织文化活动的人才更为稀缺，制约了农村文化事业的发展。这是目前农村文化建设面临的一个现实困境。

三 东北地区农村文化建设发展的对策与建议

（一）统一思想，切实提高对农村文化建设的认识

文化是综合国力的重要标志，是和谐社会建设的底层支撑。发展农村文化事业，对于丰富农民文化生活，提高农民思想道德素质和科学文化素质，促进农村经济和社会的持续健康发展具有重要作用。东北三省都是农业大省，农村人口众多，农业、农村和农民问题仍然是本地区社会主义现代化建设的根本问题。农村

文化生活贫乏这种状况不改变，整个地区文化建设的水平也就难以提高，整个经济建设和社会全面进步也难以顺利发展。因此，要充分认识到农村文化建设的紧迫性和重要性，教育和引导广大基层干部正确处理好经济发展与文化建设的关系，在加快县乡经济发展，提高集体实力，夯实经济基础的同时，高度重视"文化力"的作用，将发展经济和文化建设作为共同的奋斗目标。真正从思想上重视起来，切实加强对农村文化工作的扶持力度，真正做到文化工作"五个纳入，一个确保"，即把农村文化建设纳入各级党委和政府的重要议事日程，纳入经济和社会发展规划，纳入财政支出预算，纳入扶贫攻坚计划，确保农村文化建设各项目标任务的实现。把文化建设的任务、目标、要求等应作进一步的细化和强化，特别是要将农村文化事业发展列入县（市、区）和乡（镇）领导政绩和晋升考核的指标。

（二）加大政府投入力度，提供物质保障

文化建设同经济建设一样，有投入才会有产出，离开了增加投入，加强农村文化建设就成一句空话。根据我国农村经济发展的现状可以看出，农村文化建设主要依靠各级政府。由于不能带来直接的经济利益，个人和企业很难自觉或被说服去投资农村文化公益性事业。因此，在相当长的一段时间内，农村文化建设的开展仍然需要政府的大力支持和扶持，特别乡村文化设施和文化活动场所建设等。

一要设立农村文化建设专项资金，确保农村重点文化建设的资金需求，特别是党中央、省级财政要在一般转移性支付中明确文化建设经费的比例，确保中央规定的各级政府文化投入不能低于年度财政支出的1%目标的实现，为农村文化建设提供坚实的资金后盾。

二要加大农村基础文化设施的投入。扩大各级财政中的文化覆盖面，县（区）、乡（镇）两级要将有限的财力向农村文化事业倾斜，确保文化事业经费支出逐年增长，保证农村的基础文化设施有较大的改观。截至2010年，东北地区力争实现农村文化"一县两馆、一乡一站（中心）、一村一室一广场、一人一册（图书）"的建设目标，并达到国家有关标准。

三要提高农村文化建设资金的使用效率。对资金的使用过程进行全程监督，保证投入资金取得相应的收益，让农民真实享受到文化设施带来的方便和好处，切实提高农民的文化素质，丰富他们的精神生活，进而提高他们的生产能力和生

活水平。这是加大对农村文化建设投入的最终目的，也是建设农村文化的目标要求。

（三）加强农村文化基础设施建设，满足广大农民文化活动需求

文化设施是文化建设的重要载体，是广大人民群众开展文化活动的基本场所，是传播先进文化的重要阵地。建议各级有关部门把加强农村文化设施建设作为发展农村群众文化的重要方面，进一步加大财政投入，着力建设完善的文化基本设施网络。在继续巩固县县有文化馆、图书馆、电影院的同时，要通过新建、改扩建等方式改善两馆馆舍条件，争取到2010年底全部达到国家有关标准。各省乡（镇）可结合乡（镇）机构改革和实际需要，组建集图书阅读、广播影视、宣传教育、文艺演出、科技推广、科普培训、体育和青少年校外活动等功能于一体的综合性文化活动中心（活动站），并配专职人员管理。在各行政村建设的村文化活动室可"一室多用"。文化部门应充分发挥职能作用，加强文化设施的管理、维护和利用，建立健全各项规章制度，提高文化设施利用率，满足广大农民文化活动需要。

（四）加强农村文化队伍建设，提高农村文化工作者的素质

发展农村文化事业，提高农村文化工作水平，关键是要提高农村文化队伍的素质。

一是提高农村文化工作者素质。建议采取切实有效措施，稳定和发展专兼职结合的农村文化队伍，逐步提高队伍的整体素质。采取多种形式，充分发挥专业技术人员的积极性，加强农村文化队伍的培训，积极培养农民文化骨干。充分发挥民间艺人在活跃农村文化生活，传承发展民族民间艺术方面的作用，巩固农村文化建设的群众基础。

二是积极扶持民办文艺团体。加强对农民业余剧团和业余艺术团的组织和管理，鼓励支持他们采取多种方式拓宽文化服务渠道，引导他们开展健康的文化活动，发挥其活跃基层文化生活的作用。积极发动基层群众参与文化建设，鼓励农民自编自演、自娱自乐，倡导健康文明的生活方式和社会风尚，让文化建设走向大众，走向社会。

三是充分发挥文化部门职能，加强业务辅导和技术指导。建议把有组织的和自发的群众文化活动有机结合起来，最大限度地调动文化工作者和广大群众的积

极性，鼓励和引导他们贴近实际、贴近生活、贴近群众，创新内容、创新形式、创新手段，精心组织精神文化产品的生产，重点抓好农村题材文艺作品的创作、选拔和推广。文化馆、图书馆专业技术人员要立足东北地区文化建设实际，坚持面向基层、深入基层、服务基层，辅导、帮助当地农民群众开展各种文化活动，在提升文化活动档次的同时，以点带面，进一步夯实农村文化工作的基础。

（五）积极开展农村文化活动，丰富农民文化生活

文化建设的根本目的，是丰富群众文化生活，满足人民群众日益增长的文化生活的需求，促进社会主义精神文明建设。各级有关部门应充分发挥各自职能，开展各种形式的群众文化活动，不断丰富群众精神文化生活。

一是大力推进农村文化活动方式的创新，进一步搞好文化下乡活动和文化扶贫。当前农村文化工作形式应从广大农民群众生产、生活、思想实际出发，因地制宜，因时制宜，改变基层文化工作单纯搞文娱活动的模式，创新采用更多符合时代要求、广大群众喜闻乐见的新形式，进一步提高农村文化工作的凝聚力、吸引力和影响力。建议充分利用农闲、节假日和农村集市开展文化活动，把经常性、小型多样的文化活动与定期举办的大中型群众文化活动结合起来，做到文化活动经常化，群众广泛参与。同时，科技、卫生、文化三下乡活动应常抓不懈，文化经营单位要继续深入农村，积极主动地为农民送书、送电影、送文化科技知识。教育、科技、卫生和共青团、妇联等部门应积极参与，发挥各自职能部门作用，在农村开展综合性的文化活动，帮助农村从根本上解决文化贫乏问题。建议在东北地区深入开展文化特色村、体育特色村、科普示范村、文化主题社区、文化示范户等创建活动，通过这些实实在在的形式，推动先进文化进村居、进社区、进家庭。

二是继续实施农村电影放映工程。电影是深受农民喜爱的一项文化艺术，对于丰富农村文化生活，提高农民思想道德与科技文化素质具有不可替代的作用。各级党委和政府有责任在政策和资金上给予必要的扶持，要通过层层签订落实"2131工程"目标责任书，进一步明确责任，免费为农民放映电影。鼓励和支持有条件的乡（镇）、村积极发展固定放映场（点），恢复农村集镇影剧院并建设数字化电影院。要不断开拓农村电影市场，广开渠道，通过开展科教片专场、爱国主义教育片专场、未成年人教育片专场、农民喜庆场、影企联姻等多种形式和渠道，实现农村电影社会效益与经济效益的统一。争取到2010年基本实现全区

农村一村一月放映一场电影的目标。

三是要大力培育和发展农村特色文化，打造民族民间文化品牌。俗话说，"一方山水养一方人"。乡土文化是城市文化的源头活水，有特色才有吸引力和生命力。我们在培育、发展农村特色文化方面还有大量的工作可做，对民族民间文化资源的系统发掘、整理和保护，应该倾注更多心血；对农村传统文化生态保持较完整并具有特殊价值的村落或特定区域，应进行动态整体性保护，逐步建立科学有效的民族民间文化遗产传承机制；挖掘和传承积淀于广大农村地区的丰富多彩的文化活动，使之与精神文明创建活动有机地结合起来。如二人转、扭秧歌、小品是东北地区广大农村的优良文化基础，应当继续发展和创新，并按照贴近群众、贴近生活、贴近实际的原则，将先进性和广泛性、知识性和趣味性、教育性和娱乐性结合起来，精心策划一些地区之间的文化交流，促进文化传播。

（六）创新机制，增强农村文化发展的动力和活力

农村文化建设是一项长期而艰巨的任务，常抓不懈才能出成果，持之以恒才能见实效。

一是按照政府支持、培育主体、市场运作、增强活力的思路，不断探索农村文化建设的新路子。应认真落实《国务院关于进一步完善文化经济政策的若干规定》要求，加大对农村文化建设的投入力度。建议设立农村文化专项资金，用于支持农村文化设施建设、农村非物质文化遗产保护、文化信息资源共享工程和支持文化下乡经常化工作；建立农村文化活动经费正常增长机制，创新投融资机制，多形式、多渠道筹措资金，鼓励社会力量参与和支持农村文化事业发展。要大力发展民办文化，坚持走"政府办文化和民办文化相结合"的路子。鉴于单纯靠政府办文化的路子越走越窄的现状，要转变观念和思路，深化文化投资融资体制改革，做到政府办文化和民办文化相结合。通过民办公助、政策扶持，鼓励农民自办文化，开展各种面向农村、面向农民的文化经营活动，使农民群众成为农村文化建设的主体。政府积极扶持热心文化公益事业的农户组建文化大院、文化中心户、文化室、图书室等，允许其以市场运作的方式开展形式多样的文化活动，扶持以公司加农户、专业加工户等形式，从事农村特色文化产品的开发和文化服务，促进农村文化的发展。

二是加大统筹协调力度，整合文化资源。转变文化工作仅仅依靠宣传文化部门来办的观念，积极引导科技、教育、卫生、广电、司法等部门广泛参与基层文

化建设活动。改变文化活动单纯搞娱乐的做法，将文化活动与当前的经济建设结合起来，在发挥娱乐功能的同时，通过举办科技讲座、文艺进村、道德论坛、读书交流会、实用技术培训等多种新颖有效的形式，将知识性、教育性有机地融为一体，变单向灌输为互动参与，最大限度地调动农民参与文化活动的积极性。充分利用农村现有的文化资源，统筹规划，合理利用，如农村学校的图书资料、计算机信息网络、体育设施设备等，可由所在地政府协调，在加强管理的基础上，采取有偿或无偿方式定期就近向广大农民开放，实现资源共享。

三要加强对农村市场的培育和管理。农村文化市场是农村文化经营者与消费者之间进行文化产品和文化劳务交换的场所。发展农村文化市场不仅可以调动文化生产者和经营者的积极性，而且可以激发广大农民群众参与各种文化活动的热情。要坚持"一手抓繁荣、一手抓管理"的方针，大力加强农村文化市场管理，规范农村文化市场，营造弘扬健康文化、抵制腐朽文化的社会环境。要加强和充实县级文化市场行政执法队伍，充分发挥乡镇综合文化站监管作用，加大监管力度，整顿和规范农村文化市场秩序，严厉打击违法违规活动，取缔无证经营。重点加强对娱乐演出、电影放映、出版物印刷和销售、网吧等方面的管理，坚决打击传播色情、封建迷信等违法活动，破陋习，树新风，确保农村文化市场健康有序发展。

参考文献

张文平：《关于加强农村文化建设的思考》，《求实》2006年第1期。

唐金培、蔡万进：《社会主义新农村文化建设的思考》，《实事求是》2006年第2期。

李巨澜：《略论民初中国乡村社会控制的结构失衡》，《河南师范大学学报》2007年第6期。

马文艳、王海：《对加强新农村文化建设的进一步思考》，《安徽农业科学》2007年第8期。

专题篇

黑龙江省粮食生产发展态势分析

田宝强[*]

摘　要： 黑龙江省农业在取得可喜成绩的同时，影响可持续发展的因素仍然很多。在国家高度期望黑龙江省生产更多更好粮食的背景下，黑龙江省粮食持续产能以及现代农业发展的约束问题迫切需要制度创新。

关键词： 黑龙江省　粮食生产　分析

一　粮食生产和农民收入持续增长

（一）粮食生产持续增长

（1）粮食增势迅猛。2002～2007 年，黑龙江省粮食产量由 2941.2 万吨增至 3965.5 万吨，增幅 34.8%，年均增速达 6.2 个百分点。5 年间，净增粮食 1024.3 万吨。

（2）粮食增产周期显著缩短。1978～1994 年，黑龙江省粮食产量由 1477.5 万吨增至 2578.7 万吨，净增粮食 1101.2 万吨，年均增速为 3.5 个百分点。这一时期增加了 1101.2 万吨粮食，用了 16 年（间隔年，下同）。1994～2005 年，黑

＊ 田宝强，黑龙江省社会科学院农村发展研究所研究员。

龙江省粮食产量由 2578.7 万吨增至 3600 万吨，年均增速为 3.1 个百分点。这一时期粮食增加 1021.3 万吨，用了 11 年。2002~2007 年，黑龙江省粮食净增加 1020.0 万吨，仅用了 5 年时间。

综合有关数据看出，黑龙江省粮食产量的持续快速增长，是各种促进因素共同作用的结果。黑龙江省为国家粮食安全和国民经济持续稳定增长作出了重要贡献。

（二）农民收入持续增长

1978~2007 年，黑龙江省农民人均纯收入由 172 元增至 4132 元。扣除物价因素（2007 年按指数环比增幅 8% 计算，下同），增幅 5.3 倍，年均增速 6.6 个百分点，比同期全省粮食产量年均增速（3.5%）高出 3.1 个百分点。其中，1978~1994 年黑龙江省农民人均纯收入由 172 元增至 1394 元，扣除物价因素，年均增速 7.4 个百分点，比同期全省粮食产量年均增速（3.5%）高出 3.9 个百分点；1994~2005 年黑龙江省农民人均纯收入由 1394 元增至 3221 元，扣除物价因素，年均增速 5 个百分点，比同期全省粮食产量年均增速（3.1%）高出 1.9 个百分点；2002~2007 年黑龙江省农民人均纯收入由 2405 元增至 4132 元，扣除物价因素，年均增速为 8.3 个百分点，比同期全省粮食产量年均增速（6.2%）高出 2.1 个百分点。可见，黑龙江省农民人均收入增长幅度高于粮食产量增幅但后期较前期增幅呈总体减弱态势。

（三）政策因素对黑龙江省粮食产量增长起到了重要的推进作用

1983 年、1984 年，黑龙江省粮食产量分别跃升至 1549 万吨和 1757.5 万吨，环比增幅依次为 34.7% 和 13.5%，这显然与当时黑龙江省如火如荼初始实行的家庭联产承包责任制的激励政策密切相关。2004~2007 年，黑龙江省粮食产量连续创四年新高，这也是与党中央乃至各级政府不断强化的惠农政策是密切相关的。

二　黑龙江省粮食持续增产和农民增收面临机遇和挑战

（一）粮食增产和农民增收面临宝贵的机遇

（1）国家对粮食安全的高度重视为黑龙江省粮食增产和农民增收提供了有利的宏观政策背景。一是党的"十七大"和 2008 年中央"1 号文件"始终强调

"三农"工作的重中之重地位，特别强调增强农业的综合生产能力并确保国家粮食安全的重要意义。二是温家宝总理在刚刚召开的全国农业和粮食生产电视电话会议上特别强调：要充分认识到进一步加强农业和粮食生产的极端重要性，进一步加大政策支持力度，发出更加明确、更加直接、更加有力的信号，调动和保护农民的种粮积极性，促进农业和粮食生产发展。中央政府上述强有力的政策及相关措施，对于黑龙江省著名的粮食主产区而言，具有重要的指示意义和支持作用。

（2）黑龙江省粮食总量有可能在 2012 年创 1000 亿斤新高。综合黑龙江省农业生产条件并在取得中央政府对黑龙江省农业基础设施建设给予有效支持和鼓励区域"三农"制度创新，以及在黑龙江省农业增产和农民增收目标吻合的前提条件下，黑龙江省完全可能在 2012 年左右实现粮食产量达 1000 亿斤的预期目标并形成持续稳定的生产能力。黑龙江省在为国家粮食安全作出贡献的同时，将获得区域农村经济社会的较快持续发展。

（二）粮食增产和农民增收面临严峻的挑战

黑龙江省粮食增产和农民增收面临的挑战主要表现为如下几个方面。

（1）粮食增产与农民增收的矛盾。从黑龙江省多年实际情况看，这一矛盾主要表现为如下三个方面。一是粮食生产受自然的和市场的因素影响，粮农收入在很大程度上具有不确定性。如 2007 年黑龙江省诸多地区水稻因旱减产，而且价格相对偏低。二是由于以种粮为主的农民收入增长缓慢，在很大程度上影响了农民从事粮食生产的积极性。这一点，可以从大量的农村青壮劳动力外出打工和城乡居民收入水平持续扩大中得到证实。三是近年大幅上涨的农资价格侵蚀了种粮收益甚至在很大程度上"抵消"了国家的补贴，挫伤了农民从事粮食生产的积极性。

（2）现代农业目标与以家庭为主的分散经营的家庭土地承包的农业生产方式的矛盾。按照 2007 年中央"1 号文件"的解释，现代农业是："要用现代物质条件装备农业，用现代科学技术改造农业，用现代产业体系提升农业，用现代经营形式推进农业，用现代发展理念引领农业，用培养新型农民发展农业，提高农业水利化、机械化和信息化水平，提高土地产出效率、资源利用率和农业劳动生产率，提高农业素质、效益和竞争力。"目前，诸多专家学者的认识和本次调研几乎所有的样本都支持：现有分散的小规模的家庭承包经营的生产方式构成了现代农业发展的制约因素（二次 30 年家庭承包经营制度更具有为保持农业生产"相对稳定"和政府公信力的意义），黑龙江省农村现有农业生产经营方式亟待创新。

（3）粮食持续稳定增长与耕地总量和质量支持的矛盾。一是黑龙江省耕地面积的权威统计为 1177 万公顷。由于近些年的开荒和"黑地"的公开，这一面积比 1995 年的统计数增加了 277.5 万公顷，耕地面积增长的余地几乎没有。二是耕地质量总体呈下降态势。其一，黑土总体变薄。据黑龙江省专业部门统计，本省黑土区平均每年流失 0.3～1.0 厘米黑土表层，许多水土流失严重的地方只剩下"破皮黄"。目前，黑龙江省黑土腐殖质层厚度大于 20～30 厘米的面积仅占黑土总面积的 25% 左右，比高强度利用前下降了 10%～20%。其二，肥力严重下降。一方面，有机质呈下降态势。黑龙江省目前耕地土壤有机质平均含量为 2.53%，比 1982 年第二次土壤普查下降了 1.79 个百分点。另一方面，土壤氮素减少和速效钾明显下降。目前，全氮含量大于 0.2% 的耕地面积仅占全省耕地面积的 20%，比第二次普查的 60.5% 减少了 40.5 个百分点；土壤速效钾含量大于 200 毫克/公斤（1 级）和 150～200 毫克/公斤（2 级）的耕地分别比第二次普查减少了 64.1% 和 65.2%。其三，土壤理化性状变劣。主要表现是土壤容重增加，孔隙度减少，持水量降低。由于土壤质量下降，化肥增产效益已呈下降态势。20 世纪 90 年代初，黑龙江省每公斤化肥增产粮食 6.6 公斤，近年已经降到 6.3 公斤。如产粮大县肇东市，1992～1993 年玉米肥效为 5～7 公斤/公斤肥，现在已降至 2～4 公斤/公斤肥。

（4）粮食持续稳定增长与水资源短缺和水土流失的矛盾。综合有关数据，一是黑龙江省诸多河流在农业用水期常出现枯水甚至断流。二是地下水水位普遍下降。如黑龙江省绥化和齐齐哈尔农区地下水位近年普遍下降 0.9～1.5 米。据黑龙江省农垦总局通过对建三江分局 15 个农场 10 年地下水观测材料分析后得出结论：1997～2001 年，地下水位降幅为 0.7～2.7 米。2002～2006 年，地下水位降幅为 0.4～1.8 米。1997～2006 年，地下水位降幅为 0.9～3.3 米，其中降幅 2～3 米的居多。二是水土流失面积扩大。2005 年黑龙江省水土流失面积达 1345.4 万公顷，2006 年增至 1377 万公顷，增幅 2.3%。

三　相关政策建议

（一）确立黑龙江省粮食发展目标并争取国家给予大力支持

鉴于黑龙江省最高决策者对党中央负责并同时又为地方"父母官"的体制

背景下，为实现保证国家粮食安全和促进区域现代农业的发展和农民收入的持续稳定增长的双层目标，建议确立黑龙江省用5年左右的时间实现粮食产量达1000亿斤生产能力的目标，并以此努力争取国家对黑龙江省农业基础设施建设给予有效支持。一是全面调研并规划黑龙江省农业基础设施建设项目。重点领域应包括占全省耕地面积2/3的中低产田的改良、病险水库的改造和"两江一湖"灌区建设及农业大型机械的大面积普及等。二是力争将黑龙江省列为国家农业示范区或借国家建立粮食核心产区的有利时机，获取国家更多的物质条件和各种优惠政策支持。三是尽快出台黑龙江省有关农村基础设施建设投资的法规文件，以规范农村投资的立项、审批、资金使用和监管责任等。

（二）确立黑龙江省农业发展的目标模式

黑龙江省农业发展目标模式的确定不仅有利于诱导县域经济的发展方向，而且更有利于全省现代农业的发展壮大。建议尽快确立黑龙江省农业发展目标模式。一方面，从农业的比较优势和发展现代农业的角度考虑，黑龙江省现代农业发展的目标模式应具体化为世界一流水平的安全食品生产基地，也就是黑龙江省的农产品就是好（以有机食品为最高质量目标）、就是贵（质优价优，农民收益高）、就是多（产能高并形成规模效益）。这一目标模式应与国家重要的优质农产品基地建设结合起来，以获得国家更多的支持。另一方面，又好又贵又多的原字号农产品应该在农村就得到不同层次的加工。由此，为农村非农产业和农村新型集体经济发展提供空间。

（三）推行有利于现代农业发展的制度创新

鉴于改革开放实行并延续至今的分散的土地家庭经营制度的政策效应已经基本释放，以及现行家庭长期经营体制与现代农业发展在诸多方面不相适应，同时依据实事求是，一切从实际出发和有利于生产力发展的党中央一贯倡导的思想原则，建议黑龙江省的决策者大胆对有利于促进区域现代农业发展，并具有生产关系属性的农业经营体制和机制实行鼓励探索并支持创新。

（1）探索有利于现代农业发展的体制和机制创新是党中央提出的要求。一是胡锦涛总书记在党的"十七大"报告中明确提出"……有条件的地方可以发展多种形式的适度规模经营。探索集体经济有效实现形式，发展农民专业合作组织，支持农业产业化经营和龙头企业发展"。二是温家宝总理在2008年第十一届全国人民代表大会的政府工作报告中特别强调"……有条件的地方可以发展多种形式的适度规模经营。大力发展农民专业合作组织"。我们应视黑龙江省为有条件的地方，及时把握住这一政策机遇，在全国粮食主产省区率先有所作为。

（2）大力推进农村新型集体经济组织的建立和发展。黑龙江省农村发展缓慢和村域公益事业主体缺失的一个重要原因就是新型农村集体经济组织（不是计划体制时期的农村集体经济组织形式，而是真正体现村民平等并自愿进退和利益共享、风险共担的新型农村集体经济组织）发展严重滞后。按照现代农业与农村新型集体经济发展应互相促进的原则，建议一是将发展县域经济的侧重点适度向村领域倾斜。充分发挥村域经济的比较优势。不仅有利于形成"一村一品"特色，还更有利于形成合理的产业布局并增大充分就业比重和促进农民增收。二是将大力推进农村新型集体经济组织发展，促进村域经济"造血"功能作为建设社会主义新农村的重要内容。因为有外债或担心形成新的外债而限制发展村域新型集体经济，是不智之举。应尽快研究为村减负并激励发展的有效措施。三是将黑龙江省农村中的农民和集体投资由 2006 年的 93.1：6.9 比重调整到 2010 年的 70：30 水平。四是将村党支部书记的优选纳入黑龙江省新农村建设的重要内容。国内包括黑龙江省兴十四村的发展经验表明：一个甘于奉献、勇于拼搏并善于经营管理的村党支部尤其是带头人，构成了村域经济社会实现较快发展的必要条件。因此，加大对黑龙江省 8956 个村党支部主要负责人的优化配置，具有重要意义。为实现优化配置，可从全省范围选拔年富力强、有知识和经验并甘于奉献的党员大学生或党员干部（或党员科技人员）到村党支部任书记或副职。对这些任职人员，应实行公务员或比照援藏干部待遇并实行科学的考评标准。

（3）适时总结省内经验并在全省推广。据调研，齐齐哈尔市对依安县在推进现代农业建设中的土地规模经营和农村新型集体经济组织建设方面，已经总结出了多种实践经验，拟在全市推广并给予相应的政策支持。建议关注齐齐哈尔市的创新做法，并适时总结经验，以利于全省借鉴。

辽宁沿海经济带开发战略分析

沈　东[*]

摘　要： 目前，辽宁沿海经济带（"五点一线"）战略已经拓展为包括全部沿海六市在内的、涵盖全部沿海经济带的开发战略。各重点开发区域围绕临港经济开发战略做文章，总体发展态势良好，滨海公路的建设进展状况顺利。为此建议，从宏观上重点解决国家政策扶持和金融扶持的力度；从区域经济上重点解决一体化的体制和机制问题、节能减排问题、临港经济的错位发展问题等。

关键词： 辽宁　沿海经济带　临港经济

一　辽宁沿海经济带开发战略的拓展

（一）辽宁沿海经济带开发战略的扩展

"五点一线"战略实际上是辽宁省也是东北沿海经济带开发战略的重要组成部分。早期的"五点一线"仅涉及辽宁省沿海 5 个市的 5 个重点开发区域。从 2006 年 6 月开始，"五点一线"战略已经不仅仅是原来的"五点"布局，已经扩展为包括辽宁省全部的沿海城市，即大连市（长兴岛临港工业区、花园口工业园区）、营口市（辽宁沿海产业基地）、丹东市（丹东产业园）、辽西锦州湾经济区的锦州市（西海工业区）和葫芦岛市（北港工业区、兴城工业园区）、盘锦市（船舶修造产业园）。这样，辽宁省沿海各市均已列入辽宁沿海经济带发展战略之中。

辽宁沿海经济带由大连、丹东、锦州、营口、盘锦、葫芦岛 6 个沿海市所辖

---

* 沈东，辽宁省社会科学院省情研究所副研究员，主要研究经济社会学、发展战略问题。

的21个市区和12个沿海县市（庄河市、普兰店市、瓦房店市、长海县、东港市、凌海市、盖州市、大石桥市、大洼县、盘山县、兴城市、绥中县）组成，长约1400公里，土地面积约占全省的1/4，人口约占1/3，地区生产总值占近1/2，是东北地区唯一的沿海区域，在辽宁省和东北地区经济发展中占有重要地位（见表1）。

表1　2005年沿海经济带主要经济指标

主　要　指　标	沿海经济带	占辽宁省比重（％）	占东北地区比重（％）
国土面积（万平方公里）	3.63	24.5	2.3
总人口（万人）	1445	34.6	12.2
地区生产总值（亿元）	3647	45.6	20
外贸出口总额（亿美元）	178	75.9	55.7
地方财政一般预算收入（亿元）	184.5	27.4	11.8
实际利用外商直接投资（亿美元）	12.23	34.1	21.2

资料来源：辽宁省发改委。

东北腹地自然资源丰厚，产业实力较强，基础设施完备，拥有全国8%左右的人口和10%左右的国内生产总值。40多种矿产资源储量居全国前三位，铁矿石储量占全国的1/7。拥有众多大型石油、化工、装备制造、冶金、造船等具有较强竞争实力的骨干企业。原油、木材、商品粮、电站成套设备、汽车、造船、钢等产品产量分别占全国的2/5、1/2、1/3、1/3、1/4、1/4和1/8，是全国重要的装备制造业、原材料工业、商品粮和能源基地。沿海经济带的交通优势明显，已建成东北地区最发达、最密集的综合运输网络。拥有5个主要港口，100多个万吨级以上泊位，最大靠泊能力30万吨级，已同世界160多个国家和地区通航，是东北地区唯一的出海通道。港口货物吞吐量达到4.13亿吨，集装箱吞吐量超过500万标箱。分布有沈山、哈大等区域干线铁路和烟大轮渡，沈大、沈山、丹大等多条高速公路，铁大、铁秦等输油管道，大连、丹东、锦州3个空港，52条国内航线和20多条国际航线，已形成四通八达的交通和通信网络。

沿海经济带已成为东北地区重要的对外开放门户。外贸出口总额占东北地区的一半以上，实际利用外商直接投资占东北地区的1/5。现已建成25个国家级和省级开发区，其2005年地区生产总值占全省的13.2%。拥有目前东北唯一的开放程度最高、政策最优惠、功能最齐全的大连大窑湾保税港区。

2007年下半年，沈西工业走廊也融入辽宁沿海经济带开发战略之中，享受"五点一线"的相关优惠政策。沈西工业走廊计划将利用五年时间，基本建成装备制造业聚集区。在区内，重点培植15～20户百亿元企业，形成100个世界前沿产品，建成20个产值超50亿元的配套产业园。在沈西工业走廊加速建设化学工业园、冶金工业园、近海经济区和出口加工区。沿着走廊西进或南进，均可连接辽宁沿海经济带，沈西工业走廊建设将成为辽宁省重要的经济增长区域和具有国际竞争力的世界级装备制造业基地。2008年，辽宁省又批准将葫芦岛市兴城工业园区纳入"五点一线"沿海经济发展战略中。

考虑到此前已经在营口鲅鱼圈开发区投资建设的鞍本钢铁集团的鞍钢新区，实际上鞍山作为连接沈西工业走廊的重要接点，也纳入了辽宁沿海经济带发展战略之中。

由此，辽宁沿海经济带战略已经呈现出一个巨大箭头的形状，大连作为箭头的头部，渤海经济带和黄海经济带为箭头两翼，以沈阳为中心的中部城市群以及沿哈大铁路的长春、哈尔滨等城市群则成为巨大的箭身，仿佛是一支预将发射的利箭，使沿海经济带的开发战略成为可以带动广大东北腹地的先导地区和示范区，成为拉动整个东北老工业基地振兴的总体战略之中重要一环。将形成南有山东半岛地区、西有天津滨海新区、北有东北沿海经济带的环渤海区域经济互动局面，以适应国家宏观经济发展战略的需要。

（二）辽宁沿海经济带的发展布局和战略定位

根据《辽宁沿海经济带发展规划》，其发展布局是以大连东北亚航运中心建设为核心，以"五点一线"开发建设为重点，充分发挥沿海城镇和各类开发区作用，努力把沿海经济带发展成为临港产业集聚带、改革创新的先行区、对外开放的先导区、投资兴业的首选区、和谐宜居的新城区。以沈西工业走廊为重要纽带，促进沿海与腹地优势互补、良性互动，推动辽东半岛经济区、辽宁省中部城市群经济区和辽西沿海经济区协调发展，加快建设国家沿海经济强省。《东北沿海经济带产业布局研究》提出先进装备制造、高加工度原材料、石化、农副（海）产品精深加工、现代服务、高新技术加再生能源、环保产业的东北沿海经济带"6＋2"产业布局。其战略定位如下。

一是以大连东北亚航运中心建设为核心，提升沿海经济带整体服务功能。将区港联动范围和功能扩大到大连长兴岛、营口鲅鱼圈、锦州港等港区，把保税区的政策延伸到腹地。发挥沿海港口群的整体优势，打造以大连港为中心，营口、丹东、锦州、葫芦岛等港口为两翼，布局科学、结构合理、层次分明、各港分工协作、优势互补的现代化港口集群。完善港口综合集疏运体系和口岸综合服务系统，改善通关环境和服务环境。加快发展以商贸物流、金融保险、信息服务为主导的临港产业。到2010年，初步建成管理体制和运作方式与国际惯例基本接轨，城市和口岸功能显著提升的腹地型国际航运中心。

二是以五个重点开发区域为重点，扎实推进沿海经济带开发建设。充分发挥各自比较优势，建设布局合理、资源节约、环境良好、国际竞争力突出、综合配套能力强的现代化产业园区。随着项目的陆续进入，"五点一线"的产业发展方向和发展重点也日渐清晰。大连长兴岛临港工业区重点发展船舶制造、精密仪器仪表等产业，形成以装备制造业为主要特色的临港产业区，逐步建成大连东北亚国际航运中心组合港区。营口沿海产业基地重点发展冶金矿山重型装备、精品钢材，形成以高加工度原材料工业、先进装备制造产业为特色的大型临港生态产业区，以及盘锦船舶修造园5万吨级以下船舶制造。辽西锦州湾经济区重点发展石油化工、大型专用船舶及配套产品、IT高新技术产业。丹东产业园区重点发展汽车及零部件、造纸及造纸机械制造。大连花园口工业园区重点发展以农副产品深加工为主的产业集群。

三是以沿海城镇和开发区为依托，以滨海公路为纽带，连接"五点一线"、沿海城镇和各类开发区，构成的"一线"是实现沿海经济带全面发展的主轴线。发挥沿海城镇和各类开发区的支撑作用，通过"五点一线"开发建设的推动，实现工业化与城镇化协调发展，壮大沿海经济带的整体实力。同步推进生态环境建设与城镇发展，科学合理开发海洋资源，保护好自然保护区、重要湿地，协调海洋环境保护与经济发展的关系，建设生态环境宜人的宜居地区。形成以大连都市区为龙头，以营、盘都市区为主体，以锦葫都市区、丹东都市区为两翼的沿海城镇带。

四是以沈西工业走廊为重要纽带，构筑沿海与腹地良性互动新格局。深化沿海与腹地的双向密切联系，加强沿海与腹地在产业、物流、人才、资金、科技和土地等各个领域的交流，促进沿海与腹地共同发展。依托中部城市群的产业基础助推沿海经济带快速腾飞，重点建设沈西工业走廊，推动沈西工业走廊向营口产业基地延伸，建设具有国际竞争力的装备制造业聚集区，构筑沿海与腹地良性互动新格局。实行灵活互利的资源配置政策，引导大型、中型企业向沿海经济带聚集，鼓励腹地企业到沿海地区投资兴业，共同构建临港产业和出海通道。加强沿海与吉林、黑龙江省及蒙东等腹地在能源、原材料、矿产资源开发等方面的合作，实现沿海经济带与东北腹地货物港铁联运、联营，形成利益共同体。

（三）临港经济开发的作用

由于辽宁沿海的所有港口均已经列入了"五点一线"开发战略之中，如何发展临港经济，实现临港经济的又好又快发展，起到拉动和辐射辽宁省乃至东北经济作用至关重要。

临港经济关联性强，对区域经济发展带动作用大。首先，港口经济的发展将直接推动本区域的基础设施建设。据世界银行的研究，一个区域的总产出受道路、机场和港口等基础设施的影响显著，区域经济发展与公共基础设施之间存在一个正的相关关系。港口经济的发展直接引起对道路、港口等公共设施需求的增加，可以吸引大量外来投资，推动有关基础设施及相关配套设施建设，这将进一步促进城市建设与经济发展的良性互动。其次，临港经济可以带动关联行业的发展。港口的发展既需要仓储、运输、物流、加工、贸易、金融、保险、代理、信息、口岸相关服务的支持，也会极大带动这些产业的发展。以天津港为例，港口每万吨吞吐量创造 GDP 的贡献约为 120 万元，对地区就业的贡献为 26 人。

目前辽宁沿海的各个重点经济发展区域都依托有港口，除庄河港和盘锦港以外，每个港口都制定了向亿吨级港口发展的目标；每个区域也都提出了以港兴市、发展临港经济的口号。从辽宁省的港口吞吐量分析，2007 年全省港口吞吐量完成了 4.13 亿吨，其中大连港务集团一家就完成了 2.23 亿吨，占全省的54%；营口港完成了吞吐量 1.22 亿吨，占全省的 29.5%，这两个港口的吞吐量已经达到全省总量的 83.5%。根据辽宁省的港口建设"十一五"规划，到 2010年，辽宁全省沿海港口生产性泊位将达到 470 个，货物吞吐能力达到 5.1 亿吨。届时，大连港务集团的货物吞吐量将达到 3 亿吨以上，占辽宁省总吞吐量的50%，大连港的地位不可动摇。营口港在 2007 年的货物吞吐量超过 1 亿吨之后，提出了更大胆的目标，希望利用东北地区腹地最近的出海港的区位优势，取代大连港的地位。

二 辽宁沿海经济带开发战略的实施进展

从目前看，辽宁沿海经济带开发建设进展顺利，取得了显著的阶段性成果。

（一）总体战略进展情况

1. 基础设施建设取得重大进展

2008 年第一季度，沿海经济带基础设施建设工作呈现喜人局面，各重点开发区域的土地开发利用势头良好。截至 2008 年 3 月底，沿海重点发展区域已开发土地面积 153.76 平方公里，比去年同期累计值增长 58.89%，已实际利用土地面积 66.47 平方公里，比去年同期累计值增长 145.73%。

2. 招商引资工作取得实质性进展

赴南美招商，成功在香港举办了沿海重点发展区域招商推介会，引起了强烈反响。辽宁省政府还专门组织推介组，先后赴日本、韩国、上海、深圳和南宁等地举办一系列重点区域的推介会。沿海各市领导也都亲自率团对外推介项目，各点还组建专业招商队伍，采取多种形式招商引资。在全省上下共同努力下，"五点一线"招商引资呈现出良好发展态势。2008 年 1～3 月份，沿海经济带新签约项目 60 个，投资总额 322.51 亿元。其中，外商投资项目 18 个，合同外资额达到 20.86 亿美元。2008 年 1～3 月份，实现固定资产投资 30.5 亿元，基础设施建设投资 17.15 亿元。"五点一线"的开发引起了国际企业界的浓厚兴趣，美国、日本、韩国、新加坡等国的许多企业专程来辽宁省考察。截至 2008 年 3 月份，已经引进和洽谈超亿元大项目 14 个，其中在建项目 3 个，总投资 17.5 亿元；签约项目 6 个，总投资 40 亿元；目前在谈的有意向投资的项目还有 5 个，总投资 137 亿元。沿海经济带正在成为东北地区最具活力的新的经济增长区域。

3. 外资实际到位速度加快

截至 2008 年 3 月底，沿海重点发展区域累计实际利用外资额 8.25 亿美元，比去年同期累计值增长 448.9%。以机械制造、船舶配套、石化、电子信息、轻工食品为主的装备制造业项目占园区项目主导地位。2008 年前 3 个月共批准注册项目 36 个，其中装备制造业项目 33 个，投资额 30.15 亿元，分别占入区项目数和投资总额的 91.67% 和 92.23%。签约项目中，装备制造业项目 51 个，投资额 282.88 亿元，分别占签约项目数和投资总额的 85% 和 87.71%。

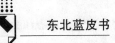

4. 经济效益和社会效益开始初步显现

2008 年 1~3 月份，沿海经济带共实现地区生产总值 21.31 亿元，同比增长 56.11%；财政收入 3.39 亿元，同比增长 157.49%；税收总额 3 亿元，同比增长 78.39%；期末就业人数 37763 人，同比增长 44.15%。

（二）各重点开发区域进展情况

1. 大连长兴岛临港工业区

截至 2008 年 3 月底，长兴岛工业区引进外资企业达 54 户，同比增长 800%。第一季度该区设立外商投资企业 32 户，投资总额 2.3 亿美元，注册资本 1.58 亿美元，外方认缴出资额 1.58 亿美元，分别占该市外商投资企业的 21%、30.6%、29% 和 31%。与 2007 年同期相比，长兴岛新设外商投资企业户数增长了 540%。2007 年 8 月签约的韩国工业园，总投资为 8822 万美元，15 个项目。涵盖船用发动机零部件、船用家具、船用舾装件、船用电器、船用管道及船舶上层建筑等产品制造，到 2008 年 7 月全部竣工投产。预计未来两年内，会有近 60 家韩国造船配套企业进驻长兴岛临港工业区的韩国工业园。

从海湾大桥北 2 公里至长兴岛广福村的入岛高速公路已于 2007 年 9 月开工建设，计划 2009 年 9 月末竣工通车，入岛铁路已进入施工设计等前期工作。供电、供水工程正在紧锣密鼓地施工。

2008 年 3 月 28 日，长兴岛临港工业区造船暨船舶配套产业发展说明会在韩国釜山举行。会上，长兴岛临港工业区分别与高丽亚船舶株式会社、长白产业机械株式会社、BNG 大酒店等 8 家韩国企业签订投资协议，投资总额 1.56 亿美元共同开发长兴岛。

2. 营口（辽宁）沿海产业基地

2008 年 6 月，濒临渤海边的鞍钢项目基地基本建成，作为营口临港产业带的重头戏，该项目预计于 2008 年下半年投产。在营口（辽宁）沿海产业基地，软环境建设与招商同步进行，正在建设两湖景观区、儿童主题公园、广场等社会公益设施。为产业基地企业配套的附属单身公寓、购物中心、娱乐中心、酒店等六七个现代服务业项目也正在紧张建设中，目前已经初步成形，预计到 2008 年年底将全部竣工。

3. 锦州湾经济区

（1）锦州西海工业区。锦州经济技术开发区计划 2008 年投资 12.5 亿元，实施七大基础设施建设工程，其中道路工程建设总投资约3亿元，将开工庐山路、富海街、恒山路等31项道路工程，结转道路工程6项，道路附属配套工程同步展开。白沙湾基础设施建设将实现新突破，"三横五纵"道路拉开白沙湾城市主体框架，西海大街以北、庐山路以南、海洋街以西的4.5平方公里区域具备房地产开发条件。工民建工程总投资约2.9亿元，将实施10项房建工程和海防堤及回填平整工程等。作为白沙湾行政生活区内的一项标志性工程，总投资4000万元的九年一贯制学校开工在即，秋季开学可投入使用。专门为企业建设的汽车零部件产业园孵化器已经开工，6月份将有企业入驻。供电、供水工程总投资约8500万元，架设10KVA以上线路13条，铺设直径300mm以上供水管道10条，使西海工业区的功能进一步完善，具备摆置大项目的条件。绿化、亮化工程将提档升级，生态环境建设力度加大，增加绿化面积约23000平方米，在锦港大街、西海大街两侧配置草坪灯近1200盏。同时，加快污水处理厂、垃圾处理厂建设，促进循环经济发展，提升滨海新城区的环境质量和水平。

开发区争取在西海工业区领军型项目、标志性项目和大项目引进上实现突破，实际利用外资1.2亿美元，同比增长100%；域外引资到位10亿元，同比增长60%。全年要确保有50个3000万元以上生产型项目开工落户。同时，强化对重点项目的全程跟踪服务，进一步提高项目的成功率。确保华润电力、汽车零部件产业园二期、光伏产业园、国家石油战略储备基地、特步北方生产基地、佐源糖业二期、华能焊管二期、元成20万吨糖等一批重点项目取得实质性进展。

（2）葫芦岛北港工业区和兴城工业园区。2008年2月，中国石油天然气股份有限公司锦西石化分公司1000万吨炼油工程可行性研究报告评估会在葫芦岛市圆满结束。该项目一旦建成，葫芦岛市炼油能力可达1700万吨，即可成为全国新的重要炼油基地。5月9日，"渤船重工与配套企业生产合同、协议签字仪式暨葫芦岛市船舶制造和配套行业协会成立揭牌仪式"在该市造船龙头企业——渤海船舶重工有限责任公司举行。当日，渤船重工与葫芦岛泽洋船舶配套有限公司等5家船舶中间产品生产企业签订了批量外包生产合同。这标志着以"多元化投资，社会化生产，专业化协作，本地化配套"为精髓的葫芦岛合力造大船的发展思路正在大步迈向现实，同时也推动着初具规模的葫芦岛市造船产业集群的快速形成。计划总投资56亿元的葫芦岛市船舶制造配套园区，"十一五"期末将形成100万吨造船和100万吨配套能力。届时，加上同步建设的绥中沿海造船基地，葫芦岛将形成500万吨以上造船能力，快速崛起为全国重要

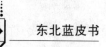
的造船基地。

兴城工业园区 2008 年 5 月纳入了"五点一线"沿海开发开放战略。园区总面积 30.29 平方公里，分 A 区和 B 区两个区域。其中 A 区 20.29 平方公里，位于兴城市中心城区以南，B 区 10 平方公里，与 A 区相距 1 公里。兴城工业园区功能定位为综合性生态型工业园区。产业定位为以制造业为载体，重点发展机械制造、医药化工等产业，通过发展上游产业和接续产业，建立产业集群。园区划分为七大片区：机械制造区、综合加工区、医药化工区、物流集散区、石化工业发展预留区、生活服务区、生活服务发展预留区。从 2006 年底开始，葫芦岛市共投资 8675 万元启动了 A 区基础设施建设，投资 3200 万元将烟台河水源引至工业园区，投资 1200 万元完成了 4 万千伏变电所建设，投资 3665 万元完成园区部分主干道、次干道、支路道路建设。投资 500 万元新建了占地面积 188.5 亩的垃圾处理场，投资 110 万元铺设供排水管线，完成园区绿化面积 2 万平方米。2008 年，把 B 区作为整个园区的起步区，收购了园区内的国有和集体盐场 4000 亩，并启动了 B 区的"三通一平"工作，计划投资 1.5 亿元，2009 年上半年完工。

4. 大连花园口经济区

在花园口工业园区，一批项目陆续竣工投产，园区内已有 5 平方公里摆满项目。天吉食品、合生科技开发、卓瑞资源再生等亿元以上大项目的厂房拔地而起。中韩合资、投资 6000 万元的大连依姿服装有限公司于 2008 年 3 月份投产。金元互感器有限公司从德国引进的浇铸设备已经安装完毕，该项目 2008 年 5 月末即可投产，比预期提前了一个多月。企业产品将主要投放于东北和南方电网改造工程，项目年产值超过两亿元。目前，起步区已入驻项目 45 个，计划总投资 180 亿元，其中外资项目 9 个，计划到位外资额 4.43 亿美元；已建成投产企业 10 家；在建企业 10 家；已签约准备开工企业 25 家，总投资将超过 200 亿元人民币。

2008 年 5 月，大连市政府决定将庄河市所属的明阳镇成建制划归大连花园口经济区代管，同时将"大连花园口工业园区"正式更名为"大连花园口经济区"。

5. 丹东临港产业园区

经过两年多时间的起步和发展，园区招商引资、基础设施建设、软环境建设等方面都得到了快速发展，累计实现地区生产总值 18 亿元、工业总产值 54.3 亿元、全口径财政收入 3.7 亿元、出口总值 1.54 亿美元、固定资产投资 91 亿元。

目前，园区已有包括世界 500 强韩国 SK 集团投资在内的 117 个入驻项目，投资总额 84 亿元人民币，其中，开工项目 103 个，总投资 53 亿元。投资 1.2 亿美元的大豆深加工项目，于 2008 年 8 月建成投产，第二条生产线 2009 年 6 月投产；投资 1.2 亿美元的巴尔的摩造船项目即将在最短时间内打造较大规模和先进水平的船舶产业基地。

为加快临港经济的发展，丹东市加快港口建设与发展的步伐，扩大港口的吞吐能力，目前加快丹东港建设的实施方案已经出台。三年内丹东港将累计投入资金 80 亿元，新建、续建一批粮食、集装箱、矿石、化工等泊位。届时，丹东港货物吞吐量可达到 5000 万吨。

2008 年 3 月 31 日，丹东在香港举行了招商说明会，会上共签约 17 项，总投资额 11.6 亿美元。香港在丹东投资的企业目前已达 131 家，投资总额 8.2 亿美元。

6. 盘锦船舶修造园区

盘锦船舶工业基地基础设施建设累计投入 7.7 亿元，完成总体规划调整，部分地段达到"五通一平"，基本满足入驻企业的需求。园区已经入驻项目 58 个，其中新开工项目 22 个，筹备开工项目 15 个。辽宁宏冠船业有限公司两艘万吨以上成品油轮成功下水，5 户造船企业已经签订造船订单 46 艘。辽河石油勘探局海洋装备基地，被列为中石油集团最大的海洋海工基地。

目前，盘锦市正积极构建"一带一轴三区"对外开放新格局，形成由沿海到腹地，由先导区到县区，由地方到油田，以传统支柱产业为基础，以新兴替代产业和接续产业为重点的全方位、多层次、宽领域的对外开放新格局。"一带"是以 96 公里的滨海大道为纽带的多节点发展的沿海经济带。"一轴"就是以辽河路和双兴路贯穿南北，沿轴重点发展有机化工、精细化工等产业。"三区"中南区是在"带"和"轴"的交汇处建设核心区（盘锦船舶工业基地），加快船舶、石化和临港产业建设，发展空港物流加工区；中区以盘锦经济开发区、新工工业区为支撑，重点发展石化产业和装备制造业；北区是以高新技术产业开发区、盘山经济开发区、双台子经济开发区为支撑，重点发展石油化工、精细化工和乙烯副产品深加工。

（三）滨海公路建设情况

2008 年，滨海公路建设进入稳步推进的阶段。截至 2008 年 5 月，已开工建设918公里，占总里程的64%；完成路面工程402公里，占总里程的28%；在建工程总长516公里，总体工程进度为25%。其中，丹东和营口两市的主轴线已全面形成，有望于2008年9月率先建成。到2008年3月末，规划总里程为856.2公里的大连滨海公路完成施工图设计审批，计划2008年底完成滨海公路路基378公里、路面工程279公里，全线所有路基及大桥工程全部开工建设。大连市承担了856公里，占辽宁省滨海公路建设总里程1443公里的58.9%。

2008年，滨海路建设还将在建设时间上优先安排"五点"区域范围内的主线和连接线工程，积极促进"五点一线"尽快腾飞。滨海公路营口段继滨海大道51公里正式通车后，鲅鱼圈至浮渡河连接工程进展顺利，建设速度不断加快，形象进度在"五点一线"城市中名列前茅。滨海公路营口段连接工程全长19.19公里，北起鲅鱼圈的望海路，南至盖州市归州镇浮渡河，全部按一级公路标准设计，路基宽23米，路面宽21.5米，双向4车道，为跨年度工程，预计2008年10月全线通车，并与先前通车的滨海大道连接。

三 问题、对策与建议

（一）存在的问题

1. 辽宁沿海经济带开发的宏观环境问题

首先，辽宁"五点一线"战略尽管在辽宁省已经取得了基本共识，但是辽宁"五点一线"战略仅是辽宁省省级的规划。虽然经过辽宁省上上下下的努力，至今并未列入国家一级的规划之中，这成为制约"五点一线"可持续发展将面临的瓶颈。与天津的滨海新区相比较，辽宁的"五点一线"对国际国内大型资本吸引力会大打折扣，制约其总体开放开发的进程。

其次，"五点一线"开发战略缺乏金融方面的有力支撑。虽然一年半以来，国家开发银行的贷款对"五点一线"开放建设起到了积极作用，但是面临的资金缺口仍十分巨大。如果考虑到沿海经济带开发辐射整个东北的需求，以及对辽宁省乃至对整个东北腹地的牵引拉动作用，还需要更多的金融机构支持，更需要一个完整的金融体系强力支持。沿海经济带开发战略中的资金瓶颈，不仅制约了各重点区域基础设施建设的力度和进度，也将限制其招商引资的发展速度与发展水平。

2. 如何将"五点一线"纳入东北地区的共识

从严格意义上说，被称为"五点一线"的辽宁沿海经济带开发战略，仅仅是辽宁省的区域开发战略，并在辽宁全省取得了共识。但是作为整个东北地区的沿海地域，辽宁与吉林、黑龙江省以及内蒙古东部地区，在沿海经济带开发上缺少必要的协调和沟通，目前的战略规划也仅仅是基于辽宁一省的战略考虑。实际上，以临港经济为主要特色的辽宁沿海经济带，它所面临的腹地是包括辽宁省在内的整个东北地区。从区域经济的角度出发，如何将沿海经济带开发战略构建成东北地区各省的共识，变一省的积极性为全东北的积极性，尚有许多文章可做。

目前，沿海经济带的规划虽然考虑了以整个东北地区作为腹地，以便发挥临港经济对腹地的辐射和拉动作用。但是就其实质来说，该规划仍局限于辽宁省域范围内，缺乏与吉林、黑龙江省以及内蒙古东三蒙的协商与协调，来共同制定一个可以让整个东北地区认可的东北沿海经济带发展规划。

3. 临港经济的同质化隐忧与无序竞争

"五点一线"与大连港之间的竞争与合作。大连作为国际性港口城市，目前承载着辽宁省乃至东北地区绝大部分的港口物流和海洋运输功能。相比于大连，"五点一线"无论是在基础设施建设、港口规模还是货物运输量等方面均处于弱势。"五点一线"的未来发展在客观上可能会对大连港的物流业务产生一定分流作用。如何协调大连港与"五点一线"其他港口间的关系，引导其错位发展，是辽宁省港口物流业及临港经济再上新台阶的关键。

另外，在临港工业的发展上，主导产业同质化问题仍未得到很好的解决，其中急于招商，急于抓项目，以便短期内取得"政绩和形象"是主要原因之一。

4. 节能减排的隐忧

2007 年，中国的碳排放量可能上升为世界第一位，二氧化硫和 COD 排放量均早已居世界第一位。就辽宁省来说，每万元 GDP 能耗比上海高 103%，比江苏省高 99.2%，比山东省高 44.2%，[1] 未来五年节能减排的任务是非常繁重的。如何在保持经济增长的同时，明显减少温室气体排放量，减少对环境污染，是辽宁省将面临的十分严峻的挑战。从辽宁沿海经济带目前已经招商或拟招商的项目分析，各个重点区域有相当多的项目属于能源密集型、高碳排放的产业，碳密集型

---

① 见国家统计局《2006 年各省、自治区、直辖市单位 GDP 能耗等指标公报》。

投资项目占有主导地位（就投资总额而言），如石油化工产业、水泥产业、黑色冶金产业、有色冶金产业、煤化工项目、火电项目等，在沿海各个重点发展区域均有涉及。

随着能源密集型项目被引进或准备引进，以及这些项目的陆续开工投产，距离中国承担碳排放责任的减排时限已经很近，届时再进行处理、关停、转移，我们将会承担更大的治理和减排成本。

（二）建议与对策

2008 年，是辽宁省"五点一线"沿海经济带开发建设的关键之年。建议辽宁在以下几个方面取得突破性进展。

1. 努力将沿海经济带开发战略上升为国家战略

党的"十七大"召开以后，辽宁省迎来了快速发展的新机遇。为取得辽宁沿海经济带的发展战略作为东北振兴战略整体的组成部分，辽宁省应该根据科学发展观的要求，争取党中央和国家加大对"五点一线"战略的扶持力度，并将由区域性的省级战略上升为国家级发展战略的重要组成部分，得到类似于天津滨海新区相同或相近的政策支持。这样，不仅在环渤海经济区的发展中争取到更大的竞争优势，而且可以在黄海对外开放的战略中获得比较优势。

2. 建立东北三省协调的开发机制

建议东北三省及东四盟进一步解放思想，从整个东北区域经济一体化的高度，重新审视和修订东北沿海经济带的战略发展规划，并且在体制创新和机制创新的方面有所突破，集三省之力促进东北沿海经济带战略开发建设。强化以市场为纽带的区域合作，确定明确的发展思路、总体规划和奋斗目标，加快构筑统一的区域市场体系。

建议辽宁省将"飞地"政策在更多的"点"实施，向更深的腹地拓展，对整个东北地区开放，则具有更积极的意义。这需要东北三省和内蒙古东部区域进行协调，在财政、税收、资金扶持等方面共同探索新的体制和机制。例如，可以考虑将锦州西海工业区和营口沿海产业基地面向黑龙江省开放，以粮食深加工、精细化工等来吸引黑龙江省的大型企业和企业集团。以丹东园区来吸引吉林省的企业来此投资，在汽车和汽车零部件等产业上加强对吉林省的吸引力。

3. 节能减排，建立绿色清洁机制

沿海经济带的重点发展区域主要是新区，建议将其建设成为低碳经济先导区和经济转型示范区。要根据科学发展观的要求，依据资源环境承载能力和发展潜力，确定不同区域的功能定位，促进形成各具特色的区域发展新格局。通过产业政策调控能源密集型产业在区域之间的合理配置，降低能源消耗，减少温室气体排放。着力调整和优化产业结构，降低重化工业在各个区域经济总量中的比重，严格控制钢铁、有色金属、石油化工等能源密集型产业规模，侧重吸引先进制造产业的投资，尤其应当加快发展现代服务业和高新技术产业。转变工业增长方式，推广节能新工艺、新技术，推进工业信息化与技术升级进程，鼓励企业规模化经营，降低工业生产能耗强度，降低生产过程中的碳排放强度。对已经或准备引入的能源密集型产业，应设定碳排放限制标准，对低于碳排放标准的项目或已经安排了减排辅助措施（如火电的附加风电项目等）准许进入和生产。

要发展循环经济型生态工业园。资源的循环利用不仅可以解决辽宁省在发展过程中资源供给方面的瓶颈制约，同时也可减轻环境污染。由于"五点一线"地理位置分散，建议各重点区域在空间上构建循环利用合作机制，从各重点区域的小循环到与辽宁中部城市群的中循环最后到沿海经济带与整个东北腹地的大循环，逐渐实现绿色产业链的构筑。如有可能，建议将沿海经济带已有的高耗能产业（特别是大连重化工业），尽早制定将其向腹地进行梯次转移的规划。

4. 临港经济要统筹协调、错位发展

东北沿海各港口在与大连港之间的竞争中如何协调发展非常重要。大连市作为国际性港口城市，目前承载着辽宁省乃至东北地区绝大部分的港口物流和海洋运输功能。相比于大连，营口、丹东、锦州、葫芦岛等港口无论是在基础设施建设、港口规模还是货物运输量等方面均处于弱势。各港口的未来发展在客观上可能会对大连港的东北亚航运中心的业务产生一定分流作用。如何协调大连港与"五点一线"其他港口间的关系，引导其错位发展，是辽宁省港口物流业及临港经济再上新台阶的关键。

目前，大连长兴岛港作为大连港的具有疏港功能的最近的支线港，其建成投产后，对营口港以及锦州港、葫芦岛港的吞吐量增长均构成威胁。将来这些港口是否有足够的货物吞吐量来满足港口的需求，将成为一个比较现实的问题，需要

引起辽宁省和国家有关部委重视。在宏观层面建立辽宁港口资源整合规划和发展规划，科学界定港口功能，合理配置港口资源，消除港口重复建设和避免不必要的浪费，统筹辽宁港口的发展步伐。相应地，各地政府在发展临港经济的过程中，扬长避短，走出具有自身特色的增长模式。特别是位于锦州湾锦州港和葫芦岛港，由于分属两个机构管辖，两港不足百公里的距离，如何整合是值得探讨的问题。同时，注意各个重点发展区域在产业政策导向上的同质化问题，例如石化工业和精细化工的不同区域错位发展；长兴岛、盘锦、葫芦岛、丹东市的船舶工业的分工与合作；先进装备制造业在不同区域的细分布局，等等，均应加以注意和调整。

辽宁省域经济圈发展问题研究

杨冬梅*

摘　要： 建设以辽宁中部城市群、"哈大齐工业走廊"、长吉图开放带动先导区为核心区域的经济带，形成以线串点、以点带面的区域发展新格局，是实现东北地区全面振兴的重要切入点。目前，上述地区的建设已取得长足发展，但在发展过程中仍存在各种各样亟待解决的问题。要在科学发展观的基础上，通过制度创新，完善政府职能，健全市场机制，推动各经济区域协调发展。

关键词： 辽宁中部城市群　哈大齐工业走廊　长吉图开放带动先导区协调发展

一　概念的提出

《东北地区振兴规划》提出，"加快区域合作进程。建立区域协调互动机制，打破行政壁垒，加速要素资源合理流动，加强基础设施共建共享，推动区域合作，促进协调发展"，通过"建设以大连经济区、辽中经济区、长吉图经济区和'哈大齐工业走廊'为核心区域的哈大经济带"，"推进城市经济区（带）建设和边境口岸城镇发展，支持有条件地区规划设立边境贸易区"，"形成以线串点、以点带面的区域发展新格局"。这是实现东北地区全面振兴的重要切入点。

辽中经济区，是指辽宁省中部城市群经济区，包括沈阳、鞍山、抚顺、本溪、辽阳、铁岭和营口7个市及所辖21个县区，土地面积约6.5万平方公里，占辽宁省总面积的45%。中部城市群经过长期的发展，在区域一体化发展方面已取得突破性进展。基本形成了以沈阳为中心、一环五射的现代化运输通道，实

---

* 杨冬梅，辽宁省社会科学院经济研究所区域研究室主任，主要研究区域经济问题。

现了"1小时"经济圈,并已形成一定规模的产业聚集区,以及多条具有较强的互补性和关联性的发展链条。如汽车链条,围绕沈阳的汽车业,鞍山、本溪的钢铁业为沈阳的汽车制造业提供汽车用钢,而铁岭、本溪则为沈阳提供汽车零部件配套加工。在资源、能源和技术发展上也有很强的互补性,如铁岭为沈阳提供能源和电力支持,而抚顺、辽阳则为区域的石化产业提供原料支持,沈阳则为各市装备制造业的发展提供技术支持,特别提出并开始实施了"沈抚同城化"的战略构想,创新了区域一体化发展的模式。

"哈大齐工业走廊"是指以哈尔滨为龙头,以大庆、齐齐哈尔为区域骨干,包括沿线肇东、安达等市在内的新型工业经济园区。工业走廊建设总的发展方向是大力发展装备制造业、石化工业、食品工业、医药工业、高新技术产业和现代物流业,并加快推进全省经济结构的战略性调整,合理配置空间资源,优化区域经济布局,增强城市综合竞争力。工业走廊计划于2005~2006年启动,通过开发利用重度盐碱地,建设以高新技术产业为引领、传统优势产业为主体、资源型城市接续产业和替代产业为补充的产业高地和经济密集区,并成为黑龙江省老工业基地改造的核心区和全面实现小康目标的先行区。该计划自2005年8月启动,到2007年底,实际启动面积62.4平方公里,已开工项目480个,完成投资369.3亿元,实现工业总产值215.44亿元,销售收入227.3亿元,利税总额24.25亿元。

长吉图开放开发试验区,是吉林省委省政府适应国内外政治经济发展趋势和适应东北地区全面振兴的新要求而做出的历史性决策。试验区沿交通轴线布局,包括长吉区域和图们江区域两个板块,长吉区域指长春市城区、九台市、吉林市城区和永吉县,面积近1.3万平方公里,现有人口630万人;图们江区域指珲春市和延吉市、龙井市、图们市,面积约1.2万平方公里,现有人口105万人。先导区将充分发挥长春、吉林市两个特大城市和图们江区域比较优势,集中力量建设汽车、客车、乙烯、生物、光电、科教等十大产业基地,力争用5~10年时间,推进长(春)—吉(林)、延(吉)—龙(井)—图(们)经济一体化,形成以珲春为窗口、延吉—龙井—图们为前沿、长春—吉林为引擎、东北腹地为支撑的总体布局,打造东北地区对外开放新门户,创建我国内陆省份对外开放先导区、新型产业示范区和东北亚区域国际合作引领区。长吉图开放带动先导区不仅对加快吉林省经济与社会的发展具有火车头的牵引作用,而且可以连接辽宁与黑龙江两省,服务于"哈大齐工业走廊"和辽中经济区,从而对带动东北地区全面振兴具有重要的战略意义。

二 经济圈发展现状及存在的问题分析

"九五"以来，东北三省国民经济持续、较快增长，GDP 年均增长速度超过 10%。结构调整取得较好成效，辽宁中部城市群、"哈大齐工业走廊"和长吉图开放带动先导区的生产力布局进一步优化整合，资源型城市经济转型成效显著，接续、替代产业逐步完善，发展势头强劲。辽宁中部城市群地区生产总值占全省的 60% 以上，全社会固定资产投资占全省的 55%；长春、吉林两市经济总量占全省的 58%，财政收入占 54% 以上；"哈大齐工业走廊"实现工业总产值 215.44 亿元，销售收入 227.3 亿元，利润总额 14.22 亿元，税金总额 10.03 亿元。经济圈对外开放步伐不断加大，发挥了东北地区对外开放主阵地的功能，成为外商投资首选的区域。外商实际投资额占各省的 50% 以上；对外贸易活跃，进出口份额较快增长，保持在各省的 20% 以上。虽然辽宁中部城市群、"哈大齐工业走廊"和长吉图开放带动先导区建设取得了长足发展，但在发展过程中，仍然存在着诸多步调不和谐的地方。

（一）经济圈与省内其他板块之间存在较大的发展差距

省域各板块之间经济失衡，无论是经济总量，还是外向性、结构性及工业化水平上，辽宁中部城市群、"哈大齐工业走廊"和长吉图开放带动先导区与省内其他区域的发展差距不断拉大，致使其他区域处于绝对劣势，投资环境脆弱，经济增长缓慢。我国区域经济的本质特征是行政主导下的"板块式经济"，地方政府充当行政单元区域内的市场主体和利益调控主体。在利益的驱动下，发达地区的地方政府竭力扩大本区域内增长极的"回流效应"和"极化效应"，对不发达地区实行技术和信息封锁；不发达地区的地方政府，则封锁区域内的自然资源，对发达地区的商品流通实行"关税壁垒"，动用行政力量强制性保护市场，导致重复建设和产业结构趋同。正是受区域间市场化程度和自然资源供给的影响，经济圈与其他板块之间的"瘸腿"现象日趋严重，区域不协调发展的程度日益加大。

（二）三大板块之间分工理念淡薄，产业结构趋同，极易引发过度竞争

辽宁中部城市群、"哈大齐工业走廊"和长吉图开放带动先导区虽然功能定

位明显不同,理论上讲不具有相互掠夺性,但由于区域分工理念淡薄,地方保护意识膨胀,不能从区域的角度去审视和规划经济发展,调整和优化产业结构,各唱各的调,仍盲目地以能源和重化工为主,不仅导致产业结构严重趋同,而且极易造成低水平的恶性竞争,造成资源的极大浪费。

长期以来的区域经济合作不畅,主要是由于以各级地方政府为代表的诸多利益主体的存在,使经济发展以行政区经济为主体的模式进行。虽然一些城市之间达成了一些战略联盟,但口头联盟比较多,而且往往是一区内的城市联盟,排斥了区外的城市,形成一些小的利益集团。较强的行政区划意识,使各经济板块还处于分割状态,尚未形成行业布局协调、经济能量集聚、产业结构合理的理想范型。并且国有经济比重比较大,私营和民营经济的成长较弱,最活跃的私营和民营经济还没有足够的力量由下向上打破行政区划的空间限制,进行跨行政区域的行业集聚和整合。

(三) 各经济圈内部中心城市对周边地区的带动和辐射强度不足

三大经济板块的中心城市对周边地区的带动和辐射作用不强,尚未形成一定规模的经济热点地区。虽然沈阳、长春、哈尔滨等中心城市具有较强的综合竞争力,但其并没有充分起到"中心城市"的作用。以沈阳为核心的中部城市群在一体化建设方面取得较大进展,并提出"同城化"的战略实施方案,但沈阳的"极化效应"和"回波效应"过强,周边地区被迫实施强制性市场保护,城市群板块发生"内耗"现象。而以哈尔滨为龙头的"哈大齐工业走廊"和以长春为中心的长吉图开放带动先导区的一体化建设仍处于起步阶段,城市之间的协同性相对较弱,市际合作存在临时性的、局部性的和非制度化的问题。这种现象的产生主要是由于现行的行政体制和财政分权体制膨胀了地方政府的"独立自主"倾向,囿于"肥水不入外人田",对周边城市的带动和辐射作用难以落实到攸关利益的具体事件。

(四) 自主创新能力相对薄弱

当前,区域经济正处于产业技术、结构升级的关键阶段,部分行业从低端产品转向中高端产品,逐渐走向国际市场,与发达国家和工业化国家的市场竞争加剧。但由于缺乏创新能力,缺乏具有自主知识产权的核心技术,国际竞争力薄弱。区域自主创新能力的相对缺失,主要是由于创新体系尚未建立健全,创新机制还不完善，创新体系的行为主体（大学、企业、政府和中介机构）之间的合作层次相对较低，缺乏良性互动机制。科学技术与经济脱离，科研与企业需要脱节的问题尚未得以有效解决。虽然产业集群的形成与发展要依靠市场机制发挥作用，但仍然要充分重视政府政策在引导产业集群合理有序发展，创造有利于创新的良好外部环境，以及防止产业集群退化甚至走向衰退等方面的重要作用。摆在三大经济圈各级政府面前的问题是，如何通过制度创新，帮助创业者向专业化发展，降低内生交易费用，促进企业间的劳动分工和提高企业竞争力，以及如何通过区域营销发展产业集群，进而构筑区域创新网络。

（五）资源与生态环境问题是制约区域经济可持续发展的重要因素

辽宁中部城市群、"哈大齐工业走廊"和长吉图开放带动先导区工业化和城市化程度较高，是高耗重化工业聚集区，工业和生活污水、废气、废物的排放量较大而且集中，跨行政区界污染现象相对突出。近年来，虽然不断加大环境整治力度，大气质量、水环境有所改善，但环境污染趋势并没有得到根本遏制。辽中城市群所在的辽河水系依然是全国污染最严重的河流之一，区域内的细河、浑河也存在着不同程度的污染，难以得到有效治理。同时，由于资源的过度和不合理开采，在一些城市出现了地质沉陷现象，如抚顺城市生态环境破坏严重，百年的煤炭开采破坏抚顺土地面积达 47.96 平方公里，占城市建成区面积的 40%。松花江流域治理更是涉及吉林、黑龙江和内蒙古三省（区）的大事，存在着流域结构性污染，城镇污水集中处理设施建设滞后，水污染防治资金投入不足，环境执法难等问题。区域内各城市环境问题不是孤立和静态的，但由于环保设施有极强的外部效益，各城市投资的内在动力不足，对污染的治理和水资源的保护工作则更多地关注自辖区，统一治理力度较弱，因而时常发生上下游冲突，严重阻碍区域经济的可持续发展。

三 促进区域协调发展的途径和手段

区域协调发展的关键，在于理顺经济板块内部、外部的各种经济关系，整合资源，在分工明确的基础上充分发挥比较优势，避免由竞争引起"内耗"现象的发生，实现经济、社会的可持续发展。在我国以行政为主导的"板块式经济"发展模式下，地区经济具有十分强烈的行政地域属性；而区域经济发展要求各区的功能科学地分工，在分工基础上形成紧密的协作，促进生产要素在区域间自由流动，能够实现更优化的组合，但是分工与协作并不以行政地域属性为界。这就需要建立健全市场机制来打破这种长期形成的以行政区划为资源配置界限的体制，但由于目前市场机制并不完善，所以完全放弃行政干预是不现实的。因此，促进区域协调发展的根本途径是制度创新，从形成对话机制、增强信息透明度、协调空间利益等多方面，抓"两手"，市场机制与行政机制互动，以提升产业布局的空间效率，降低经济活动的不确定性与风险。

（一）抓"有形的手"：健全区域协调互动机制，创新区域公共政策

区域经济协调发展不是局部的协调，而是全局的协调。当前，各省域经济圈几乎都是从自身的角度来考虑区域之间的协作，希望建设优先符合自身发展的产业体系，这实际上是对区域经济协调发展的一种短视。这种错误的认识和做法不利于区域范围的资源要素的优化配置和整合，有害于产业分工协作深化，更无法创造出区域明显的产业优势和突出区域的经济功能。在一个恶性竞争、各自为战的区域协作环境下，是难以形成区域协调发展的格局的。因此，必须由政府这一"有形的手"，创新区域公共政策运行机制，通过有效的规划和引导，逐步提高区域博弈理性化程度，推动区域竞争由无序走向有序。

省政府要对建立社会政策和政府行为规范一体化的、相互开放的区域合作体系发挥关键作用。针对当前地方政府行为规范统一性和透明性的匮乏，要改革一切不适应建立更加开放的区域经济合作体系的体制障碍，如改革僵化的就业制度，建立统一的社会保障体系，使劳动力流动可以摆脱养老、医疗、教育等条件的束缚，在省域范围内实现流动自由化。要按照公共服务均等化原则，加大财政转移支付力度，公平地分配公共服务，逐步缩小城乡、地区间公共服务的差距，提高公共服务的公平性和可及性，缩小区域发展的根源性差距。要协调三大板块建立新型的"利益分享机制"和"利益补偿机制"，避免由于分工在不同区域内的收益不同而引发的利益冲突。要按照"谁开发，谁保护"、"谁受益，谁补偿"的原则，加快建立生态补偿机制，健全资源有偿使用制度，建立可持续发展的资源环境支撑体系。制定鼓励发展环保产业的相关政策，形成多渠道筹集环保资金的机制，实施环境治理与保护的区域联动，尤其对蒙受损失的一方，省政府和受益地区要在资金、技术、人才和政策上给予相应的补偿。

对于地方政府，要充分发挥各级政府的规划和引导职能，加紧清理地方立法

和政策中不利于区域经济合作的规定和条款，探索建立制度化的区域合作新机制。这种合作不仅仅是物资串换和商品、要素的自由流通，还是全面领域的合作与相互开放，包括经济发展战略的相互协调，产业结构的整体安排与布局，企业区位和地址在更大范围内的选择，统一的对外贸易政策和行动，跨区域性的基础设施共同规划和建设，乃至相互协调的地区经济社会政策，等等。通过开展多层次、多途径、多方位的区域合作，实现区域间优势互补、互利共赢、共同发展。如构建区域合作的信息交流平台，完善各市、县、区政府之间的联系制度和交流机制，形成政策或信息的交流互动，促进沟通；建立区域合作的评价激励机制，对区域合作项目的投资给予政策倾斜，对跨区域的产业给予政策扶植，对积极推进区域合作的部门和人员进行表彰和奖励，以鼓励区域合作互动，推动区域协调发展。

（二）抓"无形的手"：健全市场机制，促进合理的分工与协作

市场机制是实现区域协调发展的根本途径。《中共中央关于制定国民经济和社会发展第十一个五年规划的建议》明确提出要打破行政区划的局限，建立统一开放、竞争有序的国内市场，引导产业转移。反对地方封锁，全面清除阻隔生产要素流动的体制障碍，充分发挥市场机制的作用，加快推进劳动力、资本、技术等生产要素的自由流动，实现区域市场整合。充分发挥市场配置资源的优势，重视发挥比较优势，形成合理的地区分工，避免过度竞争。要以统一区域性市场为目标，优化资源配置。在区域发展过程中，基于市场的区域经济联系表现出强烈的突破行政区划限制的合作要求，各地区不宜强调在自身行政区划内培育和形成主导产业和支柱产业，要充分发挥自身优势，打破行政区划限制，在区域性的主导产业和支柱产业定位中寻找自己的位置，因地制宜地配合区域主导产业和支柱产业的形成与发展。

在垂直分工上，企业间可以采取多种形式的联合与合作，建立市场化的跨地区企业合作机制，实现产业链、企业链的空间延伸。三大经济圈与其他区域板块之间，存在着梯度转移和反梯度转移的密切协作关系。辽宁中部城市群、"哈大齐工业走廊"和长吉图开放带动先导区产业基础雄厚，正处于不断提升产业层次的过程中，应将不适宜于在该区发展、不具有区域竞争力的产业，特别是资源密集型、劳动密集型、土地密集型产业逐渐向外转移，而不仅仅是内部消化。辽宁中部城市群、"哈大齐工业走廊"和长吉图开放带动先导区的大企业、大集团

可通过控股、参股、并购等市场行为，积极参与到省内其他区域（特别是具备大量的土地优势和劳动力的地方）的产业结构调整与升级过程中，实现产业链、企业链的空间延伸。如辽宁中部城市群对辽西沿海经济区实施资金、技术和现代化管理经验的梯度转移，辽西沿海经济区的土地和劳动力对中部城市群进行反梯度转移，推动经济协调发展。

在水平分工上，则通过协议分工的方式，共同开拓和开放市场，促进区域产业内分工，共同获利。对于每个城市而言，除了吸引外部资本和调整产业结构以外，还应大力发展具有本地区各种优势的产业集群，如农产品深加工等资源型产业集群，或与中心城市主导产业相配套的产业集群，以及具有显著网络协同效应的旅游、物流等产业集群，提高某些重要的优势产业的竞争力。

要充分发挥中心城市的带动与辐射作用。"长三角"在发挥中心城市的辐射和带动作用方面给我们提供了一个成功的范例。"长三角"在逐步形成经济一体化的过程中，各地自觉地意识到上海的龙头老大地位，进行各自资源的整合和调配，形成了不同的城市定位和分工。区域内"中心—次中心—腹地"的结构具有较强的稳定性和连续性。各地在市场力量推动下完成互补的产业链，资源与产业的优势互补格局也较为清楚，成功实现了区域间的协调发展。辽宁中部城市群、"哈大齐工业走廊"和长吉图开放带动先导区在区域经济发展过程中，要根据老工业基地振兴的总体战略要求和新的形势变化，重新定位区域内城市功能，统筹全地区的发展，每个城市建设要突出特色，突出核心城市地位，带动周边地区，优势互补，在集聚优势的前提下，释放更大的辐射功能。

（三）抓生态保护和环境建设

区域协调发展不仅仅是经济、社会的协调发展，更要重视资源环境的可持续发展。经济系统是构筑于一定的资源系统之上，并与之发生耦合关系的系统。资源环境的变化不仅是经济系统运行的结果，而且会直接反馈于经济系统。加强生态保护和环境建设，是促进区域协调发展的必要保障。

对涉及和影响整个区域的生态与环境问题，应当通过跨行政区划的组织和与之相对应的基金与机制加以协调，建立可持续发展的资源环境支撑体系，制定鼓励发展环保产业的相关政策，形成多渠道筹集环保资金的机制，实施环境治理与保护的区域联动。

东北振兴战略实施以来，江河流域的防污治污受到了国家和各地方政府的重视，不仅《松花江流域水污染防治规划（2006～2010年）》出台，而且采取多种措施促进松花江"休养生息"，包括提高环境准入"门槛"，严控污染排放与污染增量，大力淘汰高耗能、高污染企业，加强饮用水源保护，加快城镇污水处理设施建设，等等。但是，江河流域防污治污、恢复生态原貌，是一个长期的过程，只有政策支持、科学决策和技术保障都到位，并确保有效地贯彻执行，流域的治理目标才能实现，否则会功亏一篑。历史上淮河污染治理的案例可资为证。淮河治污曾历经10年努力，各方投入达到数百亿元巨资。然而2004年7月，淮河却爆发了有史以来最大污染团，形成150多公里长的污水带，使得10年治污成果化为泡影。总结淮河治理的经验教训，其核心问题就在于地方政府的经济利益与环保目标相互掣肘。在污染治理中，上下关系没有形成良性互动，地方政府出于财政、税收等经济利益的考虑，漠视排污企业不端的生产行为，最终导致环保约束措施仅仅流于形式，淮河治污行动功亏一篑。因此，江河污染的治理除了要完善既有的考核惩处制度，还必须解决监管机制的落实问题，机制建设要优于政策规划。

松花江水污染防治的主要责任在流域内的各级地方政府。我国的环境保护执法体制，采取统管与分管相结合的方式，多部门、分层次管理，造成了执法主体林立，但执法权力和执法责任分散的局面。当涉及多个环节要素的违法问题时，经常出现部门与部门之间"争权推责"现象。《环境保护法》、《水污染防治法》规定了跨行政区域水污染纠纷，由有关地方人民政府协商解决，或者由上级人民政府协调解决。但从实践效果来看，责任往往难以认定，相互之间推诿扯皮的事件时有发生，致使很多跨界污染事故得不到及时处理。因此，需要建立健全全流域统一的污染防治协调机制、监督机制和全方位的管理机制，建立信息沟通机制，定期、不定期地召开地方政府和相关部门联席会议，实现信息共享，以避免"九日治水，天下大旱"现象的发生。

吉林省深化农村社会治安综合治理对策研究

于晓光　张　鑫[*]

摘　要： 本文在对吉林省农村社会治安综合治理的现状进行分析的基础上，指出当前社会转型期综合治理工作存在的突出问题及产生的主要原因。建议通过转变思想观念，引入市场化治安防控机制，结合农村实际情况，创新综合治理工作手段以及全方位建立健全犯罪预防工作体系等措施，不断提高吉林省农村综合治理工作水平。

关键词： 农村社会治安综合治理　社会转型　违法犯罪

安全是人类生存最基本的需求，维护社会治安不仅直接关系到人民群众的安居乐业，而且关系到中国共产党执政地位的巩固和国家的长治久安。社会治安综合治理是具有中国社会主义特色的社会治安治理方式，其基本任务是在各级党委和政府的统一领导下，各部门协调一致、齐抓共管，依靠广大人民群众，运用多种手段，整治社会治安，打击和预防犯罪，保障社会稳定，为社会主义现代化建设和改革开放创造良好的社会环境。吉林省作为一个农业大省，其社会治安状况有其独特之处，因农村征地、分配不公、干部腐败等一系列问题引发的影响社会稳定的不安定因素大量存在，我们正面临着人民内部矛盾凸显，违法犯罪案件高发，社会治安形势十分复杂的严峻挑战。

一　农村社会治安综合治理现状

吉林省自 2005 年初提出"大力加强社会治安防控体系建设，创建平安吉

---

* 于晓光，吉林省社会科学院法学研究所所长、研究员，主要研究应用法学问题；张鑫，吉林省社会科学院法学研究所助理研究员，主要研究应用法学问题。

林"的目标任务以来，社会治安综合治理工作由重在整治向重在建设转变。作为一个农业大省，当前综合治理工作的重心必须向农村延伸，力争将农村综治工作提升到一个新的水平，逐步建立起组织领导有力、措施得力、人财物保障到位的长效机制，有效维护了农村社会治安的稳定，促进了整个社会的和谐。

（一）坚定执行"一把手"负责制，将综治工作落到实处

全省农村各级党政机关高度重视社会治安综合治理工作和平安建设活动，坚持"发展是第一要务，稳定是第一责任"。各地均成立了"一把手"任组长的平安农村建设领导小组，下设办公室，与综治部门齐抓共管。认真落实《中共吉林省委吉林省人民政府关于建设平安吉林的决定》，把"平安农村建设"纳入了各地"十一五"规划，切实将综合治理工作提到重要议事日程，有力地推进了综治工作的深入开展。

（二）采取行之有效的保障措施

1. 组织和人员保障机制

目前，吉林省村镇专职综治干部配备率达到 90% 以上，警力下沉，警务前移，乡镇派出所新增警力近三千名，基层司法所、基层法庭建设得到进一步加强。全省各乡镇普遍建立由综治办牵头，派出所、法庭、司法所、土地所等多个部门参加的综合治理工作中心，以集中接待、分流处理的方式，解决群众上访等各种基层矛盾纠纷。

2. 经费保障机制

吉林省在财政紧张的情况下，每年坚持以省财政拨付 500 万元综合治理专项经费为龙头，各级财政匹配拨付综合治理专项经费 1500 多万元，平安创建专项工作经费 300 多万元，主要用于农村综合治理工作。延边州政府和省边防总队共同出资 254.7 万元，先后在全州 4 个主要边境县（市）一线村屯为两千多户村民家中安装了联动报警装置。白城市拨专款 150 多万元购买巡逻专用警车和计算机，并为巡逻防控民警装备无线集群通信系统。通化市政府投资 1000 万元，为安监局安装了远程瓦斯监测监控系统，成立监控中心，实现了市、县、矿三级远程监控，有效避免了煤矿安全生产恶性事故的发生，使当地社会治安得以好转。

3. 奖惩激励机制

吉林省各地从本地实际出发，制定下发了平安创建活动考核评比办法，把社

会治安综合治理同经济责任、领导任期目标结合起来，将综合治理目标管理同责任人的政治荣誉、政绩考核、职级提升挂钩，同评选文明村镇相挂钩。实行社会治安综合治理一票否决权制，对出现影响农村社会治安和稳定的重大事件的地方，坚决实行一票否决。

（三）因地制宜采取有效措施，取得明显效果

乾安县鹿场以每户每年上缴 30 元钱为基础，组建了一支有偿治安巡逻队，配套出台了治安巡逻队岗位目标责任制，签订了目标管理责任书，落实了保险包赔制度。鹿场与巡逻队员、巡逻队员与每户分别签了合同，进行了法律公证。巡逻队员还对每户的畜禽、机动车、家用电器等物品进行了登记。以上措施的落实，调动了治安巡逻队员的积极性，队员们自筹资金，配备了摩托车和手机等交通通讯工具，昼夜在村头路边巡逻。几年来，乾安鹿场刑事案件、治安案件、火灾事故和上访案件都实现了零发案。

乾安县赞字乡坚持群众路线，充分发挥治安信息员的作用，弥补了警力不足的缺憾。从 1997 年开始，赞字乡在每个自然屯挑选素质好、责任心强、年轻力壮的村民作为治安信息员，一支不在编的"公安"队伍形成了。派出所还为信息员建立档案，定期培训，不断进行充实调整。近年来，赞字乡没发生一起严重刑事案件，刑事案件和治安案件发案数始终保持在低位，村民们过上了安居乐业的生活。

抚松县松江河镇积极利用社区组织，建立了未成年人违法犯罪社区矫治基地——"绿色家园"。通过对辖区内的问题少年进行摸底排查，分别建立了详细的档案；聘请法律工作者、心理医生、教师等具有相关专业知识的"绿色家园"志愿者，帮助未成年人及其监护人解决现实生活中遇到的一些实际问题。为解决被矫治对象的生活问题，培养其一技之长，确定了当地两家企业作为爱心企业，为他们提供工作机会，使他们成为自食其力的人。

（四）把影响农村稳定的治安突出问题作为重点整治对象

面对农村中普遍存在的村匪屯霸，盗抢农机具和牲畜、破坏生产工具、赌博、放火等重点治安问题，以及贪占征地补偿费等严重侵害农民合法权益的问题，各级政府和司法部门采取有力措施，侦破了一批有影响的重特大案件和涉黑涉恶案件，严惩了犯罪分子，极大地震慑了犯罪分子。

在各方的不懈努力之下，吉林省涉及社会稳定的各项指标都呈下降趋势。2007 年，全省刑事案件发案总数同比上一年下降 3.2%，放火、爆炸、杀人、伤害等严重刑事案件同比明显下降；全年生产安全事故死亡 2318 人，比上年下降 14.4%；亿元 GDP 生产安全事故死亡 0.46 人，比上年下降 28.1%；道路交通万车死亡 5.8 人，比上年下降 22.7%；全年共发生消防火灾事故 11610 起，比上年减少 3883 起，降低 25.1%。人民群众对社会治安的满意率达到 92.4%，农民和广大市民的安全感普遍得到提升。

二 农村社会治安综合治理中的突出问题

随着改革开放的全面深入，社会利益格局不断调整，治安形势发生了深刻变化，社会管理的难度大大提高，人民群众对综合治理工作也有了更高的期望。与社会客观形势的要求和群众的期望相比，吉林省的社会治安综合治理还存在着诸多不足，面临着许多现实的挑战。

一是基层基础工作比较薄弱。乡村专职综合治理干部编制、人员、经费不落实的问题比较突出，村治保主任、民事调解主任空缺严重，且职能发挥不充分。由于乡镇财力困难，乡镇、农村治安员基本上处于没有或很少的状态，难以保证工作的有效开展。

二是一些尖锐的社会矛盾没有得到很好解决，影响社会安定的丑恶现象还不同程度地存在。农林矛盾问题、军队退役人员待遇、农地征用、分配不公等上访问题已成为综合治理工作的难题。吸毒贩毒、"六合彩"赌博、地下网吧在一些地区依然存在。黑恶势力、"两劳释解"人员的再次犯罪、抢劫杀人、流窜作案还时有发生，有的还很严重。

三是未成年人犯罪问题令人担忧。农村校园暴力事件时有发生，闲散未成年人群体心理问题较多，未成年人犯罪案件比例有所上升且表现出成人化、复杂化、突发性、低龄化和手段更残忍的特点，尤其是农村留守未成年人由于缺乏必要的家庭关爱，存在的问题更加突出。

四是综合治理的社会环境和法制环境还需进一步优化。群防群治、共建共享的氛围不够浓厚，群众对平安创建活动的参与程度较低。法律的权威还没有真正树立起来。

五是政法队伍建设需要进一步加强。政法队伍是综合治理工作的主力军，是防范和打击犯罪行为的中坚力量。但目前吉林省政法队伍中的违法犯罪问题还不同程度地存在，影响了政法人员在百姓心目中的形象。政法机关在廉政建设、服务态度、执法水平和纪律作风等方面离民众的要求还有一定差距。

三　影响社会治安综合治理的原因剖析

当前吉林省社会治安综合治理中存在的各种问题和不足，从根本上说，是由于经济体制改革与社会管理体制改革未能同步运行，社会管理水平适应不了社会经济发展的形势造成的。在市场经济体制实施的初级阶段，经济转轨和社会转型打破了原有的社会利益格局，价值取向也呈现出多元化发展的趋势，形成于20世纪90年代初的社会治安综合治理方针的部分内容无法对当前社会作出有效的调整，综合治理工作没有及时跟上社会转型期的前进步伐。这直接导致吉林省综合治理工作中不可避免地出现一些弊端。

（一）对治安综合治理工作重视不到位，认识有偏差

首先，重改革发展，轻和谐稳定。吉林省作为一个经济欠发达省份，一直把经济发展放在突出的位置上，抓经济、快致富的思想在广大干部尤其是农村干部的头脑中根深蒂固。很多人认为经济搞上去了，就可以一俊遮百丑，社会治安综合治理工作与物质文明、精神文明、政治文明关系不大。于是在工作中抓 GDP 这一手很硬，抓维护稳定这一手则比较软，局部地方的综合治理工作流于形式，综合治理的方针和政策在基层不能得到充分落实，经济纠纷接连不断，刑事案件频发，影响稳定的事件此起彼伏。

其次，重事后打击，轻事前防范。我国社会治安综合治理实行的是"打防并举、标本兼治、重在治本"的方针。但是在观念上，人们还是把打击放到了综合治理工作的首要位置上，"打防结合、预防为主"远远没有成为制度上的事实。许多地方和部门不同程度地存在着"重打轻防"的错误认识，片面地认为破案是硬的，见效快，容易显示政府的决心和公安机关的战斗力；而防范是软的，费时费力，成效难以衡量。加之民众和舆论要求严惩罪犯的声音，各种各样的"严打"、专项行动、"战役"不断。以打击为主的治安政策固然在一定阶段、一定地域内起到了较好的惩罚、遏制犯罪的作用，但多年的实践工作表明，由于严打斗争后综合治理的其他各项措施没有及时跟上，犯罪反弹现象突出，而按照

从重从快的打击原则，容易造成冤假错案，司法不公问题凸显。从长远来看，遏制违法犯罪的高发不是靠打击就能做到的，只有建立一个以预防和减少违法犯罪为最终目标的整体政策体系，才会从源头上解决社会治安综合治理的各类问题。

（二）受计划经济思想影响较重，工作机制简单僵化

当前的社会治安综合治理工作仍然具有较浓厚的计划经济色彩，由党政部门掌握着各种治安工作资源并进行统一调度。这种工作机制虽然具有能够集中统一调动资源，对治安事件迅速作出反应的优势，但在目前社会主义市场经济迅猛发展、社会治安形势愈发复杂的情况下，单靠政府包揽、行政命令和无偿调拨的工作方法无法形成行之有效的治安防控长效机制，只能大量地依靠对特定违法犯罪行为的"严打"和专项运动集中治安资源，对社会治安进行专项整治，换来治安形势暂时的好转，不能从根本上满足民众对公共安全不断提升的现实需求。计划经济管理思想主导下的单一僵化的综合治理工作机制，一方面造成政府治安管理压力过大，警力严重不足，另一方面是广大人民群众参与平安建设工作的积极性无法被充分调动起来，民间闲置资本和人力的大量存在，既为社会带来诸多不稳定因素，又导致巨额的社会资源浪费。

（三）工作手段单一，运用不足

治安问题是社会各种矛盾的综合反映，必须动员和组织全社会的力量，运用多种手段进行综合治理，才能从根本上预防和减少违法犯罪，维护社会秩序，保障社会稳定。政治、法律、行政、经济、文化、教育等是社会治安综合治理的传统工作手段。为适应时代发展的要求，还应当加强对科技手段和信息手段的运用，全面提高综合治理工作的水平。当前，吉林省的综合治理工作除存在传统手段运用不足的问题之外，对创新科技手段的应用同发达省份以及现实工作的要求也存在着较大程度的差距，这直接导致工作效率不高，工作成效不显著。

（四）农村基层干部腐败问题严重，侵害农民利益现象时有发生

随着经济体制的改革和城市化的快速发展，农村在二次土地承包，农地、林地征用，"四荒"土地分配等工作中出现了村干部贪占、挪用补偿款，侵害农民利益的现象。造成农民集体上访、越级上访，影响了农民的正常生活和农村治安的稳定。

四 深化农村社会治安综合治理的对策

坚持不断创新是加强社会治安综合治理的不竭动力。面对新的社会形势给吉林省农村综合治理工作带来的新问题和新挑战，只有以与时俱进的精神开拓创新，才能够不断开创综合治理工作的新局面。

（一）切实提高对农村综合治理工作重要性的认识，纠正思想上的偏差

首先，牢固树立改革发展与和谐稳定共进的工作理念。2007 年 12 月 24 日，胡锦涛总书记在参加全国政法工作会议期间提出了"发展是政绩，稳定也是政绩"的论断，从战略的高度进一步强调了维护稳定工作的重要性。稳定是做好一切工作的基础和前提，只有把社会治安综合治理和维护稳定工作放在更加突出重要的位置上，在本地区、本系统、本单位努力形成改革、发展、稳定相互协调、相互促进的良好局面，才能真正实现人民群众的安居乐业和社会的全面发展。为此，除加大教育宣传力度之外，还应当进一步完善和贯彻综合治理工作的考核评价机制，让广大干部从思想上认识到维护稳定工作的重要性，真正把"发展是第一要务，稳定是第一责任"落实到具体行动中。

其次，牢固树立打防并举，防范为主的工作理念。事后打击作为一种被动性出击，是治标之策，是对已经遭到破坏的社会治安进行补救，这种补救通常很难使社会秩序恢复到原有状态，只能提供尽可能的补偿。事前防范是主动出击，是治安工作的根本性任务，其实际效益远大于事后补救。因此，必须把预防犯罪设定为治安工作的重要目标，并通过切实有效的制度安排使其得以实现。一方面，要通过建立健全犯罪预防工作体系，建立起维护社会稳定的长效机制，切实将事前防范作为社会治安综合治理的关键一环；另一方面，完善干部考核制度，提高一段时间内本地区刑事、治安案件发案率在干部工作绩效评价指标体系中的地位，利用奖惩机制提升对治安防范工作的重视。

（二）推进市场化治安防控机制，开展农村治安承包制的试点工作

综合性是社会治安综合治理的特点和优点。随着计划经济的瓦解，现代性社会治安综合治理工作的"综合性"不应（也不可能）再依赖计划经济手段和政

府的权威来实现，而应当走市场化的道路，挖掘社会治安工作的市场吸引力，通过市场运作来实现。[①] 所谓市场化治安防控机制，就是将部分治安防控工作从行政管理体系中剥离出来，将市场经济的运行机制和规则移植到治安防控工作中，让市场参与治安工作资源的配置，建立起以市场为依托、产业为载体、防范为核心的治安防控机制，通过对民间资本和人力的有效利用，充分体现"警力有限，民力无穷"的内涵。目前，在农村进行治安承包制的试点工作，由社会、社团以及公民个人提供基本治安服务，是推进农村市场化治安防控机制的可行路径。

市场化治安防控机制作为一种新生事物，急需政府在人力、物力、财力以及政策上的保证和扶持。政府要确立市场化治安防控的理念，通过制定法规体系确立、规范农村治安承包制的具体运行，并运用政府的权威和影响力促进广大农民群众的认同。

（三）规范和强化综合治理工作手段

农村社会治安综合治理具有其独特的特点，应当有针对性地采取包括司法、行政、经济、教育、文化等在内的多种手段，各部门各负其责，互相配合，齐抓共管。其中，最为迫切的是规范和加强司法手段与信息手段的运用，将农村综合治理工作提升到新的层次。

首先，走出司法误区，更好地发挥法律手段在打击、惩罚犯罪中的作用。在当前的司法实践中，普遍存在着重打击轻保障，漠视人权保护的误区。在审查批捕、起诉阶段，检察机关多奉行着有罪即捕、有罪即诉的原则，对特定犯罪嫌疑人是否有逮捕和起诉的必要不多加考虑；在审判阶段，仍有相当部分法官（尤其是基层法院法官）在定案证据不足的情况下进行有罪推定、疑罪从有、疑罪从轻，轻易对被告人作出有罪判决，同时片面认为判罚越重，越能起到打击犯罪的作用，在"严打"中甚至要求顶格判处，严重违背罪刑相适当原则；在抗诉阶段，更是有抗诉机关"抗轻不抗重，抗无不抗有"，只在法院作出无罪、轻罪判决时才积极抗诉，反之则缺乏主动提出抗诉的精神。重打击轻保障的司法工作误区极易造成冤假错案，不利于犯罪分子的改造革新，这也是刑释解教人员再次犯罪率居高不下的重要原因。目前，司法工作人员亟待加强

社会主义法治理念教育和业务培训教育，落实宽严相济的刑事政策，在打击、惩治犯罪的同时，强化对犯罪分子的感化和教育，使司法的人文关怀得以体现。

其次，强化信息手段的运用，加强社会治安综合治理的信息化建设。现代社会的日益复杂要求农村社会治安综合治理工作不但要在观念上、机制上有所创新，而且要实现治理手段的现代化，信息产业的飞速发展为综合治理工作中信息化手段的应用提供了条件。运用计算机技术、网络技术和数据库技术，控制和集成社会治安综合治理的各种信息，实现内外部信息的共享和有效利用，是综合治理工作面对信息社会的挑战提高快速反应能力的必由之路。

（四）建立健全违法犯罪预防体系

预防违法犯罪应当是现代治安综合治理工作的核心，建议从以下几方面建立健全违法犯罪预防工作体系。

首先，在农村设立专司违法犯罪预防规划和指导的部门，负责全面系统地规划具有可操作性的预防措施，对犯罪预防提出具体的指导。

其次，充分实现司法预防、社会预防以及情景预防三者的结合。所谓司法预防，是通过对违法犯罪分子的司法裁判，对其进行惩罚和改造，防止其再次犯罪，同时威慑、教育社会上的危险分子、不稳定分子及一般公众不敢以身试法。司法预防作用的有效发挥，有赖于司法工作水平的提高和司法公正的实现，这需要我们不断提高司法人员的素质并坚持不懈地进行司法体制改革。社会预防，是指政府通过完善农村社会保障、减少城乡差别等措施消除或限制违法犯罪赖以滋生的社会条件，最大程度防止违法犯罪现象的发生。[①] 违法犯罪的社会预防是一项庞大艰难的工程，需要大量的资金支持，同时需要政府在社会稳定与其他社会发展目标的价值取向之间找到最优的平衡点。情景预防即通过情景设计，控制违法犯罪易于发生的环境，减少其得以实施的机会。这是一种成本较低且行之有效的犯罪预防方法，应当在治安工作中得到广泛应用。例如，通过安装防盗门、报警系统等对犯罪易于瞄准的目标进行监控和加固；通过加强对二手市场及废旧物品收购站的管理，降低犯罪收益；广泛开展社区巡逻及安装视频监控

① 曾利平：《对当前城市社会治安工作政策的几点思考》，《广州市公安管理干部学院学报》2007年第1期。

系统，对可能的犯罪分子加以威慑和警示；开展邻里守望以及对村屯尽可能实施封闭或半封闭管理等。

最后，对农民尤其是农村干部加强犯罪预防知识的普及性宣传。通过各种途径，如制作公益广告和电视宣传短片，向公众发放犯罪预防宣传品（如小手册、扑克牌），发送提醒、警示犯罪的手机短信等民众易于接受的方式，广泛地向农民传授具有可操作性的犯罪预防方法，形成全民防范犯罪的局面，成功地发动广大群众参与治安防范工作。

国际合作篇

东北地区对外开放进程报告

笪志刚　吴丽华[*]

摘　要： 在党的对外开放政策的推动下，在东北振兴持续的后续政策和诸多利好驱动下，东北地区对外开放开始发生显著变化，开放进程也逐步加快，开放性质也由政策性开放、出口导向为主的外向型经济逐渐向制度性开放、以降低关税壁垒和提高资本自由流动程度为主的开放型经济转变。本文以上述转变为背景，以东北地区最新开放态势为分析依据，以东北三省特色鲜明的开放战略为论述目标，对东北地区对外开放存在的问题进行了剖析，并提出了对应开放进程及发展的具体建议与对策。

关键词： 东北地区　对外开放　经贸政策

党的"十七人"报告明确指出，深化沿海开放，加快内地开放，提升沿边开放，实现对内对外开放相互促进。党的"十七大"报告将改革开放摆在了新的历史高度，明确提出了"拓展对外开放广度和深度，提高开放型经济水平"的新要求。这既体现了坚持对外开放的基本国策，也表明了新时期最鲜明的主题和最突出的特点就是对外开放，改革开放30年来的历史靠改革开放铸就，未来的辉煌更要靠改革开放来赢得。与以往相比，近年东北地区对外开放的特点发

---

[*] 笪志刚，黑龙江省社会科学院东北亚研究所研究员，主要研究日本和东北亚经济问题；吴丽华，黑龙江省社会科学院研究生部会计师，主要研究应用经济问题。

生了一些显著变化，开始由政策性开放、出口导向为主的外向型经济向制度性开放、以降低关税壁垒和提高资本自由流动程度为主的开放型经济转变，并成为"十七大"后促进东北地区国民经济又好又快发展的路径支撑和标志性变化。

自 2003 年中央决定实施东北振兴战略以来，东北地区经济快速发展，对外经贸增速明显，综合实力显著提高，尤其是 2007 年 8 月《东北振兴规划》获得批准后，老工业基地振兴深化拉动全面振兴，对外开放取得重大进展。

一　东北地区对外开放最新态势

2007 年是东北振兴政策性利好不断、振兴逐渐向纵深推进和对外开放不断深化并取得成效的一年。全年东北地区实现 GDP 2.33 万亿元，比 2002 年增长 101.3%。其中，辽宁省完成 GDP 1.1 万亿元，同比增长 14.5%，高于全国 3.1 个百分点，成为东北地区首个 GDP 上万亿元省份；吉林省完成 GDP 5226 亿元，同比增长 16.1%，高于全国 4.7 个百分点；黑龙江省完成 GDP 7077.2 亿元，同比增长 12.1%，高于全国 0.7 个百分点。对外贸易再创新高，完成进出口总额 871 亿美元，外商投资继续持续增长，实际利用外资 120.75 亿美元。"走出去"战略成效显著，与俄、日、韩等周边国家的经贸合作不断取得突破。

（一）　东北地区对外开放政策综述

近年来，东北地区对外开放主要由东北振兴战略拉动，东北振兴战略及其深化又主要由与对外开放密切相关的诸多国家政策及利好组成。2007 年是东北地区政策性利好不断的一年，继 2003 年 10 月，党中央和国务院出台《关于实施东北地区等老工业基地振兴战略若干意见》。2004～2006 年底，国家又相继出台了"率先在黑龙江、吉林实行全面免征农业税政策，以扩大东北地区粮食生产补贴范围和规模；在两省进行完善城镇社会保障体系试点工作"；"率先在东北三省八个行业实行生产型增值税改为消费型增值税，对企业购进机器设备所含增值税予以抵扣"；"关于促进老工业基地进一步扩大对外开放的实施意见"；"加大对国有企业政策性关闭破产和中央企业分离办社会职能的支持力度"、"解决厂办大集体问题"、《关于加快振兴装备制造业的若干意见》、"豁免东北老工业基地

1997 年底前历史欠税"等一系列支持政策。在上述政策不断启动、实施、深化和完成的过程中，2007 年 8 月，《东北地区振兴规划》的出台以及《关于促进资源型城市可持续发展的若干意见》的实施，则标志着东北老工业基地振兴开始进入一个新的阶段，同时也标志着东北地区开始由政策性开放逐渐向制度性开放转变。

（二）东北地区对外贸易快速发展

2007 年，东北地区除地区经济增长迅速，固定资产投资高速增长，工业效益不断好转，原材料行业工业增加值增速显著等特点外，对外贸易与固定资产投资、出口依然成为拉动该地区增长的"三驾马车"，尤其是对外贸易和吸引外商投资双双持续增长并不断创新高。2007 年，东北地区完成进出口贸易 871 亿美元，比 2006 年增长 25.9%，占全国总量的 4% 左右，高于全国增速 2.4 个百分点。其中，出口 515 亿美元，同比增长 29.4%；进口 356 亿美元，同比增长 21.1%。在东北三省中，辽宁省在对外贸易上所占比重较大，2007 年，辽宁省完成进出口总额 594.7 亿美元，同比增长 22.9%，其中，出口 353.3 亿美元，同比增长 24.7%。同期，吉林省完成 102.99 亿美元，同比增长 30.1%，其中出口 38.58 亿美元，同比增长 28.7%，出口中机电产品出口占 9.03 亿美元，增长 57.9%，占出口总值的比重为 23.4%；进口 64.41 亿美元，增长 31.0%。吉林省也是东北地区继 2006 年黑龙江省实现进出口超过 100 亿美元后，再次超过百亿的省份。至此，东北三省对外贸易总额均超过百亿，也是全国为数不多的区域内省份进出口均超百亿的地区。2007 年，黑龙江省实施对俄经贸科技合作战略升级效果明显。2007 年共完成进出口 173 亿美元，同比增长 34.5%，其中出口 122.7 亿美元，同比增长 45.4%，其中，对俄完成进出口 107.3 亿美元，同比增长 60.4%，占全省进出口总额的 62%、全国对俄进出口总额的 22.3%，均创历史最高水平。

（三）东北地区吸引外资再创新高

近年来，受东北振兴战略利好和外商北上趋势的驱动，东北地区利用外商直接投资继续迅猛增长，增幅高于全国平均水平。2007 年，东北地区实际利用外商直接投资 120.75 亿美元，比 2006 年增长 42.7%。其中，辽宁省合同利用外资 207.8 亿美元，新签外商直接投资合同项目 1844 项，超过 1000 万美元合同项目有 489 个；实际利用外资 91.0 亿美元，比 2006 年增长 52.0%，其中 90% 左右投向制造业、房地产业、租赁和商务服务业，落户大连的美国英特尔集成电路项目投资高达 25 亿美元，是在华外资迄今最大的一笔投资，对大连经济发展拉动效果明显。受汽车产业投资开工和增速加快的影响，2007 年吉林省吸引外资成效显著，全年实际利用外资 22.71 亿美元，比 2006 年增长 37.6%，其中外商直接投资 8.85 亿美元，增长 16.3%；引进省外资金 757 亿元，比 2006 年增加 59.1%。2007 年，黑龙江省利用外资继续增长，全年实际利用外资 21.7 亿美元，比 2006 年增长 24.0%，其中外商直接投资 20.9 亿美元，增长 22.1%。

在东北地区的对外投资热潮中，随着该地区金融环境的改善，二十余家外资银行或代表处纷纷进驻，国内企业与外资联姻进行并购，使东北地区利用外资结构、模式等发生变化。对外投资继续增加，辽宁、吉林和黑龙江省分别成为对日、对朝、对俄的较大或最大投资省份，成为东北地区企业"请进来，走出去"及经贸相互依赖加深的又一亮点。

二　东北地区对外开放区域特色鲜明

在东北地区对外开放进程中，东北三省除了根据自身不同条件及特点，积极利用国家给予的相关政策，整合各种生产要素，进行优势互补，加强东北地区区域内协调、相互促进，形成跨省经济协作，通过合作和区域内联合提升地区内产业一体化水平外，根据本省情况和优势，推出具有鲜明地方特色的区域战略也是东北地区对外开放不断向前推进的一个突出特点。经过几年的实践，东北地区已经形成了以辽宁省"五点一线"为中轴、吉林省长吉图和图们江开发为牵动、黑龙江省"哈大齐工业走廊"为平台，由北向南、由西向东的联片开发态势和连接俄日韩朝的东北亚中核区域。

（一）辽宁省"五点一线"推动城市群崛起

按照辽宁省委和省政府关于"五点一线"战略部署，将用三年左右时间基本完成该战略区域内沿海经济带五个重点发展区域的起步区建设。2007 年是实施起步区建设的第二年，也是关键的一年。随着基础设施的逐步改善，政策和服务环境的优化，一批大项目的开工，辽宁省"五点一线"战略取得了突破性进展，极大地推进了相关城市群的崛起。截至 2007 年 11 月，辽宁"五点一线"沿海重点发展区域已开发土地面积118.16平方公里,占起步区总面积的60.51%,可摆放项目面积94平方公里,实际利用土地面积53.77平方公里。同期,上述区域已累计投入资金296.03亿元,累计签约项目473个,投资总额1921.23亿元。仅2007年1~11月就签约241个项目,投资总额1076.47亿元,其中,外商投资项目65个,总额达34.33亿美元。代表项目有2007年11月落户长兴岛临港工业区的辽宁成大药业公司投资15亿元的动物疫苗项目,落户花园口工业园区投资达9000万美元的英国东化公司项目,日本在"五点一线"最大投资项目、2007年9月落户长兴岛的日本太阳日酸公司投资6000万美元的工业用氧气和氮气项目,加上先期落户的韩国STX集团、新加坡万邦集团、台湾地区富士康等重大项目。"五点一线"的外资项目不仅产生了较大的经济和社会效益,对当地的GDP贡献较大,同时还直接拉动了就业和税收的增加,促进了外资直接投资的迅猛增长。"五点一线"的不断发展不仅成为培育辽宁省新的经济增长点的关键,还成为辽宁城市群崛起的起爆剂。

(二) 吉林省长吉图及图们江开发进展顺利

作为吉林省进一步对外开放,发展市场依托型、技术依托型产业的优势区域,长吉图开放合作先导区及大图们江开发计划日益引起各方瞩目。该区域总人口将近1200万,经济总量占吉林省2/3以上,按照东北振兴的战略要求,建设"长吉经济区"已列入国家《东北地区振兴规划》。打造长吉大都市区是东北地区"优化产业布局,促进集群发展,建设具有国际竞争力的制造业产业带"的战略要求。长吉图区域在基础设施、资源环境承载能力、科技人才优势和产业支撑能力等方面也具有很多现实条件和良好基础,成为建设长吉图开放合作区的有利因素。长吉图开放合作区是东北亚六国和我国东北四省区的地理几何中心,位于规划中的东北亚大陆桥的中间位置,从蒙古国经吉林省到日本海的路海联运通道,不但可以解决吉林、黑龙江和内蒙古东部地区在出海运输上过于依赖大连港的问题,而且开辟了国内货物跨境运输的新通道。

与上述背景相适应,自1995年中、朝、韩、俄、蒙五国将图们江区域合作开发协议延长至2005年,并将合作区域扩大到包括东北三省、朝鲜罗津贸易区、蒙古的东部省份、韩国的东部沿海城市和俄罗斯滨海边疆区部分地区的大图们江地区以来,图们江开发项目重现进展,出现了由国际组织、国家及各级地方政府合力推进开发的格局。该地区基础设施日益完善,仅对珲春地区的投资就高达

50 多亿元，大图们江区域国际合作开发已经成为我国扩大对外开放和东北振兴的一项重要任务。从 2007 年开始，该地区呈现出更加积极、主动、寻求合作的良好发展态势。关于促进图们江开发的咨询委员会会议于 2007 年在俄罗斯的海参崴举办，会议讨论了设立商务咨询、能源、观光委员会有关事宜。2008 年在上海又召开了第二次商务咨询委员会会议，除面向周边外，还向欧美实业界敞开了大门。中俄珲春—哈桑"路港关"建设工程、中朝珲春—罗先"路港区"建设工程、中俄克拉斯基诺 300 万立方米木材加工储运批发基地建设工程、图（们）珲（春）长（岭子）至俄扎鲁比诺港间铁路贯通及租用改造扎鲁比诺港工程（中俄珲春—卡梅绍娃亚区间铁路改扩建项目）、中蒙国际运输通道工程（该项目为远期建设工程。可分为两期进行，第一期建设中蒙铁路单线，第二期建设中蒙铁路复线）等已经陆续进入验收和投入使用阶段。

（三）黑龙江省"哈大齐工业走廊"开发有序进行

自 2005 年 9 月正式启动由哈尔滨、大庆、齐齐哈尔三个中心城市为骨干经济区域、总规划面积达 920 平方公里的"哈大齐工业走廊"战略以来，按照规划部署，该区域依托现有工业优势和科教资源，通过着力吸引国内外资本和技术开发利用重度盐碱地，重点发展了装备制造业、石化工业、食品工业、医药工业、高新技术产业、现代物流业等六大基地建设。先后出台 29 项具体扶持措施，2007 年"哈大齐工业走廊"启动面积达到 76 平方公里，完成各类投资 380 亿元，260 个项目建成投产。2007 年 1~9 月，入园企业完成产值 136.3 亿元，销售收入 140.2 亿元，实现利润 6.8 亿元。2008 年 6 月，借"哈洽会"的"东风"，黑龙江省与上海市就"哈大齐工业走廊"签署区域经济合作项目 31 项，金额达 150 亿元，其中哈尔滨段的哈尔滨市呼兰河新型工业园区与上海张江高科技园区缔结友好园区、哈尔滨开发区工业园区与上海金桥出口加工区缔结友好关系等 5 个开发项目签约，签约金额 109 亿元。

三 东北地区对外开放问题分析

2007 年，东北地区对外开放取得了显著突破，经济社会发展过程中来自对外经贸的贡献比重不断增高，但制约经济发展的体制性、机制性、结构性矛盾还没有从根本上消除，还存在资源枯竭、金融环境、环境治理、政策选择等诸多问题，保持又好又快发展的压力犹存，在吸引外资战略、扬长避短发扬优势等对外开放战略上还面临着制度上的进一步突破。

（一）东北地区面临吸引外资战略变化

由于东北振兴及三省各自推出的地区开发战略的拉动，近些年，外资对东北地区的投资出现北上趋势，尤其是日本和韩国资本在东北地区呈现竞争投资的趋势。但在吸引外资竞争日益加剧的今天，除产业结构调整和转型外，东北地区也开始面临吸引外资战略上的转移，即应该将迄今为止一直作为招商重点的优惠提供土地和厂房的引资战略向提供更加宽泛的税务、会计、通关、零部件调配、劳务管理、人才雇佣等各种软性服务方面转型。这里提出两个观点，即今后一个时期的招商引资重点应向招商中小企业和设立为中小企业投资提供优质服务的中小企业服务中心过渡，这一点体现在日、韩对东北的投资方面尤为明显，外商呼吁尤为高涨。另外，作为吸引世界500强的有利手段，东北地区对外经贸和招商的另一个重点就是吸纳能够为跨国大企业生产配套产品的中小企业落户。这是今后区域发展过程中形成产业基础的决定因素。现在，东北地区很多地区政府已经开始关注由中小企业和配套企业组成的产业集聚效应对促进当地对外开放的刺激作用，对此的优惠措施也陆续出台。随着东边道铁路和哈大高速客运的贯通，东北三省相互间协作配合的加深，中小企业为主的外资会逐渐向北部推移。

（二）大东北开放战略与地区战略的协调

对于东北地区来说，还面临一个如何整合"大东北"资源和界定"大东北"概念的问题。究竟是行政区划的大东北有利区域开发，还是包括蒙古东部的经济地理概念更加有利于大东北的开放开发和发展。因为从历史上看，东北地区的行政区划一直变化频繁，1951～2000年，东北地区行政区划至少发生了五次人为改变，这使东北地区的中长期规划和整体开发受到人为割裂，影响了东北地区生产要素、劳动力资源和自然资源的整合和有效配置。另外，东北三省根据各自省情和优势推出的本省区域开放或开发战略，虽然辽宁省有港口和装备制造业优势，黑龙江省有石油、煤炭、农产品等优势，吉林省有农业和汽车及加工业优势，但是否真正做到了避免产业趋同、结构相似、支柱产业重复建设、产业链的链接与互补性问题等还存在各种不同意见。从发达国家区域合作发展之路的成功经验来看，国内的局部区域一体化最终都要反映在与周边乃至国际合作上的区域经济合作上来。反过来，国际区域合作的日益密切和成熟也将促进国内局部区域合作或深化省际合作，提升其产业一体化水平。从现在东北振兴和东北地区经济社会发展真实情况看，与过去相比，东北地区对外开放确实成效显著，但外商投资过多集中在中心城市和各种开发区内，还缺乏区域互动、互相促进的产业集聚效应，影响了东北地区深层次的对外开放和经贸合作。今后如何打造一个经贸日益一体化、产业日益高级化、分工协作明确的东北，加深其与国际和国内的进一步合作与交流，是东北地区对外开放能否走向成熟的一个重要标志。

（三）劳动力成本及优秀人才流失

在论及东北地区迎接振兴的机遇与挑战时，经常被提及的一个优势就是本区域的人才和劳动力成本低廉等优势。东北三省在阐述本省发展潜力时，也多提及拥有的科教资源、人才优势。振兴东北，人才优势成为各界有口皆碑的优势。有资料显示：东北三省在改革开放之初，就业人口中的大专生比例明显高于浙江和广东，但这一比例呈逐年弱化趋势，2002年，这一比例基本与浙江和广东持平，2006年上述比例进一步弱化。虽然东北三省有高达300多万人的科技人才队伍、几百所大学和科研院所，院士的比例也居全国前列，但由于市场化配置水平低，人才市场发育缓慢，高层次人才需求与市场化运营脱轨，人才留转机制滞后等原因，人才壁垒和人才流失严重，制约了东北地区经济及社会发展向高级化的转化，也限制了东北地区对外开放向深度和广度发展。预计随着"五点一线"、长吉图合作开发区、"哈大齐工业走廊"内的重点项目陆续开工和招商引资的深化，加上人民币升值和成本上升等因素，上述地区将出现高级人才和人力资源的严重短缺现象，高素质、高技能劳动力的供不应求将会制约东北三省地区战略的有效展开和深化，并成为制约当地经济社会发展的瓶颈因素之一。如何贯彻"人才强省"，加强对人才的使用和落实相关政策，加强和重视引进海内外人才，培养本土技能型人才，将成为未来深化东北振兴和强化对外开放的关键。

四　东北地区对外开放及加速发展的建议与对策

在满怀信心加快东北地区又好又快发展的同时，我们既要积极寻找解决问题的对策和方法，也要着力解决制约东北地区对外开放的重大问题，并据此提出具有方向性、科学性、前瞻性和可操作性的具体建议。

（一）进一步加强对对外开放环境的治理

如果说东北地区由于计划经济时代的影响，有些问题积重难返，有些问题需要时间去消化和吸收的话，对外开放环境问题则是其中最具代表性也最具普遍性的问题。很多外商将东北地区视为企业投资的高风险区，韩国的贸易协会在2006年8月还发布了专门针对66000家下属会员企业的投资东北预警报告，指出东北地区存在着中心城市不够发达、区域内网络不完善、竞争意识不强、企业成长环境欠佳、创新能力不足等投资风险。虽然日本企业对东北投资不断增加，但主要集中在沿海的大连和沈阳附近地区，对东北整体的投资还没有展开。这里面主要有三个制约因素：一是东北地区的体制和机制环境人为因素较多，体制和制度上的缺陷导致腐败问题严重，在给投资带来诸多不确定性的同时，也相应提高了交易成本和创业难度；二是东北三省缺少类似南方发达省份那样的较为壮大的民营资本和具有规模的民营企业，无法为对国有企业改制疑虑重重的外资提供合适的合作或贸易伙伴；三是外资和南方民营企业对该地区的投资多集中在餐饮、娱乐、流通和房地产行业，鲜有大规模进入制造业的，而制造业恰恰是东北地区产业的优势中的优势，说明外资存在收回投资的短平快心理，对长期投资缺乏信心。为此，东北地区在加快对外开放过程中，要首先治理相应的开放环境，从制度层面层层落实，以制度招商，以制度留人，从制度层面全面对外开放。

（二）在对外开放和招商引资上要有耐心

另外一个影响东北地区对外开放的思维问题就是，在东北振兴及对外开放过程中，我们的很多地方政府负责招商的干部过于急功近利，过于追求短期成效，过于注重签约等形式主义的东西。事实上，对于外商来说，我们的机制、体制、制度上的架构，招商、安商、富商的层层举措，对外开放的整体氛围，企业是否能够取得预期回报等，都需要纳入详细考察。东北振兴是一项长期且艰巨的工程，很多事情不可能一蹴而就。同样，对外开放是一项系统工程，也不可能一朝一夕就会实现。在给外商以考虑时间的同时，我们要多从细节上下工夫，从制度上完善招商举措，从社会氛围上推动对招商引资工作的整体认识。另外，我们的眼光不能仅仅盯住跨国大企业和世界500强企业，其实，从跨国企业在全球的生产配置来看，他们的生产链也主要是由众多的配套中小企业组成。世界上很多技术专利其实都是掌握在众多的中小企业手中，开拓以中小企业为中心的招商模式已经到来。这一点应引起我们的足够重视。

参考文献

曲伟：《2008 年黑龙江省经济形势分析与预测》，黑龙江教育出版社。

炳正：《2008 年吉林省经济社会形势分析与预测》，吉林人民出版社。

曹晓峰等：《2008 年辽宁经济社会形势分析与预测》，社会科学文献出版社。

2007 年辽宁、吉林、黑龙江省国民经济和社会发展统计公报。

《东北老工业基地走向全面振兴》，新华社网，2008 年 3 月 1 日。

《东北地区 2007 年经济形势分析报告》，国家信息中心：中国地区经济发展报告子网。

王佳宁：《振兴东北战略的背景、态势与政策选择》，中国经济报告网，2006 年 3 月 3 日。

东北地区与俄罗斯经济合作发展报告

马友君* 邹秀婷

摘　要： 东北地区与俄罗斯经济合作的发展在一定程度上可以改变俄罗斯单纯依赖能源原材料出口的经济增长模式，优化中俄商品贸易结构。中俄贸易的重点也是石油等能源原材料贸易。虽然石油等能源原材料出口占外贸出口绝大部分，但俄罗斯并不想长期维持资源型经济结构模式，充当周边国家的原料供应国。东北地区在发展中俄两国和地区间的经贸合作方面具有不可替代的作用。

关键词： 对俄经贸合作　加快出口　合作升级

一　东北地区对俄经贸合作发展态势分析

近年来，中俄经济合作在各个方面都取得了很大的进展，2007 年两国的贸易额已经达到了 481.6 亿美元，俄罗斯已成为中国第七大贸易伙伴，中国成为俄罗斯第三大贸易伙伴，两国排序分别提前一位。但中俄的贸易规模有限，只相当中欧贸易额的 1/7、中美贸易额 1/6、中日贸易额的 1/5。因此要实现两国领导人制定的到 2010 年两国贸易额达到 600 亿～800 亿美元的目标还有相当长的路要走，东北地区作为与俄最大的接壤的地区之一，迫切需要提高对俄经济合作的规模和档次。东北地区对俄经贸合作主要特点是经贸为主，双方的投资合作规模有限，中国对俄机电和高新技术产品的出口远远没有达到两国经济合作发展的要求。

（一）东北地区与俄罗斯经济合作发展状况

东北地区与俄罗斯存在地缘优势，在经济结构上互补。在中俄双方的宏观经

---

* 马友君，黑龙江省社会科学院俄罗斯研究所所长助理、副研究员。

济调控政策背景下，东北地区对俄经济技术合作取得了持续增长。双方的合作领域不断拓宽，合作的规模不断扩大，科技合作也取得了实质性的进展。俄罗斯是东北地区重要的贸易伙伴，2007年东北三省对俄贸易额达到了128亿美元，比上一年增长了63%，占全国对俄贸易额的26%。

1. 黑龙江省对俄贸易呈现出不断发展的态势

2007年黑龙江省对俄贸易首次突破百亿美元大关，达到了107.3亿美元，1999～2007年已保持连续9年的高速增长。黑龙江省对俄贸易商品结构呈现以中方的劳动密集型产品和俄方的资源密集型产品为主的特点，双方贸易互补性强，但贸易结构的层次较低，贸易规模的扩大主要靠数量的增加来带动。一般贸易和边境小额贸易居首要地位。上述两种贸易方式在黑龙江省对俄贸易中扮演着重要角色，发展迅速、增势强劲，极大地促进了黑龙江省经济的快速发展。黑龙江省向俄罗斯出口的产品中，以纺织品服装和各类轻工业产品为主，俄罗斯通过边贸向中国出口的产品中，则以木材、石油等资源产品为主。

2. 吉林省对俄贸易发展势头良好

俄罗斯是吉林省第二大出口市场，2006年对俄出口已占全省出口额的13%。2007年吉林省对俄贸易额比上年又翻了一番，实现贸易额8.02亿美元，占全国对俄贸易额的1.6%。对俄出口的主要商品有纺织原料及纺织制品、鞋帽、控制仪器及装置、塑料制品、化学工业及其相关工业、机电设备、陶瓷品、金属及其制品、食品等；对俄进口的主要商品有干鲜、冻鱼、木制品、石棉和有机化学品等。同时，俄罗斯已经成为吉林省外派劳务的第二大市场。对俄劳务合作派出人数占全省劳务合作派出人数的17%。截至2007年9月吉林省在俄共建立了37家境外企业，中方累计投资7652万美元，主要分布在木材加工、建材、食品、医药、纺织等行业；俄方在吉林省设立18户企业，累计投资262万美元，主要分布在餐饮、娱乐等行业。

3. 辽宁省对俄贸易稳中有升

辽宁省与俄罗斯贸易额相对比较小，贸易额增长的幅度不大，辽俄贸易只占第9位。2005年辽宁省对俄贸易总额仅为8.05亿美元，占全省当年对外贸易总额的1.96%。2006年辽俄贸易进出口总额为10亿美元，其中出口为5.4亿美元，比上一年增长了60%；进口为4.6亿美元，与上一年相比略有下降。2007年进出口总额为13.4亿美元，其中出口为7.89亿美元，比上一年增长了46%；进口为5.51亿美元，比上年增长了19.2%。除规模有限之外，辽宁省与俄罗斯的经贸合作还呈现出层次低（以贸易合作为主，投资合作、科技合作项目少）、不平衡等问题。

（二）东北地区对俄经贸合作存在的主要问题

1. 经贸合作有待进一步规范化

在经贸合作有待进一步规范化方面，中俄两国政府已经达成了共识。过去的教训告诉我们，经贸合作的不规范所产生的一系列后果，严重地破坏了中国商品的信誉，并使其长期得不到恢复。有人称这是一种"破坏性的开拓俄罗斯市场"。中国加入了 WTO，俄罗斯"入世"也只是时间问题，大家必须按 WTO 的规则行事。所以，地方边境贸易要规范化，使其有序进行，这是两国政府加以调控的一个重要内容。

2. 对俄地产品出口的比重太少，缺乏有竞争力的品牌和骨干品种

东北地区对俄进出口结构始终没有大的变化，在出口商品中，本地产品所占比重不足 20%，出口的大部分是南方生产的轻工纺织品，在有限的本地产品中，地方知名品牌、骨干产品就更少。另外，对俄经济合作领域也较窄，项目大多仅局限于果菜种植、建筑承包、森林采伐和小型饮食服务业等方面，生产型合作明显滞后于劳动密集型合作，对经济牵动作用非常有限。

3. 大项目合作有待进一步加强

中俄两国缺少大项目支撑，全面推进大项目合作是促进两国经贸迅速发展的有利时机。中俄共同推进大项目合作对于发展中俄战略协作伙伴关系意义重大。中俄大项目合作谈判时间长，成功率低。有的项目已经多次签约，却得不到有效的落实。如连接布拉戈维申斯克与黑河之间的黑龙江大桥，谈判已经历时 16 年，至今也没有进入到实质性操作阶段。2006 年，绥芬河——波格拉尼奇内贸易综合体并没有发挥实质功效。实际上中俄在很多领域具有合作的潜能。在能源领域、森工领域、矿产开发领域、农业领域以及基础建设领域等，双方合作的潜力巨大。大项目具有示范作用和长远的联动效应，抓好一个大项目可能带动一批项目。要采取经济、法律和制度等多种手段纠正国内投资者在境外市场的无序竞争，相互掣肘。

（三）东北地区对俄经贸合作发展趋势

1. 科技合作成为东北地区与俄罗斯经济合作的重要方式

俄罗斯是世界科技强国，具有雄厚的科技实力，每年新的科研成果约占世界科研成果总数的 20%，其中 25% 的科研成果达到世界水平，7% 的科研成果达到

了世界先进水平。东北地区应充分利用中俄科技发展差异和自身区位、地缘优势及历史上的科技合作基础，大力发展中俄多领域的科技合作。通过科技合作引进俄罗斯先进的科技和人才，改造东北地区的传统产业，发展高新技术产业。

2. 中俄商品贸易结构将得到进一步的优化

东北地区与俄罗斯经济合作的发展在一定程度上可以改变俄罗斯单纯依赖能源原材料出口的经济增长模式，优化中俄商品贸易结构。中俄贸易的重点也是石油等能源原材料贸易。虽然石油等能源原材料出口占外贸出口绝大部分，但俄罗斯并不想长期维持资源型经济结构模式，充当周边国家的原料供应国。俄罗斯国家经济发展战略迫切需要由资源型经济向发展型经济转变，而与东北地区的经济合作将有助于推动这一转变进程。其原因就在于中俄毗邻地区的经济合作是与投资合作、科技合作紧密结合的在能源设备制造、高科技、信息技术、金融、交通、基础设施、核能、航天领域、汽车制造、黑色和有色金属制造、森林工业及其他工业领域的深度合作，在多领域的合作中，能源合作仍然具有重要意义，但其比重将会相应缩小，这不仅对优化中俄贸易结构有积极作用，而且对转变俄罗斯经济增长方式具有促进作用。

3. 贸易主体将发生重大的变化

随着东北地区经济结构的调整，东北地区对俄贸易出现了多种贸易形式并举的局面。边境小额贸易、中俄边民的互市贸易在贸易中的比重逐年增加。贸易主体也发生了很大的变化。国有大中型企业的份额逐渐减少。吉林省2007年民营企业取代了国有企业在对俄贸易中的主体地位，成为对俄贸易的"领头羊"。2007年民营企业对俄贸易同比增长2.4倍。2007年黑龙江省边境小额贸易实现进出口54.1亿美元，增长16.2%，占全省外贸比重达31.3%。2007年私营企业累计实现进出口总值46.5亿美元，占黑龙江省边贸总值的86%。国有企业和集体企业所占份额相对较小，其中国有企业实现进出口总值7.4亿美元，增长19.2%，占全省边贸总值的13.7%；集体企业实现进出口总值0.3亿美元，下降71.6%，占全省边贸总值的0.6%。

二　东北地区对俄经济合作的新机遇

（一）俄罗斯政权平稳过渡有利于中俄经济合作继续发展

随着2008年5月7日的到来，梅德韦杰夫正式成为俄罗斯新一届总统，俄罗斯最高国家政权交接结束。作为俄罗斯历史上最年轻的总统，43 岁的梅德韦杰夫将在普京的光环下履行其职责。"梅普组合"保证了"普京路线"得以延续。而且由普京出任政府总理，除了强化政府执政能力外，还可使总统与政府领导班子平稳过渡并迅速度过磨合期，保障政权机构高速运转。对于俄中关系的未来发展，普京说，"我们两国制定了在贸易、投资、高科技、航天、国防和军工方面进行合作的宏伟计划。中国是我们在军事技术合作方面的最重要的合作伙伴。我们看到，中国在这个领域快速地建立起了自己的高新技术基础。中国是与我们友好的为数不多的国家之一，我们与其进行合作是高度信赖的，是可以面向许多年甚至几十年的。我们一定会保持两国之间这种高水平的互信，并使两国的合作，特别是在经济领域中的合作达到新的高度"。

梅德韦杰夫承诺继续奉行独立外交政策，俄将把发展与邻国的关系视为优先目标。梅德韦杰夫已于 2008 年 5 月 22～24 日出访中国。梅德韦杰夫上任伊始即访问中国，充分表明了中俄两国政治关系的"不寻常"，也表达了俄罗斯新领导层希望进一步加强对华友好关系的强烈愿望。良好的政治关系无疑为两国的经济发展提供了保证。

（二）俄罗斯制定的地方长远发展规划将促进合作的规模进一步提高

1. 俄罗斯制定地区发展规划

2002 年俄罗斯政府重新修订和实施了《1996～2005 年和至 2010 年远东与外贝加尔地区经济社会发展联邦专项纲要》。目前，已把该项纲要的实施期限延至 2013 年。近几年来的一切措施表明，俄罗斯向亚洲地区已经迈出了实质性的一步，也体现了俄罗斯经济发展战略重大调整。从经济地缘来看，俄罗斯具有"两极性"，它横跨欧亚大陆，占有一个特殊的欧亚空间，因此它不是一个欧洲国家，也不是一个亚洲国家。为了制定和推行有效的经济发展战略和对外政策，必须考虑到俄罗斯的这种"欧亚两极性"。远东与后贝加尔地区在地理方面具有重要的意义，因而应为其稳定发展创造经济条件。从资源禀赋来看，俄罗斯太平洋沿岸资源丰富，这些资源在世界经济市场上占据重要地位。世界经济中心转移到了东亚，这在很大程度上源于中国经济的快速发展；另外，俄欧之间关系复杂化、恶化，这些都促使俄罗斯加大了对远东地区的关注。

2. 中国与俄亚太毗邻地区是俄罗斯合作重点

21 世纪，包括中国在内的整个亚太地区将成为世界经济贸易中心，国际贸易的重点将向这些地区转移。俄罗斯意识到了这一点，为了进一步与亚太地区合作，俄罗斯需要调整对外经济战略。与亚洲其他国家和地区相比，中国无论对俄罗斯还是对西伯利亚与远东地区，都是最具发展前景的合作伙伴。其原因是，随着中国经济持续快速增长，综合国力的不断增强，中国在亚太地区的地位和作用正在逐步加强。

（三）东北老工业基地的改造与俄罗斯远东的开发的有效对接是难得的历史机遇

1. 有利于发展对俄经贸合作

在振兴东北老工业基地的过程中，东北三省的开放型经济必然会迅速成长，外贸出口会有较大增加，对俄出口仍会保持主体地位。因此，东北老工业基地振兴战略的实施，为扩展对俄贸易空间、扩大贸易规模提供了新的机遇和可能。东北各省应利用这一机遇，加大对俄市场的开拓力度，扩大服装、轻纺、日用品、家用电器、装饰材料、通信工具等商品在俄市场的占有份额。

2. 毗邻地区的经济合作在某种程度上有利于改变俄罗斯单纯依赖能源原材料出口的经济增长模式

俄罗斯石油的生产和出口是其经济增长的推动力，参与东亚区域经济一体化也主要以石油为外交杠杆，中俄贸易的主体是能源产品，但俄罗斯并不想长期维持资源型经济结构模式。对俄罗斯来说，与东北地区加强合作，不但能获得中国在经济方面提供的宝贵经验、质优价廉的工业制成品，而且还能为俄罗斯企业找到很好的市场。通过双方互相取长补短，俄罗斯将会由此改变单纯依赖能源的畸形发展模式，尤其是俄远东地区经济更能得到快速增长。

3. 有利于扩大中俄双方投资合作

投资合作是双方经济合作的重要形式。但由于种种原因，中俄投资合作的规模远没有达到预期水平。截至 2007 年底，中国对俄罗斯累计非金融类直接投资 13.74 亿美元。2008 年第一季度，中国对俄罗斯累计非金融类直接投资 867 万美元。投资主要分布在能源、矿产资源开发、林业、贸易、家电、通信、建筑、服务等领域。2007 年前三个季度俄罗斯对中国累计投资 6.5 亿美元，主要集中在制造业、建筑、交通运输等领域。总体来看，中国对俄投资由于受双边贸易波动的影响，在过去十多年中增长十分有限，目前仍然没有形成较大规模，而且投资多数以中小型项目为主，企业经营对当地资本成分的依赖程度相对较高，经营效益并不理想。今后，随着两国投资环境的改善，两国的投资额将不断扩大。按照中俄两国提出的目标，到 2020 年，中方累计对俄投资将达到 120 亿美元。据俄罗斯驻华商务处介绍，俄罗斯经济吸引外资的优先领域为更新和发展企业生产潜力；发展出口定向生产和进口替代生产；运用动力储存工艺、无废物工艺和纯生态工艺；发展运输基础设施；建造宾馆、商务中心和其他不动产设施等。

三　影响东北地区与俄经济合作的制约因素

（一）政治因素

祖布克夫入主总理府以来，先后两次指出，要调整原料出口关税，改变俄罗斯出口结构，增加附加值。为此自 2008 年 4 月 1 日起，俄再度提高原木出口关税（相当于报关价格的 25%），自 2009 年起，将提高到 80%（相当于每立方米 50 欧元）。俄罗斯是中国第一大原木进口来源国。2006 年中国从俄进口原木 2183 万立方米，占进口原木总量的 70%。2007 年进口 2539 万立方米，占进口原木总量的 68.45%。提高关税无疑对东北边境口岸的俄罗斯原木进口和以进口原木为原料的木材加工业产生较大影响。但从俄罗斯进口为主的格局不会变，种类将会进行很大调整，今后可能会以板方材、半成品和粗制品为主。同时，2008年初俄罗斯还相继提高了大米和原糖的进口关税。

（二）法制环境

近年来，俄罗斯出台了一系列的法律和法规，对外资进入的领域和零售贸易等都作出了严格的限制，这无疑对中俄经济合作产生深远的影响。

1. 俄罗斯禁止外资涉足矿产领域

根据俄联邦《禁止外国投资人投资和活动的产业、经营项目和区域的清单》，俄罗斯对外资经营产业、经营项目和区域作出严格的限制。禁止外商进入的主要是石油、黄金和铜矿等领域。2008 年 4 月 2 日，俄罗斯国家杜马通过；5 月 5 日普京总统离任前签署了一项限制外国投资法令，即《战略领域外国投资法》，这一法律将成为俄罗斯管理外国投资者在俄战略领域进行投资的最新法律依据，包括能源、航天、航空、军工等42家敏感企业限制外国投资的标准。根据新的法规，外国私人投资者如欲在属于战略行业的企业持股50%以上，必须获得一个由俄罗斯总理担任主席的委员会批准。外国政府控制的企业，将被禁止控股俄罗斯战略企业，即使持股比例超过25%，也须寻求获得批准。近几年中国的投资也曾试图进入俄罗斯能源等其他战略投资领域，但收获甚微，因此该法律短期内对中国影响不大，但从长远意义上来说，随着中俄两国经济合作的加深，东北地区与俄罗斯远东及西伯利亚的能源合作经济进一步加强，该项法律无疑成为中国企业投资能源领域的一道难以逾越的鸿沟。

2. 禁商令

2007年俄罗斯实行的禁止外国人从事零售业的法令出台以后，虽然遭到了如滨海边区地方政府的不满，但该法令至今还没有解除的迹象。2008年1月总理祖布科夫继续签署相关命令，2008年俄罗斯依然禁止外国人在俄从事零售业。禁商令对中国对俄贸易影响巨大。据不完全统计，目前黑龙江省在俄罗斯境内从事商品零售业务的商人达14万左右，这些在俄经营零售业的华商利益受到直接冲击，其中很大一部分人不得不放弃多年苦心经营的商铺回国。

东北三省对俄贸易更直接受到受禁商令的巨大影响。以黑龙江省为例，2006年，受俄打击"灰色清关"的影响，黑龙江省绥芬河口岸的过货量急剧下降，截至11月份绥芬河仅服装和纺织品出口一项就比2005年同期减少2.65亿美元，2006年全年出口同比减少近3.3亿美元。在俄罗斯颁布"零售禁令"不久，俄方在远东展开了查抄大市场、清除非法移民的大规模联合行动，其中以中国人为主经营的哈巴罗夫斯克"维堡"大市场受到前所未有的彻底搜查，许多没有正规经营身份的华人被遣送回国，而海参崴的"小白桦"市场则被关闭。俄方的行动对于黑龙江省的对俄出口贸易无疑是沉重打击。

（三）社会因素

1. "中国威胁"论余音尚存

俄罗斯国内"中国威胁论"的出现，有历史的原因，也有现实的因素，但更主要的是俄罗斯某些政治家、学者的"俄罗斯主义"思想在作祟，是对中国经济实力逐渐强大的曲解和担忧。另外，俄罗斯的媒体对中国的报道有失客观和全面，甚至带有丑化和敌视的色彩。所谓"移民"问题是中俄双边关系的一个非常敏感的问题。据俄官方统计数据，目前居住在俄罗斯的中国人有25万人。

俄外交部公布材料说，远东地区的中国人数量是 10 多万人。实际上，绝大多数身处远东地区的中国人并非真正意义上的移民，取得俄罗斯国籍的中国人极少。中国问题专家、前驻华大使罗高寿不仅驳斥了所谓的"中国威胁论"，同时指出中国是俄罗斯的好邻居，应当利用中国的发展为自己谋利，通过与中国合作来提升本国经济。

2. 盲目排外情绪

由于俄罗斯各个地区之间经济发展不平衡，虽然俄罗斯在近年来的世界能源危机中获得了丰厚的利润，但俄罗斯国内固有的矛盾还没有得到解决。如通货膨胀持高不下，失业率有增无减。因此，一些人错误地将自己生活水平无法提高归咎于外国移民抢了他们的饭碗，对外国人产生非理性的仇视心理。从 2008 年初以来，仅 4 个月内俄罗斯就发生了 93 起排外攻击案件，结果造成 57 人死亡，116 人受伤。其中，一名中国公民在圣彼得堡受伤，2008 年 4 月在海参崴发生了中国大学生和俄罗斯大学生的群殴事件，并且有人员在事件中受伤。

3. 社会治安环境有待进一步加强

犯罪率增长是俄罗斯面临的一个棘手的社会问题。由于警力不足和缺少有力防范措施，犯罪率居高不下，而破案率又不高，这就严重影响了俄罗斯的社会、生产和生活秩序。俄罗斯存在着黑社会或黑社会性质的组织。这些不稳定因素极大地阻碍俄罗斯经济社会的发展，也制约着境外资金的涌入。尤为严重的是黑社会的犯罪活动有些就是以外国企业家和外国公民为对象，致使东部地区不断发生华商被杀害或者财产被劫掠的事件。黑社会组织势力膨胀，还试图通过各种手段与执法机关官员和企业家勾结，建立相互依赖、共同存活的关系。上述情况让常驻俄的外国公民感到其人身和财产安全没有合法的保障，也使准备到俄罗斯投资兴业的外国人忧心忡忡，信心不足。

四 东北地区对俄经贸合作发展的对策建议

东北地区在发展中俄两国和地区间的经贸合作方面具有不可替代的作用。目前，俄罗斯提出了加快东部地区经济发展战略，我国也正在实行振兴东北老工业基地战略。在这种形势下，我国东北地区深化与俄罗斯的经济合作具有很大优势。目前，我国东北地区与俄罗斯经济合作既存在机遇，也存在挑战，对深化对俄合作主要提出以下几点建议。

（一）制定东北地区对俄经贸科技合作发展规划，深化东北地区对俄经贸合作战略

2004 年，为落实中俄两国政府总理提出的实现 2010 年双方贸易额达到 600 亿美元和 2020 年中国对俄投资 120 亿美元的目标，黑龙江省曾组织省内科研单位、各级政府主管部门及实业界的专家和学者开展推进中俄区域合作的专题研究，实地考察俄东部地区投资环境，在此基础上制定了黑龙江省《关于推进对俄经贸科技合作战略升级的意见》，吉林省和辽宁省也分别制定了类似的文件。现在存在的主要问题是东北地区三个省基本上是各自为战，没有联合起来统筹谋划，区位整体优势远远没有发挥。东北三省应根据东北老工业基地振兴的总体规划制定当前和今后一个时期对俄经贸合作战略升级的总体规划，形成对俄东部经贸合作的促进机制，确立各领域合作的工作目标，落实专项任务，相互配合，整体推进。制定东北地区对俄经贸科技合作发展规划有利于三省根据自己的优势划分主攻方向，减少无序竞争。另外，在制定东北地区对俄经贸科技合作发展规划时必须树立长期合作、互利双赢的理念。

（二）推动以能源合作为优先方向的多领域资源合作

我国是能源使用大国，经济的快速发展对能源的依赖越来越严重。俄罗斯是能源生产、出口大国，因此在对俄合作中东北三省应以能源合作为主导方向，能源合作的方式要多种多样，要向勘探、开采等方向延伸。要以石油、天然气资源、森林资源、矿产资源和海洋生物开发和利用为重点。通过能源合作进而带动劳务合作、基础设施建设、森林采伐与加工、扩大商品贸易额等。

（三）加强科技交流，扎扎实实地建好一批高科技园区

早在 20 世纪 80 年代中期，俄罗斯科学院西伯利亚分院就已经发展成为与美国硅谷和日本筑波齐名的世界科学名城。俄罗斯远东分院就是在西伯利亚分院远东科学中心的基础上建立起来的。新的时期，东北地区三省应把加强与俄罗斯的科技交流合作摆在重要的位置。东北三省要充分发挥莫斯科中俄友谊科技园、哈尔滨国际科技城和黑龙江省科学院对俄工业科技合作中心、省农科院对俄农业科技中心、哈工大八达集团国家中俄科技合作产业化中心等对俄科技合作平台的作用，开展多领域的对俄科技合作，研制和开发更多的有竞争力

的军品和民品，使高科技园区确实发挥作用，成为中俄经贸科技合作的领头羊。

（四）加快发展中俄边境贸易，加快出口加工基地建设

2008年5月，俄新任总统梅德韦杰夫访问中国时表示要重视边境贸易发展。我国在党的"十七大"报告中也提出要提高边境城市的开放度。这给东北地区发展对俄贸易提供了更广阔的天地。东北三省与俄罗斯毗邻，发展边境贸易简单易行，为提高边境贸易水平，东北各省应本着就地加工、发挥口岸优势和就地出口的原则，在东北各省主要口岸城市加强出口加工基地的建设。目前黑龙江省分别在绥芬河、东宁、黑河市建设了对俄出口加工基地。重点发展以服装鞋帽、家用电器、轻工日用品、建筑装饰材料、食品加工、木材综合加工为主的出口加工业。但这些出口加工基地还需进一步完善、发展，使之真正成为中俄边境贸易的新的增长点。

（五）建立对俄交通运输大通道

东北各省要制定发展对俄交通运输基础设施的规划，积极推进对俄经贸大通道建设。俄罗斯加快东部地区大开发的首要方向就是加强与东北亚国家，特别是与中国合作发展东部交通运输基础设施的建设。2008年6月16日，哈巴罗夫斯克边疆区政府派专门代表——副州长列伊塔利的助理与边疆区政府贸易和旅游厅厅长贝谢季娜专门来黑龙江省社会科学院就联合开通哈尔滨—佳木斯—抚远—大黑瞎子岛—瓦尼诺港跨国交通运输通道项目进行了研讨。东北三省还要整合口岸资源，进一步完善口岸设施，突出重点，择优扶强，加强重点口岸建设，努力实现大通关。

（六）建立俄罗斯商品生产者联合会中国东北地区分会或办事处

2008年6月，应约来哈尔滨参加"哈洽会"和首届东北亚合作与发展国际论坛的苏联部长会议主席、俄罗斯联邦委员会天然垄断委员会主席、国际商品生产者联合会主席尼古拉·雷日科夫在与黑龙江省副省长盖如银会谈时表示为推进中俄两国地区间经贸合作，希望在黑龙江省建立俄罗斯商品生产者联合会中国东北地区分会或办事处。建立这个机构的好处在于可以及时掌握俄罗斯最新商品信息、俄罗斯企业动向等。笔者认为，原则上在东北三省都可以建立俄罗斯商品生产者联合会中国东北地区办事处或在整个东北地区建立一个办事处。

内蒙古口岸经济现状及发展思路

——以满洲里、二连浩特口岸为例

乐 奇 焦志强 窦建华*

摘 要： 满洲里、二连浩特长期承担着为国家进口重要战略物资的艰巨任务，伴随着自身发展需要的不断升级，如何最大限度地实现口岸对外开放功能与当地经济发展目标的有效对接成为口岸发展的关键所在。本文在客观分析满洲里、二连浩特口岸经济发展现状的基础上，着重分析了两个口岸发展的内外部条件，并提出了发展思路。

关键词： 内蒙古 口岸经济 发展思路

口岸在国际往来中具有举足轻重的地位，是跨境贸易的通道。20世纪90年代初，国家采取了"沿边开放"的重要举措，口岸成为延边各省对外经济开放的重要环节。内蒙古与俄罗斯、蒙古国毗邻，边境线长达4221公里，经济、资源互补性强。口岸是带动内蒙古开展对俄罗斯、蒙古国经贸合作的主要载体，其中满洲里、二连浩特分别充当了对俄罗斯、蒙古经贸合作的"桥头堡"，口岸贸易的繁荣带动了两个口岸城市的经济发展。进入21世纪以来，面对日益复杂的国内外经济形势，满洲里和二连浩特在不断扩大口岸贸易的同时，集中发展了自身的工业经济，增强了抵御外来风险的能力。纵观两个口岸近年来的发展动向，满洲里将朝着新兴口岸工业城市的方向迈进；二连浩特将在维持"贸易立市"的基本思路的同时，加大工业的发展力度。两个口岸未来会在做大做强俄蒙资源加工业的有力保障下，推动包括口岸贸易在内的口岸经济进入全面发展的新阶段。

---

* 乐奇，内蒙古社会科学院副院长、研究员，主要研究经济、社会发展问题；焦志强，内蒙古社会科学院经济研究所对外贸易室主任、助理研究员，主要研究区域经济和国际贸易问题；窦建华，内蒙古财经学院商务学院国际贸易系主任、副教授，主要研究国际贸易问题。

一 满洲里、二连浩特口岸经济发展

（一）口岸经济发展

1. 农业方面

满洲里具有发展特色农业的优势与潜力。满洲里相继建成了四大果菜出口基地，即新粮果菜出口基地、五兴果菜出口基地、鑫隆祥果菜出口基地、永信果菜出口基地。满洲里口岸果菜出口量逐年大幅攀升，由 2000 年的 4 万吨左右增加到 2008 年上半年的 22.2 万余吨，主要有苹果、梨、洋葱等二三十个品种，销往俄罗斯赤塔州、乌兰马德市、伊尔库茨克市等 6 个州市。同时，为适应俄罗斯对我国菜果的需求，满洲里东湖区被列为内蒙古自治区出口创汇农业开发区，满洲里东湖区已逐步成为满洲里市乃至全区农产品出口的示范窗口及新品种试验基地。

二连浩特由于地处沙漠，气候干燥少雨，不适合农业开发。目前，二连浩特农业规模在其整体经济中几乎可以不计，所占比重仅是 0.07%。

2. 工业方面

满洲里和二连浩特在工业发展的道路上不约而同地选择了"园区化、集中发展"的模式，这一模式的优势正在逐步显现。自 2000 年以来，满洲里以进口俄罗斯资源为主要特色的加工业蓬勃发展。2003 年 7 月，满洲里市人民政府正式批准建立满洲里进口资源加工园区，园区规划面积 18.61 平方公里，园区主导产业是进口木材加工业。2007 年入区企业已达 56 家，香港联发、山东欧亚、北京仟鼎、兴宝人造板等实力较强的企业先后入驻园区并建成投产。目前正在规划多个大型工业项目，主要是利用俄罗斯的资源。

二连浩特口岸工业加工区基础设施日趋完善，以木材加工业为主的产业集群初步形成，加工业的规划和布局得到合理调整，加工企业进一步向园区集中，以天津美克、广森、中林、中基彩钢为主的木材、矿产、食品加工产业基本形成。目前，二连浩特木材加工企业年产值超 6 亿元，占全部工业比重的七成左右。

3. 第三产业

满洲里第三产业近年来保持快速发展。在贸易发展方面，"十五"期间，外贸进出口总额累计实现 59.5 亿美元，年均增长 10.4%，境外三大园区（后贝加尔"杜埃特"经济合作区、赤塔华商保税物流园区、俄罗斯阿金斯克国际工业园区）推进工作初见成效，对俄技术合作项目涉及建筑施工、森林采伐和木材加工、农业种植等领域；商贸流通繁荣活跃，相继新建了富豪、广达、恒泰、国贸、新北方市场、新旺泉市场、新世纪购物中心、义乌商贸城等大型市场；相继完成了互贸区 4A 级旅游区、二子湖生态旅游度假村和俄罗斯风情园等一批景点景区，辟建了旅游观光绿色通道，节庆旅游形成了特色；新兴业态逐步兴起。物流配送、连锁经营、电子商务快速发展，汇丰保税物流中心项目、经济技术合作公司跨国电子商务项目建设步伐加快。伴随着未来工业经济快速发展的同时，满洲里市第三产业的发展基础将更加牢固，第二产业与第三产业有望实现良性互动。

二连浩特近年来第三产业提档升级步伐加快。在贸易发展上，全市有经营业绩的外贸企业达 54 家，其中贸易额超千万美元的企业达 11 家，还引资兴建了一批专业市场和精品商业街；在旅游业发展上，重点培育了恐龙文化旅游、边境旅游和跨国旅游品牌；在物流业发展上，总投资 5000 万元的宁夏宝塔石化仓储项目、总投资 5680 万元的益德物流园项目、总投资 7207 万元的利众物流园项目都已开工建设；在服务业发展上，已建成了一批具有俄蒙特色和现代气息的餐饮娱乐场所，金融、保险、信息、中介等现代服务业也在不断发展壮大。二连浩特第三产业的层次和规模与对应的蒙古国相比具有比较优势。

（二）口岸对外贸易发展

1. 贸易总量

满洲里口岸对俄贸易总额 2007 年再创新高，达 84.3 亿美元，占中俄双边贸易额的 17.5%，稳居中国对俄各口岸第一位。2007 年满洲里口岸对俄贸易总额比上年增长 27.1%。其中，对俄出口 9.9 亿美元，同比增长 96.1%；从俄进口 74.7 亿美元，同比增长 21.4%。满洲里口岸出口产品以机电产品为主，汽车及汽车底盘、钢材出口增长迅猛。进口商品以原油、原木等资源性产品为主。

2007 年二连浩特口岸对蒙贸易量为 250.46 万吨，同比增长 17.07%；贸易值 15.27 亿美元，同比增长 19.2%，占同期我国对蒙古国贸易总额的 75.22%。2001 年以来，二连口岸对蒙贸易值呈现直线攀升态势，由 2001 年的 2.81 亿美元增至 2007 年的 15.27 亿美元，年均增速达 26.74%。

2. 重要进口物资

（1）木材。2007 年，满洲里口岸进口原木 1069 万立方米，价值 11 亿美元，分别比上年增长 16.7% 和 38.4%；二连浩特口岸进口木材 327.42 万立方米，货值 3.68 亿美元，同比分别增长 5.67% 和 25.94%。满洲里和二连浩特进口的原木均来源于俄罗斯，二连浩特虽然名义上是由蒙古国进口，其实是从俄罗斯转到蒙古国而来的。进口原木以红松和樟子松为主，占原木进口比重的 80%，产品结构保持相对稳定。由于原木进口是属于单一来源国商品，所以必须密切注意俄方对木材出口的相关政策变化。

俄罗斯国内目前正在努力改变以原材料出口为主的木材出口结构，将不断提高原木出口关税税率，自 2008 年 4 月起将原木出口关税税率提高至 25%，自 2009 年 1 月起，将提高至 80%，这无疑会使我国原木进口成本进一步攀升，将会对上述口岸进口产生较大的影响。预计在未来几年，满洲里、二连浩特的原木进口将有走低的趋势，同时，俄方鼓励出口的板材将呈现增长的态势。

（2）原油。伴随着中国从俄罗斯进口的石油份额逐年加大，自 2002 年以来，满洲里铁路口岸原油进口量以年均 59.64% 的速度递增。2008 年 1～5 月，满洲里口岸进口俄罗斯产原油 368.8 万吨，占口岸进口货运量的 42.3%，高居满洲里口岸进口货物之首，是满洲里口岸的第一大税源商品。俄罗斯国有石油公司已与中石油集团签署并正在履行另一份长期石油供应合同，通过后贝加尔斯克——满洲里口岸每年对中国出口 890 万吨以上的石油。

蒙古国石油开采量并不大，因此二连浩特口岸进口的蒙古国原产地的石油量也不大，大部分是俄罗斯产的石油绕到蒙古国产生的进口量。中石化集团自 2007 年 8 月 1 日起借道蒙古国，通过二连浩特口岸正式进口俄罗斯国石油公司生产的石油。今后，中石化集团将通过蒙古国每年进口俄罗斯石油 250 万吨，平均每月 20 万吨左右。

（3）铁矿砂。进入 2008 年以来，国内铁矿砂供应缺口持续增大，我国对国际市场铁矿砂的依存度不断上升。澳大利亚、南美、印度等地铁矿砂的进口价格纷纷上涨，涨幅在 70% 左右。同时，国际油价持续走高，运力紧张，铁矿砂海运运费大幅上涨。国内企业为缓解成本上升压力，不得不开辟新的进口渠道，从铁矿砂资源大国俄罗斯进口是目前性价比最高的路线，蒙古国也是很好的进口来源地。另外，边境小额贸易方式进口税收享有折半征税优势，也使满洲里、二连浩特口岸颇具吸引力，铁矿砂在今后一段时间内，将迅速成为两个口岸重要的进口物资。2008 年 1~5 月，满洲里口岸进口铁矿砂 49.1 万吨，价值 7550 万美元，同比分别增长 195 倍和 600 倍，进口平均价格为 153.8 美元/吨，同比增长 2.1 倍。2008 年 1~5 月份，二连浩特口岸铁矿砂进口量与贸易额达 30.66 万吨、3399 万美元，同比分别增长 783.57% 和 22.61 倍，其中，单月进口量达 10.8 万吨，货值 1493.51 万美元。

3. 重要出口物资

（1）机电产品。机电产品是满洲里、二连浩特两口岸出口商品中的重头戏。2008 年 1~4 月份，满洲里口岸对俄出口机电产品 9747.4 万美元，与上年同期相比增长 34.6%。2008 年 1~5 月份二连浩特口岸机电产品出口 8.21 万吨，货值达 1.92 亿美元，同比分别增长 55.49% 和 46.56%。两口岸机电产品出口以运输工具出口为主，电器及电子产品出口增长也较为快速。机电产品增长迅猛的原因主要有：一是俄蒙经济发展速度加快，人民生活水平提高，基础建设速度提升，拉动了口岸建筑机械和制冷设备的出口增加。二是随着俄蒙矿产资源开发速度的加快，合资开采项目增多，促使口岸大型机电设备和零配件的出口增加。典型的如内蒙古北重公司通过二连浩特口岸近年来连续向蒙古国出口了一批矿用机械。三是内蒙古对俄蒙承包出口增加，带动了机电设备的出口。

（2）建材类产品。近年来，俄罗斯、蒙古国基础设施建设力度不断加大，我国企业在俄蒙投资不断增多，对建筑材料及工程机械设备的需求也在不断加大，建材产品的出口一直保持着良好的增长态势，其中以水泥、钢材为主。尽管我国在 2007 年对水泥、钢材的出口退税政策作出了重大调整，加大了相关企业的出口成本，但是由于对方市场价格也在上调，而我们国内产能旺盛、竞争激烈，所以并未影响上述商品的出口增长势头。例如 2008 年前 5 个月二连浩特口岸出口水泥骤增，达到 23.69 万吨，货值 1100 万美元，同比分别增长 229.48% 和 245.53%。从中长期来看，随着国家产业政策的调整日益强烈，这两类产品的出口将会有一定的回落。

4. 口岸边境贸易的发展

从贸易方式上来看，目前满洲里和二连浩特所开展的对外贸易均以边境小额贸易为主。满洲里、二连浩特口岸的边境贸易都是自 1993 年出现高峰期，之后进入数年的调整期，自 2000 年以来边境贸易又迈入快速发展时期，其中除 2003 年受"非典"影响贸易额有所降低外，其他年份均呈上升趋势。边境贸易在两个口岸对外贸易中所占的绝对控制地位也说明了目前这两个口岸仍然属于主要依托地缘优势开展对外贸易的初级发展阶段。从最新的发展方向看，满洲里进出口贸易中战略物资的比重逐渐加大，导致其贸易方式上已经有了向以一般贸易为主过渡的苗头。

5. 对外经济合作发展现状

2007 年，满洲里共签订对外工程承包和劳务合作项目 86 项，合同金额 3886 万美元。全年实际派出劳务人员 7565 人次，完成营业额 1200 万美元，同比增长 34.8%。项目的实施地区主要集中在俄罗斯赤塔、伊尔库茨克、乌兰乌德等地。满洲里与俄罗斯的房地产合作项目也取得了较大进展，其中，满洲里驰御建筑公司与俄罗斯赤塔州签订的综合住宅小区项目，计划投资总额达 9 亿元，这一项目自 2006 年启动至 2007 年底已累计完成 4.5 万平方米的工程量。

二连浩特目前由于自身实力所限，本地并无大型企业，所以其在蒙古国的投资主要是当地一些中小企业，方向基本为矿产资源。由于二连浩特在中蒙经贸交流中占据了绝对龙头的地位，所以人员流动仍然充满活力。2007 年，二连浩特口岸出入境人员达到 1594861 人次，较上年同期增长 16.1%，增长率连续 4 年超过 15%。

二　口岸发展条件分析

（一）口岸经济发展的有利条件

1. 区位优势

满洲里口岸地处内蒙古东北部，与俄罗斯、蒙古国相邻，享有"东亚之窗"的盛誉。满洲里是连接欧亚两大地区最重要、最便捷的陆路通道之一，既是东北亚区域经济合作的战略支点，又是对内对外两种资源、两个市场的交会点，特殊的地理位置使满洲里在参与国内外经济合作与循环中具有明显的区位优势。

二连浩特地理位置优越，位于 208 国道起点和集二线的终点，距俄罗斯首都莫斯科 7623 公里，距蒙古国首都乌兰巴托 714 公里，距北京 720 公里，是中国距首都北京最近的陆路口岸。以北京为起点经二连浩特到莫斯科比走滨洲线近 1140 公里，是连接欧亚大陆最近的大陆桥。二连浩特是国家批准的首批 13 个沿边开放城市之一，是我国向北开放的最前沿，背靠环渤海经济圈和呼包银经济带，是内蒙古自治区乃至我国重要的进出口物资集散地。

2. 资源优势

（1）境外资源优势。沿中蒙边境蒙方一侧，矿点众多，具有开发和利用价值的主要包括煤、铜、钨、钼、铝、铁、铅、锌、油等80多种矿产。其中，煤蕴藏量约为500亿~1520亿吨、铁蕴藏量20亿吨、铜蕴藏量800万吨、钼蕴藏量24万吨、锌蕴藏量6万吨、石油蕴藏量15亿桶。蒙古国畜牧产业较为发达，每年能够提供数量庞大的皮革、绒毛。沿中俄边境俄方一侧分布着十分丰富的矿产资源。其中，东西伯利亚矿产资源主要包括煤、石油、天然气、木材、有色金属、稀有金属。石油储量9.4亿吨、天然气储量11580亿立方米。远东地区矿产资源主要包括煤、铁矿、有色金属矿、石油、天然气、锡、铜、锰矿等。其中，铅和锌的总储量分别为178万吨和245万吨，铝原生矿总储量为209.5万吨，铁的总储量为116亿吨，森林总面积达2.81亿公顷，木材总积蓄量达207亿立方米。

（2）自身资源优势。满洲里本身就属于资源富集区，矿产品资源丰富、农畜产品供应充足，能够为口岸工业的发展提供稳定持续的物资供应，大大增强口岸工业的抗风险性。满洲里目前已探明的矿产资源有褐煤、石灰石、砂石、黄黏土、珍珠岩、膨润土、明矾石、花岗岩、硅石、玄武岩等。其中扎赉诺尔煤田储量为101亿吨，珍珠岩矿总储量57.67万吨，硅石矿储量在80万~110万吨。上述资源为口岸开展煤化工、建筑材料加工等相关工业提供了丰富的后备资源。二连浩特周边地区蕴藏丰富的煤炭、石油、萤石、铀、盐、石膏、芒硝等资源。

3. 独特的人文优势

由于历史的渊源，作为以蒙古族为主体的少数民族自治区，内蒙古与蒙古国文化背景、风俗习惯等方面非常相似，有与蒙古国保持良好沟通的得天独厚的条件。而在内蒙古与俄罗斯接壤的边境地区，边民们通过通婚、边贸等方式，建立了千丝万缕的联系，出现了多个俄罗斯族聚居区，成为与俄罗斯联系的民间桥梁和纽带，增加了俄罗斯对内蒙古人民的认同感。这些都为双方的合作交流奠定了坚实基础，提供了独特条件。

4. 项目带动优势

"十五"期间，内蒙古经济大发展的成功经验之一就是大项目的实施，无论是基础设施建设领域还是重点生产项目领域，均积累了丰富的经验。"十一五"时期，内蒙古重大项目的布局将向口岸城市倾斜，为重点口岸快速发展提供强有力的项目支撑。满洲里机场着手进行新建航站楼和延长跑道等二期工程建设，并力争实现国际通航。二连浩特机场正式开工。内蒙古组织策划的旅游精品线路对两个口岸均有涉及，一批重大招商引资项目纷纷在口岸安家落户。"十一五"期间重大项目对满洲里、二连浩特口岸经济发展的拉动作用将愈加明显。

（二）口岸经济发展中的制约因素

1. 龙头口岸的辐射能力有限，缺乏有力支持

满洲里、二连浩特作为内蒙古的龙头口岸，目前仍处于独立发展的阶段，未能有效地与周边相关旗县形成合力，这也对两大口岸的发展产生了长期制约。这里面存在以下几个问题，首先是满洲里、二连浩特本身远离自治区政治经济中心，在相应的发展规划制定过程中被重视得不够；其次口岸本身经济发展水平仍待提高；还有很重要的一点就是行政划割的影响。满洲里、二连浩特属自治区计划单列市，属准地级市，但就是这个"准"字，却实实在在地影响了口岸的发展。两市目前实际上仍是县级市的标准配置，不辖其他的任何旗县，经济发展中的腹地和外围支撑的欠缺是一道致命伤。这一现象也间接导致内蒙古龙头口岸产业配套能力弱，产业链条短，对于做大做强口岸经济产生了一定的牵制作用。

2. 产业结构仍不合理，要素局部短缺

满洲里、二连浩特口岸长期以来扮演了通道的作用，以进出口贸易为主，口岸工业发展缓慢。真正的工业建设是在"十五"时期，但仍属于初期发展阶段，尚未走上良性发展的道路。而国家日益严格的宏观调控，对口岸这一轮的工业化发展也将产生较大的政策性影响。

两个口岸工业项目有一定的重复性。如在未来几年中，都将木材加工和有色金属冶炼加工作为重点发展领域，内蒙古其他口岸也大致如此，尤其是有色金属冶炼深加工比较普遍。口岸今后一段时间内的发展都集中在了有限的几个产业范围内，积累着一定的市场风险。另外，发展大规模项目必须具备的生产要素，如淡水资源在二连浩特较为缺乏。另外，两口岸地处偏僻，人口总量偏小，为大项目提供人力支持的能力有限。

3. 贸易层次普遍较低，出口商品结构优化进展缓慢

目前满洲里和二连浩特进出口贸易中边境小额贸易占据主导，加工贸易进展缓慢。出口商品主要是外省产品，口岸自身货源供给能力有限，尚未有效建立起属于自己的出口商品加工基地。尽管口岸加工业的发展也迈出了一些步伐，但口

岸经济结构调整步伐缓慢，加工贸易所占比重仍有待提高，自主品牌和附加值高的产品出口比较优势不明显。

4. 对应毗邻地区发展落后，严重影响开放层次

对外开放对象的特殊性是在满洲里、二连浩特发展乃至内蒙古对外开放整体发展事业中不可忽视的客观事实。俄蒙市场是世界公认的政策多变的地区，俄蒙市场的不确定性严重影响了内蒙古大型企业的参与热情。另外，蒙古国消费能力有限、市场容量有限，且其较为高端的消费市场牢牢的被欧美及韩日等国家所占据。满洲里口岸对应的俄罗斯后贝加尔湖地区属其联邦内严重欠发达地区，人烟稀少，发展落后，其直接消费能力有限。上述情况对两个口岸的繁荣发展在短期内形成制约。未来随着蒙方对中蒙经贸关系的重视，尤其是蒙古国总理在2007年对扎门乌德建设的一系列重要指示的逐步落实以及俄罗斯"东部大开发"计划的逐步实现，满洲里、二连浩特口岸开放的外部环境有希望得到实质性改善。

三　加快发展满洲里、二连浩特口岸经济的思路

（一）利用两种资源，布局两个市场，做大做强"落地加工"业

基于现实因素考虑，满洲里、二连浩特口岸纯粹发展外向型经济与自身条件和自治区整体经济发展战略均不相匹配。依托口岸优势，通过实施一批重点利用俄蒙资源进行深加工项目，形成一批新的产业基地，与自治区现有的产业集群形成互动将是两个口岸发展的重点所在。这一方面能够提高对俄蒙资源的利用水平；另一方面对产业基地所在地地方经济发展起到推动作用，实现口岸经济结构调整与产业结构优化升级。

未来几年，满洲里、二连浩特应该结合自治区产业发展方向、重点及口岸所在盟市实际发展条件，立足于从俄蒙引进的资源，重点建设两大大产业基地。一是依托俄罗斯赤塔州木材、别列佐夫铁矿区矿产等资源，以满洲里进口资源加工园区为中心区域，利用进口木材，发展木材—人造板、纸浆、纸及纸板等轻工产品。利用进口石油、化工资源，发展PVC管材、型材，聚丙烯轻质油，聚氯乙烯，苯酚，天然气—合成气—甲醇、二甲醚，石油—煤油，柴油—甲醇，二甲醚等化工产品，重点建设满洲里石油、天然气和木材加工基地。二是依托俄蒙丰富的木材、原油、有色金属、畜产品资源，以二连木材加工园区为中心区域，以西

苏旗朱日和镇和赛汉塔拉镇等为次级区域，以木材—人造板、纸浆、纸及纸板，石油—煤油、柴油—甲醇、二甲醚，铜—铜精粉，羊绒—绒纺—精纺制品，羊皮—皮革制品为方向，发展原木、原油、铜钼、羊皮加工等，重点建设二连浩特畜产品、有色金属加工基地。在这里突出强调二连浩特加工基地的次级区域问题，主要是考虑到二连浩特水资源的承受力问题。

（二）积极发展多种贸易形式

满洲里、二连浩特口岸边境贸易和旅游贸易发展的较为得力，而加工贸易、服务贸易相对滞后。相对于满洲里的优越工业发展条件，二连浩特在发展适宜的工业的同时，应该不断强化自身"贸易立市"的观念，围绕商品流通做大文章。加工业尤其是高质量的轻工产品加工业对于二连浩特来说非常重要。

未来在多种贸易共同发展的前提下，满洲里、二连浩特应该把服务贸易作为口岸新的经济增长点来抓。服务贸易发展的兴衰关系到口岸自身活力及拉动就业等一些列重大问题。充分利用口岸和综合交通网络，围绕国际联运发展相关的服务贸易，从扩大物流、人流开始逐渐形成区域性的经济流，进而带动国际联邮、转运和劳务中介等领域的合作。支持有实力的企业开拓俄蒙建筑业市场，发展商贸流通餐饮业，带动劳务输出。旅游贸易方面应该积极发展跨境旅游业，联合周边国家统一规划、集中开发旅游资源，实现优势互补，形成以满洲里、二连浩特为中心，覆盖中俄蒙毗邻地区的旅游市场。

（三）不断完善口岸基础设施及物流体系建设

公路方面，重点建设满洲里市这一自治区二级公路主枢纽，形成向内辐射东北、华北，向外连通俄蒙的干线运输网络；铁路方面，重点抓好海拉尔——满洲里复线、二连浩特铁路扩容建设；航空方面，重点抓好海拉尔机场改扩建项目，把满洲里市培育成区域航空枢纽。

通关效率也是影响口岸经济发展的重要因素，未来在原有基础上通过改善通关条件，增加通关能力。满洲里、二连浩特口岸应注意三个方面的问题：一是进一步简化中俄蒙边境贸易手续，推行"三检合一"后的"六个一"做法，即实行一次报检、一次卫生除害、一次抽样、一次检验检疫、一次收费、一次出入证放行的全新出入境检验检疫管理模式；二是延长通关时间，提高通关频率；三是加大对口岸基础设施投资力度，缓解资源运输的压力。

（四）拓宽与俄蒙经贸合作领域，加快"走出去"步伐

一是要鼓励有竞争力的企业到境外投资办厂，加强与俄蒙在森林、矿产、石油等资源开发领域的合作，充分利用国外资源及电价优势和我方劳动力丰富的优势，开展俄蒙资源的深加工，如木材、电解铝、矿产资源等，力争将俄蒙资源加工基地作为我方进一步深加工的基地。二是实行贸工、贸技、贸农相结合，鼓励各种企业开展对外承包工程和劳务合作业务，扩大对俄蒙农牧业、房地产开发和工程承包，扩大劳务输出规模，扩大就业渠道。三是积极探索与俄罗斯在高新技术领域合作的有效方式，引进高新技术和高层次人才，发挥具有我方优势的高新技术产业，提高传统产业的技术装备水平。

（五）加大口岸招商引资力度，提升产业整体水平

满洲里、二连浩特口岸应该以资源和市场为基础，面向全国实施产业招商，通过合资、合作、嫁接等形式，重点引进掌握行业领先技术、拥有庞大市场和雄厚资金实力的国际国内大公司、大集团前来投资合作。依托现有产业基础，抓两头（资源、深加工）带中间（冶炼），理顺和拉长产业链。重点发展国家高新技术产业化项目和国际水平的深加工项目，争取国家政策扶持，提升产业整体水平。同时，围绕龙头企业发展配套项目，使整个产业资源得到全面、综合的开发利用。大力推动产学研合作，建立行业性研发中心，提高企业和行业自主研发和创新能力。

（六）争取在满洲里建设自由贸易区

满洲里、二连浩特在20世纪90年代均向中央提过建议，规划在各自区域内分别建设中俄边境自由贸易区、中蒙边境自由贸易区。但由于条件所限以及当时国际环境的复杂性，党中央并未接纳上述建议。目前看，一个省区同时建设两个边境自由贸易区不太符合实际，在两者的选择上，建议优先考虑建设满洲里边境自由贸易区。

随着中俄关系日益密切，尤其是满洲里经过近几年的发展，已具备了设立边境自由贸易区的初步条件，这也是深化中俄经贸战略合作的一次有益尝试。同时，近年来随着我国与东盟、上海经合组织的区域合作日益密切，建设边境自由贸易区是将来必然的趋势。建立这样的边境自由贸易区目前在中国尚无先例，所

以满洲里边境自由贸易区可以作为全国的试点，积累成功经验后可在其他沿边省区复制。

满洲里中俄边境自由贸易区应该以出口加工业和旅游业为主，实行相对封闭管理和零关税制度，人员出入往来、货币流通、货物交易的完全自由，实现保税、互市、仓储、贸易、展销、包装、加工、旅游等多功能一体化，使之成为外国投资中俄两国市场新的桥梁和纽带。

（七）加强与东北地区其他口岸的联系，积极融进东北亚地区的分工协作

满洲里、二连浩特应该加强与大连等港口的合作，实行口岸直通，把大连港的口岸功能延伸到满洲里和二连浩特，改善投资环境，加快物流速度，降低贸易成本，推动与大连港口的合作共赢。另外，应该高度重视锦州港的战略位置，积极推动第三条欧亚大通道建设的新进展。公路建设中抓紧绥芬河——满洲里这一国家高速公路网规划中的重要路段建设。通过交通网络的积极联动建设，并以此为突破口，将积极带动东北经济区沿边开放带的整体发展。

东北地区与周边国家经贸合作分析与预测

张秀杰　李　宁*

摘　要：周边国家对东北地区投资的主要国家是韩国、日本。东北三省累计批准涉及韩、日投资项目数 11100 项，合同韩、日资金额 208.51 亿美元，实际利用韩、日资金额 82.17 亿美元，占东北三省外商投资企业总数、合同外资总额和实际使用外资总额的比重分别为 21.99%、18.34% 和 18.93%。东北地区与周边国家经贸合作存在以下问题：与周边国家经贸合作对该地区 GDP 拉动作用不明显；三省贸易总量分布极不平衡；对周边国家投资水平较低。

关键词：东北地区　不平衡　合作关系

"与邻为善，以邻为伴"是我国一贯奉行的周边外交方针。深化与周边国家的经贸合作，推进地区一体化进程，加强与周边国家的经贸合作与交流，"对于开展区域合作，共同营造和平稳定、平等互信、合作共赢的地区环境"具有重要的战略意义。分析、研究东北地区与周边国家经贸合作中存在的问题及发展趋势，同样具有极大的社会及应用价值。

一　东北地区与周边国家经贸合作绩效评价

（一）东北地区与周边国家经贸合作规模效益

近年来，随着东北亚经济的快速发展，在东北三省沿边开放战略的带动下，

---

* 张秀杰，黑龙江省社会科学院东北亚研究所副研究员，主要研究东北亚区域经济问题；李宁，黑龙江省社会科学院东北亚研究所实习研究员。

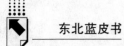
双边贸易合作广泛展开，且呈持续扩大之势，周边国家在东北三省对外经济合作中占有重要地位。但2007年这一情况却有所改变，具体情况见表1。

表1　东北三省与周边国家（朝、日、韩、俄）进出口规模

单位：亿美元，%

类别＼年份	2005	2006	2007
东北三省与周边国家进出口	168.55	287.20	365.40
占中国与周边国家进出口比重	5.10	8.30	8.20
占东北三省外贸进出口比重	29.50	41.50	41.96
占东北三省 GDP 比重	0.98	1.46	1.57

资料来源：据相关年份统计年鉴、统计公报等计算。

与2006年相比，2007年东北地区与周边国家进出口增长了27.2%，然而占中国与周边国家进出口比重、占东北三省外贸进出口比重、占东北三省 GDP 比重却没有增加。

表2　1982～2006年东北三省利用韩、日直接投资情况

类别	本省位次	项目数		合同外资		实际投资	
		个数（个）	比重（%）	金额（万美元）	比重（%）	金额（万美元）	比重（%）
东北三省外资	—	50469	—	11369700	—	4341800	—
黑龙江省韩资	3	503	18.89	36967	6.60	28515	8.82
吉林省韩资	4	1434	40.46	84047	12.28	24004	9.30
辽宁省韩资	3	5407	27.06	1117780	16.52	293035	12.38
黑龙江省日资	6	197	7.40	13031	2.39	16775	5.19
吉林省日资	6	246	6.94	39402	5.78	20199	7.84
辽宁省日资	2	3313	15.59	793876	11.73	439088	18.55

说明：表中比重为"占本省外资比重"。
资料来源：商务部外资统计。

周边国家对东北地区投资的主要国家是韩国、日本。截至2006年，东北三省累计批准涉及韩、日投资项目数11100项，合同韩、日资金额208.51亿美元，实际利用韩、日资金额82.17亿美元，占东北三省外商投资企业总数、合同外资总额和实际使用外资总额的比重分别为21.99%、18.34%和18.93%。尽管存在人民币升值、国际贸易摩擦增多等因素，2007年1～9月，东北三省实际利用外

资额仍实现 12.15 亿美元，外国直接投资规模占东北地区外资总额的 9.74%，占中国同期利用韩、日资金的比重为 23.39%。

（二）东北地区与周边国家经贸合作基本特点及存在的问题

1. 2007 年东北三省与周边国家对外贸易各具特色

黑龙江省对周边四国的进出口除俄罗斯外均出现下降情况，特别是对韩贸易已连续三年呈下降态势。吉林省与周边四国的进出口同比增长率差别较大。辽宁省对周边四国的进出口贸易发展态势良好，与四国的进出口同比增长齐头并进（见表 3）。

表 3　2007 年东北三省与周边国家进出口情况

单位：亿美元，%

省份 \ 项目	外贸总额	朝鲜（同比）	日本（同比）	韩国（同比）	俄罗斯（同比）
黑龙江	172.9	0.8（-14.9）	5.9（-5.9）	4.2（-11.9）	107.3（60.43）
吉　林	103.0	3.4（0.2）	14.8（8.3）	7.1（26.1）	8.0（101.6）
辽　宁	594.7	7.8（22.4）	121.5（11.7）	71.2（26.47）	13.4（33.1）

资料来源：据相关年份统计年鉴、统计公报等计算。

2008 年前 4 个月，黑龙江省对俄进出口实现 30.02 亿美元，增长 37.06%，占全省进出口总额的 1.96%，占全国对俄进出口总额的 17.05%。吉林省 2008 年 1~2 月，对东北亚贸易额实现 54086 万美元，同比增长 5.15%，占全省进出口总值的 30.02%。2008 年 1~3 月，辽宁省对韩进出口实现 20.2 亿美元，对日进出口实现 31.6 亿美元。因黑龙江省对俄贸易增势强劲，对韩贸易出现了较高增长（贸易额是 2.69 亿美元，增长 105.41%），辽宁省对韩、日贸易的稳定，使 2008 年初东北地区与周边国家进出口实现了开门红。

2. 东北亚国家是东北地区的主要出口市场

东北地区出口的特点是对韩、日两国的出口相对比较稳定，产品主要以初级产品、农副产品、初加工产品为主，近几年机电产品、高科技产品出口比重有所上升，但与全国平均水平相比仍有很大差距。对俄、朝、蒙出口增长迅速，特别是对俄出口潜力极大，增速明显，并且在加工产品方面，东北地区在这 3 个国家具有一定的比较优势。

3. 韩、日一直是东北地区外资的主要来源国

日本的投资在吉林省相对比较稳定，而在辽宁、黑龙江省的投资下降较快。韩国的投资在辽宁、吉林省增长较快，在黑龙江省则徘徊不前（见表4）。

表4 2007 年（1～9 月）东北三省利用韩、日直接投资情况

单位：万美元，%

	黑龙江韩资	吉林韩资	辽宁韩资	黑龙江日资	吉林日资	辽宁日资
实际利用	1418	5600	69089	380	5200	39775
同　比	46.04	—	17.99	−33.91	—	−11.87

资料来源：商务部外资统计。

2007 年 1～9 月，辽宁省实际利用韩、日外资规模较大，分别是黑龙江、吉林省的 60 倍和 10 倍。在吸引韩、日资金上，黑龙江省表现出的巨大差距与黑龙江省落后的经济发展环境有直接关系。

东北吸引投资最多的行业是第二产业的制造业，占辽宁、黑龙江省外资总额的一半左右，在吉林省则达到 70% 以上，但主要集中于劳动密集型的一般加工项目，而资金、技术密集型项目不多。农业投资相当少，这与东北是中国农业主产区的地位极不相称。

综上分析，东北地区与周边国家经贸合作存在的问题主要有三点：一是东北地区与周边国家经贸合作对该地区 GDP 拉动作用不明显。二是三省贸易总量分布极不平衡，吉林省发展相对滞后；吸引日、韩投资也极不平衡，黑龙江省已被抛在后面。三是对周边国家投资水平较低，东北三省对周边国家投资数量不大，并且主要集中在俄罗斯、朝鲜以及蒙古等国，其中在俄罗斯的投资占据突出位置，对蒙古的投资上升速度加快。在俄罗斯、蒙古的投资获取资源的倾向明显，技术含量不高而且变数较大，没有突出东北地区的产业优势。

（三）东北三省对俄经贸合作成为与周边国家合作的亮点

近年来，由于国际油价持续上涨等因素影响，俄罗斯经济迅速回暖，给我国对俄贸易带来难得的发展机遇。两年来，借"国家年"东风，东北三省对俄贸易取得迅猛发展，尤其是出口的增长为经贸合作注入了新的活力。

1. 黑龙江省对俄经贸科技合作实现新跨越

黑俄贸易由 2002 年的 22.3 亿美元增加到 2007 年的 107.3 亿美元，年均增幅

近40%，是2002年的4.4倍，占全国对俄贸易总额的22.3%。实现了对俄贸易额占全省进出口总额的比重和占全国对俄贸易总额的比重不变。继2007年黑龙江省对俄贸易首次突破百亿美元大关之后，2008年前五个月全省对俄贸易继续保持高速增长态势，夯实全国对俄经贸合作第一大省地位。截至2007年，经国家批准的黑龙江省在俄注册企业229家，累计投资总额15.49亿美元。投资领域依次为矿产资源开发、森林采伐、木材加工、商服、建筑、房地产、石油、天然气、进出口贸易、生产加工和农业。1998~2006年俄罗斯对黑龙江省投资合作项目127个，实际利用俄资4165万美元，占黑龙江省外资总额的1.29%，位于该省外资来源国的第14位。

2. 俄罗斯成为吉林省第一大出口市场和最大的境外投资国

吉林省对俄出口占全省比重2005年仅为5.8%，2006年上升至12.6%，2007年又提高了6.2个百分点，俄罗斯已首次成为吉林省第一大出口市场，正逐步成为吉林省出口增长的新动力。吉林省与俄罗斯双向投资发展态势良好。截至目前，全省累计在俄设立企业48户，投资金额达3.93亿美元，分别比两年前提高55%和8倍多，占吉林省境外投资的30%以上，对俄单项投资规模增大，甚至出现了多个投资额超亿美元的合作项目。投资行业包括木材加工、建材、食品、医药、纺织等，地域主要集中在俄远东地区。与此同时，俄罗斯在吉林省投资企业累计也达到18家，合同外资金额达401万美元，实际利用外资达214万美元。投资的增长带动了贸易的发展，投资和贸易呈现良性互动局面。

二 东北地区与周边国家经贸合作趋势分析

（一）东北振兴与东北亚区域合作的联动效应将带动双边经贸合作

2003年10月5日，国务院发布《关于实施东北地区等老工业基地振兴战略的若干意见》，标志着振兴东北战略正式启动，也给东北三省带来走出困境、重振雄风的历史机遇。五年来，在党中央一系列促进振兴的优惠政策、资金和项目的扶持下，东北老工业基地的社会经济出现了良好发展态势，东北三省也纷纷推出了"哈大齐工业走廊"、"开放带动战略"、"五点一线"等区域开放政策。

进入21世纪以来，随着东北亚经济的快速发展，区域内国家和地区间的双边经贸合作广泛展开，且呈持续扩大之势。如2001年中国在东北亚地区进出口额 2246 亿美元，2006 年增加到 6548 亿美元，增长了近两倍。目前中国对外贸易的 40%、引进外资的 50% 以上是在区域内实现的。2006 年中国对外贸易额超过千亿美元的贸易伙伴有 7 个国家和地区（欧盟、美国、东盟、日本、韩国、香港和台湾），其中有 4 个在东北亚。2007 年，中、俄、日、韩、蒙、朝等东北亚国家实现 GDP 约为 11 万亿美元，约占世界 GDP 总额的 1/5，平均增长 5% 以上，超过世界平均水平 2 个百分点左右。进出口总额分别占全球的 20% 和 16%。东北亚地区在世界经济中占相当大的比重，在世界经济多极化、经济全球化、区域经济一体化的发展格局中，将会发挥极大的影响力和辐射力。属于东北亚地区中心位置的东北三省迎来了重大的发展机遇。在东北振兴与东北亚区域合作联动效应的带动下，东北与东北亚国家间的互补优势将会得到充分体现。

（二）东北振兴与俄罗斯东部开发的互动效应将促进双边经贸合作

俄罗斯开发远东西伯利亚的战略与中国振兴东北老工业基地战略具有紧密的互动合作关系，是中俄毗邻地区经济合作的支撑和平台。2004 年和 2005 年中俄总理两次定期会晤联合公报都强调，支持中国企业参与俄西伯利亚和远东地区开发，鼓励俄企业参与中国西部大开发和振兴东北老工业基地。《国务院办公厅关于促进东北老工业基地进一步扩大对外开放的实施意见》和东北三省有关文件，都把俄远东、西伯利亚地区列为东北地区对外开放，特别是"走出去"的重要地区，都把能源、木材加工业、科学技术等领域作为主要合作领域，而俄远东各州和边疆区都把对华经贸合作列为优先发展方向。新的西伯利亚发展战略从经济和政治发生的实际变化出发，抛弃幻想，致力于与亚太地区国家首先是中国的一体化关系，把中国视为绝对的战略伙伴，把相互投资合作视为符合双方利益的事情。在俄罗斯开发远东和中国振兴东北战略同步实施的条件下，中俄两国毗邻地区的互动合作进入了全面经济合作的新阶段。2006 年 3 月 22 日，胡锦涛主席和普京总统在中俄经济工商界高峰论坛上的演讲，再一次强调了中国振兴东北老工业基地战略与俄开发远东、西伯利亚地区战略的互动合作。2007 年 8 月 20 日国务院发布了《东北地区振兴规划》，我国将用 10 ~ 15 年的时间实现东北地区全面振兴。与此同时，俄罗斯也颁布了《2013 年远东后贝加尔经济社会发展规划》，决定至 2013 年前投资 5660.08 亿卢布进行项目开发。中国东北振兴战略与俄罗斯远东开发战略不仅促进了各自地区的经济发展，而且为进一步提升中俄毗邻地区的区域经济合作水平提供了千载难逢的机遇。

（三）双边经贸合作的不断深化将推进中日韩自由贸易区的建立

经济全球化、区域经济一体化是当今世界经济发展的两大趋势，后者是前者的前提。当今世界经济三大板块中，欧洲有发展比较完善的欧盟，北美地区2005年底也正式启动了美洲自由贸易区，而东亚作为主要板块一体化进程缓慢。中日韩三国的经济互补性强，相互间经贸关系不断加深，这为中日韩自由贸易区的建立提供了坚实的基础。当然在现实中，中日韩三国在社会制度、经济运行机制、经济发展水平、贸易政策、历史遗留等存在很大的差异，这使得建立中日韩自由贸易区面临着许多的困难和障碍。但同时，我们也应看到中日韩自由贸易区的建立有利于三国经济合作和整个东北亚经济联合的发展。一旦中日韩自由贸易区建立后，亚太地区乃至整个世界的贸易和投资流向都将会发生较大的改变，不仅有利于中日韩三国和东亚地区的经济发展，也将对全球经济一体化进程产生重要的影响，而且对扩大中国进出口贸易也起着决定性作用。据专家分析，中日韩自由贸易区的建立对出口的促进作用约为4个百分点，对进口的促进作用约为7个百分点，有利于改善中国目前顺差过大的局面。中日韩自由贸易区能够拉动内需、增加居民收入、减少贸易顺差，对中国整体有利。同时也可在一定程度上改变东北地区与日、韩在竞争中处于劣势的地位，使东北地区能够进一步引入外来竞争压力，扩大对外开放，加快国内产业结构的调整步伐，提高资源配置效率，最终走向振兴之路。

三　东北地区与周边国家经贸合作对策建议

（一）拓展周边国家市场空间，为双边深层次合作提供前提

东北三省进一步扩大对外开放，积极参与东北亚区域经贸合作，必须加强对周边市场的研究，进一步拓宽周边市场的空间。针对东北三省与东北亚各国的经贸合作还存在着双方贸易总量分布不均衡；对俄、朝、蒙市场开发力度不够；韩、日市场需进一步拓展等问题，重点突出对俄、朝、蒙经贸合作，积极扩大对日、韩市场占有份额，必将成为东北三省积极参与东北亚区域经贸合作的战略重点。

俄罗斯、朝鲜与中国直接毗邻，贸易成本低廉，俄罗斯尤其是其远东和西伯

利亚地区与东北地区经济互补性强，朝鲜经济开放亦步亦趋，并且高度重视与东北地区的经贸合作。蒙古国近年经济形势转好，市场购买力加大，资源开发、建筑承包、旅游产业方兴未艾。因此，要积极扩大对俄、朝、蒙贸易规模，不断优化进出口商品结构，使其既有利于东北地区经济的快速和健康发展，又符合对方合理要求，实现共赢目标。

日本、韩国是在世界和亚洲举足轻重的经济强国，对中国振兴东北老工业基地战略高度重视。我们要充分发挥临近韩、日发达地区的辐射效力，把与韩、日发展经贸关系放在突出位置。要对日、韩市场进行深入研究，寻找大的切合点、切入点，千方百计扩大贸易总量，要着力优化进出口商品结构，突出围绕大型技改项目、进口先进技术设备、推动产业升级换代，引导各类优势产品的进口，满足生产建设和消费者多样化需求，在继续扩大农产品和纺织品出口的同时，鼓励出口工业制成品、高附加值产品，从而进一步扩大东北三省周边市场的空间。

（二）推进投资合作促进双边经贸合作战略升级

东北振兴的目标和东北亚地区优势互补的诉求决定了投资合作是当前东北地区参与东北亚区域合作最核心、最有效的途径。由于东北三省处于东北亚产业链条和经济合作的中心环节，具备了引进外资的产业优势。同时随着东北振兴、经济快速增长，该地区的大中型骨干企业和有实力的民营企业已具备了境外投资的条件。因此，如何更好地实施"走出去"战略已是当务之急。具体规划如下。

第一，将俄、蒙作为东北三省企业对周边国家投资的重点方向。根据我国与俄罗斯之间在要素禀赋上的差异及由此而存在的互补性，以及我国在某些产业和行业上相对于俄罗斯的比较优势，我们认为，现阶段对俄罗斯投资合作的主攻方向应是境外加工贸易、自然资源开发和设立境外研发中心。蒙古国是个待开发、生机勃勃而又商机无限的国家，大多数产业发展的潜力都很大，除资源开发外，建筑、服装、电子、畜产品加工、生活用品的生产、文化、教育、交通、旅游等产业，潜力都较大，我们认为，应把投资俄、蒙矿业作为对外投资的主攻方向，充分利用国内外资金、资源和市场，鼓励企业有组织地参与俄、蒙矿产资源的风险勘探和开发。通过生产要素的跨国优化组合，实现东北地区与俄、蒙资源合作的合力效应，配合老工业基地振兴，解决东北资源枯竭地区的产业接续问题，促进东北地区经济又好又快发展。

第二，将韩、日作为东北三省企业对周边国家投资的战略方向。一直以来，我国对日、韩经贸战略的总体思路都已吸引日、韩资金和引进日、韩先进技术为主。目前，关于如何推进对韩经贸科技合作战略升级的讨论非常多，无论从规模升级、方式升级还是产业升级等方面都提出了许多措施，但综合来看，都是把关注的焦点放在了"引进来"。那么，针对对韩经贸合作，能否转变思维方式，把目标投向"走出去"来研究呢？1998 年以后，韩国吸引外资进入比较活跃的增长期，十年来，外国直接投资虽然出现波动，但年均引资也在 100 亿美元左右。随着韩国引资政策的开放及东北地区企业实力的增强，东北三省企业打入韩国市场是可行的，也是必要的。同样，东北三省的一些骨干和支柱产业在日本企业实力下降、引资政策调整之际，可以通过对日本企业投资入股、直接收购有生产许可证的日本企业、与日本企业建立产销联盟等途径，在封闭的日本市场找到对日"走出去"的产业支点，可以使东北三省企业进一步加快国际化战略，对拓展国际市场、参与跨国经营、学习其先进的技术和管理水平有事半功倍之效。总之，相对于日、韩对东北投资对双方经贸发展的拉动效果，对日、韩投资将有巨大的发展空间。

第三，将朝鲜作为东北三省企业对周边国家投资的发展方向。与其他东北亚国家相比，朝鲜因国际政治环境的限制相对比较闭塞，但多种迹象表明，朝鲜在 2007 年已把主要力量转向发展经济，强调重视科技。目前，朝鲜不但建立了与投资有关的法律体系，在基础设施、人力资源等方面也做好了引资准备，外国投资者可以在朝鲜境内投资工业、农业、建筑、运输、邮电、科技、流通、金融等领域。朝鲜特别鼓励向高新技术等现代技术、生产具有国际竞争力产品的工业、农业、建筑、运输、邮电、科技、金融等部门投资，向资源开发和基础设施部门投资，向科学研究和技术开发部门投资。东北三省企业要把握机遇，利用本地区优势，抢占朝鲜资源合作开发的先机。

（三）拓展科技合作，提升东北地区整体竞争力

产业结构转型需要依赖先进的科技，单靠东北三省和国内自身的科技力量是不够的，需要加强对韩、日、俄等周边国家的科技合作。东北亚地区产业结构存在梯度差异与同构的双重特征，俄罗斯与东北三省产业结构具有一定的相似性，但在不少领域其科技水平仍处于世界领先地位。日本、韩国产业结构层次较高，在其产业结构进一步升级过程中所转移出的产业技术（尤其是机械、电子、化工技术）对东北三省产业技术改造与升级将起到积极作用。另外，在农业领域，

东北亚也存在着广阔的科技合作空间。促进科研学术团体的交流与合作，以及直接引进先进技术等方式，更好地利用东北亚地区的科技资源，以科技支撑东北老工业基地产业结构调整升级。为此，应积极推动建立东北亚科技合作信息中心，加快建立高层次、高效率、专业化的东北亚科技合作中介机构和项目咨询评估机构，形成东北亚科技合作的坚实平台。

参考文献

杨振凯：《东北老工业基地在东北亚经济合作中的区位优势重构》，《东北亚论坛》2007 年第 4 期。

崔键：《振兴东北经济战略与中日韩投资合作》，《吉林大学社会科学学报》2005 年第 1 期。

徐长文：《东北亚地区经济一体化任重道远》，《和平与发展》2008 年第 1 期。

刘敬东：《构建中日韩自由贸易区的路径选择》，《湖湘论坛》2008 年第 2 期。

史亚军：《未来与发展：中国振兴东北和俄罗斯开发远东》，《未来与发展》2006 年第 4 期。

迟闯：《周边经贸合作与"开放带动"战略》，《企业研究》2007 年第 5 期。

张弛：《辽宁参与东北亚区域合作的路径选择》，《沈阳大学学报》2006 年第 5 期。

张秀杰：《东北亚国家引资政策分析》，《黑龙江社会科学》2008 年第 2 期。

附 录

2007 年东北地区大事记

刁乃莉 张新慧 整理

1 月 2 日

以"冰雪亚运，激情瓦萨"为主题的 2007 中国长春冰雪旅游节暨净月潭瓦萨国际滑雪节，在长春净月潭隆重开幕。来自 25 个国家和地区的千余名专业运动员参加了本届净月潭瓦萨国际滑雪赛。

1 月 5 日

第 23 届中国·哈尔滨国际冰雪节开幕。本届冰雪节以"冰情雪韵，和谐世界"为主题，群众参与性增强，市场化程度和国际化水平进一步提高。在近百天的冰雪旅游、冰雪经贸、冰雪体育、冰雪文化、冰雪艺术等方面共举行一百多项活动。

1 月 8 日

经国务院批准，财政部和国家税务总局联合下发《关于豁免东北老工业基地企业历史欠税有关问题的通知》，对东北三省企业在 1997 年 12 月 31 日以前形成的历史欠税予以豁免。

1 月 8 日

2007 年"哈大齐工业走廊"国际投资合作洽谈会在哈尔滨国际会展体育中心国际会议中心开幕。以"建设哈大齐、振兴老工业基地"为主题的 2007"哈投会"旨在推广"哈大齐工业走廊"投资优势，吸引更多的战略投资者参与"哈大齐工业走廊"建设，是东北地区振兴的重要经济合作平台。

1月9日

全国政协经济委员会、辽宁省政府、大连市政府和市政协在大连举办专题论坛,海关总署、国家税务总局等相关部门围绕"加快大连大窑湾保税港区建设,促进东北地区对外开放"进行深入研讨。与会者共同认为,我国正加大力度助推大连大窑湾保税港区建设,提高北方港口的国际竞争力,为东北老工业基地振兴打造区域引擎。

1月9日

内蒙古自治区下拨1.1亿元专项资金,将对兴安盟、呼伦贝尔市的少数民族贫困户的危旧房屋进行改造。2007年这两个盟市将有1万多户少数民族贫困户告别危房、草房,迁入新居。

1月18日

赤峰市发展设施农业累计达到28万亩。全市已经形成了集中连片的规模小区856处。目前,全市已建成具有一定规模并投入使用的蔬菜批发市场29处,年交易总额13.25亿元。

1月26日

2007年通辽市将筹资5.4亿元,实施"十大民心工程",切实解决好就业、教育、医疗等人民群众最关心、最直接、最现实的利益问题。

1月28日

第六届亚洲冬季运动会开幕式在长春市隆重举行,中共中央总书记、国家主席、中央军委主席胡锦涛出席并宣布开幕。亚洲冬季运动会是亚奥理事会主办的综合性冬季体育盛会。亚奥理事会45个成员国家和地区全部参加,参赛运动员810多人,是亚洲冬季运动史上规模最大的一次冰雪赛事。

2月1日

华润雪花啤酒百万千升搬迁改造项目签约仪式在沈阳举行,落户于苏家屯区的该项目,投产后将成为亚洲地区最大的啤酒制造企业。

2月2日

兴安盟15家通过有机食品认证的企业,将和北京德杰绿色有机食品公司联手,把兴安盟的绿色有机食品经过统一整合包装进军北京市场。

2月8日

中共中央政治局委员、国务院副总理吴仪出席由中国国家旅游局和联合国世界旅游组织联合举办的"2006中国最佳旅游城市"命名仪式,为大连颁发了

"中国最佳旅游城市"奖杯和证书。

2 月 11 日

中国最佳旅游城市揭牌仪式在大连广电中心剧场举行。国家旅游局局长邵琪伟、联合国世界旅游组织秘书长弗朗加利的代表——联合国世界旅游组织亚太部主任徐京参加了揭牌仪式。

2 月 17 日

盛京银行成立庆典在沈阳举行。省委书记、省人大常委会主任李克强及省长张文岳参加庆典仪式并作重要讲话。经中国银行业监督管理委员会批准，原沈阳市商业银行正式更名为盛京银行，并获准在天津筹建第一家分行。该行是继上海、北京之后全国第三家跨省设立分行的城市商业银行，也是第一家总部设在东北的跨省经营的股份制商业银行。

2 月 18 日

经建设部批准，沈阳东陵公园、北陵公园成为首批 20 个国家重点公园之一。

2 月 27 日

在国家科学技术奖励大会上，沈阳市 12 个项目荣获国家科学技术奖。其中，中国科学院金属研究所承担的"单壁和双壁碳纳米管的制备和研究"荣获国家自然科学奖二等奖；中国科学院金属研究所承担的"纳米氧化物浓缩浆与纳米复合涂料"荣获国家技术发明二等奖；东软集团有限公司承担的"东软 CT 关键技术及系列装置的研究与产业化"和沈阳地铁有限公司承担的"数字轨道交通工程集成建设关键技术及应用"等 10 个项目荣获国家科技进步二等奖。

3 月 4 日

兴安盟科尔沁国家级自然保护区湿地保护项目和图牧吉国家级自然保护区基础设施建设项目被批准立项建设。这是兴安盟自复建以来国家在湿地及野生动物植物保护工程中投入最大的两个项目。科尔沁国家级自然保护区湿地保护项目工程总投资为 2691 万元，图牧吉国家级自然保护区基础设施建设项目工程总投资为 924 万元。

3 月 10 日

北京黑龙江企业商会在钓鱼台大酒店召开成立大会。全国政协副主席周铁农、省委书记钱运录、省长张左己、原工商联副主席程路、黑龙江省政协副主席欧阳吟等出席了会议。周铁农副主席、钱运录书记为商会揭牌，张左己省长为会

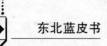
长田在玮授牌并代表省委省政府致贺词。全国政协副主席周铁农应邀为商会题词:"繁荣首都作贡献 发展龙江谱新篇"。

3 月 13 日

全国首架完全拥有自主知识产权的 ARJ21 新型涡扇支线飞机关键大部件——尾段在中国一航沈阳飞机工业(集团)有限公司顺利交付。这标志着该公司已成为中国支线飞机主要制造商。

3 月 14~16 日

第十一届中国(锦州)北方农展会在锦州光彩市场隆重开幕。这届农展会由省政府和中国农科院共同主办,锦州市政府及省科技厅、省农委、科技部中国农村技术开发中心承办,这届农展会有来自北京、上海、广东等 20 个省、市、自治区的 330 多家农业科研院所和农事企业参展,共布置展位 380 多个,参展品种达到 6500 多个。

3 月 18 日

1.8T 中华轿车上市新闻发布会暨华晨自主宣言发布仪式在北京人民大会堂举行。由沈阳华晨汽车集团控股有限公司自主研发的涡轮增压发动机,是中国"首款自主 T 系列车型",它的上市标志着中国自主品牌轿车已经具备国际先进水平的高性能整车开发能力。整个项目研发历时 3 年,耗资 11.3 亿元。

3 月 21 日

由沈阳航天三菱汽车发动机制造有限公司引进、将在亚洲首产的 4A9 小排量发动机签约仪式在沈阳举行。此次签约项目总投资为 10 亿元,按年产 30 万台的生产能力设计。目前,年生产能力可达 10 万台。

3 月 23 日

沈阳制造的第一台房车产品在沈阳新加坡工业园正式下线。该产品的成功下线,填补了沈阳乃至东北在房车制造领域的空白,使沈阳成为国内仅有的少数几个能够生产房车的城市之一。该房车车厢内面积在 10 平方米左右,可同时容纳 6 人。

3 月 26 日

英特尔芯片项目落户中国签约仪式暨新闻发布会在北京人民大会堂举行。英特尔公司正式宣布,在大连投资 25 亿美元建立一个生产 12 英寸(300)毫米晶圆的工厂,是英特尔这个全球半导体行业领袖在亚洲的第一个芯片生产基地。此次在中国的投资总额近 40 亿美元,成为在中国投资额最大的跨国企业之一。

3 月 26 ~ 29 日

2007 俄罗斯"中国年"大型系列活动之一的"中国国家展"在莫斯科克罗斯库展览中心举行。辽宁省经贸代表团赴俄参加了此次活动。中俄双方签署经贸合作项目 21 项，合同金额 43 亿美元，其中辽宁省与俄方签署的合同金额达 17.6 亿美元。

3 月 27 日

赤峰三座店夏家店下层文化石城遗址的面世，让中国乃至世界的考古界震惊。这一重大发现被中国社会科学院评为"2006 年中国考古六大新发现之一"。

3 月 27 日

沈西工业走廊——装备制造业聚集区 2007 年首批 45 个工业项目同时开工建设。45 个项目总投资达 47.5 亿元，其中包括中国航空工业第一集团公司沈阳兴华航空电器公司新厂区建设工程、韩国精工电器、美国艾默生冷冻机等重大项目。4 月，沈西工业走廊——装备制造业聚集区还将有 105 个项目开工建设，总投资为 59.6 亿元。其中，投资亿元以上的装备制造业重大项目有 12 个。

3 月 28 日

国家环保总局东北核与辐射安全监督站揭牌仪式在大连举行。该监督站的监管区域为辽宁、吉林、黑龙江三省，主要负责区域内民用核设施、环保总局直接监管的核技术利用项目，以及其运营单位的事故应急状态等的监督工作。

3 月 29 日

沈阳纺织工业园在康平经济开发区朝阳工业园内开始建设，规划面积 2.8 平方公里，总投资 52 亿元。计划到 2010 年底引进纺织企业 50 户左右，实现年产值 100 亿元，是集生产、研发、营销、物流于一体的现代化纺织工业园区。它将重点引进棉纺织、毛纺织、服装、印染、针织、家用纺织品等现代纺织产业。

3 月 30 日

韩国 STX 集团大连造船厂奠基庆典仪式在大连长兴岛举行。STX 在长兴岛临港工业区建设船舶产业基地项目总投资 9.02 亿美元，包括船用发动机曲轴制造、船用柴油发动机制造、海洋结构物制造等 6 个项目，将陆续于 2008 年末和 2009 年中期投产。

4 月 4 日

北京黑龙江企业商会与省政府驻北京办事处联合在办事处举办"2007 北京之春"——黑龙江省投资合作推介会。重点介绍"哈大齐工业走廊"项目和俄罗斯"中国年"情况。会员单位及外省商会代表共计60多人到会。

4月12日

中国科学院预测科学研究中心东北分中心在东北财经大学正式挂牌成立。将对国民经济和区域经济（特别是东北三省）发展的一些重点和难点问题进行分析和预测，为各级政府部门进行科学决策提供重要的参考依据，为学术研究、政府决策及商业机构咨询提供一个交流的平台。

4月12日

第99届中国文化用品商品交易会暨中国国际制笔文具博览会在沈阳开幕。

4月19日

国务院已正式批准辽宁省建立辽宁阜新海棠山国家级自然保护区，至此，辽宁省林业系统国家级自然保护区已达7个。

4月19~21日

第57届全国药品交易会在大连世界博览广场举行，主题为"医药科技创造健康未来"。本届交易会展出面积达到6万平方米，为历届之最，展位数量2800余个，吸引了来自全国近2000家医药企业精英，超过10万名专业观众到会交流信息、洽谈合作。本届药交会设立4个大型主题论坛，开展32场学术报告。

4月20日

全国最大规模的专业温室葡萄经济区在沈阳市苏家屯区永乐乡奠基。这一新型农业经济区，打破了以往的乡镇行政区划，涵盖4个乡镇的30个行政村和两万多家农户，实现农业资源共享和资金整合，4个乡镇根据农业经济区的功能和板块进行统一招商、整体配套、联合建设，走出了发展现代高效农业的新路子。

4月21日

被称为东北汽配市场"航母"的沈阳国瑞汽车汽配博览中心在大东区东北大马路开工建设。该中心计划三年内投资50亿元，占地22万平方米。

4月22日

沈阳市苏家屯区浑河新城建设全面启动。当天共有华润雪花啤酒、沈阳中海船缆、百思特无缝钢管等67个大项目开工。至此，浑河新城共有106个项目开工，总投资额为245亿元。

4月23日

东亚银行（中国）有限公司沈阳分行正式开业。这是进入辽宁省内陆城市投资的第一家港资银行。东亚银行在全球设有180多个网点，在中国内地也已设立了 28 个网点，其中在大连设分行和一家支行。沈阳分行的设立有助于东亚银行拓展在内地的网络及参与东北老工业基地振兴。

4 月 23 日

总投资 100 亿元的沈阳数字识别技术装备产业园开工奠基。该产业园是沈阳满融经济区引进的高科技产业集群项目，由海峡两岸自动识别及数字技术行业组织联合发起。园区规划用地面积 2200 亩，2007 年投资 20 亿元进行 580 亩起步区的基础设施建设，年内将入驻 10 家研发和制造企业。5 年后，这里将建成国际领先的包括射频识别、条码识别、生物识别以及数字技术等各门类产品生产制造基地。

4 月 23 日

呼伦贝尔交通建设计划投资 21 亿元，新增 9 个乡镇（苏木）通油路，214 个村（嘎查）通公路，建设汽车站场 10 个。

4 月 24 日

中国吉林和谐城乡游暨第二届中国吉林松花湖开江鱼美食节在松花湖省财税干休所开幕。

4 月 26 日

辽宁沿海城市联合体港口物流分会成立。港口物流分会是辽宁沿海城市经济联合体的第一个分会，由营口港务集团牵头组建。

4 月 28 日

中国兵器工业集团辽宁华锦集团公司 46 万吨乙烯、500 万吨油化工程，辽宁北方锦化聚氨酯有限公司 5 万吨 TDI 工程开工奠基仪式在盘锦举行。省委书记、省人大常委会主任李克强等出席奠基仪式。该改扩建项目是国家发改委核准批复并被列入东北地区等老工业基地调整改造国债专项重点项目之一，总投资 47 亿元，计划 2009 年 3 月完成装置安装。

5 月 5 日

世界 500 强企业之一的美国艾默生公司总投资 1000 万美元在沈阳经济技术开发区兴建的艾默生环境优化技术（沈阳）冷冻机有限公司开工奠基。公司占地 3 万平方米，主要从事压缩机、冷凝机组等冷库专用设备生产，2007 年底前建成投产。

5 月 11 日

中国台湾大成集团投资 8000 万元在沈阳市建立的亚洲最大单体专业饲料加工厂正式投产。该厂饲料生产全程由电脑控制，年产量可达 50 万吨以上。周边

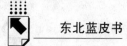

近 12 万养殖户都可从其生产销售一条龙服务中获益。

5 月 11 日

赤峰市政府准备在松山区、翁牛特旗、敖汉旗、宁城县和巴林左旗投资 6250 万元，建设国家大型商品粮优质玉米生产基地。

5 月 14 日

总投资 4000 万元的沈阳市动漫公共技术平台投入使用，韩国、日本及中国香港等国家和地区从事动画制作、网络游戏及技术培训的企业近 40 家已经入驻。到 2010 年，沈阳动漫产业基地内将拥有动漫企业 160 家，动漫产业产值超过 25 亿元，拉动相关产业产值 250 亿元，成为全国一流的动漫产业基地。

5 月 15 日

东北首个垃圾发电项目——沈阳与意大利阿兹亚环境股份合作的老虎冲垃圾填埋沼气处理及发电项目在沈阳开工。

5 月 15 日

中国铝业公司及俄罗斯阿里阔姆公司与佳木斯市政府在哈尔滨香格里拉饭店签订《中国铝业公司、阿里阔姆公司合资建设海绵钛项目框架协议》和《中国铝业公司、阿里阔姆公司与佳木斯市人民政府关于海绵钛项目合作协议》。此举标志着总投资约 40 亿元人民币的 3 万吨海绵钛项目正式落户佳木斯。

5 月 16 日

沈阳工业大学国家大学科技园举行揭牌仪式。该园是经科技部、教育部批准，东北三省省属地方院校第一家国家级大学科技园。

5 月 17 日

中国广东核电集团在北京分别与沈阳东管电力物资经贸有限公司、大连重工·起重集团签订供货协议。中国广东核电集团属下的岭澳核电站二期将成为我国首座完全使用由东北企业制造，并在国内预制常规管道管件的百万千瓦级核电站，这标志着我国百万千瓦级核电站建设国产化迈出了新的步伐。

5 月 20 日

黑龙江建业燃料有限责任公司甲醇车用燃料（汽油）项目在依兰县举办了签约仪式，总投资 7000 万元。这标志着依兰县 2007 年招商引资工作取得一个新突破。

5 月 22 日

辽宁中稻股份有限公司年产 60 万吨稻谷综合深加工项目在沈阳蒲河新城开

工奠基,这是全国单体最大、产业链最长、技术含量最高的稻谷加工项目。该项目总投资 6 亿元,占地 418 亩。一期工程 2007 年底完成,形成年综合深加工稻谷 30 万吨的能力,年产精制大米 20 万吨以及米糠油等多种深加工产品。二期工程将于 2008 年施工,预计于 2008 年底竣工。

5 月 23～25 日

2007 中国大连进出口商品交易会暨大连国际工业博览会在大连世界博览广场开幕。来自国内以及日本、韩国、美国、德国、俄罗斯、新加坡,中国香港、台湾等国家和地区的 600 多家企业到会参展、参观和洽谈。本届交易会由中国机电产品进出口商会、中国五矿化工进出口商会、辽宁省人民政府、大连市人民政府共同主办。

5 月 25 日

东北亚软件开发基地在沈阳蒲河新城开工建设。该基地由东北亚外包出口软件园、东北亚数字娱乐软件园和东北亚软件企业创业园 3 个软件园,综合服务区以及生活居住区构成,总规划占地面积 400 亩,建筑面积 31 万平方米。到 2010 年,这里将成为拥有 400 家企业年收入 30 亿元的东北亚地区最具影响力的软件开发基地。

5 月 25 日

亚洲最大的复合材料生产基地在哈尔滨飞机有限责任公司建成。该基地具备国际先进的复合材料设计和生产能力,可为大型飞行器生产复合材料大部件。该生产基地面积近 7 万平方米,拥有一批国际上先进的复合材料生产设备。具备年产 150 架份飞机复合材料构件的能力,可年产各种飞机的复合材料构件 1000 多个品种,复合材料制品达 30 多吨,产值过亿元。

5 月 28 日

黑龙江省政府与中煤集团在哈尔滨市签署建立和发展战略合作关系框架协议,计划在黑龙江省投资近 200 亿元,建设年产 180 万吨甲醇、60 万吨烯烃的大型煤化工程及配套工程。张国宝、栗战书、经天亮出席仪式并致辞。

5 月 31 日

大连市政府与国内航运业巨头中远集团在北京举行"中远大连造船项目合作协议"签字仪式,该项目前期投资 38 亿元,建成后年造船能力达 200 万载重吨。

5 月 31 日

(哈尔滨)中日经济合作会议在哈尔滨华旗饭店开幕。会议目的是以振兴老

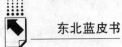

工业基地为契机,通过每年一届的会议与洽谈,不断加深日本对东北三省一区的了解,进一步加强地区间的经济合作,促进双边经济发展。

6月1日

新加坡最大的国际银行集团——新加坡大华银行沈阳分行正式开业。至此,已有9家中国内地以外银行进驻沈阳。

6月2日

位于沈阳市长白岛的综合组团项目——"新加坡城"正式开工建设。"新加坡城"项目由新加坡兄弟控股有限公司投资建设,投资金额60亿元,总建筑面积超过100万平方米,其中一期建筑面积约28万平方米。该项目以新加坡特色建筑为样板,计划建设景观居住区、双语学校及包括康乐中心、医疗中心、服务中心、文化中心在内的社区邻里中心。

6月2日

首届"哈尔滨·松北太阳岛"俄罗斯油画艺术长廊开幕。此次画廊展示活动共展出俄罗斯原创精品油画640幅,分别由驻岛的俄罗斯艺术馆、俄罗斯风情小镇、哈尔滨中俄油画艺术创作交流基地、俄罗斯画廊等展馆提供。画展作品囊括了俄罗斯老、中、青三代画家的优秀作品。

6月5日

赤峰电子信息产品制造项目引进取得新进展。微电子配套材料——纳米聚晶金刚石硅片磨料项目属国际领先、国家重点支持的高新技术填补空白类项目,总投资1.5亿元左右。

6月6日

东北地区规模最大的500千伏渤海输变电工程在营口竣工并正式投入运行。该工程包括500千伏渤海变电所、500千伏送电线路、220千伏送出线路3项工程,总投资超过10亿元,由省电力有限公司投资建设,建设周期由原计划33个月缩短到14个月。该工程是国家电网公司第一个典型设计工程和第一个输变电安全文明施工标准化工程。

6月7日

第九届全国百家旅行商洽谈会在鞍山开幕。来自北京、山东、山西、内蒙古、河北、黑龙江、吉林和云南等20多个省、市、自治区的百余家旅行商参加。

6月14日

第十八届"哈洽会"开幕式暨招待宴会在哈尔滨市华旗饭店举行。国务委员唐家璇在开幕式上发表了热情洋溢的致辞，来自 80 多个国家和地区的 41 个省州级经贸代表团、11000 多名客商以及美国、俄罗斯、以色列等 20 个国家的 300 多名专家学者参会。国内有 20 多个省、市、自治区组团参展参会，国内客商达 11 万人以上。

6 月 15 日

第二届中国（长春）国际光电信息技术博览会开幕。本届"光博会"以"科技之光，引领未来"为主题，以加强交流合作，促进科技创新，加快产业发展为宗旨，在设计上突出了长春在光电信息领域自主创新、人才培养、产业孵化方面的优势，突出了光电子、汽车电子、软件和数字动漫产业融合发展的特色，具有很强的专业性。

6 月 15 日

沈阳国际纺织服装城在铁西区冶炼厂原址正式开工建设。该项目是沈阳市政府着力打造的 5 平方公里纺织服装产业园的重要组成部分。项目总投资 36 亿元，占地面积约 36 万平方米，建筑面积达 138 万平方米。建成后可容纳上万家纺织服装企业进场经营，将成为东北亚区域第一大纺织服装集散地和品牌服饰连锁加盟中心，使国际采购商可以在这里完成一站式采购，最终成为东北亚纺织服装业国际商贸平台。

6 月 16 日

"2007 中国长白山国际旅游节暨首届瓦腾·长白山之夏滑雪节"在长白山高原冰雪训练基地隆重开幕。

6 月 16 日

由黑龙江省政府主办，黑龙江省社会科学院承办，黑龙江日报报业集团参与协办的"哈尔滨与世界犹太人经贸合作国际论坛"开幕。该次论坛的最大亮点在于借助哈尔滨犹太人历史文化的深厚底蕴，围绕黑龙江省和哈尔滨市如何与世界各国犹太人加强经贸科技合作展开全方位的讨论，研究探索合作路径，寻求在贸易、科技、农业、旅游等方面实现产业优势互补，创造互利双赢模式。

6 月 19 日

大连海关举行建关百年纪念大会。大连海关监管的大连港是国家重要港口，吞吐量连年位居全国十大港口之列，30 万吨原油码头、矿石码头和汽车码头的业务量也位居全国前列。2002～2006 年，大连海关共向东北腹地转关 1600 万吨货物，承担了东北腹地 70% 以上的海运货物和 90% 以上的集装箱货物的进出口业务。

6 月 20 日

2007 全球软件和信息服务高层论坛暨企业家峰会在大连举行。本届论坛由商务部、信息产业部、教育部、国务院振兴东北地区等老工业基地领导小组办公室、科技部、国务院信息化工作办公室、中国国际贸易促进委员会、辽宁省政府共同主办，大连市政府承办。论坛的主题为"把握合作契机，成就软件未来"。

6 月 28 日

吉林动漫游戏原创产业园揭牌仪式暨奠基典礼，在位于长春市高新开发区的吉林艺术学院动画学院举行。

6 月 28 日

一汽启明·新进汽车电子基地落成暨投产仪式，在位于长春市净月开发区的启明软件园举行。一汽启明·新进汽车电子基地，由一汽启明信息技术股份有限公司和香港新进科技集团共同投资建设。一期工程双方共同投资 3.7 亿元，建设汽车电子研发与制造基地，研发制造车载信息系统、汽车总线、汽车电控单元、诊断仪等汽车电子产品。达产后，可年产 400 万套车载电子及其他电子产品。

7 月 2 日

俄罗斯"中国年"黑龙江活动日开幕式暨中俄经贸合作洽谈会在哈巴罗夫斯克市隆重举行，钱运录率代表团出席开幕式并发表了热情洋溢的致辞。

7 月 13 日

第五届中国（长春）国际汽车博览会在长春国际会展中心正式开馆。汽博会以"科技创新，节能环保"为主题，通过动、静两种形态展示汽车发展的最新成果。中国（长春）国际汽车博览会，每两年举办一届的车展，现已成为国内著名的三大车展之一。

7 月 14 日

"中国汽车·长春论坛 2007 峰会"在长春召开。本次峰会以"倡导节能环保，推进自主创新"为主题，探讨新形势下推动我国汽车产业发展对策。论坛由主题报告会和汽车城市市长论坛两大板块组成，与会的汽车界著名专家、知名汽车城市市长等重点就中国汽车发展趋势、如何提高自主创新能力、开发节能环保汽车、推进城市交通发展等问题进行了深入研讨。

7 月 16 ~ 18 日

经商务部批准，由（中国）商业发展中心和齐齐哈尔市政府共同主办的中国（齐齐哈尔）第四届国际小商品交易会开幕，主会场设于齐齐哈尔百花园商场。来自俄罗斯远东和东北亚等 12 个国家和地区的小商品经销商、代理商、制造商、俄罗斯工商会、俄罗斯华人商会、华人协会、国内小商品生产企业、代理商、批发商、零售商、投资商 2000 多人参会参展，共设展位 1200 多个，参展小商品达 100 多个类别 5 万多个品种。

7 月 23 ~ 25 日

赤峰市"第七届草原文化旅游节暨达日罕乌拉苏木那达慕大会"于 7 月 23 ~ 25 日在美丽的达里诺尔湖畔、壮观的砧子山下举行。

7 月 31 日

由中国科协和大连市人民政府主办，大连市科协承办，中国电子学会、中国计算机学会、中国通信学会及黑辽吉三省科协和沈阳、长春、哈尔滨三市科协协办的 2007 振兴东北老工业基地专家论坛在大连举行。

8 月 6 日

"黑龙江（齐齐哈尔）首届重大技术装备博览会"在齐齐哈尔市会展中心隆重开幕。来自德国、俄罗斯、韩国、日本、印度等国的客商，上海重型机器公司、三一重工集团等国内知名企业领导出席了开幕式并参观了齐重数控装备股份有限公司的数字化生态重型加工车间、重型装备车间和齐二机床（集团）有限公司的重机装配车间。

8 月 7 日

黑龙江鑫达国际集团 10 万吨工程塑料生产项目投产仪式在哈尔滨平房区举行，标志着哈尔滨市已拥有了国内生产能力最大的汽车用改性塑料生产企业，项目全部达产后产值达 10 亿元。改性塑料主要应用于汽车、电子、电器、航空、电信、油田等工业领域。

8 月 18 日

第一届中国国际青少年动漫周在哈尔滨国际会展中心盛装开幕。

8 月 18 日

辽宁红沿河核电站主体工程正式开工，中共中央政治局常委、全国人大常委会委员长吴邦国，中共中央政治局常委、国务院总理温家宝分别作出重要批示，对工程建设提出了希望和要求。中共中央政治局委员、国务院副总理、国家核电自主化工作领导小组组长曾培炎出席开工仪式。

8月20日

经国务院批复的《东北地区振兴规划》正式公布。这份由国家发改委、国务院振兴东北办组织编制的"中国第一个由国务院正式批复"的地区性发展规划提出，未来要将东北地区建设成为中国综合经济发展水平较高的重要经济增长区域，并确立了"四基地一区"的目标定位。伴随着东北老工业基地的全面振兴，东北经济区有望成为继珠三角、长三角、京津冀之后的中国第四大经济增长极。

8月20日

内蒙古自治区地方性绿色食品盛会——2007呼伦贝尔（扎兰屯）绿色食品节在这里拉开帷幕。此次食品节在内容上集产品展示展销、招商引资、项目推介、大型文艺演出等于一体，用丰富多彩的活动唱响了绿色主题。

8月23日

由辽宁、吉林、黑龙江省和内蒙古自治区政协共同发起并联合主办的东北老工业基地区域发展论坛第三次年会在吉林省长春市开幕。本次论坛的主题是"协同、合作、共兴"，重点围绕实施《东北地区振兴规划》搭建的政协委员为主体及部分专家学者参与的跨省区协作交流平台，达到互相交流、互相促进、加强合作、协同发展的目的，进一步推动四省区的区域合作和东北地区振兴。

8月28日

带着由区域性展会向国际性展会迈进浓重色彩的中国（齐齐哈尔）第七届绿色食品博览会开幕。第七届绿博会由农业部和黑龙江省人民政府举办，中国绿色食品发展中心和齐齐哈尔市人民政府承办。以绿色、健康、合作、发展为主题，以倡导绿色观念，引导绿色消费，开拓绿色市场，发展绿色产业为宗旨。

8月28日

由商务部主办的"东北老工业基地与德国投资贸易洽谈会"在德国杜塞尔多夫举行。黑龙江省委常委、省纪委书记李延芝率省经贸代表团参加了会议，并在开幕式上发表了《黑龙江——中国东北充满活力和商机的地方》的主旨演讲。黑龙江省建设"哈大齐工业走廊"和新型工业化的发展蓝图在会上引起强烈反响。开幕式当日，黑龙江省齐重数控股份有限公司、大庆高新技术产业开发区进出口公司等6家企业与德方签订了经贸合作协议，涉及贸易、投资和技术合作等领域，总金额近8000万欧元。

8 月 29 日

由文化部、国家广电总局、国家新闻出版总署和东北三省人民政府共同主办，沈阳市政府承办的第二届中国东北文化产业博览交易会在沈阳隆重开幕。东北文博会以"文化、创新、发展"为主题，旨在充分展示东北乃至全国文化产业发展成果，搭建文化产品交易平台，促进文化产业项目交流，推动东北老工业基地文化产业发展，打造中国东北文化产业品牌。

8 月 30 ~ 31 日

首届东北三省高技能人才培养暨技工教育成果展洽会 30 日在哈尔滨国际会展体育中心隆重举行。此次展洽会由黑龙江、吉林、辽宁三省劳动保障部门联合主办，中国劳动社会保障出版社协办，黑龙江省劳动和社会保障厅承办。全面展示了三省 408 所技工院校的办学特色，以及近 300 个专业工种的教育资源及教育成果。现场有近百名高技能人才培养的杰出代表展示绝活。参会技工院校和省内外大中型企业在会上签订校企合作协议和用工协议。同时，展洽会还为社会各界人士提供求学信息、毕业生源信息、技能人才培养订单信息等服务。

8 月 30 日

黑龙江宾西国际贸易加工有限公司与俄罗斯联邦萨哈共和国别尔卡钦森工有限公司达成了 4.96 亿立方米森林采伐及木材加工协议，这标志着迄今为止中俄两国最大的森林采伐、加工项目正式落户哈尔滨。此签约项目开采森林资源为 4.96 亿立方米，年采伐量可达 580 万立方米，年采伐规模为 150 万立方米，投资额 2.9 亿美元，现已被列为中俄两国重点合作项目。

9 月 2 日

第三届中国吉林·东北亚投资贸易博览会在长春隆重开幕。中共中央政治局委员、国务院副总理曾培炎等出席开幕式。本届东北亚博览会择优筛选落实展位 2200 个。国际参展参会团组 116 个，参会的国内外政要 70 位。参会世界 500 强企业 81 户，来自 62 个国家和地区的客商 7300 多人；国内上海、广东、江苏等 25 个省（区、市）和 9 个重点城市代表参会。

9 月 4 日

第六届中国国际装备制造业博览会暨航空航天配套零部件展览会在沈阳开幕。此次展会充分展示了代表当今国际先进水平的数控机床、航空航天技术装备及配套零部件等设备制造业产品，来自美国、英国、法国、德国等 17 个国家和地区，以及北京、上海、浙江等国内 24 个省、市、自治区的 699 家企业参展。

9月4日

第三届东北亚博览会投资项目签约仪式在长春国际会展中心举行，吉林市3个亿元以上大项目在仪式现场签约。这3个项目分别是飞机生产制造项目、北大湖滑雪场综合开发项目、年产5万吨环氧乙烷项目。

9月6日

"环境友好，牵动中国"为主题的第二届建设环境友好型社会成果展览会在哈尔滨国际会展体育中心举行。此次展会将集中展示符合环境友好要求的各类当代高新技术、产品和装备；环境标志产品；环境认证产品；环境友好产品；符合循环经济和新型工业化要求，能耗物耗低、污染物排放少的企业、工艺、设施、产品；体现环保要求的日用化工、纺织、服装及轻工类生活用品；环保型家电、通讯设备；有利于环境的新材料、新能源；建筑节能及生态人居和生态环保型旅游线路、景观等。

9月10日

召开全盟风电项目建设调度会议，对风电项目建设进行具体的调度部署，加大风电项目推进力度，推进风电资源产业化发展。锡林郭勒盟风能资源总蕴藏量在5亿千瓦以上，其中可利用开发量超过5000万千瓦，均占内蒙古自治区总量的50%左右。规划建设灰腾梁等10个风电场，计划到2010年全盟风电装机容量达到200万千瓦，实现灰腾梁风电场装机容量超过百万千瓦。到2020年全盟风电装机达到550万千瓦，实现灰腾梁风电场装机容量达到300万千瓦的目标。目前达到国家和自治区核准的风电项目19项，装机容量137万千瓦。2007年计划投资装机容量30万千瓦，争取达到40万千瓦。

9月20日

2007东北亚高新技术博览会在沈阳开幕。主要展示东北亚科技风情、国际高新技术、中科院高新技术成果、东北振兴科技创新成果、汽车及相关技术、节能与环保、动漫及相关技术等方面内容。由科技部、国务院振兴东北办、中国科学院、中国工程院、中国科协以及辽宁、吉林、黑龙江三省人民政府主办。

9月28日

北京黑龙江企业商会与省招商局在钓鱼台国宾馆成功举办"2008黑龙江冬季国际投资合作洽谈会暨'哈大·齐工业走廊'项目对接会"说明会。国内外500强企业中73家企业参加了此次说明会。

9 月 28 日

哈电集团哈尔滨动力设备股份有限公司和三菱重工业株式会社的联合体与三门核电有限公司在北京签订了三门核电一期工程常规岛设备合同。三门核电工程受到了国务院和有关部委的高度重视和大力支持，是国务院批准实施的国内首台第三代 AP1000 国家核电建设自主化依托项目，也是世界第一台采用 AP1000 机组的核电项目。常规岛主设备合同的签字，标志着我国核电自主化建设又向前迈进了坚实的一步。

9 月 29 日

齐重数控装备股份有限公司与上海港机重工有限公司，在上海举行了制造二十五米数控重型双柱移动立式车铣床的签约仪式。二十五米数控重型双柱移动立式车铣床是目前世界最大的双柱立式车床，它填补了国际同类产品的空白。该机床最大加工直径达 25 米，工件最大承重 600 吨。

10 月 22 日

呼伦贝尔市新巴尔虎左旗白音查干煤矿 60 万吨扩建工程和风电一期项目相继在新白音查干煤矿和新宝力格苏木塔本敖都嘎查举行奠基仪式。白音查干煤炭开发项目计划投资 5000 万元，到目前已完成投资 520 万元。国华风电一期项目总投资 4.8 亿元，2007 年计划投资 2.5 亿元，建设 49.5 兆瓦风力发电场。

10 月 23 日

由黑龙江省政府主办的 2007 年中国海外学人黑龙江绿色食品、林业和医药专题洽谈会在哈尔滨留学生创业园开幕。从 6 个国家归来的 30 余位海外英才携 40 多个高新技术项目参会。

10 月 30 日

2007 年黑龙江金科粮食合作洽谈会在哈尔滨金谷大厦开幕。洽谈会招商引资效果显著，为产销区企业间开展粮食经贸合作搭建了平台，拓宽了农民余粮销售渠道。

11 月 6 日

为落实胡锦涛总书记和俄罗斯普京总统关于加强中俄边境区域经济合作的重要共识，中国国务院振兴东北办和俄罗斯联邦地区发展部在莫斯科总统饭店共同举办了中俄地区发展战略协调研讨会。会议主要讨论了中俄两国特别是东北地区与远东地区的双边贸易合作问题，达成一些共识。

11 月 8 日

东北地区首家区域性航空运输企业东北航空有限公司在沈阳宣告成立。由四家股东出资建立的东北航空将采取"缝隙策略",主攻支线航空市场。

11 月 10 日

一条贯通辽宁省西部与内蒙古东部的铁路大通道——巴新铁路,在辽宁省阜新市开工建设。这是目前国内民营资本参与建设的最长的一条地方铁路,建成后将为内蒙古东部丰富的煤炭资源深度开发提供交通支撑,成为连通中蒙俄三国的新欧亚大通道。

11 月 29 日

AP1000 核电设备自主化第一次工作会议在京召开,国家发改委副主任、国务院振兴东北办主任、国家核电自主化工作领导小组副组长张国宝出席会议并讲话,来自国家发改委、国防科工委、中国一重集团公司、中国二重集团公司、沈阳鼓风机集团公司、哈尔滨动力设备股份公司等 80 多位代表参加了此次会议。

12 月 4 日

建筑面积 2.6 万平方米的赤峰博物馆在赤峰市新城区举行开工奠基仪式。计划投资 6220 万元,此工程国家补助 4000 万元,赤峰市自筹 2000 多万元,这个项目是赤峰市历史上规模最大的文化设施建设项目,也是赤峰市社会发展领域国家支持最大的基本建设项目,预计 2008 年底竣工交付使用。

12 月 5 日

第十届中国黑龙江国际滑雪节在哈尔滨国际会议中心环球剧场隆重启幕。来自国内外的嘉宾 1600 余人欢聚一堂,共同庆祝滑雪节十年华诞,一起点燃黑龙江滑雪的浪漫与激情。

12 月 22 日

由振兴吉林老工业基地领导小组办公室、省委宣传部、一汽集团联合组织的大型文献纪录片《振兴东北》吉林省首映式,在长春市一汽会堂举行。纪录片《振兴东北》由国务院振兴东北办、东北三省人民政府和中央新闻纪录电影制片厂联合摄制。

12 月 28 日

第三届中国哈尔滨韩国周科技成果展览会在哈尔滨技术市场开幕。

东北区域发展基本数据（2007 年）

李成龙 整理

基 本 数 据

项　　目	单位	全国	东北地区	辽宁	吉林	黑龙江	蒙东地区
国内生产总值	亿元	246619	25397.9	11021.7	5226.1	7077.2	2072.9
第一产业	亿元	28910	3318.8	1178.4	813.5	892.5	434.45
第二产业	亿元	121381	12904.0	5829.5	2389.9	3779.5	905.1
第三产业	亿元	96328	9175.0	4013.8	2022.7	2405.2	733.3
国内生产总值指数	%	111.4	119.0	114.5	116.1	112.1	131.4
第一产业指数	%	103.7	119.8	105.5	104.1	104.2	116.3
第二产业指数	%	113.4	121.0	119.6	121.1	114.3	147.4
第三产业指数	%	111.4	116.0	110.1	115.1	111.2	124.2
第一产业构成	%	11.7	15.4	10.7	15.6	12.6	22.7
第二产业构成	%	49.2	48.5	52.9	45.7	53.4	42.2
第三产业构成	%	39.1	36.1	36.4	38.7	34.0	35.1
工业增加值	亿元	94506.1	10482.9	5047.0	1873.9	2871.9	690.2
国有及国有控股企业增加值	亿元	32314.7	5664.6	2053.2	1022.0	2365.4	224.1
轻工业增加值	亿元	28277.2	1942.5	941.8	455.9	351.5	193.3
重工业增加值	亿元	66303.9	8552.4	4105.2	1418.0	2520.4	508.8
能源生产总量	万吨标准煤	235230	—	7520.2	3129	12064.7	—
能源消费总量	万吨标准煤	265328	35809.2	18231.5	6338.3	7957.9	3281.5
全社会固定资产投资	亿元	137239	15716.7	7435.2	4003.2	2864.2	1414.1
城　镇	亿元	117414	13577.6	6576.0	3346.9	2621.8	1032.9
房地产开发	亿元	25280	2515.4	1497.6	488.5	382.4	146.9
农　村	亿元	19825	1835.1	859.2	656.3	242.4	77.2
进出口	亿美元	21738	911.6	594.7	103.0	173	40.9
进　口	亿美元	9558	393.0	241.5	64.4	50.3	36.8
出　口	亿美元	12180	518.6	353.3	38.6	122.7	4.07
财政一般预算收入	亿元	23809	1935.6	1082.0	320.5	440.2	92.9

续表

项　目	单位	全国	东北地区	辽宁	吉林	黑龙江	蒙东地区
财政收入占 GDP 比重	%	9.7	7.6	9.8	6.1	6.2	4.5
财政一般预算支出	亿元	35672	4161.7	1763.0	883.8	1187.3	327.6
收支差额	亿元	-11863	-2226.1	-6801.0	-563.2	-747.1	-234.7
城镇居民人均可支配收入	元	13786	10920.4	12300	11285.5	10245	9851.4
农村居民人均纯收入	元	4140	4214.7	4773	4190	4132	3763.8
存款余额	亿元	401051	29510.9	15117.8	5398.6	7559.7	1434.8
储蓄存款	亿元	176213	16658.0	8063.0	3247.3	4478.2	869.5
贷款余额	亿元	277747	20018.2	10403.9	4361.1	4256.3	996.9
货运总量	万吨	2253468	261321.4	120607.2	41648	73122	25944.2
邮电业务总量	亿元	19361	1702	703.1	413.2	512.7	73.0
互联网上网人数	万人	21000.0	1377.5	510.2	313.8	465.8	87.7
移动电话数用户数	万户	54729	5354.3	2097.2	1311.1	1449.2	496.8

后 记

《中国东北地区发展报告（2008）》（东北蓝皮书），是根据东北辽宁、吉林、黑龙江省和内蒙古社会科学院共同商议的轮流主持出版，2008 年是第三年，由黑龙江省社会科学院主持出版的。《中国东北地区发展报告（2008）》坚持贯彻党的"十七大"精神，以"落实科学发展观，转变经济发展方式，促进东北地区经济社会又好又快发展"为主题，展开研究编撰工作。

《中国东北地区发展报告》从 2006 年由辽宁省社会科学院带头发起研究，创立了良好开端，到 2008 年三年时间里，辽宁、吉林、黑龙江省和内蒙古社会科学院的领导不遗余力，不远千里，不顾工作繁忙，主抓该项研究，带队赴各省考察交流，在人员、时间和经费上给予重点支持；各省区的研究人员，坚持科学、严谨、务实的态度，多次召开研究提纲、主题、内容等会议，并进行广泛的合作交流，网上传递有关资料和信息，为本年度研究报告的编撰工作提供了坚实的基础。

编写《中国东北地区发展报告（2008）》是一项艰巨而又复杂的工作。在黑龙江省委宣传部、财政厅的大力支持下，在黑龙江省社会科学院党委书记、该书编委会主任艾书琴的直接领导下，在编委会主任曲伟院长对课题全程指导并撰写重要篇章的指挥下，本着落实科学发展观，反映东北地区振兴的全貌，提出相关问题和解决对策建议，出成果、出精品、出人才，从开题研究、统稿交流、结项审定等，都做了大量细致的组织和编撰工作。农村发展研究所和经济研究所等年轻研究人员，在农村发展研究所所长熊星火的带领下，做了许多组稿和会议统筹工作。杂志社的陈淑华等同志对于稿件进行了认真的编校，社会科学文献出版社丁凡同志认真指导，缜密编校，正是他们的辛勤付出和共同努力，才使得该书得以顺利出版。

当然，由于时间和地域交流等多种因素，本书在各方面还难免有不妥之处，在观点、文字等方面难免有疏漏之处，恳请有缘看到此书的同仁、朋友能够不吝赐教，多提宝贵意见。

在本书出版之际，我们要向开创本书先河的辽宁省社会科学院的领导、同仁们表示由衷敬意；向为本书提供高水平参考意见的社会科学文献出版社范广伟总编辑助理深表谢意；向内蒙古社会科学院的乐奇副院长克服旅途艰难，多次参加撰稿会议表示感谢；向为此书出版而不懈努力的三省新老研究人员表示深深的谢意！特别向为此书作序，并提供修改意见的全国人大常委会副委员长、民革中央主席周铁农先生致以崇高的敬意和衷心的感谢！

编　者

2008 年 9 月 9 日

哈尔滨

盘点年度资讯　预测时代前程

社会科学文献出版社
皮书系列

　　皮书是非常珍贵实用的资讯，对社会各个阶层、各种职业的人士都能提供有益的帮助，适宜各级党政部门决策人员、科研机构研究人员、企事业单位领导、管理工作者、媒体记者、国外驻华商社和使领事馆工作人员，以及关注中国和世界经济、社会形势的各界人士阅读。

　　"皮书系列"是社会科学文献出版社近十年来连续推出的大型系列图书，由一系列权威研究报告组成，在每年的岁末年初对每一年度有关中国与世界的经济、社会、文化、法治、国际形势、区域等各个领域的现状和发展态势进行分析和预测，年出版百余种。

　　该系列图书的作者以中国社会科学院的专家为主，多为国内一流研究机构的一流专家，他们的看法和观点体现和反映了对中国与世界的现实和未来最高水平的解读与分析，具有不容置疑的权威性。

权威　前沿　原创

咨询电话：010-65285539
邮　　箱：duzhe@ssap.cn
邮购地址：北京市东城区先晓胡同10号
　　　　　社科文献出版社市场部(100005)
银行户名：社会科学文献出版社发行部
开户银行：工商银行北京东四南支行
账　　号：0200001009066109151

规划皮书行业标准　网尽皮书行业资讯
权威皮书出版平台　超值服务皮书用户

资讯创造价值　皮书成就未来

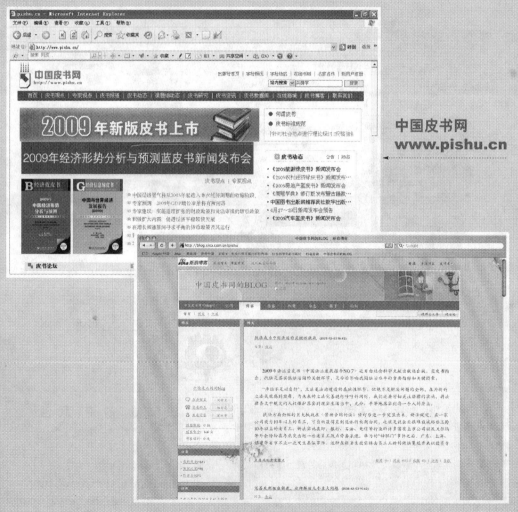

中国皮书网
www.pishu.cn

皮书博客
blog.sina.com.cn/pishu